Werner Vordtriede

Das verlassene Haus

Tagebuch aus dem amerikanischen Exil 1938–1947

Carl Hanser Verlag

ISBN 3-446-12057-2

Ausstattung Klaus Detjen
Satz und Druck Appl, Wemding
Printed in Germany

VIOLA:

What country, friends, is this?

CAPTAIN:

Illyria, lady.

VIOLA:

And what should I do in Illyria?

Shakespeare, *Twelfth Night*

Zürich, 3. September
Heute morgen das Visum für Amerika erhalten. In all diesen Tagen des verantwortungslosen Herumwartens Unlust, Gedanken aufzuschreiben. Nur Notizen für mein geplantes Buch über den modernen Roman. Heute nun Ordnung der Notizen zu elf Kapiteln beendet. Ich rechne damit, am 5. Oktober mit der Niederschrift fertig zu sein. Benutzte Bücher: »Les Faux-Monnayeurs«, »Journal des Faux-Monnayeurs«, Ralph Fox: »The Novel and the People« und Georg Lukàcs: »Theorie des Romans«.

Zürich, 6. September
Mittagessen im Quick. Die schreckliche Enge, der Tumult, der Lärm, die ärmliche Selbstbedienung, all dies garnicht als peinlich für mich empfunden. Erst als ich Else Lasker-Schüler, gebückt und in nicht mehr ganz sauberen weißen Tennisschuhen sich bedienen und essen sah, wurde es mir furchtbar unbehaglich ihrethalb. Hab sie, um sie nicht zu beschämen, nicht begrüßt.

Zürich, 9. September
Diese Nacht langen, folgerichtigen Traum über Gide gehabt: ich wollte ihn besuchen, kam an sein Haus, in dem ich eine Treppe hinaufstieg, die direkt, ohne Tür, in eine große Bibliothek führte, deren Wände alle mit Büchern bedeckt waren. Ich war sehr erregt beim Gedanken, ihn zu sehen. Noch auf der Treppe sah ich dort einen Mann an einem Tisch sitzen, der rauchte und in einem Buch blätterte, aber er war es nicht. Es waren dann viele Menschen in der Bibliothek, aber ich bemerkte, daß Gide nicht unter ihnen war. Als sie fortgingen, setzte ich mich, um auf ihn zu warten, nur Grete Wittkowski war noch anwesend (ich habe ihr vor einigen Tagen von meinem Roman-Buch erzählt). Sie schlief bald ein, und ich kämpfte sehr, um wachzubleiben, versank aber in Halbschlaf, aus dem ich mich schwer aufraffte, um mir, um nur ja wach zu bleiben, am andern Ende des Raums in einem Bassin die Hände zu waschen. Aber Gide kam nicht.

Zürich, 15. September
Nachdem nun die Arbeit in wenigen Tagen bis zum Abschluß des fünften Kapitels geführt ist, d.h. in acht Tagen die Niederschrift der Hälfte des Ganzen, geht es nun aus äußeren Gründen nicht weiter. Die Lage in Europa wird zu unsicher. Man weiß nie, ob der Krieg ausbricht. Aus dieser Unruhe

konnte ich mich nur dadurch befreien, daß ich mir gestern das Schiffsbillet nach Amerika bestellte. Heute hab ichs abgeholt. Beruhigter. Hoffe, auf dem Schiff das Romanbuch zu vollenden. Die Statendam fährt am 1. Oktober.

Paris, 27. September

Die schlimme Enttäuschung über den Pakt, den Hitler und Chamberlain in München abgeschlossen haben. In Paris sind alle Laternen verdunkelt. Nachts stehen die Menschen in Gruppen auf dem Boulevard St. Michel und sprechen über den jetzt drohenden Krieg. In all diesen Nächten konnte ich fast nicht schlafen und ging stattdessen in der Stadt herum. Nächtlicher Gang zu Notre Dame und vor allem ums Pantheon herum. Das hat etwas schön Schwärmerisches. Gestern nach Dunkelheit die ganzen Champs Elysées vom Concorde zum Etoile gelaufen. Hinter dem Arc de Triomphe plötzliche Ahnungen des Glücks. Solch eine immer weiterführende Straße gibt mir immer wieder diese Stimmung des Mich-Selber-Findens, das Abenteuerliche des Lebens. Aber ich befürchte nun doch, daß bei einem Kriegsausbruch die Statendam nicht mehr in Frankreich anlegen wird. Ich werde nun morgen nach Rotterdam fahren.

Rotterdam, 29. September

Seltsames Erlebnis: auf der Suche nach meinen Verwandten Leemanns (beim Aufschlagen des Telephonbuchs wußte ich plötzlich nicht mehr, ob sie Lehmanns, Leemans, Leemanns oder Leeman hießen: das Telephonbuch ist spaltenlang mit diesen Namen gefüllt), bin ich auf eine andre Familie Leemanns gestoßen, die sich meiner nun intensiv annimmt. Nach der Eliminierung vieler mir unwahrscheinlich klingender Berufe, entschied ich mich für eine Adresse und läutete gestern an der Tür eines Backstein-Reihenhauses. Die große, ernst und würdig aussehende Matrone, die mir öffnete, fragte ich in falschem Holländisch: »Ist Ihr Vorname Fanny?«, worauf sie ernst und ohne Erstaunen oder Zögern antwortete: »Nee, Nicolette«. Es fiel mir sehr schwer, dieser arglosen Frau mitzuteilen, daß ich auf dem Wege nach Amerika sei und daß mir meine Mutter einmal erzählt habe, sie habe hier eine Kusine mit Namen Fanny, die uns auch schon besucht habe, während ich nicht zu Hause war. Sie hörte mir freundlich angestrengt zu, verstand auch wohl so ungefähr und bat mich herein. Dann ging sie zum Telephon und rief etwa zwanzig Menschen an. Ihr erster Satz war gewöhnlich: »Heißt Ihre Frau Fanny?« Aber niemand hieß so. Ich sollte warten, bis ihr Mann und ihre Tochter mittags nachhause kämen, da die Tochter Englisch spräche. Das tat ich auch, sehr unbehaglich. Was sollte ich da, dachte ich immer. Warum hab ich eigentlich diese verrückte Sucherei nach Menschen, die ich garnicht kenne und die mir völlig gleichgültig sind, angezettelt? Mittags kamen dann

Mann und Tochter, beide auch sehr freundlich. Herr Leemanns nahm sich den Nachmittag im Bureau frei, um mir Rotterdam zu zeigen. Er spricht ein paar Brocken Englisch, und mit diesen sagte er mir, der Hitler hätte doch auch seine guten Seiten und Holland brauche jemanden wie ihn. Ich war dann zum Abendessen bei ihnen eingeladen.
Heute morgen nahm sich dann die Tochter von ihrem Bureau frei und ging mit mir aufs Rathaus, um im Einwohneramt alle Leemannse nachzusehen, wer denn da Fanny zum Vornamen hieße. Aber es gab keine einzige Fanny Leemanns in ganz Rotterdam. Mir wurde erbärmlich zumute. Jetzt muß die freundliche Familie mich doch für einen gefährlichen Gauner halten, der irgendetwas im Schilde führt. Ich komme mir selber wie ein Schwindler vor. Aber sie blieben ganz ohne Argwohn und versicherten, sie würden nun eben die Stelle meiner unauffindbaren Verwandten einnehmen und ich hätte eben jetzt eine Tante Nicolette. Wahrscheinlich wohnt meine Tante Fanny in Amsterdam, und ich habe alles verwechselt. Heute abend bin ich wieder zum Essen dort.

An Bord der Statendam, 1. Oktober

Am 30. abends Einschiffung in Rotterdam. Wie schon Tage vorher bin ich verwundert, meine Gefühle so kalt zu finden. Keine Abschiedsgefühle, keine Verwirrung, steinähnlich. Mache ich mir dies alles nicht klar genug oder bin ich meiner Europa-Zukunft so sicher? Die freundlichen falschen Leemanns brachten mich ans Schiff. Statt fünf Minuten nach Mitternacht geht die Statendam erst um zehn Minuten nach eins ab. Ich beobachte dabei einen jungen Mann, der dauernd Abschied nimmt. Von seinen Eltern, wie ich denke und später auch erfahre. Kußhände, Winken, unverwandtes Hinsehen, und das länger als eine Stunde lang, wegen der Verspätung. Ich habe dabei ein Gefühl nervöser Anspannung und von großer Peinlichkeit. Er geht, wie er mir jetzt sagte, zu der Max Reinhardt-Schule in Los Angeles. In dem dunklen Loch von Kabine, die keine Fenster hat, heute erst um 10 Uhr aufgewacht, glaubte, es sei noch tiefe Nacht. Immer dieser unsinnige Alpdruck, ich könnte in der Kabine ersticken. Morgens 10½ Uhr vor Boulogne. Um vier Uhr vor den weißen englischen Felsen.
Ich lese André Maurois' »Les songes que voici«, das Frau Strohl mir als Reisegeschenk sandte. Außerdem hab ich bei mir die »Chants de Maldoror« von Isidore Ducasse. Am letzten Tag in Paris kaufte ich mir das Buch, beinahe hektisch, auf dem Boulevard St. Michel, so als müßte ich noch unbedingt ein Buch kaufen, bevor ich Europa verlasse. Ein plötzlicher Entschluß. Ich bemerke meine Vorliebe für das Wort plötzlich. Aber plötzliche Gedanken, Träume, Erkenntnisse sind das einzige, was mich jetzt beunruhigt und überzeugt.

Statendam, 2. Oktober

Um 7¼ Uhr aufgestanden. Höherer Seegang. Regen. Aber um halb neun klärt es sich beim Vorbeifahren an Irland: grüne Wiesen, eine lange weiße Mauer erkennbar.

Abends: das Schiff schwankt so sehr, daß es sogar nach den Seiten hin schlingert. Man sieht kaum noch Passagiere. Der Speisesaal war zum Abendessen fast ganz leer. Sie sind alle seekrank. Ich war es bisher noch nicht, habe aber in den letzten Stunden doch zuweilen ein beängstigendes Gefühl im Magen. Dennoch ging ich zu den Mahlzeiten. Ich beobachtete die sehr hohen Wellen. Wohl aus Freude an dem Anblick, aber etwas, oder sogar mehr als etwas, auch mit dem Gefühl, stärker als die andern zu sein. Das ist eine recht plumpe Regung und ein dummer Stolz. Ich weiß das die ganze Zeit. Dennoch ging ich mit einem gewissen Lächeln in den Speisesaal, halb Gleichmut zur Schau stellend, halb triumphierend. Gegenwärtig schaukelt es so stark, daß ich fast vom Stuhl falle. Mein Unbehagen wird stärker.

All diese Belanglosigkeiten schreib ich mir zum Trotz hin. Dies ist die am wenigsten geeignete Situation, um zu schreiben, eigentlich absurd. Darum tu ichs. Mein Unbehagen steigt. Ich werde jetzt Pillen nehmen. Fühle mich sehr schlecht, kann kaum schreiben, da ich mich mit einer Hand festhalten muß. Aber diese exemplarische Situation soll mir helfen. Sie ist eine Lehrstunde für den Abenteurer. Ich schreibe also dauernd irgendetwas vor mich hin, nur um die Sache durchführen zu können. Ich will auf keinen Fall seekrank werden.

Den ganzen Nachmittag mit Unterbrechungen im Maurois gelesen. Er spricht zu viel vom Universum, von seinem Denken über das Denken. Aber der Aufsatz »Le trésor caché«, an sich nichts weiter als ein gewandtes Fortspinnen von Maeterlincks philosophischer Manier, ist mit jenem Zusatz von Poesie geschrieben, der die Banalität aufhebt, nicht schönrednerisch, sondern mit persönlichem Bekenntnis in der Form der Wahrhaftigkeit (die »sincérité« von Gide): die Offenbarung von etwas Eigenem, die genaue Fixierung einer erlebten Situation anstelle von lediglich interessanten Sujets. Es ist einigermaßen verrückt, in dieser Lage schriftlich tiefsinnige literarische Urteile abzugeben. Meine Übelkeit wird stärker. Ich lege mich jetzt hin.
Ich habe mich erbrochen.

Statendam, 5. Oktober

Erst jetzt wird mir die Komik der vorstehenden Aufzeichnungen klar. Sie sollten nämlich helfen, ein körperliches Unbehagen zu vertreiben und haben es nur verstärkt. Der Schreibtisch ist in der Ecke angebracht und machte also die Schaukelbewegungen des Schiffes viel lebhafter mit, als irgendein anderer Ort. Stoff zu einer boshaften Fabel.

Grade les ich im Maurois die Schilderung eines jungen Amerikaners mit geistigen Neigungen und gleich darauf treff ich einen genau derselben Art. Alle von Maurois festgestellten Züge sind da: das Rebellische, Moralische, das Fehlen des historischen Bezugs etc. Es ging so: im Liegestuhl hör ich hinter mir ein Gespräch, in dem ein junger Amerikaner viel über Literatur und Kunst spricht. Er tut das sehr ernsthaft. Ich höre, wie er sagt: »Die amerikanische Sprache hat viel mehr Kraft als die englische, weil in England viele Gebiete einfach tabu sind, von denen in Amerika gesprochen werden darf. Ein englischer Schriftsteller war auf dem Wege, eine neue Sprache zu schaffen, D.H. Lawrence.« Der Gesprächspartner, ein älterer Deutscher, stimmte dem zu. Am Abend, als wegen des Sturms niemand an Deck war außer ihm und mir, kamen wir ins Gespräch. Ich sagte ihm, ich hätte am Nachmittag sein Gespräch gehört und widersprach ihm nun: »Ich weiß natürlich nicht, ob die amerikanische Sprache mehr Ausdruckskraft hat als das Englische; wahrscheinlich hat es viele bildhafte Slangausdrücke. Aber daß gewisse Dinge in England tabu sind, hat doch eigentlich nichts mit Kraft oder Schwäche der Sprache zu tun. D.H. Lawrence spricht zwar über geschlechtliche Dinge, die sonst in England verfemt sind, und er gebraucht dabei Worte, die jedem aus der Umgangssprache bekannt sind, aber damit schafft er doch keine neue Sprache. Er drückt sich doch ganz in der Literatursprache Englands aus.« Darauf sagte er: »Oh, Sie haben ganz recht. Hab ich das wirklich gesagt? Ich sollte eben nicht über Dinge sprechen, die nicht mein Gebiet sind.« Diese Offenherzigkeit überraschte mich. Aber wie leicht und rasch er etwas preisgibt, was er doch zu glauben schien. Jetzt hätte ja das Gespräch, auf das ich mich gefreut hatte, erst anfangen sollen; aber es war schon zu Ende.

Er will, gegen den Willen seiner Mutter, Maler werden, kommt eben aus England und hat einen Horror davor, wieder nach Amerika zurückzumüssen. Merkwürdigerweise ist er aus Cincinnati, wohin ich eben gehe. Über seine Ziele in der Kunst spricht er auf eine kindlich rebellische und moralistische Art. Über Cincinnati aber kann ich nichts aus ihm herausbringen. Er tut das mit einem Scherz ab: »Cincinnati ist eine Stadt, in der alle Menschen zur gleichen Stunde betrunken sind.« Seine Mutter schildert er so: »Meine Mutter ist sehr schön, sehr gut angezogen, gern gesehen in der Gesellschaft, und sie ist sehr stupide. Sie ist witzig, weil sie alberne Antworten gibt. Sie denkt nie etwas zu Ende.« Sich selbst beschreibt er folgendermaßen: »Unsere Familie ist eigentlich von beiden Seiten her deutsch, von der Mutter auch jüdisches Blut. Ich habe daher auch viel Deutsches an mir. Ich bin nämlich etwas sadistisch und masochistisch, sentimental und unwillig zu gehorchen.« Ob das wirklich die deutschen Eigenschaften sind? Ich könnte sie ebensogut für amerikanische halten. Ich fragte ihn, wieso er glaube, es sei deutsch, nicht gerne zu gehorchen, da doch eben Deutschland einen so entsetzlichen Gehorsam einem bösen verbrecherischen Menschen gegenüber zeige. Da gab er diese Feststellung auch sofort preis. Er ist sehr beeindruckt von Charles Morgans Schauspiel »The Flashing Stream«, in dem das moralische Prinzip von »singleness of mind« dargestellt wird, und gibt es mir zu lesen.

Statendam, 6. Oktober

Man könnte sich ein Buch ausdenken mit folgendem Thema: ein junger Mann wird mit Wissen und Billigung aller Einsichtigen und Verantwortungsvollen in ein durchaus legitimes Abenteuer gestürzt, dessen Ursprung politisch und daher ehrenwert ist. Unverpflichtende Wartezeit auf das Visum, er verspricht dabei Dinge, von denen er weiß, daß er sie nie auszuführen braucht, da er ja bald einmal garnicht mehr dort sein wird. Verlassen der Heimat, dann die Überfahrt. Er ist aber garkein Abenteurer. Jedoch einmal angebrannt vom Abenteuer kann er nicht mehr zurück, nur immer weiter in derselben Richtung. Er läßt dann nach seiner Ankunft in Amerika ein Semester einfach ungenützt, bleibt in New York, verliert langsam seine festen Vorstellungen, verlernt die Sparsamkeit und schiebt die Zukunft, der er bisher immer genau entgegengegangen ist, hinaus, steht ihr immer unwissender und planloser gegenüber. Hinzu kommt, daß er durch seinen (moralisch so einwandfreien) Aufbruch und das Zurücklassen vieler Dinge, Bücher, Kleider etc. immer mehr das Gefühl für Ordnung und schließlich auch für Besitz verliert. Das Selbständigwerden des Abenteuers.

Statendam 8. Oktober

Gestern nacht um zwanzig nach neun, als das Deck ganz leer war, ein wunderbares Nordlicht eine Viertelstunde lang gesehen. Lange Ströme fahlen Lichts, die sich dauernd veränderten und aus drei Hauptstellen hervorschossen. Ich hielt aus trotz des scharfen Winds.
Wieder im Maurois gelesen. Er ist vielleicht zu wenig Naturwissenschaftler. Beim Durchlesen seines Halb-Tiefsinns in diesem Buch stört immer wieder der Versuch, dem Universum eine Pointe geben zu wollen. Es hat keine in Wirklichkeit, das ist ja seine Größe. Bezeichnend, wie er bei den Fischen, die nur unter großem Druck tief unten im Wasser leben können, gleich wieder die vermenschlichende Symbolisierung aufgreift.
Ich bemerke, wie die englische Sprache, die ich jetzt immer spreche, eine große Gefahr für mich ist: sie verleitet mich zu einfältigen Überpointierungen, übertriebenen Gefühlsausdrücken und damit zu einer grobschlächtigen Naivität. Ich sagte heute z.B. zu jemandem, um mich von der Smartheit von Cannes abzusetzen: »I simply can't breathe that air«; und oft sag ich »I hate, I can't stand« etc. Das liegt nicht am Englischen, sondern daran, daß mir die

Fremdsprache noch nicht biegsam genug ist. Da müssen auch meine Gedanken, d.h. das Aussprechen der Gedanken zu einfach werden. Ich sehe mich in der seltsamen und auf die Dauer wohl schweren Lage, gewisse Dinge, Maurois etwa, meinen amerikanischen Bekannten sehr preisen zu müssen. Denn ich weiß, daß Maurois' Notizen an dem Üblichen gemessen, doch viel Niveau und denkerische Kultur haben. Das ist wohl eine der isolierendsten Situationen, die es gibt, mit der Gefahr großer geistiger Einsamkeit und Resignation: sich gezwungen sehen, für Dinge einzustehen, zu denen man eigentlich nicht steht. Sie gehören zu den unteren Sprossen der eigenen Welt, aber immerhin zur eigenen Welt, für die es einzustehen gilt. Weil der andre aus falschen Gründen tadeln könnte, muß man sich den Tadel verbieten. Wie werd ich jemals etwa meine Einstellung zu Rilke klarmachen können? Es wird von nun an wohl so sein, daß ich mich nur noch für die Essenz, d.h. das einwandfrei Wichtige an einer Erscheinung einzusetzen habe. Die bestimmte, mich selbst verpflichtende Form dieses Wichtigen muß ich dabei weglassen. Ich werde mich zu Heine, Rilke, Thomas Mann integral zu bekennen haben.

New York, 17. Oktober

Viel gesehn und nichts gedacht. Wieder eine Art Versteinerung. Am 9. Oktober spät in New York angekommen. Ich kenne niemanden hier, aber ich kann mich noch nicht entschließen, nach Cincinnati zu fahren. Gestern Fahrt aufs Land, den Hudson herauf. Heute morgen im Metropolitan Museum: nur die Statuen und Reliefs des Erdgeschosses. Vor allem die griechischen Vasen. Zum erstenmal etruskische Spiegel gesehen.

New York, 20. Oktober

Es war ein guter Gedanke, in die Public Library zu gehn. Da ist gewohnte Welt und ich fühle mich geborgen. Da ist eben eine interessante Ausstellung »Artists of Aloofness«: von Dürer über William Blake, Odilon Redon bis zum deutschen Expressionismus. Alles sehr genau beschriftet. Der amerikanische Zug zum Instruktiven scheint mir etwas sehr Positives. Sitze nun mit einem Band Dehmel »Aber die Liebe« im Leesesaal. Ich will, wie ich es schon öfter getan habe bei Rilke u.a., die Gedichte nennen, die mir gelungen erscheinen:

1. Unsre Stunde

Danach kommt viel Minderwertiges, Ausgesungenes. Wie furchtbar ist »Übermacht«, nur Papierblumen, verstaubte Ziergirlanden.

Bei den Versen

> Ach, dein Samum war ich,
> du mein Ambraduft!

mußte ich laut lachen. All dieser Empfindungsjournalismus, wie feurig-rote Gazeschleier über einer Gaslampe mit Perlen und Gußeisenschnörkeln. Sehr schlimm ist auch »Der Brand« und »Abschied ohn End«. Das erste beßre Gedicht:
2. Ein Stelldichein
3. Lied des vogelfreien Dichters, ist große Übersetzungskunst
4. Lied der Gehenkten
5. Verlaine-Übertragungen
6. Ecce Poeta
7. Li-Tai-Pe: Ferne Laute

Genug für heute. Meine Selektionsfreude, überhaupt das Selektionsbedürfnis ist sehr groß. Aber eine Unruhe verspür ich, die Furcht etwas zu versäumen, Mögliches außer acht zu lassen, immer wenn ich in einer großen Bibliothek bin. Dann kommt jeweils ein hoffnungsloses Gefühl über mich, zu wenig zu tun und getan zu haben.

Vorgestern abend erfuhr ich, daß Schillerstücke hier nicht bekannt sind, da man am Broadway keine Übersetzungen aufführt. Da merkte ich erst, wie sehr Schiller doch zu meiner Erziehung gehört.

New York, 25. Oktober

Durch das Verhalten und Reagieren eines Emigranten, mit dem ich in einer Cafeteria am oberen Broadway ins Gespräch kam, zu dem Entschluß gekommen, einen Zeitungsaufsatz zu schreiben: »Das drohende Mißverständnis«, der wie eine Fanfare sein müßte. Die Gefahr, daß man Hitler völlig mit deutscher Kultur verwechselt. Mein Gesprächspartner fragte mich spöttisch, wie lang ich denn noch Deutsch studieren wolle, es komme ja alles von den Nazis. Die ganze deutsche Literatur schien ihm nichts als die Vorbereitung zum Heutigen. Mit solchen Ansichten wird Hitlers Zerstörungswerk von seinen Gegnern und Opfern vollendet. Auf den Universitäten, hör ich, geht das Deutschstudium rapid zurück.

Cincinnati, 2. November

Ich glaube, ich kann hier sehr glücklich sein. Die schöne herbstliche Ruhe dieser mich an England erinnernden Straßen, die weißen Häuser mit dem Rasen davor und auch das Universitätsleben muten mich sehr an. Hoffentlich muß ich so wenig wie möglich in die sehr häßliche untere Stadt hinunter. Den breiten schmutzigen Ohio-Fluß sieht man garnicht. Er liegt hinter verwahrlosten Lagerhäusern versteckt.

Morgen früh wird sich entscheiden, ob ich französische Literatur im Nebenfach studieren werde. Wie sich hier einmal Nützlichkeit mit Neigung deckt! Ich denke dran, wie an ein wunderbares Abenteuer.

Cincinnati, 19. November

Die Lücken werden immer größer. Das Glücksgefühl, wieder zugehörig zu sein, läßt nicht nach. Allerdings hab ich bis jetzt nicht *einen* Menschen hier gefunden und kaum Hoffnung, daß sich einer finden könnte. Letzte Woche ganz ausgefüllt mit der Vorbereitung für die Prüfung über das französische 17. Jahrhundert. Froh, einen Zeitabschnitt ziemlich genau – im Großen – zu kennen.

Mit viel Eifer George ins Englische übersetzt. »Komm in den totgesagten park«, »Dein zauber brach, da blaue flüge wehten« aus dem »Jahr der Seele« und »Der Verworfene« aus dem »Teppich des Lebens«. Dieses ist, glaube ich, wirklich gelungen.

You were engaged in all: in beauty, grandeur,
Renown and love of early-heated mind
As play, and then when they in life befell you
They seemed to you a faded thing and stale.
  You hearkened anxiously at ways, at markets
To miss no hidden impulse meant for you . . .
While gliding greedily in all the souls
Your own remained inanimate and waste.
  You found rare colors, found some shells and shards
And threw them to the blind chaotic crowd
That overflew with praise which made you drunken . . .
But stealthily you weep – a gnawing grief:
  Ashamed and vagrant you before the Pure
As if they read in you . . . yourself unworthy,
Thus well-adorned you come, but never hallowed,
Without a wreath to the great feast of life.

Wieder, wie in all den letzten Herbsten, die heftige Neigung, einen langen wohlausgesponnenen epischen Roman zu lesen. Eigentlich wäre Dickens wieder (wie voriges und vorvoriges Jahr) gut gewesen. Aber ich mag jetzt nichts Englisches lesen. Es wäre so, als wollte ich nichts von mir behalten, mich ganz hingeben an die neue Umgebung. Das kann ich noch nicht. Darum holte ich mir Albrecht Schaeffers »Helianth«, das ich in der Bibliothek stehen sah.[1] Es ist so schön dickleibig. Das ist nun grade das rechte Buch, das

1 Albrecht Schaeffer (1885–1950) schrieb viele, ein großes Bildungsgut weitertragende, Bücher: Gedichte, Romane, Erzählungen. Zu seinen Hauptwerken zählen der Versroman »Parzival« (1922) in 20000 Versen und der in der Tradition der Bildungsromane stehende »Helianth. Bilder aus dem Leben zweier Menschen und aus der norddeutschen Tiefebene, in neun Büchern dargestellt« (1920 in drei Bänden). Sein Nachlaß liegt im Schiller Nationalmuseum. In Amerika war und blieb er völlig unbekannt, konnte kaum englisch und war, wie so viele aus ihren Berufen gerissene Emigranten, auf die Tatkraft seiner Frau angewiesen, die dann in Croton eine Schule leitete. Meine

erste, das ich seit meiner Landung in Amerika lese. Gute Sprache, deutsche Landschaft und großer epischer Zauber, wenn es sich zuweilen auch ins Unwichtige verliert. Gestern sofort hundert Seiten gelesen.

Cincinnati, 20. November

In diesen drei Wochen, die ich jetzt hier bin, hab ich durch Briefe meine paar europäischen Freunde absichtlich vor den Kopf gestoßen, um sie zu hindern, mir ihre Briefe zu schreiben (die ich vielleicht dennoch brauche). Ich suche ihnen schroff zu beweisen, daß irgendeine Verständigung doch nicht mehr möglich ist: sie im Gewohnten, ich in einer neuen Welt. Ich sträube mich dagegen, ihnen meine Erlebnisse zu schildern, weil das für sie nur eine interessante Erzählung werden kann, während es mir doch wie eine große Notwendigkeit vorkommt. Ich schreibe eigentlich garnicht an sie, ich ziele auf sie. Ich habe kein Heimweh nach irgendeiner Stätte, noch nach irgendeinem Menschen, nicht nach einem einzigen Deutschen. Heimweh allenfalls nach der Welt des »Helianth«: Menschen, die durch Denken erregt werden; die Möglichkeit zum Schönen. Aber nichts von schwärmerischer Schwermut. Dazu bin ich viel zu vernünftig. Meine Vernunft hat mich ja weggeführt von den verhängten Zimmern, den Kerzen, erlesenen Dingen, vor Seltsamkeit erhitzten Backen, hin zu dem, was ich das Moralische nenne.

Cincinnati, 23. November

Wieder habe ich das richtige Buch zur richtigen Zeit gelesen. Bin tief im »Helianth«, der mich sehr gut stimmt und der mich zurückleitet dahin, wozu der Weg ziemlich verschüttet war. Ich bewundre das Buch nicht in allem: die Gestalt der Herzogin ist in die Kitschseite geraten. Auch stört mich die zu gehäufte Einzelsymbolik (der schwarze Schwan, die verschiedenen Namen). Das zweite Buch ist zu Anfang stellenweise schwer erträglich im Ton. Der Maler Bogner ist nur eine peinliche Figur, so jemand, der seine Entscheidungen so lieb hat und nun mit seinem fortwährenden Suchen andre behelligt. Etwas von der Selbstgerechtigkeit der Wandervögel. Aber als Ganzes hat dieses Buch doch die Gültigkeit eines Lebenswerkes. Daß es so angefüllt ist mit deutscher Landschaft (und zwar in einer vornehmen, ganz untendenziösen Art) ist mir jetzt besonders wichtig. Schöner Zustand, wieder einmal ganz in einem Buch zu leben.

Cincinnati, 24. November

Den ganzen Morgen damit verbracht, einen ziemlich langen Brief an Albrecht Schaeffer, über den Verlag, zu schreiben. Als eine Art Stachel hab ich

so unglücklich verlaufene Begegnung mit ihm hab ich eingehend dargestellt in dem Aufsatz »Albrecht Schaeffer oder die Symbole im Exil« (Neue deutsche Hefte, Januar 1961).

ihm die Worte von Novalis über Goethe zitiert, er sei »jetzt der einzige Statthalter des Poetischen«. Diese Statthalterei, für Deutschland, sprach ich Schaeffer zu und forderte ihn auf, nach Amerika auszuwandern. Denn jemand, der soviel von deutscher Gesittung verstehe, dürfe doch jetzt nicht dort bleiben. Ich habs etwas verschleiert gesagt, um ihm nicht zu schaden, falls man den Brief auffängt.
Gestern abend war das alljährliche Stiftungsfest des hiesigen Deutschen Literarischen Klubs, der aus teils rührenden, teils ahnungslosen und taktlosen Greisen besteht. Ihre humoristischen Darbietungen gelangten nicht übers Maß der Klassiker-Balladen-Parodie hinaus. (Dies war das Beste). Dann sangen alle die 15 Strophen ihre Klubliedes: Melodie: »Was kommt dort von der Höh«)

Was ist im Klub heut los?
Was ist im Klub heut los?
Was ist im Kliklaklub heut los
Kliklaklub heut los,
Was ist im Klub heut los?
Man ist ja so fidel etc.
Man ist ja so fifafidel etc.
Man macht auch Poesie etc.
Man macht auch Pipapoesie etc.

Und neben mir saß mein Ordinarius für deutsche Literatur, der mich mitgenommen hatte, und sang alle Strophen mit. Dann kamen erbärmliche Anekdoten, dann Zoten. Es sind etwa 22 Mitglieder, die sich jeden Mittwoch treffen und jeweils einen »literarischen« Vortrag liefern. Man glaubt damit etwas für deutsche Kultur zu tun. Ich kam ganz zerschlagen nachhause.

Cincinnati, 25. November

Habe mich entschlossen, meine in Zürich angefangene Doktorarbeit nun hier als Magisterarbeit zu verwenden, über Hölderlins Spätstil. Bei Hölderlin fand ich dies: »In guten Zeiten gibt es selten Schwärmer. Aber wenns dem Menschen an großen reinen Gegenständen fehlt, dann schafft er irgend ein Phantom aus dem und jenem und drückt die Augen zu, daß er dafür sich interessieren kann und dafür leben.« Ob wohl Schaeffer und sein »Helianth« mein Phantom sind?

Cincinnati, 4. Dezember

Gespräch mit Frau Albert Schweitzer, die hier einen werbenden Vortrag hielt. Wenn ich Mediziner wäre, würd ich vielleicht nach Lambarene gehen. Interesse am »Helianth« gesunken. Zweite Hälfte des dritten Buches peinlich geschwätzig.

Komischerweise zugesagt, bei den methodistischen Studenten einen Vortrag über die Schweiz zu halten und im Februar bei Y. W. C. A. einen über die deutsche Bekenntniskirche.

Cincinnati, 7. Dezember

Während der langweiligen Vorlesung, um mich zu erheitern, geschrieben:

Philologische Ballade

Zu der Stadt des Cincinnatus eilte
Einst ein Jüngling aus dem Alpenland,
Als er kaum an jener Stätte weilte,
Arbeit in Minervens Haus er fand.
Konjunktiv und Passiv er nun lehrte,
Wies daheim in seinen Gauen Brauch
Und er tat es auch
Trotz der Städte Rauch,
Daß die Schülerschar ihn scheu verehrte.
Und so lebt er fromm und edel weiter,
Bis ein Bart ihm längst das Knie umspielt
Und den Konjunktiv gebraucht er heiter,
Passiv ist ihm stetiger Begleiter,
Bis ein Höherer ihn abberief.
Und sein mildes Aug ist fast gebrochen,
Als er fiebernd seine Locken streift:
»Sieh, mein letztes Wort ist nicht gesprochen
Und doch quält mich schon seit vielen Wochen
Was nur, wer mir gleich ist, recht begreift.
Donnernd fühle ich mich so beschuldigt:
Hast des Genitivs zu schlecht gehuldigt!
Ach, so rief es fürchterlichen Schalles
Und so sinkt mein ganzes Leben, alles,
War es noch so hehr,
Dornenvoll und schwer,
Vor dem Frevel diesen zweiten Falles!«
Seine Enkel, als er dann entschlief,
Sangen tiefbewegt und unter Tränen
Als Exempel für der Menschen Wähnen
Einen Hymnus auf den Genitiv.

Cincinnati, 10. Dezember

Möchte einen Aufsatz schreiben »Der Preis der Klassik«. Das französische 17. Jahrhundert, absolutistisch, fern von allen sozialen Fragen, unaufklärerisch: ob all dies der schwere zu zahlende Preis für einzig mögliche Klassik ist?

New York, 29. Dezember

Wieder einmal entkommen. Verfehlter und bedrückender Aufenthalt in Philadelphia. Ich fuhr am 23. Dezember nach Philadelphia. Amadeo holte mich am Autobusbahnhof ab und sagte mir sofort, er habe seiner Familie gesagt, daß er mich auf einer Gesellschaft bei irgendwelchen reichen Leuten kennengelernt habe, das müsse ich nun auch sagen. Ich wurde also gezwungen, sofort als Lügner aufzutreten. Das herrliche Haus, von dem Amadeo mir erzählt hatte, liegt im Arbeiterviertel von Philadelphia und ist ein kleines berußtes Backstein-Reihenhaus. Seine Eltern sind freundliche italienische Proletarier, die kaum Englisch sprechen. Als angeblicher Bekannter dieser wohl als elegant geltenden Bekannten Amadeos wurde ich mit scheuer Höflichkeit empfangen. Die Familie lebt in großer ärmlicher Enge beisammen. Die Eltern räumten das große Ehebett, in dem ich dann mit Amadeo zusammen schlief. Schon bald sagte mir die nette Schwester bekümmert, wie sehr sie sich darüber freue, daß Amadeo nun jemanden so Anständigen wie mich zum Freunde habe, sie sei mir wirklich dankbar, daß ich mich Amadeos so annehme, nun schöpfe sie doch wieder Hoffnung. Da ich nicht wußte, wie lange ich ihren Bruder angeblich schon kannte, konnte ich in diesem vertraulichen Gespräch kein wahres Wort sagen und ihr nicht mitteilen, daß ich ihn in meinem ganzen Leben nur zwei Stunden lang auf dem Autobus gesehen hatte. Nun war ich in diesem Haus unter mir ganz fremden Menschen wie in einem Gefängnis. Gespräche waren kaum möglich, da mir alles, was ich von mir erzählen konnte, als idiotische und taktlose Prahlerei vorkommen mußte bei diesen gedrückten Leuten. Am Heiligabend verfiel ich dann darauf, der Familie ein Tessiner Volkslied vorzusingen, um doch etwas zur Unterhaltung beizutragen. Aber bei der Strophe

E noi che siamo militi
Amiamo il vino buono,
Ma più le belle donne
Per far l'amor

wurde Amadeos Vater sehr ärgerlich, fast zornig, und bestand darauf, es müsse heißen »ragazze«, nicht »donne«. Darauf brach ich meinen Gesang ab. Anscheinend hatte ich Heiligabend durch ein obszönes Lied entweiht. Am 25. war Bescherung bei Verwandten, die in der Nähe in einem ähnlichen Haus wohnten. Einer der Söhne, Amadeos Vetter, heißt sonderbarerweise

Carmen mit Vornamen. Ich hatte als Weihnachtsgeschenk für Amadeo den großen Bildband über Botticelli aus dem Phaidon-Verlag besorgt und bemerkte nun, daß er den Namen Botticelli noch nie gehört hatte und auch garnichts mit dem Buch anfangen konnte. Er ist nämlich garkein Kunststudent, wie er gesagt hatte. Letztes Jahr flog er aus seiner High School heraus. Der Organist der Kirche, mit dem ich ins Gespräch kam, sagte mir, Amadeo habe im vergangenen Jahr die Schule angezündet. Aber Amadeos Erfindungen über seine Verwandten wurden immer üppiger, wenn wir allein miteinander sprachen. Ich bekam von seinem Onkel ein Paar Socken als Weihnachtsgeschenk, und Amadeo wurde nicht müde, mir die Köstlichkeit und den hohen Preis dieser Socken zu rühmen. Erst am 27. Dezember brachte ich genug Mut auf, zu sagen, ich hätte soeben ein Telegramm erhalten und müßte sofort abreisen. Alle wußten natürlich, daß das nur gelogen sein konnte. So zog ich als Lügner aus dem Hause, in das ich als Lügner eingedrungen war. Zur Sühne, denn ich habe das Gefühl, an allem selber schuld zu sein, werd ich Amadeo gleich meinen alten Smoking aus Cincinnati schicken. Ich bin immer noch sehr bedrückt von diesem unnötigen Erlebnis. Wie konnte ich nur in all das hineingeraten?

Cincinnati, 11. Januar

Es war ein glücklicher Kunstgriff, daß ich in New York dieselben Stätten wieder besuchte und dieselben Dinge tat wie vorher, als ich dort ankam. Dadurch ist mir die Stadt nun ganz vertraut geworden. Ich hatte dann noch drei schöne ruhige Tage in Washington, die ganz bestimmt waren durch das Glück, das mir die Lesung von Goethes »Benvenuto Cellini« gab. Das war wie eine Heilung für alle Balance-Verluste in Philadelphia. Am letzten Tag in Washington noch die starken und furchtbar melancholisch machenden Briefe der Gräfin Reventlow gelesen: dies immer wieder Anfangenmüssen, immer wieder Untersinken, ihr Hunger nach Schönheit, ihre qualvolle literarische Bastelarbeit bei ihrer großen Begabung. Und nur, um nach kaum zwanzig Jahren ganz vergessen zu sein. So kam ich in halb angenehmer, halb quälender Melancholie in der häßlichsten aller Städte, Cincinnati, an.

Cincinnati, 23. Januar

Nun hab ich kaum noch Lust, den »Helianth« fertigzulesen, an dem ich fast alles Interesse verloren habe.

Ich habe mich nun also entschlossen, Deutsch als Hauptfach aufzugeben und ganz ins Französische überzugehen. Ich bin überzeugt, daß meine Gründe dafür keineswegs bloß die vernünftigen, durch die politische Lage bedingten sind. Meine Liebe zur französischen Kultur und Sprache ist so groß und so voller Erwartungen, daß mein Entschluß gerechtfertigt ist. Die Germanistik scheint mir nun so angefüllt mit Sturheit und positivistischer Nutzlosigkeit, so viel »sogenannter deutscher Tiefe«, wie Nietzsche es nennt. Aus meinem notgedrungenen Studium des französischen 17. Jahrhunderts schöpft ich sehr viel Anregung. Überhaupt überkommt mich bei all diesem schulmäßigen Lernen auf die Semesterschluß-Examina (vom 24.–31. Januar) neben tiefer Niedergeschlagenheit über die Sinnlosigkeit von allem Literarisch-Geistigem manchmal eine Art Furor des Wissens: froh, noch auf der Lebensstufe sein zu können, da man jeden Tag Wissen über Wissen aufnimmt.

Cincinnati, 27. Januar

Barcelona ist gefallen und ich behandle erste und zweite Lautverschiebung im Examen: welch ein Wahnsinn.

Cincinnati, 2. Februar

Heute erhielt ich meine Ersten Papiere. Ich mußte schwören, daß ich keinem fremden Souverän oder Potentaten Treue hielte oder so ähnlich. Es war schrecklich unfeierlich.

Ich hätte mit einem Federstrich meinen Namen ändern können, denn ich mußte ausfüllen, unter welchem Namen ich von nun an bekannt sein wollte.

Nach langer Unterbrechung les ich wieder im »Helianth«. Ende des zweiten Bandes.

Cincinnati, 5. Februar

Dem vertanen und ins Leere zerlaufnen Sonntag etwas abgerungen durch die Übersetzung von drei Strophen aus Shelleys »Adonais« (39, 41, 42).

Cincinnati, 10. Februar

Durch die Unterredung mit Prof. Z. haben sich nun alle Pläne wieder verändert. Er versprach mir mit einiger Sicherheit, daß ich die nächsten vier Jahre hier an der Universität gesichert sei durch eine assistant fellowship. Nun soll ich also doch Germanist bleiben. Und vier Jahre Cincinnati? Was opfre ich doch alles der Vernunft auf, die seit neustem so gräßlich in mir wütet. Schon wollte ich hin zu Mallarmé, Verlaine, Gide, Stendhal, Pascal, Racine, nach Ithaca, wo Cornell University ist, nach New York, wo ich glücklicher sein könnte, nach Princeton. Stattdessen positivistische Germanistik, die hier ohne Enthusiasmus vorgetragen wird, und Cincinnati. Noch hängt einiges von den Antworten auf meine zwölf Bewerbungen ab, die ich an verschiedene Universitäten schickte.

Habe angenommen, öffentlich die männliche Hauptrolle in dem Fulda-Stück zu spielen. Es wurde mir als eine Art Pflicht auferlegt.

Cincinnati, 15. Februar

In der mechanischen Abwicklung meiner notwendigen Tätigkeiten: Universitätsarbeit, Briefe etc. liegt eine gewisse stumpfe Beruhigung, die ich jetzt suche. Diese Erledigungen Punkt für Punkt verhehlen ja die Frage nach dem Wozu? und entheben mich des Nachdenkens über später. Die Affidavit-Angelegenheit für Mutter ist nun erledigt, vorläufig. Vielleicht nimmt man mein Affidavit als zu ungenügend nicht an.

Als ich unlängst an einem sonnigen Tag auf der braunen Wiese in Burnett Woods saß, schöpfte ich großen Trost aus der Ergebung in den Gedanken, daß es so ganz ungewiß ist, was aus all diesem wird. Ich weiß es nicht. Durch meine Reise nach Amerika, durch meine Lernerei für den Magister, durch meine zwölf Bewerbungen an Universitäten ist alles eingefädelt. In diesem

einfachen Zusehen und der mechanischen Pflichterledigung liegt eine angenehme Dumpfheit.
Immer noch hab ich nicht das Gefühl, daß ich nun für immer in Amerika bin, daß mein ganzes zukünftiges Leben sich hier abspielen wird.

Cincinnati, 16. Februar

Eben den »Helianth« ausgelesen. Ich empfinde dem Buch gegenüber doch viel Dankbarkeit: all diese Abende, das Licht nahegerückt, mit ausgestreckten Beinen, es war eine epische Reise. Ich bin am selben Tag fertiggeworden, durch Zufall, der mein letzter Leseabend sein durfte. Morgen wird die Niederschrift der Hölderlin-Arbeit angefangen.

Cincinnati, 27. Februar

Ich lese Carossas »Geheimnisse des reifen Lebens«, da ich im Geruhig-Epischen unbedingt fortzufahren hatte. Aber mehr und mehr kommt Carossa mir wie ein gefährlicher Fälscher vor: er ist in seine weise Abgeklärtheit verliebt. Wie kann er nur schreiben »der Kristall der Seele« bliebe im Kriege »ungetrübt«, durch das Gemeinsame des Tuns werde dies bewirkt. Ist dies etwas anderes als feinsinnig-niveauvolle und schriftstellerisch sich wertvoll gebende Paraphrase des vulgären Mottos von der köstlichen Kameradschaftlichkeit des Krieges? Diese Attitüde des nachdenklichen Stilisierens treibt natürlich dazu, das Schwere und wirklich Gemeine lind und tiefsinnig zu machen, das Kleine und Unwichtige mit symbolhaften Bedeutsamkeiten anzufüllen. Teils sind das auch Züge der »sogenannten deutschen Tiefe«, teils der angemessene Ausdruck des esprit faux. Carossa hat sicher starke Anlagen zum esprit faux. Es war mir fast unmöglich, dies in meinem Gespräch mit Dale darüber klarzumachen. Immer wieder führt das zu Mißverständnissen: daß nämlich nicht von der Qualität des Schriftstellerischen die Rede ist, sondern daß ich so etwas ablehne aus Gründen, die ganz woanders liegen. Als Schriftsteller gehört Carossa natürlich zur Welt, für die ich einstehe. Aber zu dem besonderen Winkel in dieser Welt, den ich als einzig wichtig betrachte, gehört er nicht.

Cincinnati, 2. März

Genau seit gestern riecht die Luft nach März, unverkennbar. Dieser Geruch ist mir so beziehungsreich. Vor allem drei europäische Dinge und Situationen, die ich beinahe nach Belieben zu großer Wirklichkeit bringen kann, werden mir dabei deutlich: unser Haslacher Vorgarten, kurz vor den ersten Veilchen, mit noch feuchter Erde, auf der die Märzsonne steht. Dann das Vorstadthafte deutscher Städte, vor allem Freiburgs: die Kasernen, die heute zu Wohnungen umgebaut sind, so ein großer alleinstehender Häuserblock, halb trostlos, halb hoffnungsvoll. Schließlich kann ich mir immer wieder Locarno-Monti zurückrufen, wo ich im März war. Dies ist immer dann, wenn ich frisch hinaustrete an die Luft.

Cincinnati, 9. März

Heute nachmittag André Maurois gehört. Er hielt im hiesigen Woman's Club einen Vortrag über »Französischen Witz, englischen und amerikanischen Humor.« Ich hatte nicht gewußt, daß solch ein Frauenclub eine geschlossene Gesellschaft ist. Ich war der einzige Mann unter den schmuck angezogenen Frauen, die mich seltsam musterten, mich aber doch reinließen. Die dünne Luft des professionellen bel esprit weht um ihn. Er sagte nichts als geschmeidige Belanglosigkeiten. Sonderbarerweise wurde er als »Sir André« eingeführt und angesprochen. Den Frauen ging die Sache richtig ans Herz. Hinterher hab ich ein paar Worte mit ihm gesprochen und dabei Stoff gefunden für eine sehr scharfe Satire über das Ganze.

Cincinnati, 13. März

Mit Dale den Vortrag Thomas Manns über »The Coming Victory of Democracy« gehört. Ich war ganz gefangen von dem Historischen des Ereignisses. Und auch von dem Tragischen, das in dem Weg von Kunst zu politischer Moral liegt. Aber trostlos darüber, ein überaus schlechtes Englisch statt eines herrlichen Deutsch hören zu müssen. Im nachfolgenden Gespräch mit Dale fallen uns immer mehr große Dichter ein, die diesen Weg gegangen sind: von der Kunst zur politischen Verantwortung. Goethe, Schiller, Dante, Heine, Platon. Dale erfreute mich mit dem Hinweis, daß Dante alle die in den Vorhof der Hölle versetzt, die meinungslos sind, und diese als die schlimmsten Sünder empfindet.

Cincinnati, 8. April

Heute abend meine Dissertation beendigt. Ich fürchte, was ich da über Hölderlins von mir so benannte »Simultanadjektive« sage, anhand derer ich seinen Spätstil von dem vorhergehenden abzusetzen mich erkühne, ist ziemlich abenteuerliche Philologie. Und morgen, an Ostern, werde ich genau ein halbes Jahr in Amerika sein. Seit Hichens'[1] mir schrieb, ich solle doch noch

1 Robert Hichens (1864–1950) war ein bekannter englischer Romanschriftsteller, dessen viele Gesellschaftsromane einmal sehr beliebt waren. Selbst Hofmannsthal erkundigte sich zuweilen nach »dem neuen Hichens«. Berühmt wurde er als ganz junger Mann, als er, zunächst anonym, im Jahre 1895 den satirischen und sehr amüsanten Roman »The Green Carnation« erscheinen ließ (vielleicht sein eigentliches Meisterwerk), dessen Held Esmé, für alle deutlich erkennbar, der in geistreichen Paradoxen sprechende Oscar Wilde war. Nach Wildes Prozeß zog Hichens das Buch aus dem Handel und veröffentlichte es erst 1948 wieder, nachdem er von mir erfahren hatte, daß man in Chicago einen Piratendruck veranstaltet hatte. Berühmt wurden auch seine Bücher »The

einmal in die Schweiz fahren und mit ihm eine schöne Reise machen, ist eine große unvernünftige Verlockung in mein Leben getreten.

Cincinnati, Ostern, 9. April

Dreistündiger Spaziergang mit dem »Siebenten Ring« über die Felder und die Zeitgedichte darin gelesen.

Als wichtigstes Ereignis: gestern erhielt ich einen Brief von Albrecht Schaeffer. Er schreibt, daß er sich »nach einer Zeit der Aufregungen« nun in *einem* Lande mit mir befinde, »nicht eben ausgewandert aus Deutschland, aber in einer Art freiwilliger Verbannung.« Er weiß anscheinend noch garnicht, auf wie lange, er sagt: »wie das Schicksal will, so lange wird der hiesige Aufenthalt eben dauern.« Diese Worte kommen mir so merkwürdig behutsam vor. Er ist ja nicht mehr jung und müßte sich doch klarmachen, daß er durch seine Emigration einen ungeheuerlichen Schritt vollbracht hat. Und ob »Schicksal« nicht doch ein allzu vornehmes Wort für sehr reale politische Tatsachen ist? Aber ich freue mich sehr, daß er in Amerika ist und habe das unvernünftige Gefühl, als hätte ich durch meinen Brief dabei mitgewirkt.

Cleveland, 18. April

Bin über die Frühlingsferien in Dales Elternhaus. Es ist etwas schwer. Dales Vater ist verschlossen und feindselig mir gegenüber, seit er bei der ersten Mahlzeit von mir hörte, ich äße kein Brot zu den Mahlzeiten. Er sagte barsch:

Garden of Allah« (dreimal verfilmt, u.a. mit Marlene Dietrich und Charles Boyer) und »The Paradine Case« (auch verfilmt). Ich lernte den damals Dreiundsiebzigjährigen in meiner Studentenzeit in Zürich kennen, da er, der kein deutsch konnte, jemanden brauchte, der ihm das Zürcher Studentenleben auf englisch schildern konnte. Der Held seines damals entstehenden Romans sollte in Zürich studieren. Der Roman erschien dann 1939 unter dem Titel »That which is hidden«, in dem Hichens leider auch mich, unter dem Namen Max Lindner, als viel und altklug redendes Wesen einführte. Er war mir bis zu seinem Tod ein treuer Freund. Nur durch ihn wurde überhaupt meine Auswanderung nach Amerika möglich. Das kam so: Professor Fritz Medicus, der Fichteforscher, Professor für Philosophie an der Zürcher ETH und einer meiner Lehrer, hatte mir ein Affidavit von seinem Schüler Fritz Marti in Amerika besorgt. Dies aber wurde vom Zürcher Konsul als zu unsubstantiell abgelehnt. Daraufhin sprach Medicus, ohne daß ichs wußte (es wäre mir viel zu peinlich gewesen) mit Hichens: er solle mir zum Schein ein kleines Kapital schenken, daß ich ihm natürlich sofort nach der Einreise in Amerika wieder zurückerstatten würde. Hichens erklärte sich sofort dazu bereit. Nachdem man mir davon berichtet hatte, gingen also Hichens und ich zu einem Zürcher Notar, der recht widerwillig, weil er nicht einsehen konnte, daß jemand freiwillig 20000 Schweizer Franken wegschenkt, die Schenkungsurkunde ausstellte. Schon auf dem Rückweg auf der Straße sagte mir dann Hichens, daß er solche pro forma-Sachen nicht mache und daß er mir das Geld wirklich geschenkt habe. Aber ich wollte es nicht nehmen. Das Geld gab mir dann nicht nur die Möglichkeit, ohne Affidavit auszuwandern, sondern anfänglich auch eine gewisse Sicherheit. Ich konnte es, wie man später sehen wird zu einer wichtigen Bürgschaft verwenden. Auch das teure Schiffsbillet für meine Mutter konnte ich damit bezahlen. Den Rest aber schickte ich Hichens zurück.

»Wenn jemand kein Brot ißt, was ißt er denn?« oder so ähnlich. Man mußte ihn begütigen damit, daß ich sonst schon Brot äße, nur daß eben wo ich herkäme, kein Brot zu den Mahlzeiten gegessen würde.
Gestern ist mir in einer Art Staatsstreich gelungen, meinen deutschen Paß auf ein Jahr verlängert zu bekommen. Ich ging mit größter Angst aufs deutsche Konsulat und nahm Dale zum Schutz mit. Ich bin ja heimlich ausgewandert[1] und stehe vielleicht auf schwarzen Listen. Aber es ist gelungen. Als ich das Konsulat betrat, sagte ich, um mir Mut zu machen, leise Nietzsches »Vorausbestimmt zur Sternenbahn ...« vor mich hin. »Heil Hitler« hab ich nicht gesagt.
Noch nachzutragen: ich habe nun also die Assistentenstelle in Cincinnati angenommen. Prof. Zeydels Enthusiasmus über meine Hölderlin-Dissertation, von der ich immer noch nicht weiß, ob sie gut oder nur dreister Bluff ist, machte mich etwas verwirrt. Außerdem hab ich in Cincinnati meine rührend kleinbürgerlichen Verwandten Fortriede aufgefunden. Sie stammen von einem Achtundvierziger Vordtriede ab, der der Bruder meines Großvaters oder Urgroßvaters war und in Buffalo eine Zeitung gründete. Es gibt zwei verwandte Fortriedes in Cincinnati. Die einen haben eine Bäckerei und die, die ich besucht habe, betreiben einen Zigarrenhandel. Mr. Fortriede ist sehr stolz auf seine Erfindung, seinen Kunden die richtige Aussprache des Namens leichtzumachen. Auf allen seinen Zigarrenkästen steht ein Rebus: die Ziffer 4, dann ein Baum, dann ein D: also Fourtreedee. Sie haben auch schon einmal eine Reise nach Deutschland gemacht. Aber Mrs. Fortriede sagte mir, das sei ja im ganzen ein ganz schönes Land, aber sie habe doch sehr vermißt, daß man dort kein »hard candy« kaufen könne. Es steht nämlich eine große Schüssel mit harten seidig aussehenden Bonbons in der Wohnstube, von denen sie ständig ißt.
Mein Aufenthalt in Amerika schärft meine Beobachtungsgabe beinahe ins Unglückselige: Beobachtungssucht, ein böser Zwang zur dauernden Erkenntnis.

Oberlin, 22. April

Dale hat mir soviel Gutes von Oberlin, seinem früheren College, erzählt, daß ich jetzt hierhergefahren bin. Und wie recht er hat. Eine richtige Zuversicht überkommt mich hier. Oberlin scheint eine Stätte gemeinsamen Geistes,

1 Für die deutschen Behörden war ja mein Wohnsitz immer noch Freiburg i. Br., mit der Erlaubnis, bis auf weiteres, in Zürich studieren zu dürfen. Ein 2½ Jahre dauernder Wehrdienst wäre abzuleisten gewesen. Ich hatte Zürich verlassen, ohne mich am dortigen deutschen Konsulat abzumelden. Zudem war meine Mutter, als sozialdemokratische Lokalredakteurin der Freiburger »Volkswacht«, in der sie seit den frühen Dreißiger Jahren über die Naziversammlungen warnend berichtet hatte, den Nazis schon lange ein Dorn im Auge gewesen, so daß man sie 1933 ins Freiburger Stadtgefängnis einsperrte.

voller akademischer Ruhe und kultureller Möglichkeiten zu sein. Der Ort besteht fast nur aus dem College. Er kommt mir wie eine menschenformende Stätte vor, fast ohne Beispiel in diesem Land. Der Geist echter Humanität scheint mir spürbar, der vor allem geprägt wird von dem College-Präsidenten Wilkins. Tief beeindruckt von dem Gespräch, das ich heute morgen mit Wilkins hatte. Als ich bei ihm eintrat, zeigte er auf einen bestimmten Stuhl und sagte: »Dies ist der beste Platz, denn von hier können Sie auf Dante sehen.« An der gegenüberliegenden Wand hing das Dante-Relief. Wilkins ist einer der besten Dante-Kenner des Landes. Er ist ganz erfüllt von den Thesen des jetzt so vielbesprochenen Buchs von Clarence Streit »Union Now with Britain«, worin der Vorschlag gemacht wird, daß sich alle Demokratien freiwillig zusammenschließen. Wilkins sagt, Island solle dann der Sitz der Verwaltung dieser umfassenden demokratischen Union sein. Ein großes moralisches Bewußtsein und eine wunderbare Würde sprachen aus allem und er wirkte weder wie ein Don Quijote noch wie ein König Lear, obwohl mir, was er vortrug, nur wie edle Träumereien vorkam. Ich sprach ihm dann von Schaeffer und ob das reiche Oberlin etwas für ihn tun könne. Island war ja weit, aber Schaeffer sitzt, unbekannt und zum Stummwerden verurteilt, in Croton am Hudson.
Gestern im Hause von Prof. Jàszi, dessen Frau eine jener großen Opferfreudigen ist. Ich war sofort in herzlichstem Einvernehmen mit ihr. Plötzlich bin ich nicht mehr der einzige Europäer wie in Cincinnati. Müheloseste Verständigungsmöglichkeit. Hier scheint mir echtes Wachstum zu sein statt der leerlaufenden Geschäftigkeit von Cincinnati, echte Brennpunkte statt sozialer Zirkel, Jugend statt Erwachsenennachahmung. Diese mich immer so aufreizende Einstellung unter Amerikanern, daß Amerika sich in Europa nicht »einzumischen« habe, findet sich hier nirgends. Ebensowenig wie der idiotische Anti-Rooseveltismus. Hier sind die europäischen Ereignisse mehr als exotisches Panorama und Abenteuer-Journalismus.

Cincinnati, 24. April

Heute morgen während der vierstündigen Wartezeit auf die Weiterfahrt in Columbus um zwei Uhr nachts befallen von einer wahren Panik des Zurückkommens.
Hier fand ich auf meinem Tisch ein schönes Geschenk von Schaeffer vor: seine Verse zu seiner Emigration. Es ist ein großes maschinengeschriebenes Gedicht, das die Bibelworte »gehe aus von deinem Vaterlande und von deiner Freundschaft und von deines Vaters Hause in ein Land, das ich dir zeigen will« zum Ausgang für eine kunstvolle und ergreifende Paraphrase in der Form eines Akrostichons macht. Jedes der Bibelworte beginnt, in der Maschinenschrift rot geschrieben, eine neue Strophe. In der Widmung sagt

er, daß er mit diesen Versen Abschied von seinen Freunden in Deutschland als Dichter genommen habe, und er sehe »sie gern unter den Augen dessen, der mich hier als Dichter zuerst begrüßte.« Was für eine schöne Rolle ist mir da zugefallen.

Cincinnati, 2. Mai

Heute im neuen Vorlesungsverzeichnis der Universität meinen Namen gedruckt gefunden. Zum erstenmal in meinem Leben in einem Vorlesungsverzeichnis. Ich hoffe, das ist eine Art historisches Datum.

Cincinnati, 3. Mai

Schaeffer hat mir auf meinen Bericht von Oberlin sofort geantwortet. Heute erhielt ich seinen langen Brief, den ich nicht ganz verstehe, der mich aber sehr bestürzt. Er fordert von mir, ich müsse verstehen, »daß für mich mein eigener, der engere Bezirk von Kultur und Literatur, ja, die Dichtung sogar, ein Friedhof ist.« Alles, was ihn von dorther noch erreicht, komme ihm »aus gestorbenen Mündern«. Er sieht das vollständige Ende der abendländischen Kultur. Er sieht, mit Hilfe von merkwürdigen Jahreszahlen, etwas Neues kommen, das göttlich sein wird. Was bliebe ihm selber dann noch zu tun? Er selbst hineingestellt in dieses große Welken? Will er mir eine Bahn ins Nichts vorschreiben? Ich habe meine Augen zu sehr mit Hoffnung auf Frankreich als Kulturwiege gerichtet, um an Abbruch und gänzlichen, sektiererhaft errechneten, Neubeginn einer Epoche zu glauben. Ich bin zu mißtrauisch gegen die gedanklichen Gebäude, in denen Zeitläufe und Strömungen allzu festen Platz durch Errechnung und Ausdeutung gewonnen haben. Zu sehr scheint mir alles vom einzelnen Menschen abhängig zu sein. Und sie leben ja noch, André Gide, Benedetto Croce, Thomas Mann (dem Schaeffer in seinem Brief vorwirft, er sei zu sehr im Deutschen steckengeblieben).

Cincinnati, 11. Mai

Sehr deutlich ist, wie durch unser tägliches Zusammensein Dale sich unter meinem Einfluß geformt hat. Er fühlt es selbst. Er hat allmählich ein starkes politisches Bewußtsein entwickelt. Ich habe ihn zu jener »world of men«, wie Browning sagt, hingeleitet.

Wenn mir jemand sagt: »Wieso können Sie immer vom Rückgang der Kultur sprechen? Sind diese großartigen Erfindungen und Errungenschaften der Technik nicht bedeutende und positive Leistungen?« Ich müßte antworten: »Ja, diese Erfindungen sind groß. Das Schlimme ist nur, daß Sie sie benützen.«

Cincinnati, 13. Mai

Frau Landmann[1] sandte mir ihren langen Aufsatz über Hofmannsthals Briefwechsel mit George heute in Maschinenschrift zu. Ich las ihn gleich. Nun bin ich, mitten in meinen letzten Examensvorbereitungen, so gefangen durch all dies Einzigartige. Erweckung und Trauer: immer seltsam gemischt, wenn mich die Stimme Georges erreicht. Werde ihr morgen einen Brief darüber schreiben. Aber ich kenne keine deutschsprachige Zeitschrift in diesem Lande, in der ich den Aufsatz zum Abdruck bringen könnte, wie Frau Landmann hofft.

In weniger als vier Wochen werd ich in Europa sein.

Cincinnati, 22. Mai

Schaeffer schreibt, er habe ein Ehrenlektorat in Oberlin erhalten, also eine bezahlte Stelle ganz ohne Pflichten. Er lädt mich ein, ihn in Croton zu besuchen. Dale und ich faßten heute abend den Plan zu einem Brief über Schaeffer an Präsident Wilkins.

Cincinnati, 31. Mai

Mein letzter Tag in Cincinnati. Am 26. mein Examen bestanden. Dann mit Dale und Virginia durch die Nacht gewandert in den fast tropisch bewachsenen Hügeln von Kentucky. Die Wiesen waren voller großer Leuchtkäfer, viele starke Düfte und ich dauernd in der glücklichsten Stimmung des Abenteuers. Ich hatte Nietzsches Zarathustra in englischer Übersetzung mitgenommen. Minuten bevor die Sonne heraufkam, las Dale das Kapitel »Vor Sonnenaufgang« vor.

Washington, 2. Juni

Nach sechzehnstündiger Bahnfahrt gestern hier angekommen. Washington ist mir schon eine ganz vertraute Stadt. Heute morgen wieder, wie das letztemal hier, in den Briefen der Gräfin Reventlow gelesen. Das Wiedertun in fremden Städten ist mir wichtig. Und wieder, wie letzten Januar, wird mir »so weh und heilig ums Herz«, wie sie selber einmal schreibt. Noch bin ich weit entfernt, an diese ganze Reise zu glauben. Ich möchte sie zur gierigsten Bildungsreise gestalten.

1 Edith Landmann (1877–1951), die Freundin Stefan Georges und Philosophin des George-Kreises (»Georgica«, »Die Transcendenz des Erkennens«, »Grundzüge einer Lehre vom Schönen« und das zusammen mit Renata von Scheliha verfaßte Werk »Stefan George und die Griechen« sind ihre Hauptwerke). Ich lernte sie schon früh während meiner Studentenzeit kennen und stand bis zu ihrem Tod mit ihr im Briefwechsel. Sie trug für mich die Züge Mentors (so wie Pallas Athene sie für den jungen Telemach angenommen hatte); vgl. meinen Aufsatz »Aus Edith Landmanns Briefen« (Castrum Peregrini XXXV 1958).

Am Abend: Soeben Ricarda Huchs »Frühling in Zürich« beendet, das ich hier fand und gleich ganz las. Ich erkenne doch deutlich, daß auch für mich Zürich die eigentliche erste Bildungsstätte war.

New York, 6. Juni

Nie Zeit gefunden, über meine Begegnung mit Schaeffer zu berichten. Ich hoffe, morgen auf dem Schiff wird es gehen.

An Bord der Queen Mary, 7. Juni

Schon in voller Fahrt. Genieße es sehr, seit vielen Monaten zum erstenmal wieder das angenehme Gefühl des einsamen Verlorenseins zu haben.
Über Schaeffer: am 4. Juni am Spätnachmittag in Harmon angekommen. Schaeffer holte mich ab. An diesem ersten Tag überwog das Gefühl leisen Enttäuschtseins: ein müder Mann schien Schaeffer, zu egozentrisch, selbstinteressiert. Spaziergang durch die fast tropisch reichen Laubwälder. Ein Mißton kam durch seine abschätzige Bemerkung über Tillich,[1] dem er wie Thomas Mann vorwarf, im Deutschen steckengeblieben zu sein, und meine kecke Herausforderung: »Sind Sie denn *nicht* an Deutschland verhaftet?« Mein Sträuben, an das Ende der 2100jährigen Kulturepoche zu glauben. Am Abend vor seinem Bücherschaft mit seinen Werken. Er will von seinen frühren Büchern nicht mehr viel wissen, nur vom »Parzival«.
Der Haushalt und Frau Schaeffer beeindruckten mich sehr. Am Abend Gespräch über Carossa und das heutige Deutschland. In der Nacht: Schlaf zwischen all den Bäumen.
Am 5. Juni: viel volleres Verstehen, freundschaftliche Annäherung. Am Morgen dreistündigen Spaziergang mit ihm; das protestantische Pfarrhaus, Rudolf Steiner, seine neue naturwissenschaftlich-mythische Richtung waren die Gesprächsthemen. Die Wörtlichkeit der Mythen: Nußbaum, der an allen Stellen das Antlitz des Erlösers zeige. Bedeutung der Nuß. Vorm Stauwerk am Fluß legten wir uns ins Gras: große Annäherung. Er spricht von seinem Vater. Ich entdecke ein zerbrochenes hölzernes Wagenrad im Weiher. Ich mache ihn darauf aufmerksam und sage im Scherz, das sei doch echte deutsche Stimmung, Romantisch-Versunkenes. Er ging aber nicht darauf ein. Aber er erwägt meine Widersprüche mehr als am Vortag. Auf dem Heimweg Gespräch über George, von dem Schaeffer sagt, er klänge oft wie reiner Geibel. Um das zu beweisen sagt er das Gedicht her:

> Nun laß mich rufen über die verschneiten
> Gefilde, wo du wegzusinken drohst . . .

1 Paul Tillich, der emigrierte protestantische Theologe, war damals am Union Theological Seminary der Columbia University in New York. Er stand vielen Emigranten mit Rat und tätiger Hilfe zur Seite, so auch mir.

Aber mitten im Sprechen des letzten Verses stolperte er über eine Baumwurzel und fiel beinahe hin. Das scheint mir eine symbolische Situation. Er blieb dann den ganzen Heimweg über verdrossen.
Ich merke im Laufe des Tages, wie er, anscheinend aus Einsamkeit, meine Gegenwart sehr herbeiwünscht. Am Nachmittag les ich draußen unter den Bäumen seinen George-Aufsatz. Kann das Gefühl nicht loswerden, als ob er vieles von dem, was er beim Schreiben früherer Bücher wußte, nicht mehr weiß. Überhaupt gehen mein bisheriges Schaefferbild und er selbst nicht ganz zusammen.
Später liest er mir das Eingangskapitel seiner Heraklit-Exegese vor. Danach seine lateinische Urschrift davon. Schöne Situation. Ich betrachte ihn. Aber das Buch geht mich kaum etwas an. Er ist in Gleise gekommen, die von seinen angemessenen Bahnen abgekommen sind. Was soll dieses christliche Mythisieren?
In meinem Koffer entdecke ich sein hineingelegtes Geschenk: das gedruckte Gedicht »Das Haus am See« und »Magnifikat«. Gute Freundschaft mit seiner tatkräftigen sympathischen Frau. Singe mit den Kindern. Werde für den Herbst eingeladen.

Queen Mary, 10. Juni

Schöner sonniger Tag. Den ganzen Tag auf Deck. Ich fühle, wie durch mein Reisen mir meine eigne Wirklichkeit abhanden kommt. Ich habe keine mehr. Auch in Cincinnati ist sie nicht. Es ist wahrscheinlich deshalb, weil alles, seit Ende 1937, was ich tue, von vornherein nichts von Dauer hat. Die schöne Immoralität des Reisens: pflichten- und tatenlos, Recht auf Alleinsein, folgenlose Beobachtung.

London, 16. Juni

Vorgestern abend mit Prof. Edward Dent und dem Prinzen Löwenstein[1] zusammen. Zum Schluß geriet ich wieder in diese versteinerte Reserviertheit, die wohl beleidigend wirkt. Weiß kaum warum. Gestern Grete Wittkowski gesehn. Wie hebt sich, am amerikanischen Hintergrund gemessen, doch deutlich vieles Gemeinsame ab. Sie nennt mich ihren »Lebensretter« wegen der Kaution, die ich schickte.[2]

1 Prinz Hubertus zu Löwenstein war damals der Generalsekretär der »Deutschen Akademie im Exil« (American Guild for German Cultural Freedom), der auch Thomas Mann angehörte. Im Mai 1938 hatte ich mich an ihn von Zürich aus gewandt, um von der American Guild ein Affidavit zur Einwanderung zu erlangen (leider vergeblich) und traf ihn dann öfter in Amerika. Von ihm: »Botschafter ohne Auftrag. Lebensbericht.« (Droste-Verlag, Düsseldorf 1972).

2 Dr. Grete Wittkowski war 1938 in Zürich, wo wir uns oft sahen und, trotz verschiedener politischer Auffassungen, sehr anfreundeten.Gemeinsam war uns der Kampf gegen die Nazis. Ich schrieb damals auf ihre Veranlassung für die auf dünnstes Papier gedruckte und heimlich in

Im Zug, 21. Juni

Gestern in London in einen beliebigen Bus gestiegen und weit gefahren. Am Abend bei Grete und Susanne. Heute morgen auf den Emigrationsbehörden verbracht wegen Mutter. Nun durch die englische Landschaft. Sie mag der amerikanischen in Teilen ähnlich sein, wie sie will. Für mich ist sie grundverschieden, beredt, Stimmungen gebend. Alle Erscheinungen in Amerika, sofern sie nicht pure Technisierung sind, kommen mir wild und ungeformt vor. So auch die Landschaft. Eine unerlaubte Sentimentalisierung der Natur? Ich glaube nicht.

Zürich, 22. Juni

Zürich entzückt mich mehr als ich je dachte. Jeder Fußbreit ist Abenteuer und Wiederentdeckung. Im Studentenheim gegessen: sofort gehöre ich dazu. Dadurch daß ich wieder in meinem alten Zimmer bei Alders wohne, gelingt es mir beinahe, die Zeit still stehn zu lassen, denn nichts hat sich geändert. Mein erster Gang heute morgen war zur Universität, die ich sehr liebte. Um 10 Uhr war gerade das englische Seminar aus. Vor der Tür des alten englischen Seminars, wo jetzt das theologische ist, fast übermannt von Erinnerungen. Morgen werd ich Korrodi sehn.

Zürich, 25. Juni

Die wiedergefundene Zeit. Der einzige bittre Tropfen ist, daß Korrodi[1] mir vorgestern mitteilte, daß die Spalten der Zeitung für mich geschlossen seien.

deutschen Telephonzellen niedergelegte illegale Zeitung »Süddeutsche Volksstimme« im Juli 1938 einen Bericht über die Verhaftung Ernst Wiecherts, mit einem Zitat aus seiner mutigen Münchner Rede. Grete Wittkowski verließ kurz nach mir die Schweiz und ging nach England, wo sie politisch arbeitete, indem sie die Frauen Englands organisierte. Entweder deshalb oder weil ihre Aufenthaltspapiere nicht ganz in Ordnung waren kam sie 1939 in Untersuchungshaft. Das Geld für die Kaution und den Rechtsanwalt schickte ich von Cincinnati aus nach England (alles was ich hatte), das ich natürlich, wie versprochen, zurückbekam. Grete Wittkowski, zuletzt Präsident der Staatsbank der Deutschen Demokratischen Republik, starb 64jährig am 20. Okt. 1974.

1 Eduard Korrodi, viele Jahre lang Leiter des Feuilletons der »Neuen Zürcher Zeitung«. Von 1934–1938 schrieb ich für ihn eine große Anzahl von Artikeln und Buchbesprechungen (unter wechselnden Chiffren: W. V., r. e., V-e, Werner Stoutz, Werner Saladin), von denen ich hauptsächlich meinen Lebensunterhalt bestritt. Korrodi wußte genau, daß ich keine Arbeitserlaubnis hatte, aber er ließ mich großzügig gewähren. Aber mit meinem letzten Beitrag vor der Auswanderung, einem langen Artikel über die Tessiner Jugendherbergen, hatte ich völlig arglos etwas Fürchterliches angerichtet. Von einem der Herbergsleiter, mit dem ich viel gesprochen hatte, schrieb ich wahrheitsgemäß: »Er ist auf die Deutschen nicht gut zu sprechen«. Daraufhin, so erfuhr ich jetzt erst, entstanden peinliche politische Verwicklungen, der Herbergsvater war empört, weil er auf deutsche Gäste rechnete, Vorstellungen von deutscher Seite wurden gemacht. Der Lokalredakteur Arnet, der, im Juni 1938, stellvertretend meinen Artikel durchgehen ließ, hätte beinahe meinetwegen seinen Posten verloren. So jedenfalls erzählte Korrodi es mir nun. Die NZZ war damals in einer schwierigen Lage. Die Sache ist später wieder beigelegt und mein Schreibverbot für die NZZ wieder aufgehoben worden.

Am 23. mit Peter, Leisi und Wegmann nach Fällanden am Greifensee gewandert. Unterwegs in Wil Einkehr im Dorfwirtshaus. In Amerika gibt es keine Dörfer. Most und Räßkäse. Welch wunderbare Lustinstinktsicherheit für Situationen die andern hatten, all dies mir entgegenzubringen. Nächtliches Bad, nackt, im Greifensee. Dann zwei Stunden im Heuhaufen unterm Sternenhimmel. Gegen fünf Uhr morgens Rückwanderung. Gestern nach Kreuzlingen zu Peters Eltern. Heute morgen an der Barriere, auf deren andrer Seite Deutschland liegt.
Ich fühle meine Beobachtungsgabe und Erlebnisfähigkeit ins Große wachsen. Amerika wird mir, allerdings nur vom Negativen her, dauernd klarer.

Zürich, 30. Juni

Eben aus dem Tessin zurück. In Arcegno holte uns der Maler Metz herein. Er malt in ganz undifferenzierten Farben, aber er beeindruckt uns durch seine treffende Redeweise, Schilderungen dieses kaum noch bevölkerten Dorfs mit den vier Patrizierfamilien. Metz, staatenloser deutscher Emigrant, hat sich dort eingefühlt und sich ein Leben gezimmert. Mit größter Spannung stellten wir unser Abendessen zusammen: reife grüne Feigen, Sauerkirschen, Pfirsiche, Panettone und Chianti. Im Park vor den Gingko biloba-Bäumen verzehrten wirs in arkadischer Gier.

Zürich, 8. Juli

Heute morgen wieder erst um fünf Uhr nachhause gekommen. War gestern auf dem Philologenball im Zoo. Noch einmal studentische Atmosphäre mit dem schönen Gefühl doch noch dazuzugehören.

Zürich, 10. Juli

Die tiefe Melancholie der letzten Tage verschwindet langsam. Es gelingt mir nicht ganz, ihren Grund zu erkennen. Aber es ist wohl so, daß ich doch nicht mehr ganz zu all diesem gehöre. Ein Stück Heiterkeit ist für immer weg. Der Philologenball hatte dadurch fast etwas Unheimliches, neben dem Fröhlichen.

Zürich, 12. Juli

Gestern den ganzen Nachmittag mit Mühlon zusammen: meist politisches Gespräch. Er hat in seinem Zimmer lauter furchtbare Bilder aus dem spanischen Bürgerkrieg aufgehängt, um das Elend nicht zu vergessen. Wir sind dann die ganze Nacht durch Zürich gezogen bis heute morgen um sechs Uhr. Es gelang mir, Mühlon zur Ausgelassenheit zu bringen, die er sicher manchmal braucht.

Zürich, 14. Juli

Gestern mit Sennhauser ohne Bootbegleitung zweimal quer über den Zürichsee geschwommen: vom Utoquai zum Landungssteg und wieder zurück. Gefühl großer Gesundheit und Müdigkeit. Heute Abschied von Franz von Dumreicher, der auch nach Amerika geht.

Basel, 16. Juli

Wieder in dieser Stadt, bei Michael Landmann. Das Haus Münsterplatz 8 hat an der einen Seite das Münster, an der andern den Rhein. Der Drang, irgendetwas zu gestalten, Dinge gründlich zu wissen, Halbes ganz zu machen kommt hier über mich, wohl auch wegen Michaels offenbarem großen Wissen. Aber da ich hier nicht bleiben kann, wirds nichts werden. Das bescheidenere Wort »Denkwille« für das inhaltlos gewordne »Kultur«.
Aus Gesprächen mit Michael: Kunst entstand nicht aus dem Willen, etwas Bestehendes nachzubilden, sondern um etwas Entschwundenes vorm Vergessen zu bewahren. Daher früher keine einfache Landschaftsmalerei, die erst spät auftritt. Also hat die Kunst nicht das Gewöhnliche, Allgemein-Menschliche festzuhalten, sondern das Außergewöhnliche (nun Entschwundene); nicht das Allgemein-Menschliche, aber dies Vergangene als Norm für das Allgemein-Menschliche. Anfang der Tragödie also war der Klaggesang um den tragisch Entschwundenen. Erst später kommen dann dessen eigne Gestalt und Schicksale hinzu. Nicht der Inhalt ist es, was den Dichter zum Dichter macht, sondern das Sagen. Aber, um großartiges Sagen nicht ans Nichtige zu verschwenden, wählt er große Inhalte, die aber selber durchaus sekundär sind.
Gestern abend Schaeffers »Magnifikat« gelesen, das er mir schenkte, im Anblick der deutschen Berge und Dörfer, die jenseits des Rheins klar gegen den Horizont standen. Wir haben beide dies Gedicht sehr gern.
Zum Thema: eine Landschaft spricht zum Betrachter nur in der gehörigen Umgebung: in einem kanadischen Kornfeld vermutet man keinen Mohn.
Einmal dem oft auftauchenden, anscheinend stets finster und totenähnlich anmutenden Bild Amerikas bei Jean Paul nachgehen.

Kreuzlingen, 21. Juli

Seit vorgestern wieder hier. Sogleich den etwas tollkühnen Plan gefaßt, nach Deutschland zu gehn, um mit Mutter in Konstanz zusammenzutreffen und ihre Flucht aus Deutschland vorzubereiten. Da Postkarten weniger sorgfältig zensiert werden als Briefe, schrieb ich an Mutter einen chiffrierten scheinbaren Unsinn: der Ritter Kuno solle sein Roß besteigen, um 11 Uhr 23 in Konstanz eintreffen. Ich unterschrieb »Deine Rosa von Tannenburg«.[1] Das

1 In der erbaulichen Geschichte für die christliche Jugend »Rosa von Tannenburg« erzählt Christoph von Schmid, wie das edle Mädchen ihren Vater, den Ritter Kuno, aus schwerem Kerker

wird Mutter hoffentlich verstehen. Morgen soll es sein. Zuerst berieten Peter und ich uns mit dem schweizer Grenzbeamten und gingen dann zum Gemeinde-Ammann. Dr. Sträuli hatte ihn schon telephonisch eingeweiht. Er war sehr hilfsbereit und stellte mir eine Personalbescheinigung aus, auf der nur steht, ich sei aus Cincinnati und ein Hausgast bei Dr. Sträuli. Der fährt ja als Arzt sehr oft über die kleine Grenze herüber. Ich werde dann als nicht deutsch sprechender Amerikaner in seinem Auto mitgenommen. Morgen also werd ichs wagen.

Kreuzlingen, 22. Juli

In 1½ Stunden soll Mutter in Konstanz ankommen. Um meiner Aufregung (durch das Gefühl der Gefahr) Herr zu werden, les ich die erste Duineser Elegie. Da treff ich auf die Stelle, die auch den Gedanken enthält, daß die Kunst sich eigentlich vom Vergangnen nährt:

denk: es erhält sich der Held, selbst der Untergang war ihm
nur ein Vorwand, zu sein: seine letzte Geburt.

Kreuzlingen, 23. Juli

Gestern gelang der Streich: ich war einen Tag auf deutschem Boden. An der Grenze ging alles gut, ich verstand kein Deutsch, Dr. Sträuli zeigte meinen Personalausweis vor. Den Paß hatte ich natürlich nicht mitgenommen. Mutter mit Dr. Sträuli bekannt gemacht. Er wird, wenn es soweit sein wird, versuchen, sie über die Grenze zu bringen. Wir aßen im Inselhotel direkt am See und sahen uns dann die schöne alte Stadt an.

Kreuzlingen, 24. Juli

Gestern am Grenzbach entlang nach Schloß Gottlieben gegangen, um Dr. Mühlon[2] zu besuchen. Komplizierte Empfindungen beim Anblick der granitnen Grenzsteine mit dem schwarzen Scheidestrich. Bei Emmishofen verläuft die Grenze so seltsam, daß man auf deutschem Boden geht. Dann der Blick ins Hegau mit dem Hohentwiel und Mägdeberg über den Rhein hinüber. Zwischen Bäumen steht das alte Schloß. Walter erwartete uns am Gittertor,

errettet. Rosa und Kuno waren bei uns ein geläufiger Familienscherz. Die Lage meiner Mutter in Deutschland war deshalb so schwierig, da man ihr, nachdem sie im Gefängnis gewesen war, den Paß entzogen hatte. Sie konnte also nicht legal ausreisen. Am Tage, an dem dann der Gestellungsbefehl für mich kam und an dem ich folglich zum »Refraktär« wurde, floh meine Mutter aus Deutschland. Dr. Sträuli hielt sein Wort und brachte sie sicher in die Schweiz, wo sie bis zu ihrer Überfahrt nach Amerika bleiben konnte.

2 Dr. Mühlon lebte damals schon seit Jahren in einem schwierigen Exil. Er war ein hoher Beamter im Kaiserreich gewesen. Im ersten Weltkrieg verurteilte er dann den uneingeschränkten U-Boot-krieg, wurde verfemt, politisch verfolgt und floh in die Schweiz. Er hat später Schloß Gottlieben verlassen, weil diese große Nähe zu Deutschland ihm das Gefühl immer größerer Gefährdung gab.

das er uns öffnete. Zuerst in den Huss-Turm, der 700 Jahre alt ist und eine ebenso alte Holztreppe mit Holznägeln hat. In der Bibliothek treffen wir Dr. Mühlon. Wir sitzen am Kamin und sprechen über Amerika und europäische Politik. Ich werde begeistert und zugleich traurig. Dr. Mühlon sprach von der »blutlosen Existenz«, zu der er im Exil verdammt ist. Wir hörten ihm zu und glaubten ihm, als sage er letzte Worte. Eine große Menschlichkeit ist um ihn, gepaart mit durchdringendem Verstand.
Heute morgen schrieb ich Peter Schaeffers »Magnifikat« ab, wie es auch Michael getan hatte.[1] Ich schrieb gleichzeitig an Schaeffer. »Träumelos aber nicht hoffnungslos« schrieb ich. Solange diese schweizer Bürgerhäuser noch ständen, könne ich nicht ans Ende der ganzen Kultur glauben.

Marseille, 28. Juli

Mit Hichens am 26. hierhergefahren. Heute morgen zum erstenmal wieder im Mittelmeer geschwommen: wie vor einem Jahr in den Bains des Catalans. Das Wasser schien mir sehr kalt. Derselbe alte Badewärter mit dem großen Haken, der so unverblümt nach seinem Trinkgeld fragt. Auf dem Heimweg, trotz Neigung zu Schwindel, mich gezwungen zu Fuß die hohe Hängebrücke hinaufzugehen. Zwischen den sehr schmalen Stufen sieht man das Licht hindurch. Über die Brücke und wieder hinuntergelaufen. Abends allein in den Gassen des Vieux Port gegangen (zur etwas ängstlichen Belustigung von Hichens steckte ich mir ein Küchenmesser dazu in die Rocktasche). Nicht mehr so keck wie vor einem Jahr. Die dunkelsten Gassen vermeid ich. Aus den Fenstern im Vieux Port tönte noch spät manchmal seltsame arabische Musik.

1 Schaeffers »Magnifikat« beginnt mit der Strophe:

Ich sah vom hohen Gipfel, aus einem Lindenwipfel
Hinab ins grenzenlose, ins heilig deutsche Land.
Vor Morgen war's im Dunkel, da unterm Sterngefunkel
Noch kaum die Himmels-Rose in zarter Blüte stand.

Und es klingt aus mit dieser Anrufung:

O Weiten voll Gewimmel, und Serafim am Himmel,
O voll von Rand zu Rändern mit Segen alles Land!
Ich sah aus tausend Zellen die tiefen Säfte quellen –
O Land von allen Ländern, du Frucht in Himmels Hand!
Du einziges und eines, du Gottes und du meines!
Du Korn, du Wiesenfeuchte, Wald, Heide, Moor und Ried,
Du Meerstrand, Fluß und Quelle, du Nacht und Sternenhelle,
Du immer mir Geleuchte, du goldnes Lerchenlied!

Daß meinen Freunden und mir dieser Ton in diesem Augenblick zu Herzen ging, wird man begreifen.

Marseille, 30. Juli

Immer noch unter dem gräßlichen Eindruck der Schreie, die ich in der vorletzten Nacht hörte. Ein Mann lief die Straße herunter und schrie in solch entsetzlicher Angst, daß seine Stimme kaum noch menschlich war: »Au secours, au secours!« Ich war so gelähmt vor Schreck, daß ich nicht aufstand und hinuntersah. Bringe es seitdem nicht mehr fertig, nachts in den Vieux Port zu gehn.

Nizza, 6. August

Heute nachmittag versucht, beim Exkalif, dem letzten Kalif, Abdul Medjid II., Karten abzugeben. Hichens kennt ihn von früher. Aber alles war geschlossen. Am Abend die »Nuit Blanche«. Wir sehen von Ruhls Terasse aus zu. Es herrscht keine ganz ausgelassene Lustigkeit. Begreiflich. Auch die es nicht wissen wollen, sind unentrinnbar unterm Druck unsrer Zeit: er ist atmosphärisch.

Aix-en-Provence, 10. August

Der Plan, nach Aix zu gehen, wurde in der Hoffnung gefaßt, hier mit einigen Professoren in Berührung zu kommen. Wie ein plötzlicher verrückter, mich ganz benommen machender Traum tauchte der Vorsatz in mir auf, im Herbst 1940 auf ein Jahr hierherzukommen, Französisch zu studieren und eine Assistentenstelle zu erhalten. Schon auf der Fahrt nach Aix suchte ich mir vorzustellen, ich täte etwas sehr Gewohntes und führe auf der mir vertrauten Straße dorthin, wo ich ständig lebe. Gleich am selben Nachmittag ging ich zur Universität. Sie ist geschlossen. Ich wollte schon gehn, als der Sohn des Pförtners ankam. Ich brachte ihn dazu, mir alle wichtig scheinenden Adressen zu geben.

Heute morgen versuchte ich, die drei Professoren aufzusuchen, die in Aix und nicht wie die andern in Marseille wohnen. Der erste, Lote, ist auf zwei Wochen weg. Ich ließ eine Visitenkarten da und hoffe ihn nach der Rückkehr aus Tunis hier zu treffen. Der zweite, Segond, ist grade in den Ruhestand getreten und nach Nizza verreist. Der dritte, Paliard, wird erst im September zurück sein. Auch bei ihm ließ ich eine Visitenkarte. Dann ging ich zur Universität hinauf, wo ich, wie der Junge sagte, den Sekretär treffen konnte. Er ist sehr freundlich und sagt, ich könne zwar keine Assistentenstelle an der Universität bekommen, wohl aber an einem Lycée oder der Ecole normale. Er schickte mich zum Rektorat der Akademie. Das ist im Hintergebäude des Musée de Tapisserie. Ich ging durch den ganz stillen Garten und die Treppe hinauf. Dort erhielt ich die pariser Adresse, an die ich mich wenden muß. All dies spielte ich als ein Spiel mit der Möglichkeit, an die ich kaum glaube. Auf dem Heimweg, über die Place de la Mairie, stellte ich mir immer vor, ich ginge in meiner Stadt herum und ich grüßte die Leute, als seien es meine täglichen Bekannten. Ich erfand auch schon ganz vertraute Gespräche mit einigen von ihnen. Heute nachmittag machten wir eine der schönsten Fahrten nach Vauvenargues und Jouques.

Tunis, 15. August

Gestern nachmittag hier gelandet. Zum erstenmal eine ganze Menge von Arabern gesehen. Einer grüßte höchst würdevoll zum Schiff herauf. Er ist in einen hellgrünen Burnus gekleidet. Es ist Tayeb, ein alter Bekannter von Hichens. Er hatte früher einmal im »Garden of Allah« im Drury Lane Theater mitgespielt und ist jetzt Fremdenführer. Heute nachmittag mit einer Droschke (das eine Pferd lahmte gottserbärmlich) zum Bardo gefahren. Das Innre ist, abgesehen von schönen arabischen Gipsstukkaturen, von entsetzlichem Geschmack. Ich habe mir schon seit längrem einen vollen Bart ums Kinn wachsen lassen, da Hichens mir gesagt hatte, ein glattrasierter junger Mann gelte bei den Arabern als ein garçon de plaisir.

Tozeur, 18. August

Gestern waren hier 48 Grad im Schatten! Ich sitze auf dem Dach unsres Hotels, kann über die Dächer des Orts in die Oase und die Wüste sehn. Die große Hitze von gestern ist vorüber. Gestern mit Mustafa und Osman, der ein geriebener und amüsanter Bursche ist, durch Tozeur gegangen: die alten Häuser mit den Backsteinornamenten, eine verfallne Moschee, das Judenviertel. Sie zeigen mir die Prostituierte, eine ältliche stark bemalte Jüdin in sehr bunten Schleiergewändern und Silberringen um die Knöchel. Sie verschwindet im Bordell. Man zeigt sie mir als etwas ganz Natürliches, daß es nun einmal in jedem Ort gibt. Auf unserm Kamelritt zu den Quellen der Oase kommen wir an einer gesondert dastehenden Siedlung vorüber, es ist das Negerviertel, wo ehemalige Sklaven aus dem Sudan wohnen. Unser arabischer Führer, der selber sehr dunkel ist, deutet auf einen Negerjungen und sagt höhnisch: »Ist der nicht schön weiß?«[1]

Tunis, 21. August

Gestern früh um fünf Uhr von Tozeur abgefahren, um nicht in die Mittagshitze zu geraten. Um fünf Minuten vor sechs ging die Sonne auf. Während der Fahrt trafen wir auf viele Beduinen, die aus der Wüste kamen. In Kairouan kamen sie an unser Auto, um Medikamente für ihre Augenkrankheit zu erhalten. Wir hatten nichts als Aspirin, was wir ihnen gaben.

1 Daß hier fast nichts über die Reisen und Begegnungen in der Schweiz, der Provence und Tunesien steht, heißt nicht, daß sie den Tagebuchschreiber nicht fesselten. Aus den langen Berichten wurden nur einige wenige Situationen ausgewählt. Entzücken ist nicht stilfördernd.

Hier in Tunis zum erstenmal wieder Zeitungen: träumelose und gefährliche Wirklichkeit. -

Tunis, 25. August

Letzter Tag in Tunis. Alles ist überschattet durch die unmittelbare Kriegsgefahr. Vorgestern gingen wir in La Marsa zur Coupole. Der Kellner erkannte uns und blieb stehen und zeigte uns, daß er unter die Fahnen gerufen worden war: Mobilisation.
Gestern nacht war mir ganz gewiß, daß der Pakt zwischen Hitler und Stalin nur den sofortigen Krieg bedeuten kann. Ich schickte ein Telegramm an Fränze, sie solle sofort mit dem nächsten Schiff Hamburg verlassen und nach England fahren. Heute morgen telegraphiert, um das frühste Schiff nach Amerika zu erhalten. Der vorgesehene 13. September scheint viel zu spät. Seitdem etwas ruhiger und zuversichtlicher.
Die ganze Nacht geträumt, ich sei Soldat im Krieg, in der amerikanischen Armee in Europa. Aber ich war der einzige, der nicht schießen konnte, da ich ganz ungeschult war. Einmal werd ich von deutschen Truppen, die im Auto kommen, gefunden und festgenommen etc. Das Ganze hatte aber nicht die Atmosphäre des Angsttraums, sondern beinahe etwas Erlösendes. Ich sehe nicht, wie der Krieg auf anständige Art vermieden werden kann.
Eines ist mir jetzt ganz klar: seit der entsetzlichen Überraschung des Sowjet-Nazi-Bündnisses weiß ich, daß Stalin nichts als ein opportunistischer, verschlagener Tyrann ist, der mit Marx garnichts mehr zu tun hat. Im ersten Augenblick schien dieses Bündnis so unfaßlich. Es gab mir einen körperlichen Schock. Mir wurde übel.
Heute um Mitternacht geht das Schiff nach Marseille. Meine nächsten Entscheidungen sind mir noch ganz unklar.

An Bord der Grévy, 26. August

Heute morgen um sieben in Bizerte gelandet, an Land gegangen und gleich eine Zeitung gekauft. Keine Besserung der Lage. Jeden Augenblick scheint der Krieg ausbrechen zu können. Wir werden die ganze Zeit von einem Zerstörer eskortiert und machen einen Umweg, um Sardinien zu vermeiden. Tunis war gestern nacht verdunkelt.
Wer in diesen Tagen Pazifist um jeden Preis ist, ist mein größter Feind. Dies wird ein Krieg gegen das Böse sein: Nazismus, nicht Deutschland.

Le Havre, 7. September

Alles ist verändert. Hektische Tage.
Wir landeten am 27. August morgens in Marseille. Wie sollte man die Wartezeit hinbringen? Am 28. entschieden wir uns für Arles. Ich wollte nicht

nach Genf gehn aus Furcht, dort durch die Ereignisse eingeschlossen zu werden. In Arles war es in großer Stille so friedlich, daß ichs nie vergessen werde. Es sind fast nur alte Leute da. Sie stehen in den Straßen und scheinen zu warten. Am nächsten Tag nach Fontvielle gefahren, die Kiefernallee hinauf zu Daudets Mühle. Tiefste Stille, starke Gerüche von Minze und Lavendel, weite Aussicht über das hüglige Land, das mit stachligen Büschen und offenbar verwilderten Weingärten bedeckt ist. Mittagessen in dem kleinen Restaurant in Fontvielle. Um viertel nach zwölf verkündet der Lautsprecher die Generalmobilisation. Unser Chauffeur sagt mir, daß Deutschland am Morgen um sechs Uhr Polen bombardiert hat. Die Wirtin steht weinend da, die Leute stehen ernst in Gruppen zusammen. Jeder weiß, daß dies der Krieg ist. Keiner kann merken, daß ich Deutscher bin. Zurück nach Arles. Wir entschließen uns, am selben Abend nach Paris zu fahren. Durch die ganz verdunkelte Stadt zum Bahnhof. Wir treffen einen Tramp, mit dem wir eine lange Unterhaltung haben. Für ihn ist der Krieg ein gutes Abenteuer mit Sold-Möglichkeiten, wie für den ehemaligen Landsknecht. Er hilft uns mit unsern Koffern. Der Zug ist déclassé und ganz überfüllt. Um acht Uhr Ankunft in Paris. Großer Wirbel am Bahnhof, Kampf um die wenigen noch vorhandenen Träger und Taxis. Ich regle mein Schiffsbillet für die Aquitania am 6. September. Bin dann plötzlich doch entschieden dafür, gleich zum Abfahrtshafen Cherbourg weiterzureisen und nicht zu übernachten. Das Leben in Paris ist ganz normal. Aperitif im Café de Paris. Dann nach Cherbourg. Auf allen Bahnhöfen, an denen wir halten dasselbe Bild: Abschiednehmen der Soldaten und Matrosen (die noch nicht eingekleidet sind), weinende Mütter und Bräute. Eine Mutter verhüllt das Gesicht und schreit: »Oh, il est mort! il est mort!« Sie hat das Gefühl, ihren Sohn aufgegeben zu haben. Unser Abteil ist angefüllt mit Matrosen, die nach Cherbourg gehn. Seltsames Gefühl für mich, der einzige Deutsche unter hunderten von »feindlichen« Soldaten zu sein. Man hält mich zum Glück für einen Amerikaner. Einer gibt mir von seinem Brot und seiner Butter, da er sieht, daß ich hungrig bin. Wir sprechen über die guten Aussichten der Alliierten und ich verabschiede mich von ihm mit den Worten: »J'espère que la France sera victorieuse«. Ich weiß, daß ein Sieg gegen Hitler ein Sieg für das echte Deutschland ist. Oder doch sein sollte.

Letztes Zimmer in einem Hotel erwischt. Alles ist voll von Amerikanern, die, wie ich, auf die Aquitania warten. Hichens und ich hoffen inbrünstig, daß Frankreich und England endlich in den Krieg eintreten. Am 3. September nachmittags um sechs Uhr hören wir, daß Frankreich und England den Krieg erklärt haben: auf der Straße, vom Lautsprecher verkündet.

Wir müssen aus dem Hotel heraus, weil die Armee es braucht. Schwierige, lange Suche nach einem Zimmer durch die ganze Stadt. Vergebens. Sogar im

Bordell fragen wir, aber da wohnen schon vier Amerikaner. Plötzlich kommt die niederschmetternde Nachricht, daß weder die Aquitania, noch irgendein andres Schiff fortan Cherbourg anlaufen wird.

Le Havre, 10. September

Von Cherbourg in achtzehnstündiger Fahrt nach Le Havre. Dies war die fürchterlichste Nacht, die ich jemals erlebt habe. In vollkommener Erschöpfung und absolut ohne Hoffnung, ein Schiff zu bekommen und dabei ständig gewärtig, arretiert zu werden als feindlicher Ausländer. Immer stehend in überfüllten Coupés, in denen die Soldaten betrunken und übernächtig lustig sind und auf Sieg hoffen. Nach endloser Fahrt steigen wir zum erstenmal in Serquigny um, zum zweitenmal in Rouen wo wir von Mitternacht bis um drei Uhr warten müssen. In gräßlicher Depression die ganze Zeit. Hichens mit 74 ist bewunderungswürdig. Morgens um sieben am 4. September hier angekommen.
Alles schien plötzlich sich zum Besten zu wenden: ich werde wie ein Amerikaner behandelt, und man stellt ein Schiff für den 16. in Aussicht. Zum erstenmal in vielen Jahren fühl ich mich geschützt von einem Staat. Dann saßen wir in fürchterlichem Müßiggang herum. Dieses dauernde Nichtstun, dieses beständige Warten auf die Zeitung und von Mahlzeit zu Mahlzeit ist lähmend. Der treue Hichens könnte längst unbehelligt in der Schweiz sein. Nun kam gestern wieder ein Schlag: keine Schiffe mehr von Le Havre. Wir müssen nach Bordeaux, also wieder ganz in den Süden zurück. Wann, ist noch unbestimmt.

Le Havre, 13. September

Immer noch hier. Die Museen sind zu, die Stadt bietet nichts Sehenswertes außer dem Hafen. Seit drei Tagen ist trübes Wetter und zuweilen Regen. Gehe oft um neun Uhr zu Bett und schlafe nachmittags zwei Stunden. Schlafen und Warten: das ist alles. Ich lese »Eugénie Grandet«. Im Hotel wird das Essen knapp. Nur Champagner gibt es genug. Wir betrachten ihn als Nahrungsmittel und Hichens, immer bereit, den Humor zu behalten, sagt: »Well, we must make do with champagne.« Auf den Behörden, zu denen ich gehen mußte wegen einer carte d'identité, behandelt man mich garnicht feindlich trotz meines deutschen Passes. Ich gebe immer gleich zu erkennen, wo meine ganzen Sympathien liegen.
Amerika hat sich in seiner ganzen Verkommenheit gezeigt: es waren doch noch Schiffe abgegangen; das wurde einem verheimlicht. Die amerikanischen Schiffe haben nur die Schwerreichen mitgenommen. Die ganze Menge, die übriggeblieben ist, sind ärmere Mittelklasse und Studenten. Man hat die Passagiere mit dritter Klasse nicht aufs Schiff gelassen. Das Luxushotel

Frascati ist ganz leer, alle Hotelgäste konnten fort. Man notierte die Namen von uns Übriggebliebenen immer wieder, drei- viermal, ohne daß das irgendetwas zu bedeuten hatte. Das Ganze muß mit Bestechung gehandhabt worden sein. Ich habe nun ein Billet der französischen Linie genommen, erster Klasse.
Meine erste Kriegshandlung: ich habe Hichens veranlaßt, einen Brief an den »Daily Mail« zu schreiben gegen den skandalösen Artikel von Ward Price über Goering. Ward Price lobt Goering über den grünen Klee, rät England an, sich an ihn, statt an Hitler zu halten, läßt stark durchblicken, daß Hitlers Nachfolge in Goerings Händen liegen solle, und dann sei alles in Ordnung. Ich habe Hichens den Brief quasi diktiert, der ihn nicht eben gerne schrieb, aber von meinem Zorn überzeugt wurde.
Ich hoffe, daß die Skandaljournalisten, die Opportunisten und Chauvinisten, die vom Krieg satt werden, und die Bestochenen diesen Krieg nicht verkehren werden, auf den ich immer noch als heiligen Krieg blicke. Es *muß* enden wie die moralischen Kinderbücher: das Böse wird exemplarisch bestraft, aber so, daß das Gute sich dort fortan entwickeln kann.
Ich habe, als sehr verständliche Reaktion, ein ungeheures Bedürfnis, Stifter und Storm zu lesen und natürlich Goethe. Sowie ich in Cincinnati bin, muß ich aufwachen aus dieser geistigen und körperlichen Schläfrigkeit: lesen, schreiben, denken und regelmäßig turnen.
Weder in den Tageszeitungen, noch in den beiden Septembernummern der »Nouvelles Littéraires« ein Wort über André Gides gegenwärtige Haltung. Ich forsche immer ängstlich danach. Wie der Russenpakt seine Rußlandbücher gerechtfertigt hat!
Es ist seltsam, wie ich selbst im Traume immer weiß, daß Krieg ist. Letzte Nacht träumte ich von einer Reise inmitten von Kriegsunordnung. Dann hatte ich den Wunsch, der sich wie etwas Dringendes, Unaufschiebbares darbot, eine Photographie von Peter zu erhalten, bevor ich nach Amerika ginge. Aber es war ein Sonntag. Ich mußte am Mittwoch reisen. In normalen Zeiten, so argumentierte ich im Traum, könnte Peters Antwort mit der Photographie noch rechtzeitig ankommen, aber nun ist Krieg und die Züge gehn viel langsamer.
Der kleine Lavendelstrauch, den ich in Fontvielle mit der Wurzel ausgrub, scheint noch immer etwas lebensfähig zu sein. Er steht jeweils in einem Glas mit Wasser. Ich hoffe, ihn in Cincinnati einpflanzen zu können.
Eben einen Brief an Peter geschrieben, u.a. dieses:
»Ich würde Sie gerne sehen und sprechen in diesen Tagen, besonders Sie unter meinen Freunden. Denn es scheint mir, als ob nun die Gelegenheit gekommen sei, da jene gewisse nationale Verhärtung, die immer (wenn auch stark abnehmend) zwischen uns bestand, nun im Zustand der Auflösung sein

müsse... Ich merke schon jetzt, wie ein Gefühl großer Vereinzelung über mich kommt: die einen verstehen mich nicht, weil sie Deutschland als solches vernichten wollen, die andern nicht, weil sie sich nicht denken können, daß jemand die Niederlage seines eignen Landes wünschen kann.«

Die große Leere

Varimpré, 25. September

Endlich einmal muß ich von jenem seltsamen und unglückseligen Zustand berichten, der seit dem 16. September mein Leben abgebogen hat. Die neue Lage hat etwas Unwirkliches, wie ein bedrohlicher Traum. Das Abenteuerliche, das immer noch diese Stationen auf dem Weg zur großen Leere begleitete, bröckelt immer mehr ab. Es bleibt nichts übrig als Aufwachen am Morgen mit keinem Gefühl als dem des Wartens auf das Nichts. Ein ereignisloser Tag, vertane Zeit, geistiges Absinken und unnützes Reden mit Menschen, die ich mir zum Umgang nicht ausgesucht habe. Gelegentlich schreib ich einen Brief, der aber in immer veränderter Form denselben Inhalt hat und den zu schreiben einen unverhältnismäßigen Kraftaufwand erfordert. Ich glaube immer weniger, daß dieser unheimliche und zehrende Zustand sich bald ändern wird und höre dennoch auf die ewig mit denselben Worten wiederholten müßigen Mutmaßungen unwissender, verzweifelter oder geltungssüchtiger Mitbewohner der großen Leere.

Wenn ich nun aufschreibe, wie die Begebenheiten sich folgten, die zu diesem sinnlosen Dasein führten, so scheint es mir schon, als zeichnete ich lang vergangne Dinge nach, die mich selber kaum noch etwas angehen. Ich empfinde sie als farblos und bringe kaum noch Bedauern auf für den, den sie betrafen. Käm ich nicht im Laufe meines Berichts bis zur letzten Gegenwart und damit wieder auf meinen jetzigen Bewußtseinszustand, wär ich versucht, in der Er-Form zu schreiben, so als erzählte ich die uninteressanten, aber dennoch denkwürdigen Erlebnisse eines jungen Mannes, mit dem ich zuweilen doch etwas Mitgefühl empfinde.

Schriebe ich diese Rechenschaft für jemand andern als mich allein, müßte ich eine sehr schwierige Erklärung voranstellen. Und zwar die, daß zwischen diesen Aufzeichnungen und dem Zustand, den ich beschreibe, ein unüberbrückbarer Gegensatz besteht. Denn diese Aufzeichnungen durchbrechen ja eben diesen Zustand, sie gehören nicht zu ihm, da sie sowohl Tätigkeit als geistige Sammlung sind. Sie stehen abseits und sind dennoch durch den Zustand hervorgerufen. Der Zustand besteht ja darin, daß er keine Beschreibung verträgt. Die Beschreibung vernichtet den Zustand, der dennoch andauert. Läse einer diese Beschreibung, so bekäme er ja vom ersten Wort an den ganz falschen Eindruck, als erführe er von einem, der in Nachdenklichkeit und gedanklicher Anstrengung seine Tage verbringt. Er sähe von vornherein Etwas anstelle von Leere, und die Aufzeichnungen würden dauernd gegen ihren eignen Inhalt zeugen.

Varimpré, 27. September

Wirkliche Geschehnisse sind nur von den beiden ersten Tagen zu verzeichnen: am 16. September, morgens etwas nach neun Uhr, ging ich durch den Stadtpark in Le Havre zum Rathaus. In einem kleinen Amtszimmer meldete ich mich, im Ganzen zuversichtlich. Man hatte mir ja gesagt, es sei eine reine Formalität. Hichens begleitete mich. Sowie ich meinen deutschen Paß zeigte, wußte ich, daß es das Ende war. »En sûreté« rief der Eine, und der Andre forderte mich auf, ihm zu folgen. Ich hörte noch, wie Hichens mit seinen Einwendungen und seinem Wunsch, in diesem Zimmer auf mich zu warten, barsch zurechtgewiesen wurde, daß man es ihm vorwarf, mit jemandem wie mir überhaupt zusammen zu sein, da er doch Engländer sei. Ich verließ das Zimmer und wurde in ein andres größres am Ende des Ganges geführt. Auf einer Bank in dem halbdunklen Raum mußte ich sitzen, Nun war ich allein. Das Fenster der Amtsstube war zu ebner Erde, aber vergittert. Hichens würde nicht darauf kommen, dort hinten hereinzuspähen. Ich saß lange allein und wartete dauernd auf eine Vernehmung. Ich war ohne Mantel, ohne Kopfbedeckung. Ich fröstelte, hatte noch nichts gegessen und war ohne Zigaretten. Aber nach und nach füllte sich der Raum mit Österreichern, die seit 1938 in Le Havre wohnen. Nach mehreren Stunden war der Raum ganz angefüllt. Ich ging auf und ab und lernte in der halben Dunkelheit, beim Buchstaben A anfangend, ein französisches Wörterbuch auswendig, das ich in der Tasche hatte. Ich kam bis zur vierten Seite und weiß nun, daß die Kapitellplatte »l'abaque« heißt. Endlich kamen Soldaten. Draußen traten wir zwei und zwei an und wurden mit aufgepflanzten Bajonetten durch die Stadt nach einer Schule geführt. Es war die Emile Zola-Schule, wie ich herausfand. Sie war in eine Art Lager verwandelt worden. Ein kleiner langgestreckter Raum wurde uns angewiesen. Rechts und links lag Stroh auf dem Boden, am Ende des Raums stand eine Schultafel. Es war etwa zwei Uhr nachmittags. Die andern fingen an zu essen und gaben mir etwas. Wie so oft in meinen Träumen war ich auch hier der Einzige, der auf nichts gerüstet war. Ich war eher traurig als niedergeschlagen. Am Anfang glaubte ich noch, daß ich am selben Tag noch vernommen würde, aber bald wurde es gewiß, daß niemand mehr kommen würde und daß wir alle nach Rouen müßten am nächsten Morgen. Seit Marseille, den Tagen der Flucht nach Arles, Paris, Cherbourg und den beiden Wochen in Le Havre hatte das Warten begonnen. Das Warten war der zermürbende Auftakt zur großen Leere. Wieder galt es Stunden zu warten. Wir freundeten uns mit den Soldaten an, so daß sie uns auf den Hof hinausließen. Ein junges Mädchen, das einen von uns besuchen kam, erklärte sich bereit, zu Hichens ins Hotel zu gehn und ihm zu sagen, wo ich bin. Nun war ich nicht mehr so verloren und abgeschnitten. Hichens kam und ich zeigte mich zuversichtlich. Er fuhr weg, um mir meinen kleinen Koffer zu bringen mit etwas Wäsche. Außerdem brachte er Zigaretten und einen Karton mit guten Eßwaren und einer Flasche Wein. Er kam ein drittes Mal wieder, als es schon dunkel war. Im dunklen Hof hatte ich ein Gespräch mit dem Sergeanten. Für ihn bedeutet der Krieg die Vernichtung von allem, was er bisher erreicht hat. Nach Friedensschluß, noch glaubte ich ihn nah, muß er frisch anfangen. Ich schlief kaum und am nächsten Morgen um fünf Uhr standen wir auf. Etwas nach 6 ging der Zug nach Rouen.

Varimpré, 29. September

Je länger ich schreibe, desto wesenloser werden jene Ereignisse. Mehr und mehr stelle ich sie nur aus Gewissenhaftigkeit fest. Es war noch dunkel, als wir in Le Havre den Boulevard Strasbourg hinunter zum Bahnhof gingen. Wir gingen wieder zwei und zwei, aber die Soldaten hatten schon so viel Zutrauen zu uns, daß sie keine Bajonette aufsetzten. Da ich das Eßpaket sehr ungeschickt unterm Arm geklemmt tragen mußte, bot sich einer der Soldaten an, es mir zu tragen. Damals war ich noch empfänglich für Freundlichkeit.
In einem besondren Teil des Zuges fuhren wir nach Rouen. Dort wurden wir wieder durch die Stadt geführt. Schon kam es mir wie ein unzeitgemäßer Luxus vor (an dem ich aber umso eigensinniger festhielt), im Vorübergehen die schönen Kirchen zu betrachten. Die Fenster waren schon alle herausgenommen, und die gotischen Formen mit den leeren Höhlen erhielten etwas Drohendes, so als könnten sie jeden Augenblick mit apokalyptischem Getöse zu Ruinen werden. Am Hafen überquerten wir die Brücken und waren bald wieder in einem Schulhof. Die Leichtigkeit, mit der man Schulen in militärische Gefangenenlager verwandeln kann, ließ mich denken, wie ähnlich sie doch Gefängnissen sind. Die Soldaten aus Le Havre nahmen herzlichen Abschied von uns und überließen uns den neuen. Wieder stundenlanges Warten in einem großen ausgeräumten Klassenzimmer. Aber wir wußten nicht, worauf wir warteten. Noch immer hoffte ich, mit sinkender Zuversicht, auf eine Gelegenheit vernommen zu werden, um sagen zu können, daß mein Wohnsitz in Amerika ist, ich dort die Ersten Papiere und eine Universitätsstelle habe. Ich wußte, daß ich um jeden Preis, bevor ich in irgendeinem Gefängnis verschwände, solch eine Gelegenheit herbeiführen mußte.
Eine Photographie, Victor Hugo als alter Mann, hing an der Wand, als letztes Zeichen einer Welt, die ich verlassen hatte. Nach einiger Zeit kam noch ein Neuer hinzu. Er ist Deutscher, kommt aus Spanien, spricht mit kölnischem Tonfall und hat als einziges Gepäck ein Banjo in einer Hülle überm Rücken.

Am frühen Nachmittag wurden wir auf zwei Lastwagen verladen. Die Neuigkeit der Lage brachte wieder etwas von der Fröhlichkeit zurück, die Gruppen anhaftet. Ein letzter Blick auf Häuser und Kirchen von Rouen, auf das ich von einer Höhe aus zurücksah. Wohin wir fuhren, wußten wir nicht. Nach einiger Zeit wurde uns klar, daß es anfangs in der Richtung Amiens ging. Die Landschaft ist dort schön und grün, Hügel und Felder. Menschen, die uns begegneten, grüßten uns bewillkommend, da sie uns für noch nicht eingekleidete Soldaten hielten.
Nach einer Stunde kamen wir nach Neufchâtel-en-Bray. Eine eigenartig klotzige alte Kirche steht dort. Vorm Rathaus hielten wir. Noch einmal hoffte ich auf eine richtige Vernehmung. Es schien die letzte Möglichkeit.

Varimpré, 4. Oktober

Es ist so kalt geworden, daß es schwer wird, diesen Bericht fortzusetzen. Aber ich muß es tun, um den tötlichen Gedanken (das mürrische Dahinbrüten verdient diesen Namen kaum) und der trostlosen Erbitterung etwas zu entgehn. Es ist auch eine Regung wie Trotz im Spiel, daß ich fortfahre.
Vorm Rathaus in Neufchâtel durften wir nicht von den Lastwagen herunter. Die Warteminuten, während die begleitenden Soldaten im Hause waren und einige Neugierige und Verkrüppelte um uns herumstanden, brachten zum erstenmal das Gefühl, vielleicht in einer unentrinnbaren Lage zu sein. Es war wie das halbe Erwachen dessen, der noch schlafbefangen sich gegen den Morgen sträubt. Vermutungen, daß wir nun gefragt würden, ob wir zur Fremdenlegion wollten, wurden laut. Einer zeigte seine rauhen und geweiteten Hände mit der Versicherung, daß unsre auch so werden müßten. Dies brachte mir zum erstenmal das Bewußtsein, daß ich nicht einem Geschehnis, sondern einer langen, vielleicht unabsehbaren jahrelangen Zeitdauer entgegensah, die nicht nur Zwischenspiel, sondern eine entscheidende Wendung meines Daseinsverlaufs werden könnte.
Nach einiger Zeit kamen die Soldaten zurück und wir fuhren weiter. »Zum Camp« hieß es. Wieder fuhren wir eine zeitlang durch die normannische Landschaft, bis wir nach etwa einer halben Stunde irgendwo nach rechts einbogen, durch eine dichte schöne Allee. Kurz darauf tauchte ein verfallnes Gehöft auf, wir bogen wieder ein und hielten auf einem kleinen Platz vor einem Block von langgestreckten einstöckigen Behausungen. Darum herum standen ganz zerfallne und in sich zusammensinkende Gebäude, die halb bäurisch, halb fabrikmäßig aussahen. Die drei oder vier winzigen Wohnungen sind in beßrem Zustand. Die erste dient, wie wir bemerkten, als Kommandostelle. Die andern verwahrlosten Häuser gehören, wie wir erst später erfuhren, zu einer verlaßnen Glasfabrik. Wir stiegen von den Autos runter und hatten uns in einer Reihe aufzustellen.

Wieder warteten wir und mir wurde elend zumute. Wir merkten, daß wir hier von der Außenwelt gänzlich abgeschnitten waren. Eine unheimliche Friedlichkeit breitete sich zwischen diesen schadhaften Scheunendächern und bemoosten Mauerresten aus. Endlich wurden wir in alphabetischer Reihenfolge in das Kommandohäuschen gerufen. Einigen wurde die Frage gestellt, ob sie zur Fremdenlegion wollten. Ich kam natürlich erst spät dran und konnte zum erstenmal von meiner besondren Lage berichten. Man nahm es wohlwollend auf und versicherte mir, daß ich, sowie der amerikanische Konsul etwas für mich täte, freigelassen würde, da ich ja meine Naturalisationspapiere, amerikanisches Rückreisevisum und eine Stelle in Amerika hätte. Nachdem wir alle vernommen worden waren, gingen wir eine kurze Strecke auf einem Weg, dessen schwarze Erde vom Regen aufgeweicht war, weiter. Ein großes rußiges Backsteingebäude (die ehmalige Glasfabrik) stand öde zur rechten. Ein paar Schritte weiter sahen wir zur linken ein großes Haus. Man nennt es das Schloß, aber es ist eher ein Herrenhaus, das, wie man deutlich sieht, seit Jahren verlassen dasteht. Bäume, eine Wiese und Brombeergestrüpp verhüllen die nähere Umgebung. Unweit davon fanden wir ein Gitter mit großem bewachten Gittertor. Das also war das Lager. Die Gebäude, um einen rechteckigen Hof angeordnet, sind die ehmaligen Pferde- und Schweineställe und die Scheune des Herrenhauses. Wir wurden in den zweiten Stock eines dieser Gebäude geführt. Über eine im Freien angebrachte ausgetretne Holztreppe gelangten wir in einen ziemlich dunklen ganz leeren Raum. Die Fenster waren zum größten Teil herausgebrochen, und die Tür fehlte ganz. Der Fußboden besteht aus schadhaften Steinplatten. Vielleicht haben die Pferdeknechte hier früher geschlafen. Nach kurzer Zeit wurden wir wieder aus dem Gitter heraus zu einer Scheune geführt, wo wir uns jeder zwei Strohbündel holten, unsre neue Schlafstatt. Man verteilte sich in den verschiedenen Ställen.

Varimpré, 10. Oktober

Die Menschengruppen im Hof, die ich am ersten Tage herumstehen sah, hatten etwas von gestellten Bildern. Und noch heute, da ich schon dreieinhalb Wochen hier bin, kann es mir zuweilen so vorkommen. Es sind Gruppen, die im Überdruß sich für einige Zeit zusammentun, dann, nachdem der eine oder der andre das Gespräch leid ist, gesellt er sich zu einer andern Gruppe. Das geht so stundenlang. Einschneidende Unterbrechungen sind nur die Post morgens um neun Uhr, das Mittagessen, die Zeitungen, die etwas später kommen, das Abendessen und der anschließende Appell. Einmal in der Woche ein Krämerwagen. Das Essen ist immer dasselbe, Suppe mit gekochtem Rindfleisch und Brot, nicht schlecht. Die Gegenstände der Unterhaltung sind immer dieselben: die Aussichten auf Freilassung und der

Krieg. Andre Gespräche ersticken, kaum daß sie auftauchen. In der ersten Zeit ließ man sich noch die »Fälle« erzählen. Es sind meist Emigranten aus Österreich, Deutschland und der Tschechoslovakei. Vertriebene und rassisch Bedrohte, die Frankreich liebten und hier Schutz und Asyl suchten, oder Saarländer, die gegen Hitler optiert hatten. Aber mit der Zeit kennt man sie alle und ist müde, ihre Geschichte wieder und wieder zu hören. Jeden Tag kommt ein Arzt, aber er ist ohne Interesse und Kenntnis, untersucht nie jemanden, ein Schein, der sich dieser ganzen Scheinwelt sinngemäß einfügt. Das Gefühl, in einer vorgegebnen Welt, sozusagen in einer unzureichenden Persiflage der Welt, zu leben, muß natürlich jeden Tag stärker werden. Denn mehr und mehr bildet sich das Ganze zu einer Art Organismus aus, einem fast rührend mißlungenen Abziehbild einer Gemeinschaftsstätte. Mit Hilfe von Latten, die man sich von einem der verfallnen Häuser holen darf, baut man Tische, Bänke, Einfassungen für das Strohlager, eine Latrine. Einige haben sich zweistöckige Betten gezimmert. Da dies die einzig möglichen Tätigkeiten sind, erhalten sie aus Versehen solch eine gesteigerte Bedeutung, daß sie dauernd Grund zu seltsam sich steigernden Wortwechseln werden. Nach vierzehn Tagen etwa fing dies an, diese Reizbarkeit wegen nichts, eine Art Koller, der eine Folge der dauernden Freiheitsberaubung, der Hoffnungslosigkeit und des dichten Beieinanderwohnens ist. Ich habe dauernd das Gefühl, als ob die Menschen, die mit mir im selben Raum schlafen, sich täglich mehr und mehr schälten. Sie werden immer nackter. Ich lobe mir die Masken! Man sollte sie nur in der Freundschaft ablegen.
Ich bin mir bewußt, daß ich das Ganze fälsche durch das Hervorkehren des Psychologischen, durch die Analyse. Es ist alles viel brutaler und unangenehmer als es auf diese Weise scheint. Diese Suche nach psychologischem Interesse ist eine Selbstbelügung und Flucht. Man leidet unter ganz andern Dingen, wie Feuchtigkeit und Kälte.

Varimpré, 15. Oktober

Seit einer Woche etwa regnet es täglich. Der ganze Hof ist aufgeweicht und eigentlich nicht begehbar. Tiefer Schlamm und Matsch bedeckt alles. Dennoch hat man sich in diesem Pfuhl aufzuhalten, da es keinen gemeinsamen Raum gibt, in dem man sein könnte. Alle Gebäude, die vor vielen Jahren aus Backstein aufgeführt wurden, sind baufällige Ställe mit lecken Dächern. Die Feuchtigkeit sitzt in jeder Niete. Handtücher und Wäsche werden nie ganz trocken. Da mein einziges Paar Schuhe vor Feuchtigkeit bricht und verschmutzt, hab ich dauernd nasse Füße. Öfen gibt es natürlich keine in den Ställen. Einige Gruppen haben sich aus Backsteinen und Lehm Öfen gebaut. Ich schlafe seit Wochen in denselben Kleidern, die ich tagsüber trage, d.i. ein blauer Monteuranzug, den ich vom Krämerwagen kaufte, um meinen Anzug

zu schonen. Die Nässe ist überall. Briefe (alles immer wieder dieselben Hilferufe um Befreiung) und diese Aufzeichnungen werden richtige Unternehmungen, die immer schwieriger werden. Es gibt weder Einsamkeit noch richtige Schreibgelegenheit. Seit einigen Tagen ist überall scharfe Zugluft, da heftige Herbstwinde wehen. Die Bäume, die ums Gehöft herumstehen, werden jeden Tag kahler und rauschen sehr. Die lindernde Schwermut, die sonst von diesen Naturvorgängen ausgeht, kann hier nie zum Durchbruch kommen. Man weiß nur, daß der Herbst die hassenswürdigste Jahreszeit ist. Ein Winter hier scheint unmöglich. Die Nässe ist wie ein Untier. Aber um es noch grotesker zu machen, mit einer ironischen Erfindungskunst, die an die griechischen Mythen erinnern könnte, fehlt es an der einzig notwendigen Nässe: am Wasser. Die Zisterne im Hof, deren Wasser nie trinkbar war, da es voller Wasserflöhe ist, hat seit drei Tagen kein Wasser mehr. Man wäscht sich mit aufgefangnem Regenwasser. Außerhalb befindet sich ein 60 Meter tiefer Brunnen, aus dem man mit einiger Schwierigkeit das Wasser zum Kochen heraufzieht. Meinen Teller wisch ich nach jeder Mahlzeit mit Brot aus.
Abenteuerlich ist dies Leben nicht mehr, d.h. das Gefühl, daß die Erinnerung diesem Einschnitt dereinst eine Art anekdotischer Rechtfertigung zukommen lassen werde, hab ich ganz verloren. Aber das hindert doch nicht, daß mir manchmal, wenn ich auf dem Stroh im trübbelichteten Raum liege, das Ganze wie ein Traum vorkommt, aber immer wie einer, aus dem zu erwachen wunderbar wäre.

Varimpré, 29. Oktober

Heute sind es genau sechs Wochen her, daß ich hier eingeliefert wurde. Der Regen ist wieder ununterbrochen gefallen und hat nun den Hof in einen See verwandelt. Aber ich will nichts von den äußern Zuständen schildern.
In die rechte Stimmung, nach dieser langen Pause, in der das vielleicht unangenehmste und peinigendste Erlebnis meines Lebens liegt[1], hier wieder etwas einzutragen, hat mich eine Nachricht von gestern abend gebracht. Es ist der Zeitungsartikel aus dem »Petit Niçois«, in dem der Besuch André Gides im Lager von Antibes geschildert wird. Seine Äußerungen werden wörtlich wiedergegeben. Das ist die erste Stimme, die sich erhebt, die ersten mutigen und berichtigenden Worte. Wie das im Einklang mit meinem Leben und Denken der letzten Zeit steht, wie gradezu gleichnishaft mir dies erscheinen muß! In meiner Stunde der Not greift jene Stimme ein, auf die ich seit etwas mehr als einem Jahr alles setzte, all mein Vertrauen, all meine Hoff-

1 Was das für ein Ereignis war, wird der Leser später erfahren. Es isolierte ihn noch vollständiger. Daß er es hier nicht mitteilt, hat zwei Gründe: der Schock war noch zu groß und die dauernde Furcht, man könne seine Aufzeichnungen entdecken, legte ihm nah, alles Verfängliche zu verschweigen.

nung, von der ich alle meine geistigen Abenteuer speiste. Seit Kriegsausbruch hab ich jeden Tag begierig in den Zeitungen nach einer Äußerung André Gides zu diesem Krieg gesucht. Ich wußte, er kann nicht stumm bleiben, da er den besten Teil des europäischen Gewissens darstellt. Und nun, da es nicht gilt, die sich immer wieder gleichenden Versicherungen nationaler Begeisterung abzugeben[1], sondern da es darum geht, eine verborgenere moralische Seite zu verteidigen, da ist dies Wort gefallen. Hierin seh ich wieder ein Beispiel für die immer notwendig sich ereignende Gesetzmäßigkeit, unter der ein führender Geist steht und sich äußert: nämlich *nicht* auszusagen, wenn die Stunde sich überdeutlich jedem anbietet, sondern dann, wenn ihm nach einer Denkpause, ein ganz bestimmter Teil einer Allerweltssituation notwendig und im Einklang mit seinem ganzen bisherigen Trachten die Äußerung aufzwingt.
Übrigens ist auch merkwürdig, daß Gide grade jenes Wort benutzt, das ich mir immer, seit ich hier im Lager bin, vergegenwärtigt und manchmal vor mich hingesagt habe und das mir aus Schillers »Räubern«, aus dem Munde Franz Moors bekannt ist: ausgespieen. »Vomi de l'Allemagne« sagt Gide. Verzweiflung und Verachtung liegt darin.[2]
Immer mehr Gerüchte tauchen im Lager auf. In ganz Frankreich sollen solche Lager sein und die bekanntesten deutschen Schriftsteller, die gegen Hitler kämpften (man nennt Konrad Heiden, Walter Mehring und andere), sollen darin sein. Von irgendwoher sei eine Sabotage gegen den Krieg im Gange. Ein Zug mit Munition sei irgendwo angekommen und es habe sich herausgestellt, daß sie mit Sägespänen statt Pulver gefüllt gewesen sei. Die Maginotlinie sei absichtlich falsch gebaut worden, man könne die Geschütze nicht umdrehen, um den eingedrungenen Feind zu beschießen. Schon zweimal wurden wir zu einem besonderen Appell gerufen und dann öffentlich befragt, ob wir zur Fremdenlegion wollten. Das zweitemal traten einige aus der Reihe.
Es gibt auch eine neue Tätigkeit: man kann im Wald Bäume fällen und zersägen. Ich ging zweimal mit. Aber wenn ein literarischer Student und ein ebenso literarischer jüdischer Rechtsanwalt an einer Säge ziehen, bleibt sie im feuchten Holz stecken.

Varimpré, Allerseelen

Heute, an Allerseelen, wieder in die Landschaft herausgekommen, zu der Allee, die ich vor mehr als sechs Wochen sah und seither nicht mehr. An der

1 Colette mit hochtoupierter Tolle am Schreibtisch sitzend erschien regelmäßig in der Zeitung, den französischen Hausfrauen Kochrezepte und National-Besinnliches liefernd.

2 Wie ärgerlich, daß das, was Gide nun wirklich gesagt hat, nicht berichtet wird. Das Gedächtnis kann es nicht mehr herstellen.

großen Landstraße steht ein Gutshof, von dem morgens die Milch geholt wird. Zu diesem Geschäft begleitete ich heute einen andern. Ich habe immer gehofft, hier herauszukommen, bevor die Blätter von den Bäumen fallen. In einem kleinen Privataberglauben halt ich meine Aufmerksamkeit auf einen bestimmten Ast gerichtet. Solange er noch nicht kahl ist, hab ich Hoffnung. Die Allee ist schon stark gelichtet, aber noch immer ist das Laub dicht genug, um nicht ganz verzweifeln zu lassen. Nur etwa fünf Minuten war ich dort auf dem Gutshof. Aber die waren durch die vollkommne Ruhe, die Einsamkeit so wohltuend, daß ich sie als die rechte Begehung dieses Festes ansehe. Ihr Toten, von Platon bis George, Eurer gedenk ich, die Ihr mir so tot wie noch nie erscheint, so tot und so unbeweint.

Ein Erdteil zuckt und die Lebendigen fehlen,
Euch Tote hat man jetzt wie nie vergessen,
Mit falschem Maß will man was Wert hat messen:
Europas letztes Fest scheint Allerseelen.

Varimpré, 11. November

Je länger ich hier bin und je mehr ich durch Gespräche mit Polturak und durch eigne Überlegungen zu Schlüssen gezwungen werde, desto unerbittlicher stellt sich das Gefühl einer nun vollständig gewordenen Heimatlosigkeit ein. Heimat nicht im Sinne von Deutschland (daß ich diese Heimat verloren habe, war mir längst klar), sogar, seit kurzer Zeit, schon nicht einmal mehr im Sinne von Europa, sondern noch weiter. Zuerst glaubte ich noch, das Schlimmste, am schwersten Heilbare sei, dem Untergang Europas zusehn zu müssen. Aber jetzt weiß ich, daß die ganze Schicht, der allein die bisherige Kultur entspringen konnte, die Bourgeoisie, sich zu Ende gewirtschaftet hat: *sie* ist das Verlorene. Das Neue, das an ihre Stelle kommen könnte, noch will ichs nicht nennen, ist mir fremd und teilweise verhaßt. Es ist kein Platz mehr da für alle jene, die einerseits auf der bisherigen Kultur bauten, sie andrerseits im Absterben sehen und die das schließlich an die leer gewordne Stelle Tretende fremd und feindlich empfinden, also für mich.

Lisieux, 21. November

Gestern, da man in Varimpré nicht mehr hausen konnte, wurde das Lager aufgelöst. Wir kamen hierher, in ordentliche Schlafsäle. Die Insassen eines andern Lagers sind auch hier. In der Nacht vom 19. auf den 20. mit Henri aufgeblieben.

Lisieux, 4. Dezember

Heute, an Stefan Georges Todestag, meine Freilassung erfahren.

An Bord der De Grasse, 23. Dezember

Alles ist vorbei. Noch nie hab ich eine Lage so bis aufs Letzte zu erkennen und zu genießen verstanden und anderseits, wie durch Traumnebel nicht begreifen können. Nach dreieinhalb Monaten täglichen Wartens auf diesen Augenblick, nach vollkommner Verwahrlosung: das Ereignis selbst. Wieder Einsamkeit! Alleinsein des Reisens! Frei sein, frei sein! Das Schiff fährt schon. Und dagegen all diese Nächte in Varimpré im Stroh, mit ungläubigem Starren auf die wüsten Wände, die Kleidungsstücke und Lumpen, die von der Decke hängen, die schlecht zugeklebten Fenster, durch die ein poesieloser und gottverlaßner Sturm dröhnte. Vorbei, vorbei.

Höhnischer (und wehmütiger) Abschied von Europa. Wonne der Bosheit. Endlich kann ich die vorsichtige Sprache aufgeben, die jedes echte Tagebuch unmöglich machte und mich zu einer literarischen Stilisierung zwang.

All dies bleibt unbeschreiblich.

Cincinnati, 22. Januar

Soeben erhalt ich mein Tagebuch wieder, das Hichens am Tag meiner Verhaftung an sich genommen hatte und das er mir jetzt aus der Schweiz zugeschickt hat. Ich überfliege es und die August- und Septemberseiten machen mich sehr verwirrt. Es ist alles so entsetzlich anders, als ich es damals sah. Nun werd ich viel nachtragen müssen.

Ich will ausholen zu einem ersten nachträglichen Bericht. Vom 16. September an, als ich mich einer »reinen Formalität« halber, zur Polizei begab und die Worte »en sûreté« hörte, wurde es klar, daß die französische Regierung, teils in willkürlicher Nichtachtung des Asylrechts, teils aus Unkenntnis der schwierigen Situation des internationalen Rechts, mich und alle deutschen, österreichischen und tschechoslovakischen Flüchtlinge als Feinde betrachtete. Laval ist möglicherweise ein Verräter und heimlich mit Hitler im Bunde. Je größer für uns alle die Gefahr wurde, daß der noch nicht zum Ausbruch gekommene Krieg mit Frankreich uns im Lager überraschen würde, desto deutlicher wurde die Absicht, uns der deutschen Gestapo säuberlich in die Hände zu spielen. Die Behandlung auf der Havreser Polizei und die offenen Bajonette, mit denen wir durch die Stadt geführt wurden, sprachen deutlich genug.

Schon in der Emile Zola-Schule stieß Dr. Polturak zu uns (ursprünglich waren wir zwölf, in Varimpré dann etwa 150), der später in täglichen Gesprächen für Monate mein Hauptumgang wurde. Er ist 56, ehemaliger österreichischer Anwalt und verband scharfblickenden Pessimismus mit Humor und reicher humanistischer Bildung. Er war ein scharfer Denker, aber nie spöttisch. Er erfand das Lagerlied, das wir beide oft in böser Lustigkeit sangen. Nach der Melodie von »Komm mit nach Varasdin, solange noch die Rosen blühn« hieß es nun: Komm mit nach Varimpré,

Dort gibt es viel égalité,
Und auch fraternité
Und sehr viel liberté.

Bis zum 20. November (als Henri auch einen Platz in meinem Tage einnahm) waren wir fast ununterbrochen im Lager zusammen, über Bücher, Politik und die zusammenbrechende europäische Kultur redend. Ich habe viel von ihm gelernt. Henri, der später kam, war erst 16 Jahre alt und hatte eine französische Mutter. Diesen Jungen in einen Schweinestall zu sperren war besonders sinnlos.

Noch solange ich außerhalb des Lagergitters war, konnte ich mir nicht denken, daß man mich zurückhalten würde, denn ohne meine Papiere ge-

prüft zu haben, ohne mir irgendetwas Verdächtiges nachweisen zu können, glaubte ich, könne man mich in einem Kulturland nicht einfach einsperren, zumal ich doch nichts wollte, als das Land sofort verlassen. Noch im Lager glaubte ich nur an drei bis vier Tage. Es dauerte aber vier Wochen, bevor ich zum erstenmal vor eine sehr unfreundliche und zynische Kommission kam, um richtige Angaben zu machen. Die Kommission überhäufte mich mit den taktlosesten und verdächtigendsten Fragen, wobei sie mit schmutzigem Grinsen Hichens erwähnten. Kurz danach ereignete sich dann das, was mich für mehr als zwei Wochen vollkommen verzweifelt machte, da ich mir nun auch innerhalb des Lagers exiliert vorkommen mußte. Das kam so:
die einzigen beiden Lagerinsassen, die überhaupt nicht zu uns andern paßten und von denen niemand wußte, woher sie kamen oder wie sie hießen, waren ein komischer alter Mann, der mit einer großen Matratze unterm Arm später dazu kam und uns mitteilte, er litte unter »feuchten Winden« und wenn wir freikommen wollten, brauchten wir nur an Rudolf Hess zu schreiben. Ich nehme an, er hatte irgendwo in der Normandie einen Kramladen und wußte überhaupt nichts von der Welt. Niemand wollte ihn in seinem Stall aufnehmen. Also zog er in eine etwas abseits stehende Hütte, direkt neben der Latrine. Der andre war ein junges Bürschchen, der halb wie ein Strichjunge, halb wie ein SS-Mann aussah, da er kniehohe enge Stulpenstiefel trug. Der zog auch in die Hütte zum Alten. Mit beiden hab ich nie gesprochen, ihre Hütte nie von innen gesehen, sie hielten sich auch immer abseits. Bald schon kam das Gerücht auf, sie seien eine Art Nazi-Zelle, eine alberne und eigentlich unwichtige Vermutung. Aber wie jede Gemeinschaft mußte auch diese jemanden haben, den man verachten konnte.
Dann wurde mir mitgeteilt, man hätte mich denunziert. Man wollte mich an vielen Nächten über den Hof haben schleichen sehen, um an Nazi-Versammlungen teilzunehmen. Eine Reihe von täglichen Verhören durch verschiedene französische Leutnants begann für mich, Nächte ohne Schlaf mit dem Gefühl des völligen Ausgeliefertseins. Polturak und einige andre verwendeten sich hinter meinem Rücken für mich. Schließlich löste sichs auf, ich weiß nicht wie.[1]

1 Um zu zeigen, welch trauriger Komödie man immer wieder im Exil ausgesetzt war, teil ich hier einen Brief mit, den meine Mutter von Jean Strohl erhielt, an den sie sich meinethalb um Hilfe gewandt hatte. Um genau dieselbe Zeit, da man mich verdächtigte, in der Hütte bei der Latrine Nazi-Umtriebe zu veranstalten, nämlich am 2. November 1939, schrieb Strohl an meine Mutter: »Bei meinem Gespräch mit Frau Jean handelt es sich vor allem darüber in's Klare zu kommen, wie Ihr Sohn zum Kommunismus stand. Ich glaube diese Frage abgeklärt zu haben, ebenso wie diejenige betr. die politischen Einstellungen seines Begleiters Robert Hichens. . . . Ich habe nun vorläufige Schritte bereits unternommen und werde die definitive Vermittlung in Paris Anfang nächster Woche folgen lassen können.« Jean Strohl war ein bedeutender, liebenswürdiger Naturwissenschaftler an der Universität Zürich und ein Freund André Gides.

In der letzten Nacht in Varimpré blieben Henri und ich auf, am mächtigen Feuer sitzend. Gegen Morgen sahen wir die Sterne. In Lisieux gingen wir zweimal an Sonntagen zur Kathedrale. Das zweite Mal, am 3. Dezember, baten wir um Erlaubnis, eine geweihte Kerze an einem der Altäre anzuzünden. »Dem Genius der Freundschaft« dachte ich bei mir. Ohne Henri wär ich vielleicht nie freigekommen. Ziemlich bald schon, etwa am 23. oder 24., als ihn grade seine Mutter besucht hatte (es war schon in Lisieux), sagte er, seine Mutter sei eine zeitlang allein auf der Kommandatur gewesen, als sie auf ihn wartete, und da sei auf dem Schreibtisch ein Brief gelegen, indem meine Freilassung mitgeteilt wurde. Ich konnte es kaum glauben. Als nach zwei Tagen nichts geschah, faßte ich allen Mut zusammen und ging im Hof auf Capitaine Navarre zu. Das war ein winziger, verknitterter, gehaßter Mann, ich mußte ihn mit »mon capitaine« ansprechen, was mir kaum über die Lippen ging. Er leugnete nicht, daß solch ein Brief vorgelegen habe, aber er habe ihn verlegt. Das war alles. Ich wartete von Tag zu Tag. Endlich am 3. Dezember entschloß ich mich, ihm zu drohen. Ich sprach wieder mit ihm und drohte, dem amerikanischen Botschafter Bullitt und dem Präsidenten Roosevelt zu telegraphieren. (In der Tat hat Bullitt, zusammen mit dem Senator Taft von Ohio meine Freilassung durchgesetzt, wie ich jetzt erfahre). Das wirkte. Am nächsten Tag war ich frei. Ich mußte allerdings noch vier Tage im Lager bleiben, bis sich eine Fahrgelegenheit böte. Ich war der erste, der entlassen wurde. Beim Abschied von den andern, versprach ich allen, in der Welt publik zu machen, daß in Frankreich die Hitlergegner gefangen säßen und in größter Gefahr waren, den Deutschen in die Hände zu fallen.
In Lisieux fiel mir in der andern Gruppe, die schon vor uns da war, ein hochgewachsener Mann auf, der so ungebrochen schien und eine gewisse stolze Heiterkeit zeigte. Ich sprach ihn an und sagte ihm meinen Eindruck. Darauf sagte er: »Ich wollte Sie auch schon ansprechen, denn Sie fielen mir auf als der Einzige von Ihrer Gruppe, der offenbar nicht seinen Humor und seinen Stolz verloren hat.« Er hieß Dr. Heinz Zimmermann und stammt aus Georgescher Schule.
Am 8. Dezember fuhr ich dann im Auto des Sergeanten nach Rouen. Ging dort als freier Mann durch die Stadt und in die Kathedrale (herrliches Frankreich, dein jetziger Faschismus kann der Schönheit dieser Stadt nichts anhaben). Dann ins Centre d'Embarquement nach Le Havre. Dort waren 600 Neger aus Guadeloupe, die am nächsten Morgen fortmußten. Dort bis zum 23. Dezember, dem Tag der Einschiffung. Dann die Rückfahrt auf der De Grasse. Mit einemmmal ein ehrerbietig bedienter Passagier der ersten Klasse. So spät noch scheint der eigentliche Sinn meiner Europareise zutage getreten zu sein: im Zusammentreffen mit Susana. Sie ist ein schönes starkes und mutiges Geschöpf, Amerikanerin, mit einem Mexikaner verheiratet. Im

dauernden Gespräch mit ihr. Wir wurden so vertraut, daß sie mir ihr gefährliches Geheimnis verriet. Sie reist zwischen Spanien und Mexiko hin und her, um Franco-Gegner mit gefälschten Pässen nach Mexiko zu bringen. Ein ganz bestimmtes Kontingent steht ihr zu. Diesmal hat sie unter die Gruppe (ich glaube, etwa acht, die unauffällig dritter Klasse reisten) auch ein paar deutsche Flüchtlinge geschmuggelt. Ich lernte sie kennen und kam in die schwierige Lage, mit einer Frau, von der ich wußte, daß sie Deutsche war, etwas mühsam Spanisch zu sprechen. Ich durfte Susana nicht preisgeben. Mein Wunsch, im Sommer nach Mexiko zu gehen, ist nun fest besiegelt. Susana gab mir die Adresse von Ludwig Renn, in dessen Haus Zimmer zu vermieten sind.

Am 8. Januar in New York gelandet. Erst hier das Gefühl völliger Freiheit, da endlich der unsägliche, sich schon zur Panik steigernde Druck von mir genommen wurde, jedes meiner Worte wegen des überwachen Deuxième Bureau, dieser französisch-spießigen Einrichtung des Schreckens, abzuwägen.

Am 10. Januar gelang es mir, Frau Polturak zu sehen, wie ich es Polturak versprochen hatte. Sie machte einen fast verstörten Eindruck, wie jemand, der aus einem Irrenhaus zum erstenmal wieder unter Menschen ist. Sie war, vor ihrem Manne abgereist, in New York angekommen und dann dort, wo sie niemanden kannte, alleingeblieben, da Polturak ins Lager kam. Da hörte sie in ihrer Verzweiflung von einer wohltätigen Sekte, die sich um den religiösen Negermessias Father Devine organisiert hatte. Devine wird wie Divine ausgesprochen, und der große kräftige Sektenführer, von dem ich schon viel gehört hatte, wird als Gottvater von seinen Gläubigen verehrt. Er ist ein Genie der Propaganda, und in dem Augenblick, als sich diese Emigrantin an ihn wandte, witterte er wohl eine neue Möglichkeit, Aufsehen zu erregen. Frau Polturak wurde in einem der vielen Häuser aufgenommen, die der Sekte gehören und »Himmel« genannt werden. Dort wurde sie »Angel Ellinor« genannt, denn alle Frauen sind dort Engel. Woche um Woche verging, bevor sie die Möglichkeit hatte, Father Divine einmal persönlich zu sehen. Sie ist, einzige Weiße unter lauter Negerinnen, in ihrem Himmel abgesperrt von der Außenwelt. In einem fort wird gesungen und gebetet, dreimal wöchentlich finden abends große Bankette statt, bei denen sich alle Engel treffen. Man ißt sehr viel, meistens gebratene Hühnchen mit vielen Nebenspeisen, dann singt man, betet, bekennt, wird verzückt und jubelt. Das geht weit bis in die Nacht hinein. Als Frau Polturak einmal einem Engel sagte, sie möchte gerne in der Stadt einen Englischkurs besuchen, da sie die Sprache kaum kann, versicherte ihr der Engel, das sei ganz unnötig. Sie müsse nur Father Divine ihr Problem vortragen und dann könne sie Englisch über Nacht. Aber sie hat ihn noch nie zu Gesicht bekommen. Schon die Verabredung mit mir einzuhalten, kostete sie große Mühe und Listen, da sie in dem Himmel fast wie im Gefängnis ist, sie hat ja keinen Pfennig Geld. Sie gestand mir, daß sie in der letzten Zeit schon angefangen hatte, in dumpfer Ergebung, alles mitzumachen und begonnen hatte, an die mögliche Göttlichkeit Father Divines zu glauben. Ich war für sie der erste Bote aus einer vernünftigen Welt, mit dem sie sprechen konnte wie früher in Wien. Am 11. Januar unternahm ich alles mir Mögliche, um mein Versprechen einzulösen, das ich den Zurückgebliebenen in Lisieux gemacht hatte. In Amerika scheint nichts über diese Konzentrationslager in Frankreich bekannt zu sein. Ich ging auf die Redaktionen der beiden liberalen Wochenschriften »Nation« und »New Republic.« Freda Kirchwey traf ich nicht an, wohl aber Bruce Bliven, der mich, durch die Vermittlung von Varian Fry, selber empfing. Ich bot ihm an, sofort einen Artikel für ihn zu schreiben, da man mit der öffentlichen Bekanntmachung dieser Lager keinen Tag warten dürfe. Ich schilderte ihm die Lage der Flüchtlinge, ihre große Gefahr, der sie bei der Ankunft der Deutschen ausgesetzt sind. Auch von den Gerüchten erzählte ich ihm und von meiner Überzeugung, daß Laval ein Verräter mit Hitler im Bunde ist. Amerika müsse doch wissen, mit wem es alliiert ist. Aber Bliven lehnte es ab, er blieb sehr reserviert, und ich konnte nicht bemerken, ob er nur Angst hatte vor diesem gewagten Thema oder ob er mich für einen Phantasten hielt, der ihm unglaubliche Geschichten vortrug. Nun muß ich es anders versuchen.

Cincinnati, 30. Januar

Heute ist im Cincinnati »Times-Star« sehr groß auf der ersten Seite, mit meinem Bild, mein Bericht erschienen, unter der Schlagzeile »U.C. Teaching Scholar on Campus after Detention in French Camp.« Darunter noch drei weitre große Schlagzeilen: »Youth with First Papers bitter after long sojourn«, »Lived in Pig Sties«, »Declares all prisoners were Anti-Hitler, Anti-Nazi.« Konrad Heiden und Walter Mehring werden erwähnt.[1] Ob das eine Wirkung haben wird?

1 Das war nicht das einzige Interview. Am selben Tag erschien in der »Cincinnati Post« ein Bericht, am nächsten Tag im »Enquirer« und im März wieder ein größerer Bericht (nachdem ich die öffentlichen Vorträge gehalten hatte) im »News Record« mit der Schlagzeile »Prison Camps not only in Germany; says Taft Fellow.« Die Ausschnitte hab ich aufbewahrt und sehe aus ihnen, daß ich mit größter Naivität die drei heißesten Eisen der Zeitgeschichte munter in die Hand nahm. Erstens wollte der ganz isolationistische Mittelwesten, in dem Roosevelt wegen seines weiteren Blicks sehr verhaßt war, Hitler um jeden Preis harmlos finden und auf keinen Fall in den Krieg eintreten. Zweitens griff ich, indem ich öffentlich die Geschichte des französischen Hauptmanns erzählte, der meine Freilassung mehrere Wochen nicht mehr finden konnte, einen Offizier einer befreundeten Nation, während des Krieges, an und drittens, was sicher am schwersten wog, endete

Cincinnati, 7. Februar

Heute meine erste Vorlesung gehalten. Es ging gut, habe die Studenten aber tödlich gelangweilt.

Cincinnati, 13. März

Zu meiner großen Freude hat heute der russisch-finnische Krieg aufgehört, den meine kommunistischen Bekannten hier, ebenso wie den Stalinpakt, so gut und richtig fanden.

Eben hab ich den erstaunlichen Aufsatz Schillers über Lycurgs Gesetzgebung angefangen, ins Englische zu übersetzen. Schillers Urteil über Lycurgs Staat, der – in seinen Grundsätzen zumindest – eine solche Ähnlichkeit mit dem Hitlers hat, zeigt eine scharfsinnige Lauterkeit, in der sich Schillers moralisches Genie ganz offenbart. Ich will die Übersetzung für einen Aufsatz »Schiller's political ethos« verwenden.

Cincinnati, 18. März

Heute bin ich 25 Jahre alt geworden. Eheu fugaces!

Mit Platens Tagebüchern bin ich gestern fertiggeworden. Welche kluge Sicherheit er schon hat, als er noch Offizier ist, in seiner Beurteilung des Duellwesens, der Staatsform und der Judenverfolgung. In welch schlimmem Licht muß Heine erscheinen, der in dieses zerrissene Leben noch mit soviel Bosheit eindrang. Wenn die Tagebücher von 1826 an ihren dokumentarischen Wert auch ganz verlieren, so machen sie einen doch bekannt mit einer kaum zu begreifenden Tragödie des Versagens, die dann einsetzt: Geschichtsbücher und metrische Probleme werden Essenz für die Produktion, lederne Oden und infantile Balladen und belanglose Streitgedichte sind das Ergebnis, und auch diese höchst spärlich, etwa drei in einem Jahr. Zum Entsetzen des Lesers vermerkt Platen diese der Langeweile und dem Versagen entsprungnen Versebasteleien immer wiederkehrend als »das beste Gedicht, das ich je gemacht« oder ähnlich. Er hat den Plan zu einem Lehrgedicht über Nahrung und Leibesübungen. Das Lesen der Tagebücher wird qualvoll: dieser Platen, der um sein Leben betrogen in einer Art Exil, den Stachel gegen sein Vaterland im Herzen, durch ganz Italien irrt, mit einem

ich mein Interview mit der Anklage, daß Frankreich und England sechs Jahre lang Hitler mitaufbauen halfen, denn der Artikel in der »Times-Star« endete mit den Worten: »It is because I feel Hitler has ruined Germany morally and culturally that I left Germany for freer Switzerland over six years ago. It seemed to me France and Britain had done so much to build up Hitler the last six years – while we disowned him and his cruel works – that they were not primarily bent on destroying Hitler but had other motives.« Nach allem, was ich weiß, war dies der erste öffentliche Bericht über die Lager mit den Namen von Häftlingen (Mehring, Heiden), der außerhalb von Frankreich erschien. Die amerikanische Regierung hat sich dann wenig später, als sie Varian Fry mit allen Vollmachten nach Frankreich schickte, großartig bewährt.

Regenschirm gegen die Sonne, abgerissen in Postkutschen sitzend, zum Gespött geschäftstüchtiger hämischer Menschen dienend, hölzerne Oden dichtend, krank in der unästhetischsten Weise und umgeben von Geschichtsbüchern und gelehrten Abhandlungen, mit verschrobenen poetischen Plänen, seiner eingetretnen Dürre nicht gewahr. Ein Bild verknitterter Jugend, liebend ungeliebt, begnadet unproduktiv, überall Ruhe und Schönheit erflehend bei kümmerlichem Aussehen. Betrogen um alles. Man atmet auf, wenn er stirbt.

Cincinnati, 24. März

Es ist Ostern heute. Eine solch lähmende Depression wie schon lange nicht hat mich ergriffen. Planlos und ohne Energie immer im unsinnigen Gefühl des Scheiterns. Dazu kommt das Gefühl des Beschämenden einer solchen Lage. Schon seit Wochen langweilen mich die öden Vorlesungen so, daß ich mein Kollegheft nur mit komischen oder wütenden Gedichtchen anfülle. Aus den sieben Epigrammen vom 21. März, hier zwei:

Zwischen dem Ende des Throns und Kunft des neuen Diktators
Aufatmend just hättest du politische Weisheit erlangt?
Jugend will lieben und glühn, und gierig verschlürft es das Monstrum,
Also verschlingt es für sich dein übelgeleitetes Lieben.

Cincinnati, 29. März

Gestern im Sociology Club der Universität wieder meinen Vortrag gehalten. Es schien mir, daß er gut aufgenommen würde, aber aus den nachfolgenden Gesprächen mußte ich bemerken, daß man etwas ganz andres herausgehört hatte und man mich ganz mißverstand. Heute ist ein Brief von Henri gekommen, der erste. Er ist immer noch im Lager. Wieviel Aussichtslosigkeit liegt vor ihm, welche Perversion des Wachstums.

Cincinnati, 18. April

Seit dem 8. April ist meine lähmende Bedrückung wieder verschwunden. Sie war wohl hauptsächlich entstanden aus der Erkenntnis, daß mein Leben in dieser Stadt immer mehr zu einer ausweglosen Sterilität führen müsse. Dieser Mangel an Begeisterung für irgendetwas, sowohl bei den Professoren wie auch bei den Studenten, bedrückt mich. Wie gut, daß ich schon vor einiger Zeit das Angebot der Assistentenstelle hier abgelehnt hatte. Nun kam am 8. wirklich wie ein deus ex machina ein unverhofftes Angebot der Northwestern University für ein Tutorial Fellowship. Das machte mich sogleich vergnügt. Dann hat sich auch in der Zwischenzeit die freundschaftliche Annäherung zu John und James ergeben. Gestern nacht führten wir lange Gespräche über Enthusiasmus und décadence, für die beide ich eintrat als große Lebensge-

stalter. Die décadence erklärte ich als das gefährliche Abschiednehmen vom Geordneten, hinein ins Dunkle, Gewagte.
Vorgestern wurde ich ganz überraschend bei Mrs. Wurlitzer zum Mittagessen eingeladen. Sie ist die grande dame von Cincinnati und neben den Familien Proctor und Gamble wohl die reichste Frau hier. Sie wohnt in einer großen Villa auf einem der Hügel. Während ich im Wohnzimmer auf sie wartete, sah ich, daß auf einem Tischchen das Buch »Der Heideschulmeister Uwe Karstens« von Felicitas Rose lag. So war denn auch das Gespräch mit der freundlichen Dame. Zum Essen geleitete sie mich in einen großen Raum, der nach allen vier Seiten Fenster hat, durch die man auf die grünen Hügel blickt. Der große runde Tisch ist auf einer runden Scheibe unten montiert. Kaum saßen wir, da stellte Mrs. Wurlitzer einen Mechanismus ein, so daß wir während des ganzen Essens dauernd langsam rotierten, wohl wegen des Blicks, der sich dem Esser durch die Fenster darbietet. Ich merkte, daß ich unbedingt etwas darüber sagen mußte und tat es auch bewundernd. Während des ganzen Essens wurde mir nicht klar, warum ich eingeladen worden war, hielt es für eine freundliche Geste dem einzigen deutschen Studenten gegenüber. Aber nach Tisch las mir Mrs. Wurlitzer wie von ungefähr einen Brief ihres Freundes Ludwig Roselius vor, der in widerwärtigster Weise das jetzige Deutschland verklärte. Gleich anschließend sagte sie mir, sie habe gehört, ich wolle im Sommer nach Mexiko gehen. »Da brauchen Sie doch Geld. Sagen Sie mir, wieviel Sie brauchen.« Obwohl wir schon nicht mehr rotierten, wurde mir etwas schwindlig. Zwischen diesem großzügigen Angebot und dem Brief von Ludwig Roselius schien mir eine geheime Verbindung zu bestehen. Ich sagte, ich brauchte nur ganz wenig, aber sie war beharrlich, ich solle ihr eine Summe nennen, wieviel ich da unten eben brauche. Ich brachte keine Zahl über die Lippen, worauf sie vorschlug, ich solle ihr bald schreiben und die Summe nennen. Auf jeden Falle böte sie mir 500 Dollar fürs nächste Jahr an. Plötzlich schien mir, daß sie mich für einen offiziellen deutschen Austauschstudent hielt. Meine in allen Zeitungen von Cincinnati abgegebenen Erklärungen gegen Hitler müßte sie demnach für eine besonders geschickte Tarnung halten. Ob sie annahm, ich wolle in Mexiko politisch für die Nazis arbeiten und mir deshalb unbeschränkte Summen anbot? Vielleicht tu ich ihr unrecht, vielleicht war sie aus Heideschulmeisterei nur in einer euphorischen Stimmung einem Deutschen gegenüber, aber ich war ganz befreit, als ich aus dem Hause heraustrat und habe ihr nun höflich geschrieben, daß ich weder das Geld für Mexiko noch die 500 Dollar haben wollte.
Lese viel in der Metteschen Gesamtausgabe von Nietzsche, alle Briefe und vier Bände, mit Ausnahme der reinen Philologica, gelesen. 1859, mit vierzehn Jahren, schrieb Nietzsche das Gedicht »Ohne Heimat«, das schon den Ton hat, der nur ihm gehört:

Und wer mich sieht, der kennt mich,
Und wer mich kennt, der nennt mich:
Den heimatlosen Herrn.

Cincinnati, 25. April

Vor vier Tagen war ich in Cleveland. Ich ging dort, mit John und James als Schutz, wieder aufs deutsche Konsulat, um noch einmal eine Paßverlängerung zu bekommen, die ich ja für Mexiko brauche. Ich war, als ich das exterritoriale Gebäude betrat, noch aufgeregter als letztes Jahr. Beim Eintritt ließ ich ein Buch zu Boden fallen, um es aufheben zu können, ohne »Heil Hitler« zu sagen. Ich hab es noch nie in meinem Leben gesagt. Wieder glückte es und ich besitze den gültigen Paß eines Landes, zu dem ich nicht mehr gehöre und das ich nicht betreten kann und will.

Der Weg zurück geriet zu einer neuen Verstoßung. Die beiden brachten mich nämlich in Wooster mit einem ihrer Freunde zusammen, den sie mir schon vorher als einen reizenden Kerl geschildert hatten. Kaum hatte der von unsrer eben durchgeführten Mission gehört, als er auch schon begeistert erzählte, wie er jedes Jahr, und immer nur auf deutschen Schiffen, nach Deutschland fährt, um sich dort wieder einmal richtig zu amüsieren. Er geht immer auf dem kürzesten Weg nach München, um im Hofbräuhaus Tag und Nacht Bier zu trinken. Paris langweilt ihn, nachdem er dort einmal in nur drei Tagen sämtliche Etablissements mit nackten Frauen gesehen hat. Bremen ist ihm widerwärtig, weil es dort kein gutes Bier gibt. So ging es den ganzen Abend in einer senilen Art von Lustigkeit, die jugendlich und unbürgerlich sein will, da sie doch nichts als spießige Frühverkalkung und in diesem besonderen Fall auch noch infam ist. John, der mich doch soeben aufs deutsche Konsulat begleitet hatte, weil er wußte, daß ich mich dort bedroht fühlte, stimmte sich ganz auf den Ton seines lustigen Freundes und seiner Deutschlandschwärmerei. Er gab mich, um eines fröhlichen Abends willen, mit leichter Geste preis, meine völlige Schweigsamkeit (nicht aus moralischer Entrüstung, nur aus Trauer um den Verlust einer Freundschaft) beachtete er garnicht. It was a wonderful American evening, an dem, fast unsichtbar, ein Marsbewohner teilnahm.

Cincinnati, 7. Mai

Ganz Südnorwegen hat vor Hitler kapituliert. – Nietzsches Briefe werden mir zur größten Wirklichkeit, zu einer Aufgabe. Zu sehr hatte ich den zuweilen so hektischen Ton seiner Spätwerke im Ohr. Und nun diese klaren Jugendbriefe, in denen er so ernsthaft und schmerzlich nach dem Wert seines Lebens strebt. Jetzt seh ich erst, von wieviel Vernunft, Bescheidenheit, Ehrfurcht und beständiger Suche der spätre Ton sich genährt hat.

Ich gehe weg von hier entgegen alle Vernunft. Vier Jahre hätt ich hier Sicherheit gehabt. Aber der Gedanke, nächstes Jahr nicht mehr hier zu sein, gibt mir die Hoffnung, nicht doch noch meinen letzten Rest von Schwung, Lebens- und Menschenneugier zu verlieren.

Cincinnati, 11. Mai

Gestern sind Holland, Belgien und Luxemburg von Hitler überrannt worden. Trost in dir, Nietzsche, heiligste Seele.

Cincinnati, 17. Mai

Gestern den zweiten Brief von Henri aus dem Lager. Heute kam, völlig unerwartet, ein Angebot der Brown University in Providence für eine Assistentenstelle. Habe sofort angenommen, da sie viel besser als die in Evanston ist. Also wieder Änderung der Pläne. Ein neuer Lebensabschnitt, ein neuer Versuch, Sinn und Gemeinschaft zu finden. Auch der Mexikoplan ist jetzt klar. Ich werde bei Ludwig Renn wohnen, der mir ein Bild seines Hauses ganz im tropischen Grünen geschickt hat. Als Atmosphäre wird das sicherlich sehr lehrreich sein.
Aber wer weiß, vielleicht erklärt Amerika noch vorher seinen Eintritt in den Krieg. Roosevelts gestrige Rede, die ich am Radio hörte, scheint das Land darauf vorbereiten zu wollen.
Seltsam bewegend war vor einigen Tagen die Abschiedsrede Chamberlains als Premier am Radio: es war deutlich ein historischer Vorgang mit menschlichen Regungen. Es lag etwas wie Tragik in der Luft, nichts von tragischer Größe, aber die Tragik eines Menschen, der sich mit Gewalt blind gemacht hat und der es nun sieht, da sein ganzer Lebensinhalt auseinanderbricht. Das vollständige Scheitern, aber eben nicht durch fremde Kräfte, sondern durch eigene Handlungen, die er alle, guten Glaubens, auf ein Ziel gerichtet hatte, den Frieden, und durch die er das Gegenteil hervorgerufen hat.

Cincinnati, 18. Mai

Huldigung an Nietzsche

Alle Grenzen sind mir Schwellen,
Tor zu Hügeln oder Wellen,
reihweis spein mich Länder aus.
All mein Kommen ist ein Gehen,
Grüßen Nimmerwiedersehen,
immer neu mein Vaterhaus.
Steht betreten wenn ich grüße
blinzelt auf die Wanderfüße,
feindlich seid ihr angehaucht.

Haßt die tausend Horizonte,
Glanz der Sonnen, der mich sonnte,
mich, dem fremden Meer enttaucht.
   Denn ich atme Ungewohntes,
Wink für bald nicht mehr Geschontes
länderlos und voll Gefahr.
Seht in mir den wilden Boten,
den die Freiheiten umlohten,
angesengt an Herz und Haar.
   Schaurig schein ich euch umwittert
etwas das um mich erzittert
gleicht geheimem Untergang.
Wenn ich flüstre, scheints ich heule
euch, die in der Zeiten Fäule
Weile suchtet, Rast und Hang.
   Ist mein Aug euch nicht geheuer?
Spiegelts schon die reinern Feuer
und die Sucht zur Einsamkeit?
Nietzsche in der Firne Eise,
Platon auf der zweiten Reise:
aber ihr seid nie bereit.
   Wie die heiligsten der Seelen
sich aus ihren Ländern stehlen
zum heroischen Idyll,
angelockt von reinern Zonen,
ohne Haus darin zu wohnen,
ihr begreifts nicht, dies: ich will!
   Ja ich will und seis zum Tode!
Über Felsen, Meer und Mode
Fahnd ich gierig, fühlt ihrs nicht?
Bin ich nichts als schlimmer Künder,
länderloser Glaubenssünder,
stamm ich denn nicht auch vom Licht?

Anfänglich schrieb ich dies, wie üblich, aus purer Langeweile und Trotz während der Vorlesung, aber nun ist es doch keine Parodie geworden. Es könnte auch heißen »Exil«.

Cincinnati, 1. Juni

Heute morgen wurde ich zum Dekan gerufen. Er begrüßte mich ohne Lächeln und sagte gleich: »Ich höre, Sie halten hier Vorträge«. »Ja,« sagte ich, »und alle auf Einladung hin«. Er verbot mir, weiterhin öffentlich zu sprechen und sagte: »We have brought you here to be taught and not to teach us.« Da ich in quälenden offiziellen Situationen immer versage, fiel mir nichts ein und ich ging fast wortlos aus dem Zimmer. Bei Miss G., seiner Sekretärin, mit der ich glaubte befreundet zu sein, wollte ich mir Trost holen. Aber sie machte mir dieselben Vorhaltungen, als hätte ich das Sternenbanner beschmutzt, denn, um dem Ganzen zum Schluß eine heitere Note zu geben, rief sie, und ihre Augen blitzten schelmisch hinter den dicken Brillengläsern, mit altjüngferlicher Munterkeit: »You know, I am a great one for flag-waving!« Es gelingt mir nicht, diesen Satz in ein auch nur halbwegs glaubhaftes Deutsch zu übersetzen.[1]

Cincinnati, 3. Juni

Ein verhängisvoller Tag. Ich fühle mich umstellt und verfemt. Brown University teilt mir heute ganz kurz und kühl und ohne Angabe von Gründen mit, die mir schon fest zugesagte Stelle sei von jemand anderm besetzt worden und etwas später erfahr ich, daß das FBI schon zweimal meinethalb auf dem Campus war und Nachfragen hielt über meine politische Zuverlässigkeit. Beide Male sei mein Plan, nach Mexiko zu gehen, zur Sprache gekommen, der Mißfallen errege. Nun weiß ich nicht (und niemand kann oder will es mir sagen), ob ich durch meinen Besuch bei Mrs. Wurlitzer und durch meine Vorträge als Nazi verdächtigt werde oder ob mein harmloser Briefwechsel mit Ludwig Renn und dieselben Vorträge mich zum Kommunisten stempeln. Also geh ich nicht nach Mexiko. Es war ein mit brennendem Interesse gefaßter Plan, der just im richtigen Zeitpunkt hätte verwirklicht werden können.

Morgen werd ich Cincinnati verlassen, um es nie wieder zu betreten. Ich werde in den Osten gehen, ein reichlich unbestimmtes Ziel. Ich bin planlos und verwirrt. Ich konnte mich vor der Niedergedrücktheit einzig dadurch retten, daß ich stundenlang Selma Lagerlöfs herrlichen »Gösta Berling« las, einen scharfumrißnen Zeitroman in Form einer Ballade.

Sollte es schon so weit mit mir gekommen sein, daß ich wie der unglückselige Platen nur »Bücher vor mir aufgeschichtet«, also durch dauerndes Lesen, die Wirklichkeit ertragen kann? Ich hoffe nicht.

Heute erreicht mich eine Nummer der Berner »Nation«, auf Umwegen von Varimpré und Lisieux hierher.

1 Meine damals so ungeheuerlich klingenden Behauptungen, die den Zorn der Behörden erregten, sind heute ja längst geschichtliche Tatsache geworden: daß Laval mit Hitler im Bunde sei und als Gegengabe für seine eigne Macht durch Hitlers Gnaden, die Hitlergegner der deutschen Staatsmacht ausliefern wollte. Schon bald hätte der Dekan ein Buch lesen können, »Laval« von Henry Torrès (Oxford University Press), in dessen Besprechung schon im November 1941 (erschienen in Klaus Manns Zeitschrift »Decision«, auf die ich vom ersten Heft ab abonniert war) zu lesen war, Pierre Laval sei ein »lackey of Hitler« und ein »enemy of France«.

New York, 8. Juni

Mit der Abreise aus Cincinnati beginnt ein neuer Lebensabschnitt für mich. Die Stadt, eben um Mitternacht noch am Times Square gewesen, ist in neugierigster Bewegung, noch ist es keine fieberhafte Aufregung, aber sie liegt schon in der Luft. Denn in diesen Stunden geht ja die bisher größte Schlacht in Nordfrankreich vor sich, die vieles entscheiden kann. Ein seltsamer Ferienbeginn. Gut, daß das überwältigende New York, die Menschenmenge vor den großen elektrischen Nachrichtenbändern am Gebäude der »Times« noch zu viel Überraschendes und fast Unwirkliches haben, als daß ich nur Unruhe verspüren könnte.

New York, 10. Juni

Den ganzen Morgen mit Polturak verbracht, der freigekommen ist. Er war, wie immer, zu Gedanken und Gesprächen aufgelegt.

Wir treffen uns diesmal besonders in unsrer gemeinsamen Nietzsche-Verehrung.

Grade, wie wir uns trennten, sahen wir die uns lähmende Überschrift, daß Italien den Krieg erklärt hat. Polturak sagt die schreckliche Wahrheit, daß er im Exil nur noch »Lebensersatz« betreibe, daß er sich nur darum nicht umbrächte, weil er ja die Welt in demselben furchtbaren Zustand zurückließe, an dem sein Tod nichts ändre. Er bringt seine Tage in der Lebensverneinung hin. Dennoch brechen wider Willen Hoffnungen aus ihm hervor: wenn jetzt Europa um Jahrhunderte zurückgeworfen wird, dann müssen ja auch das 18. Jahrhundert und die freiheitlichen Bewegungen wieder durchlebt werden.

New York, 11. Juni

Die Schlagzeilen der Zeitungen sind betäubend. Paris in Flammen. Gehen wir einem Jahrzehnt anhaltender Vernichtungskriege entgegen?

Heute morgen in der Public Library Material gesammelt über Karl Follen, den mutigen Verbündeten Georg Büchners, der dann in Amerika als Charles Follen bekannt wurde. Ich will ein Buch auf englisch über ihn schreiben, gewissermaßen mein Eintritt in die amerikanische Literatur.

New York, 12. Juni

Nachmittags mit Polturak. Wir saßen im Van Cordtland Park und sprachen über Bücher und die entschwundene Zeit wie zwei Schwärmer. Er hatte den ersten Band von Nietzsche-Overbeck dabei.

New York, 14. Juni

Gestern mit Ruth auf der Weltausstellung, viele Stunden lang. Lebhafteste Eindrücke. Im schönen schweizer Pavillon fühlte ich mich wie ein Heimkehrer, konnte der Lockung nicht widerstehn, mit allen dort Schweizerdeutsch zu sprechen, das ich noch immer so unverfälscht kann, daß man mir meinen Betrug glaubte, mit dem ich mich als Schweizer ausgab. Es war ein Eintauchen in alte Welten. Daß Europa sich hier in diesem Augenblick heil und voll Zusammenhang präsentiert, da es aufhört zu existieren, ist wie ein trauriges Fest. Im französischen Pavillon mit Enthusiasmus festgestellt, daß Nietzsche immer noch recht hat (und trotz Varimpré): die französische ist die lebendigste und formvollste Tradition. Der Pavillon bietet eine Übersicht über die Literatur mit Bildern, Aussprüchen, Handschriften, Zeitschriften, eine atemberaubende Kulturtat und auf der ganzen Weltausstellung einzigartig, da fast alle andern Länder nicht ihr Geistiges, sondern lediglich ihr Technisches und Praktisches als ausstellungswürdig empfinden.

Seit gestern bin ich in der schönen Wohnung, die Varian Fry jeweils für den Sommer von Prof. Cunliffe mietet. Noch nie hab ich so schön gewohnt. Da Eileen bei ihren Eltern in Boston ist, hausen wir hier wie zwei Junggesellen. Vom Bett und Frühstückstisch aus hat man einen weiten Blick über den breiten sonnenbeschienenen Hudson, an dem wir wohnen, sehr weit oben, und auf die grünen Ufer von New Jersey. Schiffe fahren. Ein Flußknie weit hinten gibt den Eindruck sommerlicher Ruhe und unendlicher Landschaft.

New York, 15. Juni

Paris ist von den Deutschen eingenommen. In einer Woche wird wohl die furchtbare Nachricht einer Generalkapitulation Frankreichs kommen. Der Krieg und die unausdenkbaren Veränderungen sind immer um uns. Unsre Lustigkeit erhält zuweilen etwas Hektisches. Vielleicht sind diese Tage am Hudson die letzten, die ich in Regelmäßigkeit und gelegentlicher Heiterkeit verbringen kann.

Varian hat den Plan gefaßt, nach Frankreich zu fahren, um dort die gefährdeten Emigranten zu retten.

New York, 17. Juni

Gestern die Nachricht, daß die französische Kriegsregierung zurückgetreten ist. Varian und ich konnten vor Niedergedrücktheit nicht schlafen gehn, lasen daher, zum Trost, in Wordsworths politischen Sonetten gegen Napoleon. »Live and take comfort« heißt es in einem. Heute kam nun die Nachricht über die vollständige Kapitulation Frankreichs.

New York, 20. Juni

Heute hab ich meine Follenarbeiten nicht weitergeführt und bin den ganzen Tag über nicht in die Stadt gefahren. Den ganzen Vormittag und nachmittag saß ich im Fort Tryon Park, wo ich mit dem Blick auf den Hudson und inmitten von Rosen, Jasmin, Rittersporn, Päonien und blühenden Büschen mit großem Enthusiasmus das einzigartige Buch »The Unforgotten Years« von Logan Pearsall Smith las (Little, Brown, Boston 1939). Das ist wieder einmal eines jener Bücher, bei denen man dem Autor in jedem Wort vertraut. Es ist beglückend, und daher wehtuend, angefüllt mit dem Reichtum der englisch-amerikanischen Tradition.

Varian hat ein wichtiges Gespräch mit Mrs. Roosevelt geführt, die voller Zustimmung auf seine Pläne einging und ihm dabei helfen will. Also wird er wohl bald nach Frankreich reisen.

New York, 21. Juni

Der Plan ist, daß Varian mit leeren amerikanischen Pässen und allen offiziellen Stempeln versehen, heimlich die in Nordfrankreich gestrandeten deutschen Emigranten nach Südfrankreich, nach Marseille und von dort nach Spanien schmuggelt. Wir denken uns, daß er gelegentlich als Deutscher wird auftreten müssen, um die Nazis zu hintergehen. Darum haben wir heute abend schon, halb als lustiges Spiel, Sprachübungen gemacht. Ich lasse Varian, so leise wie möglich, im Verschwörerton (bei dem der Akzent weniger deutlich ist) deutsche Sätze sprechen, wie »Ich bin nämlich auch Deutscher«, »Haben Sie Feuer?« etc., bis er sie rasch, natürlich und ohne Akzent spricht.[1]

Am Indian Lake, 2. Juli

Gestern entschloß ich mich, von New York wegzugehn und einige Tage lang durch die Wälder zu wandern. Heute morgen um halb zehn fuhr ich den Hudson herauf bis Manitou. Von hier aus ist es möglich, den Appalachian Trail zu erreichen. Das ist der einzige Wanderpfad in diesem Teil Amerikas, ein alter Indianerpfad, der viele hundert Meilen lang von Georgia bis Maine führt. Der Pfad beginnt, nach einem steilen Aufstieg, bei Anthony's Nose, von wo ich den ersten großen Überblick über Fluß und einsames bewaldetes Land habe. Der Pfad geht weiter durch vollkommne Einsamkeit, ganz in der Wildnis, als sei noch nie jemand dort gegangen. Viele wilde Oleanderbüsche mit weiß-rosa Blüten (mountain laurel), dichte Eichen und überall giftiges Efeu. Nach zweieinhalbstündiger Wanderung treff ich auf das erste Lebewesen (außer Waldvögeln, Rebhühnern und wilden Kaninchen): einen sieb-

1 Varian Frys Mission glückte. In vielen Briefen, Erinnerungen und Berichten der von ihm geretteten Flüchtlinge wird seiner mit liebevoller Dankbarkeit gedacht.

zehnjährigen Jungen, der sich in der vollkommenen Stille eben über eine Quelle beugte. Es ist frisches Trinkwasser und so trink ich auch. Der Junge ist italienischer Abkunft. Er pflanzt dort Büsche und verdient sich damit täglich zwei Dollar. Er ist scheu und freundlich wie ein Waldtier. Ich gebe ihm von meinen Pfirsichen, und da wird er ganz zutraulich und läßt sich verleiten, nicht sogleich mit seiner Arbeit wieder anzufangen, sondern mit mir zu reden. Er kommt fast nie nach New York herunter. Wie ich gehen will und meinen Rucksack aufhebe, hör ich ein seltsam rasselndes Geräusch, ein Insekt, denk ich, als ich plötzlich das sich sehr schnell bewegende Ende einer Schlange sehe. Gleich darauf die Schlange selber. Sie ist schwarz und armeslang und war wohl von meinen Vorräten im Rucksack angelockt worden. Ich rufe den Jungen, er kommt mit seinem Spaten und wir machen wie zwei Kinder Jagd auf die Schlange, die, selber einem dürren Zweige ähnlich, sich unter Reisig verbirgt. Wie ich noch spähe, schießt sie plötzlich direkt an meinem Fuß vorbei so geschwind über den Weg, als segle sie wie ein Boot auf dem Wasser. Dabei züngelt sie beständig. Für eine Klapperschlange ist sie zu dunkel (trotz ihrer klapperartigen Vorrichtung am Schwanzende). Vielleicht war es eine Copperhead.
Ich wandre weiter. Immer scheint die Sonne. Schließlich komm ich zu Farmerhäusern und eine kurze Strecke lang über eine Landstraße. Da folgt mir ein Hund, ein rührendes Tier, Mischung von Dackel und Foxterrier. Als ich ihn streichle, wird er ganz verrückt vor Glück und tollt umher. Aber ich weise ihn nach Hause (vielleicht hat er kein Zuhause). Aber wie ich immer weiter gehe, durch Bäche und Büsche, folgt er mir. Wenn ich mich umdrehe, bleibt er schuldbewußt stehen und wedelt versöhnlich. Wenn ich ihn zurückschicke, macht er ein paar traurige Schritte heimwärts, bleibt dann aber stehn und läuft weiter hinter mir her, sowie ich gehe. Das geht so eine lange Zeit. Wenn ich glaube, ihn endlich verloren zu haben, taucht er auf, sieht mich innig an und tollt durchs Gras. Schließlich verlier ich den Pfad, als ich aus dem Wald herauskomme auf eine Lichtung. Ich geh auf ein Gebäude zu und finde mich plötzlich in einem Klostergarten. Die Knechte und zwei Mönche (es sind Franziskaner) lassen mich durch das Anwesen gehen und weisen mir die Richtung. Sie fragen, ob das mein Hund sei. Da seh ich ihn wieder, er hat nicht bemerkt, wie ich einen kleinen See im Garten umgangen habe und steht nun ratlos am andern Ufer. Dort laß ich ihn, die Mönche werden sich seiner wohl annehmen. Nach einigen Irrwegen gelang ich auf einsame Wildmatten inmitten von Weiden, die Kuhglocken tönen. Das ist wie im Schwarzwald und ich fühle mich angenehm verloren. Schließlich bei einem Farmhaus find ich den Pfad wieder. In einem nahen Bauernhaus bitt ich um Wasser, das die Bäuerin mir heraufpumpt. Ich bin schon recht müde geworden. Aber ich wandre noch etwas weiter, bis ich an diesen See kam, der von dichtem Grün

umgeben ist. Mehrere »summer camps« sind hier, einige unter der Ägide jenes Klosters. Ich bin nun fast sechs Stunden dauernd gelaufen. Am See ist ein Junge, der Wasser kocht, um Kaffee zu machen. Ich frage ihn nach der Fortsetzung des Pfads und erfahre, daß er und sein Freund (15 und 16jährig, er sieht aber aus wie zwölf) von zu Hause ausgerissen sind und zu verschiednen Seen ziehen wollen. Ich beschließe zu rasten und zu essen. Ich gebe ihm eine halbe Melone, wofür ich eine Tasse Kaffee bekomme. Sein Freund hat Leibweh und ist in schlechter Stimmung. Sie werden hier in einer Holzhütte schlafen und haben nichts dagegen, daß ich auch mit hereinkomme. Es ist ein kluger Junge, anmutig und gewandt. Wir rudern auf dem See, die Sonne ist schon untergegangen. Nun sitz ich am Seeufer, das zusehends friedlicher wird und schreibe dies. Wenn niemand mehr hier herum ist, werd ich noch baden (ich habe meine Badehose vergessen).

Am Oscawana See, 3. Juli

Ein seltsam schöner Tag ist vergangen, ich als Waldgänger und Taugenichts. Dies schreib ich abends in vollkommner Erschöpfung, die mir ein nur fünfeinhalbstündiger Marsch bereitet. Ich kann mich kaum noch bewegen, und diese Aufzeichnungen trotz ich mir ab. Denn diesen besonderen Tag muß ich beschreiben.

Gestern abend, als ich merkte, daß ich ohne Wolldecke fürchterlich frieren würde in der Holzhütte, war gerade einer der jungen Mönche von der Klosterniederlassung auf der anderen Seeseite bei uns. Er ruderte nun deshalb zum Kloster zurück und kam mit zwei Wolldecken wieder. So ging die Nacht auf dem Bretterfußboden erträglich vorüber. Heute morgen kam er (immer ohne Kutte, da er Ferien hat) wieder, und ich fand in ihm einen sehr liebenswürdigen einfachen zwanzigjährigen jungen Mann. Nach meinem Bad in dem schönen, menschenleeren See (die ganze Bucht ist mit weißen Seerosen bedeckt) rudre ich mit ihm, dem Bruder Xavier, zu der kleinen Klosterniederlassung herüber. Er hatte mich zu einer Tasse Kaffee eingeladen. Diese Niederlassung hat etwas Zeitlos-Unwirkliches: zwei Gebäude nur. In dem einen schlafen zehn Mönche und der Superior, im andern sind Küche und Eßraum. Die Küche sieht aus wie eine europäische Bauernküche. Ein andrer Mönch, auch ohne Kutte, kam herein, und Bruder Xavier pries ihn als großen Griechisch- und Sprachenkenner. Es ist Bruder Jerome. Bald kam ich mit ihm in das angeregteste Gespräch. Das Mönchische schien mir in diesen beiden ganz unaufdringlich. Eine große Sympathie herrscht sogleich zwischen uns. Vielen andern Mönchen stellte Xavier mich vor. Sie schlugen vor, ich solle zum Mittagessen dableiben. Eigentlich wollte ich ja weiter wandern, aber nach einigem Zögern willigte ich ein, da es mich auch sehr lockte, noch länger an diesem verwunschenen Fleck zu bleiben. Aber kaum hatte ich angenommen, wurden die Mönche ratlos und verlegen, da sie, wie sich herausstellte, noch garnicht um Erlaubnis gebeten hatten. Nach einer geflüsterten Beratung schickten sie Xavier zum Superior, um die Erlaubnis einzuholen, die er auch erhielt. Er kam in seiner braunen Franziskanerkutte zurück mit der Botschaft. Also aß ich, zwischen Xavier und Jerome sitzend, mit den Mönchen. Man gibt mir eine gute Karte des Distrikts mit und Xavier ruderte mich zum Ende des Sees, wo der Pfad weitergehen soll. Wir tauschten Adressen aus und verabredeten fest, uns nächstes Jahr wieder an jenem stillen See zu treffen. Wir gingen wie Freunde auseinander. Aber mit meinem Weiterwandern hatte ich kein Glück: ich fand den Pfad nicht und sah mich kurz vor vier Uhr plötzlich an derselben Stelle, wo ich gestern abend um sechs Uhr gewesen war. Ich war im Kreis herumgelaufen. Schließlich aber fand ich mithilfe der Karte auf den Pfad zurück (durch einen Umweg vermied ich, nochmals zum Indian Lake zu gehn), der lange durch einsame Wälder führt. Ich war schon recht erschöpft, da ja der zweite Wandertag für einen Ungeübten immer der anstrengendste ist. Als ich vor Muskelschmerzen schon ganz langsam gehen mußte, fand ich, mitten in der Wildnis – der Wald hatte aufgehört – zu rechter Hand ein Zeichen, das zu einem Haus führte. Dorthin ging ich und bat ein elegantes anmutiges Mädchen, das im Garten saß, um ein Glas Milch. Sie stand sogleich auf, um es holen, vorher aber hatte ein andres, ebenso anmutiges Mädchen gefragt: »Qu'est-ce qu'il veut?« »Du lait«, antwortete die erste. So fragte ich denn: »Etes-vous française?« Großes Erstaunen. Nein, sie waren Amerikanerinnen, die zwölf Jahre in Paris gelebt hatten und von ihrem Vater her einen französischen Namen trugen: de Léozère. Bald kam ein ebenso muntres und hübsches drittes Mädchen. Es sind drei junge Schwestern. Des Staunens und des Gesprächs war kein Ende. Seit drei Jahren leben sie in dieser völligen Einsamkeit, auf einem riesigen Grundstück mit Rasen, See und Wildnis von 103 acres. Alle drei begleiteten mich, um mir die schönsten Teile des Besitzes zu zeigen, wobei wir fortwährend muntre französische Gespräche führen. Bei einem Wäldchen sagen die drei jungen Damen, das nennten sie ihr »Fairy Land«. Es sieht aus wie ein Puvis de Chavannes, mit zartem Gras. Weiter durch Gestrüpp und wilde Wiesen zu einer sehr alten hölzernen Mühle mit zerfallendem Mühlrad. Es ist unsäglich europäisch. Schließlich erhielt ich ein zweites Glas Milch und ein Stück Kuchen wurde mir aufgedrängt. Erfrischt, unter Lachen, Wünschen und Versprechen ging ich von den drei pariser Mädchen fort. Aber bald führt der Pfad wieder in den Wald, bei einer Abzweigung verlier ich die Markierung und gehe einfach in der alten Richtung weiter, aber nur noch mit größter Mühe. Drei unheimlich zerfallne Häuser am Weg inspizier ich, nicht ohne leichtes Schaudern, ob ich da vielleicht meine Nacht zubringen kann. Zum Glück aber zwang ich mich noch weiter und stieß auf einen Wegweiser, der mich zum Oscawana-See führte. Hier ist es ganz anders als am verschwiegenen Indian Lake, der einer andern Welt anzugehören schien. Hier sind viele Bungalows (eins, mit Wohnzimmer und zweitem Stock bewohn ich für heute nacht) und einem gräßlichen Platten-Automaten, aus dem Jazz-Melodien dröhnen. Zudem regnet es. Hier werd ich nicht lange verweilen.

An der Grenze von Duchess County, 4. Juli

Sechs gute Stunden gewandert. Am Canopus Rast zum Mittagessen. Das Hauptereignis des Tages war der Gipfel des Shenandoah-Berges (magischer Name, den ich zum erstenmal vor Jahren aus dem Mund des geheimnisvollen Gärtners in O'Neills »Mourning becomes Electra« hörte). Da ich auf einem ganz dichtbewachsnen Hang emporklomm, auf dem jede Aussicht versperrt war, war dann die Überraschung auf dem Gipfel vollkommen: weite Hügelketten nach allen Seiten. Immer wieder fühl ich mich aufs listigste getäuscht und nach Europa versetzt. Hier bin ich für die Nacht in einem italienischen Gasthaus. Seit drei vollen Tagen weder Radio noch Zeitungen. Wie mag die Welt aussehen? Aber in diesen Tagen war das einzig Wichtige, den Pfad wiederzufinden. Unterwegs kam ich an einer Rosenhecke vorbei, die so übervoll von weißen Rosen war, daß der ganze Platz duftete. Ich bin umstellt von freundlichen Wegelagerern, die mich in den Wald und in verwilderte Gärten locken wollen. Aber man muß ja doch wieder in die Städte hinunter.

Webatuck, 7. Juli

Am 5. Juli kam ich in den kleinen Ort Hortontown. Da stand eine Scheune, deren Türen französische Renaissance-Türen waren. Der Besitzer, ein Holländer, mit dem ich sprach, hat sie herübergeholt. Hier stieß ich auf einen andern Trailgänger und bin mit ihm weitergewandert bis Holmes, etwa vierzehn Meilen. Ich bin auf diese Weise viel weiter vorangekommen, aber mit der träumerischen Saumseligkeit, der angenehmen Verlassenheit und dem Nachleben des Taugenichts war es aus. Gestern mit ihm (und noch zwei andern, die wir trafen) von Holmes bis hierher gewandert. Ich sann auf ein Mittel, wieder allein zu sein und beschloß einen Tag auszusetzen. Und wie hätt ichs besser treffen können als hier! Am Abend trat ich hier in die Halle von Hunt's Inn ein. Schon hier bei dem großen Kamin und dem breiten Treppenaufgang hör ich, daß das Haus 200 Jahre alt ist. Alles schien mir verzaubert. Der Bergbach fließt vorbei wie die Wehra im Schwarzwald. Da steht eine große alte Scheune am Bach, die früher einmal eine Mühle war; der Rasen, der Park mit verwilderten Aufgängen, das Boskett mit den Hermes- und Artemisbüsten, die altväterlichen Räume des Gasthofs, der wie ein altes europäisches Patrizierhaus ist. Außer dem großen Speisesaal gibt es lauter Nischen und Räume voll überraschender Wohlproportioniertheit. Mit dem jungen Besitzer kam ich rasch ins Gespräch. Er ist Tischler. In einer der großen alten Scheunen (es stehen etwa vier auf seinem Besitz) macht er schöne Holzmöbel, die ohne alte Stile nachzuahmen in ihrer Noblesse dem gradlinigen Bürgergeschmack des 18. Jahrhunderts entsprechen. Er benutzt dazu Walnuß- und Kastanienholz, das er nur mit Öl und Bienenwachs, ganz ohne Farbe, bearbeitet. Die Scheunen haben Holznägel. Nahebei war einst ein Marmorbruch und vereinzelte Marmorplatten bilden die Stufen und Aufgänge zwischen Rittersporn, roten rankenden Rosen und wildem Wein. Heute morgen im Fluß gebadet (es ist der Ten Mile River). Gestern abend saßen alle um den brennenden Kamin. Heute morgen zu dem vom Eigentümer selbst gebauten Steinhaus auf einer Bergmatte gefahren. Ich trete zurück in mein »gestriges« Leben.

Webatuck, 8. Juli

Ich muß etwas merkwürdig Vertrauenerweckendes an mir haben. Eine Frau, Gast in dem Gasthof, bat mich, ihre Tochter einen Tag lang auf den einsamen Pfad mitzunehmen, da sie sich allein nicht traue. Also wanderten wir zu zweit bis Kent in Connecticut. Der Weg ist einer der schönsten und anstrengendsten bisher gewesen. Zuerst stiegen wir den Shinaghoce-Berg hinauf, wo wir mit dem Blick auf den Housatonic River zu Mittag unser Mitgebrachtes aßen. Starke Gerüche von Moosen und Nadelhölzern, große Schwalbenschwänze, plötzlich auftauchende Matten mit Kühen, Steinwälle drum herum, ganz kühle Bergbäche. Einmal führte der Weg durch »Rattlesnake Den«. Am Eingang des Waldes sind an den Bäumen Flaschen angebracht mit dem Gegengift gegen den Biß der Klapperschlangen. Das Mädchen ging mutig mit mir hinein. Und wirklich sahen wir eine sehr dicke ausgewachsene Klapperschlange direkt auf dem schmalen Pfad geringelt liegen. Wir gingen vorsichtig dicht an ihr vorbei. Ein steiler Abstieg zwischen unregelmäßigen Felsblöcken führt nach Kent herunter. An dieser Stelle wird das Mädchen im Auto abgeholt. Und da entschloß ich mich, auch mit zurückzufahren nach Webatuck. Morgen werd ich von Windale aus nach New York im Zug zurückfahren.
Das ganze Haus ist voller blinder Spiegel. Dieser weite grüne Garten am Fluß zwischen den Bergen scheint der rechte Ort zu schreiben, zu denken, zu dichten. Aber ich weiß nichts, worüber ich schreiben könnte. Es ist alles wie von Jens Peter Jacobsen erdichtet: das ehrwürdige, vollständig leerstehende und gänzlich unrentable Gasthaus inbegriffen.

New York, 19. Juli

Gestern ist mir in den Sinn gekommen, ein ganzes Buch von »Kapiteln möglicher Romane« zu schreiben. Es wäre ein verwirrendes Buch, kein

Essay, kein Tagebuch, kein Roman und doch all dies zugleich. Ohne grade formlos zu sein zeigte es doch durch seine Form die Unmöglichkeit der Form an. Das Ernsthafte wäre spielerisch, das Pathos zweideutig, das Versagen dichterisch, und noch die Auflösung, die es ja thematisch darstellen würde, erschiene in der Gestalt einer Zusammenfassung all dessen, was uns heute bewegt. Gestern hab ich wieder solch ein Kapitel geschrieben.

Kapitel eines möglichen Romans

Als Eduard müde und niedergeschlagen in Marseille ankam und sich ihm ein Gepäckträger näherte, fiel ihm nur der Name eines der besten Hotels der Stadt, das Louvre et de la Paix ein. Nachdem er gebadet, gegessen und etwas geruht hatte, blieb er Stendhals »Armance« lesend auf seinem Zimmer. Da hörte er inmitten der mitternächtlichen Stille einen in furchtbaren Tönen ausgestoßnen Schrei: »Au secours! Au secours!« hatte ein Mann in wie es schien unsinniger tierischer Angst und in vollem Lauf direkt unter seinem Fenster geschrieen. Die Straße war zu dunkel, um viel erkennen zu können. Erst schien sie ihm leer und völlig ausgestorben und er war schon beinahe überzeugt, daß die furchtbaren Hilferufe eine kaum zu erklärende Halluzination waren, als er vom untern Ende der Straße denselben Schrei wieder vernahm und einen Mann in einem weißen Anzug der Cannebière zurennen sah. »Ich muß ihm folgen« dachte er, zog sich so rasch wie möglich an, verließ das Hotel und rannte zur Cannebière hinab. So kam er atemlos am Hafen an, wo es ganz dunkel war. Er bog rechts ein und fand sich bald mitten in den verwirrenden dunklen Gassen des Vieux Port. Aus einer Bar mit Perlenschnüren drang arabisch klingende Musik. Wie in einer Vision sah er einen Mann in einem weißen Leinenanzug durch die Perlenschnüre gehn. Eduard ging ihm nach und trat an den Tisch des Mannes, der ihn mit gehetztem Blick ansah und aufsprang, als ob er gehen wollte. »Bleiben Sie«, sagte Eduard zu ihm in seiner Verwirrung auf deutsch, »ich habe Sie zwei Stunden lang gesucht, um Ihnen zu Hilfe zu eilen.«

»Was wissen Sie von meinen Verfolgungen?« fragte der andre. Erst jetzt merkte Eduard, daß er deutsch gesprochen hatte und nun zu seinem Erstaunen eine deutsche Antwort erhielt, in der allerdings irgendeine nicht gleich zu bestimmende fremde Färbung hervorklang. Eduard fragte ihn, ob er Deutscher sei.

»Wissen Sie,« antwortete der Mann, seine Worte nervös zerbrechend, »das ist so schwer zu beantworten. Ich weiß es einfach nicht. Es gab Jahre, da ich, Sie wissen, in diesem seltsamen Gebilde, dem ungarisch-österreichischen Kaiserreich, aber, wie, Sie können sich daran ja unmöglich erinnern, wie alt sind Sie eigentlich, aber, was ich sagen wollte, ja, da war ich Österreicher, oder eigentlich Ungar, ich meine, ich glaubte, gewissermaßen Ungar zu sein.

Nach 1918 war ich aber doch Pole. Ja, sehen Sie, ich habe noch alte polnische Heimatscheine«.

Dabei kramte er fahrig in einer abgegriffnen Brieftasche herum, ohne zu Ende zu suchen. Er steckte sie einfach beim Weitersprechen wieder ein.

»Aber meine polnischen Papiere sind seit Jahren nicht erneuert worden, ich bin wirklich Deutscher, ich meine, wenn man das so sagen kann. Jedenfalls war ich Deutscher, bis eine Schar von SS-Männern in meine Berliner Wohnung eindrang, um mich zu töten. Ja, wahrhaftig, bitte doch den Herrn, mir ja glauben zu wollen. Um mich umzubringen«, schrie er plötzlich.

»Aber sehn Sie, ich konnte fliehen. Ich habe ja nun Übung im Fliehen, haha,« kicherte er in einem Anfall von Humor, der Eduard entsetzlich vorkam. Ein Musikapparat war zu alledem mit aller Wucht losgegangen, und am Nebentisch sangen russische Matrosen Lieder ihrer Heimat.

»Ich floh nämlich nach Österreich. Es war nicht so schwer, auf Grund früherer Akten, wieder Österreicher zu werden. Ja, ja, ich wurde eben wieder Österreicher, zum zweitenmal, Sie verstehen.« Wieder kicherte er, wobei sich sein Gesicht ganz ohne Heiterkeit verzog. Aber gleich hastete er weiter. Es schien, er könne garnicht mit Reden aufhören.

»Aber kaum hatte ich meine Bürgerpapiere, kam der Anschluß und man drang wieder in mein Haus ein, um mich umzubringen. Diesmal war die Flucht schwerer. Doch in der Tschechoslovakei konnte ich in einer kleinen nordböhmischen Gemeinde, Gott, nun hab ich doch wirklich den Namen vergessen, warten Sie, es fing mit P an, oder R? Nun, es ist gleich, ich war Tschechoslovake. Sehen Sie, wie schwierig das ist? Ich könnte Ihnen kaum sagen, ob ich das heute noch bin, denn einerseits ist ja Böhmen nun deutsch, Sie verstehen, ich konnte grade noch fliehen, anderseits bin ich doch wohl Deutscher, da die mich doch ausgebürgert haben.«

Hier gelang es Eduard, ihn zu unterbrechen: »Aber auf was für einen Paß reisen Sie denn?«

»Auf gar keinen. Ich habe keinen richtigen Paß, aber Papiere von vier Staaten. Die Marseiller Fremdenpolizei kennt sich da garnicht mehr aus. Es ist ja auch schwer.«

»Und was ist denn Ihre Muttersprache, falls ich fragen darf?« »Gewiß doch! Aber auch das ist ja so schwer zu sagen. Ich spreche so viele Sprachen, ungarisch, deutsch, polnisch, russisch, tschechisch, französisch und etwas serbisch, aber keine richtig. Überall mach ich Fehler, und wo immer ich mit jemandem spreche, fragt man mich, woher ich komme. Übrigens mein Name ist Brani oder auch Baranyai. Brani war ursprünglich mit Umlaut, so nennt mans doch, Sie wissen: Bränni, eigentlich ein schweizer Name.« Als Eduard weiterfragte: »Hören Sie denn manchmal von Ihrer Familie?« antwortete Brani:

»Durch seltsame Zufälle erreichen mich manchmal Briefe meiner Frau. Sie kommen immer aus andern Städten. Aber es sind keine Nachrichten, sie ähneln richtigen Briefen kaum. Ich verstehe sie schon seit mehreren Jahren nicht mehr. Es sind seltsame Sätze ohne jeden Zusammenhang, mit den lächerlichsten Hinweisen. Ich lese da etwas über eine Mazurka, die meine Frau getanzt hat, über die Religion in Burma, über Knöpfe an meinem Wintermantel und dergleichen, alles ohne Sinn und Verstand. Da ist dann jeweils hinzugefügt ein ›Du weißt ja schon!‹ oder ›wenn Du mich recht verstehst‹ oder öfter auch ›wie Du Dich ja gewiß erinnerst.‹ Ich zermartre mir das Hirn, ob meine Frau und ich einen gewissen Geheimkode ausgemacht haben, bevor ich wegging. Ich kann mich nicht mehr genau erinnern. Oft scheint es mir, wir hätten für solche Fälle einmal so etwas wie das Zählen irgendwelcher Anfangsbuchstaben ausgemacht. Manchmal schreibt meine Frau nämlich: ›denk an unsre Abmachung‹, aber ich hab es vollständig vergessen. Ich verbringe oft halbe Nächte, indem ich die Anfangsbuchstaben jedes zweiten oder dritten oder vierten Wortes zusammenfüge, oder ich versuch es mit Silbenanfängen oder Endbuchstaben, aber nie ergibt sich irgendein Sinn. Die Briefe scheinen von einer Irrsinnigen geschrieben zu sein, wäre nicht ein so deutlicher Wille offenbar, mir Wichtiges versteckt mitzuteilen. Ich versichre Sie, es ist wie Dokumente in einer fremden Sprache und die ›Du weißt doch‹ verfolgen mich. Ich träume oft, ich erhielte einen Brief, den ich unbedingt entziffern muß, sonst würd ich erschossen. Aber, wie ich auch auf den Brief starre, ich kann nur schwarze Striche und Bögen erkennen.«

Nach einiger Zeit schien Brani sich zu beruhigen. Noch zögerte Eduard, ihn nach der Ursache seines entsetzlichen Hilfeschreis zu fragen. Er fürchtete sich vor dieser Frage. Schließlich hatte er schon angesetzt zu fragen, als er bemerkte, daß der Lärm, der von den hintren Tischen kam, seit einiger Zeit bedeutend zugenommen hatte. Nun wurden Stühle und Tische umgeworfen, man raufte, und plötzlich lag ein Mann auf dem Boden, dem das Blut die Schläfe herunterrann. Frauen schrieen, und eine lief, eh man sie hindern konnte, hinaus und kam nach wenigen Minuten mit einem Polizisten wieder. Nachtbummler und weitre Polizisten kamen. Keiner durfte die Bar verlassen. Man fragte Brani barsch, wer er sei und wo er wohne. Dieser flüsterte Eduard mit tötlicher Angst im Auge zu: »Man ist mir auf den Fersen« und antwortete dem Polizisten mit verdächtiger Verwirrung, indem er sagte, er wisse nicht, wo er wohne. Nur schwer gelang es Eduard, ihn der Polizeigewalt zu entreißen. Er zeigte seine Papiere, und gab dem Polizisten zu verstehen, daß sein Freund betrunken sei. Er werde ihn nun ins Hotel du Louvre et de la Paix begleiten, wo sie beide wohnten. So ließ man sie gehen.

New York, 25. Juli

Viele Nachmittage mit Follen-Notizen in der Bibliothek, planloses Streifen in den Straßen, ebenso planloses Lesen verschiedenster Bücher, viele Briefe aus der Schweiz und deren Beantwortung, tägliche Gespräche mit Varian, Freude an der schönen Wohnung, französische Filme, die von einem auf den andern Tag verschobene Abreise, irgendwohin, Zeitunglesen und das dauernde Bewußtsein der Apokalypse, des Verlorenseins in der Stadt. Dabei ein dauernder Zwang, irgendetwas Vernünftiges schreiben zu sollen und nicht zu können, die Einsicht, daß all mein Tätigsein von je Andre nur getäuscht hat, daß ich eigentlich von absurder Trägheit bin; viele genußreiche Augenblicke trotz allem und zu all dem, es soll nicht verschwiegen werden, die Peststimmung jenes Hauses aus dem »Ludolf Ursleu«.

New York, 27. Juli

Unerträglich heiße Tage. Man kann nur halbbekleidet, zeit- und pflichtenlos in der Wohnung umhergehen. Den Plan gefaßt, nach den Finger Lakes zu gehn, nach Penn Yan. Mein Aufenthalt dort malt sich mir immer mehr als der eines jungen Unbekannten aus, der etwas sonderlingshafte Spaziergänge unternimmt und in den Morgenstunden bei geöffnetem Fenster arbeitet und sich durch eine etwas undurchdringliche Höflichkeit abseits hält.

Penn Yan, 1. August

Gestern morgen reiste ich von New York ab und kam abends um halb acht hier an. Von Elmira ab fiel mir die Ähnlichkeit dieser Landschaft mit der des Zürichsees auf. Der Keukasee ist auch so langgestreckt, umgeben von ziemlich niedrigen Hügeln, die zum Teil bewaldet sind und teilweise aus Wiesen und Weideland für Kühe bestehen. Dazwischen Rebberge und Obstbaumpflanzungen, tote Arme mit Ried. Nur sind die Ufer weniger dicht besiedelt als die des Zürichsees. Es ist ein anmutiges Gefühl, in irgendeinem kleinen völlig unbekannten Ort auf eine Woche als Fremdling einzuziehen.

Penn Yan selber hat dasselbe Gesicht wie alle kleinen amerikanischen Städte: mit Main Street, Liberty Street und Elm Street. In all den Gärten stehen die hohen Malven, die mich an Cambridge erinnern. Auf der Terrasse eines im Grünen gelegenen Hauses saß ein junger Neger. Er grüßte mich und ich befragte ihn nach dem Namen der am Staket aufrankenden vollblühenden Pfanze. Er wußte es nicht und rief eilfertig seine Mutter. Sie kam, eine liebenswürdige und würdevolle Matrone. Es war Klematis, was ich vergessen hatte. Heute morgen dem See zu gegangen. An einem Hang führt ein Weg hinauf, der an der einen Seite mit großen Pappeln gesäumt ist. Dies sind die ersten Pappeln, die ich in Amerika sehe: wie Rhein und Bodensee. Hinter den Pappeln ist der älteste Teil des Friedhofs. Der frühste Grabstein, den ich sah, war vom Jahr 1819. Der Follen, den ich etwa übermorgen anfangen will (ich muß in Ithaca noch Eliza Follens Biographie ihres Mannes durcharbeiten), wird die erste Schrift sein, die ich auf Englisch schreibe. Ich werde mich zu einer sehr direkten, unscharfsinnigen Prosa verstehen müssen.

Penn Yan, 7. August

Soeben das erste Kapitel beendet. Und wieder das gute Gefühl der fortgehenden Arbeit. Das Kapitel ist so gebaut, daß es im erzählerischen Ton anfängt, in einem großen zusammenfassenden Satz das äußre Leben Follens andeutet, um das Interesse zu wecken, und dann, rein sachlich, die Ereignisse entwickelt. Wie ein Leitmotiv klingt es hinter den verschiednen Namen, absichtlich vorwegnehmend, auf, daß der und jener ins Exil flüchten mußte in spätren Tagen. Dies soll durch die ganzen ersten Kapitel gehn.
Gestern nacht träumte mir, daß ich zu meinem großen Erstaunen von jemandem hörte, Karl Schurz lebe noch.

Lake George, 9. August

Gestern früh von Penn Yan abgefahren und den ganzen Tag bis Mitternacht unterwegs gewesen. Umgestiegen in Elmira, Binghampton und Albany. Albany mit seinen schmalen nach oben führenden Straßen, seinem deutlichen Straßenbild, Marktplatz mit neugotischer Kirche hat eine entfernte Ähnlichkeit mit etwas Baslerischem. Jedenfalls versuchte ich mir einzureden, ich sei in Basel.
Lake George ist ein regelrechter Badeort, sehr verschieden von Penn Yan, wo ich wie »aus fremden Gauen« plötzlich auftauchte. Der See ist von überraschender Schönheit. Die dicht bewaldeten Berge fangen direkt am See-Ufer an aufzusteigen. Viele bewaldete Inseln (man sagt mehr als zweihundert). Nachmittags eine Fahrt weit herauf mit einem Dampfboot gemacht und in angenehmsten Träumereien versponnen.

Lake George, 11. August

Eben etwa das erste Drittel des zweiten Kapitels geschrieben. Dies ist wohl das schwerste und wichtigste von allen und ich mußte trachten, in das Berichten von Tatsachen und Ideen so viel Abwechslung wie möglich zu bringen.
Der See ist sehr warm. Ich gehe jeden Nachmittag schwimmen. Unter einer Menge antiquarischer Bücher kaufte ich mir »The Rock Pool« von Cyril Connolly, eigentlich nur deshalb, weil ich herausfand, daß es in einem der Felsdörfer hinter Nizza spielt, in St. Paul, das hier Saint-Pierre heißt. Nun find ich, daß es ein sehr kluges und gut geschriebenes Buch ist. Merkwürdig ist, und für einen Erstlingsroman erstaunlich, daß es einen von vornherein negativen Helden hat.

Mein beständiges Fürmichsein kann nicht wohl einen allzu heilsamen Effekt auf mich haben: mein Zug zur Selbstdramatisierung (in imaginären Monologen und Zwiegesprächen) erhält zu viel Nahrung. Es scheint mir dann, als bekäme mein Leben zusehends etwas Verfehltes, Vergeudetes, als sei mir durch zu viel klare Überlegungen und Reserve, beinahe wie dem »letzten Puritaner« von Santayana, der natürliche Kontakt mit dem Leben verwehrt. Gestern nacht saß ich mit einem Buch in der Hand in den Bars! Heute morgen, beim Wiedereinschlafen, wie schon so oft einen dieser militärischen Träume gehabt: ich diene und verstehe nicht recht, was um mich vorgeht, während alle andern genau auf dem laufenden sind.

Lake George, 14. August

Heute das zweite Kapitel beendet und das dritte angefangen. Der »Rock Pool« war ein sehr kluges, bittres, aufstörendes Buch. Das Vulgäre, Übertünchte, Gefährliche und Schöne der Riviera, die Unordnung des Expatriierten-Daseins mit seiner dauernden Einsamkeit und dem Zwang, sich eine Welt schaffen zu müssen. Durch die Verwilderung der geschilderten Situationen spürt man die klassische Bildung des sarkastischen Autors. Jetzt les ich »Angels in Undress« von Mark Benney, eine Art von modernem Gil Blas. Benney kommt zum Schluß »that crime is jazz and jazz is criminal«.

Lake George, 18. August

Während England jeden Tag von neuem durch Bomben zerstört wird, geht mein Leben hier seinen sommerfrischlerischen Gang. Northwestern University liegt ungewiß vor mir. Alles was ich hier tue, wird immer zusammenhangsloser: wirklich und unwichtig, gesellig und isoliert, tiefsinnig und gedankenlos, lustig ohne Glück, mitteilsam ohne Anteilnahme. Eben das dritte Kapitel beendet.

Lake George, 21. August

Brief von Mutter mit gutem Material für Follen, das sie in Zürcher Archiven fand.

Den ziemlich schlechten Roman »The Bulpington of Blup« von H. G. Wells gelesen. Anfangs nur unter Anstrengung den leerlaufenden Romanjargon bewältigt. Aber der Roman wird mit der Schilderung des Kriegsausbruchs sehr interessant. Vielleicht nur, weil es wieder so aktuell ist: dieselben Täuschungen, Schlagworte und Unsicherheiten wie 1914. Dabei wird die Zeichnung Theodores als esprit faux auch viel wesentlicher. Seine Heimkehr nach England und der ganze Schluß des Buches ist intelligente Schriftstellerei.

Nun eine dieser mir so wohlbekannten Melancholieen, die plötzliche und rastlose Verwirrtheit. Sie steckt gleichsam irgendwo im Halse, grade noch zu unterdrücken, aber dauernd bereit, das Feld zu behaupten. Besonders fühlbar heute am Spätnachmittag, nachdem ich stundenlang im Park gesessen war und den Wells ausgelesen hatte. Das Deprimierende des Buchs, das Gefühl, durch das lange Lesen die Berührung mit der Wirklichkeit verloren zu haben, die normale Verworrenheit, die mich immer befällt, wenn ich ein längres Buch, das mich etwas angeht, ausgelesen habe: das aufgezwungne Abschiednehmen von der temporär zur Welt gewordnen Romanwelt. Dann der Brief von Mutter, ihre ungewisse Lage, die Zeitereignisse.

Green Mansions, 27. August

Am 23. das vierte Kapitel beendet. Es wird wahrscheinlich später noch erweitert werden durch genauere Angaben über Lafayette, Cousin, Benjamin Constant und die französische Geschichte jener Zeit. Hier hab ich die nötigen Bücher nicht dazu. Unlängst nach Ticonderoga gefahren und zum Fort gegangen. Merkwürdig ist, wie hinter dem Gedenkstein für den Marquis de Moncalm, der gegen eine große britische Übermacht das Feld behauptete, ein riesiges Kreuz errichtet ist mit der Inschrift (ungefähr): »Christ, es war nicht der Marquis de Moncalm allein, der so siegreich war, es war die Armee Gottes!«
Seit dem 24. hier. Es ist ein Sommer Camp an einem kleinen See, direkt in den Bergen. Eine Theatertruppe spielt Sommertheater für das Camp, und ich verbringe meine Zeit mit den Schauspielern, esse am Tisch mit Ruth Ford und ihrem Mann Peter van Eyck, der Deutscher ist. Seit Zürich habe ich diese anachronistische Welt mit ihren Intrigen und Scheinproblemen nicht mehr gekannt. Hier ist sie in vollster Entfaltung. Ich kann zu allen Proben gehen und nach Mitternacht ergeben sich all diese spielerischen Gespräche. Alle sind sehr schön. Gestern das 5. Kapitel fertiggeschrieben.

New York, 6. September

Seit dem 2. September wieder hier. Gestern nachmittag, als ich zufällig bei Macmillan vorbeikam, auf den Gedanken gekommen, dort wegen des Follen-Buchs vorzusprechen. Ich gelangte wirklich ohne Schwierigkeit zu einem der Hauptlektoren, Mr. Purdy, der sehr liebenswürdig war und sich interessiert zeigte. Er will Überblick und Proben sehn. Ich sehe, daß ich noch mehr Studien über die unitarische Kirche und Harvard University zur Zeit Follens machen muß.
Heute aber nur etwas über zwei Seiten vom zweiten Kapitel abgetippt, das ich Purdy zeigen will. Es kommt mir so schlecht, so dürr, langweilig und zusammengestoppelt vor. Stattdessen hab ich dann stundenlang R.L. Stevensons Briefe gelesen. Denke immer an Green Mansions. Wie konnte ich

nur glauben, ich fühlte mich unter Schauspielern nicht wohl. Ich könnte mit ihnen reisen.

Evanston, 19. September

Heute morgen hier an meinem neuen Ort angekommen. Am 17. von Washington, wo ich zwei Tage bei den Martis war, die Nacht durchgefahren nach Cincinnati, um mein Gepäck zu holen. Das Fazit meiner zwei Jahre in Cincinnati: nicht einen einzigen Menschen wollte ich sehen, keine Stätten wiedersehn, ich fuhr am selben Abend wieder ab. Ich habe in der Stadt nichts zurückgelassen und fühle mich endgültig aus ihr verschwunden. Und doch weiß ich, daß ich damals, als ich wie jetzt in Evanston, dort zuerst ankam, in mein Tagebuch schrieb: »Ich glaube, ich werde hier glücklich sein.«
Mein Eindruck hier ist noch unbestimmt. Zum erstenmal in meinem Leben in unprivater Atmosphäre. Ich wohne in einem Dormitory, einem zellenartigen Zimmer, und meine Mahlzeiten, so erfuhr ich heute, muß ich als »tutorial fellow« abwechselnd in verschiedenen Fraternities einnehmen. Das alles verspricht eine gründliche amerikanische Feuertaufe zu werden. Ich gehe ihr entschlossen entgegen. Ich weiß noch garnicht, wie meine Pflichten als Tutor sein werden.
Der See erstreckt sich groß wie ein Ozean. Eben durch die Stadt gegangen. Sie hat viel Anmutiges. Ich kann mich noch garnicht in ihr vorstellen.

Evanston, 24. September

Heute zum erstenmal wieder Mut gefunden, ein paar wenige Seiten am Follen zu schreiben: eine Beschreibung Basels. Immer wieder entstehen diese Stockungen dadurch, daß ich die Möglichkeiten zur Verbesserung der vorhandenen Teile bemerke. Mit dem Romanbuch ging es auch so. Wollte ich es nun fertigschreiben, müßt ich erst all das Geschriebene radikal verändern.
Durch meinen häufigen Aufenthalt in den hiesigen Fraternity-Häusern gerate ich in eine fremde Welt. Die Studenten dort sind alle so jung, freundlich, laut, ungeweckt, ahnungslos und spaßig. Vor jeder Mahlzeit singen sie ihr Fraternity-Lied mit gezogener Melodie. Die Fraternity Phi Gamma Delta nennt sich Fee Gee, wie Fidji ausgesprochen, so daß in ihrem Fraternity-Lied viel vom Fidji-Girl die Rede ist, das sich nach ihrem Fidji-Boy sehnt. Wie ein Gast von einem anderen Planeten sitz ich dazwischen, hilflos lächelnd. Meine Aufgabe ist ausdrücklich, »gesellig« zu sein und herumzugehn. Das ist Teil meiner Stipendiatenpflicht. Aber mir fällt nichts zum Reden ein. Jedes einzelne Gespräch, ohne Unterschied, lautet so:
»Wo kommen Sie her?«
»Aus der Schweiz.«

»Wieviele Sprachen spricht man da?«
»Vier« (Erklärung meinerseits)
»Wie lange sind Sie schon hier?«
»Zwei Jahre.«
»Gefällt ihnen dieses Land?«
»Ja.«
Hiernach sind wir beide erschöpft.

Evanston, 15. Oktober

Mehr und mehr frag ich mich, ob es nicht doch ein dummer Streich war, die Germanistik aufzugeben und Romanist zu werden. Zwar sagen mir die Vorlesungen zu, aber ich bemerke, wie ich mit Feuereifer und Interesse viele Stunden vor den Bibliotheksregalen mit deutscher Literatur verweile, um Entdeckungsfahrten zu machen, bei den französischen und spanischen tu ichs nur kurz und aus Pflichtgefühl.

Die letzten Reste des Schlendrians, die mir noch möglich sind, will ich mir bewahren. Es ist wider alle Vernunft, wider den Erfolg. Aber statt nun in aller freien Zeit meine Spanischkenntnisse zu erweitern, les ich Dinge, die mir nicht nützen. Diesem Schlendrian verdank ich den besten Teil meines Wissens, meines Denkvermögens, meiner Kenntnis des Entlegenen. Jetzt, da ich an feste Mahlzeitstunden, an eine allgemeine Hausordnung im Dormitory, an das Zusammenleben mit andern, an offizielle Freundlichkeit gebunden bin und mir der Schlendrian fast abhanden kommt, merk ich, daß mir das Improvisieren von Stimmungen und allerhand Unvernünftiges viel wichtiger sind als die geplante Ordnung.

Die einzigen Bücher, die uns heute etwas angehn, sind die gefährlichen Bücher: Gide, D.H. Lawrence, Zauberberg, Nietzsche, Strindberg. Wie sehr nah sind mir deshalb die englischen Romantiker (vor allem Keats), die französischen Symbolisten und gewisse Moderne und wie unendlich langweilig die französischen Romantiker, die Hugo, Lamartine, Chateaubriand mit ihren harmlosen Manifesten, ihren ausplaudernden Werken und ihrer naiven Auffassung des Abenteuerlichen. Dagegen: die Gefährlichkeit eines Nietzsche-Aphorismus angewandt auf den Roman.

Ich lebe im Dormitory in einer bestimmten Beziehungslosigkeit: da sitz ich in meinem Zimmer, die Tür meist offen, und es kommt einer herein. Und da ich zum Sprechen aufgelegt bin, such ich ihn aus Lust am Spiel verwirrt zu machen durch halb pathetische, halb leichtfertige Gedanken. Es gelingt mir wohl, aber der Besucher ist so jung, so unerfahren und so in seine amerikanische Lebenserfahrung eingeschlossen, daß das Ganze für ihn ein Gesprächsstoff wird wie jeder andre, »an interesting evening«, den er sich vornimmt, bei gegebener Zeit einmal zu wiederholen, aber nicht zu oft. Denn schließlich

nimmt das lange Reden einem die Zeit fürs Arbeiten, und es ist außerdem etwas zu sonderbar. Warum soll ich mich von solchen Problemen einnehmen und beschweren lassen, denkt er, ich habe ja noch Zeit genug dazu. So etwa überlegt der Besucher. Und ich weiß all dies im voraus und rede nur, weil es mir Freude macht, ein wenig die Oberhand zu haben, das Unerwartete und Ungehörte zu sagen und etwas bestaunt zu werden.
Immer wieder die mir unbegreiflichen Fälle von Deutschen, die nach dreijährigem Amerika-Aufenthalt ein ganz verludertes Deutsch sprechen. Sie sind beinahe stolz darauf und ziehen es vor, Englisch mit mir zu sprechen. Immer wieder ungläubige Verblüffung, wenn ich darauf bestehe, daß ihr Englisch viel armseliger ist als ihr Deutsch. Aber vielleicht überschätze ich ihre Kenntnisse des Deutschen.

Evanston, 24. Oktober

Am letzten Sonntag beeindruckt durch den Vortrag von Eustace Haydon über Humanismus im »Voltaire Club« der Unitarischen Kirche. Diese Unitarier (auf die ich durch Follen aufmerksam wurde) scheinen hier eine der ehrlichst-denkenden Gruppen zu sein. Ich werde nun auch wohl zuweilen in ihre Gottesdienste gehn.
Habe die Zustimmung für mein Dissertationsthema über die Auffassung des Dichters bei Mallarmé und George erhalten. Schrieb heute gleich an Morwitz um Rat.

Evanston, 4. November

Eine glückliche Eingebung ließ mich Stendhals »Chartreuse de Parme« mit nachhause nehmen. Seit Tagen leb ich in intensivster Lektüre dieses Buches. Das scheinbar so Planlose, die Kunst des Verschweigens, der Mangel an Beschreibung und Emphase, der Sinn für das Plötzliche, Außergewöhnliche, das Mögliche, diese ganze Unaufdringlichkeit macht Stendhal zum wichtigsten Romancier im Frankreich des 19. Jahrhunderts und zu einem direkten Vorfahren André Gides. Es freut mich, von Stendhals Hang zum Mystifizieren zu lesen, von seiner Einsamkeit und Reiselust. Lese nun seine »Souvenirs d'Egotisme«.
Zwischenhinein (im Zusammenhang mit der Vorlesung) viel im Rabelais gelesen. Über Panurge hab ich eine ganz andre Meinung als die, die ich vortragen hörte. Es hieß, Panurge sei der unmoralische Praktiker, der nur ans eigne Fortkommen denke mit einer terre à terre Philosophie. Er scheint mir von all diesem das Gegenteil. Ist er nicht vielmehr das vollkommne Beispiel eines, den die obstinate Weiterführung einer Idee viel mehr interessiert als sein eigner Profit? Er hat eine wunderbare Manie, ohne Rücksicht auf sein eignes Wohlergehen einen Gedanken zu Ende zu denken. Seine Trauer rührt

nie daher, daß er seinen materiellen Erfolg in Frage gestellt sieht, sondern nur daher, daß er nicht alles über seinen Gegenstand weiß, daß es noch tausend verborgne Nuancen und Erwägungen zu betrachten gilt. Er ist ein Bruder Lafcadios und Bernards, und Gides »acte gratuit« findet in ihm den ersten Verfechter. Er hat die echte Unrast dessen, der vom Stachel des nutzlosen Wissenstriebs durch die Welt getrieben wird.

Kapitel eines möglichen Romans

Zürich, 20. August 1939

Daß ich mich so spät noch dazu entschließe, ein Tagebuch anzufangen, ist nur dadurch zu erklären, daß der gestrige Tag eine Reihe von Geschehnissen mit sich brachte, so daß ich nun, wie in Vorausahnung künftiger Unordnung, mir ein Gerüst schaffen möchte. Zudem: meine Koffer sind gepackt und meine Abreise ist in allem vorbereitet. Zwar hab ich noch keine Fahrkarte, aber eben nur deshalb, weil ich bis jetzt nicht die geringste Ahnung habe, wo ich hingehen werde. Ich werde das von dieser Tagebucheintragung abhängig machen. Sowie ich mit ihr fertig bin, geh ich zum Bahnhof. Den Zug, der dann grade abgehen wird, werd ich nehmen (falls er mir zusagt). Ich führe dies Tagebuch um einer gewissen Lebensordnung willen und mach es dennoch zum Instrument des unordentlichsten Zufalls.

Das erste Ereignis, das mich gestern überraschte, ist an sich eine geringfügige Sache und, von außen besehen, überhaupt kein Ereignis. Ich bin gestern fünfundzwanzig Jahre alt geworden. Daß mich dieses so natürliche und leicht vorauszusehende Geschehnis bestürzte, rührt vermutlich von einer dummen Überschätzung meiner augenblicklichen Lage her. Es schien mir – und scheint mir noch – der Abschied von meiner Jugend, meines zielfernen Bildungstriebs zu sein. Es scheint, daß ich viele Dinge, die ich mit 24 noch tun konnte, fortan nicht mehr werde tun dürfen. Daß ich beinah gleichzeitig mit diesem fatalen Geburtstag meine Universitätsstudien zu einem vorläufigen Abschluß gebracht habe, ist nur ein sinnreicher Zufall. Meine gleichaltrigen Freunde sind dabei, sich höchst vernünftig nach Lebensstellungen umzusehen (die mir hier als Ausländer doch verschlossen wären), während ich so weiter hinleben werde, nur mit dem Unterschied, daß ich nur noch Menschen um mich haben werde, die jünger sind als ich. Ich muß leiten, statt geleitet zu werden. Und wenn ich weiterhin von dem Vorrecht der Jugend Gebrauch machen will, das Kommerzielle und Gemeine, das zwar als schlecht Erkannte, aber aus Bequemlichkeit Sanktionierte beim wahren Namen zu nennen (und ich werde das um jeden Preis weiter tun), so werd ich leicht in den Geruch eines »Idealisten«, eines »Ästheten«, eines »Sonderlings«, eines »Décadent« oder eines »Trottels« kommen (je nach Temperament des Beurteilers) oder wie all jene Worte lauten, die der geängstigte erfolgreiche

Bürger in Notwehr erfunden hat, um jedem, dem es um nichts andres als geistige Lauterkeit zu tun ist, einen Namen zu geben, deren jeder einzelne geistige Unlauterkeit schon in der Definition voraussetzt. Das zweite Ereignis steht mit diesem ersten wohl in einem viel engeren Zusammenhang, als mir gestern klar wurde: ich entschloß mich, einen Roman zu schreiben. Ich kaufte mir sogleich ein großes festgebundenes Heft, in dem ich die ersten Seiten beginnen wollte. Zunächst aber kam es nur zu einigen grundsätzlichen Bemerkungen: der einzige Roman, der mir zu schreiben erlaubt ist, ist der, welcher vom Verlorengehen jeglicher Bezüge handelte. Eine solche Maßlosigkeit von Untergang und Unordnung müßte bewältigt werden, daß mir dabei unheimlich zumute wurde. Der Verlust des ganzen bisher geltenden geistigen Klimas, die Not der Ausgestoßnen müßte das Grundthema sein. Die Erstarrung und das in fremder Sprache Verstummen unsrer edelsten Geister, die, wenn sie dennoch reden, durch eine lähmende Trauer oder durch sich verwirrende Versuche, dieser Aktualität Herr zu werden, etwas zustande bringen, was ihrem wirklichen Niveau nicht entspricht. Die sinnlosen Freiheitsberaubungen, die unfaßlichen Verwüstungen von Bauwerken und Landschaften und vor allem von Menschen müßte darin enthalten sein. Es müßte geschildert werden, wie diejenigen, die zeitlebens für eine sinnvolle Welt einstanden, nun halb anonym, fast ohne Kraft, fern voneinander, über die Grenzen und Ozeane taumeln, gemeinen Vergessenheiten und mißverstehenden Huldigungen entgegen, arme Don Quijotes, die, allen sichtbaren Gegenbeweisen zum Trotz, fortfahren wollen, an ganz gebliebene Welten zu glauben.

Der Grundgedanke von all dem müßte aber sein, daß in dieser untergangsbrünstigen Welt keine Formung mehr gelingen kann, da die alten Mittel erschöpft sind und die neuen noch nicht gefunden. Als ich so weit gekommen war und schon ganz prächtige Einzelsituationen auftauchen sah (eine war eine Szene an Deck eines Überseedampfers voll unerhörter Möglichkeiten), bemerkte ich, daß das was mich zum Erwägen und Schreiben zwang, mir gleichzeitig das Schreiben verbot. Wenn ich beschreiben will (nein, muß), daß es das Werkzeug nicht mehr gibt, welches Werkzeugs könnt ich mich da selber bedienen? Welche Unverfrorenheit, Untergänge beklagen zu wollen und Sinnlosigkeiten aufzuzeichnen und sich selber dabei auszunehmen!

Diese Erkenntnis zwang mich natürlich, meinen Plan zu einem Roman aufzugeben. Das nun einmal gekaufte Heft benutz ich nun für dieses Tagebuch. Ganz kann ich den Kummer noch nicht verwinden, diesen Roman nicht schreiben zu dürfen. Denn grade jetzt, da ich von allem Gewohnten, (nach fünf Jahren in der Schweiz) wegreise, schiene, rein äußerlich, die eigentliche Möglichkeit für diesen Roman gekommen. Wo finge ich ihn besser an, als in einem Eisenbahnabteil? Es hätte fast etwas Sinnvolles gehabt.

Es ist vielleicht eine bequeme Laune von mir, das dritte Ereignis des gestrigen Tages, meine plötzliche Verlobung mit Gertrud, in irgendeinen Zusammenhang mit dem Scheitern meines Romans zu stellen. Gleich nach den Erwägungen und Niederschriften zum Roman ging ich zu Gertrud, und um zwölf Uhr war unsre Verlobung eine beschloßne Sache. Am Nachmittag schrieb ich dann an Gertruds Vater, um ihm unsre Verlobung mitzuteilen. Warum ich diesen Brief mit gutem Recht ein weitres, das vierte, Ereignis von gestern nenne, wird gleich klar werden. Ich schrieb etwa folgendes:
»Ich möchte Ihnen in freudigster Stimmung Mitteilung davon machen, daß ich soeben mit Ihrer Tochter übereingekommen bin, mich von nun an nicht mehr von ihr zu trennen. Wir haben uns heute morgen, nicht ohne Bedacht, verlobt und Gertrud ließ mich zuversichtlich hoffen, daß Sie ihre Einwilligung zu diesem wichtigen Schritt gerne geben.
Da ich mich gewisser Gespräche mit Ihnen entsinne, nehm ich an, daß Sie wissen, daß ich nach Deutschland nicht mehr zurückgehen kann und will und daß ich ohne jedes Vermögen bin. Warum ich vor fünf Jahren Deutschland verließ, wissen Sie. Es war ein politischer, freiwilliger Entschluß. Ich bestehe darauf, diesen an sich so unklugen Schritt, neben seinen politischen Gründen, als eine moralische Notwendigkeit aufgefaßt zu wissen. Ohne den Schutz eines Landes leben zu müssen ist heute weit folgenschwerer als zu irgendeiner frühren Zeit. Ich habe in diesem Lande als Ausländer nicht die geringste Möglichkeit, »zu Amt und Würden« zu gelangen, übrigens ein Ausdruck, der mir in der notwendigen Planlosigkeit, ja, Unordnung meines Lebens, sehr lächerlich klingt, da ich – und mit mir eine ganze zeitbewußte Generation – weder Aussicht noch Recht mehr auf Sicherheit habe.
Aber vom rein Materiellen abgesehen, hat eine solche im Unbestimmten fundierte Existenz noch andre, verhängnisvollere Folgen. Die Dinge, an die eine ältere Generation, also auch Sie, sehr verehrter Herr Professor, sich trotz aller gegenteiligen Anzeichen noch zu glauben zwingt, scheinen uns (vergessen Sie nicht: ich spreche für Tausende) sinnlos geworden zu sein. Nicht etwa in jugendlich-revolutionärem Überschwang irgendeines ästhetischen Programms, sondern in tiefster Beklommenheit des Abschiednehmens.
Wie könnten wir da jemals so vergeßlich sein und dennoch an bürgerliche Gründungen, wie Ehe, Familie und Laufbahn glauben. Wir möchten es so gerne, aber ein Gefühl der Verantwortung, letzter Festpunkt in diesem Chaos, verbietet es uns. Wie könnte es denn auch mit der Liebe zwischen zwei Menschen gut bleiben, wenn man in immer andern fremden Ländern in schäbigen kleinen Hotelzimmern, von den jeweiligen Fremdenpolizeien geduldet oder bedroht, dahinlebt? Nichts als eine würdelose Auflösung käme dabei heraus, während ein Einzelner wohl noch Kraft und sogar einen

gewissen Enthusiasmus aus einem nur sich selbst Rechenschaft ablegen müssenden Leben schöpfen kann. Wanderlust, Gedankenjagd und die grimmige Freude an der Analyse, das schickt sich schlecht für Zweie, die setzen den Einzelnen, den Ausgesetzten voraus.
Das zwingt uns einen gewissen glaubenslosen Schlendrian auf, der im Grunde etwas höchst Unmoralisches ist. Wir *können* uns dem Wahnsinn nicht verschließen, der darin liegt, daß wir auf den Universitäten Arbeiten über die einzigartigen »Briefe zur Erziehung des Menschengeschlechts« schreiben am selben Tage, da Barcelona dem Feinde alles diesen in die Hand fällt, Prag zur Selbstmörderstadt wird und alle großen Städte dauernd bedroht sind, zu rauchenden Trümmern zu werden. Sie sehen wohl, daß ein Ausweg hieraus im Augenblick wenig wahrscheinlich erscheint.«
Soweit hatte ich ungefähr geschrieben, als ich bemerkte, daß ich ganz vergessen hatte, an wen und vor allem mit welcher Absicht ich schrieb. In ganz natürlicher Fortsetzung meiner Gedanken vom Vormittag hatte ich die Überlegungen, die mich gezwungen hatten, meinen Roman umgeschrieben zu lassen, weitergedacht. Schon wollte ich den Brief zerreißen, als ichs mit einemmal nicht konnte. Wer gibt mir, so dachte ich, das Recht, diesen Brief, der doch so offenbar die Wahrheit spricht, zu vernichten und einen andern (ich konnte mir nun gar keinen andern mehr vorstellen) unwahren, vertuschenden dafür zu schreiben? So entschloß ich mich denn kurzerhand, ohne irgendein Wort der Erklärung, ja, ohne den geringsten normalen Briefabschluß, »mit ergebener Hochachtung« meinen Namen drunterzusetzen.
Ich gab den Brief gleich auf. Mittlerweile war es später Nachmittag geworden, und ich ging nachhause, noch unschlüssig, was ich tun sollte. Da fand ich, das fünfte Ereignis, in der Nachmittagspost den Bescheid von der Fremdenpolizei, daß meine Aufenthaltsgenehmigung, in Anbetracht meines Studienabschlusses, nicht verlängert werden könne und ich die Schweiz binnen kürzester Zeit zu verlassen hätte. Zudem enthielt der Brief einen Satz: »Es ist uns zu Ohren gekommen, daß Sie ohne Arbeitsbewilligung Artikel für hiesige Zeitungen schreiben.« Ich mußte diesen Hinweis als Drohung auffassen, und da ich längst gelernt habe, auf wie wenig Schutz ein geduldeter Ausländer Anspruch erheben kann, entschloß ich mich, ohne die von Vater und wohl auch von Tochter zu erwartende Auflösung meiner gestrigen Verlobung erst abzuwarten, diese Stadt zu verlassen. Ich packte gestern abend noch all meine Koffer und eine Bücherkiste mit den unentbehrlichsten Büchern und schrieb eine Anzahl Briefe und Abschiedsworte. Heute morgen hab ich mir einige Visa besorgt.
Hiermit hätte ich meinen Bericht über meinen äußerlich so ruhigen und gewöhnlichen Tag zum Abschluß gebracht. Ich bestelle mir nun ein Taxi.

Im Zug

Bis zum Abgang des Zugs sind es noch zwanzig Minuten. Es ist ein verlockender Zug: über Genf nach Marseille.

Nun hab ich also fünf volle Stunden damit verbracht, dieses Kapitel zu schreiben. Und nun ist es zu spät, um noch den geplanten Aufsatz über die Simultaneität anzufangen. Fast packt mich der Wunsch, diesem Kapitel, obwohl es wie all die andern auch, nur als ein einziges »mögliches« geplant war, fortzusetzen. Die Schwierigkeit ist nur, daß ich keine Ahnung habe, wie es weitergehn könnte. Es ist so angelegt, daß nun eigentlich eine Handlung erfunden werden müßte.

Evanston, 8. November

Zweites Kapitel eines möglichen Romans

Die Bahnfahrt war ermüdend. Warum hatte er auch in der Eile vergessen, sich etwas zum Lesen zu besorgen? Er war allein im Abteil. So sehr er sich auch zu überreden versuchte, daß diese ungewöhnliche Lage, in die er sich nun versetzt sah, eigentlich eine seiner Lieblingserfahrungen sei, so konnte er über die abenteuerliche Unsicherheit, der er entgegenfuhr, nicht die rechte listige Freude empfinden.

Es war wahr: er hatte sich und die Welt aufs gelungenste überlistet. Das Ungeplante war ihm überraschend gut geglückt. Er hatte das Gefühl, als lebe er nicht seine eigentliche Wirklichkeit, sondern seine Möglichkeit. So sehr ihm dies zwar gefallen mußte, das Erleben an sich, ohne jeden Gedanken an Ergebnis und Profit, es machte ihn doch nicht eigentlich behaglich.

Als er so eine ganze Weile vor sich hingestarrt hatte, hörte er, als der Zug um eine scharfe Kurve bog und er auf dem Sitz hin- und hergeschoben wurde, ein Knistern und Rascheln und stellte fest, daß er die ganze Zeit halb auf einer kleinen Broschüre gesessen war.

Er zog sie hervor und mußte über das Aussehen des Heftes laut lachen. Das dünne Umschlagblatt war matt-rosa und trug in abscheulich verschnörkelten Lettern den Titel

Club der Gotiker

Und als Untertitel:

»Aufsehenerregende Prophezeiungen für Auserwählte.«

Kein Zweifel, es war eines dieser dummen Traktätchen, wie sie von Sekten und Bauernfängern umsonst abgegeben werden.

Aus purer Langeweile machte sich Eduard daran, das Heft zu lesen. Der zu matte Druck, die häßlichen Typen und das holzige Papier machten es ihm nicht ganz leicht. Da war zunächst die »Vorbemerkung: Untenstehendes ist die genaue Übersetzung eines mittelalterlichen lateinischen Textes, dessen

Verfasser unbekannt ist. Er wurde in Straßburg aufgefunden. Wir empfehlen dem Leser die große Aktualität zu beachten.« Und dann der Text.

Die Lehre der Gotik

Schon ist es schwer geworden, sich in die schreckliche Verwirrung hineinzudenken, die vor etwa hundert Jahren begann und deren letzte Spuren ich noch selber miterlebt habe. Ich will versuchen, jene Welt zu schildern, um umso besser für unsre jetzige Gott Dank sagen zu können. Die Dome zum Lobe des Herrn waren gebaut. Sie waren mächtige und würdige Stätten mit runden Bogen und klotzigen Mauern. Mehrere hundert Jahre hat man in dieser starken Sprache zu Gott zu reden gewußt.

Schon fühlte Eduard sich tötlich gelangweilt.

»Ein widerliches Geschwätz,« murmelte er, »als ob man im Mittelalter in dieser Weise über Romanik gesprochen hätte.«

Er wollte das Heft schon wieder aus der Hand legen, als sein Blick auf eine andre Stelle, einige Seiten weiter, fiel: Über ganz Deutschland verstreut standen, drohend und ruinenhaft, angefangne Dome und Münster. Was noch eine Generation vorher selbstverständliche Formwerdung gewesen war, stach nun plötzlich so massig, so koloßhaft, steinern und wüst in den Himmel. All jene angefangnen Seitenschiffe und Apsiden waren zum deutlichen Zeichen unsrer Verwirrung geworden, schauerliche Inseln, die von endgültig verlorner Größe, vom naiven Einssein mit Gott Zeugnis ablegten. Jedes der zum größten Teil glaslosen Fenster schien auf ein Ende zu blicken, jeder Pfeiler eine Verbotstafel und jedes Portal wie eine Einladung ins Nichts.

Man hatte seinen Stil verloren! Und ein neuer Stil schien unmöglich, unausdenkbar. Man wagte nicht mehr hand an jene sich allmählich schwärzenden Mauern zu legen. Man mochte nicht mehr bauen, malen oder singen. Nur noch Klagen um das Verlorne konnten lautwerden. Und es war in jenen Jahren, daß der gelehrte Mönch Tutilus in Straßburg folgende Klage niederschrieb in jenem schönen alten Latein, das es schon nicht mehr gab und geben durfte:

Es wurde mir endlich klar: eine ganze Generation – die, zu der ich gehöre – war zur Dürre verurteilt. Durch den Verlust unsrer Freiheiten, den die gesetzlosen Gewaltherrscher hervorgerufen haben, ist, in einer veränderten Welt, ein Stilverlust eingetreten. Alle Klugheit, alle Einsicht führt nur noch zu einem Ende: das Bewußtsein der Unfruchtbarkeit zu schärfen, um im folgelosen Erkennen unglücklich zu werden. Der Rahmen fehlt. Die schöne selbstverständliche Umsicht in der Auswahl des Bildungsstoffs mußte dieser Generation verloren gehn. Und wie könnte man sich einen Rahmen schaffen, da doch der Rahmen *uns* schafft? Verloren, verloren! Dies ist das geheime Erkennungswort einer auf unsinnigen Umwegen durchs Leben gehenden Jugend geworden. Eine in Unordnung und mit Mühe errungene Welt ist im selben Augenblick, da sie zur Ergebnissen hätte führen müssen, im hemmungslosen Untergang begriffen durch die Bedrohung neuer großer Kriege. Der unter Gefährdung nur bruchstückweis zustandegekommne Rahmen faßt mit eins eine blindgewordne Spiegelfläche ein. Der Nutzlosigkeit ist das Absurde beigesellt. Es ist kein Werk zu schaffen. Das Verklungne noch einmal nachzuschaffen, verbietet sich, übers Sinnlose hinaus, durch Gewissensbiß. Aber die Zeit darzustellen, führt für diese rahmenlos gewordne Jugend notwendig zu künstlerischem Leerlauf im Getriebe von Unübersichtlichkeiten, Verlusten, überschätzten Augenblicken, Schlagworten und Tendenzen. Das Einzige, was übrigbleibt, ist die Gestaltung eben dieser Unfähigkeit zum Gestalten. Statt Keime die Schilderung der Erstickung geben, statt Form die Klage, in formloser Gestalt, um deren Unauffindbarkeit. Man kann nur noch, und ich sage das mit Verachtung für einen derartig gewundenen Gedankengang, das Zeitgedicht über das Zeitgedicht, das nicht geschrieben werden kann, schreiben. –

Als Eduard so weit gelesen hatte, wurde ihm beinah schwindlig. Was war all dies? Wer konnte solche Dinge schreiben, die ihn selber angingen? Welch gefährliche Verkleidungen! Er fühlte sich bedroht und blickte verstört um sich. Er konnte nicht weiterlesen. Und es war ja auch klar, wie diese seelenfängerische Schrift enden mußte: mit dem Triumph der Gotik, der Auflösung all der Zweifel, die durch den Übergang von einer Zeit zur andern entstanden waren. Natürlich war all dies verkehrt, aber es war schwer, ohne Kunsthistoriker zu sein, den Fehler zu entdecken. Freilich war dieses von dem geschickten Verfasser oder Fälscher so mutwillig konstruierte apokalyptische Zeitbewußtsein weder damals noch heute, als allgemeine Stimmung, wahr, dachte er weiter und fand etwas Halt an dieser konkreten Tatsache. Es war ihm unmöglich, sich den Verfasser des »Clubs der Gotik« vorzustellen: entweder war er ein fanatischer Sektierer; in diesem Falle hätten diese Wahrheiten, die er wußte, etwas Scheußliches und wurden durch ihn würdelos und unwahr. Oder aber er war ein schlauer Spötter, ein charmanter Plauderer mit der Lust zur spielerischen Analyse; das aber würde ihn beinah teuflisch machen.

Eduard wurde sich dieser komisch übertreibenden Worte nicht wirklich bewußt. Ohne daß er es genau merkte, war zu gleicher Zeit sein Stolz mitverletzt. Konnte diese ihm so unlösbar erscheinende Lebensfrage so leicht in die Traktätchen schlauer Sekten einschleichen? Er geriet, für Augenblicke, in die ernsthafte Furcht, daß diese ganze ungeheure geschichtliche Situation, wie sie sich ihm so peinigend darstellte, nichts andres war als ein Gedankenspiel, *eines* aus einer Reihe vieler andrer auch möglicher, da er ja in der Broschüre eine Antwort, einen Ausweg, fand, der nichts als Gedankenspiel war. In diesem Falle müßte ich sofort nach Zürich zurückfahren und Gertrud heiraten.

Es war dunkel geworden, und Eduard machte sich auf zum Speisewagen, den er richtig im vorderen Teil des Zuges vermutete. Schon bevor er durch die Glastür trat, sah er, daß alle Tische besetzt waren. Der Kellner geleitete ihn, als ob dieser Platz für ihn reserviert worden wäre, an einen Tisch, an dem ein etwas bleicher junger Mann saß, den er schon auf dem Zürcher Bahnhof bemerkt hatte. Nachdem er die Speisekarte gemustert und bestellt hatte, wandte er seinen Blick seinem Gegenüber zu und bemerkte, daß dieser ihm gradeswegs in die Augen sah. Mitten in seine etwas hilflose Verwirrung hinein hörte er:

»Glauben Sie an Magie?« Der junge Mann sagte dies, indem er sich verbindlich vorbeugte.

»Das kommt auf die Umstände an,« antwortete Eduard kühl und wurde im gleichen Augenblick wütend auf sich selbst, so lau und dumm geantwortet zu haben. Warum hatte er nicht einfach ein scharfes »Nein!« zurückgegeben? Wahrhaftig, sein Gegner, denn als solchen empfand er sein Gegenüber sofort, hatte einen äußerst günstigen Augenblick gewählt für seine Frage: ein gefährlicher Stratege.

Grade als er sich abweisend wegwenden wollte, sah er unter der Serviette des andern etwas hervorlugen, was ihn noch mehr verwirrte. Es war der wohlbekannte rosa Umschlag. Da zog sein Widersacher das Heft auch schon sacht hervor und fragte höflich lächelnd:

»Nicht wahr, dies kommt Ihnen recht bekannt vor?«

Und als Eduard schwieg, mit leichter eleganter Handbewegung: »Natürlich, denn ich habe das Heft ja selber in Ihr Abteil gelegt.«

»Wer sind Sie?« fragte Eduard unbedacht. Oh Gott, eine Frage wie in einem schlechten Roman, warf er sich vor.

»Alarich Baudendistel. Falls Sie mir diesen pittoresken Namen nicht glauben, tut es nichts zur Sache.« Das war zu absichtsvoll gewesen und gab daher Eduard Gelegenheit sich zu sammeln. »Handelt es sich bei dieser Gesellschaft mit dem komischen Namen um eine Sekte?« fragte er nun in leichtgewordnem Ton. »Ja, gewissermaßen. Und wir haben schon ein paar Anhänger.« Eduard, sein Erstaunen fast völlig unterdrückend, fragte weiter: »Sie sagen ›wir‹. Sie sind demnach Mitglied der Sekte?« »Gott, wie mans nimmt. Das ist eigentlich schwer zu beantworten. Ich habe die Sekte nämlich gegründet,« entgegnete Baudendistel verbindlich.

»Nun, das macht Sie doch gewiß zum Mitglied Ihrer Sekte!« »Schauen Sie, man kann doch schließlich nicht Mitglied aller Sekten sein, die man gründet«, gab Baudendistel mit einem natürliche Vertraulichkeit voraussetzenden Lächeln zurück.

»Wie?« stammelte Eduard, »Sie gründen mehrere Sekten?«

»Dies ist die fünfte. Aber ich sehe, Sie folgen mir nicht ganz. Sehen Sie, so wie andre davon leben, daß sie Arzt, Metzger, Juwelier oder Rechtsanwalt sind, so leb ich von der Gründung von Sekten. Ich möchte dies die ehrenwerteste der eben genannten Tätigkeiten nennen. Falls die Anzahl der Menschen, die man beglückt, ein moralischer Maßstab ist. – Und das können Sie mir doch unmöglich bestreiten,« fügte er lächelnd hinzu.

»Meine ersten beiden Sekten sind sogar schon bis nach Amerika gedrungen, das ideale Absatzland dieser Ware und eigentliches Ziel meiner Gründungen, wie Sie verstehen werden. Aus Kalifornien fließen schon die Gelder. Aber der Klub der Gotik scheint mir noch nicht exportreif. Und das ist der tiefre Grund, warum ich den Kontakt mit Ihnen wünschte.«

»Sie scheinen mich mit jemandem zu verwechseln,« sagte Eduard brüsk. »Ich versichre Sie, ich kann Ihnen in keiner Weise behilflich sein.«

»Oh, da irren Sie sich sehr! Ich nehme dies als pure Bescheidenheit. Denn Sie werden doch kaum etwas Verächtliches darin sehen. Schließlich handelt es sich doch um Ideen, das Nobelste, was der menschliche Geist besitzt.«

»Ideen!« rief Eduard angewidert aus.

»Gewiß! Ich gebe zu, es ist nicht so leicht, immer wieder neue und überraschende Gedanken für eine gangbare Sekte zu finden. Es ist harte Arbeit. Aus diesem Grunde hat man eben Helfer und Mitarbeiter. Und ich denke, Sie werden sich nicht länger sträuben, mein Angebot zur Mitarbeit (mit Gewinnbeteiligung) anzunehmen, wenn Sie nun genauer erfahren, was Sie freilich schon gemerkt haben dürften, daß Sie bereits mein Mitarbeiter sind.« Da Eduard ihn nur anstarrte, fuhr er fort:

»Mein Beruf erfordert viel Scharfsinn und ebenso das, was man einen guten Griff nennt. Es ist ja klar, daß ich die Ideen nicht vornehmlich aus Büchern nehmen kann, da sie erstens schon bekannt sein können, was dem Marktwert abträglich ist und zweitens nicht das lebendige Streben unsrer Generation so klar enthalten wie ein spontanes Gespräch. Diese Überlegung ließ mich auf den glücklichen Einfall kommen, einen meiner Helfer ins Café Elite am Limmatquai zu schicken. Diese mit Philosophemen, wirren und interessanten Gesprächen geschwängerte Luft im »Elite« kannte ich zu gut, um mir die Gelegenheit entgehen zu lassen. Ich wählte einen Donnerstag abend, an dem die Premieren im Schauspielhaus stattfinden, um eine zum Reden angeregte Menge vorzufinden. Und, nun, der Rest ist offensichtlich, mein Gewährsmann hatte das Glück, vier Stenogramme mit nachhause zu bringen. Beim bloßen Überfliegen erkannte ich sofort, daß das Ihnen abgelauschte Gespräch über den Untergang einer ganzen Zeit am geistreichsten war.«

»Am geistreichsten!« schrie Eduard. »Ich lasse Sie nur weiterreden, weil Sie für mich nichts sind als ein Fall, den es wert ist zu analysieren.«

»Verzeihen Sie,« sagte Baudendistel, »Sie scheinen mich mißzuverstehen. Ich wende das Wort geistreich in einem sehr positiven Sinn an. Ich fand Ihre

Ausführungen über den Stilverlust als Folge von Untergängen und ihre Vorhersagen eines allgemein werdenden Exils ideenreich und interessant genug, um Hunderte, ja, wenn wir Glück haben, Tausende an ihnen zu interessieren. Sie sehen sich schon jetzt,« fügte er lächelnd hinzu, »als das geistige Oberhaupt einiger hundert Menschen, ohne es zu wissen. Ich versichre Sie, falls Sie mir helfen bei der weitren Ausarbeitung dieser Gedanken, könnte es nur zu Ihrem Nutzen sein. Ohne Sie verletzen zu wollen, scheinen mir diese Gedanken, so wie sie sind, noch nicht geeignet genug für ein großes naives Publikum, mit dem wir doch rechnen müssen. Der erste Teil, wo die Verwirrung und die notwendigen Ängste ausgestreut werden, scheint mir schon gut gelungen, aber die sich anschließende Verheißung und Beruhigung, eben dieser Weg in eine neue Gotik, muß noch allgemeinverbindlicher werden. Einiges von dem, was Sie im »Elite« sagten, scheint mir noch etwas unklar, aber viel wertvolle Aufrichtigkeit zu haben.«
Hier sprang Eduard auf: »Das Wort Aufrichtigkeit von Ihnen zu hören, ist mehr als ich ertragen kann. Es nimmt mir alle Kraft, meine Beobachtungen im Gebiet der intellektuellen Perfidie fortzusetzen. Bei Aasfliegen, die sich am sterbenden Geist delektieren, wird sogar die Beobachtung widerlich. Schweigen Sie!« Das letzte hatte er beinahe gebrüllt und sich dann rasch entfernt. In seinem Abteil saß er nun und verfolgte gedemütigt, und im Gefühl eines großen Verlustes, eine Kette trüber Gedanken.
»Also Menschen, für die Konzentrationslager, der Verlust der Menschenwürde, ja, der Verlust des Heiligen selbst nichts weiter als interessanter Gesprächsstoff, Sektengrundlage und Erwerbsmittel sind, haben mir mein Lebensthema gestohlen. Ich bin geistreich und das geistige Oberhaupt einiger hundert Beamtenfrauen mit mystischen Neigungen geworden. Ich hätte antworten sollen, statt einfach davonzulaufen. Aber was hätte dieser Mensch, der in Erkenntnissen intellektuelle Möglichkeiten und im Untergang eines Erdteils Mittel zum Gelderwerb in einem andern sieht, was hätte der wohl verstehen können. Er würde sich höchstens alles aufnotieren und es mithilfe seines scharfen Verstands interessant machen. Er lebt mit geistreichem Behagen in der Wunde, die er selber schlagen half. Das einzige, was ich noch besaß, meine unglückselige, aber anständige Inselhaftigkeit, hat er mir weggenommen und mich wieder ans Festland getrieben. Ich bin eine Fälschung geworden. Meine Gedanken und Handlungen, die ich schlechthin absichtslos, unvernünftig und profitlos machen wollte, sind in ihr Gegenteil verkehrt worden.«
Die Bewegung in den Gängen des Zugs kündete die nahe Grenze an und entriß Eduard seinen Gedanken.
Hier könnte sich das Kapitel mit dem Hilfeschrei in Marseille vom 19. Juli anschließen.

Evanston, 12. November

Wie spitzfindig sogar schon mein Unterbewußtsein geworden ist. Gestern nacht, nachdem ich viel an Fränze auf der Isle of Man gedacht hatte, träumte ich von ihr. In irgendeiner Stadt sah ich, etwas entfernt, Fränze über einen Platz gehn. Ein solches Gefühl des Glücks und der Erleichterung kam über mich, daß ich zu mir sagte: »Nun ist ja alles gut, Du bist mit Fränze zusammen und brauchst Dich nicht mehr um ihre Freilassung zu sorgen.«[1] Kaum aber hatte ich mir das gesagt, als mir einfiel, daß es nicht wirklich sein könnte. Also erkannte ich traurig: ich träume nur, daß Fränze hier ist. Und daraufhin zitierte ich mir, vollständig korrekt, das Fragment von Novalis: »Wir erwachen, wenn wir träumen, daß wir träumen.« Und fuhr logisch fort: »Ich habe also geträumt und bin nun erwacht, da ich träume, daß ich träume,« obwohl doch jene Person, die ich im Traume war, nur einmal träumte und nicht doppelt. In dem Gefühl erwacht zu sein (ich wurde keineswegs wach) sah ich mich in eine dunkle ansteigende Straße in Avignon versetzt, wo mir noch vieles Merkwürdige passierte.

Wie konnte mein träumendes Unterbewußtsein wissen, daß ich träumte, daß ich träumte? Wie konnte es die literarische Geistesgegenwart haben, ein fehlerfreies Zitat für eine geeignete Situation zu finden? Übrigens ist die Tatsache, daß ich weiterschlief und weiterträumte ein amüsanter Beitrag zur Unrichtigkeit dieses so überzeugend klingenden Novalis-Satzes (falls er wirklich rein realistisch gemeint war). – Lese immer weiter im Stendhal.

Evanston, 16. November

Vorgestern Thomas Mann gehört über »Peace and Democracy«. Sprach nachher kurz mit seiner Frau und ihm. Aber er erinnerte sich meiner von Zürich her nicht mehr.

Gestern nachmittag die ersten Seiten eines Aufsatzes »Panurge, Fabrice, Lafcadio und der acte gratuit« geschrieben. Es ist natürlich sehr töricht, was ich tue: ich hab ein unvollendetes Buch über Gide und den modernen Roman liegen, bin mitten im Buch über Karl Follen, habe einen Roman angefangen und nun einen literarischen Essay. Bei alldem sollt ich meine Dissertation schreiben.

Die amerikanischen Universitätsbibliotheken sind meistens erstaunlich gut. Man kann da auf die verborgensten Dinge stoßen. Nicht nur, daß sie viele Geldmittel zur Verfügung haben. Es ist auch viel europäisches Strandgut wie von ungefähr dadurch angeschwemmt, daß Professoren ihre gesamte Bibliothek, Zeugnis ihrer Liebhabereien, den Bibliotheken vermachen oder ver-

1 Meine Schwester Fränze war nach Beendigung ihres Studiums aus denselben Gründen wie ich nach England ausgewandert, wo sie dann bei Ausbruch des Krieges als feindliche Ausländerin jahrelang auf der Isle of Man interniert wurde.

kaufen. Hier war z.B. Georg Edwards, der seinerzeit in Gießen der nahe Freund Karl Wolfskehls war und auch George nahstand. Seine gesamte Bibliothek befindet sich hier, wo er lange Jahre Professor war. Zu meiner Verwundrung find ich hier auch ganze Jahrgänge von Göttinger und Weimarer Musenalmanachen und Kotzebues »Literarische Wochenschrift«, die ich heute den ganzen Nachmittag für meine Follen-Notizen durchgearbeitet habe.
Den Roman nehm ich immer noch nicht ernst und werd ihn also noch weiterhin als Tagebuch-Eintrag behandeln.

Evanston, 22. November

Gestern zu einer Thanksgiving-Einladung, die wie ein Spuk war. Schon wie es anfing: auf der Fahrt nach Oak Park meilenlange unvorstellbare Häßlichkeit von schwarzen verwahrlosten Häusern, Autofriedhöfen, Ruß, Pfützen, scheußliche Industriegebäude, alles tiefschwarz vom dauernden Rauch. Während der fast zweistündigen Fahrt in den »Nourritures terrestres« gelesen und dabei das beklemmende Gefühl gehabt, in jener Stunde der einzige Mensch auf der Welt zu sein, der dieses Buch liest.

Evanston, 30. November

Vor einigen Tagen endlich das 6. Kapitel vom Follenbuch beendet und das 7. angefangen. Am 26. wieder einige Seiten am Panurge-Aufsatz geschrieben. Erhielt Briefe von Fränze aus dem Lager und von Henri, seit fünf Monaten die ersten Lebenszeichen. Lese mit großem Interesse Casimir Stryienskis »Les soirées du Stendhal Club«.
Der gestrige Tag hat eine unglückselige Bedeutung. Ich erhielt die Nachricht, daß ich am 1. Juli in die Armee einrücken muß. Keine sinnlosere Unterbrechung ist denkbar. Falls es mir nicht gelingt, vor dem nächsten Juli den Roman, das Buch über Follen, das Buch über den Roman und die literarhistorischen Aufsätze fertigzumachen (was kaum wahrscheinlich ist), dann werd ich wohl, nach dem Militärdienst, nichts mehr tun können, als auf den Ruinen meiner einstigen Bestrebungen unruhig und schuldbewußt fortzuleben.

Evanston, 1. Dezember

Heute nachmittag führte Mr. Hyde[1] mir die Hand in der Bibliothek und ließ mich folgendes schreiben, (wofür ich jede Verantwortung ablehne):

Laßt mich einmal lamentieren,
Mich bedauern, heulen, schreien,

1 Anspielung auf die gespaltene Persönlichkeit in R.L. Stevensons Erzählung »Dr. Jekyll and Mr. Hyde«.

Elend sein und ohne Ausweg.
Einmal nur vergessen solche Worte:
Hamlet, mal de siècle, Byron, Weltschmerz.
Meine Form vergessen, meine Würde,
Meine Pflicht, Vernunft und kluge Führung.
Eine Welt geht mir zugrunde,
Freunde, Mutter, Schwester rufen meine Hilfe,
Ich in einem fremden Lande,
Das mich abstößt und vereinsamt,
Pflichten täglich, akademisch,
Deren Sinn mir niemals klar wird.
Elend, einsam und gestrandet,
Ausgesetzt!
Meiner ersten Jugend nun verlustig
Seh ich Jahre vor mir, die mich schrecken,
Krieg und Broterwerb und Politik,
Armut, Untergänge, leere Tage,
Explosionen, Brände und Ruinen,
Ungeschriebne Bücher oder Briefe,
Schwäche, Zaudern, Sprachverlust und Reue.
Einmal nur vergessen wenns und abers,
Kluges Feilschen objektiver Gründe,
Hoffnungen, vernünftig abgewogen,
Troste: seht, in tausend Jahren . . .
Ich bin fünfundzwanzig, keine tausend
Jahre werd ich oder möcht ich leben.
Hoffnungslos und traurig und erfolglos,
Ungeeignet selbst für tägliche Geschäfte.
Ist dies Medizin? Dann laßt mich schreien
Jeden Tag, denn
Medizin ist wichtiger als Bücher.

Dr. Jekyll wird sich noch manchesmal dieser Worte schämen. Da sie nun hier eingetragen sind, machen sie mein Tagebuch endgültig ungeeignet, es jemals jemandem zu zeigen: meine Nacktheit.

Evanston, 4. Dezember

Georges Todestag, den ich zum erstenmal vergaß, bis er mir erst spät abends einfiel, aber da war ich mit den Studenten als Tutor beschäftigt. Ich werde nun noch in seinen Gedichten lesen, obwohl es schon gegen halb drei Uhr morgens ist. Der Tag hatte damit angefangen, daß ich zum FBI gehen mußte.

Der Beamte, wahrscheinlich, um mich in unbedachte Sicherheit zu wiegen, war sehr jovial und redete mich sofort mit dem Vornamen an. Er wollte über meine politische Einstellung etwas wissen. Hatte wieder das schlimme Gefühl, wehrlos, verdächtigt, ausgeliefert zu sein. »Nun gib mir einen Menschen, Vorsehung« mußte ich immer denken.

Da vieles wankt und blaßt und sinkt und splittert
Erstirbt das lied von dunst und schlaf umflutet
Bis jäher stoß das mürbe laub zerknittert,
Von ehmals wilde wunde wieder blutet. (George)

Evanston, 8. Dezember

Gestern den Panurge-Aufsatz fertiggeschrieben. Am 15. November wurde er angefangen. Er hat schmählich lange gebraucht, aber es ist dennoch für meine Verhältnisse recht rasch gegangen. Ich hab im ganzen viermal dran geschrieben. Eben die ersten paar Seiten ins Englische übersetzt[1]. Für Theodore und James als Weihnachtsgruß, ohne Wörterbuch folgendes Gedicht geschrieben, mein erster richtiger Versuch auf Englisch, aber als bewußtes pastiche:

In Memoriam Oscar Wilde

A yellow bright and edged with black,
A vision as of seven veils
Before my eye,
But neither cry
Nor pious call will bring thee back.

The rose of Tudor bloomed so red,
When Oxford told old beauteous tales,
When Ruskin saw
With pride and awe
What he in Burne-Jones' garden read.

A higher gain than Argo's fleet
Set out for, hastened wingèd steps
To hear the word
New and unheard
To sit at the great Pater's feet.

So earnest round the curvèd lips,
With beauty drunk, with wine perhaps,
Singing of Greece,
The Golden Fleece
As one who from Castaly sips:

1 Der Aufsatz erschien erst viele Jahre später unter dem Titel »Gratuitous action in Rabelais, Stendhal and Gide« in »The University of Kansas City Review« im Herbst 1948.

Thus stood the new-born soul and chose
Ravenna's and Charmides' praise,
A world-old Sphinx
With veiled eyes thinks
How mights declined and new mights rose.
A world has gone since he began
To cast the pearls in misty haze,
The saddened way
Of Dorian Gray,
The chaste lips of Jokanaan.
O wilt not die, poor haunted soul,
Unfaded are thine word and spark,
A luring cast
And lest it last
We stagger blinder than a mole.
For if thou diest, we die with thee
(We cannot live but with the lark,
Thou hast us slain
With Ion's chain)
Like fruit fall from a barren tree.

Washington, 22. Dezember

Gestern morgen hier angekommen. Heute nachmittag in die Freer Gallery gegangen, um die Whistlers wieder anzusehn, die ich früher nur flüchtig betrachtet hatte. Wie anders sprachen die Bilder heute, nachdem ich in den letzten Wochen wieder so gefangen war von den englischen Neunziger Jahren, Wilde und Whistler. Als besonders anziehend sind mir im Gedächtnis geblieben: Music Room, Themse, Valparaiso (blue and gold), The little green cap, Nocturne und ein dunkles Flußbild. Von den Pastellen Annabel Lee und eine venezianische Tür.

Wie schön Washington ist. Aber doch fremd und uneinnehmbar. Wenn man Basel zum viertenmal sieht, dann sind bestimmte Winkel, Häuserzüge und Straßenbilder vertraut und erinnerungsmächtig. Washington vergißt man immer wieder, es bleibt starr und verschlossen, so schön es auch angelegt ist. Während ich durch die Straßen ging, bemerkte ich, daß ich etwas auffällig war, nicht bloß wegen der Kleidung, sondern weil ich schlenderte, ohne Hast. Diese anachronistische Muße will ich mir um jeden Preis zu erhalten suchen. Müßiggang ist aller Kultur Anfang! Weder in faschistischen Staaten, noch in Amerika, noch in Rußland kann er gedeihen.

Evanston, 14. Januar

Finde dieser Tage wenig Zeit für Dinge außerhalb der Vorbereitungen für die Vorlesungen: Montaignes Essays, die mich trotz ihrer gelegentlichen Langweiligkeit und ihres Relativismus doch sehr anziehen, vor allem wegen ihrer Lobpreisung des Müßiggangs. Calderons Stücke, »Don Quijote«.
Am Sonntagnachmittag im Voltaire Club den Vortrag von Professor Paul Schilpp über das Thema »Is goodness good enough?« gehört. Es war eine Antikriegsrede. Sehr beeindruckt von Schilpps unkonventioneller Art und seinem persönlichen Mut. Mit einem vielleicht etwas grobschlächtigen Idealismus, Schwung und Witz tritt er für vernünftige Dinge ein, wettert gegen den business-Patriotismus, gegen Phrasen und die gefährlichen, verlogenen Nebentendenzen, die sich darunter verstecken. Er ist schon seit Jahrzehnten in Amerika, ursprünglich Deutscher. Ich sprach ihn nachher an, wir sprachen deutsch. Er lud mich sofort für denselben Abend zu sich ins Haus. Dort war dann eine seiner Studentengruppen zu einer Diskussion zusammengekommen. Man debattierte über Aufrüstung und Kriegsdienstverweigerung. Schilpp fuhr mit seiner dröhnenden Stimme immer wieder drein, scheltend und lobend und riet jedem die Kriegsdienstverweigerung an. Ich redete über mein Steckenpferd: die mir so verhaßte businessmäßige Reglementierung des akademischen Betriebs in Amerika. Als alle um Mitternacht gingen, wisperte Schilpp mir auf deutsch zu: »Bleiben Sie noch da!« Dann saßen wir noch lange zusammen.

Evanston, 21. Januar

Examensarbeit und Tutorenkurse fressen alle meine Zeit. Die Zeitungen zeigen überdeutlich, daß dieses Land in den Krieg hineinsteuert. Das wird dies ganze Land dem big business ausliefern. Ich habe kaum noch Hoffnung, daß dieser verbrecherische Wahnsinn vermieden werden kann. Und dennoch wünsch ich, nach wie vor, einen englischen Sieg – als kleineres Übel und möglicherweise so gar als etwas Gutes, man muß zuwarten.
Von Toni Sender und vom Emergency Rescue Committee heute die Zusicherung erhalten, daß Mutter ihr Visa bald erhalten wird. Ihre Lage in der Schweiz wird immer schwieriger. Große Erleichterung. Übrigens bin ich sehr heiter und habe, wenn ichs recht betrachte, mit jedem Einzelnen hier einen übermütigen spielerischen Ton angenommen.

Evanston, 29. Januar

Den ganzen Tag mit dem Hausexamen über die französische Renaissance beschäftigt. Eben fertiggeworden und damit die Arbeit dieses Semesters beendet. Am Schluß aller verlangten Antworten hab ich mich nicht enthalten können, eine höchst unverlangte Schlußbetrachtung anzufügen:
»Montaigne wrestling with conscience and consciousness in the ›librairie‹ of his tower, putting down, in spite of the disorder of the world and general apocalyptic feelings ›mes songes que voici‹, overcoming the horrors of his contemporaneous reality by creating his own beauty and by speaking, far ahead, to the needy ears of generations to come, this man, with whose faults we even have fallen in love, is a great comfort to us, when we feel tired of those scholars who do their ›research‹ by compiling facts upon facts, their heads filled with thousand possible ›influences‹ of one great writer upon another, and who deliberately create that gap between scholarship and life and beauty which Montaigne had filled already four centuries ago.«
Da das Ganze, spontan hingeschrieben, ein einziger Satz ist, ist es wahrscheinlich sehr unenglisch und kaum verständlich.

Evanston, 30. Januar

Heute erfahren, daß hier keine Assistentenstelle im nächsten Jahr frei wird. Also heißt es wieder Koffer packen und irgendwo aufs Geratewohl hingehen, den Doktor um ein weitres Jahr hinausschieben, neue Menschen zu erreichen versuchen. Also hab ich sofort vierzehn Briefe geschrieben, um Bewerbungsformule für ein Stipendium zu erhalten. Jedesmal, wenn ich das früher tat, hoffte ich, das sei das letzte Mal.
Es scheint endgültig besiegelt, daß Amerika in etwa drei Monaten in den Krieg eintreten wird. Die Professoren, so erfuhr ich heute, haben schon Benachrichtigungen erhalten: »In case of emergency . . .« Großartige und klardenkende Männer wie Präsident Hutchins von der Universität Chicago und der Sozialist Norman Thomas sind Rufer in der Wüste. Aus einem Gemisch von Geschäftsgeist, Romantik und Hysterie wird man den Krieg beginnen und die letzten Möglichkeiten zur Vernunft werden damit zugrunde gehn. Die Jahre, die dadurch vor uns liegen, sind hoffnungslos, ohne irgendetwas, dem man mit Zutrauen entgegen gehen könnte. Das Nichts, universeller Chauvinismus und Nihilismus werden vorbereitet. Statt jetzt mit allen Mitteln und Opfern aus diesem Lande eine Oase des Friedens, des geistigen Kampfs gegen den Faschismus zu machen, wird man nur einen hiesigen Faschismus schüren helfen. Die Freiheitsliebenden, Bedrohten und Bedrückten, die geistigen Kämpfer und die Starken, die in Südfrankreichs Konzentrationslagern wie Tiere sterben, die in Lissabon festsitzen, ohne Hoffnung, die läßt man umkommen. Für diese mag man hier keine persönli-

chen Opfer bringen, obwohl man behauptet, für das kämpfen zu wollen, was auch jene bewog. Man wird Kultur und Demokratie in die Leiber hineinschießen, und auf Generationen hin wird man daran zu tragen haben. Zerstörung, ökonomischer Ruin mit folgenden langen Wirtschaftsdepressionen wird so im Vordergrund stehn, daß für Universitäten und alle Geistesinstitute kaum Geld übrigbleibt, weil sie nicht mehr zählen. Ein verwildertes, illusionsloses, überskeptisches und geistfeindliches Geschlecht, das man betrogen hat, wird heranwachsen. Ich kenne natürlich das Gegenargument: und was wird geschehen, wenn Hitler gewinnt? Es ist eine furchtbare Alternative. Aber ich glaube, daß Hitler und seine Höllenbrut tausend Tode sterben kann und daß nichts besser wird durch immer größere Zerstörung und neuen Nationalitätenwahn. Ich gestehe, daß ich wahrscheinlich diese Frage in Europa anders sähe. Ich glaube einfach nicht mehr, daß man Teufel mit Beelzebub austreiben kann, obwohl ich es viele Jahre lang glaubte.
Den ganzen Tag schon bin ich in dieser Unruhe. Ich rief Schilpp an, um doch zumindest mit jemandem darüber reden zu können, aber er hat heute keine Zeit.
Woher soll ich die Energie nehmen, all die Formulare auszufüllen, Bewerbungen zu versenden, um eine Stelle im nächsten September zu erhalten. Vielleicht wird im September all dies keine Geltung mehr haben, selbst wenn es mir gelingen sollte, wegen der möglichen Ankunft Mutters hier vom Militär zurückgestellt zu werden.

Evanston, 1. Februar

Es gelang mir doch noch, gestern abend mit Schilpp zusammenzutreffen. Er hielt in Chicago einen Vortrag über das Thema: »Was kann man tun, um den Frieden zu erhalten?« Ich begleitete ihn in seinem Auto. Er ist optimistischer als ich. Auf dem Weg zurück bot ich ihm meine Hilfe in seiner Friedensarbeit an. Das brachte ihn auf den Gedanken, mir für nächstes Jahr die Stelle eines Assistenten, eigentlich Privatsekretärs, anzutragen, da sein jetziger nicht gut sei. Es handelt sich dabei darum, ihm bei der Herausgabe seiner vielbändig geplanten Serie »Library of Living Philosophers« zu helfen. Es klingt teilweise verlockend, aber ich hab ihm noch nicht zugesagt. Heute nachmittag hab ich bereits für ihn gearbeitet, da just heute Whitehead, nach langem Zögern, sich bereit erklärt hat, in einem der folgenden Bände vertreten zu sein (John Dewey und Santayana sind schon erschienen, Croce ist in Arbeit). Habe den ganzen Nachmittag Briefe an englische Philosophen geschrieben, um sie zur Mitarbeit zu bitten.

Evanston, 3. Februar

Gestern mit Theodore und James in die Goya-Ausstellung im Art Institute von Chicago gegangen. Das bewegendste Bild war mir sein spätes Selbstporträt: schief im Raum, als ob es einfach nach unten hin abglitte, mit verwilderten und klugen Augen, halbgeöffnetem Mund und hängender Lippe, so als käme es schon nicht mehr darauf an, den Mund in eine anständige Form zu bringen. Es ist wie das Bild einer langen, aber verlorenen Schlacht, schrecklicher als die Schrecken des Kriegs.

Evanston, 21. Februar

Ich fange schon an, gewisse tägliche Dinge hier gleichsam historisch zu erleben, als ob es bald damit aus sein könnte, z. B. Vorträge ohne staatliche Überwachung. Schilpps allzu populäre, drauflos polternde und nicht besonders ideenreiche Vortragsweise ist mir nicht eben angenehm. Aber seine rastlose Kämpfernatur, die sich eben nur ganz bestimmte Dinge erlaubt, um diese klar und wirksam zu machen, wird mir dadurch nicht kleiner. Er stammt vielleicht aus einem protestantischen Pfarrhaus. Er hat eine ungeheure Energie, großen Glauben an eine gute Sache, eine enthusiastische Besessenheit. Jeden Tag schlägt er sich vor seinen Studenten in die Bresche mit ganzer Kraft und bemerkt garnicht, daß diese, nichtsahnend, sich von ihm vor allem amüsieren lassen. Das ganze sechste Romankapitel hab ich nun, ohne nur einmal anzuhalten oder nachzudenken heruntergeschrieben.[1] Es muß der einzige ekstatische und hymnisch geschriebne Teil des ganzen Romans sein, da nur so die besondre Bedeutung eben dieses Kapitels klar werden kann: Eduards Verhältnis zum Schönen, der Abgesang an die Schönheit, die sich von nun nicht mehr äußern darf. Es ist Eduards europäisches Testament und muß als solches erkannt werden. Was jetzt noch an lyrisch-wehmütiger Stimmung vorkommt, muß sich gleichsam in verstohlenen Seufzern einschleichen in schmählichen Schwächezuständen des Helden. Der eigentliche Inhalt des Romans wird von nun an das Gemeine, Auflösende, sein.

Evanston, 23. Februar

Gestern abend ließ ich mich dazu verleiten, mit George Eels nach Chicago ins Walkathon zu gehen (das Wort, in amerikanischer Sprachenvermischung, kommt von Marathon plus walk). Es ist eine große amphitheatralische Halle, wo tausende von Menschen viele Stunden lang in dichtem Tabaksqualm sitzen, um eine Gruppe junger Leute zu beobachten, deren Beschäftigung es ist, immer auf den Beinen zu sein. Auf einer erhöhten kreisförmigen Bahn gehen sie seit Monaten, einige, wie mir der kundige George sagt, seit Jahren. Alle scheinen sie dem Umfallen nah, stützen sich zuweilen gegenseitig, indem sie einen Arm um den Nacken eines anderen legen und halbgebrochen

1 Dieses Kapitel, ebenso wie das vierte und fünfte und die folgenden, brauchen nicht mitgeteilt zu werden. Der unglückselige Eduard ist ja durch die ersten drei Kapitel und durch ein wortreiches Tagebuch bekannt genug.

weiterwanken. Alle halbe Stunde etwa müssen sie eine kurze Renn-Nummer einlegen, die man »sprint« nennt. Unter dem befeuernden Geheul der Menge scheinen sie letzte Kräfte zusammenzunehmen, um zu rennen. Zuweilen auch müssen sie zu greller Jazzmusik zusammen tanzen. Wenn sie umzufallen drohen, füllt sich das ganze Haus mit schrillem Pfeifen, Schreien und ermunternden Zurufen. George erzählt mir, daß er seit zehn Jahren regelmäßig dorthin geht. Dabei ist er erst zwanzig Jahre alt und sieht mit seinem kindlich-unschuldigen Gesicht wie sechzehn aus. Meine etwas sonderbare, allzu europäische Kleidung (Baskenmütze, weißer Rollkragensweater und langer enger Militärmantel) erregte solches Aufsehen, daß eine Bande athletischer Lastwagenfahrer mich dauernd anstarrte, mir folgte, als ich wegging, und sich wie toll gebärdete. Das war das einzig Amüsante des ganzen Abends.

Evanston, 26. Februar

Durch ein Gespräch mit Don zum erstenmal die Möglichkeit, Kriegsdienstverweigerer zu werden, richtig erwogen. Bisher glaubte ich mich aus zwei Gründen gezwungen, mich dazu nicht entschließen zu können: 1. weil ich keiner Kirche angehöre und deshalb keine religiösen Lehren anführen könnte, 2. weil ich als Ausländer in eine mißliche, verachtete und verdächtige Lage geriete. Aber ich überzeugte mich gestern, daß beide Gegengründe mit Kraft zu überwinden sind im Augenblick, da ich mir die Kriegsdienstverweigerung als feste Tatsache vorgenommen habe. Noch bin ich nicht fest entschlossen.

Evanston, 27. Februar

Den Brief von Polturak hab ich begierig geöffnet, da ich ihm in meinem letzten Brief, um Stärkung und einen klaren Kopf zu erhalten, meine Meinung über den bevorstehenden Eintritt Amerikas in den Krieg mitteilte und um Rat fragte. Aber welche Enttäuschung. Er weicht einer Antwort aus und sagt nur vorsichtig, daß Amerikas Ideal des »Lebens und Lebenlassens« sich nicht mit einer von Deutschland beherrschten Welt vertragen könne und daß die Bezeichnung »Hunnen« für die Deutschen keine bloße Metapher sei. Er glaubt demnach, daß es eine von Deutschland beherrschte Welt geben könne, daß Amerika dieses schöne Ideal habe und nur deswegen in den Krieg eintrete und daß man dadurch, daß man die Amerikaner ihrerseits zu chauvinistischen und verwüstenden »Hunnen« mache, die deutschen »Hunnen« ausrotten müsse. Ich glaube alle diese drei Dinge nicht. Man stelle sich vor, daß Hunnen durch Landesgrenzen bestimmt sind! Also die außerhalb Deutschlands lebenden Deutschen, ich zum Beispiel, sind keine Hunnen und die innerhalb Deutschlands Lebenden sind Hunnen. Welche hysterische Logik! Ich gestehe nur zu, daß Hitler es fertiggebracht hat, weite Teile der

Deutschen zu hunnisieren, aber das schließt natürlich ein, daß ein andrer sie ebenso enthunnisieren kann. Etwas so Hunnisches wie das Publikum des Walkathon hab ich vor 1933, also in einem normalen Friedensdeutschland, nie gesehen. Mir scheint, jedes Land ist jetzt aufgerufen, durch Erziehung, Beispiel, Bemühung und Unterdrückung der Profitsüchtigen die Welt zu verbessern. Jedes andre Mittel ist Vorwand und der ganzen Menschheit schädlich.

Evanston, 1. März

Soeben während des Abendessens in einem der Fraternity-Häuser eine neue Szene erlebt. Es ist »Hell Week«, d.h. die Woche vor der Aufnahme der neuen jungen Mitglieder in die Fraternity. Um der Gemeinschaft würdig zu werden, müssen die jungen Neuankömmlinge, einem in ganz Amerika geübten Brauch zufolge, eine Woche lang gequält werden. Man erniedrigt und besudelt sie auf raffinierte Art. Sie hatten alle lächerliche und widerliche Dinge anzuziehen, wurden geprügelt und von ihren künftigen Bundesbrüdern mit »lausiges Schwein« angeredet. Die Brüder überboten sich, neue erniedrigende Gemeinheiten auszudenken. Die Opfer kamen in ihren stinkenden Verkleidungen in den Speisesaal, alle zusammengekoppelt mit langen Bambusstangen, so daß sie ihre Hände kaum gebrauchen konnten. Statt Besteck erhielten sie Kartoffelstampfer, Wasser mußten sie wie das Vieh aus einer gemeinsamen Schüssel schlürfen. Dabei mußten sie dauernd Definitionen ihres Standes aufsagen, etwa: »This is truly to confess that a Freshman is the lowest of the low, the most contemptible swine etc.« Zwischendurch mußten sie ein Lied zum Preis ihrer Fraternity singen, lächerliche Nummern zum besten geben etc.

Ich saß ohne zu sprechen dabei, starrte auf meinen Teller, um möglichst wenig zu sehn. Das einzige, was ich tun konnte, war »die Hunnen! die Hunnen!« vor mich hinzumurmeln. Nicht daß ich nun in den Fehler verfiele, die Amerikaner meinerseits als Hunnen zu bezeichnen, aber in dem Augenblick tat es mir wohl, mir lebhaft vorzustellen, daß diese Menschen die deutschen Hunnen zu freien und gesitteten Menschen machen wollen. Schließlich konnte ich vor Ekel nicht weiteressen und bat meinen Nachbarn, die Mahlzeit in der Küche fortsetzen zu dürfen, was mir auch etwas verlegen gestattet wurde. Als ich, nachdem ich fertig war, rasch durch den Speisesaal ging, sah ich grade, wie einer der Freshmen in gebückter Stellung Hiebe auf den Hintern bekam und zwar im Takt der Schönen blauen Donau, die von den andern gesungen wurde.

Evanston, 2. März

Unterhaltung mit dem Teufel

W: Ich verstehe Sie nicht mehr. Sie überraschen und enttäuschen mich.

Teufel: Aber das ist doch mein Geschäft: zu überraschen und zu enttäuschen. Nur durch die Überraschung werd ich mächtig.

W: Sie mißverstehen mich. Lassen Sie mich ausreden. Sie werden mir dadurch unverständlich, daß Sie sich so vollständig die Welt erobert haben. Sind Sie denn nicht »der Geist, der stets verneint?« Was aber gibt es zu verneinen, wenn Ihnen alles schon untertänig ist? Genügt eine solche Welt Ihrem wachen Witz?

Teufel: Nicht übel. Ihre Frage zeugt von Scharfsinn. Aber Sie verkennen die Sachlage vollkommen. Ich nehme an, daß Sie auf den Krieg anspielen. Nun, sehen Sie nicht, daß man ihn im Namen Gottes, im Namen des Wahren, Schönen und Guten führt?

W: Eben darin liegt ja mein Argument. So weit ist Ihr Werk gediehen, daß man das Wahre, Schöne und Gute mit Ihnen verwechselt hat. Sie haben die Erde geblendet und damit erobert.

Teufel: Sie irren. Diejenigen, die den Krieg beschlossen, sind von mir nicht verblendet. Sie führen ihn sehr bewußt in meinem Namen. Sie glauben an mich und bringen mir jeden Abend Opfer dar.

W: Sie verwirren mich etwas. Wollen Sie sagen, daß Ihr Sieg erst dann vollständig sei, wenn die kriegführenden Oberhäupter gut würden und wirklich das Ideale, mit dem sie, mit Ihnen im Bunde, die Welt blenden, selber glauben?

Teufel: Sie haben mich richtig verstanden.

W: Aber damit würden jene ja rein, unschuldig und wieder Geschöpfe Gottes.

Teufel: Sie haben vorzüglich argumentiert, und ich darf Ihrem scharfen Verstande trauen, wenn ich Ihnen das köstlichste Paradoxon erkläre, das mir immer eine Existenz auf Erden sichern wird: mein Sieg ist erst dann vollkommen, wenn diejenigen die das Ruchlose tun, plötzlich aufhören, von mir zu wissen, wenn sie es mit einemmal wirklich aus all den erhabenen Gründen tun, die sie vorgeschützt haben, und Sie müssen mir zugestehen, daß das eine äußerst schwierige, nur eines Teufels würdige Arbeit ist. Sowie das aber erreicht ist, sind sie mir aber auch gleichzeitig ins Gute hin entwischt. Und damit, lieber Freund, fängt meine Aufgabe der Verneinung wieder an, denn ich muß sie doch zurückgewinnen.

W: Hiermit aber scheinen Sie sich mir in ein sehr gewagtes Gebiet zu begeben …

Teufel: Das gewagte Gebiet ist mein eigentliches Gebiet. Sollte Ihnen das verborgen geblieben sein?

W: Bleiben Sie höflich und lassen Sie mich ausreden. Ich will sagen: Ihrer eignen Aussage gemäß haben Sie diese kriegführende Erde gewonnen, bis auf jene wenigen Befehlshaber, die über Sie zu gut Bescheid wissen und über die Sie darum keine Macht haben. Wie aber, wenn jemand diese wenigen beiseiteschaffte, in einer Reihe von Attentaten etwa, dann wären also alle diese sich tötenden Völkerschaften Ihnen untertänig, damit wär Ihnen die Erde gewonnen, Ihrem Paradoxon wäre die Spitze abgebrochen, da Sie nichts mehr zu verneinen hätten. Sie hätten also abzutreten, nur weil ein paar Staatsmänner nicht mehr am Leben wären?
Teufel: Es tut mir leid, Ihnen sagen zu müssen, daß Sie mich doch gewaltig unterschätzen. Glauben Sie, daß ich mich solchen Zufällen aussetzen würde, so leicht in die Falle ginge? Sie haben vergessen, daß, sobald jene kriegführenden Staatsoberhäupter tot sind, notwendigerweise der Krieg aufhören muß. Sowie aber der Krieg aufgehört hat, beginnt doch meine Arbeit wieder von neuem: nämlich neue Kriege vorzubereiten.
W: Sie machen mich ganz verwirrt. Wäre es nicht in dieser Situation ein etwas törichter Ausdruck, würde ich das satanische Logik nennen.
Teufel: Garkein so übler Ausdruck.

Soeben hab ich diese Unterhaltung, die ich ungeplant während des Schreibens erst erfand, ins Englische übersetzt, um sie in der Studentenzeitung abdrucken zu lassen. Da dies so offensichtlich gegen den Krieg ist, ist es wahrscheinlich, sehr unweise von mir, es zu veröffentlichen. Die Folgen können peinlich werden. Aber ich möchte mein Wort öffentlich gesagt haben, bevor es zu spät ist.[1]

Evanston, 4. März

Ein interessanter Zufall hat es gewollt, daß ich grade, da ich wieder so stark von Gide und seinen Gedanken gefesselt bin, von Hichens einen ereignishaften Zeitungsausschnitt zugeschickt bekomme. Das »Journal de Genève« hat eine Umfrage veranstaltet und alle erreichbaren französischen Schriftsteller gefragt, welche Botschaft die französische Literatur nach diesem Kriege haben werde. Und Gide ist, wie ich es mir dachte, voller Würde und resignierender Weisheit: fragt lieber, ob es uns gestattet sein wird, diese Botschaft auszusprechen. Das trifft nicht nur Deutschland, sondern auch Frankreich und die übrige Welt. Seltsamerweise schließt er: »repassez en six mois«. Sollte er annehmen, daß bis dahin der Krieg aus sein wird? Eigentlich zeigen alle, die geantwortet haben, außer Henri Bordeaux, denselben Takt, densel-

1 Das Stück erschien als »Conversation« im »Daily Northwestern« am 6. März 1941; um eine zweite Unterhaltung und ein längeres Zeitgedicht vermehrt erschien später in der ersten Nummer der Zeitschrift »Retort« (Winter 1942) »A Parable and two Conversations with the Devil«.

ben Schauder vor der Emphase, dem Hurrah-Rufen. Besonders schön Roger Martin du Gard, der das würdige Wort findet: alles was wir tun können, ist schweigen, nachdenken, uns vervollkommnen und Lehren ziehen. Henri Bordeaux hingegen sieht das Zukunftweisende in der beispielhaften Sprache des Marschalls Pétain! Eine dieser oberflächlichen und gefährlichen Clownerien.

Evanston, 5. März

Heinz Zimmermann schreibt mir heute aus Marokko. Das erste Lebenszeichen, seit ich ihn in Lisieux im Dezember 1939 zurückließ. Er hält sich anscheinend im arabischen Bled vor den politischen Häschern verborgen und bittet mich um Hilfe in seiner »unausdenkbar elenden Lage«. Habe sogleich an Morwitz und Horwitz geschrieben.

Evanston, 31. März

Soeben Carl Sandburg gehört, der hier sprach. Er gilt als einer der Repräsentanten der amerikanischen Tradition. In Wirklichkeit ist er die reinste Ausprägung eines einfältigen Winkelpoetasters, der den demokratischen Jargon bis ins letzte Cliché ausgebildet hat. Ein seniler Clown mit dem Chauvinismus der Beschränkten, der Salbaderei mittelmäßiger Sektengründer, der Sentimentalität der Fürs-Haus-Dichter. Aber weil er bändeweise über Abraham Lincoln schreibt, ist jedes Wort gegen ihn beinahe Blasphemie.
Lese die Bände der Heine-Ausgabe im Inselverlag. Das beste an Heine, in seiner späten Zeit, ist, mit welch klarem Blick er immer unterscheiden konnte, von wem die Freiheitshymnen kamen, die zur Mode wurden. Ob von Eseln und Schlangen oder aus berufenem Munde.
Was die nächste Zukunft aus mir machen wird, ist mir ganz unklar. Es gibt drei Möglichkeiten: Soldat, unvorstellbarste aber wahrscheinlichste Möglichkeit; verbummelnder Student, ohne akademischen Posten und von der Sinnlosigkeit des Getriebes gepackt, halb-literarisch dahinlebend, nicht ganz ausgeschlossen; oder schließlich der zielstrebige junge Akademiker mit Amt und Aussicht auf den Doktor, sehr unwahrscheinlich. Meine Haltung diesen Möglichkeiten gegenüber wechselt täglich, indem ich zwischen zwei entgegengesetzten Entschlüssen wähle, je nach Stimmung und Kraft: 1. dem Entschluß zur Stärke und dem Willen, Tag für Tag das Leben zu bestehen, komm es wie es wolle; 2. dem Entschluß zur Schwäche, langsam dem nach abwärts führenden Pfad zu folgen, hinab in schuldlose Zerstörung. Beide Entschlüsse bieten, im Augenblick, da sie gefaßt werden, liebliche Verheißungen des Trostes. Dazwischen aber liegen die entschlußlosen Stunden und Tage.

Evanston, 3. April

Lese mit Interesse George Sands Memoiren. Die Kriegsbegeisterung ihres Vaters ist furchtbar. Für ihn ist das Töten von Tausenden und die Zerstörung blühender Länder nichts als Mittel zum Avancement und die Droge, um sich über die Fadheit seiner bürgerlichen Existenz hinwegzunarkotisieren. Die Schilderung der Schlacht von Marengo, bei der die eignen zurückweichenden Munitionswagen die Glieder der auf dem Schlachtfeld verwundet Liegenden zermalmen, ist von symbolhafter Scheußlichkeit.

Evanston, 7. April

Ich habe mich endlich entschlossen, aus den Wirbeln des Fragwürdigen wieder emporzutauchen und dem großen zehrenden Genuß an den Dichtern der Zeitkrankheit zu entsagen. Es begann damit, daß ich mir einige Bände Goethe holte (in der großformatigen Propyläen-Ausgabe), um den Osterspaziergang zu lesen.

Gestern hat der Krieg zwischen Deutschland und Jugoslawien begonnen und ich habe gewiß keine guten Gründe, nach Harmonie zu streben. Es sei denn der, daß keine Zeit und sei es auch die untergangswilligste, eine solch vollständige und naturwidrige Selbstaufgabe von uns fordern kann, von Stunde zu Stunde und von Jahr zu Jahr. Seit 1933, also seit mehr als acht Jahren, leb ich nun unter der beständigen Forderung zur Rechenschaft, zur Unterdrückung meiner Träume und seligen Planlosigkeiten. Dauernd fühl ich mich in die Verteidigungsenge getrieben. Meine marxistischen Freunde, diese bedrohlichen Alleswisser, würden sagen: »Typische Haltung des Bourgeois! Wenn er der Wirklichkeit nicht mehr ins Gesicht blicken kann, benebelt er sich absichtlich.« Als ob diese »Beneblung« so durchaus das Unwirkliche wäre.

Evanston, 6. Mai

Gestern einen Vortrag über deutsche Romantik gehalten. Am Sonntag bat ich den unitarischen Pfarrer um ein Affidavit für Mutter, da Fortriedes nun doch abgesagt haben. Am Samstag bei einer Cocktail party Mr. Wang getroffen, den früheren chinesischen Konsul in Genf, der soeben in Amerika angekommen war. Er ist auch der Ansicht, daß Amerika sich an diesem Krieg nicht beteiligen solle.

Dieser Tage träum ich wieder sehr deutlich: vorgestern versäumte ich auf einer einzigen Reise drei Mal den Zug. Ich entsinne mich nicht, ob ich je mein Ziel erreichte. Gestern träumte ich wieder, ich sei Soldat im Krieg. Auf einer düstren Ebene stehen verschiedne braungestrichne Holzbaracken, jede offenbar nur von einem Soldat bewohnt. Wir bereiten uns alle auf den ersten Luftangriff vor, aber der bleibt aus. Keine Angst, kaum Unbehagen, nur ungeheure Erwartung. Später wirft ein Offizier mir vor, indem er auf eine Landkarte weist, die er in der Hand hält, daß ich ja aus Deutschland und nicht, wie ich gesagt hätte, aus der Schweiz käme. Über meinem Bett hab ich ein Regal mit allerhand Kleinigkeiten. Anscheinend will ich einiges davon vor irgendeiner andern Drohung retten und packe einen silbernen Becher ein.

Evanston, 11. Mai

Vor einiger Zeit übersetzte ich für James Lovett die zwei Grimmschen Märchen, die so in die Tiefe deuten: Jungfrau Maleen und der Wunderliche Spielmann. Im ersten ist es vor allem die Stelle, da die Jungfrau Maleen nach sieben Jahren größter Einsamkeit eine Bresche in den Turm schlägt und beim Heraustreten aus ihrer furchtbaren Finsternis alles ringsum schwarz, verwüstet, verbrannt und menschenleer findet.
Die Spannung und Unsicherheit dieser Wochen ist unbeschreiblich. Nichts weiß ich, was mit mir oder der Welt geschehen wird. Keine Sommerpläne, keine für das nächste akademische Jahr, dauernd im Gefühl der Unlösbarkeit all dieser Nöte. Es gibt nur *eine* Lösung: die vollständige Auflösung meiner bürgerlichen Existenz, kurzum, ein Leben als Tramp auf den Landstraßen scheint mir die einzige Möglichkeit. Wenn man so wandert, erscheint einem wohl plötzlich die Welt wieder groß. Vielleicht ein Plan für nächstes Jahr.

Evanston, 13. Mai

Westminster Abbey liegt in Trümmern. Mr. Simmons' Affidavit für Mutter war nicht stark genug, nun muß ich also weitersuchen.

Evanston, 17. Mai

Ich muß einen Schock überwinden, den mir gestern Herr Vose zugefügt hat. Vose, mit mildem christlichen Gesicht, ist ein einflußreicher Rechtsanwalt und eine der Hauptstützen der hiesigen unitarischen Kirche. Mit großer Demut reicht er am sonntäglichen Gottesdienst selber den Klingelbeutel herum. Der unvermögende Pfarrer Simmons hatte mich an ihn verwiesen wegen eines Affidavits. Ich betonte natürlich, wie ich das immer getan habe, daß ich unter keinen Umständen den im Affidavit vorausgesehnen Anspruch auf zwei Jahre geldlicher Unterstützung des Neuankömmlings aunützen würde, sondern selbstverständlich selber für meine Mutter aufkäme, falls das nötig würde. Gestern nun bestellte Mr. Vose mich zu sich, empfing mich aber weder bei sich zu Hause, noch in seinem Anwaltsbüro, sondern in der Halle des Hotels, in dem er sein Büro hat. Und zwar nur ungefähr eine Minute lang, indem er mir ein Kuvert mit mildem Lächeln überreichte. Ich dankte ihm überschwänglich. In dem Umschlag steckte ein in fürchterlichsten Juristenenglisch verfaßter Vertrag, aus dem hervorging, daß ich trotz des Affidavits jedem Anspruch auf irgendeine geldliche Hilfe entsagte. Dabei lag die kurze Nachricht, diesen Vertrag müsse ich unterschreiben und die Gebühr von 10 Dollar bezahlen für das Schriftstück. Also der Wohltäter nahm zuerst einmal Geld. Ich habe eben den Vertrag ohne Unterschrift zurückgeschickt, zehn Dollar beigelegt und mir jegliche weitre »Hilfe« von Herrn Vose verbeten. Um den Schock zu überwinden, in Nietzsches »Ecce Homo« gelesen. Ich kann mir nicht vorstellen, wie ich all diese Jahre ohne Nietzsche aushalten könnte. Auch ohne ihn zu lesen, nur zu wissen, daß es seine Bücher gibt.

Evanston, 20. Mai

Heute konnte ich das Affidavit abschicken, das Schilpp unterzeichnete. Die Gradlinigkeit Schilpps verbürgt mir, daß ich im nächsten Jahr, falls ich doch hierbleiben kann, wenigstens einen Menschen habe.
Letzten Sonnabend hörte ich, daß meine Fakultät auf den irrsinnigen Gedanken verfallen ist, ich sei ein Nazi. Das ist wohl mein Todesurteil für eine hiesige Stellung oder Empfehlungen anderswohin. Denn wie könnte ich trotz aller Beredsamkeit das Gegenteil beweisen? Das Unausstehliche daran ist, daß ich schon aktiver und klarsehender Anti-Nazi war, als diese Herren sich noch keinen Deut darum scherten.

Evanston, 28. Mai

Viel Stifter gelesen. Aber nun nähern sich die vier Schlußexamina für die Kurse und ich werde keine Zeit mehr für mich selber haben. Unlängst, vorm Einschlafen, fiel mir ein ziemlich genauer Entwurf zu einem bisher nicht vorgesehenen amerikanischen Kapitel meines Romans ein: ein Brief Eduards, den er in einer Geistesverwirrung auf dem Gipfel des Shenandoah-Berges schreibt. Er wird anfangen: »Nennen Sie mich, wie Sie wollen . . .«

Evanston, 30. Mai

Heute für die spanische Vorlesung Ortega y Gassets »La rebelión de las masas« gelesen. Nun muß ich dieser idiotischen Vorlesung wirklich dankbar sein, daß sie mich zwang, ein Buch zu lesen, von dessen Existenz ich seit Jahren wußte, von dem mir Frau Landmann schon einmal in Grenzach sprach, das ich aber nie gelesen hatte. Und dabei ist es eine Bibel für jeden nach Amerika Verschlagnen. Das ist ein Buch von ungeheurer Sehschärfe, ein Kind Nietzsches, brillant geschrieben und sehr aktuell. Jeder Satz ein Grundstein. Ich schrieb sogleich meinen Bericht, zehn Seiten lang.

Evanston, 2. Juni

Vorläufig haben sich verschiedne Dinge gut aufgelöst. Ich schrieb die vier spanischen Berichte (der schwierigste über Unamunos »La agonía del cristianismo«), heute morgen das erste der Schlußexamina hinter mich gebracht und mit Prof. Palfrey gesprochen, der die absurde Idee, ich könnte ein Nazi sein, nicht teilt, mich unterstützen wird und mir versicherte, ich bekäme hier nächstes Jahr eine Stelle. Das Emergency Rescue Committee schreibt, daß Mutters Angelegenheit schon vom President's Advisory Committee nach Washington geleitet worden ist und daß man dem Zürcher Konsul kabeln wird. Aber ein schlimmer Brief von Fränze. Muß nach dem 9. Juni an die Behörden schreiben, um sie freizubekommen, ans Home Office in Bournmouth.

Evanston, 11. Juni

Am 9. mit allen Schlußexamina fertiggeworden. Heute morgen um vier Uhr früh nachhause gekommen nach einer Jean Paulischen, Auenthalisch-Blumenbühlschen Nacht mit James, Dick, Maurice und George. Wir kauften in Chicago eine Flasche Burgunder (ich mußte das tun als einziger, der älter war als 21), einen Korkzieher, Papptassen und Gebäck. Damit zogen wir an den See. Es war elf Uhr nachts. Rechts war die phantastische Wolkenkratzerlinie von Chicago, direkt zu unsern Füßen der seltsam beleuchtete, sehr bewegte See mit weißen Kämmen. Der Mond stand sonderbar umschleiert am Himmel und verschwand bald. Als wir die Flasche leergetrunken hatten, schlug ich vor, ihr ein beschriebnes Blatt einzugeben und sie dann in den wildbewegten See zu werfen. Wir einigten uns, es müsse ein Gedicht sein, eine Beschwörung und Bitte an den Mond, doch wieder zu erscheinen. Jeder sollte eine Zeile dazu liefern und in spätern Jahren, wenn wir wieder einmal zusammenkämen, würden wir, statt banaler Begrüßungsformeln, jeder unsre eigne Zeile sagen, so daß sich das einst in der Flaschenpost verborgne Gedicht zu einem Stück zusammenformen würde, so wie die Ringhälften des heimgekehrten Kreuzfahrers und seiner sich grade wiederverheiratenden Gattin. Soweit ich mich erinnre, lautete das Ganze:

De Profundis clamavimus.
Lift your untimely veil, oh companion of the tides,
Call me Endymion.
Descend into the water, that I may plunge after you,
Drown my wealth of dreams in your hypnotic depth.

Evanston, 13. Juni

Gestern all meine Bücher in zwei Kisten eingepackt. Heute den ganzen Tag gepackt. Mein Zimmer sieht verwüstet und unbewohnbar aus. Übermorgen werd ich das Holgate House verlassen und auf zwei Wochen auf den North Campus ziehen, um dort die Tage bis zur Musterung hinzubringen. An Büchern hab ich lediglich zurückbehalten: 1. alle meine Tagebücher, 2. Nietzsches Zarathustra, 3. den Teppich des Lebens, 4. und 5. die beiden winzigen Bändchen aus dem Hyperionverlag: Platons »Apologie« und Stifters »Heidedorf« (Zufall des kleinen Formats). Falls ich also im Juli in die Armee muß, werden diese wenigen Bücher mein einziger Beistand sein.

Evanston, 14. Juni

Heute kam das Juni-Heft von Klaus Manns »Decision«. Es gefällt mir garnicht. Die Zeitschrift scheint von ängstlichen Parvenüs gemacht. Alle Europäer, die in ihr schreiben, sind so überzeugt vom Untergang Europas, daß sie schon jetzt Amerika als das herrliche Kulturland preisen. Ihr Bemühen, sich als »gute Jungs« und ganz kolossal loyal zu benehmen, ist peinlich. Mit der größten Leichtigkeit scheinen sie alles, was sie noch an Europa binden könnte, über Bord zu werfen. Die meisten scheinen dem vulgären Fehlschluß zu unterliegen, daß traditionsbewußt identisch sei mit lebensunfähig, veraltet und unrealistisch. Und es möchte eben Amerika verdrießen. Alle sind sehr für den Krieg.

Evanston, 15. Juni

Dick und mir geriet ein kleines hawaiisches Wörterbuch in die Hände und wir haben seitdem dauernd in lustiger Blödelei hawaiisch zusammengestoppelt. Es lernt sich sofort. Die Sprache besitzt außer den fünf Vokalen nur sechs Konsonanten: h,k,l,m,n,p. Interessant ist festzustellen, daß es ein Wort für Feind offenbar nicht gab, bis die Weißen kamen, denn ihr Wort dafür ist das englische Lehnwort »enemi«. Andre bezeichnende Lehnwörter sind »kekona« für Sekunde, »minuke« für Minute, »hola« für Stunde (d.i. hour). Erst bei der Einheit »Tag« fing ursprünglich die Zeitrechnung an. Der Schlüssel heißt »ki« (key), da sie offenbar nichts abschlossen, bevor die Zivilisation kam. Mein Name würde auf hawaiisch wohl lauten: Welineli Polikiliaka.
Habe angefangen, für Schilpp den Aufsatz von Karl Vossler über Croces Sprachphilosophie zu übersetzen. Es ist tröstlich zu sehen, mit welchem Mut und mit welcher humanistischen Haltung Vossler in diesem eben eingesandten Aufsatz jeglicher Nazerei absagt. An vielen Stellen, vor allem in zwei Sätzen: »Mitten hindurch zwischen pessimistischen und optimistischen Weltmythen, zwischen Apokalypsen und Theodizeen geht Croces Gedanke still und gelassen seinen wissenschaftlichen Weg, abhold den prophetischen Agitatoren und Weltanschauungsmachern aller Zeiten.« Und an andrer Stelle: »Jedesmal, wenn der poetische Mensch, der Künstler, von praktischem Gewinn, von moralischen oder politischen Tendenzen oder von wissen-

schaftlichen Lehrmeinungen gefangen genommen, die freie Selbstentwicklung seiner dichterischen Weltschau vernachlässigt oder abbiegt, leidet sein Werk und nimmt er Schaden an der Reinheit des Schaffens.«
Habe vom Local Board eine Vorladung für den 24. Juni erhalten.

Evanston, 24. Juni

Komme mit dem Vossler-Aufsatz gut voran. Aber Worte wie Geist, geistig, dichten, Dichtung und Wissenschaft treiben mich zur Verzweiflung, da sie so unübersetzbar sind.
Vorgestern ist der deutsch-russische Krieg ausgebrochen, der die unheimliche und lächerliche Konstellation mit sich bringt, England und Sowjetrußland zu Bundesgenossen zu machen und das vor kurzem noch so gehätschelte und flattierte Finnland zum Feinde der Demokratien.
In zwei Stunden also werd ich vor der Militärbehörde erscheinen.

Evanston, 25. Juni

Gestern abend wurd ich fast eine halbe Stunde lang ausgefragt. Ich machte geltend, daß ich mit der baldigen Ankunft meiner Mutter in einem für sie ganz fremden Lande rechne und sie empfangen muß.
Habe in der Dezembernummer 1940 und der Februarnummer 1941 der Nouvelle Revue Française heute André Gides »Feuillets« gelesen. Keine Stimme ist bis jetzt so lauter, so getreu sich selbst, so unopportunistisch aus dem kriegerischen Europa mir zu Gesicht gekommen. Besonders ergreifend die Stellen, wo er davon spricht, wie er inmitten der schrecklichen Ereignisse sich mit Faust und den Gesprächen mit Eckermann am Leben erhält; wie unbeständig seine jeweiligen Meinungen in jenen Monaten (Mai 1940–Dezember 1940) sind; wie die Gedanken an den Krieg ihn dauernd verzehren und wie er dennoch weiß, daß das Dauernde und Gültige nur in dem liegt, was nicht unmittelbar über diesen Krieg geschrieben ist; wie fremd ihm seine eignen Bücher sind und daß er glaubt, er wäre nicht mehr imstande, sie in dieser Zeit zu schreiben; wie verächtlich und verlogen ihm diejenigen vorkommen, die nun gegen das zu große »Raffinement« der französischen Literatur zu Felde ziehen und sich selbst bezichtigen, die Literatur zu sehr geliebt zu haben; wie dumm jenes Schlagwort von der Rückkehr zur Erde – zum Problemlosen – ist etc. etc. So ist Gide sich also treu geblieben, unbeeinflußt von den Phrasendreschern, die sich in denselben N.R.F.-Heften schon so breit machen. Kein Wunder, daß er mit der N.R.F. gebrochen hat.

Evanston, 27. Juni

Soeben bringt mir die Morgenpost Nachricht, daß das Wunder geschehen ist: ich bin vom Militär zurückgestellt und brauche nicht einzurücken.

Die Vossler-Übersetzung hab ich heute beendet und kann also Evanston verlassen.

Chevy Chase, 3. Juli

Schlafe bei Martis auf der grünumrankten Veranda, beinahe im Freien. Gleich in die neueröffnete National Gallery gegangen, die die Mellon-Sammlung enthält. Besonders unvergeßlich die verschiednen Renaissance-Porträts von Jünglingen und jungen Frauen. Heute nachmittag in der Freer Gallery, um die Whistlers wiederzusehen. Lese Goethes Sendeblätter und Gedichte an Personen.

Chevy Chase, 8. Juli

Vor einigen Tagen kam mir die Nachricht zu, daß das State Department an den amerikanischen Konsul in Zürich telegraphiert hat, damit er Mutter ein amerikanisches Visa ausstellt. Daher meine lethargische Ruhe, in die heute die Nachricht fällt, daß Amerika Island besetzt hat. Ich muß die wenigen Tage oder Wochen, bevor der Krieg hier erklärt wird, bewußt genießen.
Lese verschiedne kleinere Dinge von Goethe, eben »Des Epimenides Erwachen« ausgelesen. Da fand ich folgende Stelle:
Epimenides (durch all die Verwüstung und Despotie hindurch geschlafen habend und nun erwachend) sagt:

> Doch schäm ich mich der Ruhestunden;
> Mit euch zu leiden, war Gewinn:
> Denn für den Schmerz, den ihr empfunden,
> Seid ihr auch größer als ich bin.

Aber es wird ihm geantwortet:

> Tadle nicht der Götter Willen,
> Wenn du manches Jahr gewannst:
> Sie bewahrten dich im stillen,
> Daß du rein empfinden kannst.

Goethe hat Antworten für alle Zeiten.

Chevy Chase, 18. Juli

Seit dem 9. jeden Tag in der Library of Congress für die Dissertation gearbeitet: alles von und über Mallarmé. Traf dort gleich am ersten Tag Dale wieder, den Freund aus meinem ersten Jahr in Cincinnati. Er hat die akademische Laufbahn aufgegeben und bereitet sich vor, ins FBI einzutreten. Wir sprechen viel über den Krieg und dem in Filmen, Zeitungen, Vorträgen und Reklame verabreichten kitschigen Amerikanismus. In der Beurteilung dieser Dinge sind wir uns ganz einig. Aber Dale argumentiert: all dieser aufheizende Chauvinismus ist schlecht, aber notwendig als vorbeugende Maßnahme, da sonst sich ein Goebbels dieser Dinge bemächtigen würde. In diesem Krieg Amerikas geht es, wie er sagt, weit weniger um die Rettung der Demokratie als vielmehr um wirtschaftlich-realpolitische Dinge, aber da er doch kommt, warum ihn nicht so gut als möglich vorbereiten? Außerdem ist er der einzige Ausweg. Ich argumentiere: das Schlechte bleibt schlecht, auch wenn es »nun mal eben notwendig ist«.

Chevy Chase, 30. Juli

Vor einiger Zeit erzählte mir Dale, daß Mr. Furst ihm auf der Straße jemanden gezeigt habe mit der Bemerkung, das sei ein französischer Dichter, der unter dem Namen Saint-John Perse einen Band Gedichte veröffentlicht habe und unter seinem wirklichen Namen Léger Generalsekretär im französischen Außenministerium gewesen sei.[1] Ich hatte diesen Namen nie gehört, las aber letzten Freitag zu meinem Erstaunen in dem Buch von Kurt Wais, daß Mallarmés Einfluß sich am bedeutendsten in der Dichtung von Saint-John Perse ausdrücke. Daraufhin rief ich abends die beiden Légers an, die im Washingtoner Telephonbuch stehen. Der erste wars nicht, aber der zweite, Alexis Léger, antwortete auf meine Frage, ob ich mit M. Saint-John Perse sprechen könne: »C'est lui-même.« Ich sagte ihm, daß ich an einer Dissertation über Mallarmé schriebe und er gab mir gestern elf Uhr an als die Stunde, wo ich ihn in der Library of Congress sprechen könne. Mein Gespräch mit ihm war über Erwarten reich und angenehm. Er empfing mich mit gemeßner Formalität, aber ganz ohne Pose und mit feinen verbindlichen Bewegungen. Und ohne Umschweife gerieten wir allsobald ins intensivste Sprechen über Mallarmé und (Perse spricht das mit zurückhaltender Grandezza aus) über das »mystère poétique«, das er im unpoetischen Frankreich so selten findet. Einzig, aber ganz selten, bei Victor Hugo, »malgré lui«, dann plötzlich bei Baudelaire, Gérard de Nerval, Rimbaud, Mallarmé, Maurice Guérin (im

1 Saint-John Perse (eigentlich Alexis Saint-Léger Léger), auf einer Antillen-Insel 1887 geboren, trat 1914 ins Außenministerium ein, 1925–31 war er engster Mitarbeiter von Briand, der aber nicht wußte (wie auch sonst niemand), daß sein Sekretär der Dichter Saint-John Perse war. Folgende Anekdote wurde mir damals als wahr berichtet: als Léger mit seinem Minister in München war, um mit Hitler zu verhandeln, fand er auf seinem Nachttisch einen seiner Gedichtbände liegen, womit ihm die deutsche Geheimpolizei zu verstehen geben wolle, daß man sehr genau über ihn informiert sei. Als Hitler ihn dann daraufhin ansprach, soll Léger gesagt haben: »Mais non. De nous deux c'est vous qui êtes le grand poète.« Das Wort »poète« hier natürlich im Hohn, im Sinne von Lügner gebrauchend. Im Jahre 1940 wurde er entlassen und ging ins Exil, zuerst nach England, dann nach Amerika, wo er »consultant«, d. h. Berater für die französische Literatur an der Kongreßbibliothek in Washington wurde. Seine bekanntesten Bücher sind »Anabase« (1924), »Exil« (1942), »Poème a l'étrangère« (1943). Er erhielt 1960 den Nobelpreis für Literatur. Zwei Koffer voll unveröffentlichter Manuskripte wurden von den deutschen Besatzungstruppen in Frankreich beschlagnahmt und nach einem Schloß in Polen gebracht, wie man heute weiß. Vielleicht findet man sie dort eines Tages.

»Centaure«). Er sprach sehr lebhaft über Mallarmés Auffassung, daß der Dichter absolut außerhalb aller gesellschaftlichen Bindungen und Verpflichtungen stehe, wie er nur durch vollkommne inutilité nützlich sei. Mallarmé habe weder etwas gemein mit der öffentlichen Rolle Victor Hugos noch mit dem Begriff des poète maudit. Mit dem erstren nicht, da er nie etwas vom Propheten in sich gehabt habe; mit dem letztren nicht, da er, in aristokratischer Haltung, solch einer Apologie ferne sei. Léger wies darauf hin, wie Mallarmé jeden dieser Dichter, die sich um ihn scharten, sich seiner Eigenart bewußt werden ließ. Die starken genialen Anfänge Claudels seien ganz unfranzösisch und deshalb in Frankreich als barbarisch angesehen worden. Mallarmés Kunst sei ein »art gratuit«. Er wies dann auf André Gides »Prétextes« hin mit ihren mutigen Urteilen. Daraufhin fragte ich ihn, ob er Gides letzte Tagebuchblätter gelesen habe. Ja, er kannte sie. Wir stimmen beide über Gides Verteidigung der echten Literatur, sowie über seine ganze Haltung zur Zeit überein. Er erklärte mir dann, wieso die »poésie pure« eine ganz speziell französische Erscheinung und Forderung sei, da Frankreich ganz von »mesure« und außerdichterischer »raison« beherrscht sei. Da habe die »poésie pure« genau das sein müssen, was sie besagt: reine Dichtung. Darauf sagte ich: »Aber ist es nicht in gewissem Sinne ein tragischer Widerspruch, daß, etwa im »Igitur«, diese poésie pure doch wieder in die Abstraktion führt?« Er stimmte mir bei und fügte an, daß Mallarmé zur Sterilität führe, daß es über ihn hinaus nichts mehr geben könne, da dann die vollkommne Abstraktion erreicht sei.

Noch über vieles andre sprachen wir: über den Intellektualismus seines Freundes T.S. Eliot und über Valéry, der kein wirklicher Dichter, sondern, genau wie Eliot, ein delikater Essayist sei. Über Rupert Brookes glatte Verse und klassische Reminiszenzen, die einen »seasick« machen, über Ezra Pounds Versagen als Dichter. Auch über die vollkommen andre Auffassung des Dichters in Amerika: hier ist er eine öffentliche Person, die Vorträge hält und immer wieder in der Öffentlichkeit auftritt, ganz im Gegensatz zum französischen Dichter, der in gewollter Abgeschiedenheit lebt. Das brachte ihn auf Archibald MacLeishs schlechte »demokratische« Verse, in denen die Dichterauffassung einer jungen Gesellschaft sich offenbare.

Die ganze Unterhaltung wurde auf französisch geführt (etwa 5/4 Stunden), und ich sprach und verstand mit großer Leichtigkeit. Er machte mir das Kompliment, daß ich sehr gut spräche, nicht nur fließend, sondern auch rein. Aber das mag viel weniger bedeuten, da er mich vermutlich für einen Amerikaner hielt. Er fragte mich, ob ich neben der Lehrtätigkeit auch andre eigne Pläne hätte. Ich bejahte, und er fragte, ob diese im Gebiet des Dichterisch-Lyrischen oder im Psychologischen lägen. Ich gab das erstere zu. Zum Schluß bat er mich um meine Adresse und sagte etwas, was ich nur halb verstand.

Etwa dies: es sei ihm interessant, jemanden zu finden, der noch nicht »cristallisé« sei, und er hoffe, ich bliebe so.
Seine eigne Dichtung erwähnte er überhaupt nicht. Und ich war doch zu ihm als zu einem Dichter gekommen. Darum schrieb ich ihm gestern, nachdem ich die »Anabase« gelesen hatte, folgenden Brief:
Cher Monsieur Léger,
Aussitôt que je vous quittai je sentais un regret intense que, forcé par une convenance qui nous préscrit de la timidité, j'avais laissé douteuse la raison fondamentale, pour laquelle je vous consultai sur Mallarmé. Ce n'était point un bibliothéquaire très-renseigné et, chose commode, français que j'allais interroger à propos de la rubrique Littérature Française; fonction, d'ailleurs, que j'ignorais complètement. – Non! C'était le poète de l'Anabase, dont je voulais m'approcher et que je cherchais en matières poétiques ou, plus correct, en matière poétique. Et, je vous en remercie sincèrement, c'était, en effet, bien lui avec qui je parlai (non sans obtenir, aussi, des renseignements bibliographiques très utiles).
La foi qu'ilya des choses á jamais durables n'est plus la vérité banalement évidente qu'elle était.
CEUX QUI SAVENT LES SOURCES SONT AVEC NOUS DANS CET EXIL.[1]

New York, 10. August

Heute nacht in dieser merkwürdigsten und aufregendsten aller Städte angekommen. Wieder, wie jedesmal ist dieser Zauber unbeschreiblich, das Gefühl inmitten aller nur möglichen Abenteuer zu sein. Wohne, wie früher schon, im Sloane House (dieser unbehaglichen, aber billigen, hochstöckigen Schlafkiste) und bin soeben, kurz vor Mitternacht, trotz Müdigkeit die Seventh Avenue hinauf zum Times Square gegangen. Das Häßliche, Schreiende, Vulgäre ist in dieser Stadt nicht, wie überall sonst, als abstoßende Einzelheit vorhanden, sondern es verdichtet sich geheimnisvoll zum Begriff STADT. Was anderswo langweilt und ermüdet, wird hier zum großartigen Strudel des Unvorhersehbaren.

New York, 13. August

Bis jetzt hab ich noch kaum eine Atempause gehabt, habe dauernd über meine Kräfte leben müssen und war vorgestern wirklich am Ende meiner Energie. Es kam so: am ersten Morgen ging ich aufs Emergency Rescue Committee, wo ich alles erledigt glaubte, um mich dort vorzustellen und zu bedanken und erfuhr, daß kein Visa für Mutter ausgestellt werden kann, bevor ich nicht ein Schiffsbillet gekauft habe. Sofort zu einem Reisebureau, das mir für ein Billet dritter Klasse auf der spanischen Linie (von Cadiz am

1 Zitat aus ›Anabase‹.

20. September abgehend) die enorme Summe von 530 Dollar abfordert. Telefongespräche mit allen Komitees, ob dieses Datum möglich ist, Briefe ans State Department, um es anzufeuern rasch zu arbeiten (da ich 50% des Gelds verliere, wenn Mutter das Schiff nicht erreicht), Luftpostbrief an Mutter, Brief an meine Bank, da ich ja so viel Geld nicht bei mir habe und man in New York keinen Scheck von einer andern Bank einlösen kann etc. etc. Zu Tode erschöpft traf ich abends mit den Martis zusammen und wir gingen (nachdem auch Fritz nach meinen Angaben noch zwei Briefe in dieser Angelegenheit schrieb) nach Coney Island. Nicht der Plunder dort war es, der mich zu mir selber brachte, sondern der sich plötzlich öffnende meilenlange Sandstrand am atlantischen Ozean. Der Strand war menschenleer und da sich der Sand bald unter den Windstößen wellte, schien es, als sei hier eine unberührte Stätte.
Gestern wieder aufs Reisebureau zur Unterschrift des Vertrags. Telegramm an Mutter. In alle dem Treiben kam mir der rettende Gedanke, auf eine Stunde in die Public Library zu gehn, wo ich mir Mallarmés »Poésies« geben ließ, und nun ist die Zeile »Mordant au citron d'or de l'idéal amer« immer mit mir.
Im Rockefeller Center fand ich die unheimlichen Früchte Monstera deliciosa, eine von der Natur nicht beabsichtigte Mischung von Ananas und Banane, die einen unerklärlichen starken Erdbeerduft ausströmt. Sie sieht aus wie eine feiste Banane in Krokodilsleder. Das Fruchtfleisch ist in Zellen geordnet. Wollte eine kaufen, aber sie waren noch nicht reif.

New York, 16. August

Erfuhr gestern auf dem Reisebureau, daß das Schiff, auf dem ich Mutters Fahrkarte bestellt hatte, nun doch nicht fährt. Neues Telegramm an Mutter. Heute erhalt ich einen Brief von meiner Bank, daß mein Guthaben dort blockiert werden soll. Nun hilft nur noch der amor fati. Und er hilft wirklich.
Gestern mittag und den ganzen Nachmittag mit Herbert Steiner zusammen. Zuerst las er mir das Manuskript seiner unlängst geschriebnen Erinnerungen an George vor, die mir manches auszusagen scheinen und ein schönes Dokument sind.

New York, 17. August

Gestern nachmittag in der Public Library Balzacs »Illusions perdues« angefangen zu lesen. Steiner erzählte mir eine Episode daraus, der er sein Motto für seine George-Erinnerungen entlehnt hat: »Il y a la postérité de Cain.« Das Buch fesselt mich. Man darf Balzac nicht als nur deskriptiven Autor lesen, sondern muß das Fieber heraus spüren, aus dem heraus diese Romane entstanden, diese Manie fürs Entwerfen.

Heute nachmittag mit einem Dampfer den Hudson heraufgefahren bis Bear Mountain, wo ich mich nur 3/4 Stunden aufhalten konnte, bis das Schiff wieder zurückfuhr. Schöne Fahrt. Ich hatte als einzig auffindbares deutsches Buch Uhlands Gedichte mitgenommen und ganz durchgelesen. Außer »Droben stehet die Kapelle«, »Brich nicht, oh Steg«, »Die Überfahrt«, »Es zogen drei Burschen wohl über den Rhein«, »Der gute Kamerad«, der Ballade vom sterbenden Sven, »Bertran de Born« und »Des Sängers Fluch« ist doch eigentlich nichts darin, was nicht staubig und pedantisch oder putzig und albern klingt. Auch diese Gedichte sind ja nicht eigentlich groß, nur schön und einheitlich im Ton.

New York, 19. August

Gestern mit Franc Epping und Marthe in der chinesischen Oper. Wir waren die einzigen Weißen. Es dauerte von sieben Uhr abends bis Mitternacht unter dauerndem Kommen und Gehen der Zuschauer. Die Oper ist die seltsamste Mischung von Realismus und Symbolik, Tragik und Buffonerie, alles sehr stilisiert, und hinter dem Ganzen spürt man doch deutlich die traditionellen großen Theaterkünste der Chinesen: etwa in der Gesichtsbemalung, den Handbewegungen, dem Schreiten und Gruppieren und im sehr schönen wilden Schwerttanz. Zum erstenmal hab ich da einen ausgesprochen drolligen Geist auf der Bühne gesehn. Der Requisiteur kommt immer ungeniert auf die Bühne, ersetzt die Requisiten, rückt präzis die Stühle, legt eine Attrappe statt des toten Körpers hin, während der Tote einfach aufsteht und hinausgeht. Manchmal Dialog, manchmal Musik, und an den Höhepunkten plötzlich nur enormes Dröhnen von Gongs mit rhythmischen Holzschlegeln.
Man berichtete mir, ein deutscher Emigrant habe gesagt: »Wir gehen hier doch alle herum, als ob wir schon gestorben wären«. Ja, es stimmt, und ich war ganz betroffen davon und dachte wieder an Polturaks Ausspruch vom »Lebensersatz« in der Emigration. Habe heute im Bryant Park hinter der Public Library auf einer Bank ein fiktives Gespräch aufgezeichnet, aber es ist mir zu pathetisch geraten. Hier der Anfang:

Gespräch in einer andern Welt

Der eine: »Wie kommt es nur, daß wir, die wir doch glaubten, uns mit dem uns aufgezwungenen Abenteurerschicksal abgefunden zu haben, dennoch in unlustiger Lähmung das Abenteuerliche unsrer Lage nicht einsehen können? Daß wir, obwohl in geordneten Berufen, in den Parks herumsitzen wie gestrandete Existenzen mit nicht einmal Kraft genug, die Tauben zu füttern? Daß wir, die wir auf unsre Einsamkeit stolz waren, auch den Gleichgültigsten noch verzweifelt suchen?«
Der andre: »Es ist der Vorgeschmack des Todes.«
Der eine: »Nein, das ist es nicht. Den hatten wir schon vorher. Er war nicht

ohne angenehme Schauer und die Stimmung, aus der Gesänge wachsen. Dies ist anders. Wir leben hier alle, als ob wir schon gestorben wären.«

New York, 21. August

Da ich wieder in Schillers Gedichten las, fiel mir die Stelle aus den »Göttern Griechenlands« in die Augen, die so einfach und gültig sagt, was mir erst nach so langem Nachdenken klar wurde:

Was unsterblich im Gesang soll leben,
Muß im Leben untergehn.

Wie man doch über die schönen Weisheiten der Dichter oft jahrelang hinwegliest. Man mag die Stellen, einfach als schöne Verse, auswendig wissen und dennoch eigentlich unberührt davon bleiben. Man nimmt sie als Ausdruck einer »Weltanschauung« (Verhängnis der Schulen und Universitäten!) und macht sich nicht klar, daß sie wirklich Dinge *gewußt* haben.
Bevor ich ihn vergesse, will ich doch meinen Spottvers auf diejenigen Emigranten aufschreiben, die sofort nach ihrer Ankunft ganz amerikanisch werden, verabscheuen, deutsch zu reden und nun untereinander ein häßliches und falsches englisch reden; ich find ihn sehr lustig:

Kultur

Beide sprachen nur noch Kurdisch
Als die Sprache ihrer Wahl,
Ob sie beide gleich, absurdisch,
Stammten aus dem Zillertal.

nachts

Heute nachmittag wieder in der Bibliothek in den »Illusions perdues« gelesen. Ich habe Balzac doch unrecht getan. Nachdem man Stendhal gelesen hat, will es einem scheinen, als sei Stendhal der Fragwürdige, Gefährliche, Aufstörende, Problematische, Heutige und Balzac der episch Gelassene, Unproblematische, Nur-Schilderer. Man denkt dann an Werke wie »Eugénie Grandet«. Und dennoch hat auch Balzac seine gefährliche Seite (wohl seine größere), wie etwa in den »Illusions perdues«. Die Begegnung zwischen Lucien und dem Abbé Herrera ist ein einzigartiges Meisterwerk. Da sind schon sämtliche ahnungsvolle, geistig-abenteuerliche, vibrierende Züge, wie sie Gide dann hat. Diese beiläufig gesagten Dinge, die das Ganze, obwohl es realistisch bleibt, ins Seltsame und Verzauberte heben. In diesem Gespräch wird das sehr deutlich, z.B. wenn der Abbé, auf Luciens Frage, warum er das eigentlich für ihn tue, mit einem Lächeln sagt, das Innre einer Kutsche habe »trop d'indiscrétion«. Oder wenn es einmal heißt (ich muß aus dem Gedächtnis zitieren): »Et Lucien dit, comme éveillant d' un rêve«. Oder wenn der Abbé seinen Hinweis auf Otways »Gerettetes Venedig« mit dem Satz: »Voilà pour le poète« beschließt.

Woodstock, 26. August

Da ich garnicht wußte, wo ich hinfahren sollte, riet mir Ruth zu Woodstock, einer Künstlerkolonie im Catskill-Gebirge.[1] Seit heute morgen bin ich hier in einer sehr angenehmen kleinen Pension. Ringsum bewaldete Berge. Ein sehr kleiner Ort, nichts Aufdringliches. Dem Haus gegenüber ist ein Blumengarten. Vor meinem Fenster stehen ein voller Apfelbaum und eine Silbertanne. Sowie ich New York entrinne, ist es mir unvorstellbar, wie ich es dort so lange aushalten konnte. – Ich habe hier gleich eine kleine Bibliothek entdeckt, die zu meinem Erstaunen sogar das ziemlich seltne Buch von André Gide über Oscar Wilde besitzt.

Woodstock, 29. August

So viele angenehme und merkwürdige Dinge haben sich schon ereignet. Vorgestern morgen spazierte ich über die Wiesen zum alten Friedhof (Gräber vom Beginn des 19. Jahrhunderts sind dort). Als ich auf Umwegen nachhause ging, hielt ein Auto und der Fahrer fragte mich, ob ich mitgenommen werden möchte. Ich stieg ein. Da ich gesehen hatte, daß am selben Abend in Byrdcliffe ein Konzert stattfand, fragte ich den Herrn, Felix Payant, ob er wisse, wo das ist. Zufällig aber war er es, der die Eintrittskarten dafür verkaufte, da die Pianistin Clara Chichester eine Freundin von ihm ist. Es wurde abgemacht, daß er mich abends im Auto hinbringen werde, d.h. zum Haus von Mrs. Whitehead, der Witwe des Gründers dieser Künstlerkolonie. Im Konzert abends wurde die Pianistin begleitet von einem Cellisten Roentgen, einem Stiefbruder des Joachim Roentgen, der in Zürich in den Serenaden der Studentenschaft mitspielte. Hinterher gab man Clara Chichester zu Ehren eine kleine Gesellschaft, zu der ich auch gebeten wurde. So lernte ich denn am ersten Tag so gut wie alle Menschen von Woodstock kennen. Felix Payant besitzt ein kleines Haus auf einer bewaldeten Anhöhe in vollster Einsamkeit, im Geruch von Wiese und Bäumen. Gestern sah ich dort zum erstenmal einen Kolibri frei herumschwirren.

1 Um die Jahrhundertwende entdeckte der Schüler von William Morris, Whitehead, auf der Suche nach einem Ort, wo man die sozialistisch-präraffaelitischen Bestrebungen von Morris in Amerika verwirklichen könne, das Dorf Woodstock im Staate New York. Im Wald oberhalb des Dorfes gründete er dann, zusammen mit Gleichgesinnten, die neue Künstlerkolonie und nannte sie Byrdcliffe. Dort baute man schöne Holzhäuser, webte an Webstühlen, malte und richtete eine Kunstschule präraffaelitischer Prägung ein. Daraus entwickelte sich dann das heutige Woodstock. Die Witwe Whiteheads, 84 Jahre alt, lebte noch in ihrem alten Haus, in dem ein Portrait von ihr, von Edward Burne-Jones gemalt, an der Wand inmitten all der Bücher der Kelmscott Press hing. Ich lernte Woodstock in seiner zweiten Phase kennen, nachdem die präraffaelitischen Anfänge längst verklungen waren. Es war jetzt ein Ort, wo einige der anerkannten modernen Künstler, wie Eugene Speicher, Archipenko, Calder, der Erfinder der Mobiles, einige bekanntere Schriftsteller und sehr viele andere Maler und Dichter lebten. Die dritte Phase, die dann durch den Woodstock-Film, weltbekannt wurde, war noch nicht angebrochen.

Woodstock ist ein kurioser Ort, mit einer seltsamen Kasteneinteilung und hundert kleinen Fehden und Geschichten.

Woodstock, 30. August

Nun ist die Welt, die ich an diesem schönen Ort schon vergessen hatte, doch wieder hereingebrochen: heute kamen zwei Briefe von Mutter. Die Visa-Affäre ist noch immer nicht geregelt.

Vor einigen Tagen besuchte mich Holley Cantine. Er hat ganz ernsthafte, kindliche Augen mit einem scheuen Blick und lächelt nie. Vollen Christusbart unter dem bleichen Kindergesicht (er ist wohl Mitte zwanzig), er trägt eine seltsame alte Soldatenmütze und bewegt sich in einem verlegen trippelnden Gang. Er ist einer von denen, die ich tot und vergangen glaubte: jene bedingungslosen Unpraktiker mit dem heiligen Ernst ihres ethischen Glaubens. Er nennt sich einen Anarchisten. Was er wohl darunter versteht? Ich fühle mich in seiner Gegenwart als ein so fatal gewitztes Weltkind. Er ist eben daran, eine Zeitschrift »Retort« (mit der Doppelbedeutung von Reagenzglas und Erwiderung) herauszubringen, die er selber drucken wird. Wir hatten zwei lange Gespräche darüber. Ich hab ihm halb versprochen, den Aufsatz »Nietzsche versus Hitler« für die Zeitschrift zu machen. Vielleicht geb ich ihm auch meine drei Gespräche mit dem Teufel. Gestern fuhr ich auf dem Rücksitz seines knatternden Motorrads zu seinem Blockhaus in den Bergen und aß mit ihm und seiner klugen Frau, die auch an der Zeitschrift mitarbeiten wird.

In all diesem hier: kunstreich zu Theatern hergerichteten Scheunen, in denen Streichquartette üben, den geschmackvoll gebauten Holzhäusern im Walde, den Ateliers ist eine künstlerische Tätigkeit im Gange, voller Arbeit, fast ganz ohne Bohème; einzig, daß man sich in handgewebte Stoffe kleidet etc. Es ist seltsam, wie Holleys geplante Zeitschrift, die ich doch mit halb ironischen, halb hoffenden Augen betrachte, in mir das Gefühl erweckt, ein Schriftsteller zu sein. Nie zuvor hatte ich mich mit diesem erwachsenen Wort identifiziert.

Woodstock, 3. September

Tage ganz in der Stimmung von Goethes »Donnerstag ins Belvedere«. Zwischen Stunden im Garten und am Bach ein abwechselndes und spielerisches Hin und Her. Mit Clara Chichester verbindet mich eine richtige Freundschaft. Ihr Vater ist der Bruder des Schauspielers und Rezitators Ludwig Wüllner. Ich gehe mit ihr in Hauskonzerte, nach Kingston zum Radio-Sender, da sie dort von sieben bis halb acht Uhr abends Klavier spielt, zu einer philosophisch-politischen Diskussion in einem Privathause. Mit Felix Payant Webstühle angesehen. Der Aufsatz Holley Cantines, den er mir, da er für die erste Nummer von »Retort« bestimmt ist, zum Lesen gab, hat mir in seiner paradoxalen Grundforderung gefallen, gegen die Verbrechen der Sowjetunion und für einen Sozialismus auf den Spuren Proudhons und Kropotkins, aber in der Ausführung schien er mir enttäuschend.

Woodstock, 4. September

Holley nahm mich mit zur St. Dunstan-Kirche und dem dort wohnenden Erzbischof. Der hat sich einen geheimnisvollen und formbewußten Lebensstil geschaffen. Aus der Scheune hat er eine frühgotische Kirche gemacht, die er mit großem Kunstverstand herzeigt. Er trägt farbenprächtige Bischofsgewänder und aus seinem magren, wohlgeschnittenen Gesicht spricht ein charmanter Leichtmut. In seinem Studierzimmer hängt ein Bischofsbrief für einen Prinzen von Lothringen und Brabant. Ob er das selber ist? Man sagt mir, er sei weder Erzbischof noch Prinz, aber ich werde ihn noch oft besuchen, er weiß viel und umgibt sich mit den schönsten Dingen. Er fuhr mich zu Hervey White, dem eigentlichen Begründer des heutigen Woodstock, nachdem die Maler gegen die präraffaelitische Tradition Whiteheads rebelliert hatten. Der alte Dichter lebt in einer winzigen Holzhütte, sieht aus wie ein ehrwürdiger Apostel. Ich sprach eine Stunde mit ihm.

Woodstock, 6. September

Clara brachte mich gestern zu Dr. John Kingsbury. Er ist von der Briand-Generation, voll vom Locarno-Geist und ein herrlicher kindlicher Mann, der, wie er selber sagt, je älter er wird, statt konservativer nur immer radikaler wird. Ich mußte an die Stelle bei Montaigne denken, wo er sagt, daß er, nun da er wirklich einen Bart habe, dieselben jugendlichen Dinge wieder sage wie einst. Kingsbury wohnt in schöner Abgeschiedenheit auf einem Hügel, der ihm gehört. Abends brachte mich Clara zu Dr. James Shotwell, einem andern Mann von großem Einfluß, der mich auch sehr freundlich anhörte und mich aufforderte, den ganzen Visa-Fall und Mutters Biographie aufzuschreiben, damit er es an den Unterstaatssekretär weiterleiten könne. Kingsbury hatte mir den Namen eines Rechtsanwalts genannt.

Woodstock, 7. September

Gestern kam Herbert Steiner hierher, um mich (und Richard Beer-Hofmann[1]) zu besuchen. Ich stellte ihn gleich allen Leuten vor, auch dem

1 Richard Beer-Hofmann (1866–1945) zuerst dem Jung-Wiener Kreis angehörend, mit Hofmannsthal befreundet, hat B.-H. wie dieser und Schnitzler Themen wie die Vereinsamung des ästhetischen Menschen behandelt. Das »Schlaflied für Mirjam«, (1898) machte ihn berühmt. Rilke berichtet, wie er in Schweden von Haus zu Haus reisen mußte, um dieses nur dem Hörensagen nach bekannte Gedicht vorzutragen. Im unvollendeten Haupt- und Lebenswerk, der »Historie

Erzbischof. Sein Besuch ist mir sehr angenehm. Das mich oft plötzlich befallende Gefühl, das ich so oft unter englischsprechenden Freunden habe: »Was soll ich hier nur? Wie konnte ich je glauben, dazuzugehören?« verschwindet, wenn Steiner dazutritt, da er ja zugleich Alt-Österreich, Hofmannsthal, Rilke, George und meine Zürcher Studienjahre mitbringt.

Woodstock, 8. September

Gestern abend bei Richard Beer-Hofmann, dessen schönes, mächtiges Gesicht mir sogleich sehr gefiel. Es ist eines jener Gesichter, die ein Glücksfall sind, weil alles an ihnen stimmt. Keine entstellende Kahlheit oder Verfärbung der Haut, nichts worüber das Auge peinlich hinwegsehen müßte. So, denkt man, hat er sein Gesicht gewollt, und so ist es auch geworden.

Es war oben in Felix von Kahlers Sommerhaus. Mirjam und die alte Frau Antoinette von Kahler, Erich Kahlers Mutter, waren auch da, außer Steiner, der das Zusammentreffen so freundlich bewirkt hatte. Beer-Hofmann war bester Laune und voller Gespräch, witzig und geistvoll, die Unterhaltung beherrschend, sehr unfeierlich im ganzen. Zum Schluß bat Steiner ihn, mir sein Gedicht »Abbild« vorzulesen, das ich am selben Morgen zum erstenmal gelesen hatte. Er ging sofort bereitwillig in sein anstoßendes Arbeitszimmer. Steiner, Felix Kahler und ich folgten. Dort las er halb stehend, halb auf dem Schreibtisch sitzend »Abbild,« »Altern«, dann auf meinen besonderen Wunsch den Opfergesang aus »Davids Tod« und zum Schluß den »Beschwörer«. Zuerst war es sehr befremdend, ihn lesen zu hören. Sehr vertraulich, gesprächshaft, aber mit starken Betonungen, wie in einem schauspielerischen Dialog. Für den trotzigen, triumphierenden Ton von »Altern« (der mir beim eignen Lesen am Morgen nicht bewußt geworden war) schien sich mir diese Art des Vorlesens gut zu eignen.

Beer-Hofmanns Deutsch ist völlig rein; weder Tonfall noch Dialektworte verrieten den Österreicher. Auch bedient er sich nie irgendwelcher gängiger Lässigkeiten, benennt und verknüpft alles genau, wie aus großer Vertraut-

von König David«, wandte er sich dem biblischen Stoff als einem symbolerfüllten Stück jüdischer Geschichte zu. Nach dem Anschluß 1938 ging. B.-H. zuerst in die Schweiz, wo er seine Frau verlor, und dann nach Amerika, wo als letztes größres Werk die Erinnerungen an seine Frau entstanden, »Paula, ein Fragment« (1949). »Der Tod Georgs« (1900), eine Erzählung aus der Lebenssphäre des fin de siècle, nimmt, vor Schnitzlers »Leutnant Gustl«, die Technik des inneren Monologs vorweg. Die Verstragödie »Der Graf von Charolais« (1904), Nachdichtung eines Dramas von Massinger aus dem Jahre 1615, deutet die Tragik derer, die vergeblich ihrem Schicksal zu entrinnen suchen. »Jaakobs Traum« (1918) eröffnete die Historie von König David, »Der junge David« (1933) war das eigentlich erste Stück der geplanten Trilogie. Von dem großen Werk wurde nur noch »Das Vorspiel auf dem Theater zu König David« (1936), ein dichterisches Selbstbekenntnis, vollendet. Erst 1941 sammelte B.-H. seine 23 Gedichte aus vierzig Jahren in dem Band »Verse«. Seine »Gesammelten Werke« (1963, S. Fischer) und sein Briefwechsel mit Hofmannsthal (1973).

heit mit der Sprache heraus, die er achtungs- und liebevoll zu kräftiger Bildhaftigkeit heraufführt.

Woodstock, 10. September

Mit Felix nach Kingston. Dort haben sich noch viele vorrevolutionäre Steinhäuser erhalten, auch eine sehr schöne Kirche aus dem Jahr 1659, die ich besuchte. Steiner ist wieder abgereist, was mich nun etwas verwirrt. Mit Woodstock hab ich mir einen Ort in diesem Land erobert, eine Stätte, etwas Festes in all dem Zufälligen.

Woodstock, 15. September

Schöne Erwartung: den Waldweg auf den Berg, nach Byrdcliffe, heraufzusteigen und gewiß sein zu können, daß da oben in dem braunen Holzhaus Beer-Hofmann, gesprächsfroh und voller höflicher Zuvorkommenheit, erscheinen wird. Den Nachmittag mit ihm verbracht, der wieder sehr lebhaft und mitteilsam war. Langes Gespräch über das Sprechen der Schauspieler. Man spürt, wie sehr ihn Theater und Schauspielwesen beschäftigen oder doch einmal, als er noch Direktor des Burgtheaters war, beschäftigt haben. Über die Zeichensetzung im Gedicht (wir kamen durch George darauf). Er könne sich, ganz im Gegensatz zu George, an Satz- und Betonungszeichen garnicht genug tun, da ihm doch ein ganz bestimmtes Klangbild vorschwebe und das Gedicht erst gesprochen seine Wirkung tue. Wie man ihm bei der Drucklegung seiner (vor kurzem erst erschienenen) »Verse« mit Mühe von einem Zuviel an Zeichensetzung habe abbringen müssen. Später kam dann auch Erich Kahler dazu.

Evanston, 19. September

Auf der Bahnfahrt hierher Ricarda Huchs Novellen gelesen. Evanston ist mir sehr fremd. Es ist mir nicht geglückt, in meinem Tagebuch irgendetwas von der Besonderheit Woodstocks aufzufangen. Es nimmt sich mehr wie ein Besuchsregister aus.

Heute morgen hab ich mich wieder immatrikulieren lassen und hab mich in verwegenem Anlauf fürs mündliche Doktorexamen im November angemeldet und auch auf das endgültige Thema für die Dissertation festgelegt: »The Conception of the Poet in the Works of Stéphane Mallarmé and Stefan George«. Nun kommt es mir wie ein Alptraum vor. Ich werde mir bewußt, daß ich eigentlich noch nie in meinem Leben monatelang ernsthaft und schwer gearbeitet habe, weder körperlich noch akademisch. Es war alles immer ein sich irgendwie zu Ergebnissen gestaltendes Dahinlesen und -schreiben. Das hat nun alles ein Ende. Kein Roman-Schreiben mehr, keine Aufsätze, keine Bücher mehr, die plötzlich unbedingt gelesen werden wollen, keine langen Nachtgespräche. Nur noch Arbeit. Unvorstellbar.

Evanston, 23. September

Ich traf Schilpp heute abend, und er zeigte mir M. McGoverns letztes Buch »From Luther to Hitler«. Die jetzt in Schwang kommende Manier, die ganze geistige Entwicklung Deutschlands in Hitler münden zu lassen. Ich las das Kapitel über Nietzsche und fand es, wie ichs erwartet hatte, sehr enttäuschend durch seine Oberflächlichkeit. Es ist darin nur vom Willen zur Macht die Rede; u. a. wird Nietzsche ein Darwinist genannt, was er gewiß in diesem vereinfachenden Sinne nicht war. Schilpp will nun absolut, daß ich meinen Nietzsche-Hitler-Aufsatz schreibe, nun im Zusammenhang mit McGoverns Buch. Er würde ihn irgendwo anbringen. Aber wie fänd ich zu solch einer schwierigen Arbeit nun Zeit? Ich bin dabei, französisches Mittelalter zu wiederholen. Fürs Deutsche (zweites Nebenfach) werd ich mich fast garnicht vorbereiten.

Statt vernünftig zu Bett zu gehn, hab ich nun noch bis zwei Uhr nachts zur Entspannung D. G. Rossettis Sonett »Lost Days« übersetzt.

Verlorne Tage

Verlorne Tage meines Lebens – und
Was waren sie, säh ich sie auf dem Gleis
So wie sie fielen? Wohl wie Ährenreis
Gesät für Frucht einst, nun zerstampft im Grund.
  Vertanes Gold, uneingezahltes Pfund?
Ob Tropfen Bluts um schuldige Füße heiß?
Verschüttet Wasser, das im Traumgeheiß
Belisten muß den durstigen Höllenschlund?
  Hier kann ich sie nicht sehn, doch nach dem Tod,
Gott weiß, erkennen werd ich sie sodann,
All ein gemordet Selbst, in Atemnot:
»Ich bin du selbst – was tatst du mir zuleid?«
»Und ich – und ich – du selbst« (ein jeder droht)
»Und du du selbst in alle Ewigkeit!«

Evanston, 27. September

Es hat viel Heilsames, daß ich all meine Befürchtungen und Gedanken auf meine Examina richten muß. Ich komme mir mit einemmal wie ein richtiges ordentliches, sinnvolles Glied einer Institution vor.

Sitze jeden Tag bis zehn Uhr abends in der Bibliothek. Wenn ich nicht arbeite, dann kommt das Chaos wieder, wie etwa heute, da ich um fünf Uhr aufhören mußte, da meine Augen zu sehr schmerzten.

Evanston, 3. Oktober

Tagaus, tagein in der Bibliothek. Ein seltsames Gedicht ist mir eben in den überladenen Kopf gekommen über einen wahnsinnig werdenden Dichter.

Der Dichter am Ende der Zeiten

Die Hände, die nach Schatten griffen, leer,
Am Horizont die Augen festgesogen
Und wie im Schmerz der eine Augenbogen,
Nur noch Erwartung, Bitte, nicht Begehr.

Da träuft es Gold aus seinen Lippen nieder
Und Ratten wählen es zu ihrer Pfütze,
Da greift er ehrerbietig nach der Mütze
(Er trifft sie nicht) und beugt sich immer wieder.

Würdig der Fuß im zitternden Entgleisen,
Er strafft den Rock, als sei er von Brokat,
Und wie er sich dem schwarzen Baume naht:
»Erhabner Prinz! Um deine Zeit zu preisen ...«

Evanston, 10. Oktober

Gestern wurde mir mitgeteilt, daß man eine Bestimmung übersehen habe und daß ich, falls ich meinen Doktor noch in diesem akademischen Jahr erhalten wolle, meine Examina vor dem 1. November machen müsse. Und zwar müsse ich, da es ja im ganzen fünf Examina sind, nächste Woche damit beginnen. Da ich mich vollständig unvorbereitet fühle (speziell im Altfranzösischen), wollt ich mich gestern nicht darauf einlassen, nur eine Woche Zeit zur Vorbereitung zu haben. Aber heute, nach einer recht schlaflosen Nacht, nahm ich allen Mut zusammen und sagte doch zu. Tue nun nichts als Altfranzösisch lernen von morgens früh bis in die späte Nacht. Wenn ich diese Examensserie wirklich bestehen sollte (seit zwei Jahren erst nehm ich romanistische Kurse), ist es das keckste Abenteuer, das ich je bestanden habe.

Evanston, 14. Oktober

Erhielt einen Brief vom State Department mit der Nachricht, daß man dem Zürcher Konsul gekabelt hat, damit er Mutter das Visum erteilt. Schrieb gleich ans Verkehrsbüro um einen Schiffsplatz. Heute morgen erfahren, daß das erste meiner schriftlichen Examina übermorgen nachmittag sein wird. Je früher, desto besser. Heute abend hatte ich so genug vom Lernen, daß ich nichts tat, sondern nur in den Tagebüchern der Brüder Goncourt las: bestes Beispiel für den Kammerdieneraspekt.

Evanston, 15. Oktober

Es ist drei Uhr nachts. Um Mitternacht bin ich zu Bett gegangen, aber ich kann nicht schlafen. Ich mußte mit einemmale so stark an Varimpré denken –

die feuchte Herbstluft mit ihrem eignen Geruch bringt mir den Herbst im Konzentrationslager so stark zurück. Ich suchte mir eben das dünne Tagebuch aus Varimpré hervor, »Die große Leere«, und habe nun zum erstenmal wieder drin gelesen. Um diese Zeit war ich grade einen Monat im Lager. Der Gedanke jener Furchtbarkeit entronnen zu sein, hat immer viel Beruhigendes für mich.

Evanston, 16. Oktober

Heute nachmittag von halb zwei bis sechs Uhr das erste schriftliche Examen erledigt: Bibliographie, Altfranzösisch und mittelalterliche Literatur. Es war nicht schwer.

Evanston, 18. Oktober

Heute morgen das zweite schriftliche Examen geschrieben (16., 17., 18. Jahrhundert), wieder länger als vier Stunden geschrieben. War sehr erschöpft hinterher (obwohl ich alle Fragen sehr wohl beantworten konnte), mußte aber sowie ich nach Hause kam umziehen, in ein andres Zimmer desselben Hauses, das viel lichter und größer ist. Danach wieder auf die Bibliothek. Aber abends wollt ich mich entspannen und ging zu Robert herunter, und wir spielten Platten: Rosenkavalier, Strauß-, Wolf- und Debussy-Lieder.

Evanston, 23. Oktober

Nun ist auch das letzte, vierte, schriftliche Examen vorüber, die Germanistik. Am 21. war das dritte (19. und 20. Jahrhundert). Das gelang nicht so gut wie die andern. Am 19. ein Telegramm von Mutter erhalten mit der Bitte um einen Schiffsplatz, den ich ja schon besorgt habe.
Statt mich aufs heutige Examen vorzubereiten, ging ich gestern abend mit Robert zum Russischen Ballett nach Chicago. Ich hatte lediglich ein kleines Buch über Lessing mitgenommen, das ich auf der Hin- und Rückfahrt auf der Hochbahn las! Und richtig erhielt ich drei Fragen über Lessing, bzw. Gottsched. Auch die Linguistik ging sehr gut. Nun werd ich einmal drei Tage lang ausspannen, bevor ich das Mündliche vorbereite.

Evanston, 26. Oktober

Am 23. nachts kam Felix Payant hier an, um mich zu besuchen. Vorgestern gingen wir zusammen in die School of Design, der Neugründung des Dessauer Bauhauses in Chicago. Moholy-Nagy[1] führte uns selbst herum und erklärte

1 Laszlo Moholy-Nagy (1895–1946), Lehrer am Bauhaus in den zwanziger Jahren, experimentierte mit Photocollagen, Licht und Bewegung. Er leitete dann das amerikanische Nachfolge-Institut des Bauhauses in Chicago, wo er auch starb. Seine Frau Sybil (gest. 1970) veröffentlichte 1948 das

alles, rosig und heiter. Der Arbeits- und Erfinderenthusiasmus, das Spielen mit Formen waren mir sehr sympathisch. Moholy-Nagy berichtete u. a., daß er alle Schüler bitte, ihm immer die Brustbeine der verspeisten Hühner zu geben, aus denen er dann neue Formen herstellt. Und dennoch: im Grunde glaub ich an all das nicht recht. Man geht da von dem Grundsatz aus, daß das oberste Schaffensgesetz die Zweckmäßigkeit, die vollkommne Bequemlichkeit mit den einfachsten Mitteln sei. Gewiß, das bewahrt sie vor jedem schlechten Geschmack und läßt sie die erstaunlichsten Kombinationen für Stühle, Tische etc. finden. Aber wie unwichtig ist Bequemlichkeit im Verhältnis zu anderen menschlicheren Dingen. Welch eine gefährliche Wertskala. Mir ist das Baslerische Patrizierhaus mit all seinen unzweckmäßigen Winkeln lieber als die spitzfindig ertüftelte Tischform, die es einem erlaubt, sein Cocktailglas ohne die geringste Mühe abzustellen.
Gestern abend auf dem großen Künstlerball (Artists and Models Ball) des Negro Art Centers in Chicago. Tolle Kostüme und neue unbekannte Bewegungen in allem. Der riesige Wirbel, trotz der viertausend Menschen, absolut nicht rowdyhaft. Ich sah keinen Betrunkenen, in den Darbietungen nichts von Zoten. Auffallend die vielen hellen und ganz weißen Gesichter der Neger. Keiner war schwarz wie Ebenholz.
Obwohl sich die Weltlage entsetzlich zuspitzt, kenn ich augenblicklich ein Gefühl der Ruhe, des amor fati, wie seit langem nicht. Erklärlich durch die geleisteten Examina, Mutters Visum und schließlich das schöne Herbstwetter: wenn es mild und sonnig ist, ist es herbstlich schön, und wenn es feucht und kalt ist, ruft es mir Varimpré zurück mit dem Gefühl überstandener Gefahr. Wie lang ich wohl noch in diesem Zustand leben kann? Eigentlich erwart ich dauernd Einschläge, die alles vernichten.

Evanston, 30. Oktober

Ich habe versucht, das Gedicht »Der Dichter am Ende der Zeiten« ins Englische zu übersetzen. Leider verliert es dabei viel von seiner ungewöhnlichen klotzigen Fügung:

The Poet at the End of Times

The hands, that grasped at shadows, void and bare,
His eyes unto horizons seem sucked tight,
And as in pain he curves one eyebrow's height:
No more desire, only expectance, prayer.
There it drips: gold from his lips away,
And rats come near and choose it for their play,

Buch »Laszlo Moholy-Nagy – Experiment in Totality«, deutsch erschienen im Verlag Florian Kupferberg, Mainz.

And then he reaches near his cap in awe
(He does not hit it), and bows ever more.
With dignity his foot in trembling slip,
As if brocade he straightens vest and hip,
And as he walks toward the blackened tree:
»Sublimest Prince! To praise thy time and thee . . .«

Evanston, 1. November

Es kann nur noch eine Frage von Tagen sein, bis der Krieg ausbricht. Die Reuben-James-Affaire scheint sich stereotyp entwickeln zu wollen.
Habe heute Nachricht erhalten, daß ich am 6. November zur körperlichen Untersuchung für die Armee zu erscheinen habe.
Brief von Mutter mit neuen Schwierigkeiten. Muß ein etwas späteres Schiff buchen. Gleich an Taussig deshalb geschrieben.

Evanston, 5. November

Gestern das mündliche Examen bestanden. Es ging sehr gut. Hinterher mit Robert und Franklin nach Chicago, um Rudolf Serkin in einem Beethoven-Konzert zu hören. Danach wollten wir feiern. Aber es kam seltsam: statt Befreiung und Leichtigkeit zu spüren, war ich tief deprimiert und in nervöser Spannung (und bin es noch), wie ichs vor dem Examen nie war. Ich wurde krank und mußte mich in dem Restaurant, wo wir feiern wollten, hinlegen. Ich hatte geglaubt, im Examen völlig ruhig und heiter zu sein. Anscheinend aber war ichs nicht, denn wenige Stunden nachher hatte ich einen richtigen Kollaps mit teuflischen Rückenschmerzen, mit denen ich weder stehen noch liegen kann. Noch immer kann ich schlecht gehen, lebe den ganzen Tag von Orangensaft. Dabei schmerzen mir die Augen sehr, und ich kann nicht lesen. Und morgen soll ich zum Arzt für die militärische Untersuchung.

Evanston, 6. November

Heute morgen beim Militärarzt zur Musterung. Es war durchaus angenehm. Sah mit Verwunderung, wie ich dauernd an Gewicht verliere. Als ich nach Amerika kam, wog ich 149 Pfund, als ich nach Evanston kam 135 und nun nur noch 125 (europäische Pfund).

Evanston, 9. November

Vorgestern den ganzen Tag im Bett geblieben. Es war sehr angenehm, und ich las das ganze Tuti-Nameh (Papageienbuch) aus. Ich entdeckte dort die Geschichte »Von den vertauschten Köpfen«.
Übermorgen meine zweite körperliche Untersuchung fürs Militär.

Evanston, 12. November

Der Arzt sagt mir, daß die Armee mich wohl nicht nehmen kann, da mein körperlicher Zustand nicht gut genug ist. Wie mich doch die Welt der Bücher immer wieder rettet.

Der einzige Kurs, den ich dieses Semester belege, mein deutsches Seminar, ist mir ein wahres Labsal. Professor Moody Campbell ist der erste Universitätslehrer, der mir in diesem Lande begegnet ist, der kein Positivist ist, nicht, persönlich völlig unbetroffen, Dichtung aus zweiter Hand heraus betrachtet und wegexpliziert. Er hat, im Gegenteil, bei klarstem Denken und ohne jede Schwärmerei, eine gewisse Ehrfurcht und richtige Erkenntnis des Dichterischen, des Geheimnisvollen. Er arbeitet nicht, wie all die andern, mit den zum Überdruß abgeleierten Schlagworten, sondern weiß, was wirklich einen Text erklären heißt.

Evanston, 16. November

Vor einigen Tagen hat man die Neutralitätsgesetze aufgehoben und befindet sich nun in einem Zustand des unerklärten Kriegs. Aber hier, wie in allen andern Bereichen, ist eine Erklärung von ungeheurer Veränderungskraft. Ohne Erklärung sind noch tausend Dinge, tatsächliche und moralisch gedachte, möglich, die nach der Erklärung unmöglich werden.

Es wird mir immer deutlicher, daß Robert die Welt mit einem Blick sieht, der meinem nur scheinbar zuweilen ähnlich ist, sich aber grundsätzlich von meinem unterscheidet. Er steht der Welt anekdotisch gegenüber, ich moralisch. Er weiß nichts von Untergängen, beatus possidens. Habe eben versucht, ihm eine gleichnishafte Antwort zu geben:

Parabel als Antwort auf viele Fragen

In einer Septembernacht fielen die Sterne ins Meer,
Da wurde es rot und die glühenden erloschen mit ungeheurem Zischen.
Alle Bäume entfärbten sich unter dem entvölkerten Himmel
Und wenn es Nacht werden wollte, starben die Tiere.
Die Sterndeuter verloren die Sprache.
Die Dichter aber waren dem Gestirn nachgestürzt
Und ertränkten sich alle im Ozean:
Einige aus Täuschung,
Denn sie glaubten, in den Wellen
Sei nun den Sternen eine neue Wohnung gegeben.
Andre wollten untergehn mit ihrem Stern.
In einer Ebene aber lebte ein Dichter,
Den nichts an das bittre Ufer gezogen hatte,
Wohl weil er zu weit davon entfernt war.
Wenn die sternlose Nacht die Erde überfiel,

Saß er bei der freundlichen Ampel,
Saß und schrieb Verse wie ehedem
In unveränderter Schönheit.
So kam es, daß viele zu ihm reisten,
Denn sie mochten nicht leben ohne Dichter.
Wie sie aber seine Verse hörten,
Blieben sie stumm,
Sahen sich unentschlossen an
Und erschrocken.
Die meisten sahen betreten zu Boden,
Andre blickten mit ängstlich angespannten Augen
Auf die Lippen des Dichters.
Keiner wagte zu fragen.
Bald aber flüsterten sie unter sich:
Weiß er nichts von der Septembernacht?
Vom Sternensturz?
Er ist taub geworden vom ungeheuren Zischen,
Wisperte einer da.
Erst als der Dichter mit ihnen sprach,
Erkannten sie, daß er wie sie hörte.
Da fiel die Wahrheit schwer auf ihr Gemüt:
Dieser bedurfte der Sterne nicht.[1]

Evanston, 7. Dezember

Nun scheint es geschehen zu sein: eben berichtet man überm Radio, daß Japan die amerikanische Flotte in Hawaii und den Philippinen bombardiert habe. Die Kriegserklärung wird ja nun wohl folgen. Es ist also vorbei.

Evanston, 8. Dezember

Heute wurde Japan der Krieg erklärt.
Gestern nachmittag mit Weston in der episkopelischen Kirche den Messias gehört, immer mit dem Bewußtsein, wie, während die Chöre jubilierten, alle Telephone im Land mit Kriegsnachrichten summten. Abends mit Weston und Franklyn zusammen und ihnen gesagt, wie, meiner Meinung nach, die Hauptsorge jedes einzelnen nun sein müsse, sich nach dem Kriege so wenig wie möglich schämen zu müssen. Nun ist Krieg. Morgen schon kann er auch Deutschland erklärt werden, und dann könnte meine Lage noch schwieriger werden als sie im September 1939 in Cherbourg war. Damals sah ich mich gezwungen, die Niederlage meines eignen Landes inbrünstig herbeizuwün-

1 auf englisch veröffentlicht in Holley Cantines »Retort«.

schen und mich ganz mit England und Frankreich zu identifizieren. Nun aber wünsch ich zwar immer noch, und nicht weniger inbrünstig als 1939, die Niederlage der Nazis herbei, aber zu gleicher Zeit hab ich meine Naivität über die Gegenseite verloren.

Evanston, 9. Dezember

Den ganzen Tag über in einem Zustand schwerer Beklemmung und trüber Vorahnungen von persönlicher Diffamierung. Es scheint, daß meine einzige wirkliche Schuld ist, immer wieder zu vergessen, daß ich mit dem Jahre 1933 alle Bindungen, Zugehörigkeiten, Ordnungen und Sicherheiten hinter mir ließ, als ich die deutsche Grenze überschritt. Oder nicht eigentlich hinter mir, da es ja auch in Deutschland keine Zugehörigkeiten mehr gab, als die Nazis kamen. Damals allerdings wußte ich noch nicht im geringsten, was für eine symbolische, verhängnisvolle Tat es war, seine Heimat aufzugeben und sich von nun an als ihr Gegner zu fühlen. Aber von einem Tag auf den andern hat sich immer wieder, in Zürich, in Frankreich, in Cincinnati, hier, manchmal mein Blick für meine wirkliche Lage schärfen müssen, so daß es mir, an solchen Tagen, wie ein Wunder vorkommt, daß man mich noch achtungsvoll in einem Hotel bedient, mich grüßt und meine Gesellschaft sucht. Aber dann verfall ich wieder in Schuld und vergesse diese schreckliche Schutzlosigkeit. Heute fühlte ich sie wieder. Zum Glück traf ich abends Schilpp, der mich gleich spontan zu sich nachhause, an den Abendbrottisch seiner Frau mitnahm. Noch besser wurde es, als im abendlichen Seminar Prof. Campbell mit der ganzen Feinheit und Würde seiner Person in die Erscheinung trat. Von neun bis fünfundzwanzig nach neun hörten wir im Seminar der Roosevelt-Rede zu, und danach sprach Campbell über seine antipositivistische Methode, Dichtung verstehen zu lernen, im Sinne von geheimen Kristallisierungen und Grunderlebnissen, ohne Daten- und Ereignisklatsch.

Evanston, 11. Dezember

Brief an die Export Line, um zu erfahren wann die »Excalibur« ankommt. Ich habe seit langem nichts von Mutter gehört und weiß nicht, wo sie ist.
Schon stundenlang verfolgt mich Mallarmés magische Zeile:
V*i*ctori*eu*sement fui le suic*i*de b*eau*
die man, mit fast genauer Beibehaltung der Hauptvokale so ins Deutsche übertragen könnte:
S*ie*greich dem sch*ö*nen Selbstvern*i*cht entfl*o*hn.
Da ich in den letzten Tagen, immer bestrebt, meinen amor fati zu stärken, keine Zeitung mehr las, war es mir sogar entgangen, daß Deutschland und Italien Amerika den Krieg erklärt haben. Was immer mit mir geschieht (noch verraten die Mienen mir gegenüber nichts andres, als daß ich ein wohlgelitte-

ner Teil der Universität bin), ich werde versuchen, es als etwas Fremdes, sonderbar über mich Gekommenes zu betrachten, während mein eigentliches Leben an jener Stelle weitergeführt wird, im Innern, wo gewisse Zeilen der Dichter in großer Musik ertönen.

Im Zug Chicago – New York, 15. Dezember

All dies ist sehr plötzlich geschehen und ich fühle mich noch immer halbwegs unbeteiligt daran. Heute morgen, da die New Yorker Export Line nichts hatte von sich hören lassen, rief ich die Export Line in Chicago an und erfuhr, daß die »Excalibur« schon heute in New York erwartet wird. Einerseits beruhigte mich diese Nachricht sehr, konnte ich doch aus ihr entnehmen, daß das Schiff noch rechtzeitig vor der Kriegserklärung Lissabon verlassen hatte und, bisher wenigstens, unbehelligt geblieben ist. Anderseits aber kann Mutter ja nicht landen, wenn keiner sie am Pier erwartet. (Noch immer weiß ich nicht gewiß, ob sie das Schiff überhaupt noch erreicht hat). Ich telegraphierte daher sofort an Ruth, damit sie zum Pier geht. Darauf erledigte ich alles Nötige, um gleich abreisen zu können. Das Vorzeigen meiner Ersten Papiere heute morgen auf dem Universitätssekretariat, aus denen ja meine Staatsangehörigkeit hervorgeht und das ich deshalb so gefürchtet hatte, war ganz harmlos, man sah sich nur das Datum an. Immer wieder mach ich diesen Fehler: ich erwarte die Intensität einer exemplarischen Situation und finde nichts als unbeteiligte Routine, die mir diesmal als freundliches Desinteresse zugute kommt. Dann packte ich und nahm den Zug um drei Uhr. Alles folgte sich so rasch, daß es mir noch immer sehr sonderbar vorkommt, mich in einem fahrenden Zug zu befinden. Wenn ich nur noch zurechtkomme. Morgen früh um neun Uhr werd ich in New York sein.

Als Reiselektüre hab ich mir nur Hölderlins »Hyperion« mitgenommen, diese Epopöe für alle Vaterlandslosen, in dem ich schon ein paar Seiten gelesen habe, während man ringsum mit den riesigen Zeitungen raschelte, Kriegsnachrichten besprach, etc.

Vor ein paar Tagen las ich, daß Deutsche nicht mehr ohne bestimmte Formalitäten reisen dürfen. Ich hatte keine Zeit, mich darum zu bekümmern, bin nun also gewissermaßen ein blinder Passagier.

New York, 16. Dezember

Morgens gleich Ruth angerufen, Die »Excalibur« war auf drei Uhr heute nachmittag angesagt. Im schönen sonnigen Wetter bis zur Fähre gegangen, dann nach New Jersey herübergefahren. Lange ungewisse Wartestunden. Wir wurden nicht zum Pier zugelassen. Schließlich, um halb fünf Uhr, kam das Schiff an. Nach einiger Zeit erfuhr ich auch zu meiner ungeheuren Erleichterung, daß Mutter sich an Bord befände. Aber dann kam gleich darauf die niederschmetternde Nachricht, daß alle Passagiere mit deutschen Pässen nicht landen dürften, sondern morgen nach Ellis Island gebracht würden, der alten Quarantäne-Station. Zum Glück war Ruth bei mir, allein wär ich all dem nicht gewachsen gewesen. Ich schickte Mutter sofort ein Telegramm aufs Schiff. Dann schließlich gegen sieben Uhr abends das Pier verlassen. Morgen werd ich nun den ganzen Tag versuchen, Mutter freizubekommen.

New York, 17. Dezember

Den ganzen Vormittag hingebracht mit Besuchen beim Komitee, Telefongesprächen, Besuch bei der Schiffslinie etc. Aber nicht viel ausgerichtet. Mittags gegessen mit Herbert Steiner, in angenehmstem Gespräch. Hinterher in die schöne Ausstellung bei Knoedler. Außer einigen Bellinis und Botticellis war es vor allem der mir ganz unbekannte Rembrandt: Aristoteles, der nachdenklich den Kopf Homers streichelt, voll von Leiden und Hoheit. Nachmittags mit Clara im Crillon. Abends in der Met zum Rosenkavalier. Morgen muß der Behördenkampf weitergeführt werden.

New York, 18. Dezember

Den ganzen Morgen hatte ich mit Telefongesprächen verbracht. Nachmittags in der Morgan Library und dort die illuminierten Handschriften und die Caxton-Drucke angesehn. Abendessen mit Varian Fry. Als ich spät ins Hotel zurückkam, ist unvermutet Mutter da. Sie war ganz plötzlich freigekommen. Aber im Herald Square Hotel dürfen Frauen keine Herrenbesuche und Herren keine Damenbesuche nachts auf ihrem Zimmer haben. Es half nichts, daß wir der strengen Hotelleitung uns als Mutter und Sohn nach jahrelanger Trennung deklarierten. Also waren wir gezwungen, uns auf die Hoteltreppe zu setzen, zum großen Ärger aller über uns herumstolpernden Gäste. Jetzt ist es vier Uhr morgens. Wir hatten uns so viel zu erzählen.

New York, 19. Dezember

Ein Tag ganz angefüllt mit New York: heute morgen mit Mutter nach Ellis Island gefahren, um das Gepäck zu holen. Dann Spaziergang im Sonnenschein durch den Central Park. In der Cafeteria am Zoo im Park gegessen, die sonderbarerweise eine Art Treffpunkt der deutschen Emigranten in New York geworden zu sein scheint. Man hörte fast nur deutsch. Eigentlich nicht so sonderbar, denn all diese Tiere sind gewissermaßen das Menschlichste in dieser fremden Riesenstadt, d. h. das Vertrauteste. Die Seerobben bemerken ja nicht, mit welchem Akzent man spricht.
Abends war ich allein zum Essen bei Eileen und Varian Fry. Varian erzählte viel von seinen Erlebnissen in Südfrankreich und seiner Rettungsaktion. Es

machte mich ganz benommen, da es mir schien, daß ich nun einmal wieder von richtigem Leben hörte, alles hier kam mir wieder so deutlich wie ein Interim vor. Habe eben vorm Schlafengehen noch in Gides Tagebüchern (Pléiade) gelesen. Verliere mich dabei immer mehr. Mallarmé a-t-il vécu? Das ist schon legendenhaft, Nachrichten von Antipoden. Nach dem Essen noch mit Mutter auf der erleuchteten Fifth Avenue und ihr das Rockefeller Center gezeigt.

New York, 22. Dezember
Diese letzten Tage mit Mutter auf Stellensuche für sie gegangen, zu immer anderen Menschen. Sehr erschöpft.

New York, 24. Dezember
Von meiner Verdrossenheit und Müdigkeit ganz befreit durch die unvergeßlichen Stunden, die ich heute nachmittag allein mit Beer-Hofmann verbrachte. Ich fand ihn im neunten Stock eines Hauses in Cathedral Parkway. Er öffnete mir selbst, führte mich durch den etwas engen Korridor, der ganz dicht mit alten Bildern (denen seiner Vorfahren), der Uhr seiner Urgroßmutter und dergleichen behängt ist, in sein nach vorne gelegenes Arbeitszimmer. Es ist angefüllt, überfüllt mit den schönsten Wiener Barockmöbeln. Von hier oben kann man auf den grade jetzt sehr berüchtigten Morningside Park herübersehen. »Dort wird man gerne ermordet«, wie Beer-Hofmann unbekümmert sagt. An allen Schubladen stecken Schlüssel mit hängenden Schildern. Er erklärt gleich, daß er die Stube nicht so vollstellen würde, aber er will so viel als möglich von dem Gerät verkaufen. Diese Eröffnung macht er eher im Ton eines reichen Mannes als in dem eines Geldbedürftigen. Er macht sich selber über die Fülle der mitgebrachten Gegenstände lustig (obwohl das Aufbewahren alles Schönen und Bedeutungsvollen doch sichtlich ein Teil seines Wesens ist). Denn im Keller, sagt er, habe er sogar ein altes marmornes Taufbecken. Er findet es selber sehr komisch, mit einem solchen Taufbecken über den Ozean zu fahren (und man muß bedenken: auf der Flucht, ins Exil). Aber als ich ihm versichre, daß mir das ein sehr geeignetes und vernünftiges Gepäckstück scheint, läßt er das dann gerne gelten. Ich sah nur schöne und alte Gegenstände im Zimmer. Einzig dem Schreibtisch zur Linken steht so sachlich und gradlinig ein eiserner Büroschrank. Der birgt, wie ich später sehe, seine Manuskripte. Dieser Sinn für das Sachliche, wo es am Platz ist, scheint mir ein wichtiger Zug Beer-Hofmanns zu sein. An der Hauptwand hängt das große Bild seiner Frau. Hans Schlesinger, Hofmannsthals Schwager, der später Mönch wurde, hat es im eleganten Stil der Sargentbildnisse gemalt. An der hinteren Wand, beim Fenster, hängt die Studie zu einem Bühnenbild von Gordon Craig (ich glaube zum »Charolais»). Zwei Teetassen, auf zierlichen Füßchen, stehen schon vorbereitet auf dem Tisch.

(Die freundlich sorgende Mirjam hält sich, wie es scheint, gern im hinteren Teil der Wohnung zurück.)

Sofort das lebhafteste Gespräch. Wie er Englischstunden von einem jungen Studenten nimmt, den er in einen Zustand der Beunruhigung durch die Dinge versetzt, die er ihm über Dichtung sage. Diese Englischstunden aber, das bemerke ich bald, sind wenig mehr als eine anmutige Herablassung. Er hat nicht mehr wirklich vor, diese ihm unbekannte Sprache richtig zu erlernen. Er lebt hier, hoch über New York, das er kaum kennt und nicht braucht, in einer eignen, im Grunde unveränderten Welt, ganz umgeben von Dingen, die ihm jederzeit sein Leben reproduzieren können.

Von den Problemen dieses jungen Mannes ausgehend, sagt er, daß Probleme eben unlösbar seien. Sonst seien es gar keine Probleme. Sie sollten auch unlösbar sein und bleiben, da von ihnen jene Beunruhigung komme, die eben das Leben selber sei. Auch Rätsel könne man nicht lösen; lösen könne man nur einen Rebus, Rätsel deute man. Die des Beunruhigers sei doch eine schöne Rolle, sage ich und spreche von der wichtigen Beunruhigung, die, als ich sechzehn Jahre alt war, für mich vom Werke Georges ausging. Langes Gespräch über George. Er sei ihm immer wie ein sehr schöner Schwarzalb vorgekommen, nicht von Menschen gezeugt. Die Wichtigkeit und Größe seines Todes im freiwilligen Exil, der ihm so deutlich zeige, daß es George wirklich ernst gewesen sei. Beer-Hofmann nimmt Anstoß an dem, was er das Pfäffische an George nennt. Auf meinen Einwand hin hält er ihm aber doch zugute, daß man die Zeit eben damals mit stärksten Mitteln zur Weihe hinlenken mußte. Dann sagt er lächelnd, einst habe er selber für feierlich-schöne Dinge viel Sinn gehabt. Erst unlängst habe er das Stück mauvefarbenen Plüschs wiedergefunden, das seine Tante ihm habe anfertigen müssen, als er Hofmannsthal und Schnitzler zum erstenmal vorlas. Er hat es da und zeigt es mir mit fröhlicher Sorgfalt. Es ist mit Seide gefüttert und mit Bändern versehen, um das Manuskript darin zu bergen.

Gespräch über Philologen. Ich erwähne meinen Lehrer Campbell und seine Hebbelstudien. Er spricht sodann über Hebbels Kälte: »Er bringt es fertig, Herodes und Kandaules *nicht* umzubringen!« Bei Hebbels Frauen, sagt er, kommen immer Hebbels eigne Hosen unten zum Vorschein, so wie in jener Damenmode, wo unterm Kleid die Spitzenhosen vorguckten. Sein ganzes Gespräch ist voll solcher Bilder: so sei es ihm zum Beispiel immer vorgekommen, als ob Georges Schüler wie auf Lachsleitern hätten zu ihm kommen müssen. Als ich nicht gleich verstehe, erklärt er, was Lachsleitern sind: wie die Lachse, um zu laichen, jedes Jahr stromaufwärts schwimmen, wobei die armen Tiere vielfach umkommen, weshalb man, in besonders steilen und schwierigen Gebirgsbächen, ihnen Lachsleitern aufstelle, erleichternde Hürden. Ich lache und will es nicht wahrhaben. Da George keinen Sohn hatte,

sagte ich, der ihn hätte fortsetzen können, brauchte er, als Menschenformer, der er war, doch junge Menschen, in denen sein Werk und sein besonderes schönes Menschenbild fortleben konnten. Das läßt Beer-Hofmann sofort gelten. »Und Söhne sind ja für diese Rolle kaum je geeignet«, sagt er und fügt hinzu, wie auch ihm mehr am Umgang mit jungen Menschen liege als mit denen seines Alters. Bei älteren wisse er, daß er nur noch mit einer geringen Jahresanzahl an Gedenken rechnen könne, während er bei jungen deren noch ausstehende Lebensjahre seinem eignen Leben zurechnen könne. Das sei ihm eine ganz einfache Rechnung. Wie geschickt Beer-Hofmann doch dem Pathos, das schon fast unvermeidlich, von Ferne peinlich, sich zum Gespräch anmeldet, dadurch rasch und ungezwungen entgeht, daß ers ins Alltäglich-Richtige, Kaufmännische beinahe, überleitet!
Dann steht er plötzlich auf und holt einen Band Kleist mit dem Bemerken: »So etwas Gescheites können wir beide zusammen nicht sprechen.« Er liest dann den Brief Kleists an Rühle von Lilienstern vor, mit dessen Übersetzung ins Englische er seinen studentischen Lehrer so beunruhigte.
Wir kommen auf Mozart zu sprechen. Er erzählt, wie er sich monatelang mit der Abfassung seiner Gedenkrede auf Mozart gequält habe, Er hatte, fast ein Jahr vor der bedungenen Frist, sich schriftlich zur Abfassung der Rede bereit erklärt. Dann versuchte er es immer wieder umsonst, sie aufzuzeichnen. Schließlich, ganz kurz vor dem Ablieferungstermin, habe er sich einfach von der drückenden Verpflichtung durch ein Telegramm befreien wollen. Da aber habe seine Frau ihm ins Gewissen geredet: »Schau, Richard, es ist doch nicht anständig, ein gegebenes Versprechen nicht zu halten.« Da habe er denn schließlich das Leben Mozarts so erzählt, als ob es ein Märchen sei. Er hat noch ein Exemplar der kleinen, nur zehn Seiten langen Schrift, die er eben Curt von Faber du Faur schicken wollte. Er nimmt sie nun aus dem Umschlag wieder heraus und liest mir den Anfang der Rede vor, die, im Märchenton, mit der geographischen Lage Salzburgs beginnt. Sein Ton ist dabei so behaglich-bedeutungsvoll, als läse er Kindern etwas über das wunderbare Reich der Götter vor:
»Von hohen Bergen rinnt ein Wasser zu tiefen Tälern hinab. Einem Gletschersee entstürzt es, wildstürmende Wasser aus seitlichen Tälern werfen sich ihm zu, und in Sturz und Fall, von Talstufe zu Talstufe schwellender und reicher, sucht es seinen Weg. Von Horten, die tief in ringsum starrenden Bergen verborgen schlafen, tragen mündende Bäche ihm verräterische Kunde zu; und wer den Sand seiner Ufer in hohler Hand faßt, dem gleiten, mit dem Sand zugleich, durch seine Finger: dunkles Erz und rotes Kupfer, grauer Kobalt und das Gold und Silber der Rauris. Und wer seine Hand in die Flut taucht – und wäre es selbst dort, wo sie schon zur Ebene hinabsteigt – der fühlt noch immer: Von hoch her kommt dies Drängen, das zu Meeren will;

von Gletschern gespeist, uraltem Eise nah, springt helläugig dieser Quell – tief unter ihm sind die Dünste der Täler.
Von venetischen Küsten steigt eine Straße zu verschneiten Pässen der Tauern auf, und sucht die Hänge, wo Ambisontier und Alaunen die Stätten heiligen Salzes hüten. Saumtiere, mit Öl und dunklem Wein beladen, treten den Weg, der Schritt römischer Legionen stampft ihn breiter, und ehe die alten Götter zur Ruhe gehen, leuchtet ihre heilige Nacktheit noch den Bergen. Und dort, wo die zwei sich treffen – der Strom von den Firnen nordischer Berge, und die Straße vom Meer und vom Süden her – ist eine Stadt gelagert. Dort wird *Mozart* geboren!«
Dann steckt er die Rede nicht wieder in den Umschlag zurück, sondern schreibt langsam und kalligraphisch die Widmung hinein und schenkt sie mir.

Indianapolis, 29. Dezember

Gestern abend, nachdem ich noch ein Zimmer für Mutter in der 94. Straße gefunden hatte, New York verlassen, die ganze Nacht durch gefahren und hier nach zwölf Uhr mittags angekommen. Ich hatte grade Zeit zu baden, bevor die Nachmittagssitzungen des amerikanischen Philologenkongresses begannen. Ich stand den ganzen Nachmittag unter dem Eindruck der vollkommnen Sinnlosigkeit dieses Kongresses.
Der schönste Gewinn dieser allzubewegten New Yorker Tage, abgesehen von der Freude, Mutter so lebhaft und energisch wiederzufinden und dem guten Gefühl, mit ihrer Übersiedlung hierher eine wirkliche Tat, etwas in meinem Leben Aufzuweisendes getan zu haben, war der Nachmittag bei Beer-Hofmann. Immer schon hatte ich das Gefühl, wie mitleidlos diese Zeit auch darin verfährt, daß sie Menschen, die einst, bewundert und gerühmt, ein Teil des öffentlichen Lebens waren, nun duckt, verschleppt, entwurzelt und sie dem Jammer bis zur Jämmerlichkeit ausliefert. Die früher aus der Ferne angestaunten leben nun hier, im Exil, in billigen, allzu leicht zugänglichen Zimmern in irgendeinem Brownstone House oder in Mietswohnungen, sitzen einem grau und müde in der Untergrundbahn gegenüber, in der alle Gesichter nackt und maskenlos werden, sind gestrandete, nach kleinen Verdiensten ausspähende Menschen geworden. Und daneben Beer-Hofmann in selbstverständlicher Königlichkeit wie nur je, mit vollkommner Wahrung der innern Würde und erlebten Größe, dem freundschaftliche Gesten noch immer weit wichtiger sind als schlaue Profitzüge, was ja dadurch deutlich wurde, daß er mir, der ihm nie »nützen« wird, das letzte Exemplar seiner Mozartrede gab, das er besitzt. Die Hierarchie der Werte ist ihm nicht zusammengebrochen. Dabei scheint er nichts zu fordern, ist, im Gegenteil, immer bereit, einen mit dem Reichtum seines langen und sinnvollen Lebens zu beschenken.

Evanston, 1. Januar

Um Mutter die ersten Tage der Stellensuche etwas zu erleichtern, hab ich ihr heute einen Brief voll mit lustigen Schüttelreimen geschickt, z.B.

Weit besser ist es doch um Stellen werben,
Als ruhmlos in den kalten Wellen sterben.

Und als etwas ernsteren Spaß folgendes Gedicht:

Zum Neuen Jahr im Neuen Land
(Im Drehorgelton zu singen)

Wem noch von altem Lieben
Im alten Jahr verblieben,
Der hole voll und schwer
Den Liebesbecher her.
Neig ihn nicht bis zum Grunde,
Reich ihn dem durstigen Munde
Und füll ihn um die Stunde
Der Jahreswiederkehr!

In den gewölbten Gassen
Hast vielerlei verlassen:
Traum, Sprache, Freund und Land.
Was kann das Jahr dir schenken
Als freundliches Gedenken
Der Sinne Rückwärtsschwenken
Hin wo einst Heimat stand?

Verspielt die alten Pfänder,
Im Schutt die alten Länder,
Kommt nun im neuen Heil.
Tags kann man sich am Neuen,
Nachts an Erinnrung freuen,
So wird in guten Treuen
Noch jeglichem sein Teil.

Wenn andere mit Schelten
Solch teures Gut vergelten:
Wie schlecht sie Bringer sind!
Wie sie ein Unglück lenke,
Sind sie schon Ungedenke,
Arm, ohne Gastgeschenke,
Recht wie ein Sand im Wind.

Evanston, 2. Januar

Unter den Karten mit Gebetssprüchen, die ich in New York in der Wall Street Trinity Church mitnahm, find ich folgende Verse. Die erste Strophe eines Gebets lautet:

Give me a good digestion, Lord,
And also something to digest.
Give me a healthy body, Lord,
With sense to keep it at its best.

Ein andres heißt »The Motorist's Prayer« und enthält u.a. folgende Verse:

Grant me a steady hand and watchful eye,
That no man shall be hurt when I pass by.
Teach me to use my car for others' need,
Nor miss through love of speed
The beauties of thy world; that thus I may
With joy and courtesy go on my way.

Dieses Gebet ist ja durch die jetzt erfolgte Rationierung von Autoreifen schon weitgehend erhört. Eine seltsame Strophe befindet sich noch in diesem Gedicht, die Hochverrat wäre, würde sie einem Soldaten empfohlen, die aber dadurch christlich wird, daß sie einem Autofahrer zugedacht ist:

Thou gavest life, and I pray no act of mine
Make take away or mar that gift of thine.

Evanston, 12. Januar

»Das letzte Kapitel« von Hamsun ausgelesen. Ich las es in großen Abschnitten von mehreren Stunden, voller Intensität. Obwohl es eigentlich nur Gerede ist, Seite für Seite, hat es doch eine große Kraft: wie alles Unbestimmte schließlich doch sichtbar wird, das ist das Gelungene daran. So unnaturalistisch in all seiner sachlichen Erscheinungsform. Und eine herbe Schwermut. Wenn man genug hat, wenn es droht, allzu folgerichtig und überraschungslos zu werden, dann bricht das Gespräch ab und die Situation verändert sich. Nicht grob und augenscheinlich durch einen Schauplatzwechsel oder irgendwelche romanhaften Gewaltsamkeiten, nein, unmerklich fast, dennoch spürbar und auf geheimnisvolle Art wohltuend.

Ich will doch auch noch meinen so deutlichen Traum von letzter Nacht aufschreiben: In einer großen Halle, aus deren Hintergrund ich komme (es ist ziemlich dunkel) steht an einer Sperre ein Mann, der Handschuhe und wie für Wilde gemachte Kleidungsstücke austeilt: für den bevorstehenden Kampf.Obwohl ich nur irgendwie da hineingeraten bin, ohne zu dieser Aktion zu gehören, fühl ich mich doch sofort aufs selbstverständlichste solidarisch und höre, daß es darum geht, die Neger zu verteidigen. Ich nehme die Handschuhe (wohl eine Art Kampfabzeichen) an, lehne aber die Kleidungsstücke ab und gehe mit vielen andern dem Ausgang der Halle zu. Dann befind ich mich plötzlich auf einer abschüssigen Straße, sehr exponiert auf der rechten Seite. Keine zwanzig Schritt vor mir steht ein Mann, ich glaube mit einer Art Tropenhelm, obwohl es augenscheinlich schon Abenddämmerung ist, der auf mich anlegt. Ich allerdings, wie üblich in all meinen Gewehr-Träumen, weiß garnicht recht, was los ist und bleibe nichtsahnend stehen, während die andern sich an die Hauswände drücken. Zu meiner großen Verwunderung schießt der Mann, ein Weißer natürlich, auf mich. Der Schuß geht mir durch die obere Brust in die Schulter, ohne mich übrigens sehr zu erschrecken oder zu schmerzen. Aber ich denke doch dauernd: »Hätt ich nur gewußt, daß der schießen will. Dann hätt ich mich doch wenigstens ducken können!« Ich werde dann wohl weggetragen. Das Nächste ist, daß ich entweder spät abends oder bei Morgengrauen vor dem Schützen auf der Flucht bin, mich aber garnicht in den recht engen Straßen auskenne. Ich verstecke mich in einem Laden direkt an der Straßenecke (eben jener abschüssigen Straße), und der Ladeninhaber ist ganz auf meiner Seite. Er zeigt mir, wie ich um diese Ecke herumgehen muß, in eine andre Straße. Das ist eine ziemlich breite, in graues Licht getauchte Sackgasse mit holperigen Pflastersteinen, von der aus ich anscheinend von der Rückseite in das Haus mit der großen Halle gelangen kann. Der Ladenbesitzer ruft: »Vierzehn!« und ich verstehe, daß er (ich habs nun vergessen) irgendeine Bezeichnung, Stockwerk oder Zimmernummer, damit meint, von wo meine Widersacher (es sind nun zwei) mir auflauern. Ich gehe also in diese Sackgasse, in das große Haus und sehe die beiden Widersacher auf dem Treppenabsatz stehn.

Das Seltsame an dem Traum ist, daß er nicht etwa ein Angsttraum war, sondern ganz im Gegenteil mich dauernd in einem eher befriedigenden Gefühl ließ. Meine Verwundung fühlte ich wohl, aber ganz ohne Schmerz.

Einige der Traumelemente sind mir klar: das Negerproblem, weil ich gestern abend im Cosmopolitan Club mit dem sympathischen Afrikaner Julius Okala, der der Club-Präsident ist, viel darüber sprach. Der Ruf »Vierzehn!« kommt wohl aus der Schlußszene des »Letzten Kapitels«, das ich gestern auslas, mit dem Ruf »Hundertsechs«, d.h. der Zimmernummer.

Es vergeht kaum ein Tag, an dem ich nicht an meinen Roman denke. Für die amerikanischen Kapitel fallen mir dauernd neue Situationen, Wendungen und Tonfälle ein, die ich allerdings immer wieder vergesse. Deutlich aber das Kapitel in dem großen New Yorker Hotel: Eduard ist dort in seiner Eigenschaft als »Louis XIV«. So wird diese Beschäftigung genannt, die er auf einem Stellenvermittlungsbüro erhält, weil er immer auf Gesellschaften gehen muß, wo zufällig nur dreizehn Leute sind. Da man in Amerika mit dieser Zahl so abergläubisch ist (in keinem Hotel gibt es einen dreizehnten Stock oder ein Zimmer Nummer dreizehn), muß er jeweils den vierzehnten Gast spielen. Er muß sich da ganz natürlich benehmen, gehört aber aufs seltsamste nicht dazu. Etwas Grausiges und Skurril-Trostloses liegt darin.

Evanston, 17. Januar

Bin heute der American Civil Liberties Union beigetreten. Sie mag einmal eine Hilfe sein. Gestern abend mit Julius Okala nach Waukegan gegangen zum Bankett der High School. Wir waren als Mitglieder des Cosmopolitan Clubs dort eingeladen. Okala wirkte in seiner schwarzen Würde wie ein Herr. Ein Professor sang Schlager ins Mikrophon, und der Bürgermeister von Waukegan, ein ehemaliger Jazzmusiker tat dann zum allgemeinen Jubel dasselbe. Es war alles ohne Würde, allerdings auch ohne wichtigtuerische Feierlichkeit und Pathos, enorm freundlich und unbeschwert.

Evanston, 18. Januar

Heute im Pump Room des Ambassador Hotels in Chicago gefrühstückt, von dessen Eleganz ich so viel gehört habe. Neger ganz in Satin gekleidet, mit drei großen nickenden Straußenfedern auf dem Kopf stehen herum. Die Kellner tragen roten Frack, schwarzseidene Hosen und Schnallenschuhe. Sie tragen lange flammende Bratspieße von Tisch zu Tisch. Auf jedem Tisch stehen große Körbe mit allerlei Backwerk, von dem man so viel essen darf, wie man will. Kaffee wird immer wieder eingeschenkt. Ein wunderlicher Ort theatralischer Fülle. Wie lange es das wohl noch gibt?

Evanston, 21. Januar

Bis spät in die Nacht (es ist wieder drei Uhr) Briefe und Papiere geordnet: die Briefpacken aussortiert und die braune Truhe mit den abgeteilten Bündeln neu aufgeteilt. Briefe von Freunden, dann die Briefe von Frau Landmann und Albrecht Schaeffer und schließlich ein Bündel vereinzelter Briefe literarischer Personen und derer, mit denen ich als Vorsitzender des literarischen Vortragskomitees der Zürcher Studentenschaft korrespondierte: Thomas Mann, Hermann Hiltbrunner, Jean Strohl, Eve Curie, Ricarda Huch, Jaspers, Edmund Husserl etc. Ferner Mappen angelegt mit Memorabilien, akademischen Arbeiten, angefangenen Manuskripten etc. Daß ich mich nun entschlossen habe, einigen europäischen Freunden auf ihre längstgeschriebenen Briefe nicht mehr zu antworten, liegt mir doch schwer auf der Seele. Henri und Dr. Zimmermann kann ich nicht mehr schreiben, da ich ihnen tätige Hilfe und Trost anbieten müßte und nicht weiß, wie ich das tun könnte.

Evanston, 17. Februar

Habe mich heute als »feindlicher« Ausländer registrieren lassen. Außerdem kam heute die erste Nummer von »Retort« (ob es wohl auch die letzte ist?). Meine drei Beiträge kommen mir nicht wirklich gut vor, aber es ist doch ein seltsames Gefühl, zum erstenmal öffentlich ein »Dichter« genannt zu werden. In der Bemerkung über die Mitarbeiter sagt Holley nicht etwa »Student«, sondern bezeichnet mich als »refugee poet now at Northwestern University«. Obwohl ich gewissermaßen schon zum Lokaldichter von Woodstock avanciert bin, hab ich mich selber noch nie so zu nennen getraut. Soll es nun also entschieden sein, daß ich nach diesem Krieg nicht etwa ein Dozent, Büroangestellter oder Schuhputzer bin, sondern ein Dichter? Noch wag ich keine Entscheidung. Lebte ich in deutschsprachigem Gebiet, würde sie mir leichter.

Habe eben noch ein Gedicht übersetzt. Diesmal scheint es mir wirklich gelungen, da ich die schauerliche Einfachheit der Worte nachahmen konnte. Es ist Georg Heyms

Umbra Vitae

All men are standing forward in the streets
And look upon the large celestial signs,
There where the comets with their fiery noses
Creep threatening round the towers' craggy lines.

And all the roofs are full of those who gaze
At stars, who push large tubes into the sky,
Magicians growing out of attic-caves
Athwart in darkness star-bewitching lie.

Self-murderers go at night in crowded hordes.
They search ahead of them for souls they lost,
Stooped down in South and West and East and North,
And with their pauper besoms sweep the dust.

They are like dust that for a while might stick,
Their hair upon their ways already yields,
They run that they may die, and all are quick,
With dying heads lie down upon the field,

Still fidgety sometimes. Beasts of the lands
Stand round them, blind, and ram their pointed horns
Into their bellies. They stretch out their hands,
Lie buried under sage and under thorns.

But all the seas are faltering. In the waves
The ships are hanging mouldering and amiss,
Distracted, and no current is that saves,
And all the heavens' courtyards close their bliss.

The trees no longer change, for ever dead,
With tide and season, barren stark they stand,
And over the decaying ways they spread
Their large and wooden stretched-out fingerhands.
And he who dies sits up and tries to rise,
And just a while ago his word was spoken,
Then suddenly he goes. Where is his life?
There shatter both his eyes, as glass is broken.
Shadows are many. Hidden, dim, forlorn,
And dreams that slither round mute doors are deep.
He who wakes up, oppressed by light of morn,
From his gray lids must rub off heavy sleep.

Evanston, 10. März

In diesen Tagen das Spiegelkapitel der Dissertation zuwege gebracht und die Notiz über Baudelaire und Novalis geschrieben. Es wäre angenehm, auf diese Weise zum erstenmal akademisch veröffentlichen zu können. Viel Heym übersetzt: die »Morgue«, »Das infernalische Abendmahl«. Fast den ganzen Wedekind gelesen. Es ist wirklich seltsam, wie rasch ich immer, fast ohne mir darüber bewußte Rechenschaft abzugeben, zum Problematischen, Gefährlichen greife, nachdem ich grade im Begriffe war, mich am Schönen, Ruhigen, Gesicherten zu erfreuen. Wedekind wirkt durchaus erfrischend auf mich: jene Fülle von Entwürfen, von denen Arthur Kutscher berichtet, jene umhergeworfnen Lebensläufe seiner Vorfahren, die ungewöhnliche Bahn seiner Gedanken oder vielmehr die ungewöhnlichen Einfälle zur Darstellung seiner oft recht gewöhnlichen Gedanken, seine Lebenskraft: all das läßt mich wieder an die Möglichkeiten glauben, so, als seien die heutigen Untergänge keine entsetzlichen und endgültigen Tode, sondern nichts weiter als eines jener grausamen Farbspiele auf einem schrecklich mannigfaltigen Theater, das von den erstaunlichsten Szenenwechseln lebt. Für diese Auffassung müßte man allerdings ein Wedekindscher vielgereister, tatenreicher Tierbändiger sein mit vitalistischer Moral. Das bin ich freilich nicht. Aber zu wissen, daß es sie gibt, ist schon beinahe trostreich. Seltsam, daß Wedekind amerikanischer Staatsbürger war.

Evanston, 14. März

Brief von Fränze erhalten. Sie ist noch immer hinterm Stacheldraht!
Ich sollte viel fleißiger an meiner Dissertation arbeiten. Meine schlimme Trägheit hält mich sogar davon ab, vieles Wichtige hier im Tagebuch aufzuzeichnen. So wie mich Amerika schon längst völlig gelähmt hat, daß ich jede Auseinandersetzung mit seiner barbarischen Fremdheit hier aufgegeben

habe, so läßt mich dieser Krieg, als etwas zu Gewaltsames, nicht mehr dazu kommen, meiner Stellung zu dieser Zeit mit analytischer Betrachtung beizukommen. Ich scheine ein nur noch halbbewußtes Leben zu führen. Deutliches Zeichen dafür: schon seit längrer Zeit stellen sich keine dieser tiefen und anhaltenden Melancholien mehr ein. Briefe schreib ich kaum noch. Wenn ich konsequent wäre, müßte ich nun aufhören, das Tagebuch weiterzuführen, obwohl ich es ja als den einzigen Ort, der mir selber gehört, notwendiger brauche als je. Es ist dieses Gefühl, daß mein Lebenslauf zusehends identisch mit der Zeitgeschichte wird, so als ob meine Biographie nur noch aus den Zeitungsberichten abzulesen wäre. Und diese ins Tagebuch einzutragen übersteigt meine Kräfte und wäre zudem sinnlos. Es scheint mir nun, als ob ich durch meine Übersiedlung nach Amerika der Zeitgeschichte habe entrinnen wollen, die mich hier nun doch wieder eingeholt hat.
Seltsames Thema: dieses bei lebendigem Leibe zu Geschichte Versteinern. Wie souverän ungeschichtlich Goethe doch noch sein konnte. Er brauchte der Geschichte nicht anzugehören, hat trotz ihr seinen Lebenslauf gehabt. Seine Begegnung mit Napoleon ist völlig ungeschichtlich, da er sie von Anfang an in Lebenslauf verwandelte. Kleists Napoleonerlebnis dagegen ist rein geschichtlich geblieben. Dafür hatte er ja aber auch seine höchste Lebenskraft eingesetzt, als er seine militärische Laufbahn aus dem Geschichtlichen ins Biographische erhob.

Evanston, 15. März

Auf dem Jahrmarkt
Ein Gedicht in Prosa

Er fuhr schon so lange, er wußte kaum noch, wie lang er schon gefahren war. Das ging immer weiter, wie auf einer Reise nach einem andern Stern. »Ich fahre nach Sibirien« dachte er an einer Stelle für einen Augenblick, und das schien ihm ein Gedanke zum Frohwerden. Nur selten erinnerte er sich an den Anfang dieser Fahrt, er wußte auch nicht, wann das gewesen war. »Ob ich schon seit einem Jahr so fahre?« Aber war es nicht auf dem großen Jahrmarkt gewesen? Ganz am Ende des weitläufigen Platzes, wo es ganz dunkel war, hatte er mit einem Male das riesige Holzgerüst bemerkt. Es mußte endlos sein, jedenfalls sah er nicht, wo es begann oder zu Ende ging. Kein Mensch war auf diesem entlegnen Teil des Jahrmarkts und kein Laut, kaum daß wie aus großer Ferne einige schrille Töne ungeordneter Musik herübertönten. Und garkeine Lichter. Nur eine ganz trübe unabgedeckte Lampe, unter der völlig unbeweglich ein Mann mit einem steifen Hut stand. Nach langer Zeit rasselte plötzlich ein Wagen durch das Gerüst, aber der war leer und dann kam keiner mehr. Es war also doch wohl eine Berg- und Talbahn. Aber so riesenhaft hatte er noch nie eine gesehn. Da bewegte sich der Mann unter der

Lampe, trat auf ihn zu, lüftete den Hut, langsam als trüge er einen ihm anvertrauten kostbaren Schatz darin. »Steigen Sie doch ein!« sagte er mit leichter Ungeduld, aber großer Zuvorkommenheit. Dann kam der einzige Wagen wieder angerasselt und stand still wie auf Zauberwort. »Aber wohin nur?« hatte er gesagt, schon merkwürdig entschlossen, diese Fahrt zu wagen. »Nirgendwohin!« hörte er noch weit hinter sich, dann fuhr er weiter und immer weiter. Manchmal ging es aufwärts, da glaubte er wohl zuweilen, nun werde er ankommen, aber dann sauste er schon wieder in die Tiefe. Wie lange diese Fahrt schon dauerte! Manchmal glitt der Wagen ins Wasser, in riesige Wasser. Es mußten Ozeane sein, aber er wußte nicht welche. Es wurde immer dunkler, bis es vollkommen schwarz um ihn herum wurde. Da glaubte er, er sei auf der Tundra. Dann aber war es ein großer Wald und da wußte er nicht mehr, ob ihm jener Mann, der ihn zu dieser endlosen Fahrt aufgefordert hatte, im letzten Augenblick zugeflüstert hatte: »Sie werden zu vielen einsamen Bäumen kommen, worein Sie das Alphabet schneiden können.« Hatte er wohl das lateinische gemeint? Ihm war es ganz gleich, aber dann entschied er sich fürs griechische. Viele Brücken mußte es doch geben. Fast alle führten über breite Flüsse. Dann ging es wieder an Landstraßen vorbei. Da wurde ihm so wohl, denn er wußte, daß Straßen immer irgendwohin führen. Warum legte man sie sonst an? Es war auch ganz still geworden. Nichts hörte er mehr als das Rasseln der eignen Räder. Zeitweilig war er wohl eingeschlafen. Wie ungeschickt, daß er immer wieder aufwachte, wenn es grade wieder Nacht war. Manchmal schienen auch die Sterne, nur der Mond blieb unsichtbar. Aber vielleicht war er längst in jene Länder geraten, wo es monatelang Nacht war. Er wußte genau, daß es das gab, weit oben im Norden. Es wurde auch immer kälter. Da dachte er wieder: »Ich fahre nach Sibirien.« Dann war er wohl wieder eingeschlafen, denn als er nun aufwachte, schien es morgen zu sein, aber alles war voller Nebel. Halb dachte er, nun wolle er überhaupt nicht mehr ankommen. Er war schon so ans Fahren gewöhnt. Vielleicht könnte er noch einige Jahre so verbringen und dann plötzlich irgendwo aussteigen.

Da hielt es plötzlich. Es war auch ganz hell. Ein Arbeiter, so schien es, sah ihm verschlafen ins Gesicht und sagte mit ganz blöden Augen: »Was machen Sie denn hier?« Aber dann rief er zornig: »Jetzt machen Sie aber, daß Sie nach Hause kommen!« Nach Hause? Der Mann ist offenbar betrunken, dachte er. Wie sollte ich denn so rasch wieder nach Hause kommen? Ich komme nie wieder nach Hause.

Evanston, 19. März

Gestern also 27 Jahre alt geworden (es war gleichzeitig Mallarmés hundertster Geburtstag). Habe dem Staatsanwalt in Chicago die Formulare mit dem

Gesuch für eine Reiseerlaubnis nach Oberlin eingesandt. Clara schlägt vor, daß ich in Woodstock einen Vortrag über Mallarmé halte. Steiner würde, in dieser Vortragsreihe, über Rilke und Erich von Kahler über ein andres Thema sprechen.

Evanston, 26. März

Gestern nacht ging ich noch spät aus dem Haus, da ich zu unruhig war, um zu Bett zu gehn. Da traf ich T. Er sagte mir, er leide an Arthritis, müsse jeden zweiten Tag sich eine Spritze zuführen, aber in sieben Jahren werde er dann gesund sein. Da lachte ich ihm so unhöflich ins Gesicht, denn es schien mir unbegreiflich, wie jemand Trost in der Aussicht finden kann, in sieben Jahren gesund zu sein.

Ich beginne ein neues langes und noch leeres Tagebuch. Welche Vermessenheit, es anzufangen, »als ob wir ewig blieben«. Und doch eine Gewähr für geordnetes Weiterleben. Schon das unsinnig große Format macht den Gedanken unmöglich, es in die Tiefen mitzunehmen, in die dunklen Regellosigkeiten, in den Rinnstein, auf die planlose Wanderschaft, obwohl ich unlängst an Clara schrieb, ich hätte einen Hang »to let myself fall into a poeticized gutter drinking Lethe from unwashed tea cups.«

In der Bibliothek entdeckte ich mit großem Erstaunen die köstliche Zeitschrift »Chap Book«, die 1895–1897 in Chicago erschien, voll von Mallarmé und den Yellow 'Nineties. Das so etwas schon einmal möglich war!

Evanston, 30. März

Eben auf der Bibliothek Heinrich Hausers Erinnerungsbuch »Time was« entdeckt und schon einzelnes darin gelesen.[1] Er ist also auch in Amerika, offensichtlich auch in einem freiwilligen Exil. Noch weiß ich nicht, warum mich das so freut: als sei ein klarer starker Lebenswind an mir vorbeigeweht. An sein Buch »Die letzten Segelschiffe« erinnre ich mich noch genau. Ich möchte ihm gerne schreiben, in einem weitren Versuch, Kräfte und Bestätigung zu finden.

Oberlin, 2. April, Gründonnerstag

Mit Karos bei dem Kunsthistoriker Stechow. Beide tauschten viele archäologische Erinnerungen an Rom und Deutschland aus. Sie erzählten von einer Frau Leo, aus der Mendelssohn-Familie, die ein langes Märchen in Schüttelreimen schrieb, mit denen sie dieser Reimform das Nur-Komische nehmen

1 Heinrich Hauser veröffentlichte bei S. Fischer im Jahre 1929 sein erstes Buch »Donner überm Meer«. Das darauffolgende »Die letzten Segelschiffe« schien mir damals lesenswert. Hauser scheint eine Art Abenteurer gewesen zu sein. Warum es dann doch zu keiner persönlichen Bekanntschaft mit ihm kam, hab ich vergessen.

wollte, lauter edel-träumerische Schüttelreime. Stechow zeigte uns auch Frau Leos Scherenschnitte, die sie, frei nach Schumanns Schmetterlingen, im romantischen Stil gefertigt hatte. Stechow hat eine reiche wertvolle kunsthistorische Bibliothek aus Deutschland gerettet. Karo sprach über Lepsius, von den Steinen, Andrian, Rudolf Borchardt, die er alle gut kannte. Es ist mir bemerkenswert, mit wie wenig Nostalgie Karo von seinem vielfachen Leben erzählen kann, mit wie viel Heiterkeit und ausgeglichner Freude am einst Besessenen.

Evanston, 17. April

Heinrich Hauser, den ich mittlerweile ganz vergessen hatte, schrieb mir heute einen Brief (Antwort auf meinen) aus South Valley, New York. Das ist garnicht so weit von Woodstock, auch in den Catskills. Er schreibt u. a.
»Ich kann nur kurz schreiben, denn ich stecke sehr in einer Arbeit. Ihr Brief ist einer von den vielen, die immer wieder zeigen, wie schwer es für Deutsche ist und zwar ganz gleich ob von der jungen oder der älteren Generation, sich hier einzuleben.
Der Unterschied zwischen der früheren Immigration und der jetzigen ist der, daß sich früher hier kein Mensch darum gekümmert hat, ob der Neuankömmling sich amerikanisierte oder nicht. Völlig sich selbst überlassen haben die älteren Einwanderer sich zwangslos und von selber amerikanisiert. Heutzutage aber wird man genötigt in ein ganz bestimmtes Schema einzutreten und das ist viel schwerer.
Die Lösung, die ich für mich selbst gefunden habe ist Leben auf einer Farm, wo man wenig Berührung mit andern Menschen hat und aus freien Stücken die Wurzeln in der amerikanischen Erde finden kann. Ist das erst einmal gelungen, dann fallen alle Hemmungen im Umgang mit Amerikanern von selber weg.
Daß das alte Europa sich zu unsern Lebzeiten noch einmal im guten Sinn erneuert, das kann ich leider nicht glauben. Ich halte es für das einzig Richtige, daß man ohne jedes Selbstmitleid und wenn nötig mit zusammengebissenen Zähnen sich in den Boden der neuen Welt vergräbt. Es ist ein altes, deutsches Laster »über Allem schwer zu werden«, das hat schon Goethe getadelt. Denken Sie an Spengler und an Nietzsche: es sind immer die besten Deutschen ausgewandert. Man braucht nicht gerade in U.S.A. zu bleiben, ich selber denke beispielsweise sehr an Mexiko, wo alte europäische Kultur und neues Amerika sich besser vereinigt haben.«
Diesen kommenden Sonntag werd ich im Cosmopolitan Club den Vortrag über den Kampf der Bekenntniskirche gegen Hitler halten, den ich seinerzeit in Cincinnati hielt.

Evanston, 19. April

Während jeder Bürger der USA täglich ermahnt wird, jedes erdenkliche Opfer in diesem großen Krieg als ehrenvolles Vorrecht aufzufassen, wurde gestern im Senat die Vorlage, die Kriegsprofite auf 6% zu beschränken, abgelehnt. Das ist das Ende jeglicher Verstellung. Wer kann den erhabnen Reden nun noch Glauben schenken?

Evanston, 30. April

Die School of Education hatte mich aufgefordert, meinen Vortrag über die Bekenntniskirche dort noch einmal zu wiederholen, obgleich ich gar keine Lust zu dergleichen habe. Nun hab ich heute in einer Vorlesung über Erziehungspsychologie (oder einem ähnlich charlatanhaften Titel) als Gast den Vortrag wieder zum besten gegeben. Vielleicht kann ich doch etwas, wenn auch nur im minimalsten Maßstab, damit bezwecken, indem ich gleichzeitig scharf antihitlerisch und doch zu Gunsten jener Deutschen spreche, die keine »geborenen Nazis« sind. Ich mache das immer recht klar.

Evanston, 14. Mai

Wieder viel Wichtiges für die Dissertation gefunden. Es kann, so scheint mir, nun doch im ganzen eine gute und aufschlußreiche Arbeit werden. Mit unendlicher Mühe hab ich auch Cysarz' »Von Schiller zu Nietzsche« durchgearbeitet. Cysarz schreibt einen Stil, der in seiner Geladenheit von hochtönenden Begriffen, Bonmots, übervollen Formulierungen oft wie eine Karikatur wirkt. Er ist eine Art Euphorion der Literaturgeschichte, mit vielem wichtigen Wissen, aber einer unerträglich hochfliegenden Ungeduld, mithilfe von gedrängten Paradoxen das Allergültigste aussagen zu wollen. Eine Art Zerrbild Gundolfs und wohl Oswald Spengler verwandt.
Zu meiner großen Freude eben einen Brief von Fränze erhalten, geschrieben am 17. April, abgeschickt vom Zensor am 25. April, also sehr rasch hier angekommen. Am 28. Mai werden es zwei Jahre, daß sie hinterm Stacheldraht sitzt. Vergeudetes Leben.

Evanston, 23. Mai

Gestern abend mit Peter Diebold in ein jiddisches Stück gegangen: »A Kind zi verkäufen«. Wir hatten beide noch nie so etwas gesehn. Es war unter aller Kritik. Ohne daß man eigentlich begriff, wieso, wechselte das Stück dauernd zwischen entsetzlicher Familienheulerei und ganz derben Schweinereien hin und her. Es wurde ganz dilettantisch aufgeführt, ohne irgendwelche Spuren einer traditionellen Schauspielkunst. Die Sprache ist für einen, der Deutsch liebt, schwer erträglich. Nach zwei Akten hatten wir genug.

Evanston, 3. Juni

Viele Bewerbungsbriefe, um eine akademische Stelle zu finden: ans Lindenwood College, Lincoln Memorial, Greenbrier Military School, Mississippi State College. Nirgends möchte ich hingehn. Mit dem heute abgelegten Examen im Spanischen ist also mein akademisches Jahr zu Ende. Nun fangen die Reisevorbereitungen an. Ich lese Justinus Kerners »Bilderbuch aus meiner Knabenzeit«. Als Lyriker hat er ja kaum etwas aufzuweisen und scheint lediglich durch seine Beharrlichkeit, schlechte Verse massenweise hervorzubringen, in den Ruf eines Dichters gekommen zu sein. Aber solch eine schwäbische Lebensgeschichte hat doch ihren Reiz. Jedenfalls ist sie ein idyllischer Abschluß meiner Zeit in Evanston und vielleicht Reisestärkung für tausend Ungewißheiten.

Evanston, 7. Juni

Bei Schilpp einen sonderbaren Europäer getroffen, den Holländer Dr. Johannes Fridericus Esser, der, wie er sagt, der berühmteste »plastic surgeon« (also Schönheitschirurg) der Welt ist. Er steckt ganz voll von kuriosen philosophischen und politischen Ideen und Schnurrpfeifereien. Er erzählt von seinem öffentlichen Zusammentreffen mit Mussolini und dem italienischen König. Er ist ein fanatischer Anti-Nationalist. Das geht bei ihm so weit, daß er froh ist, daß nun Holland zugrunde gegangen ist, weil er deshalb keinem Staat mehr verpflichtet ist. All das sagt er in einem kauzigen Deutsch. Er ist ganz schäbig, ja schmierig gekleidet, macht einen eher verschrobenen Eindruck und ist entweder einer der wirklich originellen großen kindlichen Charakterwunder oder einfach ein fader Schwätzer mit einer Schuster-Philosophie.

Evanston, 10. Juni

Immer noch hier. Immer nur untätig gewartet auf die Reiseerlaubnis. Heute nun bin ich zum Staatsanwalt nach Chicago heruntergefahren. Nach fast zweistündigem Warten sagt man mir, man habe meine eingeschickten Formulare nie erhalten. Ich fuhr also wieder zurück, füllte alles noch einmal aus und hab es wieder weggeschickt.

Evanston, 12. Juni

Packe und warte den ganzen Tag schon auf den Eilbrief mit der Reiseerlaubnis. Er ist immer noch nicht da, und es ist schon nach fünf Uhr.
Eben, da ich, nach Mitternacht, heimkomme, finde ich die Reiseerlaubnis. Also morgen fort!

Washington, 15. Juni

Vor Washington hatte ich mich gefürchtet. Diese Stadt der Stenotypistinnen und Schalterbeamten, dachte ich, müsse durch den kriegsbedingten riesigen Zuwachs von Beamten und Angestellten ganz unmenschlich geworden sein. Umso angenehmer bin ich überrascht, doch zu finden, daß es eine schöne Stadt ist. Die Raumverschwendung in Plätzen und Anlagen, so protzig sie auch in der unmittelbaren Nähe der Regierungspaläste anmuten mag, hat doch eben etwas Großzügiges. Und es ist eine helle Stadt, die Reklameschilder sind weniger aufdringlich als anderswo in Amerika. Für einen Betrachter wie mich läßt sich nicht erkennen, daß dies die Hauptstadt eines Landes ist, das einen riesigen Krieg mitmacht.

Washington, 16. Juni

Beinahe glaub ich, daß allein die Nähe und dauernde Erreichbarkeit von Goethes Jubiläumsausgabe in Fritz' Bibliothek verändernd und freundlich auf mich wirkt. Ich habe sie ja hier schon so oft benutzt. Vielleicht würden all meine Stimmungen sich wesentlich ändern, wenn ich dauernd von einer solchen Goethe-Ausgabe umgeben wäre. Das hat nichts mit mystischer Spekulation zu tun. Es ist etwas ganz Reales.

Washington, 18. Juni

Gestern nacht war hier, als Probe für den Ernstfall, von zehn Uhr ab vollständige Verdunkelung. Hier, im Vorort Chevy Chase, unter den vollen Bäumen, war es so finster, daß man nicht das Geringste sah, nur die vielen Glühwürmchen, die mir noch nie so hell erschienen waren. Ein regelrechter Lichtradius war um jedes einzelne. Es war eine schöne gestirnte Nacht. Während der halben Stunde des eigentlichen (fingierten) Luftangriff-Alarms, da niemand auf der Straße sein durfte, war es auch völlig still. Ich ging, sehr vorschriftswidrig, durch die Straßen unter den Bäumen.
Nachmittags und abends in der Library of Congress mit Dissertationsarbeit. Lese Stifters »Nachsommer«. Habe schon fast die Hälfte gelesen und gerate immer mehr in den Bann dieses stillsten Romans. Die Ausgewogenheit entsteht wohl hauptsächlich daraus, daß die Einstellung, das Kleine groß und das Große klein werden zu lassen, auch die Form des Romans selbst bestimmt. All diese Beschreibungen kleiner Gegenstände gerät nie in den unleidlichen, falsch-naiven Ton der heutigen deutschen Heimatkünstler und Primitivitätsschwärmer. Nichts von Hälmchen, Käferchen und putzigem Getue. Hier ist alles Gegenständliche als geheimnisvolles Bildungsgut dargestellt und höchst verschwiegen mit der sich stetig vertiefenden Liebe zu Natalie verknüpft. Kein realistischer Roman: das Schweigen ist in ihm stilisiert.

New York, 25. Juni

Was man so oft Selbstverleugnung zu nennen versucht ist – wenn jemand sich nur noch in die untergeordnetsten Arbeiten schickt – ist vielfach wohl nichts als ein Herabsinken, ein Weitergleiten auf dem leichtesten Wege, eine Form der Trägheit, die der neuen Gefährdung nicht gewachsen ist. Bei fortschreitender Selbstverleugnung (wie furchtbar und unrecht dieses preisende Wort bei näherer Untersuchung klingt) fallen oft früher erworbene – und nie wirklich besessene – Werte ab wie ein zerfetztes Kleid und die schiere animalische Nacktheit kommt darunter zum Vorschein. Mit einem befreiten Aufatmen tut man dann eben nur noch das Erstbeste. Beer-Hofmann kann sich nicht verleugnen und hätte auch kein Kellner werden können. Könige im Exil können wohl nichts anderes tun als entweder königlich bleiben oder aber sterben, obwohl es allerdings ein Akt »rührender Selbstverleugnung« gewesen wäre, wenn König Lear vernünftig das Schusterhandwerk erlernt hätte.

New York, 29. Juni

Fast jeden Tag Arbeit für die Dissertation in der Public Library. Abends oft ins Ballett, um Mia Slavenska, Danilova und Massine tanzen zu sehn.
Gestern abend ging ich mit Mutter zu Valeska Gerts Beggar Bar. Das ist ein unappetitlicher feuchter Keller, ganz schwarz ausgemalt. Es war alles so erbärmlich, daß man ganz traurig davon wurde. Wir beide waren die einzigen Gäste. Auf dem Tisch lag ein schmieriges und abgegriffenes Exemplar des Buchs von Fred Hildenbrandt über Valeska Gert. Mutter und ich flüsterten ratlos miteinander, wären am liebsten gegangen, während Valeska Gert und ihr Schlagzeuger uns nicht aus den Augen ließen und auf Gäste warteten. Schließlich entschloß die Gert sich, ihr ganzes Abendprogramm nur vor uns beiden aufzuführen: erstens die komisch grotesk gemeinte Geschichte, mit welchen Hindernissen sie zu kämpfen hatte, bis sie diesen Keller als Bar bekam. Und dann, es war vor Peinlichkeit kaum auszuhalten, direkt vor uns sang sie das komische vielstrophige Lied von Kurt Weill »Jenny made her mind up«. Kein andrer Gast erschien.

New York, 2. Juli

Gestern bei Beer-Hofmann zu Mittag gegessen. Wieder war er allein und in bester Stimmung während der drei Stunden, die ich dort war. Wir sprachen viel über Stifter. Der Anfang von »Turmalin« hat ihn dieser Tage besonders ergriffen und beschäftigt. Er liest ihn mir vor: Stifters Kenntnis des Menschenlebens und -schicksals scheint ihm so stark aus diesen Anfangssätzen zu sprechen (»wie weit der Mensch kömmt, wenn er das Licht seiner Vernunft trübt, die Dinge nicht mehr versteht, von dem innern Gesetze, das ihn unabwendbar zu dem Rechten führt, läßt, sich unbedingt der Innigkeit seiner

Freuden und Schmerzen hingibt, den Halt verliert und in Zustände gerät, die wir uns kaum zu enträtseln wissen«). Die »Bunten Steine« besitzt er in der Erstausgabe.
Seine Versteinerungen, Marmorstücke und Kristalle angesehn. Sie stehen in schönen Prozellanschüsseln geordnet auf den Möbeln.
Er berichtet von der seltsamen und jahrelangen Entstehungsgeschichte, die die englische Übersetzung von »Jaákobs Traum« erfahren hat und zeigt mir das Manuskript, das er erst nach seinem Tod veröffentlicht haben will. Eine Stelle fiel mir auf, die durch Reimzwang matt schien: *sorrow's frame – lame.* Er merkte sie, in der ihm eignen höflichen Bereitwilligkeit, gleich zur Änderung an. Ich ging wieder sehr erfrischt von ihm, aufgefordert, ihn noch einmal vor meiner Abreise zu besuchen. Ich will ihm ein paar der Versteinerungen mitbringen, die ich zufällig in meinem Koffer, im Schwammbehälter, mit mir herumtrage: versteinerte Haifischzähne aus der Chesapeak Bay und Wüstenrosen aus Tunesien.

New York, 5. Juli

Entweder ändert sich alles um mich her mit neuzeitlicher Schnelle und ich bleibe im Grunde derselbe oder aber ich habe mich selbst in so vielem geändert. Wohl beides. Ich werde wohl bald sehen, daß ich in diesem letzten, scheinbar so ruhigen und für mich völlig ereignislosen Jahr doch in vielem ein anderer geworden bin. Aber ein anderer nicht im herkömmlichen Sinne des Aufwachsens und Mehrlernens, sondern in eine rückwärtige Richtung hin: der zu werden, der ich schon früher hätte sein sollen. Nachholen des Versäumten, Entfalten des einst Angebotenen und leichtherzig Verschobenen. Vielleicht ein Reifen aus dem Bedauern heraus, obwohl dies, wie alle Formeln, nicht ganz genau ist und mehr vielleicht die begleitende Stimmung als die sich vollziehenden Tatsachen umschreibt.

New York, 13. Juli

Vor etwa drei Wochen ging ich zum U.S. Court House hier, um eine Dauer-Reiseerlaubnis zu bekommen. Da mußte ich in großer Hitze drei Stunden lang stehn und warten, nur um von einem Büro ins andre gehetzt zu werden. Fühlte mich zerschlagen und gedemütigt. Heute morgen nun die Nachricht erhalten, daß ich doch nicht hier, sondern noch in Chicago zuständig bin. Nun muß ich also den ganzen Prozeß von vorne anfangen und kann nicht am 15. nach Woodstock fahren. Also noch wer weiß wie viele Tage in dieser immer fremder werdenden Stadt.

New York, 15. Juli

Nun erhielt ich vom New Yorker Staatsanwalt einen Brief, der mir meine beabsichtigte Reise förmlich verbietet. Aber wie kann er sie verbieten, da er mir erst erklärte, nicht zuständig zu sein?

Am späten Nachmittag bei Beer-Hofmann, der mich wieder allein empfing und voller Geist und Kraft war. Er erzählte diesmal viel von seinen früheren, unausgeführten Arbeitsplänen. Da war vor allem eine »Ariadne auf Kreta« (zu der ja ein Prolog-Entwurf in den »Versen« steht). Theseus erscheint hier »als ein ganz Starker, weil er den Tod nicht fürchtet, ein vogelfreier Sklave«. Dabei sollte auch das ganze Geschehen vom Minotauros her gesehen werden. Ganz am Ende, wenn er aus dem Labyrinth herausgeschleppt wird, sieht er Rinder im Mondlicht grasen und glaubt nun, das seien Götter, da er ja nicht weiß, mit welchem Teil seines Körpers er den Göttern ähnlich ist. Dann erwähnte Beer-Hofmann eine Doppelgänger-Novelle mit dem Titel »Des Fischers List und Unglück« (nach dem Italienischen).

Der englische Ausdruck *a shot in the dark* (auf gut Glück) gefällt ihm sehr. Jedes Dichterwerk, sagt er, ist solch ein Schuß ins Dunkle. In eine Dunkelheit aber, wo man das Ziel irgendwo vermutet. Ein Schuß auf eine erleuchtete Scheibe gäbe dem unerfüllbaren Kunstwerk eine viel zu direkte Erfüllung. Das brachte mich auf Mallarmés »Coup de dés«. Als ich ihm Mallarmés Wortspiel aus »Salut« erwähne, das er mit dem Worte »coupe«, in seinem Doppelsinn von Zäsur und Kelch, anstellt, nennt er ein eigenes, das aus seiner »Heraklitischen Paraphrase« mit dem Worte »fassen«:

> Fluch, Segen, Rätsel, das zu Danaidenfron ihn treibt,
> Unfaßbares in brüchiges Gefäß zu fassen.

Ich brachte ihm also drei verschieden geformte Haifischzähne von der Chesapeake Bay mit und eine der *roses du Sahara,* die mir einmal ein Araber in der Oase Tozeur gab. Er gab mir darauf einen selbstgefundnen versteinerten Seeigel vom Dachstein.

Später kamen dann Joseph Schapiro, (der Verfasser der Gespräche mit Gerhart Hauptmann) und seine Frau dazu. Es entwickelte sich ein Theatergespräch, vor allem über die Seltsamkeiten Max Reinhardts. Schapiro erzählt dann von seinem Plan, ein Buch über Maimonides zu schreiben. Aber Schapiro, ein fleißiger, vielleicht genialer Journalist, bleibt in einem geheimen Abstand von Beer-Hofmann, der ihn nicht ganz zu sich hin aufnimmt.

New York, 16. Juli

Nachmittags bei Kurt Wolff, in dem ich einen wirklich vornehmen Menschen zu erkennen glaube. Wir unterhielten uns lange. Er will wieder Bücher verlegen. Als erste stehen auf seinem Programm: eine Übersetzung von Stücken aus Charles Péguy, die Julien Green besorgen will; eine George-

Übersetzung in Auswahl von Ernst Morwitz; Burckhardts »Welthistorische Betrachtungen« auf englisch; und ein Buch mit Künstleraussprüchen über die Kunst. Ich rate ihm sehr zu einem klärenden Buch über Nietzsche, wofür doch grade sein Verlag der rechte Ort wäre. Ich las ihm einige meiner Übersetzungen von Georg Heym vor, die er gelungen fand. Er höre immer deutlich das Original mit, sagte er. So ehrlich und maßvoll erscheint mir Wolff in allem, was er über das Zeitgenössische sagt. Wie er z.B. so viel zu rühmen findet an gewissen Menschen, wie etwa an W.H. Auden und dessen dichterische Besessenheit und künstlerische Erregung. Fast wie Hoffnung kams mich an, zu sehen, daß jemand, der schon soviel Einst-Besessenes und Einst-Geleistetes vorzuweisen hat, in fast naiver Überzeugung, daß es weitergeht, plant und trachtet. Wolff ist hochgewachsen, mit einem schönen unzynischen Gesicht und von einer zurückhaltenden Eleganz in Stimme und Gebärde.

New York, 17. Juli

Heute kamen schließlich die Formulare für die Reiseerlaubnis aus Chicago, die ich gleich ausgefüllt zurücksandte. Es sind 95 Grad im Schatten. Zu heiß und schwül um zu denken.

New York, 26. Juli

Völlig sinnlose Tage, nur angefüllt mit Warten auf die Reiseerlaubnis, die noch immer nicht gekommen ist. Und morgen wollte ich reisen. Auch eine Enttäuschung: Bernhard von Bothmer ist im Abreisen begriffen und ich konnte ihn deshalb nicht kennenlernen. Bei alledem herrscht eine furchtbare drückende Hitze. Ganz unfähig zur Arbeit.

Vor einigen Tagen in der Public Library einiges von Mombert gelesen (»Der himmlische Zecher« und ein spätres Buch). Er hat dem Äther dichterisch den Garaus gemacht. Nur in der Gesamtstimmung liegt etwas Ungemeines, keine Einzelzeile spricht mich an. Das ganze ist wie eine prächtig angerichtete, aber völlig ungenießbare Speise.

New York, 28. Juli

Nun sieht alles wieder besser aus. Gestern sandte ich ein Telegramm an den Chicagoer Staatsanwalt und am abend telegraphierte er schon zurück, daß die Reiseerlaubnis unterwegs sei. Also kann ich morgen fahren und noch etwas Sinn in diesen Sommer bringen. Ich war schon ganz stumpf geworden vor brütendem Warten. Nachmittags bei Stechert, wo ich mir den Nachlaß von Otto Braun kaufte, der mich nun in die Ferien begleiten wird. Diese vergangnen Tage kann ich nur kennzeichnen als ein Versagen meines Stolzes. So hätte mir nicht alles zusammenbrechen dürfen, daß keine Vorräte mehr zur Weitergestaltung in mir lebendig blieben. Da will ich mich stark erhalten, mir meine Leitbilder retten, weil ich mit ihnen nach dem Kriege Deutschland wieder helfen will, gesund zu werden, und werde so schwach, dumpf und mutlos.

Woodstock, 29. Juli

Heute nachmittag abgefahren und abends hier angekommen. Je höher wir in die Berge kamen, desto kühler wurde es. Hier wohn ich wieder im selben Haus wie voriges Jahr. Clara hatte schon angerufen und mir sagen lassen, sie spiele bis neun Uhr in der Christian Science Kirche. Ich ging also, zum erstenmal in meinem Leben, in die Christian Science Kirche, wo ich den unbeschreiblich albernen »Testimonien« alter Weiber zuhören mußte, die alle Mrs. Baker Eddy priesen und von den Wundern berichteten, die ihre philosophische Heilslehre vollbringe. Eine z. B. berichtete, wie sie aus Versehen den heißen Wasserkessel berührte, sich dann aber ganz rasch sagte: »Es gibt keine Materie«, worauf sie gar keinen Schmerz verspürte.
Die reine Luft hier, die vollkommne Abend- und Nachtstille, rauschender Bach, bewegte Blätter, Geschnarr der Grillen machen mich sofort froh und mutig. Genug Vertrautheit mit der Landschaft und dem Dorf, um mich nicht fremd zu fühlen und genug Fremdheit dieser verhangnen und schweigsamverschloßnen Natur, um mich erkundigungslustig zu machen. Den ganzen Tag über hat mich die Gestalt Otto Brauns nicht verlassen. Das Buch hab ich mitgenommen.

Woodstock, 1. August

Auf der kleinen Bibliotheksmesse, auf der ausrangierte Bücher verkauft wurden, hab ich für fünf und zehn Cents eine ganze Reihe gekauft, u. a. eine alte Nummer von Herwarth Waldens »Sturm«. Bei der Premiere vom »Storm«, einem schlechten Stück, traf ich Herrn und Frau Herlinger. Sie ist die Tochter der Schauspielerin Frieda Richard, er ist Bühnenzeichner an dem Sommertheater. Arbeite weiter an der Niederschrift der Dissertation. In acht Tagen werd ich nun wohl meinen Mallarmé-Vortrag hier halten.
Otto Braun war sicher kein Dichter. Die Verse sind das Schwächste im Buch. Aber er ist genau das geworden, was er werden wollte: das Vorbild für eine ganze Generation, obwohl ihm das erst als ein viel spätres Lebensziel vorschwebte. Wenn ich irgend Zeit habe in New York im September, werd ich doch Frau Julie Braun-Vogelstein aufsuchen und sie fragen, wo der übrige unveröffentlichte Nachlaß Otto Brauns ist. Ich habe Braun gegenüber das seltne Gefühl des Unbedingten.

Woodstock, 2. August

Mit dem jungen Dichter Robert Whittington täglich Gespräche über Dichtung. Er will die Lyrik nach dramatischen Gesetzen ausrichten. Er gefällt mir sehr mit seinen ernsten Augen und den schon angegrauten Haaren, obwohl er kaum über dreißig ist. Heute abend traf ich ihn wieder. Wir setzten uns an den Straßenrand, und er sagte mir, während es dunkel wurde, einige seiner Gedichte her. Seine »Ballad of the Cold ones« sagte er mit sonderbar zu Herzen gehender psalmodierender Stimme her. Da kamen die Verse vor:

You wanted to be hearthstone
To warm the cold earth.

Kaum war er fort, als die Russin Lisa vorbeikam. Wieder, nun mit ihr, im Dunkeln am Straßenrand sitzend, bekam ich ihre verworrenen Liebesgeschichten zu hören.

Woodstock, 3. August

Alle Frauen der besseren Woodstocker Gesellschaft tun Observationsdienst, d.h. sie sitzen stundenlang nach Einbruch der Dunkelheit in irgendwelchen Baumgipfeln oder Mansarden und suchen den Himmel nach feindlichen Flugzeugen ab. Es ist ein elegantes Gesellschaftsspiel. Heute holte ich Clara von ihrem Observationsdienst abends um halb zehn Uhr ab. Wir gingen ins Dorf herunter und auf dem Wege bildete sich unversehens eine lustige zehnköpfige Gesellschaft. Alle ins Trolley-Restaurant. Einer von ihnen, ein Journalist, holte plötzlich seine Kamera, denn, so sagte er, er müsse doch unbedingt photographieren, wenn vier Dichter in einer Reihe säßen. Das waren John Varney, der an der New York University englische Dichtung vorträgt und selber dichtet, Robert Whittington, Peggy Page Crampton und ich. Whittington sprach von seinen Schattenspielen: er macht die Schattenmarionetten selbst und läßt sie zu kurzen Versdramen agieren.

Woodstock, 4. August

Morgens einige Seiten an der Dissertation geschrieben, nachmittags in der Sonne auf den großen Felsplatten im Bach mit Whittington gesessen. Abends gab Clara ihre große Gesellschaft, zu der ich Whittington mitnahm. Er rezitierte einige seiner Gedichte, und ich las »Umbra Vitae« und mein Gedicht »The River« auf den Selbstmord Virginia Woolfs.

Woodstock, 9. August

Feste! Immer Feste! Ich nehme mir mein bestes Teil davon. Da ich immer so wenig dabei trinke, bleib ich Zuschauer dabei. Zu den Goldmanns nach Mount Tremper gefahren. Alles hat da so etwas Inszeniert-Erlesenes, der besitzfreudige Parvenu. Im Musiksaal sind alle Wände ganz voll mit fast

gleichgroßen Bildern gehängt. Es sind lauter echte Musikerbriefe, die mit dem dazu passenden Porträt zusammen gerahmt wurden: Wagner, Weber, Brahms, Grétry, Méhul, Meyerbeer, Toscanini, Reynaldo Hahn (ein Brief an Alfred de Vigny) und viele andre. Opulentes Abendessen. Clara und Roentgen spielten César Francks Violinsonate und ein datteriger alter Schauspieler (Percy Vivian, wie er sich nennt) trug schlechte Gedichte vor. Unter den Gästen die dreiundneunzigjährige Mrs. Cornell, die in tadelloser Haltung und tadellos frisiert Zigaretten raucht.
Bei Whittington bin ich schon bis zur Grenze meines Interesses vorgestoßen. Nun hat er mir auch diese marxistischen Ladenhüter von der Auffassung des Dichters vorgetragen. »Das Kapital« nannte er ein großartiges Gedicht und in Rimbaud glaubt er das Sprachrohr der unterdrückten Klasse zu sehen.

Woodstock, 12. August

Gestern nacht fand bei John Kingsbury die, wie ich erfuhr, schon traditionelle Sternschnuppenschau statt. Ein großer Teil des Hügels war mit Heu bedeckt, auf das man sich, wohlversehen mit Wolldecken legte. In einem Teil des großen Geländes, am Weiher, waren Windlichter aufgestellt. Von all den Menschen hörte man nur die Stimmen in der Dunkelheit, sah aber ihre Gesichter nicht. Professor Olivier, ein bekannter Astronom aus Arizona, berichtete zuerst, daß man am 11. August jedes Jahres meist eine ungewöhnlich große Anzahl von Sternschnuppen sieht, die als Schwarm aus dem Sternbild des Perseus kommen. Jeder Gast bekam einen kleinen Teil des Himmels zugeteilt, auf dem er die Sternschnuppen gewissenhaft zählen sollte. Ich nahm das W der Cassiopeia und den Raum darum. Neben mir lag Kesselring auf seinem Heu. Aber er war nicht bei der Sache. Er fühlte sich in starker Bedrängnis, weil er immer darüber nachgrübeln muß, wie er nach dem Erfolg seines Stücks »Arsenic and Old Lace« ein zweites Stück zustande bringen kann. Er war ganz beglückt, als er hörte, ich hätte »Arsenic and Old Lace« noch nicht gesehen, da er den Eindruck hatte, daß ganz Amerika es nun doch schon kennen müsse, nachdem es schon so lange am Broadway läuft. Er sagte bekümmert, er könne doch nun kein Stück mehr schreiben, ohne daß der jugendliche Held in den Krieg geht und Soldat wird. Und diesem neuen Zwang der Zeitgeschichte fühlt er sich nicht gewachsen. Es schien mir weit eher ein kommerzielles Problem zu sein, kein wirklich literarisches. Er hat offensichtlich als Dramatiker keine wirklichen Themen, die sich ihm aufdrängen und hat mit seinem einzigen Stück rein zufällig ins Schwarze (des Erfolgs) getroffen. Er fand also bei mir kein rechtes Verständnis für seine Nöte, ich zählte wacker meine Sternschnuppen. Aber es war diesmal keine ganz günstige Nacht. Ich kam im ganzen auf kaum mehr als fündundzwanzig. Um vier Uhr morgens gingen wir als die letzten Gäste ins

Haus der Kingsburys und saßen um den großen Kamin: Clara, Felix, der Bildhauer Faggi und die schreckliche Mrs. B., eine Nichte der berühmten Anarchistin Emma Goldmann. Clara spielte bis fünf Uhr morgens auf dem Flügel.

Woodstock, 18. August

Claras Geburtstagsgesellschaft am 14. war sehr gelungen. Ich mußte natürlich als Claras Hausdichter und Woodstocks neuer Lokaldichter Huldigungsverse auf Clara vortragen. Ich machte mir den Spaß, sie gleich in drei Sprachen vorzutragen, auf deutsch, englisch und französisch. Heute morgen ein Stellenangebot nach Blackburn College erhalten. Ich wußte nicht ein noch aus, da ich nicht in die Einöden von Illinois gehen will. Habe schließlich halb ab-, halb zugesagt.
Nachmittags der Empfang bei Shotwell zu Ehren des chinesischen Botschafters in Amerika, Dr. Hu Shih, eine regelrechte Garden Party. Hu Shih sieht aus wie fünfunddreißig, ist aber einundfünfzig. Er hielt eine ausgezeichnete Rede. Ich sprach dann lange mit ihm über die alten chinesischen Romane, die ich so begierig lese und die er sehr genau kennt. Es lag etwas von wehmütiger Vergangenheit und entschwundenem Glanz über dem ganzen. Eine Mme. Nicolavitch, die früher am jugoslavischen Hof war, sprach lange mit mir über ihr großes Heimweh.
Habe ein paar Verse gemacht.

Der Dichter im Exil

Aus dichtem Walde tritt er müd hervor,
Steigt in den Zufall einer nahen Stadt,
Ein Unhold den Erschrockenen am Tor,
Wie einer, der die Lust zu töten hat.
Doch arglos, nur im Auge lange Suche,
Betritt er Straßen, Märkte und errät,
Als läse er in einem Bilderbuche,
Wie fluchend man den Ferngereisten schmäht.
Und wenn er in der Weise der Rhapsoden
Von fernem Land und nahem Schicksal sagt,
Dann spüren sie ein Zittern tief im Boden,
Bedrohn den Gast, der sie zu stören wagt.
Sein Atem, der von Ozeanen stammt,
Berieselt sie wie Gift. »Mir ist bestimmt,«
So sagt er traurig, »ungeliebtes Amt:
Noch Funke sein, wenn, Asche, ihr verglimmt.«

Woodstock, 24. August

Endlich hab ich meinen Vortrag über Mallarmé aufgesetzt und in Stichworten aufgeschrieben. Es soll ein Experiment werden. Ich will nicht mit den obligatorischen zwei oder drei Witzen anfangen, mit denen hierzulande jeder Vortrag zu beginnen hat (in der Tradition des beliebten »after dinner speakers«), sondern ich will die Zuhörer sofort in ein Reich entführen, in dem sie vorher noch nicht waren, sie zu mir, d. h. zu Mallarmé, hinzwingen. Ich werde so beginnen: »Imagine a stained glass window«. Also: Stellen Sie sich ein farbiges Kirchenfenster vor. In den düstren Farben eine Heilige. Halb verborgen liegt da eine Laute . . ., d.h. eine Beschreibung von Mallarmés Gedicht »Sainte,« um gleich das Hauptthema des Vortrags zu umschreiben: Mallarmé als »musicien du silence.« Ich muß nun noch etwas Baudelaire auswendig lernen, um außer den Stücken aus »Hérodiade« und »le vierge, le vivace et le bel aujourd'hui«, die ich schon kann, noch etwas rezitieren zu können. John Kingsbury wird mich einführen. Neunzig Eintrittskarten sind schon vergeben, hör ich.

Woodstock, 26. August

Eine vollständige Mondfinsternis begann gestern abend um etwa neun Uhr: von links schob sich der Erdschatten über den Mond und glitt wieder ab.
Habe all diese Tage Geschichten von R.L. Stevenson gelesen. Er ist ein vollkommner Meister im erzählerischen Ausdruck, wobei er große, fast vergessene Künste mit der Sprache betreibt. Immer gelingt es ihm, das Indirekte für das Direkte zu setzen, keine Schablone. Die zitternde Ansprache Markheims an den alten Trödler ist große Prosa. Oder solch ein Ausdruck wie »architect of the irrevocable past« für einen, der im Geiste immer das schon längst Geschehne umzugestalten versucht.
Vor einigen Tagen einen ganz alten Friedhof bei der Cidermühle entdeckt, den kaum jemand hier kennt. Nur wenige Grabsteine tragen noch leserliche Inschriften. Er liegt mitten im Walde, von Gestrüpp ganz überwachsen. Nur ein Grabstein, einfach aufrecht an einen Waldbaum gelehnt, ragt hervor, der eines Soldaten der hessischen Armee, die von ihrem Landesherrn an die Amerikaner verkauft wurde im Befreiungskrieg. Er heißt Schaub, d.h. sein Name erscheint da als Shoub. Ein kleines Sternenbanner wird jedes Jahr, am Decoration Day, frisch an dem Grabstein angebracht.

Woodstock, 28. August

Der 26. war einer meiner stolzesten Tage. Nachmittags gingen wir zum Studio von Miss Wardwell herauf, um alles herzurichten. Die feine alte Miss Wardwell hatte mir ihr Studio zur Verfügung gestellt, das auf der Waldstraße von Mt. Overlook, zwischen Woodstock-Dorf und Byrdcliffe liegt. Es ist ein wohlproportionierter langer Raum in warmem dunkelbraunen Holz, eine ehemalige Scheune. Es herrscht dort eine Stimmung, als seien Generationen kultivierter Menschen hindurchgegangen: alte Familienporträts, Reproduktionen von Holbein-Zeichnungen, Büchergestelle an den Wänden. Möbel und Lampen auf einander abgestimmt. Vorne ein großer Kamin. Aus dem Garten holte ich ganze Arme voll Blumen: Zinnien, elfenbeinfarbne und karminrote Nicotinblüten an langen feinen Stielen und mit starkem Duft, dunkelorangene Ringelblumen und andre. Und als besondrer Einfall: links vom Kamin stellte ich eine einzige sehr hohe und große Sonnenblume auf, die steil und leicht vorgewölbt in den Raum sah, Zeichen so mannigfacher Stimmungen des Jahrhundertendes. Auf dem Kaminsims und auf allen Tischen standen Leuchter mit sehr langen Kerzen. Ein Hauch von Kostbarkeit und Intimität lag über allem.

Abends übernahm Felix es, die Billets in Empfang zu nehmen, John Varney stand draußen an der Straße und geleitete die in vielen Autos Ankommenden mit einer Taschenlampe herein. Ich hielt mich mit Kingsbury in einem Hinterzimmer auf, bis Clara kam und Bescheid sagte. Kingsbury, seit zwanzig Jahren in Woodstock, hieß mich in seiner Einführung als Neuankömmling willkommen, der einen neuen Kreis mit sich brächte. Es war ganz voll. In der ersten Reihe mir am nächsten saßen Varney, Kesselring und Kingsbury. Im Kamin, an dessen rechter Seite ich stand, brannte ein Feuer. Ich rezitierte während der Rede auswendig L'Albatros, drei Stellen aus Hérodiade und Le vierge, le vivace, jeweils mit darauffolgendem Applaus, der dennoch das Hersagen nicht theatralisch erscheinen ließ. Ich sprach, selten meine Notizen befragend, beinah zwei Stunden lang. Hinterher empfing mich ein Gefühl der Wärme. Das Experiment war geglückt: ohne Pathos feierlich, ohne Witze und Anekdoten konnten die Zuhörer gewonnen werden. Hinterher keine Spur von Müdigkeit, nur Frische und Leichtigkeit.

Dieser Garten, der halbdunkle Raum haben mir, für einen Tag, gehört. Die Worte müssen sich in den vielen Nischen gefangen haben und können mir nie mehr ganz verloren gehn. Was immer geschieht: einmal gab es ein Haus auf dem Byrdcliffe-Hügel . . . Hinterher, es war Vollmond, auf der Waldstraße zu einem andern Haus zu Fuß gegangen, wo man mir eine Gesellschaft gab. Varney sagte mir, nun wisse er zum erstenmale, wie französische Gedichte vorzutragen seien und wie deutlich er das Architektonische im Aufbau des Vortrags bemerkt habe: das immer wiederkehrende Bild des Dichters in verschiedenen Zeiten, Stimmungen und Symbolen.

Woodstocker Eindrücke: in der Hängematte, Sonnenschein, im Garten auf dem Berg, links die Berge, vor mir die vielen Blumen und ich ganz laut Swinburnes »Dolores« lesend. Oder: im offnen Auto, im Fond, die Byrdcliffe-Straße hinunter, halb im Traum, seltsam losgelöst von den drei Menschen im Vordersitz.

Oder: nackt, nur mit einer großen flauschigen Wolldecke bedeckt auf der hinteren Terrasse der Pension im vollen Mondschein, Bäume ringsum, Zikaden.

Woodstock, 31. August

Ein Haus! Heute morgen hab ich mich entschlossen, ein Refugium auf dem Mt. Overlook zu nehmen. Gleich als ichs vorgestern sah, war es mir lieb. Es ist ein kleines zweistöckiges Haus mit je einem Zimmer, unten und oben unterm Dach, mit kleiner angebauter Küche. Niemand hier nennt das ein Haus, es ist ein »cottage« und war früher einmal ein kleiner Handwerkerladen (the tinker shop) im Dorf, bevor es an die Waldstraße versetzt wurde. Es ist ganz von Bäumen umgeben, vor allem schönen, langnadligen Tannen. Drei acres Land gehören dazu, ein richtiger wilder unübersichtlicher Park. Zunächst hab ichs nur für ein Jahr gemietet, aber mit Kaufrecht. Die Miete beträgt nur zehn Dollar im Monat. Nach all dem vielen Herumziehen hab ich nun eine Zuflucht, die ich nach eignen Plänen gestalten kann. Vor allem der viele Grund ringsherum macht mich froh. Ein Baum, der mir gehört! Morgen werden die Möbel heraufgeschafft, die mit in dem Handel inbegriffen sind.
Zudem erhalt ich heute morgen die Nachricht von Rutgers University in New Brunswick, daß ich ein richtiges Angebot für eine Instructor-Stelle dort erhalten werde. An jener Universität also, die mir von allen Möglichkeiten die liebste war und von der aus ich mein Wochenende leicht in New York oder Woodstock verbringen kann.
Viel im Stevenson gelesen, eben »Prince Otto« angefangen. Selbst hier, in dem wohl etwas schwächern Werk, finden sich die wohlgelungensten Satzbildungen. Wenn Otto sehr früh, vor Tag, auf ist und sich zu einem Gang anschickt, heißt es z. B. ». . . to steal a march upon his slumbering fellows, to be the Adam of the coming day.«
Heute nachmittag hab ich Clara zum erstenmal zu meinem Haus geführt, wie ich es schon nenne, und mit ihr das Gelände genauer angesehn. Da gibt es unter Tannen natürliche Lauben, eine ganz einsame Wiese mit einem offnen Steinherd (zum Verbrennen des Abfalls) zwei alte Apfelbäume und, in den weiten Strecken, die ich noch nicht untersucht habe, sicher noch mehr. Nur werd ich sehr viel Unterholz und Gestrüpp ausroden müssen, um das Gelände überhaupt begehbar zu machen. Zwei verwilderte Blumenbeete sind am Haus.

Woodstock, 1. September

Morgens die Möbel aus dem Verschlag unten im Dorf herausgetragen. Nachmittags geholfen, sie auf den Lastwagen zu verladen. Da Herbert Stei-

ner inzwischen angekommen war, fuhren wir, Clara, Felix, Steiner und ich, zum Haus herauf. Da das elektrische Licht noch nicht angeschlossen war, hatte Clara Leuchter und Kerzen gebracht. Während ich die Möbel in den beiden Zimmern unterbrachte, saßen die Freunde schon wie richtige Gäste im Zimmer und halfen mit, die Möbel aufzustellen. Es wird sehr wohnlich werden.
Der Maler Crampton, dessen populär-mystische Neigungen ich nur mit Mißtrauen betrachte, sagte mir heute in seiner schwerlippigen Art, er wolle ein Bild malen, das er einfach »Mallarmé« nennen wolle und das den festgefrorenen Schwan darstellen solle. Er habe schon viele Skizzen dazu, die sich ihm schon während meines Vortrags einstellten.

Woodstock, 4. September

Gestern sagten Clara und ich, wir »verreisten« und verbrachten dann den ganzen Tag in meinem Haus. Wir reinigten alle Möbel, Teppiche, das Geschirr, das auch mitgeliefert wurde. Das schönste darunter ein großes Teeservice aus Porzellan, japanische Kirschblüten auf dunklem Grund.

Woodstock, 6. September

Ich ging mit Steiner zum Erzbischof, den wir in einer seltnen, nie zuvor bemerkten Stimmung antrafen. Er war niedergeschlagen, beinah maskenlos, weniger brilliant und sarkastisch als gewöhnlich und darum als Erscheinung verständlicher. Er sagte, am liebsten wolle er, nach dem Vorbild der Jansenistischen Klausner, ganz allein auf einem schönen selbstgeschaffnen Fleck leben, von der Außenwelt durch weite dichte Kornfelder getrennt. In einiger Entfernung sollten andre Einsiedlerhütten stehen, die seine wenigen Freunde beherbergen sollten: »Vordtriede would be one of them.«
Gestern nachmittag und abend wieder zwei Gesellschaften (ich weiß, es klingt gestelzt, aber ich will mich davor hüten, immer nur die rasch bereitliegenden englischen Worte zu benützen, und party zu schreiben): zuerst bei Varney, der in seinem großfenstrigen Studio eine intime Demonstration der »Urgent problems of modern poetry« geben wollte, aber eigentlich eine Stunde lag völlig chaotisch nichts sagte. Er hatte, meine Idee aufgreifend, auch eine große Sonnenblume aufgestellt. Sehr seltsam, da er im Gespräch oft interessant ist, daß er in seinem Vortrag so verwirrt war. Anschließend zu der völlig andern, eleganten Gesellschaft bei Clinton Parker, wo Sängerinnen sangen, Clara spielte, der Liederkomponist Wintter Watts begleitete etc. Wir konnten uns den Darbietungen nicht gut entziehen, also sagte Steiner einiges über Rilke und ich sagte mein Virginia Woolf-Gedicht »The River« und »le vierge, le vivace et le bel aujourd'hui« auf.

Woodstock, 8. September

Gestern nachmittag fuhr Clara in ihrem komischen alten Ford Steiner und mich nach Malden am Hudson, um uns dem Unikum Poultney Bigelow vorzustellen. Er ist fast 88 Jahre alt, Historiker und Sohn des Historikers John Bigelow. Dieser wurde, wie ich erfuhr, im Jahre 1817 in Malden in dem Haus, in dem sein Sohn noch wohnt, geboren und wurde 1865 amerikanischer Gesandter in Paris. Dort aber vertrug er sich garnicht mit Napoleon III. wegen dessen Beziehungen zu den amerikanischen Südstaaten und wurde schon 1866 abberufen. Er wurde dann Chefredakteur der New York Times. Sein Sohn Poultney wurde 1870–73 in Potsdam erzogen und wurde dort ein enger Freund des Prinzen Wilhelm, des späteren Kaisers Wilhelm II. Er wohnt direkt am Hudson in einem großen noblen alten Haus, das etwas von einem Herrensitz hat, sowie auch er selber, groß, sehr schlank, mit vollem weißen Haar, viel von einem schrulligen alten preußischen Junker hat. Als wir bei ihm eintraten, war er gerade dabei, seiner Sekretärin einen Brief an seinen Gutsnachbarn Präsident Roosevelt zu diktieren, in dem er anscheinend Invektiven gegen Roosevelts Politik ausgestreut hatte. Er schloß grade den Brief mit der Endformel »yours plagued by the gout« (d.i. Ihr von der Gicht geplagter P. B.). Aber die Sekretärin weigerte sich, das zu tippen, es sei doch garnicht war, er hätte doch gar keine Gicht, worauf Bigelow die Formel nur noch lauter wiederholte und die Sekretärin seufzend gehorchte. Dann führte Bigelow Steiner und mich in den Garten, indem er unsern Arm nahm. Dort stehen in Abständen hohe Granaten als Zierfiguren, »deutsche Granaten«, wie er nachdrücklich sagte. Er hielt uns in einem fort die närrischsten Reden. Im Halbkreis ums Haus stehen die Büsten Luthers, Friedrichs des Großen und Wilhelm II. Im Haus, das mit tausend Kuriositäten vollgefüllt ist, befindet sich ein ganzes Hohenzollern-Zimmer. Es ist ganz ausstaffiert mit vielen Photographien der Hohenzollern, alle mit Widmungen für Bigelow versehen. Auf den hohen Bücherregalen in seinem Wohnzimmer bemerkten wir seltsame Kästen, Eisenkästen. Sie erweisen sich als deutsche Kartätschenkästen, in denen der Deutschlandschwärmer seine Briefe aufbewahrt. Große Aufschriften mit den betreffenden Namen baumeln von ihnen herunter. Unter seinen Büchern ist eine vielbändige Ausgabe der friderizianischen Werke, alle mit der Signatur des Arztes Hufeland. Alles hängt voller Bilder. Darunter ist das Bildnis Blüchers, von Adolf Menzel gemalt. Menzel hat es Bigelow selber geschenkt. Er erzählte dann sehr amüsant von Menzel. Schön ist das Porträt seines Vaters der ganz so aussah wie Mommsen und dessen gelehrte Generation. Er war ein Freund Droysens, Bismarcks und vieler anderer. Bigelow selber spricht fließend deutsch, rollt drohend sein r und ist der verbohrteste Preußenverehrer, den ich je getroffen habe, obwohl er keinen Tropfen deutschen Bluts in seinen Adern hat. Der

Uralte genießt wahrscheinlich eine Art Narrenfreiheit. Er hat einen schönen kühnen Kopf mit scharfer Nase und weißem kurzen Bart. Er hat ganz naive blaue Augen und sieht George Meredith ähnlich. Er ist ein geschworener Judenfeind und ganz durchdrungen von der manischen Vorstellung des Weltjudentums. Roosevelt, mit dem er gut befreundet ist, nennt er nur den Rosenfeld. Unbeschreiblich sind seine Theorien über Attila, über den er ein Buch schreiben will, sowie er sein eben in Arbeit befindliches Buch, eine Biographie seines Vaters, beendet hat. Attila wird da als der erste große Deutsche erscheinen. Er sei nämlich von den lügnerischen Priestern nur angeschwärzt worden. Diese Priester seien ja auch gar keine Christen gewesen, sondern nur als Christen getarnte Juden, die durch diese Tarnung dem Militärdienst entgehen wollten. All dies trägt er vor, indem er zwischendurch unvermittelt in militärische Weisen ausbricht. Als Steiner und ich mit ihm ins Zimmer zurückkamen, sagte er zu Clara: »These two men are extremely intelligent. They listened to me.« Wir hatten in der Tat nichts andres getan als höchst amüsiert zuzuhören. Trotz all dieser Verrücktheiten, die bei jedem andern unerträglich wären, ist er doch ein liebenswertes Original, sehr fidel, freundlich lachend und voller Geschichten längst verklungener Zeiten des alten Deutschland. Er schenkte mir das letzte Exemplar eines seiner vor vielen Jahren erschienenen Bücher »Prussianism and Pacifism«. Er hatte es grade seiner Sekretärin geschenkt. Die wollte es nicht hergeben, aber er entriß es ihr wieder und schrieb die Widmung herein: »To my honorable friend and colleague Werner Vordtriede.« Die Sekretärin sah mich giftig an. Da ich aber wenig Lust habe, mich in meiner doch etwas prekären Situation durch ein solches Buch, das zweifellos viel Hirnverbranntes enthält, kompromittieren zu lassen, gab ichs Clara zum Aufbewahren.
Abends waren dann Steiner und ich zu Gast bei Professor Schütze, der bei Woodstock, mitten im Walde lebt. Er ist ein im Ruhestand lebender alter Germanist. Auch er, etwa fünfundsiebzig Jahre alt, ist nicht ganz voll zu nehmen. Er hat den Kopf eines alten Schauspielers und spricht über sich und seine verflossenen Kollegen immer wie ein Querulant, der imponieren will. Auch er gab mir zum Abschied eines seiner Bücher: einen Band ganz unglaublich trivialer Gedichte.
Abends setzte sich die Reihe der Halbirren, in letzter Krönung, fort, als wir im Herrick House den Schauspieler Garreth Hughes vorfanden. Bisher hatte ich ihn nur als »Brother David« gekannt, als solcher lebte er, gewissermaßen als Klosterbruder, beim Erzbischof, bildete dessen Entourage. Als ich ihn nun als Brother David begrüßte, wies er das unwillig ab und sagte das sei nur »a myth«. Er sei soeben dem Erzbischof davongelaufen und gehe nun nach Hollywood. Steiner und ich sind über so viel Kurioses in der heitersten Betroffenheit. Woodstock ist wohl das Nächste an Schwabing, das es in Amerika gibt.

Woodstock, 9. September

Nun hab ich also meine »house warming party« in meinem Refugium gegeben. Clara, Felix, Steiner, der Erzbischof (der einen von mir nicht eingeladnen jungen Mann mitbrachte). Es gab Tee aus dem schönen dünnschaligen Kirschblütenservice. Steiner hielt dann abends seinen Vortrag über Rilke, der mir sehr gut gefiel.

Ich wurde plötzlich gebeten, in Kingston am Radio Gedichte vorzulesen. Durch all diese vielen Bewegungen fand ich gar keine Zeit, das richtig vorzubereiten und stellte gestern, mit Steiners Hilfe, noch spät in der Nacht ein Programm zusammen. Heute morgen nach dem Frühstück sofort mit Clara und Steiner nach Kingston gefahren. Um zehn Uhr kamen wir im WKNY-Radiostudio an, um zehn Uhr fünfundzwanzig sprach ich schon: nach einem kurzen improvisierten Dialog mit der Ansagerin, las ich zuerst eine Art Erklärung meiner »Parable as an Answer to Many Questions«, dann die Parabel selbst. Danach Matthew Arnolds Gedicht »Dover Beach« und, als Kontrast, Shelleys »Indian Serenade«. Ich fühlte nicht die leiseste Nervosität.

Heute morgen kam nun auch das endgültige Angebot von Rutgers University: Instructor, zunächst einmal für fünf Monate, da ich jemanden vertreten soll, mit 150 Dollar im Monat, wovon ich also leicht die monatlichen zehn Dollar für das Haus bezahlen kann.

New York, 10. September

Heute abend hier angekommen. Je näher ich New York kam desto größer wurde meine Furcht vor der Stadt, in der ich schließlich völlig fremd ankam. Besuchte Mutter an ihrem Arbeitsplatz, der Brick Church, wo sie eine Art Dienstmädchen bei einem jungen Pfarrer ist. Ich hatte ihr so geraten, in diesem erbarmungslosen Land nicht zu tief unten anzufangen und lieber zu warten, bis sie etwas ihr Gemäßes finden würde. Aber sie wollte nicht von mir abhängig sein und wurde nun Dienstmädchen, wie so viele Emigrantenfrauen. Aber sie schien sehr vergnügt.

Wieder einmal kommt, scheint es, ein neuer Lebensabschnitt für mich: eine andre Stadt, eine andre Lebensweise und vor allem die erste wirkliche Stellung meines Lebens. Bisher war ich ja immer noch teilweise selber Student und erhielt mein Geld als Fellowship. Nun werd ich zum erstenmal ein »Gehalt« beziehen.

New York, 13. September

Noch immer fremd und ungewiß. Ich bin mir dauernd bewußt, wie anders mein Gesicht in New York aussieht. In Woodstock war es geöffnet, sicher und so vieler Zuneigungen froh. Hier ist es, als liege ein Vorhang von

Zurückhaltung und sehr viel Unsicherheit davor. Man kann es wahrscheinlich garnicht sehn unter all den tausend andern Gesichtern. Heute, auf einer Bank im Central Park ein Gedicht für mein Haus gemacht:

Über eine Haustür

Wunder: dem europaher Zerrütteten
Wurden, dem schon fast Zerstäubten,
Als sich Öffnungen des Glücks verschütteten,
Seine Sucheraugen schon betäubten,
Als er müde selbsterfundner Spiegel,
Tür und Riegel.
Als sich knarrend in dem Schloßgewinde,
An der Schwelle seiner frühen Jahre,
Jener große Schlüssel ungelinde
Drehte, Heimat nur als wunderbare
Unbetretne Insel ihm erstand,
Fand er Land.
Und aus Riegeln schmiedet er sich Schwerter,
Eisenwaffen in der tiefsten Stille,
Wo er, Hausherr, Träumer und Entwerter
Alter Träume, im Gesang der Grille
Neues Kampflied hört: »Das Ungetane
Schaff und plane!«

New York, 14. September

Anstrengender Tag. Schon früh nach New Brunswick herausgefahren, um ein Zimmer zu mieten und mich etwas umzusehn. Der alte Professor Billetdoux, Leiter der französisch-spanischen Abteilung, in der ich angestellt bin, war von väterlicher Freundlichkeit. Um meine Sprachkenntnisse zu prüfen, erklärte er mir aber alles auf Spanisch, so daß ich all meine Aufmerksamkeit zusammennehmen mußte, um alles zu verstehen und korrekt zu antworten. Nun soll ich wirklich zwei Spanisch-Vorlesungen abhalten! Noch fühl ich mich dessen nicht gewachsen. Da ich angst hatte, als Deutscher diese Stelle jetzt nicht zu bekommen, sagte ich nur, ich käme aus der Schweiz. Was nach den fünf Monaten, also dem 1. Februar, geschieht, weiß ich nicht.

New Brunswick, 21. September

Am frühen Nachmittag hier angekommen. Ausgepackt, was ich bei mir hatte. In vielen Geschäften nachgefragt, bis ich schließlich das dünne Luftpostpapier fand, auf dem allein ich gerne mit der Hand schreibe und auf dem ich meine Dissertation schreibe. Die Sekretärin von Billetdoux gab mir einige willkommne Fingerzeige. Ich hörte allerdings zu meinem Schrecken, daß einer meiner beiden Spanisch-Kurse auf spanisch gegeben werden muß. Wie mach ich das nur? Habe schon einen ziellosen Rundgang durch die entlegeneren Straßen von New Brunswick gemacht. Immer in dem diesmal garnicht bedrückenden Gefühl der vollkommnen Fremdheit: gar niemanden kenn ich hier.

New Brunswick, 22. September

Habe heute in der Bibliothek mit großer Entdeckerfreude begonnen, systematisch, Band für Band, die Bestände der deutschen Literatur durchzusehn. Da ich als Fakultätsmitglied an keine Fristen und Formalitäten gebunden bin beim Entleihen, hab ich das Gefühl, als sei dies meine eigne Bibliothek. Vieles ist nicht da, auch der »Nachsommer« nicht. Aber solch köstliche Funde wie Rudolf Kassners »Buch der Erinnerung« und die beiden Hofmannsthalschen Briefbände. Billetdoux, der trotz seines komischen Namens, kein Franzose ist, spricht nur französisch mit mir, immer mit vielen gewählten idiomatischen Wendungen.
Den Kassner hab ich schon angefangen. Wie vielfältig und vielsagend seine Prosa doch ist. Ich bin immer von dem Gefühl bedrückt, einer wirklichen Vielfalt im Ausdruck nicht mehr fähig zu sein. Ja, ich glaube immer, daß ich, eh ich nicht Grimms Wörterbuch von Anfang bis Ende durchgelesen habe, überhaupt das Deutsche nicht mehr recht beherrsche. Das wird mir vor allem so deutlich, wenn es etwas Erlebtes und Gesehnes zu beschreiben gilt. Da ist kein Adjektiv, kein Verb, das das Erlebnis ganz unmittelbar ausdrücken könnte. Die unauswechselbaren Worte, die sind es, die mir abhanden zu kommen scheinen. Meine gesprochne Sprache hört sich an wie geschriebne, da ich aus Furcht und Abscheu vor den Schludrigkeiten und Witzigkeiten, die so verbreitet sind, nun ins Gegenteil verfalle: in das Gezimmerte und Unspontane. Das kommt natürlich zum großen Teil daher, daß ich ohne Dialektzugehörigkeit bin durch die verschiednen Verpflanzungen vom Westfälischen ins Niederalemannische und von dort ins Hochalemannische. Dies hab ich allerdings ziemlich gut gelernt, aber wenn ich z.B. in meiner normalen Sprache sagte: »Ich passe auf wie ein Häftlemacher«, so kann das nur so wirken, als ob ich literarisch-witzig sein wollte, als ob ich zitierte.

New Brunswick, 23. September

Abends in der Bibliothek in mythologischen Wörterbüchern geblättert, um einen Namen für mein Haus zu finden. Dabei stieß ich auf »The Nostoi«, welches »Die Heimkünfte« bedeutet. Das war der Titel mehrerer Bücher, die zur Zeit Homers die Fortsetzung der Odyssee beschrieben, Odysseus' Rück- und Heimkehr. Also könnt ich das Haus Nostos nennen. Vielleicht ist

das voreilig, da das ja nur eine vorläufige Heimkehr ist. Die wirkliche wird die nach Europa sein.
Es gibt hier ein schönes, ländlich anmutendes Flußufer, am Raritan entlang, und da ist auch eine Landstraße, die so verlockend in grüne Weiten zu führen scheint.

New Brunswick, 25. September

Durch eine Kette von Verfehlungen und Irrtümern den ganzen Tag ganz verrückt auf Eisenbahnzügen verbracht. Gestern abend fuhr ich nach New York. Zuerst in die Public Library, wo ich mir Kassners »Physignomisches Weltbild« geben ließ, in dem ich die »Erinnerung an Hofmannsthal« las. Dann versuchte ich, Steiner anzurufen, aber erhielt keine Antwort. Stattdessen traf ich ihn unmittelbar darauf auf der ganz verdunkelten Sixth Avenue inmitten einer großen Menschenmenge. Wir verbrachten dann einen sehr angeregten Abend, erst auf einer Bank im Bryant Park (der Mond fiel so ungewöhnlich gegen die Silhouetten der Wolkenkratzer) und dann im Restaurant des Grand Central-Bahnhofs. Ich ließ mir alles über Kassner erzählen, den Steiner ja gut kannte, auch über Leopold von Andrian. Darüber hatte ich dann meinen letzten Zug nach New Brunswick versäumt. Da ich noch kein Honorar von der Universität erhalten habe, hatte ich kein Geld fürs Hotel und verbrachte die Nacht in den Wartesälen. Heute morgen mit dem ersten Zug zurück. Aber schon nach kurzer Zeit wieder im Zug nach Trenton gefahren (nur eine halbe Stunde im Expreß), um beim Staatsanwalt die nötigen Formulare für die General-Reiseerlaubnis nach New York und nach Woodstock zu holen. Meinen ersten Zug zurück versäumte ich, weil ich, durstig, auf dem Weg zum Bahnhof etwas trank. Der nächste Zug ging erst in einer weitren Stunde. Um diese auszufüllen, erkundigte ich mich nach Sehenswürdigkeiten in Trenton und fuhr darauf in einem Bus in den außerhalb der Stadt gelegenen Park. Das war viel weiter als ich dachte (und als die autogewohnten Amerikaner sich vorstellten). Als ich zurückkam, war der zweite Zug auch weg. Der nächste ging wieder in einer Stunde, die ich am Bahnhof verwartete. Dann aber stieg ich in einen etwas früheren, falschen Zug ein, der garnicht in New Brunswick hielt, sondern erst in Newark. Zudem versagte auf offner Strecke die Lokomotive, so daß wir anderthalb Stunden irgendwo hielten. Erst bei beginnender Dunkelheit in Newark angekommen, mußte ich lange warten und nahm dann den nächsten, sehr langsamen Zug zurück. Das ganze klingt irrsinnig.

New Brunswick, 27. September

Der erste richtige Herbsttag, grau, kühl, mit starken Winden, die die Blätter von den Bäumen rissen. Das war schön. Ich ging, mit dem Kassner unterm

Arm, spazieren. Zuerst den Fluß entlang und dann in den schönen großen Park, den ich entdeckte. Die Wege schon voll mit welkem Laub. Auf dem ganz feuchten Parkgelände die leeren und verlaßnen Bänke, so als hätten Dichter sie zurückgelassen. Dann fand ich eine Steinbank, fast versteckt, bei abgeblühten Rosenbeeten, von wo aus ich rechts die langästige Trauerweide im starken Wind hin und her schaukeln sah. Dann weiter, auf einer andern Bank den Kassner ausgelesen.
Mit Billetdoux ein langes väterliches Gespräch über die Art, wie ich die Studenten behandeln soll: »La bonté et la fermeté font que le monde marche, en mon opinion. Vous êtes très doux et c'est pouquoi je vous aime. Il faut combiner cela avec une fermeté qui ne doit pas être dureté:« So etwa sagte er.
Morgen also fängt das Semester an und damit mein Dasein als Instructor für Spanisch.

New Brunswick, 28. September

Heute morgen hatte ich in der feierlichen »convocation« mit den übrigen Mitgliedern aller Fakultäten in einer Prozession zum Podium zu gehn, angetan mit einem schwarzen Talar und einem viereckigen Tellerhut (die ich mir auslieh). Hab es als Situation sehr genossen, als wunderliche Verkleidung. Ich, der Hergelaufne, plötzlich in solch solenner Gesellschaft. Lustig und angenehm.

New Brunswick, 29. September

Ereignisloser Tag, so wie sie jetzt wohl alle sein werden, so lange, bis möglicherweise die Katastrophe über mir hereinbricht. So jedenfalls schiens mir heute immer: als könne dies nicht lange dauern mit mir. Es hing damit zusammen, daß ich heute vom Schatzmeister der Universität mein erstes Monatsgehalt erhielt und dabei wiederum nach meiner Staatsangehörigkeit gefragt wurde. Den ganzen Tag hing das über mir. So vergeud ich meine Seelenkräfte.
Um es ganz deutlich zu sagen: meine neue akademische Stellung hier scheint mir nicht, was sie andern ja erscheinen muß, sondern ein waghalsiges Abenteuer, das, in der Art aller Abenteuer, nur momentan sein kann: eine Existenz unter falschen Voraussetzungen: ich bin Deutscher und kann garnicht gut spanisch. Könnt ich nur etwas literarischer, oder gar dichterischer, ansehn, mit der Zusage ans Wagnis. Aber es geht nicht, höchstens für Augenblicke.

New Brunswick, 30. September

Man hat mir noch eine Vorlesung zugeteilt, so daß ich nun fünfzehn Stunden in der Woche habe. Welche Resignation für einen Mann wie Billetdoux, das ein ganzes Leben lang zu tun: Sprachen eindrillen, dauernd kleine Prüfungen veranstalten, den ganzen Tag Hefte korrigieren, Tag für Tag. Ich habe etwas über ihn und sein Leben erfahren. Als junger amerikanischer Student lernte er in Frankreich ein junges Mädchen kennen von der man wußte, daß sie bald erblinden würde. Billetdoux heiratete sie, wahrscheinlich aus Mitleid. Sie wurde auch bald blind. Nun lauert sie den ganzen Tag zu Hause auf ihn, der einkaufen, kochen und sie mit seinen kleinen Späßen bei guter Laune erhalten muß. Täglich ruft sie ihn im Bureau an und spricht in ununterbrochnem Redestrom meist über eine Stunde. Billetdoux legt dann den Telephonhörer behutsam auf den Tisch, emsig weiter die Französischfehler seiner Studenten korrigierend und von Zeit zu Zeit in den Redestrom hereinsagend: »Oui, oui, ma chérie«, »oui, oui, mon petit choux«. Er soll zwei Söhne haben, deren einer seinen Namen geändert hat, weil er sich des sonderbaren Namens schämte.

New Brunswick, 20. Oktober

Habe mir den ersten der sechs Bände »Der junge Goethe« (Morris, Insel) geholt. Möchte wohl gerne alle sechs lesen. Dann würd ich endlich auch den »Werther« kennenlernen. Eigentlich freu ich mich oft, wenn ich entdecke, daß ich vieles Hochgepriesene überhaupt nicht kenne: kein Wort von Raabe, Hermann Stehr; von Felix Dahn, Georg Ebers etc. ganz zu schweigen.

New Brunswick, 22. Oktober

Gestern abend in New York gewesen und mit Clara zum Cembalokonzert der Wanda Landowska gegangen, das mir einen großen Eindruck machte. Völlig weiblich, mir ihrem schweren Knoten schwarzen Haars, ihrer langen Schleppe und ihrem weichgleitenden Gang, ließ die Landowska mit zarten emsigen Bewegungen dieses diskrete Instrument erklingen. Ich sah sie nur von hinten, von wo sie mir, leicht vorgebeugt, wie eine wohltätige Arachne erschien, die als göttliche Spinne mit größter Präzision ganz feine Fäden spann und uns damit umstrickte. Bevor sie zu spielen anfängt, legt sie, mit ausgestreckten Armen, ihre Hände auf beide Seiten des Cembalos und sieht in die Höhe. Beim Verbeugen faltet sie freundlich lächelnd die Hände über der Brust. Außer Bach und Rameau spielte sie ein Stück von J.J. Froberger mit dem hübschen Titel »Lament composed in London to dispel melancholy.«

New Brunswick, 28. Oktober

Sonntag nachmittag machten Mutter und ich einen Ausflug in die Wälder. Wir fuhren mit der Bahn nach Tarrytown und gingen auf der Sleepy Hollow Road, ganz selten von Autos gestört. Um Mutter eine Freude zu machen,

sang ich mit ihr alle deutschen Wanderlieder, die wir zusammenbrachten, ich aß dabei einen Granatapfel.
Warum, seit der Krieg ausgebrochen ist, hier nie mehr etwas darüber steht? Er ist mir ganz gestaltlos, einfach das Furchtbare, Sinnlose, Unerkennbare, das meine Beziehung zur Wirklichkeit dauernd erschwert, meine eigne Wirklichkeit belanglos und ergebnislos macht. Im Gespräch hab ich für ihn nur die üblichen Gemeinplätze, die jeder sagt, aus meinen nächtlichen Träumen scheint er verschwunden. Daß er mich selbst noch nicht betroffen hat, scheint manchmal unbegreiflich, aber auch das ist keine starke und bleibende Erschütterung, ruft weder Freude noch Scham hervor. Er ist das ganz Unbegreifliche, Hoffnungslose. Begriffe man ihn, ertrüge mans nicht. Wer möchte auch bewußt all dies durchleben, nur um, in einigen Jahren, auch noch die furchtbaren Folgen durchleben zu können? Das käme ja einer Gier zum Entsetzlichen gleich. Noch weiß ich nicht, ob ich einer bin, der es dem Kamel in der Wüste gleichtut, das von seinem innen aufgespeicherten Wasservorrat eben so lange lebt, wie etwas da ist, oder ob ich ganz einfach den Gespenstern ähnlich bin, die sich nur von Totem ernähren: lange Bücherregale in meinem Fall. Das erste wäre ein zu nichts führendes Weiterleben, aber in guter Haltung, ehrenvoll. Das zweite könnte zu Weiterem führen, ist aktiv, aber sündhaft, gräßlich, verboten und ohne Haltung. Ich weiß nicht mehr viel über mich selbst. Darum wohl auch ist mein Tagebuch seit Monaten so hilflos und ohne Inhalt. Meine Wirklichkeit ist mir nicht mehr fixierbar, all mein Stolz sind Anläufe zum Stolz.

New Brunswick, 3. November

Habe mir das ellenlange »Riesenspielzeug« von Emil Strauß geholt. Das Heimatliche daran ist schön. Aber es enthält soviel Verschrobenes, trotz des Idyllischen so etwas Verbissenes, rechthaberisch und belehrend wollend. Ohne eigentlich Häßliches zu enthalten, ist es ganz unschön. Und wie sinnlos es ist, einen Zeitroman zu schreiben vierzig Jahre, nachdem die beschriebne Zeit vorbei ist. Weil Emil Strauß sich einmal mit der Absetzung Bismarcks und dem Vegetarismus herumgeschlagen hat, müssen wir uns heute fast tausend Seiten darüber anhören. Die Judenepisode, in sturem Antisemitismus, ist die reine Hintertreppe, ohne jeden Versuch, es sich ein bißchen schwer zu machen. Aber eigentlich brauch ich ja nur mit mir zu schimpfen. Warum les ichs denn? Nur aus alemannischer Heimatseligkeit. Es geschieht mir ganz recht.
Obwohl ich mich vor Büchern nicht retten kann, hab ich es heute in dem einzigen Buchladen, den es in New Brunswick gibt, nicht lassen können, mir für 75 cents dessen sämtliche deutsche Bücher zu kaufen: den »Rosenkavalier«, E.R. Curtius' »Balzac«, einen Hermann Hesse und Erzählungen der

Lagerlöf. Außerdem für 80 cents einen Privatdruck mit den Zeichnungen von Aubrey Beardsley zu E. A. Poe.
Am 12. soll ich einen Vortrag im »Deutschen Verein« halten. Ich werde über Basel als Humanistenstadt sprechen.

New Brunswick, 16. November

Vorgestern und gestern in Woodstock. Ich machte ein warmes Kohlenfeuer in dem Kanonenofen. Samstag abend mit Clara zum Essen bei den Kingsburys. Ihr Berg war schon ganz mit Schnee bedeckt. Umso heimeliger waren innen das große Kaminfeuer und der schöngedeckte Tisch. Während des Essens, da Kingsbury viel von dem von ihm so bewunderten Jefferson sprach, hab ich ihnen von Karl Follen erzählt. Nach Tisch wurde vorgelesen und musiziert. Kingsbury las uns aus Bulfinchs Mythologie die Geschichte eines Thessalierkönigs, Sohns des Hesperus, und seiner Frau, der Tochter des Aeolus vor. Darin ist eine wunderbare Schilderung der Höhle des Vergessens. Die beiden milden, leicht sentimentalen Kingsburys sind das ideale alte Ehepaar. Morgens im Bett liest er ihr vor (eben grade Carlyles »French Revolution«), während sie, umgeben von großen Lexika, alle mythologischen und sonstigen Anspielungen nachschlägt. Zum Schluß geriet Kingsbury dann auf Bret Harte, den er so liebt, weil er selber im Westen, im Goldgräberland, aufgewachsen ist. Er las Bret Hartes Versifikationen im Goldgräberjargon vor.
Nachmittags war ich bei den Cramptons, die eigentlich keine Menschen sind, nur so aussehen. In der halben Stunde, in der ich mit Peggy Crampton allein war, erzählte sie mir unaufgefordert ihre intimen Liebesaffären, während er, auf ihren scharfen Befehl hin, in der Küche unzählige Eier aufschlug zu einem stark alkoholischen Eggnogg. Er zeigte mir seine Skizzen, die er, angeregt durch meinen Vortrag, zu dem Mallarméschen Schwan gemacht hat. Auf einer davon ist unbegreiflicherweise ein Flugzeug, »um der Linien willen«. Beide sind angefüllt von Popularmystik, die es sich so leicht macht.

New Brunswick, 17. November

Von den beiden Arten des Patriotismus, dem irrationalen und dem rationalen, ist mir der erstere noch der liebere. So sehr der irrationale Patriotismus auch eine Form der Unwissenheit und gefährlichen absichtlichen Beschränkung ist, so hat er doch wenigstens das Echte, das aus irgendeinem Glauben- und Liebenwollen heraus entsteht. Für den rationalen Patriotismus, dem der Geschäftemacher in Zeiten eines Krieges, läßt sich nichts Entsühnendes anführen.
Man mag über die alten Götzen sagen, was man will, sie hatten wenigstens

noch annähernd menschliche Züge. Der heutige Götze, vor dem sich alles bückt, die Flagge, hat dem alten nichts voraus. Er ist ganz unbeseelt.
Habe etwas nach meinem Herzen entdeckt: eine Bibliothek, die völlig menschenleer ist und in der daher die Bücher auf den Regalen stehen, als könnten alle zum erstenmal entdeckt werden. Die dicke Staubschicht auf den meisten Büchern hat jedenfalls dies Gefühl bestärkt. Ein hübscher hoher langgestreckter Raum mit Bildern und Statuen, wie eine private Schloßbibliothek. Es ist die zu Rutgers gehörende theologische Bibliothek. Ein ältliches Fräulein ist dort die nie gestörte Bibliothekarin. Sie zeigte mir alles bereitwillig. Da hab ich allerlei Interessantes entdeckt, so die Bände der Deutschen Biographie und einen Band mit dem Nachlaß eines frühverstorbenen Theologen Peter Löser und anderes. Werde wieder hingehen. Ich hätte doch Antiquar werden sollen.
Es fällt mir immer schwerer, den gewissenhaften notenerteilenden Lehrer zu spielen. Da sitzt man hinterm Katheder und sieht streng zu, wie diese jungen Studenten über den kleinen Examina ängstlich brüten und nicht zum Nachbar hinzusehen wagen. Ich komme mir dabei vor wie ein Wichtigtuer. Über kurz oder lang müssen diese selben Buben ins Feld ziehn, in schreckliche Situationen, in denen viele von ihnen umkommen werden. Sollte man sie nicht einfach beim Arm nehmen und sie zu einsichtsvollen Menschen erziehn, statt sie mit spanischer Grammatik zu plagen?

New Brunswick, 23. November

Bedrückend: es kam ein Brief vom Zensor, in dem er Aufschluß haben wollte über das Telegramm, das Hichens mir unlängst als Antwort auf mein Geburtstagstelegramm an ihn schickte. Ich schrieb gleich zurück und erklärte alles. Aber vielleicht ist es zu einfach und unschuldig, um geglaubt zu werden. Ich schrieb dann noch an Clinton Parker, da ich seine Bank als Referenz angegeben hatte.
Gespräch mit Professor Holzmann, dem Leiter der deutschen Abteilung, dem ich immer aus dem Weg gehe, da mir seine idiotisch sentimentale Art, mit der er über »traute« deutsche Dinge spricht, so unangenehm ist. Um meine Befürchtungen zu zerstreuen, daß die Universität wohl bald aus Studentenmangel geschlossen werden könnte, gab er mit behaglichem Lachen ein optimistisches Bild von der akademischen Lage: »Es braucht uns nicht bange zu sein, da man uns bald die Offiziersanwärter schicken wird. Diese jungen Leutnants werden ja alle so rasch weggeschossen, daß man viele von ihnen braucht.« Darauf fuhr er fort, lächelnd die Lage zu erwägen, als hätte er garnichts Ungeheuerliches gesagt. Ich aber klammerte mich am Treppengeländer fest und brachte kein Wort mehr heraus.
Ich lese soeben, daß Hemingway vorgeschlagen hat, alle Nazis (gemeint sind

wohl die Deutschen) zu sterilisieren, damit sich alle Konflikte mit einem Schlage lösen. Hemingway ist also überzeugt, daß das aus Nazisamen hervorgegangene Baby schon in der Wiege einer ganz bestimmten Spezies Mensch angehört. Er spielt sich immer so als ganzer Kerl auf, mit seiner Großwildjagd und anderen überaus männlichen Beschäftigungen. Es muß ihm einzig zum Schmerz gereichen, daß er sich in seiner Produktion noch so weichlicher und herkömmlicher Dinge wie Handschrift, Feder und Papier bedienen muß. Könnte er seine Bücher mit dem Arsch schreiben, er täts gewiß.

New Brunswick, 24. November

Man erzählt mir, ein Wiener, der sich in New York zur Armee melden mußte, habe kopfschüttelnd gesagt: »Nun kämpf ich also mit den Chinesen gegen die Tiroler.«

Eine andre Geschichte, die ich in New York hörte. Eine liebe, friedfertige alte deutsche Emigrantin sagte: »Eigentlich haß ich nur zwei Menschen, den Hitler und den Columbus.«

Heute morgen erzählten mir die Studenten, daß sie schon fast alle ihre Fragebögen von der Armee erhalten hätten und erwarteten, im Januar zum Kriegsdienst eingezogen zu werden. Die meisten sind erst achtzehn. Einer hatte ganz erschrockne Augen.

Ich lese weiter im »Werther«, während in Nordafrika und im Kaukasus blutige Schlachten geschlagen werden.

Kurt Wolff sandte mir seine Verlagsanzeige. Das erste Buch, das Pantheon veröffentlicht, ist ein Masereel, »Dance of Death«, über den Krieg in Frankreich.

Furchtbar geplagt vom Gedanken, eigentlich meine Dissertation schreiben zu müssen. Warum kann ichs denn nicht?

New Brunswick, 9. Dezember

Wieder einmal geträumt, ich sei unter großer Gefahr nach Freiburg gekommen. Ich ging die Straße vom Bahnhof stadteinwärts hinauf und wäre gar zu gerne zur Herrenstraße und zum Münsterplatz gegangen. Ich war überglücklich, auf solch abenteuerliche Weise nach Freiburg gelangt zu sein. Aber meine Furcht, von irgendwem erkannt zu werden, ließ mich nicht über den Rotteckspl atz hinausgehn. Ich bog rechts ab, der Bertholdstraße zu und hatte die Stadt bald verlassen.

O sag er, Herr Schiffsmann, wo legen wir an,
Das Land ist weit und helle.
Ach nie mehr, du treuloser Wandersmann,
Wir kreisen von Stelle zu Stelle.

New Brunswick, 11. Dezember

Gestern abend in der herrlichen »Götterdämmerung« gewesen. Schade nur, daß Lauritz Melchior garnicht weiß, was eigentlich damit gemeint ist. Statt eines strahlenden, tollköpfigen, bedenkenlosen jungen Arglosen darzustellen, dem alle Herzen seiner Jugend und Schönheit wegen zufliegen, obgleich er Menschlich-Schweres garnicht begreift und daher überall ebenso viele Strahlen vermutet wie er selber auszusenden hat, kurzum statt den ungrüblerischen Heißsporn, einen Verwandten des Baldur, darzustellen, spielt Melchior ihn mit heldischer Würde, als handle es sich etwa um Ludendorff.

New Brunswick, 16. Dezember

Hatte einen seltsamen Traum, den ich noch immer klar vor mir sehe: in einem hohen, kahlen, nicht sehr hellen Zimmer, an dessem einen Ende eiserne Klettergestelle sind. Ein offenbar Wahnsinniger stellt mir nach, um mich umzubringen. Er ist weiß gekleidet. Der Woodstocker Erzbischof ist Eigentümer des Hauses, und der Irrsinnige wohnt bei ihm. Der Erzbischof aber tut nichts, um mich zu retten und versichert nur immer, der Mann sei harmlos, was ganz offensichtlich nicht wahr ist. Ich klettre an den Gestellen hoch, um mich in Sicherheit zu bringen. Während ich da oben hänge, fragt mich ein Bub, der auch da ist: »Are you a drinker?« (Diesen nicht eigentlich idiomatischen Satz benutzte er). Wie ich ihm darauf sage: »No,« fügt er erklärend hinzu, daß die Studenten von Princeton eben immer einen Haß auf alle jene hätten, die keine »drinker« seien, und er hält deshalb die Mordgelüste des Wahnsinnigen für ganz natürlich. Dann bin ich außerhalb des Hauses (das jetzt eine fast runde Kapelle aus dunkelbraunen Holz ist) zusammen mit Herbert Steiner, beide verfolgt von dem Wahnsinnigen. Wir ducken uns hinter einen kleinen Erdhügel. Fast werden wir entdeckt, da entsteht eine Katastrophe. Später, als Steiner und ich zu jener Stätte zurückkehren, um sie jemandem zu zeigen, ist alles wüst und zerstört. Die Kapelle ist halb eingestürzt, von unregelmäßigen Wasserfluten umgeben. Der ganze Hügel ist verwüstet. Wir wissen, daß der Krieg drüberhin gegangen ist. Die Überschwemmung scheint durch Bombenkrater verursacht zu sein.

New Brunswick, 22. Dezember

Zwei neuere Bücher zur Zeitsituation gelesen. Zuckmayers »Pro Domo« hat mich angenehm berührt. Es spricht ein so ernsthafter Glauben an ein wirkliches Deutschland heraus. Er baut darauf, daß man es wieder einmal herstellen kann, eine Stimme in der Wüste. Aber Werfels letztes Jahr in Buenos Aires erschienener kleiner Roman »Eine blaßblaue Frauenschrift« ist ein unangenehm geschmeidiges Buch. Das ist alles so gut gemacht, immer mit denselben Requisiten, die man schon so lange kennt und die, wenn man schreiben kann, immer wieder leicht umgestellt und anders zusammengemischt werden können, so daß immer etwas leidlich Gutes dabei herauskommen muß, ob sichs nun wie hier um die Liebesbeziehung einer Jüdin zu einem Staatsbeamten oder um irgendetwas anderes handelt. An vielen Stellen kommt unter der zeitgenössischen Farbe die schäbige Leinwand und frühere Tünchgrundierung zum Vorschein, und das Ganze wird einem dann zuwider und verdächtig.

Woodstock, 28. Dezember
Am 24. morgens mit dem neun Uhr-Bus mit Mutter nach Woodstock in die verschneiten Berge gefahren. Hier lieh ich mir gleich eine Axt, denn das war der Hauptspaß für Weihnachten: meinen eignen Tannenbaum zu fällen. Allerdings wachsen keine Tannen oder Fichten auf meinem Grundstück, nur langnadlige Föhren. Aber die weihnachtlich geschmückte Föhre gefiel uns besser als ein herkömmlicher Baum. Nachts durch den Schnee zur Mitternachtsmesse beim Erzbischof. Sie fand im untern Teil der Kirche, wo früher der Stall gewesen war, statt. Es hätte nicht weihnachtlicher sein können. Der Erzbischof erschien in großem Ornat. Am 25. las ich Mutter J.P. Hebels Gedicht »Der Geist in der Neujahrsnacht« vor.

Woodstock, 30. Dezember
Nachmittags mit Clara beim Erzbischof zum Tee. Seine geistesgestörte Frau war wieder recht toll. Sie zeigte uns ein dünnes Heftchen, das handgeschriebne Manuskript eines Buchs, das sie verfaßt hat: »The melodious Path«. Es soll eine leichtfaßliche Harmonielehre sein, und sie verspricht sich große Reichtümer davon.

New York, 1. Januar

Gestern abend war die Stadt um den Times Square herum völlig außer Rand und Band. Mit Tuthörnern blies man allen Menschen die Ohren voll, fast alle waren betrunken, viele bis zur Sinn- und Bewußtlosigkeit. Man möchte manchmal sagen, die Amerikaner seien wie Kinder. Aber Kinder haben ja viel mehr natürliche Würde. Außerdem saufen sie nicht.

New Brunswick, 10. Januar

Die letzten beiden Tage war ich in New York. Richard Alewyn hatte mir einen Brief geschrieben, weil er das Manuskript meines akademischen Vortrags gelesen hatte, den ich auf der Philologen-Tagung halten will, über das Symbol des Spiegels. Wir trafen uns gestern in der Bibliothek der Columbia University und aßen hinterher zusammen. Ich erkannte ihn gleich, obwohl es doch genau zehn Jahre her sind, daß ich ihn in Freiburg reden hörte. Er sieht aus wie ein Dreißigjähriger. Anfangs war es nicht ganz leicht, den rechten Kontakt zu finden. Erst als wir die rein literarischen Themen verließen und auf das kamen, was uns beide viel mehr angeht, kamen wir uns nah: das verseuchte und verdorbne Deutschland und die Möglichkeit, dort wieder nach einer Niederlage Hitlers zu leben. Alewyn sagte, er sähe für Deutschland keine andre Möglichkeit, als ein langes Schweigen, da, weil der Nationalsozialismus so widerlich eklektisch ist, alle Worte und Begriffe beschmutzt seien und ihren ursprünglichen Sinn verloren hätten.
Es war ein wichtiger und kraftspendender Nachmittag für mich. Durch mein Gespräch mit Alewyn ging mir zum erstenmal auf, was der wahre Grund für meine sonderbare unüberwindliche Unlust zu meiner Dissertation ist. Es sind zwei Gründe. Ich hatte einfach keinen wirklichen Glauben an meine eignen Schlußfolgerungen, Beobachtungen und Methoden. Wenn man über Dichtung spricht und schreibt, schwindelt man ja so leicht, verliebt sich in gewisse Theorien, pflückt Dinge aufs Geratewohl heraus, vergleicht Unvergleichbares und verdreht durch viel Kompliziererei das Einfachste. Darum wußte ich nie, ob ich mit meinen Untersuchungen auf dem rechten Wege war. Nun aber sagt mir Alewyn, daß er sehr angenehm von meinem geplanten Vortrag berührt sei und im Grunde glaube, daß eben durch eine solche gewissenhafte Untersuchung von Einzelsymbolen ein wichtiger Zugang zur Dichtung zu gewinnen sei. Er selber habe dergleichen im Sinn, täte es jetzt grade mit der Romantik und habe einmal über das Symbol des Gartens gearbeitet. Als ich ihm von der Lähmung sprach, die mich seit Monaten

jedesmal befällt, wenn ich die Feder ansetzen will, fragte er nur ganz kurz: »In welcher Sprache schreiben Sie denn Ihre Dissertation?« Und als ich ihm sagte, »natürlich auf englisch«, riet er mir, sie auf deutsch zu schreiben und hinterher zu übersetzen. Da ich George und die deutsche Dichtung als Deutschsprechender erlebt habe, könne ich in der fremden Sprache nicht natürlich damit assoziieren. Jeder neue Satz fordere eine neue geistige Anstrengung, einen neuen Anfang, statt sich vom vorhergehenden durch weiterfließende Assoziation gleichsam wie von selber zu ergeben. Das leuchtete mir sofort ein. Mit diesen beiden Fingerzeigen, dem der Methode und dem der Sprache, hab ich wie mir scheint, das Ei des Kolumbus für meine Dissertation entdeckt. Ich habe, das fühl ich, durch die Erkanntnis der Krankheit die Krankheit selber aus dem Wege geschafft. Das Deutschlandgespräch mit Alewyn hat mich zu einem Gedicht veranlaßt, das ich ihm wohl schicken werde:

Für Richard Alewyn

Seit Verführte sich im steten
Jubel vor den Worten neigen,
Sind Bedeutungen zertreten,
Schande heißt ein Volk zu schweigen.

Schweigen sieben lange Jahre,
Da uns jedes Wort vergiftet,
An der Sprache Totenbahre
Sei ein stiller Bund gestiftet.

Reinheit fordert lange Buße,
Bis sich endlich kurz und zage
Mit dem ferngewesnen Fuße
Auch das Wort zu rühren wage.

Und nicht Rufe noch Choräle,
Daß nichts Lautes uns mehr bliebe,
Daß kein Wortbetrug uns quäle,
Stammeln wir von neuer Liebe.

New Brunswick, 11. Januar

Noch immer ungewiß, ob ich weiter in Rutgers bleiben kann. Noch ist nichts entschieden. Ich werde wohl nach dem 16. Januar wieder ohne Stellung sein. Viele der Studenten sind schon in die Armee eingerückt. Dieses Abwarten kehrt, wie in einem Kanon, in meinem Leben immer wieder. Aber immer mehr wird es ein Warten ohne Spannung, nur dazu angetan, mich immer flügellahmer zu machen. In meiner Nachmittagsklasse sagte der rothaarige Fußballer mit dem ehrlichen ernsten Gesicht zu mir: »I hope they will keep you. You are a good man.« Kein Wort zuviel. Darüber war ich dann den ganzen Nachmittag glücklich.

New Brunswick, 14. Januar

Lange und freundliche Unterredung mit Billetdoux heute morgen. Professor P. kommt zurück, also kann ich nicht bleiben, da ich ihn nur vertreten habe. Aber P. möchte bald in Regierungsdienste treten. Die dann freiwerdende Stelle würde keinem als mir gegeben. In seiner gewohnten Güte und mit seinem Takt sagte Billetdoux: »I am sure we made no mistake in getting you, and I only hope we shall be able to add you definitely to our staff. No student ever complained about you (ein wichtiger Punkt an amerikanischen Universitäten), and the only comments I heard, casually, spoke of your fine spirit, your personality and your gentlemanliness with which you conduct your classes.« Dann fügte er das eigentlich Wichtige hinzu und zwar plötzlich auf französisch, um es persönlicher zu machen: »Je sais très bien qu'il est très difficile pour les étrangers d'être regardés sans quelqu'espèce de soupçon. Moi, je vous en assure, n'ai rien de ça, je suis tout-à-fait sans aucun préjugé contre les non-américains d'une nation quelleconque.« Er hatte also immer genau gewußt, daß ich Deutscher bin und gab es mir nun zart zu verstehn.

New York, 17. Januar

Gestern noch ein Examen gegeben, bis drei Uhr korrigiert und dann, nicht ohne gewisse dramatische Gefühle meine kurze Laufbahn als Universitätslehrer beendet. Billetdoux hat mir aber ein Zimmer im Romance Language House mit Schreibtisch und Schreibmaschine überlassen, um dort meine Dissertation zu schreiben. Und da ich weiterhin Universitätsbibliothek und -restaurant benutzen darf, werd ich mich nicht so ausgestoßen fühlen. Ich werde also in New Brunswick wohnen bleiben. Meinen letzten Tag mit akademischen Vollmachten hab ich noch dazu benutzt, Georges Gedichte in der Übersetzung von Morwitz und Steiners kleine George-Schrift für die Bibliothek anschaffen zu lassen.

New York, 18. Januar

Nun hab ich zum neunten Mal in meinem Leben den »Rosenkavalier« gehört. Lotte Lehmann als Marschallin, Jarmila Novotna als Oktavian und Emanuel List als Ochs. Die schönste Aufführung, die ich jemals gesehen habe.

Steiner hat das wohl einzige in Amerika vorhandne Exemplar der eben erschienenen Ausgabe von Alfred Schulers Nachlaß mit der großen Einleitung von Ludwig Klages gelesen und mir darüber erzählt. Da stehen von Klages verschrobne Seltsamkeiten. Er will Georges Gedichte dadurch herabsetzen, daß er nachweist, daß sie zum großen Teil auf ganz konkreten Erlebnissen beruhen. Als ob sie dadurch schlechter würden! Es kommen auch Stellen voll von einem sonderbaren verrückten Antisemitismus darin vor. Sehr interessant ist mir, daß George sich ihm damals als »Etienne George« vorstellte und, nach seinem Beruf befragt, »poète maudit« angab. Wichtige Bestätigung für einen Teil meiner Dissertation. Steiner lieh mir auch ein neues in Deutschland erschienenes Buch: »Der Missouri«, Gedichte von Friedrich Georg Jünger. (Insel, 1940) Es überrascht mich, daß ich viele davon so gut finden kann.[1]

New Brunswick, 20. Januar

Gestern nachmittag mit Clara in der großen vielfältigen Ausstellung »Portraits of the twentieth century« im Museum of Modern Art. Eine große Reihe spontaner Kunstwerke, denen allen man ansah, daß es keine Auftragsarbeiten waren. Besonders beeindruckt von Otto Dix, (Selbstporträt), Modigliani (Frau mit roten Haaren), de Chirico (Selbstporträt), das Bildnis D.H. Lawrences von einem Holländer, Marcel Duchamps, William Rothensteins Zeichnung von André Gide und eine Gide-Büste von Zadkine (1940), Singer Sargents Bildnis von Yeats, Augustus Johns beide Porträts von T.E. Lawrence und viele andre. Abends mit Mutter zu Erich von Kahlers Vortrag über »The intellectual foundations of present-day Germany«, wo ich auch Vera Lachmann traf. Kahler sprach über Marxismus, Nietzsche, Wagner, George, Spengler, Möller van den Bruck und Ernst Jünger. Kahler lud mich hinterher ein, ihn in Princeton zu besuchen.

New Brunswick, 21. Januar

Heute morgen rief Billetdoux an, ich solle sofort zu ihm kommen. Da erfuhr ich, daß ich doch wieder eine Instructor-Stelle bekommen werde zu Beginn des neuen Semesters. Diesmal in der französischen Abteilung, in der ich drei Kurse zu geben habe, die mir alle Nachmittage frei lassen für die Dissertation. Ein Instructor geht weg. Bin sehr froh.
Da ich nun nicht mehr Spanisch unterrichte, will ich, um es nicht wieder zu verlernen, mit meinem Kollegen Hans Jäger zusammen den »Don Quijote« ganz auf Spanisch lesen. Wir wollen uns zweimal in der Woche treffen und uns über das gelesene auf Spanisch unterhalten.

New Brunswick, 25. Januar

Lese in Dornseiffs Deutschem Wörterbuch nach Sachgruppen. Eine fesselnde Lektüre. Ich habe mir einige Worte herausgeschrieben. Unlängst notierte ich mir auch aus dem Toussaint-Langenscheidt eine ganze Reihe von Wor-

1 Genauer in einem etwas späteren Eintrag: In dem Gedichtband »Missouri« scheinen mir »Der Assassine« und »Weigerung« etwas sehr Besondres und Seltnes, obgleich es offenbar ist, daß »Der Assassine« sich ganz an den »West-östlichen Divan« anschließt. Dann das Gedicht »Die Feiern, die Feste« und schließlich »Ultima rerum linea«, »Der Winter«, »Wasserspiele«.

ten, die mir entweder unbekannt sind oder die ich zwar kenne, die aber nicht in meinem aktiven Wortschatz sind.

New Brunswick, 29. Januar

Billetdoux hatte mich gefragt, ob ich einen Französischkurs an der Preparatory School übernehmen wolle, die der Universität angegliedert ist. Heute morgen Besprechung mit dem Headmaster der Schule. Wir einigten uns darauf, daß ich von jetzt bis Ende Mai dreimal wöchentlich eine Stunde Französisch gebe für im ganzen 100 Dollar. Neue Situation für mich: eine Stelle wird mir nicht nur angeboten, sondern man dankt mir auch noch dafür, daß ichs tue. Zwar sind 25 Dollar im Monat wenig, aber für mich ist es ja nicht mehr Aufwand, als das Ausfüllen einer Freistunde zwischen den Vorlesungen.

Als mich der Headmaster fragte, ob ich Engländer sei (die übliche Frage, wegen meiner britischen Aussprache) und erfuhr, ich sei Deutscher, schrie er jovial: »Never mind. That's all the same to us around here: negroes, jews or Germans.« Es war, glaub ich, freundlich gemeint, daß er seine drei Verachtungen mir zuliebe so mit einem Streich vom Tisch wischte.

New Brunswick, 4. Februar

Zum erstenmal in meinem Leben wurde ich heute gebeten, einen Empfehlungsbrief für jemanden zu schreiben, einen meiner Studenten vom letzten Semester, der mir zum Glück sympathisch ist (wie übrigens fast alle). Ich fühlte mich gewaltig geehrt. Immer mehr will man mich glauben machen, ich gehörte eigentlich doch dazu, sei jemand, der in diesen gutbewachten Ordnungen Stimme und Geltung habe. Ich kenne mich selbst nicht mehr aus.

New Brunswick, 8. Februar

Vorgestern, gleich nach meiner Ankunft in New York, ging ich verabredeterweise zu Beer-Hofmann. Er hatte mir wieder eine im Umschlag versandte europäische Ansichtskarte mit Verabredung und Willkommensgruß geschickt. Es ergab sich trotz der natürlichen Befangenheit und Zurückhaltung des einen und der Überlegenheit des anderen, beinahe sofort ein ganz persönliches Gespräch über Dinge, die beiden sehr am Herzen liegen und das immer mit der gleichen anteilnehmenden Spannung weiterging, bis ich, nach fast drei Stunden, fortmußte.

Wieder empfing er mich allein. Wieder war der Tisch sorgsam mit schönem Geschirr zum Kaffee gedeckt, den er bald darauf selber herein brachte. Zuerst fragte er nach meiner Arbeit. Dabei erwähnte er, wie sein Adoptivvater ihn im Französischen unterrichtete. Er las Fénelons »Télémaque« mit ihm und wurde stets sehr ärgerlich, wenn der Sohn »jeune étranger« immer

wieder spontan mit »junger Fremdling« übersetzte, statt »Fremder«, wie der Vater haben wollte. Dann sprachen wir allgemein über Amerika. Nie mehr könne er nach Wien zurück, auch wenn man ihm alles dort angenehm machte. Für Amerika glaubte er allerlei Möglichkeiten zu sehn. Er hatte sich Reisigers Whitman-Übersetzung aus Europa mitgenommen, da sie ihn sehr beeindruckt hatte. Das war wohl seine einzige Vorbereitung auf Amerika und ist sein Haupteindruck geblieben. Ich mache Einwände, halte auch dafür, daß Whitman auf Deutsch einheitlicher wirken müsse als auf Englisch, wo die vielen amorphen latinisierten Worte, die andern Sphären als der dichterischen angehörten, immer wieder störend auffallen. Manches läßt er gelten, sagt aber: »Ich weiß, diese ewigen Kataloge und Aufzählungen! Nach zwei Seiten sag ich mir, ›wenns noch eine Seite weitergeht, wird mirs unerträglich sein‹, aber auf der fünften Seite geschieht das Schreckliche, daß ich mir sage ›jetzt könnts eigentlich ganz gut noch ein paar Seiten so weitergehn.‹ Whitman will, daß ich in all dem ertrinke, und da kann er mir natürlich nicht nur einige Liter vorsetzen.« Er hält auch viel von Thornton Wilder, den er öfter sieht, und erzählt mir, unnachahmlich, mit den menschlichsten Akzenten die ganzen drei Akte von »The Skin of our Teeth«, dessen Aufführung er grade gesehen hat. Wie ihm bei dem Satz der Urtiere, die, um Einlaß ins Haus bettelnd, die Eiszeit und damit ihren eigenen Untergang ankündigen: »but it is cold« die Tränen gekommen seien. Zuerst habe er geglaubt, das sei eben, weil er ein alter Mann sei, bei dem die Ventile unzuverlässig geworden seien, so daß, was sonst Erregung wäre, eben nun gleich zu Tränen würde. Aber da habe er dann von einem Zwanzigjährigen genau das gleiche gehört. Also sei dieser unscheinbare Satz augenscheinlich so sehr an der richtigen Stelle gesagt, wie das eben nur ein Dichter könne. (Bei seiner geringen Kenntnis des Englischen hat sich ihm unterm Zuschauen das Stück wohl in ein ihm gemäßes Kunstwerk verwandelt.)
Über die amerikanische Jugend; wie unkontemplativ sie sei. Darauf sagte ich: »Eigentlich müßte doch jeder junge Mann eines Tages spüren: in dieser Linie wird von nun an mein Leben verlaufen. Ihr hab ich zu folgen und danach mein Leben zu formen.«
»Gibt es das wirklich? Ich habe das nie gewußt. Wahrscheinlich, weil ich mein ganzes Leben lang so unendlich verspielt gewesen bin und zu allem viel zu viel Zeit gebraucht habe. Ich wußte nie, was ich werden wollte. Hatte nie vor zu schreiben, ganz anders als Hofmannsthal, bei dem es schon vom sechzehnten Lebensjahr ab wie ein Zwang war. Als ich schließlich mit vierundzwanzig Jahren endlich meinen Doktor machte, war immer noch alles unentschieden. Hätte ich nicht durch reinen Zufall in einem einzigen Sommer den Hugo Hofmannsthal, Schnitzler und Bahr kennengelernt, wär ich vielleicht nie zum Schreiben gekommen. Aber in jenem Kreis war man

überzeugt, ich würde schreiben, und zwar etwas Gutes. Ich hatte, verstehen Sie wohl, nicht etwa bevor ich irgendetwas veröffentlicht hatte, nein, bevor ich irgendetwas geschrieben hatte, gleichsam ungeheuren Kredit. Aber dann, als ich meine erste Arbeit schrieb, blieb ich plötzlich in der Mitte stecken. Ähnlich wie der Lord Chandos. Ich mußte mich immer fragen: ›Wer glaubt mir denn noch etwas, wenn ich mich hier mit Worten an eingebildeten Situationen errege? Wie wird man mirs glauben, wenn ich einmal über Wirkliches erregt bin?‹ Aber das sind die *beiden* Seiten von ›Was ist ihm Hekuba?‹ Einerseits Tränen zu vergießen über etwas, was einen garnichts angeht. Da müssen die andern doch mißtrauisch werden. Dann fiel mir die andre Seite ein: ›Aber wie wunderbar das doch auch ist! Wer weint denn heute noch über Dinge, die ihn garnichts angehn?‹ Dieses sind die beiden Extreme. Da immer wieder zwischendurchzukommen, war für mich stets wie ein Schwerttanz. Ich dachte auch, eigentlich könne ich garnicht weiterschreiben, bevor ich nicht viel mehr wisse, zum Beispiel die Namen aller Pflanzen oder aller Handwerke. Oft hab ich dann stundenlang den Maurern zugesehn, ohne eigentlich zu wissen, was mich an diesen Handbewegungen so fesselte, wie er dort die dreieckige Kelle in den Zement sticht, den dann verreibt und so weiter.« (Dabei macht er ganz genau diese rasche Folge von Bewegungen nach.) »So hab ich wohl damals alle Handwerke studiert. Und ich, der ich doch fast nie gereist bin und weder Paris noch London kenne, glaubte damals, daß ich vor allem gewisse Länder wie Indien sehen müßte, bevor ich überhaupt weiterschreiben könnte. Es schien mir ein furchtbares Versäumnis, das nicht kennenzulernen. Grad so, als ständen etwa draußen am Himmel die schönsten Sterne, man brauchte nur ans Fenster zu treten, um sie zu betrachten, und täte es nicht.« Er beschrieb genau ein großes geographisches Bilderbuch, das er als Knabe von seiner Tante an bestimmten Tagen zum Ansehen bekam und das ihm die ganze Welt zu enthalten schien. Dann aber, den Faden des eben Gesagten wieder aufnehmend: »Hätt ich damals nicht meine Frau kennengelernt, hätt ich wahrscheinlich nie weitergeschrieben, sondern wäre auf Reisen gegangen.«
Ich: »Aber so hab ich es auch nicht gemeint: als müsse man plötzlich genau wissen, was aus einem wird. Ich weiß heute noch nicht, was aus mir werden wird. Ich wollte sagen, daß man seine Lebensstimmung einmal erkennen müsse. Die Lebensluft, in der man fortan sich in irgendeiner Form bewegen werde. Und das möchte ich Ihnen nicht glauben, wenn Sie sagen, daß Sie auch diese künftige Lebensstimmung nie gespürt hätten. Bei mir zum Beispiel kam sie in den Monaten, bevor ich nach Amerika fuhr. Ich wußte nie, wie lange dieses ungewisse Warten auf ein Visum noch dauern würde. Alle Brücken hatte ich nach und nach hinter mir abgeschlagen und lebte verantwortungslos, auf eine unbestimmte Frist gesetzt. Da wußte ich mit einem

Male, daß ich künftig eine Art Abenteurer sein würde, das heißt mein Leben immer wieder wie auf Abruf nach andern Lebensmöglichkeiten leben würde.«
Er: »Ach, da muß ich Ihnen doch ein Buch mitgeben, den ›Tod Georgs‹. Da ist nämlich eben jene Frage des Mittuns im Leben. Einer hat das Gefühl, daß er nicht mehr weiter mitgehen könne, weil mit jedem Schritt, den er mache, so vieles, so viele Möglichkeiten und Keime zu andrem Leben zerstört würden. Aber dann: wenn er stehenbleibt, so verdorrt das, was ihm unmittelbar unter den Füßen wächst. Aus diesem unlösbaren Problem heraus kommt das Buch. Es ist rein assoziativ geschrieben, so als ob man nur auf einen Knopf drücke, worauf dann eines aus dem andern entsteht. Ich schrieb es 1897, und 1900 wurde es veröffentlicht.«
Und da wir noch einmal über das Unwiederbringliche jener Zeit sprachen, über das österreichische Kaiserreich mit seiner reichen Mischung von Nationen, Rassen und Sprachen, bemerkte er: »Ich sage immer, Österreich war wie ein trockenes Mittelmeer, in dem sich auf dem festen Lande eine reiche, vielfältige Kultur vereinigte, wie in einem großen Binnenbecken.«
Ich sage dann einmal, wie wichtig es sei, alles Schöne und Bedeutende im Gedächtnis zu behalten. Vor allem jetzt, um es nach dem Kriege wieder weitergeben zu können. Er bezieht dies sogleich auf den andern, den ersten Weltkrieg: »Ich weiß noch, wie ich damals in Südfrankreich zu S. Fischer sagte, er solle Moritz Heimann kommen lassen, um gemeinsam mit ihm etwas Wichtiges zu besprechen. Mein Gedanke war nämlich, daß die Zukunft in guten Anthologien liege. Aber solchen, die nicht wir selber machten, sondern die von Menschen gemacht würden, die man dafür bezahlt, daß sie alle Beziehungen und Zusammenhänge noch wissen. Es wird ja einfach zuviel, und später läßt sich das alles nicht mehr rekonstruieren. So wie es ja seit 1832 keinen universell gebildeten Menschen mehr geben konnte, da die Stoffmassen viel zu stark angewachsen sind. Heute ist einer schon sehr gebildet, wenn er immer weiß, wo er die nötigen Kenntnisse nachschlagen kann. Aber solch eine Zeit, wie die damals in Wien, kommt nie mehr: wie wir drei neidlos arbeiteten, ganz unbekümmert, was daraus würde. Und all das in eine neue Zeit zu retten, das ist so, als ob sich ein Schwimmer ganz belädt, sodaß er grade noch durchkommt, auch noch in den Zähnen etwas haltend, so viel wie nur irgend möglich. ›Wieviel kann ich noch mitnehmen, ohne unterzugehn?‹ fragt er sich. Darauf kamen wir auf Herbert Steiner zu sprechen, von dem ich sagte, der sei eben solch einer, der alle Zusammenhänge weiß und herstellen kann, worauf er entgegnete: »Ich nenne ihn ja auch deshalb immer ›ein nicht wiederherstellbares Produkt.‹ Er ist wie ein Teekoster, der alle Sorten kennt und sie gegeneinander abwägen kann.« Es folgten lange Charakterisierungen Steiners von uns beiden, wobei er manchmal das

Negative an ihm betonte: wie dieses Bewahren ja eigentlich schließlich bis zu einem Punkte gehe, wo dann alles aufhört, da es dieser Zeit nicht mehr angemessen sei. Er erzählt mir dann die lustige Anekdote, wie seine Frau einmal zu ihrem größten Erstaunen in der Straßenbahn nach Grinzig einen kleinen Buben im Matrosenanzug und bloßen Knieen gesehen habe, der mit seiner erwachsenen Begleiterin so viel über Rilke und Strindberg und alles Mögliche gesprochen habe, daß einem Hören und Sehen verging. Oft habe sich seine Frau gefragt, was aus diesem Buben wohl geworden sei. Dann habe seine Frau ihn, Jahre später, bei einer Rilke-Vorlesung, wiedererkannt. Es war Steiner.
Später kamen wir wieder auf Stifter zu sprechen. Schon in meinem letzten Brief hatte ich ihm geschrieben, daß ich grade wieder im »Nachsommer« läse. Er teilte mir mit, daß auch er, wie nie in seinem Leben zuvor, grade jetzt Stifter verfallen sei. Ihm ist der »Hagestolz« am liebsten, weil dort so garnichts geschieht; und dann der »Beschriebene Tännling«, der ja auch fast keine Fabel habe. Er erzählte, wie sein Vater einmal Stifter begegnet sei und sich darauf in einer Buchhandlung dessen Photographie gekauft habe, die Beer-Hofmann noch besitzt. Er zeigte mir nun die beiden Bändchen der Erstausgabe der »Bunten Steine«, bei Heckenast in Pest, die wir uns genau ansahen.
Aber erst nach all diesem kam es zum Persönlichsten und dem Hauptteil unsres Gesprächs, als er sagte: »Die Menschen werden einmal sagen: ›Wie? im Jahre 1943 schrieb er nichts weiter als eine Idylle?‹ Denn ich zeichne ja jetzt nur Vergangnes auf.« (Es ist das Erinnrungsbuch über seine Frau). » ›In solchen Zeiten hat er nichts andres zu tun als zu beschreiben, wie gut es ihm in Wien einmal gegangen ist?‹ « Da war es mir, als sei der Altersunterschied zwischen uns verwischt, und ich dachte: also auch er sieht sich vor dieser Frage! und wurde ganz eifrig, lehnte mich vor und rief aus: »Aber das ist ja grade wunderbar, daß Sie das festhalten, was sonst verloren wäre. Die Griechen haben es nicht anders getan. Das ist doch der Ursprung aller Dichtung, daß der Dichter, wie Homer, das Leben der Helden – vorbildlicher Menschen – dadurch vor der Vergessenheit bewahrt, daß er sie spätren Geschlechtern zum Vorbild rückblickend wieder lebendig macht. Solch eine Dichtung will doch sagen: ›seht, so etwas gab es einmal, solche Menschen haben unter euch gelebt, so ist es gewesen!‹ «
Darauf antwortete Beer-Hofmann herzlich und erfreut: »Da muß ich Ihnen doch etwas vorlesen. Ein wirklich sonderbares Zusammentreffen!« Er stand auf, ging an den Eisenschrank, in dem die Hefte seiner gegenwärtigen Aufzeichnungen (und alle andern Manuskripte, sorgfältig in einzelne Mappen geordnet) liegen, nahm das oberste heraus und las vor. Es ist eine Stelle darüber, daß ein Werk deshalb aufgezeichnet werde, um den jetzt lebenden

Menschen, die diese Frau nicht mehr gesehen haben, das Bild wachrufen. Die Sätze stimmen teilweise fast wörtlich mit dem überein, was ich eben gesagt hatte. Erst als er fertig war, eröffnete er, daß dies eine Stelle aus Dantes »Vita Nuova« sei, und es schien mir, als wolle er sie seinem Gedenkbuch als Motto voransetzen.

In der Erregung und Wärme der unmittelbaren Anteilnahme sag ich weiter: »Und um wieder auf den ›Nachsommer‹ zu kommen, was hat denn Stifter andres getan, als er in einer politisch sehr bewegten Zeit, rückblickend das Benehmen und die Stimmung jener Menschen aufzeichnete, denen das Erbe Goethes noch gegenwärtig war und die es nun zu Ende lebten? Das ist doch eben das, was Sie auch tun.« In diesem Zusammenhang erwähn ich André Gide: wie er im Kongo, während eines lauten Tomtoms und in tropischer Hitze abseits vom Lagerfeuer liegt und den »Wilhelm Meister« liest; und wie in seinen letzten, in der *Nouvelle Revue Française* im Jahre 1939, nach dem Fall von Frankreich veröffentlichten Tagebuchblättern steht, daß er grade die »Wahlverwandtschaften« lese. Wie ich das immer an Gide bewundert habe. Und Beer-Hofmann, ganz überzeugt, erinnert an die Stelle in Goethes Kanonade von Valmy, wo es ganz ähnlich ist und sagt: »Dies ist eben das einzige, was ich machen kann. Jetzt heißt es, jeder Schriftsteller müsse heute zugleich ein politischer Schriftsteller sein. Für den, der das kann, mag das ja richtig sein; aber, wenn einer es nicht kann, soll man es nicht von ihm verlangen. Was ich da schreibe, ist ja auch garnicht von mir. Ich beschreibe ja nur, wie es tatsächlich war. Ich tue nichts andres als mich mit aller Kraft gegen Einfälle wehren. Früher brauchte ich nur die Augen zu schließen, da stellten sich sofort die vielfältigsten Vorstellungen ein. Jetzt hab ich nur genug damit zu tun, sie ferne zu halten, damit ich ja nichts hinzufüge, was ich nicht verantworten kann. Da sind ja so viele Skizzen zu Szenen zum ›David‹ (und einige sind, glaub ich, wirklich gut) und vieles andre, aber das werd ich ja alles nicht mehr weitermachen.«

Dann war es sechs Uhr, und ich mußte, mittendrin, fort. Er holte ein Exemplar vom »Tod Georgs«. Es scheint sein eignes Handexemplar zu sein. Vorne hat er handschriftlich einen Druckfehler berichtigt. Hinten sind die drei Seiten angemerkt, die das Porträt seiner Frau enthalten, worauf er mich hinweist. Wieder schreibt er langsam und genau die Widmung hinein. Er warnt mich: ich müsse bedenken, daß dies vor 1900 geschrieben sei. Dann erinnert er sich eines Ausflugs, auf dem er mit dem »Tod Georgs«, Schnitzler mit dem »Schleier der Beatrice« und Wassermann mit der »Renate Fuchs« in der Tasche in die Berge gingen: alle drei, wie er sagt, mit ihren ersten Werken beschäftigt. Als ich ein paar kritische Bemerkungen über Wassermann machte, sagte er nur vorsichtig: »Nun, die Revision über Wassermann hat ja schon begonnen.« Sein wirklich erstes Werk, die Novellensammlung »Das

Kind«, erwähnt Beer-Hofmann nie, ganz so, als gehörte sie nicht zu seinem Werk, während er sonst jede seiner wenigen Arbeiten von Zeit zu Zeit als Lebenszeugnisse heranzieht. Denn alles, was im Gespräch berührt wird, führt sogleich zu seinem eignen Leben. Wenn es sich um dichterische Vorstellungen, Ausdrucksmöglichkeiten oder Lebensstimmungen handelt, gedenkt er einer Stelle in seinen Büchern oder Skizzen. Freilich nicht derart, als setze er meine Kenntnis oder gar Bewunderung dieser Werke voraus. Er teilt mir, im Gegenteil, so aus ihnen mit, als kenne ich sie nicht, was ja meistens auch richtig ist. So ist Beer-Hofmann vollkommen egozentrisch, aber in der wirklichen Bedeutung des Wortes, da ihm alles aus seiner eignen Mitte hervorgeht und wieder in sie einmündet. Und dadurch, daß er alles, mühelos und selbstverständlich, in sich selbst verwandelt, entsteht dieses alles einheitlich und rein erfassende Gespräch. Nicht er selber kommt sich gleichnishaft vor, aber das ganze Leben scheint ihm als Gleichnis für seine eignen Träume und Gedanken zu dienen. Eben daraus entsteht der starke Eindruck, daß nämlich, während so viele andre, vom Leben Verwöhnte, durch ihre Verpflanzung und die Nöte des Exils wie Bilder ohne Rahmen sind (wie Alewyn es unlängst ausdrückte), er geblieben ist, was er war und ist.
Abendessen bei Mutter und hinterher mit Steiner. Er zeigte mir den schönen und zu Herzen gehenden Brief, den ihm Karl Wolfskehl grade aus Neu-Seeland geschickt hatte. Ich war tief berührt von der Schlußwendung dieses Briefs: »In Sinnen versunken und mit warmer Anteilnahme« schreibt der Vierundsiebzigjährige aus seinem Exil. Da sah ich diesen alten Mann vor mir, wie er plötzlich wieder im Geiste jene frühen Münchner Jahre durchdachte, die er mit George verbrachte. – Steiner sagte, er scheine bei mir die Rolle einer Stiefgroßtante spielen zu müssen, die z.B. Napoleon noch gesehen hat (weil ich ihn nach so vielem ausfrage).
Das »Modern Language Quarterly« ist auf meine Anfrage damit einverstanden, daß ich eine Besprechung der Morwitz-Übertragung der George-Gedichte und Steiners George-Schrift für sie mache.

New Brunswick, 16. Februar

Heute wieder die Verlängerung der Generalreiseerlaubnis auf drei weitre Monate erhalten. Gestern die letzten fünf Seiten des »Nachsommers« ausgelesen. Unvergeßlich, wenn Risach nach all diesen Jahren zu Heinrich sagt: »Sie wissen wohl, daß ich der Freiherr von Risach bin«. Wenn man, beim Beginn von Risachs Erzählung glaubt, nun käme eine Art Handlung in den Roman, merkt man mit Erstaunen, daß die lange Erzählung nur wieder ein weitrer Spiegel der einzigen geschilderten Situation ist, die mit immer andren Akzenten dargestellt wird. Noch einmal, wenn es zu einer äußren Handlung kommen könnte, bleibt diese aus. Heinrichs zwei Jahre lange Reise durch

ganz Europa nimmt kaum zwanzig Zeilen in Anspruch. Auch das ein Zeichen für die noble Echtheit des Buchs, das nichts als die Kristallisationen verschiedener Lebensläufe geben will, ohne jede psychologische Großtuerei und Schnüffelei.
In Alfred Momberts »Die Blüte des Chaos« gelesen und bin wieder völlig entgeistert über so viel unsinnige und gleichförmige Ekstase.

New York, 21. Februar

Im Museum of Modern Art den unvergeßlichen Film »Jeanne d'Arc« wiedergesehn, es ist ein französischer Stummfilm von Dreyer aus dem Jahre 1928. Ich hatte ihn schon einmal als Unterprimaner 1932 gesehn und nie vergessen. Die Jeanne wird von der Schauspielerin Falconetti gespielt. Dies scheint mir ein genau so reines Kunstwerk zu sein, wie nur irgendein Gedicht oder Gemälde.
Dieser Tage (nach dem »Nachsommer«) K.B. von Mechows peinlich schlechten Roman »Vorsommer« gelesen, da man, wie ich mich erinnre, seinerzeit in Deutschland so wichtig damit tat. Es ist inhaltlich wie sprachlich gleich abstoßend in seiner schludrig gemachten Gemütssäuselei und billiger Alltagsverklärerei.
Im Gefühl, ihm vielleicht doch Unrecht zu tun, Alfred Momberts »Himmlischen Zecher« gelesen, in der Hoffnung, irgendetwas darin zu finden. Aber es war wieder nichts. Das Geheimnis scheint mir dies zu sein: hinter der ewig ekstatisch erregten Sprache verbirgt sich eine ganz herkömmliche mittlere Anschauungsweise und Sprachfügung. Es sind ganz ungeläuterte Schablonen, was zumal bei den gereimten Gedichten zutage tritt. Das Einzelwort als solches hat für Mombert gar keine Magie. Man merkt es nur nicht sogleich, betäubt von den kosmischen Bildern.
In der Public Library las ich auch dieser Tage drei Gedichtbände von Eduard Stucken, um mich über ihn zu informieren (lebt er wohl noch?), nämlich »Balladen«, »Das Buch der Träume« und »Die Insel Perdita«. Das ist wohl das Geschmackloseste an Versen, was ich seit langem gelesen habe. Der gräßliche Buchschmuck von Fidus paßt ausgezeichnet dazu. So kreis ich immer wieder ums Deutsche, da wo ich es nobel und unfanatisch vermute, um es in seinen Träumen und Visionen in der neueren Zeit zu entdecken und finde immer wieder so viele unverdauliche Speise.

New Brunswick, 5. März

Heute zum erstenmal seit so vielen Monaten wieder an meiner Dissertation gearbeitet. Ganz ohne besondren Vorsatz. In meinem Universitätszimmer kams mir plötzlich in den Sinn ich könnte etwas daran schreiben. So schrieb ich denn kurzerhand das erste Kapitel zu Ende. Ganz anders, als es geplant

war, da ich jene Pläne ohnedies vergessen hatte. Jetzt scheint das schreckliche Hemmnis durchbrochen. Ob ich nun jeden Tag mindestens zwei Seiten werde schreiben können? Habe jedenfalls schon begonnen, die Notizen zum zweiten Kapitel zusammenzustellen.
Habe außerdem heute die Legenden vom Rübezahl von Musäus gelesen. Das ist ein Labsal. Da möchte man in einemfort lernen von ihm. Im Musäus find ich den ganzen Witz und die manchmal grelle Unehrerbietigkeit des achtzehnten Jahrhunderts. In »Melechsala« ist es mir fast etwas zu toll, wenn Musäus alles um jeden Preis terre-à-terre sehen will. Hätte er das Enzyklopädische besessen, wäre er eine Art deutscher Voltaire geworden, mehr als Wieland. Er verfügt über einen ungemein mühelosen Witz und weiten Sprachschatz. Die deutsche Kleinstaaterei und -fürsterei haben ihm wohl eine große voltaire-artige Entfaltung unmöglich gemacht.

New Brunswick, 18. März

Heute 28 Jahre alt geworden. Weitre $2^1/_2$ Seiten an der Dissertation geschrieben, wie an allen Tagen seit dem 5. Bin schon weit im Sprachkapitel.
Gestern abend kam einer meiner Studenten, Nathaniel Altschuler, zu mir, um mir seine Gedichte vorzulesen.
Lese Meisingers Wortkunde und Jean Pauls »Komet.«

New York, 21. März

Gestern mit Mutter lange im Central Park spazieren gegangen. Heute nachmittag kam Steiner zu mir und brachte mir als Geburtstagsgeschenk die sonderbare, mir unbekannte Schrift von Rudolf Ibel über George und Fritz von Unruh. Ich las ihm das bisher Fertige der Dissertation vor, woran er nichts auszusetzen oder hinzuzufügen hatte. Er erzählte mir, daß Heinrich Zimmer ganz plötzlich an einer Lungenentzündung gestorben ist. In seinem letzten Delirium habe er, ideenreich wie immer, einen großartigen Vortrag auf deutsch, englisch und griechisch über Indien gehalten. Er war garnicht alt, Anfang fünfzig. Seine Frau Christiane (Hofmannsthals Tochter) bleibt nun mit drei Söhnen, die noch in die Schule gehen, zurück. Ich möchte sie gern kennenlernen.
Heute nacht fahr ich nach Oberlin. In Europa entspräche ein solche Reise wohl einer Strecke von Süddeutschland in die Mark Brandenburg. Hier denkt man sich garnichts dabei. Freue mich sehr auf Oberlin. Als Reisebuch hab ich mir Jean Pauls »Komet« mitgenommen.

Oberlin, 23. März

Zwischen Buffalo und Cleveland den zweiten Band des »Kometen« gelesen. In Cleveland dann drei Stunden Wartezeit. Da ich immer, wenn ich in eine

größere Stadt komme, beinah automatisch im Telephonbuch nachsehe, ob es dort Nachkommen Follens gibt, tat ichs auch hier. Bisher hatte ich noch in keiner Stadt den Namen entdeckt. Hier aber fand ich drei Follens. Ich rief einen nach dem andern an, aber erst bei der dritten Nummer meldete sich jemand. Er hatte noch nie von Charles Follen gehört und bestritt entschieden und etwas ärgerlich, irgendwen dieses Namens unter seinen Vorfahren zu haben.
Karos wohnen dieses Jahr in einem andern Haus, in dem sie mir ein Schlaf- und Studierzimmer, vorsorglich und aufmerksam wie immer, bereitgestellt haben. Gestern abend war Prinz Hubertus zu Löwenstein zum Abendessen da, und man unterhielt sich bis Mitternacht. Ich fand Löwenstein diesmal sehr anregend und sympathischer als damals in London, wo ich mit ihm und Edward Dent zusammentraf. Von seiner Eitelkeit muß man eben absehen. Karos, Löwenstein und ich haben, jeder auf seine Weise, eben doch das Gemeinsame unsres Abscheus vor den Nazis, obwohl Löwensteins konservative Gesinnung ihn wohl, in normalen Verhältnissen, nach rechts abdrängen könnte. Es gefiel mir aber auch an ihm, daß er, wie ich, Ricarda Huch für die bedeutendste Kraft unter allen jetzigen Deutschschreibenden sieht. Er nennt sie die heimliche Kaiserin Deutschlands. Er hält hier eine Reihe von Vorträgen und ich werde ihn wohl noch öfter sehn. Demnächst wird er nach England gehn. Da möcht ich ihm ohnehin Fränzes Lage ans Herz legen und um seine Hilfe bitten.

Oberlin, 24. März

Im Hause einer alten Dame, Miss Zearing, die merkwürdigerweise von den Zähringern abstammt und daher viel über Freiburg wußte. Heute nachmittag zu dem letzten Vortrag von Prinz Löwenstein: über den Zusammenbruch der Weimarer Republik, den er sehr gefühlsbetont, fast in Tränen, endete. Hinterher ihm zu Ehren eine Gesellschaft bei Karos. Da erschien Löwenstein mir allzu applaussüchtig, ichbezogen und politisch nicht ganz zuverlässig.

Oberlin, 25. März

Heute hab ich Löwenstein besucht und ihm beim Packen geholfen. Wenn er nicht in Gesellschaft ist, ist er viel angenehmer. Wir konnten uns auch über Persönlichstes unterhalten und kamen uns daher nah. Ich sah, daß er mit folgenden Dingen im Gepäck reist: einem schönen Kruzifix, einem Buddah, einem silbernen Kelch, einem Silberbecher, Georges »Siebentem Ring« und Dante-Übersetzung, Gundolfs »Caesar«, Kantorowicz' »Friedrich II.« und einem der historischen Bücher von Ricarda Huch. Er ist doch ein gar kostbarer Herr. Aber ich finde es doch eher komisch, so mit Kruzifix, Buddah und Silberbechern durch den amerikanischen Mittleren Westen zu reisen.

Karo erzählte mir gestern, wie er zwei Mal mit George unter vier Augen habe sprechen können und wie das ihm einer der tiefsten Eindrücke seines Lebens sei. Sie sprachen über Griechenland und griechische Heiligtümer. Auf Karos Frage, warum George nie aus dem Griechischen übersetzt habe, sagte George, von den andern Sprachen kenne er den Rhythmus, vom Griechischen aber nicht. Er bat Karo um Auskunft darüber, die dieser ihm aber auch nicht geben konnte. Karo hebt Georges völlige Posenlosigkeit und feinen Humor hervor. Er war durch und wegen Percy Gothein zu George gekommen. Er kannte alle Gotheins gut und Percy von Kindesbeinen an, der ihm vorm Weltkrieg einmal als die reinste Verkörperung der deutschen Jugend erschienen war und der ihn, wie alle, durch seine spätre Entwicklung dann doch enttäuschte. Jetzt sieht er sie im Sohn seines Freundes Clemen.

New Brunswick, 29. März

Völlig erschöpft von der Reise. Um 11,28 von Elyria abgefahren. Es war ein langsamer Zug. Nach Mitternacht war ich eine Stunde lang in Albany gestrandet und mußte umsteigen. Morgens um ¾ fünf in New York angekommen, dann mit verschiedenen Untergrundbahnen zum Pennsylvania Bahnhof, so daß ich hier heute morgen um halb sieben Uhr ankam, kaum noch fähig zu gehen. Eine Stunde Schlaf und dann gleich drei Stunden Unterricht. Die Züge waren voll von Soldaten und Matrosen, so daß ich fast der einzige junge Mann in Zivil war und mir vorkam wie der letzte Zivilist. Habe aber keine unfreundlichen Blicke geerntet. Auf der Fahrt Jean Pauls »Komet« ausgelesen. Hier fand ich heute morgen die Aufforderung zur militärischen Musterung vor, bin noch zu müde, um mir Gedanken darüber zu machen: Soldat werden, Drill, Krieg, auf Deutsche schießen, Abbruch der Dissertation.
Alles scheint mir hier noch so fremd, als sei ich lange, lange fortgewesen, und ich sehe alles mit den fernen, unbeteiligten Augen an, die einem eine durchwachte Nacht gibt. Karo hat mich wieder stark beeindruckt, sein reiches, sinnvolles Leben. Er ist jetzt zweiundsiebzig Jahre alt.

New Brunswick, 31. März

Die Universität entleert sich. Gestern abend zum Abschiedsfest meines Studenten T. Eingeladen, der zur Marine geht. Es war auch wieder der rührende unmilitärische Leutnant Dr. K. da, der immer von Zeit zu Zeit nach Europa geht, um Verwundete zu transportieren. Ich sagte ihm, daß ich, falls ich jetzt Soldat würde, gern in sein Bataillon eintreten würde. Es wird das »death batallion« genannt. Er will mich auch haben, hat mir versprochen, daß er mich nimmt. Es sei leicht, dort einzutreten, da es das Gefährlichste ist und man wohl leicht hinein, aber nicht herauskommt. Er tut ja das einzig Sinnvol-

le in diesem Chaos. Als es Zeit zur Musterung für mich war, brachte W. mich in seinem Auto hin und alle sechs kamen mit und warteten draußen auf mich. Das freute mich sehr und machte es mir leicht. Die Musterung war eine reine Farce. Zuerst nahm ein Arzt Blut, dann sah uns ein andrer Arzt genau eine Minute lang an, ohne Instrumente, ohne das Herz abzuhorchen etc., ohne irgendeine andre Tätigkeit als uns alle tauglich zu schreiben. Aber dies war nur eine Voruntersuchung, an die sich eine genaue, rein militärische Untersuchung anschließen wird. Hinterher wieder zu T. Es war fast unbegreiflich, mit welcher Offenheit und Freundlichkeit (es waren ja ein Soldat und ein Leutnant in Uniform dabei und ein angehender Matrose, in Kriegszeiten, und ich als Ausländer) man mir zutoastete und darauf anstieß, daß ich nicht genommen würde.
Wieder an der Dissertation zu schreiben angefangen, aber nur 1½ Seiten. Eben noch auf der Bibliothek gewesen und dort jene letzten veröffentlichten Tagebuchblätter von André Gide gefunden, die ich damals in der NRF vom Dezember 1940 und Januar 1941 las und die jetzt in englischer Übersetzung in »Partisan Review« erschienen sind. Heute sind sie mir trauriger und undurchdringlicher vorgekommen als damals. Vornehmes Entsagen, schreckliche Verwirrung und der Wille zur Hoffnung sind so beklemmend gemischt. Vor allem, da es immer, auch wenn er nur von der Landschaft spricht, scheint, als spreche er eigentlich über den Untergang Europas. Und seine Hingabe an Goethe. Kein Gedanke daran, daß Goethe auch nur im Entferntesten etwas mit dem soeben siegreich gewordenen Deutschland zu tun haben könnte. Eine Redaktionsnotiz sagt, er habe Grasse verlassen und sei, kurze Zeit vor der deutschen Invasion in Tunesien, nach Tunis gegangen.

New Brunswick, 5. April

Drei Seiten an der Arbeit geschrieben. Da ich sonst nichts einzutragen habe, will ich hier die Scherzverse abschreiben, die ich an Mutter als Antwort auf ihr Geburtstagsgedicht am 18. März sandte. Sie hatte mir für das fünfte Jahrsiebent sieben magre Jahre vorausgesagt, indem sie mit sieben magren Jahren (die Inflationszeit, in der ich aufgewachsen bin) ihre Zählung begonnen hatte:

Glücklich, daß man ein Orakel
Deuten kann, wies uns gefällt!
Droht es uns mit einem Makel,
Wird es einfach umgestellt.
Sieben fette Jahre, sieben magre Jahre.
Sieben fette Jahre, sieben magre Jahre.
Das Orakel zu betrügen
Fiel zwar Iokasten schwer,

Und man fiel mit Ungenügen
Über Bethlems Kinder her.
  Doch wer bürgt, daß meine ersten
Grad die sieben magren waren,
Daß die fünften nun die schwersten
Sind in Siebenbündel-Jahren?
  Drum, oh freundliche Sibylle,
Tut Orakelspruch mir kund:
»Lebe nur, dein fester Wille
Zwingt im Kreis das Zeitenrund!«
  Will mich anders gern besinnen,
Bin ich einmal fünfunddreißig
Glückszeit wird auf Glückszeit rinnen,
Drehst das Siebenjahr du fleißig:
    Sieben fette Jahre, sieben magre Jahre,
    Sieben fette Jahre, sieben magre Jahre.

New Brunswick, 6. April

Seit vielen Monaten wieder einen Brief von Fränze erhalten, datiert vom 21. Februar. Sie ist noch immer im Lager auf der Isle of Man. Hofft wieder einmal auf Befreiung. Welche Grausamkeit, ihr drei Jahre ihres Lebens zu stehlen, ihr 28. bis 31. Jahr. Dagegen bin ich doch der dreimal Glückliche. Wieviel Freundschaft, Freundlichkeit und Hilfsbereitschaft hab ich doch erfahren, in Woodstock, in New York und hier. Es ist doch viel, daß ich hier gesittet weiterleben und, wie jetzt schon seit Wochen, z. B. in der Jubiläumsausgabe lesen kann. Aus allen Gedichtabteilungen leg ich mir Listen an von den Gedichten, die mir gut und wichtig erscheinen. Lese eben die »Sprüche in Reimen«.

Wieder 2½ Seiten an der Arbeit geschrieben, will noch in dieser Woche mit dem nächsten Kapitel beginnen.

In der Bibliothek, wo ich oft abends noch hingehe, um die Zeitungen zu lesen, wieder einmal in Dehmels »Zwei Menschen« hereingesehn. Es ist unbedingt ein Buch für düstre Stunden, man wird sofort heiter, da es zum Komischsten gehört, das ich kenne. Jede groteske Geschmacklosigkeit wird nur durch die nächstfolgende überboten, und das alles im Ton metaphysischen Ernstes und Überschwangs:

Im Stübchen voller Cigarettenduft:
Zwei Menschen blasen Ringe in die Luft.

Das ist nicht parodierbar.

New Brunswick, 7. April

Heute vom »draft board« die Nachricht erhalten, daß ich I-A geschrieben worden bin, d.h. tauglich oder k.v. (kriegsverwendungsfähig, wie das im Wilhelminischen Deutschland hieß). Nun hängt viel von der zweiten Musterung ab.

Lese in den »Zahmen Xenien«. Wie gut kann ich verstehn, daß der alte Goethe mit all diesen Sprüchen, den zahllosen Prosa-Maximen, dem zweiten Faust auf die Jugend des Jahrhunderts drückte. Auch ich bin immer etwas erschrocken vor all dieser umfassenden und umfangreichen Weisheit. Sie mußten ja das beklemmende Gefühl haben: wenn er nur noch zehn Jahre weiterlebt, so gibts für uns überhaupt nichts mehr zu sagen, weil er es alles gesagt und durchdacht und geformt haben wird. Das Vollkommne als Vorwurf und als Hemmschuh. Wie eine riesige Hypothek lastete er auf dem Gebäude des jungen Jahrhunderts, die man nicht loswerden kann, sondern der man einfach, um sich erhalten zu können, Zinsen um Zinsen zahlen muß. Indem sie von ihm und aus ihm lebten, muß er ihnen vorgekommen sein wie ein Vampyr, der ihnen die Lebenssäfte aussog. Und als er nicht mehr da war, konnte man, d.h. die Einsichtigen, wieder nichts Sinnvolleres tun, als seine Welt wieder heraufzubeschwören (»Nachsommer«). So verschlang er die Werte um sich herum, drängte andre Große, wie Jean Paul, in die zweite Reihe, einzig dadurch, daß er in einem stillen strenglinigen Zimmer jemandem diktierte.

Etwas sehr Amerikanisches: im Katalog einer Großgärtnerei werden Bäume zum Verkauf angeboten, die die verschiedenartigsten Früchte und Fruchtsorten auf einen Stamm vereinen. Ein Baum trägt fünf ganz verschiedne Apfelsorten. Ein andrer vereinigt sogar Pfirsiche, Pflaumen und Aprikosen in seinen Zweigen, die zweifellos alle nach nichts schmecken. Wahrlich ein symbolischer Baum für das Land der Vermischungen. Der amerikanische Baum der Erkenntnis, von dem alle gegessen haben.

New Brunswick, 10. April

Wieder mehrere Studenten an die Armee verloren. In einem Kurs hab ich nur noch drei (und einer davon ein Auditor), in den beiden anderen je sieben. In der Preparatory School auch nur noch sieben. Ich bat Billetdoux, die Universität zu veranlassen, meine Zurückstellung vom Militär bis zum Ende dieses Semesters, 15. Mai, oder besser noch bis zum 1. Juli zu erwirken. Wie immer war er ganz menschlich und tat sofort das Nötige. Als ich ihm dankte, sagte er in seiner lieben Billetdoux-Art: »Pourquoi l'université ne doit-elle pas faire de son mieux pour vous, puisque vous faites de votre mieux pour nous?« In der Arbeit komm ich gut voran.

New Brunswick, 13. April

Letzten Samstag mit Jäger nach New York gefahren. Er hatte dann den Einfall, einen spanischen Film anzusehn. Wir fuhren also die Fifth-Avenue herauf und stiegen an der 110. Straße aus. Genau dort fängt diese berühmte elegante Straße an, furchtbar verkommen zu werden. Harlem beginnt dort mit seinem Puerto-Rico-Teil, in dem man nur ärmliche Neger oder meistens Mischlinge vor schwarzen verfallenden Häusern sieht. Im Kino, offenbar einem ehmaligen Theater, sprach man nur Spanisch. Auf der Bühne waren Guitarre-Spieler und Sänger, erst danach kam der Film. Der war garnicht schlecht, »Marianela« nach dem Roman von Pérez Galdós. Wir verstanden beide recht gut. Abends mit Austin Walter, dem Musikprofessor, im Ballett. In »Billy the Kid«, einer neuen Nummer, gab es eine sehr gelungene choreographische Umschreibung der Reitbewegung, von Cowboys ausgeführt. »Romeo and Julia« zur Musik von Delius mit Alicia Markova und Hugh Laing, im Stile der Bilder von Benozzo Gozzoli. Die Markova war ganz fliegende, rastlose Grazie mit einer großen tragischen Anmut. Zum Schluß die Offenbachsche Helena-Buffonerie mit Vera Zorina, die, obwohl sie nicht wirklich gut tanzt, sehr komisch war. In der Pause stand direkt neben uns ein von niemandem beachteter sehr kleiner Mann, ganz allein. Es war Strawinsky. Und da sich das seltsamerweise in der nächsten Pause wiederholte, konnt ich ihn genau betrachten. Überraschend seine zierliche Kleinheit, die sehr großen Ohren, völlig unmeisterlich, aber nichts von Gewöhnlichkeit um ihn. Dann war auch Massine plötzlich da, mit etwas faunischem Gesicht, einer ganz ungelenken steifen Halshaltung, woran wohl sein ganz schlecht sitzender Hemdkragen und die ungeschickt gebundne, verrutschte Kravatte schuld waren. Er schien ganz hilflos im Versuch, mit den ihm offensichtlich ganz fremden Gesprächspartnern sehr liebenswürdig zu sein. Er wirkte wie ein aus dem Märchenland in eine Volksmenge Verschlagener, der sich nicht zurechtfinden kann.

Mein Brief an Sattler vom letzten November kam nun zurück. Man kann noch immer nicht in die Schweiz schreiben. Da glaubt man, man sende Nachrichten in die Welt, dann kommen die, nachdem sie monatelang sinnlos in Postsäcken gelegen sind, wie schlechtgewordne Ware zurück.

Clara hat mir (auf Steiners Rat) die Lebenserinnerungen von Henrik Steffens, in der Auswahl von Gundolf, nachträglich zum Geburtstag geschenkt.

Kam gestern sehr müde von New York zurück, mich trotzdem gezwungen, eine halbe Seite an der Arbeit zu schreiben. Heute dreieinhalb Seiten.

New Brunswick, 15. April

Lese mit großem Interesse im Steffens. Manchmal werd ich ärgerlich über ihn, wenn er statt genau zu schildern, nur Allgemeines sagt. Da sitzt er bei der

Uraufführung der »Piccolomini« in Schillers Loge, in die Goethe von Zeit zu Zeit hereintritt und sagt uns eigentlich nichts darüber, wie diese beiden sich in diesem hochbedeutenden Augenblick zu einander verhalten. Auch über Karoline Schlegel ist noch kein bezeichnendes Wort gefallen, obwohl er dauernd bei ihr war. Aber die Art, wie die Jüngeren, trotz größter Verehrung, auf den alten Goethe blickten, wird sehr deutlich, wenn Steffens (S. 102) schreibt: »Ja wenn man Eckermanns Tagebuch liest, drängt sich die Bemerkung auf, daß der reichste Geist unserer Zeit, daß Goethe, wie ein noch immer in der Erscheinung festgebannter Geist unter den großartigen Ruinen seines bedeutenden Lebens herumwandelt, bald hier, bald dahin gelockt, als suchte er verloren gegangene Gedanken und Entwürfe, fest gehalten an eine Welt, die ihn noch nicht loslassen wollte.« Dies ist so klug gesagt, daß es etwas Bestechendes hat. Wüßte man nicht, daß dies keineswegs ein nur noch »in der Erscheinung festgebannter Geist« war, sondern so viel Fleisch und Blut hatte, um den zweiten Teil Faust und die Dornburger Gedichte zu schreiben. Wieviel weniger geisterhaft war dies doch als der alte Tieck z.B. und Steffens selber, der mir wie ein seltsames, nicht zum tiefsten vollsten Leben vorstoßen könnendes Wesen vorkommt. Während sie in dem Alten einen fast göttlichen Drachen sahen, der den Hort seines früheren reichen Lebens unruhig bewacht, schuf dieser Werke von solcher Lebendigkeit, die all das Ihrige lang überleben werden.

New Brunswick, 16. April

Lese eben im »New Yorker« die Besprechung der Morwitzschen George-Übertragung. Sie ist von unbegreiflicher Leerheit und Ahnungslosigkeit. Die Kritikerin erschrickt so sehr vor einem Bilde Georges, daß sie ausruft, so sähen doch nur Preisboxer und Impresarios aus, aber nie ein schaffender Künstler. Dabei muß man wissen, wie diese Gattung Menschen hierzulande aussieht.

New Brunswick, 19. April

Obwohl ich so nah daran wohne, war ich erst gestern zum erstenmal in Princeton. Es ist eine kleine gepflegte Stadt, um die Universitätsgelände gruppiert. Man gab Bachs Johannes-Passion in der University Chapel, sehr schön und makellos. Man sang auf deutsch. Hinterher sah ich zum erstenmal Einstein. Er stand mit seiner Schwester nah bei mir und ich betrachtete das wunderliche fragende Gesicht in Muße. Hinterher zu Erich Kahler. Fine Kahler, seine Frau, und seine taube alte Mutter und der Schriftsteller Hermann Broch (offenbar ein Hausgast) waren auch da. Die uralte Mutter, unförmig dick, hat ein langes Hörrohr oder eigentlich einen Hörschlauch, aus

Gummi mit einem Trichter vorne, in den man von Zeit zu Zeit etwas hereinruft. Sie malt noch immer rührende Blumenbilder. Broch wirkte sehr österreichisch.

New Brunswick, 23. April, Karfreitag

Ein neues Kapitel angefangen und gleich mehr als vier Seiten geschrieben. Nachmittags im Vortrag des spanischen Dichters Salinas über »La verdad de los hechos y la verdad de la poesía«. Ich verstand jedes Wort. Das war ein kleines Meisterwerk an Aufbau, Klarheit und Einfachheit. Um zu beweisen, daß die Dichtung oft eine wahrere Wahrheit als die Tatsachen berge, analysierte er die erste Ekloge des Garcilaso.

Heute ist Karfreitag, der hier gar keine Rolle spielt. Unbegreiflich.

New Brunswick, 30. April

Das Kapitel mit den Anklängen an französische Dichtung bei George heute beendet. Nun muß ich nur noch viele Notizen in schon vorhandne Kapitel verarbeiten, die deutschgeschriebnen Kapitel übersetzen und Einleitung und Schluß schreiben. Das wird noch viele Mühe kosten.

Habe den Steffens ausgelesen. Die Beschreibung über sein letztes Zusammensein mit Goethe und seine Worte über Goethe dort gehören zum Besten des Buchs. Auch über Turnvater Jahn vortrefflich. Wieder die »Prétextes« von André Gide gelesen, darin auch den Nachruf auf Mallarmé, der mich immer etwas enttäuscht. Dann wieder seine Erinnerungen an Oscar Wilde. Ich kann mir kaum etwas Bewegenderes und in dieser Art Besseres vorstellen. Dieser einfache Bericht trifft immer das Eigentümliche und Wichtige der Erscheinung. Aus der Wirklichkeit entsteht der Mythos. Wilde steht da unwiderstehlich, wunderbar traurig vor einem. Da erhält der Begriff »Lebenskünstler« eine neue wichtige Bedeutung: das ist einer, der aus Gedankenbildern und dem Tonfall seiner Stimme und der richtigen Geste Stimmungen hervorzaubert.

New Brunswick, 3. Mai

Der Grund, warum mein Tagebuch kurz und inhaltlos wird, ist leicht einzusehn. Der Gedanke, Soldat werden zu müssen, vielleicht auf viele Jahre hinaus, falls ich nicht gleich falle, beginnt, mit jedem Tage mehr Besitz von mir zu ergreifen. Ich lebe in einer halben Traurigkeit dahin, die sich nicht fassen läßt, die man nicht fühlt, die einen nur anweht, irgendwoher, und die sich hinter einem festsetzt, da wo man sie nicht sieht und wo sonst die Flügel waren.

New Brunswick, 9. Mai

Heute war hier Elterntag. Auf dem schönen parkartigen Bishops Campus hatten sich alle Lehrenden zu versammeln, um mit den Eltern ihrer Studenten zu sprechen. Ich kam mir sehr verloren vor und war glücklich, Nathaniel Altschuler und seine Mutter zu sehn, mit denen ich dann den ganzen Nachmittag und Abend verbrachte. Nathaniel und ich brachten seine Mutter zur Bahn. Mir wurde, während wir beide auf dem Bahnsteig ihr zuwinkten, diese schöne und seltne Situation bewußt: wie die abfahrende Mutter mir ihren Sohn als Freund und Lehrer überließ. Aber in einer Woche ist das Semester zu Ende und in wenigen Tagen danach werd ich wohl schon Soldat sein.

In dieser Stimmung hab ich nun ein Gedicht für Nathaniel geschrieben und gleich auch die englische Übersetzung dazu, die ich ihm geben werde:

Hundert Namen jährlich frischer
Stätten dämmern zum Verblassen,
Wenn der reisige Seelenfischer
Flur und Breiten erst verlassen.
Doch geheimnisvoll erfunden
Werden an erfüllten Tagen,
Heiligen Erkennungsstunden,
Namen, die von einem sagen.
Allerorts will er, daß einer
Ihn errät und ihn erkenne,
Daß nach ihm er nun und reiner
Feld und Grund auf ewig nenne.
Reist in magischem Gelände,
Wo sie ihm entgegenkamen,
Nicht von Ort zu Ort – ohn Ende
Fährt von Namen er zu Namen.

Hundred names of yearly newer
Places dim, till they grow pale,
Once the ever-searching wooer
Left behind him field and vale.
Names, mysteriously invented,
Will appear on some day's end
(Hours with recognition scented)
Which will all recall the friend.
Everywhere shall be one curer
Of his loneliness, he wills,
So that after him and purer
He can name the lands and hills.

Goes through magic territories
Now transformed, and yet the same,
Not from place to place; their stories
Are revealed from name to name.

New Brunswick, 16. Mai

Die Reise nach Bethlehem brachte viel Neues und Anregendes. Austin Walter und ich fuhren um ein Uhr mit dem Omnibus nach Boundbrook und von dort mit dem Zug nach Bethlehem durch reiche blühende Landschaft. Zwei Studenten fuhren mit. Es war das alljährliche Bach-Festival. Wir kamen grade zum ersten Konzert zurecht: Fantasie und Fuge in g-Moll, die Motette »I wrestle and pray« und die Kantate »Christ lag in Todesbanden.« Am Anfang lenkten mich die scheußlichen Glasfenster, auf die ich sehen mußte, ab. Dann aber setzte ich mich für die folgenden Konzerte so, daß ich sie nicht zu sehen brauchte. Schon das Abendkonzert war viel schöner und der gewaltige Chor losgelöster von der Anstrengung des Singens. Man gab die Motette »Singet dem Herrn«, das zweite Brandenburgische Konzert und die beiden herrlichen Kantaten »Nimm was dein ist und gehe hin« und »Schmücke dich, o liebe Seele.« Am nächsten Tag war wieder schönes Wetter. Austin und ich gingen am Morgen auf den Berg über der Stadt, der, mit prächtigen Bäumen, in einer gewissen Wildnis gelassen wurde. Alles grünte und blühte wie mit Fanfaren. Danach gingen wir zur Probe der h-Moll Messe in die University Chapel von Lehigh University. Da nur Orchester und Solisten probten, konnten wir auf der Empore sitzen, wo bei der Aufführung der Chor sitzt, direkt über den Instrumenten, denen ich dadurch genau folgen konnte. Das versetzte mich vollends in Festspielstimmung. Hinterher gingen wir zum jenseitigen Teil der Stadt, der mich sehr überraschte. Dort ist der »Moravian« Teil, d.h. jene mährisch-deutschen Gebäude, die die Sekte der Mährischen Brüder vor zweihundert Jahren dort erbaute. Es waren Deutsche, mährisch nannten sie sich nur wegen Comenius, der aus Mähren stammte. All diese Gebäude sind so gebaut und gruppiert, daß man sich mitten in Europa wähnt. Ich hatte garnicht gewußt, daß dies eine pietistische Gründung war, die Graf Zinzendorf selber errichtete. Die seltsam herrschaftliche Kirche, ganz weiß, ist in großen Linien gehalten und, wie die Häuser, in einem einfach patrizischen Stil. Der nahe mährische Friedhof zeigt die Schmucklosigkeit dieser Pietlisten: lauter gleich große Steinplatten, in den Rasen eingelassen, mit fast nur deutschen Namen. Austin sagte mir, diese Siedlung sei eine der Hauptzellen für die amerikanische Kultur geworden und vor allem Ausgangspunkt für die Musik. Die Echtheit und Deutlichkeit der Überlieferung machten mir großen Eindruck, und ich möchte es bald Mutter zeigen.

Nachmittags wurde dann die h-Moll Messe in zwei Teilen ganz gegeben. Da Austin und ich in der Partitur mitlasen, lernte ich dieses Gefüge zum erstenmal richtig kennen. Da es Sitte in der mährischen Kirche war, durch Posaunen vom Kirchturm aus alle Ereignisse der Gemeinde zu verkünden, so blies auch hier vor jedem Konzert ein Posaunenchor verschiedene Bachchoräle.

New Brunswick, 25. Mai

In zwei Tagen Jacobsens »Niels Lyhne« wiedergelesen und bin ganz benommen von dem Reichtum dieses Buchs, in dem kein falschtönendes Wort steht und in dem das Maß des Menschlichen so voll bemessen ist, daß es die Schilderung vom Verlust des Reichtums und der Träume tragen kann. Das Buch hat mir seine Stimmung so stark mitgeteilt, daß ich garnicht weiß, was ich nun lesen soll. Auf nichts hab ich Lust, es sei denn Jacobsen. Und da gibt es nichts mehr, das ich nicht gut kenne. Wie viele Werte doch jene Zeit noch hatte, obwohl Jacobsen sie so verdammt. Im heutigen Europa wäre Niels einfach Redakteur geworden. Und in Amerika? Best seller hätte er hier wohl geschrieben. Jacobsen bestätigt mir wieder, was ich schon seit längrer Zeit weiß: daß die echte große Kunst, ganz besonders der Roman, nur aus der eignen Zeit und aus dem Nationellen kommen kann. Wie dänisch das alles ist! Kopenhagen ist da mehr als irgendeine Hauptstadt. Das ganze Buch lebt durch das Bedürfnis, eben diesem Dänemark, dessen Kultur Jacobson so am Herzen liegt, ein Kunstwerk zu schenken, in dem es sich erkennt. Das hat ja nichts zu tun mit irgendeinem gefühligen Patriotismus oder mit der propagandistischen Absicht, nationale Stoffe als Barde seines Landes abzuhandeln.
Hierin liegt ja die große und traurige Problematik der emigrierten Literatur: ihr Verhältnis zu Deutschland ist ganz unsicher geworden, schließt sie daher notwendigerweise von der Kontinuität nationeller Traditionen aus. Im Augenblick, da diese Schriftsteller als Auswanderer Deutschlands Grenze überschritten, wurde ihr Verhältnis zur nationellen Folgerichtigkeit reflektiert, unspontan und künstlich. Bei solchen, die ohne Zwang, aus einer Art Wanderlust, Deutschland vor Jahren verlassen haben, trifft dies natürlich nicht zu. Denn die konnten ihr Unbehagen am wilhelminischen Deutschland (wie Hesse) noch als ein bereicherndes Geschenk mit über die Grenzen nehmen. An diesem schweren Problem müssen eigentlich alle Emigrantenromane (auch mein eigner, das erkenn ich jetzt zum erstenmale) scheitern: wie soll man einen Entwurzelten schildern und dennoch einen deutschen Roman schreiben? Jacobsen ist es gelungen, auch die Wurzellosigkeit noch dänisch gestalten zu können.[1]

1 Diese Ansicht, wie so viele andre Ansichten in diesem Buch, wird hier nicht mitgeteilt, weil sie wahr ist, sondern weil sie dem Tagebuchschreiber einmal wahr schien. Thomas Manns »Doktor Faustus« war zu jener Zeit noch nicht erschienen.

New Brunswick, 31. Mai

Fränze ist frei! Am 29. kam ihr Telegramm an Mutter.
Samstag fuhr ich mit Austin nach New York zum Ballet Russe de Monte Carlo. Man gab alle drei Akte von »Coppelia« mit Alexandra Danilova and Franklin. Hinterher Agnes de Milles »Rodeo« und »Gaîté Parisienne«, das ich schon so oft mit Massine gesehn habe. Diesmal tanzte Toumine die Rolle des Peruaners.
Sonntag den ganzen Tag mit Mutter. Um Fränzes Befreiung zu feiern, lud ich sie am Nachmittag zum Ballett ein. Sie hatte noch nie eins gesehn: »Les Sylphides«, »Rodeo« und »Beau Danube« mit der unvergleichlichen Danilova.

New Brunswick, 1. Juni

Trotz der feucht-drückenden Badestubenluft den ganzen Tag sehr beschäftigt. Morgens von halb neun bis halb elf ein Examen in der Schule überwacht. Danach fand ich zu Hause einen Brief von James, der mich ganz verstört. Wieder ein schlimmes und sinnloses Versäumnis. In all diesen Monaten, seit letztem Herbst, waren wir ohne Verbindung. Meine verschiednen Briefe an ihn kamen zurück. Nun hat eine der Postkarten an eine ganz alte Adresse, die ich vor einigen Tagen abschickte, ihn erreicht. Er ist beim Militär, dem er sich ganz hilflos ausgeliefert fühlt, so als habe er, um sich nur erhalten zu können, alles Frühere auf immer begraben, alle seine Träume, seine Gedichte. Eine echte und kaum zu heilende Verzweiflung liegt in dem kurzen Brief, die mich peinigt. Ich schrieb ihm gleich und sandte ihm einige der unbestellbaren Briefe mit. Er ist in Fort Dix, ganz nahe von hier. Ich versuchte, ihn dort anzurufen, erfuhr aber, daß man gemeine Soldaten (»privates«) nicht anrufen kann. Werde nun nach Fort Dix fahren. Ich muß ihm doch helfen.
Nachmittag gingen Stunden hin mit dem Durchblättern von Buchhändlerkatalogen, um einen Preis für meinen besten Französischschüler zu finden. Dann mußte ich ein Schlußexamen für den einen Kurs ausarbeiten und hektographieren. Darüber war es fünf Uhr geworden. Da fingen dann die liebe Sekretärin von Billetdoux und ich an, weiter das Dissertationskapitel ins Reine zu schreiben. Bis um elf Uhr nachts gearbeitet. Zwischendurch an Nathaniel geschrieben. Die Sekretärin ist rührenderweise bereit, jeden Tag von fünf bis in die Nacht, also nach ihren Dienststunden, nach meinem Diktat für mich zu schreiben.

New Brunswick, 3. Juni

Die feuchte Hitze ist entnervend. Selbst jetzt, um Mitternacht, ist es noch nicht besser. Dazu die ungewöhnlich großen Schnaken, die in den Sümpfen von New Jersey so gut gedeihen. Es ist noch weit schlimmer als in New York,

da dort zuweilen vom Meer her ein Luftstrom kommt. Ich bin immer ganz durchnäßt, schlimmer als im Treibhaus.
Morgens Examen an der Prep. School gegeben, über Mittag mit der Sekretärin gearbeitet, nachmittags Examina korrigiert, dann wieder mit der Sekretärin vor und nach dem Abendessen. Wieder, wie auch gestern, bis nachts um 11 Uhr gearbeitet. Dabei ist heute das erste Kapitel fertig abgeschrieben worden: 41 Seiten. Ich schrieb gleich nach Northwestern und schickte das Kapitel, mit großer Erleichterung, ab. Es enthält die Grundlage der ganzen Arbeit und gefällt mir gut im Aufbau.

New Brunswick, 8. Juni

Am Wochenende mit Austin in New York zum Russischen Ballett. In dem nicht mehr ganz geschmackvollen »Scheherazade« tanzte die herrliche ungestüme Mia Slavenska. Die Hitze dauert an. Dennoch morgens, den ganzen Nachmittag und abends mit der Sekretärin am zweiten Kapitel gearbeitet, das ich zwischendurch immer weiter veränderte und ergänzte. Hoffentlich komm ich mit diesem Kapitel noch zu Rande, bevor ich ins Militär muß. Heute endgültig die Ankündigung für die Musterung am 21. Juni erhalten.

New Brunswick, 10. Juni

Wieder kam ein solch verzweifelter Brief von James. Aber ich habe erfahren, daß ich ihn nicht und daß er mich nicht besuchen kann, obwohl Fort Dix nur wenige Meilen von hier ist. Gestern und heute wieder den ganzen Tag mit der Sekretärin gearbeitet. Das zweite Kapitel ist fertig. Außerdem schrieb ich (in den Essenspausen) mehrere Seiten an Novalis-Kapitel, so daß es ganz fertig wurde, womit nun die ganze Doktorarbeit geschrieben ist. Aber es müssen noch die vier deutschgeschriebnen Kapitel übersetzt werden.
Es haben sich heute günstige Verändrungen für die Universität ergeben: da es fast keine Studenten mehr gibt, hat die Regierung beschlossen, wohl nur um den Fortbestand der Universitäten mit nur männlichen Studenten zu sichern, eine neues Programm für Besatzungssoldaten einzurichten. Es heißt ASTP, das heißt Area Study Program. Die Soldaten, die einmal, nach dem Sieg der Alliierten, Besatzungsoffiziere in Deutschland und Frankreich werden sollen, müssen die Sprache, das kulturelle Leben, Überlieferung und Wesensart dieser Völker lernen. Falls ich nicht zum Militär muß, scheint es beinahe sicher, daß ich hier für die nach Frankreich gehenden Soldaten wieder angestellt werde. Billetdoux deutete heute an, er wolle versuchen, meine Zurückstellung zu erwirken, da ich ja hier für die Armee arbeiten würde.
Im Jahrbuch der Preparatory School werd ich als »a quiet gentleman« beschrieben, was wohl als Lob aufzufassen ist.

New Brunswick, 11. Juni

Morgens angefangen, das dritte Kapitel zu übersetzen. Um ein Uhr kam Nathaniel und wir haben den ganzen Tag zusammen verbracht. Er ist gestern in die Armee eingeschworen worden und wird am 24. Juni Soldat sein. Er ist sehr bedrückt durch das, was ihm bevorsteht. Ich kann ihn auch nicht mit irgendwelchen Binsenwahrheiten trösten, nur eben, daß meine Freundschaft ihm erhalten bleibt.

New Brunswick, 14. Juni

In verwirrter und peinlicher Aufregung. Alles hängt an einem dünnen Faden. Ich bin eben doch ein Abenteurer. Dies ist der Gang der Geschehnisse:

Freitag kam die endgültige Ankündigung, daß künftige Besatzungsoffiziere an dieser Universität Französisch lernen sollen.

Freitag abend: Billetdoux' erster Versuch, mich für den Kurs zu reklamieren.

Samstag morgen erfuhr ich, daß offiziell noch nichts getan werden kann, da noch kein Programm ausgearbeitet worden ist.

Samstag nachmittag ging ich zum »draft board« und erfuhr zu meinem Schrecken, daß noch immer Evanston über mich zu entscheiden hat, über zwanzig Bahnstunden von hier. Ich schrieb daher gleich auf eigne Faust an die Evanstoner Militärbehörde mit Luftpost und kündigte einen Brief des Dekans an.

Montag morgen hatte Billetdoux schon einen Brief an den Dekan geschrieben. Aber wie man erfährt, daß ich noch in Evanston zuständig bin, werd ich zum Dekan bestellt. Er ist mir günstig gesinnt, hört aber, daß noch ein andres Komitee entscheiden muß. Gehe mit Billetdoux zu diesem Komitee. Man berät und ist im ganzen, wie es scheint, willig. Darauf diktiert Billetdoux einen Brief an dieses Komitee, den ich selber herübertrage. Darin werd ich als »indispensable« für die Freilassung (exemption) angefordert. Das Komitee fordert einen Luftpost-Eilbrief an das Komitee in Evanston an. Billetdoux schreibt ihn, und dieser Brief muß nun durch zwei Komitee-Sitzungen hindurchgehn.

Nun hängt alles von zwei Dingen ab: 1. ob das Militär mich freigibt, 2. ob der Bescheid noch rechtzeitig ankommt. Da der 20. ein Sonntag ist, muß der Bescheid bis zum 19. hier sein, sonst ist es zu spät.

Samstag abend dann nach New York gefahren. Dort sah ich Steiner, der mir ein bewegendes Gedicht über George vorlas, mit dem Titel »Praeceptor Germaniae«. Den Autor, der es eben erst geschrieben hat, durfte Steiner mir aus irgendeinem Grund nicht nennen.[1]

Heute abend langes Gespräch mit dem unvergleichlichen Billetdoux, der

1 Es war Karl Gustav Vollmöller.

mich in seiner gewohnten taktvollen milden Weisheit auf gewisse Schwierigkeiten bei der bevorstehenden Arbeit mit den Soldaten aufmerksam machte, um mich zu schützen: das Zusammenarbeiten mit den drei andern Kollegen in diesem Programm würde wohl nicht leicht sein, denn einer sei »très amer« und der andre »mal élevé«, (was ich schon wußte). Habe dann bis nachts um 11 Uhr die drei Probestunden vorbereitet, die ich morgen zu geben habe, um die Fähigkeiten eines jeden dieser Soldaten herauszufinden. Es wird eine ganz andre Art Arbeit sein. Man erhält nur eine Gruppe, vier Stunden hintereinander, jeden Tag, in einem intensiven Verfahren. Der ganze Unterricht, ein eindringlicher Drill, soll von Anfang an ganz auf Französisch geführt werden.

New Brunswick, 15. Juni

Heute morgen um acht Uhr fand eine allgemeine Zusammenkunft für das neue Programm statt, bei der Billetdoux zum Erstaunen und Ergötzen aller mit unendlicher Verve eine feurige Rede hielt. Dann begannen die Klassen. Ich habe 26 Studenten in meiner. Ich konnte die Stunden ohne Stocken erledigen. Es wird sehr anstrengend sein, jeden Tag vier Stunden lang dieselben Menschen im selben Fach zu unterrichten, ohne sie durch Einförmigkeit halb umzubringen. Bis jetzt kommt es mir vor wie ein Wirbel, der mich verschlingt. Mit dem intimen, leicht spielerischen Ton, der mir meine frühren Kurse so erleichterte, ist es nun wohl aus. So schwer die zu bewältigende Arbeit, vor allem im heißesten Sommer und ohne Ferien, auch werden wird, zwei Dinge werden mich immer aufrechterhalten: 1. wenn ich bedenke, wie gering der Preis ist, den ich dafür bezahle, nicht in den Krieg zu müssen und 2. daß ich in diesem Krieg das einzig Nützliche tun kann für Europa, durch sprachliche und kulturelle Belehrungen, diesen Menschen, die in der Zukunft Teile von Europas Geschick beeinflussen werden, diese ihnen so seltsam scheinenden Länder nah zu bringen.

New Brunswick, 17. Juni

Noch immer keine Nachricht von Evanston. Aber ich bin noch nicht gradezu beunruhigt. Es sind noch zwei Tage Zeit. Montag morgen um acht Uhr muß ich zur letzten Musterung, an deren Ende man schon den Soldateneid leisten muß. Da Sonntag keine Post kommt, muß sich bis übermorgen alles entscheiden.

New Brunswick, 19. Juni

Die Nachricht ist eingetroffen. Das Gesuch ist abgelehnt worden. Ein Wunder wollte sich vorbereiten und ist mißglückt.

New Brunswick, 20. Juni

Furchtbare Hitze. Es kann in Zentralafrika nicht heißer sein. Beim Mittagessen traf ich den lieben Billetdoux. Er sagte: »Maintenant, où j'ai trouvé le temps d'y penser, je suis bien triste que nous vous perdions.« Morgen fällt wenigstens eine Entscheidung.

Lese »Rameaus Neffe« von Goethe, auch die Noten dazu. Was er über Palissot schreibt, gehört zu seinem Besten.

Brunswick, 21. Juni

Frei! Und dem Leben wiedergegeben. Man hat mich nicht genommen. Eine große Gruppe fuhr heute morgen in zwei Omnibussen nach Newark. Plötzlich während der Fahrt konnt ich nicht verhindern, daß mir jene andre ähnliche Fahrt in den Sinn kam, die ich schon einmal mitgemacht habe: von Rouen nach Varimpré. Nur daß es damals offne Lastwagen waren.

Einer der Mitfahrenden warf sich sofort zum Führer der Gruppe auf, er verkündete laut, er habe zwar einen Herzfehler, aber nie würde er das den Musterungsärzten mitteilen. »Let *them* find out!« rief er einmal über das andre. Er hatte sich schon ganz auf den Soldatenjargon eingestellt, »fucking« war das einzige Adjektiv, das er in jedem Satz gebrauchte. Eine goldne Zeit rauher Männlichkeit schien für ihn anzubrechen. Beim Aussteigen näherte er sich sofort dem uns erwartenden Sergeanten und begrüßte ihn in seiner neugelernten Sprache.

In der großen Halle in Newark fing ein endloses Warten an. Zuerst wurden wir alle gefragt, ob wir auf der »High School« waren, wenn ja, wie lange. Ich sagte: »Neun Jahre«, da ich mir High School mit Gymnasium übersetzte. »Nine years?« fragte der Sergeant mißtrauisch und hieß mich die Gruppe verlassen und einer andern Gruppe beitreten. Während meine Omnibuskumpane alle weitergehen durften, stand ich nun da unter dumpf Wartenden. Es waren fast nur Neger. Nach einer halben Stunde kam ein andrer Sergeant und verteilte Blätter an uns, wobei er sehr jovial und tröstend uns versicherte, wir brauchten keine Angst zu haben. Nein, nein, das sei garnicht schwer. Es war eine schriftliche Prüfung, und ich fand es trotz der bedrückenden Lage doch sehr lustig, als ich bemerkte, daß es ein Analphabetentest war. Ich füllte die Bogen in zwei Minuten aus, während alle andern noch mit gerunzelter Stirn darüber brüteten. Der Irrtum hing wohl mit der falschen Angabe meiner angeblichen High School-Jahre zusammen.

Nach einiger Zeit wurde uns ein sehr schlechtes Essen in einem heilsarmeeartigen Keller auf Holzbänken serviert. Schließlich gelangte ich ins letzte Zimmer. Da lagen zwei Stempel bereit »Accepted« und »Rejected«. Da griff die Hand nach diesem und schenkte mir das Leben.

Zum Schluß mußte ich etwas unterschreiben. Kaum hatte ich das Blatt

zurückgegeben, als auch der Sergeant schon meine Unterschrift mit einer chemischen Flüssigkeit löschte und mich anherrschte »Don't print, write!« Er hatte meine normale (seit so vielen Jahren der Georgeschen angeglichne) Handschrift für die mühseligen Druckbuchstaben gehalten, mit denen hier manche schreiben. Also gab ich ihm, schwierig jeden Buchstaben verbindend, eine falsche Unterschrift, die ihn zufriedenstellte.
Um drei Uhr nachmittags verließ ich allein die große Massenhalle, in der Menschenschicksale verschlungen wurden. Ich lief und tanzte durch die Straßen von Newark. Fast hätt ich laut gesungen. Es war mir gleich, was man von mir dachte.
Im Zug nach New Brunswick traf ich dann den Anführer unsrer Omnibusgruppe wieder. Er saß niedergeschlagen da und sagte böse und tonlos: »They took everybody«. Ich begriff, daß seine ganze laute Fröhlichkeit nichts als furchtbare Angst gewesen war, dennoch konnte ich mich nicht enthalten, ihm schadenfroh zu sagen: »No, not me.« Er wollte es garnicht glauben.
Es ist Sommers Anfang heute. Daß ich grade jetzt am Ende dieses dicken Tagebuchs, das mich über ein Jahr begleitet hat, angekommen bin, wollte mir dieser Tage ein so böses Vorzeichen erscheinen. Aber ich bin dieser billigen Symbolik entronnen. Das neue Tagebuch, das ich nun beginnen werde, soll mir Antrieb zu neuem Leben sein. Da ich schon zum Helden nicht tauge, will ich mir geloben, meine Zivilcourage immer weiter auszubauen: das Gute gut zu nennen und das Schlechte schlecht, auch in schwierigen Situationen. Wie schön die Freiheit ist!
Am frühen Abend mit dem »Siebenten Ring« in der Hand dem Buccleugh Park zugegangen, um dort durch Lesen zu feiern. Auf dem Wege dahin kam ich an der Turnhalle vorbei, wo die Soldaten grade zu Abend gegessen hatten. Gleich kamen sie zu meiner Seite herüber und fragten, wie es gegangen sei. Statt mich scheel anzusehn dafür, daß ich kein Soldat zu werden brauchte, umringten sie mich, fast meine ganze Klasse, sagten, sie müßten das unbedingt feiern, daß ich wieder die Klasse übernähme, denn alle drei anderen Professoren (sie waren heute unter ihnen aufgeteilt worden) gefielen ihnen garnicht. »You don't know, sir, how much you made yourself loved in this one week« sagte einer. Den andern, die noch auf der gegenüberliegenden Straße waren, riefen sie zu »He will stay! He will stay!« Nun muß ich mich anstrengen, sie nicht zu enttäuschen.

New Brunswick, 29. Juni

Seit den allerersten Tagen hier hatte ich mir vorgenommen, den Hofmannsthalschen Briefband zu lesen. Fast jeden Tag sah ich ihn in den Regalen stehn und nahm ihn nicht heraus. Ich weiß genau, warum: ich habe mich einfach gefürchtet. Da würde mich, das wußte ich, das schöne reiche Leben anstar-

ren, das mir versagt ist. Nun hab ich doch den Mut gehabt, ihn aufzuschlagen, um natürlich sofort in den Bann jener Zeit, Namen und Temperamente zu geraten. Ich lese das mit einer Art betrunkenen Neids. Nein, nicht eigentlich Neid, es ist ebensogut Freude darüber, daß es so etwas gibt, d.h. gab. Das Lesen über diese in gewissem Sinne mir eigenste Welt bringt mich auch wieder näher zu mir selbst, da sind ja Erlebnisse, Menschen, Empfindungen, Ton, die mir seit meinem 16. Lebensjahr teuer und verständlich waren. Wenn ich sie also von Zeit zu Zeit, nachdem sie mir oft auf lange Zeit entschwunden waren, wieder treffe und sie so unverändert und mir so unverändert nah fühle, so muß ich darin doch eine gewisse Fortgesetztheit, eine Lebenslinie erblicken. Immer ist mir, als läse ich über Menschen, die so waren und so jung waren, wie ich selber, ja, als sei das meine Generation, einzig von mir durch Ozean und Weltuntergang getrennt. Dabei sind es die Jahre 1900–1909, lange ehe ich auf die Welt kam. Gleichzeitig war es mir fast ein Schrecken, als ich plötzlich merkte, daß Hofmannsthal zu Anfang des Buchs grade so alt war wie ich jetzt. Wie ungerecht man Rilkes Briefen gegenüber werden muß nach diesen urlebendigen, ungrüblerischen Dokumenten, an denen alles leuchtet. Rilkes Briefe erscheinen mir so seelsorgerisch diesen gegenüber.
Nun erhalten wir doch eine Woche Ferien.

New Brunswick, 1. Juli
Fritz Marti schickt mir heute ein Telegramm: ob ich eine Dolmetscherstelle in Washington mit 350 Dollar Monatsgehalt wolle. Das ist zwar mehr als das Doppelte von dem, was ich hier verdiene. Aber annehmen kann ichs nicht.

Woodstock, 3. Juli
Eine Woche Woodstock. Schon während der Fahrt von Kingston nach Woodstock kam mir die Landschaft so reich entgegen. Mein Nostos, das ich ja bisher noch nie im Juli gesehen hatte, ist noch viel schöner als ichs mir vorgestellt hatte. Es ist ganz eingewachsen, von drei Seiten kommt das dichte Grün ganz nah heran. Der Park wie ich meine drei acres Gelände großspurig nenne, ist völlig verwildert. Ich habe gleich einen Blumenstrauß von weißen und gelben Margueriten gepflückt. Die Vögel scheinen jeden Baum zu bewohnen und alles als ihr eigenstes Gebiet zu betrachten, so laut singen sie sich zu. Einen seltsamen sehr großen weißen Vogel mit buschigen schleppenartig langen Schwanzfedern sah ich. Ich machte gleich einen Spaziergang zur oberen Straße, um die Berge zu überblicken. Der alte Bauer dort sprach mir von seinen Bienenvölkern. Zwei sind ihm im Winter eingegangen, weil Feldmäuse sich durchfraßen, um den Honig zu stehlen.
Dieser vielfältige starke Geruch aus den noch ungemähten Wiesen im Hoch-

sommer, hervorgerufen durch blühende Gräser, Erde, viele Kleearten, Margueriten, Schafgarbe, Johanniskraut, Hahnenfuß ist mir über alles lieb. Ich kann ihn mir nie willkürlich ins Gedächtnis zurückrufen, immer bringt er augenblicklich Erinnerungen an Todtmoos und den hohen Schwarzwald. Der Geruch ist demnach überall derselbe, am ehesten noch dem der Trollblumen vergleichbar, obwohl es die hier nicht gibt.

Woodstock, 6. Juli

Sternhimmel gestern nacht und viele Leuchtkäfer. An einen bunten Traumwirbel kann ich mich erinnern, hab aber nichts davon behalten, als drei oder vier menschengroße Vögel, schwarz, mit faltigen ältlichen Gesichtern. Sie wurden mir (auf Englisch) als Stare bezeichnet. Und diese seien es, die die vierteilige Melodie pfiffen, die ich hier immer höre. Trotz ihrer Größe hatten diese Vögel nichts Schreckliches, sondern waren sehr artig und gefielen mir gut.

Woodstock, 7. Juli

Clara sagte mir gestern, daß der liedreiche Vogel, der unablässig pfeift und dem ich immer auf der Spur bin, um ihn zu Gesicht zu bekommen, die Braundrossel (brown thrush) sei. Habe wieder ein Deutschland-Gedicht gemacht:

Das Haus ist geplündert,
Die Schwelle nicht rein.
Versäumt sich der Wandrer?
Er kann nicht hinein.
Erinnrung wächst riesig,
Sein Gang ist verstört.
Wird wenn er je heimkehrt,
Der Wandrer gehört?
Was rühmt er den Garten,
Dem, Korn, er entsprang?
Dort wuchert es wirr
An den Hecken entlang.
Und feindlich der Wind
Treibt das Raunen von Glück
Dem lautlosen Mund
In die Kehle zurück.
Der Garten wird alt
Und der rühmende Mann,
Wie Vogel und Echo,
Spricht sich nach, was er sann.

Woodstock, 7. Juli

War bei Archipenko im Atelier. Seine (ursprünglich deutsche) Frau war auch da. Ich war sehr neugierig, wie Archipenko sich wohl seit seiner expressionistischen Zeit entwickelt haben würde. Aber ich wurde etwas beklommen, als ich eine große Anzahl von Statuetten, viele in Bronce gegossen, sah, die genau so waren wie das was ich seit eh und je von ihm kannte: die hochgereckte Körperhaltung, die obligatorischen Schlitze und verlängerten Hände etc. Er scheint sich nur immerfort noch nachzuahmen. Ich sprach natürlich viel über Herwarth Waldens »Sturm« mit ihm und über jene Zeiten. Er scheint ein ganz naiver Mensch zu sein, klein und zierlich, ziemlich wortkarg, aber im Ganzen garnicht merkwürdig.

Woodstock, 9. Juli

Gestern abend allein bei Clara, die mir einige der Stücke vorspielte, die sie in ihrem nächsten Konzert spielen will: die Bachsche Partita, die ich von der Landowska hörte, und eine Sonatine von Ravel und Skrjabin. Clara überredete mich, heute nachmittag zum Arzt zu gehn, um feststellen zu lassen, warum ich immer magrer werde, obwohl mich das nicht im geringsten beunruhigt.

New Brunswick, 10. Juli

Gestern auf der Rückfahrt in New York Steiner gesehn. Ich hatte ihn Billetdoux ans Herz gelegt, um ihn als Lehrer im ASTP zu gewinnen. Steiner spricht ja gut französisch. Nun war er in der Zwischenzeit in Rutgers gewesen und ist wirklich, wenn auch nur vorläufig bis zum 1. Oktober, angestellt worden. Heute kam er hierher und wir suchten ihm ein Zimmer. Dann gingen wir in den Buccleugh Park, wo Steiner mit Entzücken den großen Maulbeerbaum begrüßte, den wir dann halb leer aßen.

New Brunswick, 17. Juli

Immer mit Steiner zusammen, der voller Späße und Erinnerungen ist. Eben sprach Billetdoux mit mir und teilte mir zu meinem großen Erstaunen mit, er habe Mittel und Wege gefunden, mir eine beträchtliche Gehaltserhöhung zu verschaffen, um die ich ja garnicht angesucht hatte, so daß ich nun das volle Gehalt eines Professors, dreitausend Dollar im Jahr erhalten werde.

New Brunswick, 20. Juli

Am Wochenende mit Steiner in New York. Nachmittags traf ich Robert Randow, der auf der Durchreise war und mich sehen wollte. Er hat, seit er Soldat ist, noch weniger Gleichgewicht als früher in Washington. Er wurde immer enervierender, sprach ganz hastig und viel zu leise in einemfort, glaubt

sich inmitten eines Netzes von Verschwörungen, kann auf kein Thema eingehn, das nicht von ihm selber handelt. Er tat mir sehr leid, und ich fürchte, daß er, da er in wenigen Tagen in den Krieg geht, bald einmal ganz die Kontrolle über sich verlieren wird, halb oder ganz geistesgestört zurückkommen wird.[1]
Gestern schickte mir Beer-Hofmann eine Ansicht des Parks von Schönbrunn, der im »Tod Georgs« vorkommt.

New Brunswick, 23. Juli

Habe versucht, die Existenz von Mallarmé in nur drei Sätzen zu umschreiben:

Mallarmé

In langen Nachtwachen saß er, hielt das Feuer, welches gefährliche Tiere scheuchte, mit seinem notwendigen Besitztum, Stuhl und Bett, instand und horchte, immerwach, auf die Flügelschläge der einzigen Göttin. Kam sie dann, in seltnen Morgenstunden, wenn ihn schon fröstelte, so brachte sie ihm ein Wort, das er jedoch zu manchen andern legte, um eines noch schöneren willen, auf das zu hoffen er nicht aufgab und von dem er wußte, daß es ihm eines Tages zuteil werden würde. Ein Spieler, Exeget des Zufalls, gefährdete er sein Dasein mit Schwarz, als alles auf Rot setzte und gewann. –
(Mallarmé hat öfter gesagt, er habe seit zwanzig Jahren nicht geschlafen.)

New Brunswick, 25. Juli

Heute hat Mussolini abgedankt.

New Brunswick, 30. Juli

Mit Steiners großer Hilfe den Übergang von Kapitel I zu II der Doktorarbeit, der nötig wurde, redigiert. Er brachte mir Hermann Bangs »Michael« aus New York mit, den ich jetzt gelesen habe. Ich finde das außerordentlich chargiert, sentimental und stellenweise unerträglich, obwohl ich ganz bereit war, es zu lieben in der Erinnerung an seinen Roman »Am Wege«, den ich als Gymnasiast in Freiburg so gern hatte. Den beigebundnen Roman »Ludwigshöhe« versucht zu lesen, aber kann es nicht. Es tut mir leid, Bang nun zu den Begrabnen legen zu müssen.

New Brunswick, 15. August

Dadurch, daß ich zum erstenmal nicht einsam lebe, führ ich das Tagebuch kaum weiter. Tägliche Spaziergänge und Gespräche mit Steiner. Gestern

1 Das ist eingetreten. Randow verfiel in Verfolgungswahn und ist seit vielen Jahren, unheilbar wahnsinnig, im St. Elizabeth's Hospital in Washington. Ich schrieb ihm vor einigen Jahren noch dahin, befragte ihn nach Ezra Pound, der ja auch dort war. Aber er schrieb mir einen wirren und unheimlich zufriedenen Brief zurück. Er kennt seinen Zustand nicht.

abend, erst wars noch hell, dann Vollmond, Spaziergang am jenseitigen Ufer des Raritan entlang durch südlich-üppige Landschaft. Heute, an seinem Geburtstag, wollte ich ihm Bethlehem zeigen. Aber als wir in Metuchen (was Steiner nur »Metuches« nennt, so als ob es ein jiddisches Wort wäre) angekommen waren, gab es keinen Anschluß mehr und wir mußten wieder umkehren. Stattdessen am Nachmittag nach Boundbrook gefahren, um endlich einmal jene Hügelkette auszukundschaften, die wir immer liegen sehn. Ziemlich langer Weg hügelan, Waldwege, große Schwalbenschwänze, Rast in einem Eichwald. Auf dem Rückweg ein Geschäft entdeckt, wo der ewig vernaschte Steiner frische Feigen und große schwarze Weintrauben kaufte. Dieser völlig asexuelle Mensch scheint seine ganze Libido ins Naschen gelegt zu haben.

Diese Zeit mit Steiner wird einmal, obwohl sie im Tagebuch garnicht beschrieben wird, deutlich heraustreten aus vielem Übrigen, mit den vielen Gesprächen voll heitren Unsinns, Erinnerungen an Europa und Dichtung und Dichter.

Eigentlich ist meine Kenntnis des Französischen unzureichend, was mich oft bedrückt. Werde nun wieder viel französisch lesen, eben den »Bubu de Montparnasse«.

New Brunswick, 16. August

Gespräch mit Billetdoux, in dem er Spinoza zitierte und das damit endete, daß er aufstand und mich umarmte. Ich war zu ihm gekommen, um mich vor der dummen Grobheit eines Kollegen zu schützen.

Wieder ein Deutschland-Gedicht gemacht:

Land, mir im Traum Land, ist mir schon lang Grab.
Saite, von jeher zu straff, die mir Klang gab,
Als ich als Kind in den wissenden Wald sang
Und mir als Nachhall nur Mord und Gewalt klang.
  Ob sich in fröstelnden Gipfeln ein Licht fing,
Nun da ich traurig vom höchsten Gericht sing?
Laß auch die Wurzeln, die alten, erhellt sein
Und die verschuldete Insel die Welt sein.

New Brunswick, 24. August

In New York, im Museum of Modern Arts, einen ungewöhnlich schönen Film über Mexiko gesehn, »The forgotten village«. Gleich darauf zur Carnegie Hall ins Konzert. Josef Hofmann spielte Beethovens viertes Klavierkonzert mit dem herrlichen zweiten Satz, in dem das Ungestüme und Schrille so still-überlegen in Harmonie verwandelt wird. Hinterher sah ich alles mit andern Augen. Da entdeckte ich in dem riesigen New York einen Straßen-

block, der genau wie eine Straße in London aussieht: auf der 55. Straße Ost, zwischen Park Avenue und Lexington. Platanen stehen vor den Häusern, alles ist ohne Emphase und wirkt vornehm, ohne daß man wüßte warum. Durch das Konzert geriet ich in eine Stimmung wunderbarer Isoliertheit. Ich könnte es nicht genau beschreiben. Es ist ganz anders als die Stimmung, in die mich manchmal ein Buch versetzen kann, jenes Einssein mit Allem, in das sich eine geheime Ekstase mischt. Dies war vielmehr eine Stimmung, als sei man ohne Leiden von allem losgelöst, als sei die Welt wieder voller Überraschungen, aber so, als hätte man Zeit genug, sie abzuwarten.
Abends im Wirbel des Bahnhofs. Züge nach Washington, Soldaten, Weltwichtigkeiten, Erwartungen. Starkes Gefühl der Zufriedenheit, in die Idylle zurückreisen zu dürfen, ins Unkomplizierte.

New Brunswick, 25. August

Heute hat Steiner mir zum erstenmal über das Gedicht im »Stern des Bundes« gesprochen, das ihm zugedacht ist, und die näheren Zusammenhänge, nach denen ich ihn nie befragt habe. Dann erzählte er mir lange von Wjatcheslaw Iwanow. Dessen Lebensgeschichte und seine persönlichen Begegnungen mit ihm.
Eben spät noch find ich einen Brief von James, der von sehr weit herkommt: aus einem Gefangenenlager für Deutsche in Oklahoma. Er beschreibt sein Leben zwischen Wachtürmen und Stacheldraht, eine vollkommne Einöde.

New Brunswick, 28. August

Für heute hatte ich mir wieder einen kleinen Spaß ausgedacht. Ich fragte die Soldaten, ob irgendjemand wisse, was heute für ein besondrer Tag sei. Nachdem sie natürlich alle vergeblich (und sehr gutmütig) herumgeraten hatten, eröffnete ich ihnen, es sei Goethes Geburtstag. Deshalb wollten wir heute garkeine Grammatik machen, sondern die Stunde nur der Dichtung widmen. Sie hatten noch nie von Baudelaire gehört. Also erzählte ich ihnen von ihm, verband ihn mit E. A. Poe und Lord Byron, die einige von ihnen doch etwas kennen, sprach von Baudelaires Haltung dem Leben gegenüber und von französischer Prosodie. Dann mehrere Male den »Albatros« vorgelesen und genau erklärt. Es schien sie alle zu interessieren.
Gestern nacht, nach elf Uhr, sahen Steiner und ich mit einem Male Billetdoux, alt und einsam, mit einem schweren Koffer voller Bücher durch die dunkle Straße gehn. Wir begleiteten ihn.

New Brunswick, 31. August

Am Sonntag mit Steiner nach Bethlehem gefahren, um ihm die Herrnhuter Siedlung von 1742 zu zeigen. Es gefiel ihm ebensogut wie mir. Auf dem

Friedhof mit den flachen Grabsteinen las ich ihm Zinzendorfs Hymnen vor, in denen er seine Abenteuer erzählt, die er hier durchlebte. Abends wollten wir den Pastor der Kirche besuchen, damit er sie uns aufschlösse. Aber nur dessen Frau und ein freundlicher Dackel waren da. Stattdessen zeigte uns ein rührender alter Gemeindehausverwalter die Kirche. Er heißt Mr. Ebermann. Er sprach uns mit »brethren« an und erzählte uns, sein Großvater sei Herrnhutischer Missionar gewesen. Steiner fragte ihn, ob er wisse, was sein Name auf deutsch heiße. Nein, er wußte es nicht und Steiner erklärte es ihm. Da sagte der milde, uralte Pietist mir verwunderter, zittriger Stimme »wild boar? wild boar?« Es war sehr komisch und etwas grausam.
Den »Bubu« ausgelesen und Alain-Fourniers »Le grand Meaulnes« angefangen. Ein wunderbares Französisch, und schon auf den ersten Seiten der Zauber einer intensiven Welt, schwermütig, keusch und wunderbar.

New Brunswick, 9. September

Gestern ist Italien aus dem Krieg ausgeschieden. Jede Nacht träum ich ganz viel und vielerlei.
Steiner brachte mir zwei unveröffentlichte Manuskripte von Heinrich Zimmer. Das eine eine autobiographische Aufzeichnung, das andre eine Rede über Amerika, diese auf englisch. Alles ganz lebendig, kraftvoll, beziehungs- und einfallsreich und ganz originell. Steiner sagt, er habe genau so geschrieben, wie er sprach.
Nachts noch Steiner das Tagebuch aus Varimpré vorgelesen.

New Brunswick, 16. September

Am Nachmittag kam ein Bekannter von Steiner aus New York hier an, Emo Bardeleben. Steiner will ihn Billetdoux vorstellen, um ihn nach Rutgers zu bringen. Bardeleben ist, von seinem Vater her Amerikaner, seine Mutter war Welschschweizerin. Er wuchs in Lausanne auf und verbrachte einige Jahre in Paris. Er ist zweiundvierzig. Er spricht ein kostbares, ganz differenziertes Französisch, das er für seine zweite Muttersprache ausgibt. Aber es ist seine eigentliche. Sein Englisch, seine Vatersprache, ist sehr behutsam, etwas zu rein, ganz unamerikanisch, manchmal mit den sonderbarsten französischen Wortbetonungen. Mit dem Französischen kann er spielen, mit dem Englischen muß er kämpfen. Er scheint seine höflichen Behutsamkeiten ins Französische zu kleiden, seinem Bedürfnis zur Brutalität, die manchmal spürbar wurde, gibt er das Englische. Er fühlt sich von Europa ausgeraubt, verraten. Es ist ihm das Vergangene, das ihn um sein Leben betrogen hat. Er will nichts als Amerikaner sein. Er ist groß, sehr schlank, leicht vorgebeugt, hat eine scharfgeschnittne Nase im asketisch wirkenden Gesicht, teilnehmende Augen und einen großen, schmalen Mund. Das dunkle Haar ganz kurzgestutzt.

Er sieht wie ein melancholischer Habicht aus. Steiner hatte mir sonderbare Dinge aus seinem Leben berichtet, und ich versuche die jetzt mit diesem Menschen in Einklang zu bringen.
Seine Eltern lebten getrennt. Seine Mutter adoptierte eine Tochter. Sofort nach dem Tod der Mutter, wahrscheinlich um sich an ihr zu rächen, heiratete er seine Schwester. Das ganze Geld, das er von seiner Mutter geerbt hatte, ein kleines Vermögen, gab er absichtlich auf der Hochzeitsreise nach Irland aus. Er lud alle seine Freunde mit auf die Hochzeitsreise und kaufte seiner jungen Frau einen sehr kostbaren großen Schleier aus irischer Spitze. Nach einigen Wochen kam er völlig mittellos wieder nach Lausanne zurück. Er hat eine Tochter. Aber Frau und Tochter hat er längst verlassen. Vor ein paar Jahren kam er ohne Geld und ohne Gepäck in Amerika, seiner vermeintlichen Heimat, an. Um seinen Leib gewickelt trug er die irische Spitze, die er einmal seiner Frau zur Hochzeit geschenkt hatte, um sie vorm Zoll zu verbergen. Sein einziges Gepäckstück war der »Ulysses« von James Joyce. Anfangs lebte er vom Erlös des Brautschleiers, den er gleich verkaufte, und von der sozialen Fürsorge.
Billetdoux stellte ihn, obwohl er noch nie unterrichtet hat und ohne akademische Ausbildung ist, ohne Umstände an.

New Brunswick, 17. September

Habe seltsam geträumt. Es war ein Märchen, das aber durch seine Strenge etwas beunruhigend war. Steiner und ich waren bei einem feierlichen Manne zur Audienz, er war schwarzgekleidet, halb Priester, halb Magier. Er ist Herr eines schönen regelmäßigen Gartens voller Blumen. Man hört Kinderstimmen, die einen kindlichen Reim singen, sie wiederholen ihn jeweils mit einem andern durchgehenden Vokal. Im Garten findet eine Theateraufführung statt. Ich stoße einen kleinen, sehr wertvollen Baum um, bin sehr bestürzt, aber der Priester-Magier verzeiht mir. Es herrschte eine Stimmung in diesem Traum wie in Goethes »Neuem Paris«, wahrscheinlich durch »Le grand Meaulnes« hervorgerufen.

New Brunswick, 19. September

Heute, Samstag, bin ich einmal nicht nach New York gefahren, ging nach dem Unterricht in das Musikhaus. Als ich in mein Zimmer kam, erfuhr ich, daß Nathaniel, mir unvermutet, gekommen war und nach zweistündigem Warten zum Bahnhof gegangen sei, um zurückzufahren. Ich lief zum Bahnhof und traf ihn dort noch, drei Minuten vor Abfahrt des Zuges. Es kam mir so unerwartet (sein Brief, der ihn anmeldete, war irgendwie verloren gegangen), und er war durch die Verfehlung so niedergeschlagen, daß wir anfangs kaum miteinander reden konnten, obwohl wir uns doch beide so freuten. Es

war wahrscheinlich das letztemal, daß er kommen konnte. Nathaniel schien noch niedergeschlagner als das letzte Mal, hofffnungsloser. Einige Stunden zusammen. Am Bahnhof waren wir wieder sehr traurig.
Unlängst las ich in der Klasse die Kapitel XI und XII aus »Le grand Meaulnes« vor. Gestern aber fühlte ich mich plötzlich in der Klasse versagen und glaubte schon, das ganze Gefüge zerbröckle mir zwischen den Fingern. Als einziges Rettungsmittel bat ich Steiner, meine Klasse von Zeit zu Zeit zu übernehmen, während ich seine übernehme. Das ging heute morgen ganz gut.
Seit langer Zeit wieder ein Zeichen von André Gide gesehn. In der letzten Nummer von »Pour la Victoire« war ein Auszug aus einem neuen Buch von ihm »Les interviews imaginaires«. Es scheint in Algier erschienen zu sein.

New Brunswick, 20. September

Mit Steiner zum Delaware Art Center in Wilmington gefahren, um die präraffaelitische Privatsammlung, wohl die bedeutendste, die es gibt, von Samuel Bancroft zu sehn. Bancroft war ein Textilfabrikant, der um die Jahrhundertwende nach England ging und, obwohl er sich bis dahin garnicht für Kunst interessiert hatte, von den Präraffaeliten ganz in Bann geschlagen wurde. Es ist eine sehr reiche Sammlung. Viele Bilder von Rossetti (darunter auch sein letztes), Burne-Jones und mancher Mitläufer. Wir waren die einzigen Besucher, so daß sich die Kustodin uns drei einhalb Stunden widmen konnte. Sie zeigte uns Photographien von Rossetti, Swinburne, May Morris, Fanny Schott, Rossettis Eltern und viele andre. Auch viele Manuskripte von Rossettis Sonetten, Rossettis Briefe an Fanny, einige davon mit ganz zerstörter Handschrift. wie mit letzter Kraft, kaum leserlich, in denen er sie um Chloral anfleht.

New Brunswick, 23. September

Seit vorgestern ist Bardeleben hier. Heute traf ich ihn in der Bibliothek mit Jules Renards »Poil de carotte« in der Hand, das er sehr liebt. Er sagte (auf französisch, das wir zusammen sprechen): »Sein Französisch ist wie Kristall, nein, nicht wie Kristall, wie frisches Wasser.« Dann ging er wie ein Staunender vor den Regalen umher. Ich merkte, daß er sich in einer ungewohnten, für ihn eigentlich verbotenen Lage befand. Er war wie ein Kind im Spielzeugladen, das nicht recht weiß, ob es etwas davon haben darf. Ich sagte ihm, hierher könne man immer flüchten, es sei eine Welt, die einen immer aufnähme. Er fürchtet sich sehr vor dem Unterrichten und will genau wissen, was da vorgeht. Da erzählte ich ihm, wie der dicke Soldat Modugno an einem ganz heißen Augusttag, in seiner Feuchtigkeit fast zerschwimmend, in der Klasse den Uniformrock auszog und dann auch, nach einiger Zeit das

Oberhemd, dabei aber immer mühsam und willig der Aufgabe folgte. Ich stellte an dem Tag Fragen über ein albernes Lesestück: »Monsieur Modugno, qu'est-ce font les papillons?« Und er ganz ernsthaft und glücklich über die gewußte Antwort sprach etwas ungelenk die zierlichen Worte: »Ils voltigent de fleur en fleur.« Das gefiel Bardeleben so gut, daß er mit einem Schlag seine Ängste überwand.

New Brunswick, 28. September

Bardeleben kennt Gide und war in seiner Pariser Zeit oft bei ihm zu Gast. Das kam gestern an einer Straßenecke heraus. Wir sprachen über die »Faux-monnayeurs«. Das, was er darin »montage« nennt, findet er auch in Sternes »Tristram Shandy«, Flauberts »Bouvard et Pécuchet« und in Melvilles »Confidence Man« in direkter Linie. Lauter Bücher, die ich nicht kenne.
Abends lud Steiner uns in ein Restaurant zum Essen ein. Viele Gespräche. Bardeleben sagte: »Das eigentliche Meisterwerk André Gides ist ›Le roi Candaule‹, weil es ihm da vollkommen gelungen ist, sich selber darzustellen, unter dem Symbol des geteilten Menschen (l'homme partagé). Der ›Candaule‹ ist ebenso schön wie ›Phèdre‹«. Solche Überraschungen hat er viele auf Lager.
Heute erzählte ich ihm von »Le grand Meaulnes«, den er nicht kennt. Während ich ihm von dieser ganz gelungenen Mischung zweier Welten, der magischen des Abenteuers und der realen Welt, als Welt der Jugend, erzähle, essen wir einen dieser riesigen amerikanischen Eisbecher mit den gebirgig-barocken Aufhäufungen von Zutaten, einen »sundae«. Weil das so wunderbar amerikanisch ist und B. alles immer im Übermaß betreibt, bestellte er sich sofort einen zweiten, nach dem ihm dann fast übel wurde.
Bardeleben über Steiner: »Steiner ist das Beispiel eines Menschen, der nie er selber ist, denn er ist eine Welt. Das Spinnwebe, das zur Spinne wird (»la toile d'araignée devenue araignée«).

New Brunswick, 1. Oktober

Acht Tage Ferien stehn bevor. Heute kam Dieter Cunz, um mich zu besuchen. Dieselbe männliche Ehrlichkeit und zuverlässige Direktheit, die ich immer so gern an ihm habe. Er will mich unbedingt dazu überreden, das Follenbuch fertigzumachen. Das sei eigentlich der Hauptzweck seines Besuchs. Er selbst hätte es immer gerne schreiben wollen, will es vielleicht mit mir zusammen machen. Aber das Buch ist mir so ferngerückt, und ich müßte noch so viele amerikanische Quellenstudien machen. Dieter schaute sich dann das schon ziemlich umfangreiche Manuskript genauer an und brachte mich schließlich so weit, daß ich es wenigstens erwäge. Er erzählt mir auch, daß er in seinen Studien über die deutschen Achtundvierziger, die nach

Amerika auswanderten, auch einen Vorfahr von mir entdeckt habe, einen Vordtriede, der in Buffalo die erste Zeitung begründete und herausgab.

Woodstock, 6. Oktober

Auf der Herfahrt am 2. Oktober las ich das erste Heft einer neuen Zeitschrift »Hémisphères«, die Yvan Goll herausgibt. Darin das Gedicht »A l'Etrangère« von St. John Perse und ein Essay über ihn. Gestern Abendessen mit Faggi und dem Ehepaar Archipenko. Heute zu Faggi, der mir sein Atelier zeigen wollte. Einige schöne Sachen: die Köpfe zweier japanischer Dichter, der alte Woodstocker Dichter Hervey White mit dem erloschenen homerischen Auge, Tagore (der ihm für die Büste selber gesessen hat), ein Dante und ein prometheischer Whitman. Faggi ist Florentiner, empfindet sich aber etruskischen Ursprungs. Er zieht das Etruskische dem Griechischen vor, da es mehr »strangeness« enthalte, die, nach einem Wort von Francis Bacon, das Element der Kunst sein solle. Aber dann erfahr ich, daß er Anhänger der Christian Science ist und kenne mich in diesen Vermischungen nicht mehr aus.

New Brunswick, 14. Oktober

Im neuen Semester hab ich drei andre Gruppen von Soldaten. Emo Bardeleben ist in mein Haus gezogen. Sein Zimmer ist auf demselben Stockwerk, meinem gegenüber. Nur selten erlaub ich mir, über den Flur an seine Tür zu gehn. Sein Zimmer ist ganz leer, außer den Möbeln. Er sagt, er könne dies alles nur aushalten, wenn er das Gefühl hat, eigentlich in New York zu wohnen. Also hat er kein Gepäck bei sich, kein Bild, kein Buch, außer Joyces »Finnegans Wake«, in dem er ständig zu lesen scheint. Aber eben war ich bei ihm Er ist ganz verloren in Niedergeschlagenheit und spricht über das verfehlte und verzweifelte Leben von Gerard Manly Hopkins. Das ist einer der wenigen Dichter, die er liest. Aber eben weidet er sein Elend auch an Baudelaires »Spleen de Paris« und gibt mir Baudelaires »Chacun sa chimère« zu lesen. Er zweifelt an sich und allem.

New Brunswick, 15. Oktober

In den Klassen wieder Stellen aus Proust.

Beim Abendessen sagt Emo, er liebe Dichtung nicht eben und kenne sie kaum. Bei solchen Aussprüchen spricht wohl immer sein Trotz gegen Europa mit, dem er so sichtlich angehört und dem er entfliehen möchte. »Mein erster Dichter war Gerard Manly Hopkins und durch ihn hab ich Whitman gefunden,« sagt er. Ich sage, ich verstünde Whitmans Größe nicht, ich könnte selten ein Gedicht von ihm ohne einen gewissen Ekel zu Ende lesen. Darauf er: »Ich würde das nicht Ekel nennen, aber ich empfinde das auch: es zerreißt mich. Hopkins sagt in einem Brief, daß Whitman das Unmögliche erreicht habe und daß er selber eben dieses Unmögliche anstrebe. Aber, fügt Hopkins hinzu, er habe einen Horror davor, es zu erreichen. Keines der kritischen Bücher über Whitman sagt soviel über ihn aus.« Und später: »Ich glaube nicht, daß ihr beide, Sie und Hopkins, ähnliche Naturen seid. Aber Sie gleichen ihm darin, daß Sie auch die Vulgarisierung nicht leiden können. Für mich ist die Vulgarisierung das eigentliche Lebenselement.« Wie er das meine, will ich wissen. »Um ein ziemlich schlechtes Bild zu gebrauchen: die feine Spitze des Intellekts fällt wie ein Spermatozoon in den Schlamm (er gebraucht das Wort »la boue«), wo es sich bewegt und alles befruchtet. Für Sie ist Schlamm nichts als Schlamm. Aber ich liebe ihn, ich möchte ihn immer gerne in die Hand nehmen.« Dabei macht er mit gerundeten Händen eine weiche liebkosende Geste. Er betont, daß er diesen Vorgang der Befruchtung jeden Tag, dauernd vor Augen habe. Da bei ihm, der in einer Art träumerischem Müßiggang lebt, nie etwas Aufschub erleiden darf, gehen wir gleich in die Bibliothek, wo er mir die Whitmanstelle in Hopkins' Brief zeigen will. Aber das Buch ist nicht da.

New Brunswick, 17. Oktober

Ich habe mir die Tagebücher von G.M. Hopkins (ed. Humphrey House) geholt und viel darin gelesen. Heute den Dialog über die Schönheit. Darin stellt Hopkins die Theorie auf, daß Schönheit auf Parallelismus beruhe. Bin sehr unter dem Eindruck dieser fordernden Figur, habe fast Angst, dieser Forderung zu Reinheit, Strenge, Güte erliegen zu müssen, ohne ihr gerecht werden zu können. Habe dann versucht, ein Gedicht von Hopkins zu übersetzen, wobei ich versuchte, alle Klänge und sprachlichen Gewaltsamkeiten nachzuahmen:

Fremder zu scheinen liegt mein Los, Verbleib
Unter Fremden. Vater und Mutter mir,
Brüder und Schwestern bei Christus, nicht hier
Und Er mein Friede, Fortgehn, Schwert, Betreib-
  en, England, deß Ehre mein Herz wirbt, Weib
Für mein Geschöpf, Gedicht, verschlösse mir
Ihr Ohr, klagt ich; klage doch nicht: gier-
ig wo Krieg reift, müd allem Zeitvertreib.
  Ich bin in Irland jetzt, dreifach entferntem Ort.
Nicht, daß ich nicht spenden und spüren kann
Liebe, wie auch entfernt. Nur: welch ein Wort,
Weisestes, mein Herz ballt, dunklen Himmels Bann
Brichts oder Hölle besprichts. Dies, mein Hort ungehört,
Gehört, ungehorcht, läßt mich allein, ein Begann.

New Brunswick, 18. Oktober

Gestern nacht in New York um drei Uhr versucht, ein Hotelzimmer zu finden. Alles war besetzt. Um vier Uhr gab ichs auf und entschloß mich, nach New Brunswick zurückzufahren. Eine Stunde Warten im Wartesaal. Er war überfüllt mit Soldaten und Matrosen, die unbequem auf Bänken und dem Fußboden gekauert schliefen. Sehr trostlos. Im ganz überfüllten Morgenzug mußte ich, wieder fast der einzige Zivilist, während der ganzen Fahrt stehn. Man konnte sich kaum bewegen, und die Hitze wurde immer lähmender. Wie früher schon manchmal schienen mir nach dieser durchwachten Nacht alle Dinge etwas verändert, mein Gehirn leicht, die Gedanken überklar. Alles verbindet sich dann rasch und deutlich, mühelos kommen Einfälle und Zusammenhänge zutage. Es ist eine Art Verzauberung. Ein ungerechtes Paradox der Natur: sie gibt einem Gedanken, wenn man viel zu müde ist, sie aufzubewahren. Als ich heute mit Emo darüber sprach, meinte er jedoch, das sei nicht paradox oder ungerecht, denn nur auf diese Weise könne es ja geschehn, daß wir kurz vorm Tode die schönen und deutlichen Gedanken hätten, in dieser letzten Mattigkeit, so daß sich dieses verklärte Lächeln auf den Gesichtern einstelle. Auf meine Frage, wozu das denn gut sein solle, fragte er nur zurück, ob es etwa wenig wäre, glücklich zu sterben.
Als ich gestand, ich hätte als »Professor« dauernd das Gefühl, alle zu täuschen, wollte ers fast nicht glauben. So sehr sei das auch sein eignes Gefühl. Es machte ihn ganz froh.

New Brunswick, 20. Oktober

Ich sagte zu Emo, daß es mir gestern, umgeben von den Soldaten so vorgekommen sei, als kenne mein Leben drei Ekstasen (höchste Augenblicke erfüllten Lebens): 1. die der Liebe, 2. die der schöpferischen Augenblicke und 3. die, umgeben zu sein von diesen jungen Menschen, ihrem großen Vertrauen, ihrer Zuneigung, ihrem Glauben. Diese letzte Ekstase hält Emo für eine Form der Ekstase der Macht. Ich wills nicht glauben.
Dann sprachen wir über die Liebe. Er ist ganz einverstanden, ein bißchen traurig berührt, wie ich sage, daß es doch im Grunde nur zwei Situationen der Liebe gäbe: nämlich die, verführt zu werden und dann die, zu verführen. Und daß die erste die viel schönere, weniger mit Traurigkeit vermengte sei. Er sagt, daß ihn das Leben um das Verführtwerden betrogen habe. Schon mit zwanzig sei er der Verführer gewesen.
Emo sagt, daß ich von uns beiden der Sensiblere sei, was ich garnicht glauben kann. Er begründet das so: da ich ihm gesagt hatte, daß ich in den »Faux-Monnayeurs« die Apotheose des Zufalls sähe und auch für mich selber den Zufall als leben- und hoffnungserhaltendes Ventil verehrte, glaubt er, ich hätte mich eben mit gutem Instinkt von vornherein besser gegen den

Zufall gewappnet. Er würde vom Zufall immer wieder überrumpelt, verstört, weil er unvorbereitet sei. Nur darum wirke er zuweilen sensibler.

New Brunswick, 21. Oktober

Wohl durch mein Lesen von Robert de Billys Buch über Marcel Proust (meist Briefe Prousts) zu dem Traum von gestern Nacht veranlaßt: meine Mutter hatte mich auf eine Reise nach Norddeutschland mitgenommen, um mir die Stätten zu zeigen, wo sie als Kind war und gespielt hat. Es war ein Dorf. Aber als wir, von einem Hof aus, in eines der Häuser eintraten, waren wir in einem großen glänzenden Saal, dessen Merkwürdigkeit darin bestand, daß die Decke aus Glas war. Man sah daher den darüberliegenden Saal, der, reich möbliert, viele in Gruppen sitzende ältre Menschen in der Kleidung des 18. Jahrhunderts zeigte. Entweder waren das lebensgroße Figuren oder sie waren gemalt. Ich glaube bestimmt nicht, daß sie richtige Menschen waren. Das verwunderte aber niemanden. Zweimal stiegen mir die Tränen auf (einmal beim Blick durchs Fenster auf die Landschaft draußen) in dem Gefühl, daß all dieses verloren und vergangen sei. Alle andern aber waren so heiter, daß ich fürchtete, als sentimental zu gelten und die Tränen mit Gewalt runterschluckte.

New Brunswick, 25. Oktober

Emo bleibt sich doch immer treu: gestern, Sonntag, kam er schon morgens aus New York zurück, ganz beladen mit Büchern. Für fünfunddreißig Dollar hat er sich Lexika gekauft: Synonyme, Reimlexikon, Antonyme, ethymologisches Lexikon etc. Er glaubt sie für seinen Unterricht unbedingt nötig, um eine Sprache zu unterrichten, die er spricht wie wenige. Er kam so früh zurück, weil er sich den ganzen Sonntag für die folgende Woche vorbereiten wollte. Er ist in allem unmäßig. Er will sein Zimmer in New York um keinen Preis aufgeben, weil sich nur dort sein Leben konzentrieren kann. Er läßt sich garkeine Post hierherkommen. Selbst seine Wäsche läßt er sich in New York waschen. Sein Dasein in New Brunswick darf ihm nur als rascher Ausflug gelten.

Manchmal spricht er träumerisch von Irland, so wie Meaulnes von dem »domaine étrange».

New Brunswick, 26. Oktober

Habe angefangen, Flauberts »Bouvard et Pécuchet« zu lesen. Emo ist begeistert, als ers hört. Er hat es schon fünfzehn Mal gelesen, sagt er. »Es gibt eine ganze Schule, die auf diesem Buch basiert. Alfred Jarry kommt daher. Man muß das Buch wie ein Manifest lesen; aber im Grunde sind alle Bücher von Flaubert Manifeste.« Und noch beim Verabschieden: »Das ist ein gefährli-

ches Buch. Es kann zum ›livre de chevet‹ (d.i. Kopfkissenbuch, Dauerlektüre) werden.«
Ein andrer Ausspruch von Emo: »Man muß die Tür auflassen für den Zufall, aber das Fenster gegen den Durchzug schließen.«

New Brunswick, 28. Oktober

Emo, der nie Post bekommt, erhielt, wie ich bemerkte, vor einigen Tagen ein Telegramm, über das er dann aber nie eine Bemerkung machte. Danach hörte ich zwei Tage lang seine Schreibmaschine gehn. Als ich am zweiten Tag in sein Zimmer kam, sagte er nur, er schreibe grade einen der wichtigsten Briefe seines Lebens. Dann kam er abends unversehens zu mir mit zwei Bogen, gab sie mir und bat mich, den Brief zu lesen, was ich davon hielte. Aus der Anrede (»Dear Fern«) war mir nicht klar, an wen er schrieb. Aber aus dem Brief ging hervor, daß sein Vater soeben in Kalifornien gestorben war. Er schrieb nun, einen merkwürdigen, dokumentarischen Brief an seine Stiefmutter, die er nie gesehen hat, mit der er erst einmal, vor kurzer Zeit, einen einzigen Brief gewechselt hat (nur daher kannte sie seine New Yorker Adresse). Er schilderte ihr sein Verhältnis zum Leben und zu seinem Vater, den er seit über zwanzig Jahren nicht gesehn hat, dessen Kinder er nicht kennt und mit dem er nie korrespondierte. Er spricht von seiner großen Bewundrung für den Vater, für den er eine Art »Heldenverehrung« habe. Der Vater scheint ihm in allem ganz entgegengesetzt gewesen zu sein. Emo scheint unter dem Eindruck zu stehn, daß er vor dem nun gestorbenen Vater nicht bestanden hat. Der Brief ist im Grunde seine Liebeserklärung an Amerika.
Gestern nacht, als wir im feuchten nebligen Park auf einer Bank saßen (fahler Schein einer entfernten Laterne, sonst ganz dunkel), sagte er, er habe mir den Brief nicht als »épître« zeigen wollen, sondern damit ich aus ihm Dinge ersehen könnte, die ihn mir besser bekannt machen. Ich sagte zu ihm: »Sie sind merkwürdig, denn Sie umarmen immer das, was Ihnen entgegengesetzt ist: das militärische Leben (über dessen Vorzüge er unlängst gesprochen hatte), die Vulgarisierung etc.« Ich hätte auch sagen können: Ihren Vater; traute mich aber nicht. Er war einen Augenblick erstaunt, antwortete aber nur: »Ja, das stimmt.«
Eben, nachts, rief James von New York aus an. Er konnte zum erstenmal das Gefangenenlager in Oklahoma für einen kurzen Urlaub verlassen, will mich morgen treffen. Also werd ich am späten Freitagnachmittag, nach meinen Klassen, hinfahren und Emo bitten, meine Samstagmorgenklasse zu übernehmen.

New Brunswick, 2. November

Obwohl ich mich so davor fürchte, all dies grade Vergangne beschreiben zu müssen (nur weil es so unbeschreiblich ist), muß ich nun doch diese zwei einhalb Tage des Wochenendes beschreiben, die sonderbarsten, die ich jemals hintereinander verbracht habe.

Abends am Freitag traf ich in New York vor der Public Library mit James zusammen, der, was mich befremdete, mit einem Freund zusammen war. Dieser war auch in dem Oklahoma Camp, wo die beiden sich das Leben erleichtern. Man ging die Fifth Avenue herauf. Der Plan war, später ins Russische Ballett zu gehn. Man sprach Gleichgültiges, ich sehr wenig. Aber der Rausch der großen Stadt, für James so ungewohnt seit so langer Zeit, wurde uns immer fühlbarer. Nach dem Ballett in ein Restaurant. Ich erzählte den beiden Apollinaires Geschichte von André Subrac mit der Houppelande. Da es unmöglich schien, im überfüllten New York so spät noch ein Hotelzimmer zu bekommen, bot David, der Freund von James, an, mich bei sich übernachten zu lassen. Da war es, daß ich zum erstenmale und nur in undeutlichen Andeutungen, von einer wunderbaren Insel hörte. Ich hielt das für eine Art Phantasie. Ich wußte noch nicht, daß die geheimnisvolle Insel der *eine* Ort, die *eine* Möglichkeit, Wahl und Entscheidung ist, die dem Turm in der Öde Oklahomas, mit nichts als Stacheldraht herum, das Gleichgewicht halten soll. James verabschiedete sich, David und ich standen bald am East River (eigentlich ein Arm des atlantischen Ozeans) in übermäßigen, unterirdischen Wölbungen, fahl beleuchtet, von wo aus ganz große tierähnliche Tramwagen über die Brücke führen. Auf halber Brücke stiegen wir aus, gingen Stufen herunter und waren auf der seltsamen Insel, Welfare Island, die nur mit Paß betreten werden kann. Es gibt auf ihr nur ein paar Krankenhäuser mit Insassen, die vorm öffentlichen Auge verborgen werden. Aber ich sah zunächst nur den riesigen Brückenschwung direkt über uns in der Nacht. Kein Mensch auf der ganz ländlich wirkenden Straße. Von jenseits des Flusses die Gebäude und Lichter von New York. Die Insel ist wie ein seltsames Dorf, eine fremde Welt innerhalb einer andern Welt. Nur große. einzeln stehende Gebäude mit besondren Funktionen: ein Hospital, ein Irrenhaus, ein Krebshaus, Kirchen, ein Leuchtturm. Am Wasser entlang der Weg wie eine Landstraße. Die Riesenbrücke bleibt hinter uns zurück. Es wird ganz dunstig. Einzelne Bäume geheimnisvoll im Nebel. David beginnt, über diese Insel zu erzählen: er kennt hier einen Priester der Episkopalkirche, Enkel und Sohn eines Bischofs, Freund von Bischöfen, selber unfehlbar bald ein Bischof. Er lebt eigentlich in Boston, ist aber außerdem der Kaplan, der seelsorgende Vater und Betreuer dieser Insel. Nur soviel, bis wir plötzlich vor einer großen Kirche stehn, in der David zu leben scheint. Wir treten durch eine Nebentür des Erdgeschosses ein, durch eine Vorhalle, durch einen großen Raum in die Bibliothek. Alles ist ganz überheizt. Die Bibliothek, sehr groß, wie eine freundlich wartende Welt. Alles ist erleuchtet. Eine Treppe führt in die ganz dunkle Kirche hinauf. Nur die Radrose leicht glimmend sichtbar. Wieder unten treffen wir den Priester. Er will uns noch in seinem Studio empfangen, muß aber zuerst noch seine Sekretärin aufwekken. Nach einer Weile betreten wir sein Studio, braun getäfelt, behaglich. Man trinkt etwas, spricht scherzhaft mit der durch eine Halbwand verborgne Sekretärin, die sich eben, wie sie sagt, die Haare aufsteckt. Dann erscheint sie, in Hosen, mit reichem rotblonden Haar, ungeheuer gewöhnlichem Gesicht, ganz jung und sagt, sie sei eine Night Club-Sängerin. Ihre Stimme ist rauh und alkoholisch. Der Priester drängt uns, daß wir ihre Schönheit loben. Er trinkt, während Mary uns zuwispert, er sei ganz betrunken. David und ich ziehen uns zurück. In einer Art großer Durchgangshalle vor dem Studio stehen zwei Betten bereit. Nach einer Stunde, in der David die merkwürdige Kirche, in der es sieben Dienstboten gibt, weiter beschreibt, öffnet sich die Tür und der Priester, ganz betrunken, kommt und teilt uns barsch mit, er erwarte, daß wir schliefen, wenn er und Mary hier durchkämen, um zu seinem Schlafzimmer zu gehn. Dann geht er wieder zurück. Ich verstand nichts. Dann erfuhr ich: der Priester ist verheiratet in Boston, hat fünf Kinder, sein ältester Sohn ist schon Soldat, der jüngste, vierzehnjährig, schläft ruhig, nichtsahnend, in einem Nachbarzimmer. Vor einigen Jahren nahm der Priester eine vierzehnjährige Waise zu sich, verführte sie und machte sie zu seiner ersten Sekretärin auf der Insel. Zweimal die Woche ist sie dort seine Geliebte, sie ist jetzt schon etwas über zwanzig Jahre alt. Mary, die Sängerin, ist die andre Sekretärin und Geliebte, bleibt zwei andre Tage bei ihm. Beide wissen nichts von einander. Der Priester will sich scheiden lassen und eine von ihnen heiraten, weiß aber nicht welche. Mittlerweile hält er beide fürstlich aus. Marys Eltern haben durch ihn Stellungen auf der Insel erhalten. Nach ziemlich langer Zeit erschien der Priester wieder, ganz nackt. An der offengebliebenen Tür, durch die das Licht hereinfiel, stand, an den Türrahmen gedrückt, Mary. Der Priester fragte uns, ob wir schliefen. Ich, von allem verwirrt, vergaß, daß ich mich verstellen sollte und antwortete höflich. Da brach der nackte Priester in die ordinärsten Schimpfworte aus, nannte uns Hurensöhne, wandte sich dann an Mary und versicherte ihr, wir schliefen und sie solle jetzt mitkommen. Aber sie weigerte sich. Beide gehn zurück ins Studio. Wir hörten lauten Wortwechsel, ein Glas wird zerschmettert. Dann wagten wir nicht mehr einzuschlafen aus Furcht, der Priester könne uns im Schlaf mit einem Messer erstechen. Dann später, die Nacht war fast um, kam der Priester ein drittes Mal, mit zerschnittenem Finger, demütig, hilfeflehend. Er setzte sich auf Davids Bettrand und David, der erst 21 Jahre alt ist, soll nun mit Mary sprechen und sie dazu bewegen, mit dem

Priester ins Bett zu gehn. Aber David weigerte sich. Dann bat der Hausherr David, er solle ihm doch sagen, welche der beiden Geliebten er heiraten solle. David sprach sehr verständig, abwägend, väterlich (ich stellte mich schlafend). Das Gespräch wurde immer komischer, und David und ich lachten laut, sowie die Erscheinung wieder weg war. Ich erfuhr ferner in dieser Nacht, daß David all dies (mit Ausnahme des betrunkenen Priesters) seit sechs Monaten sorgfältig geplant hatte. Nämlich seit James ihm in Oklahoma von mir erzählt hatte und ihm dann auch einige meiner Briefe zu lesen gegeben hatte. Er erzählte mir auch, daß James, der, als ich ihn zum letztenmale gesehen hatte, noch vierge war, in Oklahoma, halb betrunken ein Indianermädchen verführt hat.
Als ich am Samstag morgen die Kirche verließ, grüßte mich der Gärtner mit: »Good morning, Chaplain«. Er hielt mich für einen Hilfskaplan. Das freute mich sehr. Wir gingen mit dem arglosen jungen Sohn des Priesters auf der Straße am Wasser zur Fähre, vorbei an merkwürdigen Häusern im dunstigen Morgenlicht. Irgendwo stand ein Mann mit einem Kropf, der wie eine übergroße Banane weit von seinem Hals herunterhing. Einige große Schiffe der amerikanischen Handelsflotte zogen langsam an uns vorbei. Wir setzten mit der Fähre über.
Dann begann ein höchst unsinniger und enttäuschender Abschnitt: ich verfehlte James, den ich zum erstenmal allein sehn wollte, volle fünf Stunden lang, die pausenlos ausgefüllt waren mit gegenseitigem immer beinahe glükkenden Versuchen, sich zu treffen. Die große Stadt verhinderte es immer auf irgendeine Weise. Schließlich um fünf Uhr, ganz verstört, gab ichs auf und traf mich mit Steiner, der meine abwesende Stimmung nicht begreifen konnte, darüber an meiner Freundschaft zweifelte und böse wurde.
Abends kam die Verabredung mit James und David zustande, um zu Frances Winwar zu gehn. Sie ist eine gute Schriftstellerin, die romanartige Biographien über die Gestalten der englischen Romantik, der »Yellow 'Nineties« (was ich in Evanston gelesen hatte) und die Präraffaeliten schreibt. Ihr wirklicher Name ist Vinciguerra, den sie ins Englische übersetzt hat. Sie wohnt sehr schön. Eine Zimmerwand ist fast ganz bedeckt mit einem Bild eines deutschen Malers John Koch, der altmeisterlich malt. Sie ist garnicht preziös oder literarisch tuend, mit sizilianischer Liebenswürdigkeit und Verve. Sie ist der erste Mensch, den ich hier treffe, der dem Literaturbetrieb angehört, den Farbensammlern und Konjunkturbegeisterten. Man sprach aus Spaß französisch, und ich spielte den Geistreichen. Man ging dann zusammen in den letzten Teil des Symphonie-Konzerts und hörte Beethovens viertes Klavierkonzert. Da James neben mir saß, hatte ich doch für Augenblicke Gelegenheit, alles Schillernde abzuwerfen. Wir sprachen von Hopkins, den auch er diesen Sommer monatelang gelesen hatte. Nachts ging

ich natürlich nicht mehr auf die verzauberte Insel zurück, da ich dem Priester nicht mehr zu begegnen wünschte, sondern ins Hotel.
Sonntag morgen Frühstück mit David. Steiner kam mich besuchen, war wieder verletzt, mich nicht allein zu finden. Wir gingen etwas zu dritt. Dann, um ein Uhr, kam James. Zum erstenmal (und das einzige Mal) sah ich ihn allein. Bis drei Uhr hatte er nur Zeit. Wie auf eine Prüfung, die es zu bestehen gilt, hatte ich auf dieses erste Zusammensein nach so langer Zeit und so vielen, für James, einschneidenden Veränderungen, geblickt. Und wir bestanden sie. Vom ersten Augenblick an, ohne Zögern, Stammeln, Versuchen, fanden wir den rechten Ton und die Bestätigung der intaktgebliebenen gemeinsamen Welt. Diese ist ja nicht durch die viele und bunte Literatur bedingt, sondern durch das Exemplarische im Leben und Werk einiger weniger Menschen. Alles Bunte fiel weg. James erzählte von den deutschen Gefangenen in seinem Lager, wie sie Blumenbeete anlegen und eine Art von Schulstunden eingerichtet haben. Von den Einsamkeiten im Turm, vom übermäßigen Himmel und kalten Mondlicht. Wie er in die Armee hatte gehen müssen, weil er fühlte, wie sehr er sich durch Bücher den Weg zur Wirklichkeit verstellt hatte. Wir saßen auf einer Bank im Madison Square. Erst kurz vor drei Uhr bemerkte ich das Heft, das er bei sich hatte und das alle Gedichte enthielt, die er jemals gemacht hat. Zweie hatte er am selben Tag geschrieben. Er gab sie mir. Eine Zeile daraus: »Child peeped out: came breathlessness« blieb mir noch den ganzen Montag in New Brunswick im Kopf.
Abends auf der dunklen Fifth Avenue gehend traf ich durch Zufall (durch diesen Zufall, l'imprévu, le hasard, der mir das Leben ertragen hilft und an den ich glaube) James mit seinen Eltern, nachdem ich ihn den ganzen vorherigen Tag verfehlt hatte. Ich freute mich sehr, seine Mutter, an der James sehr hängt, kennenzulernen. Sie hat eine warme Stimme. Ich mußte mit einiger Beschämung an das freche Telegramm denken, das wir einmal in Evanston an sie schickten, um den kitschigen Muttertag zu parodieren und für das ich die Verse geschrieben hatte: »O mother mine, / How I do pine / To hear your lovely voice«. Wir traten kurz in die Patrick-Kathedrale ein, um die vielen Altarlichter in der Dunkelheit flackern zu sehn. Dann brachte ich sie noch zum Center Theatre und verabschiedete mich nochmal von James.
Abends wieder mit David zusammengetroffen, der mir ein Geschenk brachte: einen Band mit Byrons Gedichten. Er hat ihn wohl aus der Kirchenbibliothek gestohlen, denn den Deckel mit dem Exlibris hatte er abgerissen. Wir gingen ins Russische Ballett mit besonders schönem Programm: das unvergeßliche »Pillar of Fire« zu Schönbergs »Verklärter Nacht«, eines der reinsten Ballette, die ich kenne, wie eine große Dichtung. Nora Kaye und Antony Tudor tanzten. Dann »The Romantic Age« mit Alicia Alonso und

Dolin und schließlich das amüsante »Judgment of Paris« zu Weills Dreigroschenoper-Musik. David brachte mich an die Bahn.
Nun hab ich fast eine Woche an diesem Bericht geschrieben. Es ging so langsam, weil die Aufzeichnungen selber Mittel sein sollten zur notwendigen Verlängerung dieser Tage. Ich habe das Gefühl, als ob das Leben an meine Tür geklopft hätte, sie aufgebrochen und mich verwirrt und glücklich zurückgelassen hätte.
Müde, halb betäubt, saß ich dann im Zug und las in Byrons Gedichten: »Fare thee well! and if for ever!«
Montag morgen beim Frühstück Emo gesehn. Da ein Student dabei war, sagte ich ihm nur: »Ich komme aus einer andern Welt«, und er verstand sofort, daß ich von irgendwoher zurückkam und nun alles Frühere vergessen hatte. In der Tat mußte ich ihn auf dem Weg zum Unterricht bitten, mir zu sagen, was ich tun und behandeln solle und wie ichs tun solle, was er auch bereitwillig tat. Die Zeigerkombination, um meinen Briefkasten zu öffnen, hatte ich auch vergessen und mußte die Post liegen lassen.
Abends erzählte ich dann Emo ein weniges. Fast wär ich wieder nach New York gefahren, aber ich zwang mich, hier zu bleiben. Emo willigte ein, mit mir ins einzige große Hotel hier zu gehn, um in der Bar einen Whiskey zu trinken. Emo bestellte sogleich einen doppelten. Daraus wurden drei Doppelwhiskeys und wir wurden beide recht betrunken, was sich aber nur durch gesteigertes Gespräch bemerkbar machte. Ich erzählte ihm nun von der Insel mit allen Einzelheiten. Es wurde ein Gespräch über die Unvereinbarkeit der beiden Welten. Emo erzählte mir den genauen Inhalt von Gides »Roi Candaule«, zur Warnung, wie er sagte, damit ich kein »homme partagé« würde. Er schilderte dann auch seine Begegnungen mit Gide. Als wir, doch etwas schwankend, fortgingen und durch die dunklen Straßen wanderten, verfiel Emo auf den Einfall auf den Stadtplatz zu gehn und vor dem albernen Standbild des blöde lächelnden Feuerwehrmanns zu huldigen. Wir fielen also vor dem Standbild auf die Kniee und Emo sprach es flehend an: »Oh, pompier, toi qui es élu parmi les pompiers bénis les histoires du coeur!« So fing er an. Dann wollte er unbedingt noch in einer wüsten Kneipe, die wir noch offen fanden, einen Whiskey trinken. Danach gingen wir durch die Nacht zum Universitäts-Campus hinauf, auf dem man das dürre Laub in großen Haufen zusammengeschichtet hatte. In einen dieser Haufen legten wir uns, Emo bedeckte mich ganz mit Laub. Es war direkt vor dem Dekanat. Dann wurde mir übel, und ich übergab mich in die dürren Blätter. Wir fanden das nur sehr komisch, und es war sicher gut, weil ich auf diese Weise am nächsten Tag gar keine üblen Folgen verspürte und sogar abends mit der Sekretärin an der Doktorarbeit weiterarbeiten konnte, während der arme Emo recht krank war.

Am Dienstag bat Billetdoux mich dann, am 2. Dezember einen französischen Vortrag vor den Soldaten und der Fakultät zu halten. Ich konnte nicht ablehnen und versprach, über »La Fédération de l'Esprit« zu sprechen. Damit will ich dem Chauvinismus der Franzosen hier etwas entgegenwirken.

New Brunswick, 9. November

Am Wochenende in New York zufällig Peter L. getroffen, der ein Jahr in der Armee gewesen war, und der mir erzählte, daß jener Konrad Vogel, der mit mir zusammen in Zürich im Ermatinger-Seminar gewesen war und der dann plötzlich Trappist wurde, seit fast drei Jahren irrsinnig ist und sich die Knöpfe von den Kleidern reißt.

Doktorarbeit, der versprochne französische Vortrag, vor allem aber meine Naturalisierung, die ich einleiten sollte, lasten auf mir. Dabei ist es so töricht, sich durch solche Dinge belasten zu lassen.

New Brunswick, 12. November

Jeden Abend Arbeit mit der Sekretärin, habe auch den französischen Vortrag angefangen. Vorgestern Emo gebeten, mich zum Naturalisierungsamt zu begleiten, damit ich Mut fände, die allerersten Schritte zu tun und das Formular abzuholen. Erhielt einen sehr niedergeschlagnen Brief von Nathaniel, mit zwei Gedichten voll persönlichster Trostlosigkeit. Und grade diesen Brief mußte ich auf dem Gang zum Amt verlieren. Ich war entsetzt, zwang mich dann, dem keine weitre Bedeutung beizumessen. Wieder hat mir der Zufall einen deutlichen Wink gegeben, daß es ihn gibt und daß er mir wohl will: heute fand ich den verlornen Brief wieder in meinem Briefkasten. Jemand hat ihn gefunden und einem Soldaten gegeben.

New Brunswick, 15. November

Samstag erwartete Steiner mich in New York am Bahnhof. Dann gingen wir in ein italienisches Restaurant, wo Frau Christiane Zimmer uns erwartete. Ich verstand mich (zu Steiners spätrem etwas ironischem Erstaunen) sofort sehr gut mit ihr. Sie schien mir zugleich sehr menschlich und warm und doch kühl-vernünftig im allgemeinen, völlig natürlich. Man saß lange im Gespräch zusammen. Dann mit Steiner zu zwei französischen Buchhandlungen, um Gides neues Buch »Les interviews imaginaires« zu bestellen.

Immer wieder treff ich zufällig auf Bekannte in New York. Auf der Dritten Avenue zog mich ein Geschäft an. Ich ging hinein und traf drinnen Franz von Dumreicher, den ich fast seit zwei Jahren nicht mehr gesehn habe. Sein Leben ist ganz und gar aufs Geldverdienen angelegt. Er arbeitet für eine Werbefirma, seine Frau ist Mannequin. Beide schwimmen in rastlosem Erwerb im New Yorker Strom, angepaßt an alles. Für Europa, die kleine

Schweiz, hat er nur noch mitleidige Gefühle, möchte nie wieder dort leben. Seine Kunstgeschichte und früheren literarischen Pläne hat er ganz hinter sich gelassen. Wir stellten mit Verwundrung fest, daß wir uns nun bald zehn Jahre lang kennen. Ich lernte ihn 1934 in Zürich kennen. Aber ich hatte den Eindruck, daß ich für ihn nur noch ein liebenswürdiges Überbleibsel einer ihm verflossenen Welt bin, eine Art lästiger Luxus in der Wirklichkeit des Lebens. Ich sagte es ihm auch. Er wollte es natürlich nicht gelten lassen. Im New Yorker Telephonbuch hat er sich als »Baron« eintragen lassen, was hier nicht Sitte ist, ihm aber wohl zum Vorteil gereicht.

New Brunswick, 19. November

Das fertige Spiegelkapitel heute abgeschickt.
Ich führte Emo ins Musikhaus, das er selber nicht gefunden, nicht gesucht hätte. Denn auch Musik gehört ja eigentlich zu den Feinden, Teil der ihm sinnlos gewordenen europäischen Welt. Aber wie die Bibliothek ist das Musikhaus sofort zu einem lockenden Ort geworden. Wir hörten dann nachmittags dreimal hintereinander Malipieros »Cantari alla Madrigalesca«, nachdem Emo es vormittags schon zweimal hatte spielen lassen. Diese Musik bringt ihm eine merkwürdige Episode seines Lebens zurück. Er lebte in Paris, arbeitete an einem Theater, saß meistens ganz einsam in einem Zimmer, wo er sich immer Sekt und Kaviar hielt, obwohl er wenig Geld hatte. Aus einem Nachbarzimmer kam wochenlang eine ihm ganz unbekannte Musik zu ihm herüber. Junge Musiker, die er nie sah, übten dort. Unter allerlei Vorstellungen nahm er heimlich an ihrem Leben teil. Erst später erfuhr er, daß der Musiker Malipiero heiße. Nun ist er ganz in diese Erinnerungen verloren.

New Brunswick, 22. November

Samstag morgen sah ich am Times Square einen merkwürdigen Mann, dem viele Menschen nachstarrten. Mit weitausholendem ungeduldigen Schritt, allen Verkehrsregeln in offner Verachtung entgegen, ging ein alter Mann, der unsrer Zeit nicht anzugehören schien, mit großem blauen Barett, das weit auf der rechten Seite abstand. Darunter ein schönes, sehniges Gesicht mit funkelnden blauen Augen und weißem Spitzbart. Über beide Schultern zurückgeschlagen trug er eine Art Havelock, kühn und in schöner Form. Er trug einen festen Tweed-Anzug, derbe Schuhe und hielt in der Hand einen schwarzen Knotenstock ohne Krücke. Trotz aller Derbheit schien er äußerst elegant, wie ein schottischer Laird oder ein seltsamer Waldmensch oder ein Prinz oder ein Sektierer. Plötzlich erkannte ich ihn. Es war Poultney Bigelow. Er nahm gleich meinen Arm, zog mich ungestüm mitten durch die sausenden Autos, blieb auf der Fahrbahn einmal stehn, deutete mit seinem Stock auf den Namen, der auf der Marquise des Kino-Theaters stand. Es war Gipsy Rose Lee, die berühmte elegante Striptease-Tänzerin. Er fragte mich, ob ich die schon einmal gesehen hätte. Und als ich verneinte, rief er: »That's a woman of genius!« Er sprach unaufhörlich: die alten närrischen Themen. Er ist jetzt 88 Jahre alt, war nur für einen Tag aus seinen Bergen heruntergekommen, voller Verachtung für alles, was er sah. Ich brachte ihn zum Century Club, und er entließ mich mit einer rauh-freundlichen Einladung, ihn in Malden zu besuchen.

Ich ging in eines der offnen Vergnügungs- und Schießlokale, um mir (da es noch zu früh für meine Verabredung war) für fünfzehn Cents Photographien machen zu lassen. Ich sehe zum Erschrecken drauf aus: müde, hager, hervorquellende verschleierte Augen.

Dann traf ich mich, zum erstenmal seit fast zwei Jahren, mit Varian Fry. Wir gingen zum opulenten, schläfrigen Harvard Club, um dort zu essen. Am Anfang ein etwas steifes Gespräch. Varian hat sich sehr verändert. Er hat den Abenteurer abgestreift und ist auf bürgerliche Repräsentanz aus. Die Zeit, unsre gemeinsame Zeit, da er nach Südfrankreich fuhr, um die deutschen Emigranten zu retten, liegt weit hinter ihm. Ich kehrte aus Trotz den Bohémien und den »escapist« heraus. Wir sprachen dann über Psychoanalyse und Varian verriet mir, daß er in analytischer Behandlung ist. Ich machte den heftigen Widersacher, behauptete, es gehe dabei immer nur um die von der bürgerlichen Welt verlangten Anpassung. Das machte Varian dann beredt.

Ich schlenderte hinterher auf der Fifth Avenue zur Buchhandlung Brentano, wo ich mir alle neuen französischen Bücher ansah und mir einiges kaufte: alte Nummern von »Minotaure«, »Verve«, »VVV« und Alain Fourniers »Miracles« mit der Einleitung von Jacques Rivière. Dort traf ich Kurt Wolff, mit dem ich mich herzlich unterhielt.

Darauf zum Tee bei Mrs. Hapgood. Sie hat René Schickele gut gekannt und erzählte mir viel von ihm, zeigte mir Schickele-Manuskripte und lieh mir sein letztes Buch »Le Retour«.

Sonntag den ganzen Tag mit Mutter, die wie immer bester Laune war.

Habe den Eindruck, von dieser faszinierenden Stadt getrunken zu haben, wo sich heute so viel zusammenfindet.

New Brunswick, 26. November

Schickeles »Retour« mit großer Freude gelesen. Es ist seine, durch die Emigration hervorgerufne Rückkehr zur französischen Sprache, zu seiner Kindheit, zu sich selbst. Ebenso Rivières Essay über Alain-Fournier ausgelesen, der viele Gedanken in mir anregt. Auch für meinen Roman und die abenteuerliche Verfolgung des Helden über den Ozean. Diese Verfolgung

Eduards war mir früher etwas peinlich, weil sie so unwahrscheinlich war; nun aber erhält sie für mich ihre richtige Bedeutung, eben weil sie absurd ist und in die ganze Absurdität hineingehört. Der Verfolger verfolgt Eduard bald nicht mehr, weil er dazu beauftragt ist, sondern aus einer seltsamen Anziehung heraus. Er befreit Eduard auch ganz auf eigne Faust aus dem französischen Lager. Im letzten Teil kehrt sich das Verhältnis um: für Eduard scheint es plötzlich und unwiderstehlich seine Lebensaufgabe zu werden, seinen Verfolger aufzusuchen. Beide also verfolgen und verbergen sich und kommen sich dadurch dauernd innerlich näher.
Tief beeindruckt vom Satz aus der »Imitatio«: »Je cherche un coeur pur et j'en fais le lieu de mon repos.« Mehr und mehr wird mir ja die pureté wichtig, schwierig und allumfassend, so wie es vor einigen Jahren die Gide'sche sincérité war. Erst jetzt, nach dem Rivière, weiß ich, daß ich mit Reinheit etwas viel Einfacheres meine, als ich immer glaubte und auseinandersetzte.
Mittwoch abend nach New York gefahren, zum Konzert von Segovia. Ein rechtes Konzert für Dichter und Träumer. Seine Guitarre ist fein, klar und mannigfaltig wie eine Seele.

New Brunswick, 29. November

Heute führte meine Soldatengruppe ein ohne mein Zutun komponiertes Stück auf, bei dem die Nachbargruppe eingeladen war. Es war sehr witzig. Zum Schluß wurde noch Steiner dargestellt, der als deus ex machina auftrat. Dann gab die andre Gruppe für meine auch ein Stück, in dem alle Lehrer karikiert wurden. Ich wurde von R. gespielt, der nur Freundliches zeigte. S., der immer Unanständigkeiten sagt, kam auch vor. Als ich ihn deswegen tadle, sagt der dargestellte S.: »Mais, monsieur, je suis si pur.« Darauf ließ R. mich sagen: »Vous êtes aussi pur que je suis méchant.« Wir lachten alle viel, und ich hatte dabei dauernd das Gefühl, wie generös und liebenswert diese Soldaten sind, wieviel freundliche Aufnahmebereitschaft sie haben. Ich fragte mich etwas verwirrt: »Wie komm ich, der ich eigentlich ein Vagabund bin, der durch unbegreifliche Verknüpfungen zum Lehrer von amerikanischen Soldaten geworden ist, dazu, soviel freundlichen Willen zu verdienen?« Nicht aus Bescheidenheit fragte ich mich das, eher aus Staunen.

New Brunswick, 1. Dezember

Habe mich in der Klasse plötzlich zu einem sehr persönlichen Gespräch (mit dreien) hinreißen lassen. Es war die Rede vom »abandon au moment«. Der Sprecher vertrat die populäre Ansicht, daß damit gesagt sei, man müsse, ohne Rücksicht auf die Zukunft, genießen. Ich vertrat die andre Ansicht: für den Augenblick leben heiße, jeden Augenblick bereit zu sein, sich völlig zu verwirklichen, die ganze Skala der Möglichkeiten auszukosten, zu vergeu-

den, das Höchste zu fordern und zu geben, kurzum, jeden Augenblick ganz man selbst zu sein. Dann gelänge es einem, den Augenblick als solchen zu erkennen. Das Kunstwerk z.B. kenne kein Später, da nur die Jugend das von Jugend trunkne Werk schreiben könne. Sowie die »Faux-Monnayeurs« ein Werk der Erfahrung, Beobachtung und Reife sei, so seien eben die »Nourritures Terrestres« das Werk eines ebenso notwendigen Augenblicks, der zur rechten Zeit geformt wurde. Man dürfe sich nicht aufsparen.
Da dies aber immer nur vom Gesichtspunkt geschlechtlicher Erlebnisse verstanden wurde, fügte ich hinzu, daß ein Sich-Völlig-Verwirklichen im normalen Alter der Reinheit nie heißen könne, sich Hals über Kopf in die Erlebnisse des Fleisches zu stürzen, sondern, umgekehrt, jenen göttlichen Augenblick der Reinheit als Reinheit voll zu genießen etc.
Darauf geschah, worauf ich doch im Grunde immer warte, vom ersten Tag meiner Lehrtätigkeit an: daß ein Schüler einfach nicht anders kann, als nach der Stunde vor den Lehrer hinzutreten und zu sagen: »Hier bin ich. Du hast gerufen und ich habe dich gehört.« Der Soldat D. kam, sehr bewegt, wirklich nach der Stunde und sprach, da ich ihn begleitete, von sich. Wie richtungslos er sei und wie er erst durch meine Worte einige Anleitungen erhalte. Er fühlte sich, wie Emo es ausdrückt, statt in einem Klassenzimmer, plötzlich »aux pieds du poète«. Meine Dankbarkeit über so viel Vertrauen (das ja so viel wertvoller ist als meine wenig neuartigen Worte) ist immer grenzenlos. Um nicht den Weisen, Besitzenden und Wissenden spielen zu müssen, wich ich eher aus und sprach im allgemeinen.
Emo, als ich ihm Alain-Fourniers Brief über den Katholizismus in Rivières Essay zeigte: »Die Rolle des Katholizismus von einst ist die Rolle der Psychoanalyse von heute.«
Gestern erzählte mir Emo etwas von jenem fast unheimlichen Beruf, den er hatte, bevor er hierher kam. Er arbeitete im Büro des Zensors und las täglich unzählige Briefe für die Zensur. Es muß einem vorkommen, als würden, wie durch teuflische Magie, alle Hausdächer einer Riesenstadt durchsichtig, wie in Le Sages »Diable boîteux«. Das gab mir den Einfall, den Helden meines Romans, nachdem er als »Louis XIV.« gescheitert ist, ebenfalls Helfer des Zensors werden zu lassen. Wieder eine jener Episoden, auf denen der Roman aufgebaut ist: nicht dazuzugehören, nur zuzusehen, ohne sein eignes Leben den Ordnungen, die ihn umgeben, anfügen zu können.
Die letzte, raffinierteste und künstlichste Form jeder Kunst ist: wieder ganz natürlich zu werden. Daher ist die kunstreichste Opernform nicht die des Belcanto oder die Wagners, wo die menschliche Stimme der Sprechstimme am entferntesten ist, sondern Schönbergs »Pierrot Lunaire«, wo sie wieder menschliche Stimme geworden ist. Moment der Überraschung. Wie sich dieser Vorgang in der Dichtung auswirken würde, weiß ich nicht. Denn

einfach platteste Zeitungsprosa in Versform zu drucken (wie man zurzeit fast durchweg tut in Amerika) ist nicht die Lösung, da hier der erste, notwendige, Bereich des Künstlichen fehlt. Vielleicht ist es dieses, was Mallarmé in seinem Zigarrengedicht (»Toute l'âme résumée«) gewollt hat. So jedenfalls würde mir der banale Vergleich zum erstenmale verständlich: als höchstes Raffinement. Seine »Vers de circonstance« mit ihren überreichen Reimen, womit er den Briefempfänger, die Hausnummern und Straßennamen auf seinen Briefen zusammenfügte, liegen vielleicht auch in dieser Richtung. Vielleicht wollte James Joyce auch Ähnliches mit der Prosa in »Finnegans Wake«: sie zu letztem Raffinement vereinfachen, d. h. die Worte bloßlegen, ohne Syntax. Das läßt mir auch die »Falschmünzer« in einem neuen Licht erscheinen: höchste Künstlichkeit dadurch, daß die Struktur, die Natürlichkeit des Entstehens, das Handwerk bloßgelegt werden. G.M. Hopkins' Paeon und »sprung rhythm« gehört wohl auch hierher. Das Ganze wohl eine typisch moderne Kunstart?

New Brunswick, 3. Dezember

Morgen ist Georges Todestag. Ich werde in New York sein und wahrscheinlich Richard Beer-Hofmann sehn. Das ist eine nicht schlechte Art, dem Tag Bedeutung zu geben.
Abends der Sekretärin diktiert, immer gleich vom deutschen Manuskript ins Englische übersetzend.
Gestern Weitres von Emo über sich selbst erfahren. Die Antwort seiner Stiefmutter kam. Er gab sie mir zu lesen. Aus dem Brief ging hervor, daß sie von der Existenz dieses Stiefsohns nie etwas geahnt hatte bis vor kurzem. Emo erzählte mir, sein Vater sei achtzig gewesen, als er starb. Bis 1929, als seine erste Frau starb, habe er mit der zweiten in Bigamie gelebt. Seine Stiefmutter hat eine Photographie von sich beigelegt: eine etwas ordinäre kalifornische Hausfrau im amerikanischen print dress, vermutlich schon mit leicht violettem Haar. Emo, der seine Schwester geheiratet hat, spielt nun, in träumerischem Scherz, mit dem Gedanken, seine Mutter zu heiraten.

New Brunswick, 5. Dezember

Wieder einer von Emos Einfällen, die so in ihm auftauchen, dann immer wichtiger und zuletzt ganz zentral werden: er hatte als Zensor den Brief eines französisch sprechenden Negers aus Martinique an seine Frau zu lesen bekommen. In unbeholfnen und treuherzigen Ausdrücken beschreibt der Ehemann seine Liebe und Sehnsucht nach den Umarmungen seiner Frau, die er mit kindlicher Deutlichkeit beschreibt. Kein Stück Literatur komme dem gleich, behauptet Emo. Er hatte sich heimlich eine Photokopie davon machen lassen und brennt nun darauf, diesen Brief, als Beispiel schöpferischer

Sprache mit seinen Soldaten zu behandeln. Er brauchte, bei dem doch gewagten Inhalt, der leicht für obszön gehalten werden könnte, die Erlaubnis des guten gottesfürchtigen Billetdoux. Jeder andre wäre wohl mit einem Kopfschütteln entlassen worden, aber Emo erhielt die Erlaubnis und bereitet nun eine große Stunde für dieses Schriftstück vor.

New Brunswick, 10. Dezember

Bis heute mit einer Grippe im Bett gelegen. Noch bleibt das Wochenende zu beschreiben: Samstag morgen, auf dem Weg zu Beer-Hofmann, traf ich plötzlich Zinner auf der Straße. Ich war mit ihm in den Lagern Varimpré und Lisieux gewesen und schrieb damals für ihn, da er kein Englisch konnte, einen Brief an Präsident Roosevelt. Da ich in Eile war, verabredete ich mich mit ihm auf drei Uhr. Wieder eine dieser Zufallsbegegnungen.

Beer-Hofmann traf ich sehr wohl an. Er war grade dabei, sein Vorleseprogramm für Harvard zusammenzustellen, was ihm viel Kopfzerbrechen verursacht. Zwar hat er dazu noch etwa vier Monate Zeit, aber schon jetzt macht es ihn bedenklich und beunruhigt ihn. Da er, entgegen seiner Erwartung, gebeten wurde, einen Teil der Vorlesung Hofmannsthal zu widmen, ist er ganz unschlüssig, welche Briefe er auswählen soll, da in den meisten zu viel Schmeichelhaftes für ihn selber steht. Er las mir verschiedne Briefe Hofmannsthals an sich vor. Er weiß nicht recht, ob er den Brief aus Varese (vom 5. September 1897) zur Geburt von Mirjam verwenden kann, in dem Hofmannsthal dem Älteren für einen Teil seines eignen Wesens dankt.[1] Dann las er auch den großen Pariser Brief (vom 2. April 1900) mit der wieder für ihn so schwer zu beurteilenden Stelle.[2] Bei diesen Stellen sagt er: »Ja, das kann ich denen dort doch nicht vorlesen!«

Mit seinen Gedanken besonders stark in den frühen Wiener Zeiten, erzählte er mir viel von Hofmannsthal, wie sie sich oft bis in die späte Nacht herein unter nicht abbrechendem Gespräch immer wieder gegenseitig nach Hause

1 Der Brief lautet: »Mein lieber Richard, Sie sind um so viel reifer und fertiger wie ich und haben beides um so viel mehr, Güte und Einsicht in das Richtige, daß ich wohl weiß, daß meine Freundschaft für Sie nicht den Wert haben kann wie Ihre für mich, sondern nur einen viel, viel geringeren. Ich werde nie imstand sein und werde mir's auch nie verlangen, aus dem Gewebe meines Wesens die Fäden herauszuziehen, die Ihr Geschenk sind: es fiele dann alles auseinander. Ich weiß genau, daß es keinen Menschen gibt, dem ich so viel schuldig bin wie Ihnen, ganz unscheinbar ist das gekommen, in den Hunderten von Gesprächen, die wir in diesen fünf Jahren miteinander gehabt haben.«

2 Es ist diese Briefstelle: »Es fällt mir öfters ein, aber ohne besondere Wichtigkeit, daß Ihnen meine Gegenwart und Existenz wohl unvergleichlich weniger bedeutet als mir die Ihre. Es mag zum Teil daran liegen, daß Sie um einen wichtigen Abschnitt älter sind: immer habe ich die Empfindung, Sie auf dem Weg des Lebens vor mir hergehen zu fühlen, hie und da sprechen Sie zu mir zurück, ich sehe Ihren Weg durchs Gebüsch, und wenn ich dann hinkomme, macht es mir eine ganz undefinierbare Freude, zu erraten, daß Sie hier schon gewesen sind.«

brachten. Er öffnete einen großen Koffer im anstoßenden Zimmer, der mit Briefen und Erinnerungsmappen voll ist, zeigte und las vieles. Unter anderm einen traurig-herzlichen, offenbar selten vorgezeigten Brief, den Hofmannsthal ihm nach einem fast zum Zerwürfnis gewordnen Mißverständnis schrieb und in dem er ihrer beider Verhältnis mit beinahe entsagungsvollen Tönen zu umschreiben versucht, im Gefühl, als habe Beer-Hofmann ihn zu etwas anderm machen wollen, als der er wirklich war. Zu diesem Wiederanknüpfungsbrief, schreibt er, benutze er zum erstenmal das schöne Briefpapier, das Beer-Hofmann ihm geschenkt habe. Noch vieles andre liest er und zeigt mir auch Hofmannsthals letzte Postkarte, am Morgen seines Sterbetages geschrieben, die unvermittelt mit dem Satz: »Man muß alles verstehen« aufhört, einer Hindeutung auf das Ende seines Sohnes Franz. Dann las er den Hofmannsthalschen Prolog zu »Tor und Tod« vor, in dem Hofmannsthal, Schnitzler, Beer-Hofmann und Salten so anmutig beschrieben sind. Er wollte wissen, ob seine Streichungen auffallend oder störend seien. Aber er hatte es natürlich mit großem Geschick gemacht. Schließlich fragt er direkt, welche Hofmannsthalschen Briefe er wohl vorlesen solle, und scheint ganz einverstanden zu sein mit meinem Vorschlag, den Brief zu Mirjams Geburt wegzulassen und stattdessen, in dieser Reihenfolge, den Pariser Brief, den Brief aus Bad Fusch mit der Versicherung der Freundschaft und dann den kurzen zum Tode von Beer-Hofmanns Ziehvater auszuwählen.
Dann sprach er viel von seiner Vorliebe für Joseph Conrad, wurde sehr angeregt, sodaß ich fast vier Stunden dablieb. Unter der Wohnungstür, an die er seinen Gast immer begleitet, sagte er noch: »Das nächste Mal warten Sie aber nicht mehr so lange mit Ihrem Besuch. In meinem Alter hat man keine Zeit mehr für solch lange Pausen.«
Dann sah ich Zinner. Er erzählte mir seine unglaubliche Odyssee, die ihn, nachdem er aus dem französischen Lager herauskam, noch einmal in Spanien ins Konzentrationslager brachte und ihn erst im Juni dieses Jahres hierhergelangen ließ. Er war einer der wirklich anständigen und sympathischen Lagerinsassen und hat sich darin nicht geändert. Werd ihn wiedersehn.
Darauf zu Mutter. Dann zu Hapgoods zum Tee. Abends einen Sacha Guitry-Film. Sonntags mit Mutter. Abends bei Dumreichers.
Montag hab ich Zinners Geschichte meiner Klasse erzählt. Montag abend wurd ich krank. Dienstag dennoch angefangen zu unterrichten, konnt es aber nicht ganz durchführen, ging zu Bett. Bis heute von Emo wunderbar bedoktert und gepflegt worden. Auch hierin ist er ein Künstler.

New Brunswick, 14. Dezember

Letztes Wochenende nur zu Weihnachtsdingen benutzt. Den ganzen Samstag nur verschiednes eingekauft. Es blies ein heftiger, sehr kalter Wind,

sodaß ich mich um drei Uhr zwischendurch bei Hapgoods aufwärmen mußte. Um fünf Uhr dann zum Tee bei Hapgoods, dem wie immer die uralte Muschka, präsidierte. Sie erzählte von der Zeit, da sie als amerikanische Botschaftersgattin in Moskau war. Steiner war auch da und brachte mir wieder einen Stoß Schweizer Zeitungen mit. Er wird diese Woche hierherkommen, da er Ferien hat. Sonntags bei Mutter und dort die Pakete für James, Nathaniel und Clara gepackt.
Mittlerweile ist der neue Gide »Interviews imaginaires« angekommen. Habe noch nicht einmal heineingesehn. Seit langem nichts gelesen. Habe einunddreißig Weihnachtskarten verschickt.

New Brunswick, 15. Dezember

Endlich den Gide aufgeschnitten! Las zuerst das Gespräch über Mallarmé. Da fand ich dann garnichts, was mir irgend neu oder wieder sagenswert erschienen wäre, nachdem schon so viel Ähnliches gesagt worden ist (z.T. wörtlich, wie etwa »le sentiment quasi religieux«). Dann aber begann ich am Anfang und las gleich die ersten sechs Interviews, in denen ich Gide ebenso bezaubernd, überraschend und seines Metiers sicher finde wie nur je. Dieselbe verschleierte Folgerichtigkeit und Kunst des Sich-ein-wenig-Versteckens, um desto deutlicher werden zu können (in diesem Falle die verdoppelte Wirklichkeit durch die Erfindung eines etwas taktlosen Interviewers). Scharfgeschliffen, unakademisch, liebenswürdig, die Sprache kostbar behandelnd dadurch, daß er sie vielfältig macht; nicht starr, gehorsam und dennoch nicht gewisser künstlicher »tournures« entbehrend. Kurzum, bester Gide. Oder vielleicht nicht bester Gide, aber guter Gide. Das Aufregende (d.i. das Menschliche) fehlt eigentlich. Vielleicht aber fehlt es nur, wenn man den Text nur einfach als Text nimmt und vergißt, welche Stimmungen, welche Lage, welches Unglück diesen unbeschwerten Text getragen und hervorgebracht haben.

New Brunswick, 16. Dezember

Mittagessen mit Longuet, der hier auch beim ASTP unterrichtet und mir immer sympathischer wird. Er ist ein Urenkel von Karl Marx. Hinterher mit ihm und Emo im Musikhaus französische Platten gespielt. Lese weiter in »Bouvard et Pécuchet«: viertes Kapitel.

New Brunswick, 17. Dezember

Gestern abend kam Steiner. Gleich langes Gespräch. Ich habe mir vorgenommen, ihm meine amerikanischen Tagebücher vorzulesen. Es kennt sie keiner. Aber es scheint mir in meiner Beziehung zu Steiner der Punkt gekommen zu sein, wo diese Aufzeichnungen einen gewissen Wert haben

können, um mich rückhaltloser mitzuteilen. Zudem hab ich oft das Gefühl, daß diese Tagebücher, die mir sehr wertvoll sind, mir eines Tages verloren gehen könnten. Da soll sie zumindest Einer gehört haben.
Freue mich, für Heiligabend mit Steiner bei Christiane Zimmer eingeladen zu sein; vor allem, weil es dort drei Kinder gibt. Weihnachten ohne Kinder wird leicht schäbig und sinnlos.
Beim Durchlesen meiner frühren Tagebücher (ich tats heute) wieder, wie immer, das Gefühl gehabt, daß es früher alles lebendiger, bunter, unmittelbarer und ich selber aufnahmebereiter war, als jetzt. Eine traurige Lektüre: alles ist immer wieder versickert.

New Brunswick, 20. Dezember

Samstag mit Steiner nach New York gefahren, Weihnachtseinkäufe mit ihm gemacht. Sonntag morgen die Fifth Avenue entlanggegangen, um die Weihnachtsdekorationen der großen Geschäfte anzusehn. Nachmittags mit Mutter zum Konzert der österreichischen Sängerfamilie von Trapp: die schöne Mutter mit sieben gleichgroßen Töchtern und drei Söhnen. Sie sangen alte Lieder und spielten auf Blockflöten und Spinett. Es gefiel mir gut. Es war Teil meines Weihnachtsgeschenks für Mutter.
Heute mit der Klasse zwei Stunden im Musikhaus gewesen und französische Platten gespielt. Wir saßen alle auf dem Boden und rauchten.

New Brunswick, 21. Dezember

Gestern war Steiner zum zweiten Mal in meiner Klasse. Ich hatte mir dazu etwas ausgedacht. Wir machten Steiner zu einem Spion, den ich als amerikanischer Offizier, der kein Französisch kann, verhörte, wobei die Klasse als Dolmetscher diente.
Abends Steiner zum zweiten Mal aus den Tagebüchern vorgelesen und dabei festgestellt, daß das erste Evanstoner Tagebuch (1940) vieles enthält und vielleicht das beste von allen ist. Steiner selber las mir Briefe von Heinrich Zimmer vor, die mir in ihrer Unmittelbarkeit aus einer großen Lebensfülle heraus geschrieben vorkommen. Sie sind voller Witz und ganz dem Augenblick abgewonnen. Dadurch wurd ich gegen einen Brief Hofmannsthals an Felix Braun, den Steiner danach vorlas, sicher ungerecht, weil ich ihm so sehr die schon fertig bereitgestellte Sprache anmerkte, die Formeln, die, einmal gut geschmiedet, immer zur Hand sind und eigentlich nichts vom Augenblick verraten. Es ist ein Brief des spätren Hofmannsthal und vielleicht war seine Beziehung zu Felix Braun nicht so spontan.

New Brunswick, 22. Dezember

Heute drei wirklich gute Stunden gegeben. Ich hatte mir etwas Neues ausgedacht: ich gebe ein Wort (in der einen Klasse nahm ich »fictif«, in der andern

»contrefaire«), lasse mir alle Synonyme geben, ergänze die Liste mit weitren, schreibe alle Worte an die Tafel; sage dann, daß es in Wirklichkeit keine Synonyme gibt, sondern nur Angleichungen, daß also jedes Wort seine eigne Nuance hat und demnach in einem Idealfall ganz richtig angewandt werden kann. Mit den so gewonnenen Worten suchten wir also nach der jeweiligen idealen Zusammenstellung (im Falle der Adjektive also nach einem idealen Hauptwort und einer idealen Situation). Da einer der Soldaten vor einiger Zeit Gides »L'école des femmes« und »Robert« gelesen hatte und wir daher eine Stunde lang über die Eigenschaften des »esprit faux« gesprochen hatten, wurde beim Synonym »faux« »esprit faux« gesagt. Das gab mir die gute Idee, mit all diesen Adjektiven (fictif, faux, imaginaire, supposé, inventé, fabriqué etc.) eine Beschreibung eines »esprit faux« par excellence geben zu lassen. Es wurde ein großartiges Spiel.
Mein Erlebnis hier in Rutgers betracht ich mehr und mehr als ein Geschenk. Nach jeder wirklich geglückten Stunde fühl ich eine Welle echter Freundschaft mir entgegenströmen. Jede menschliche Note wird fast immer sofort verstanden und lebhaft aufgenommen. Manchmal scheinen sie zutraulich wie die Vögel. Immer sind sie von großer Mitteilsamkeit, wollen meine Meinung wissen etc. Immer wieder steigt dann das Gefühl in mir auf: mit welchem Recht stehe grade ich hier vor diesen jungen, erfahrnen und klugen Männern als Vertreter einer Autorität, die mir nicht zukommt?

New Brunswick, 25. Dezember

Vorgestern nachmittag hatte die Klasse für mich und Steiner ein kleines Weihnachtsfest vorbereitet. Sie hatten eine Flasche spanischen Wein gekauft, Papiertassen und Kuchen. Mir hatten sie außerdem eine große Schachtel Bonbons mitgebracht. An eine regelrechte Unterrichtsstunde war nicht zu denken: man stand, aß und trank und sang französische Lieder, in denen die Soldaten die Namen Guilleri und Cadet Roussel zu Steineri und Vordtriede umänderten. Es war warmherzig wie immer.
Abends las ich Steiner weiter aus dem Tagebuch vor. Der 24. war frei. Ich fuhr mit Steiner nach New York. Ich ging dann in die beiden Picasso-Ausstellungen bei Matisse und Rosenberg. Schön ein Bettelknabe und eine Brieflesende. Seltsam ein Bild von einem Stierkampf, auf dem der Stier ein aufrecht stehender nackter Mann mit Stierkopf ist. Abends um fünf Uhr wieder mit Steiner zusammengetroffen, um Heiligabend bei Christiane Zimmer zu verbringen. Christiane, sehr herzlich, trug ein schönes bis zu den Schuhen reichendes Samtkleid. Die drei Buben, die mir im Laufe des Abends in ihren Besonderheiten erkennbar wurden, und der Hund waren schon außer Rand und Band. Bald zündete ich den Baum an und die Bescherung fing an. Ich ging von Michael, dem jüngsten (neun Jahre alt, besonders schöne, gewölbte

Kopfform) zu Clemens (dem mittleren, elf Jahre, träumerisch, am wenigsten hübsch, witzig und sehr lieb) zu Andreas, dem ältesten (dreizehn, sehr groß, mit einem stark ausgeprägten edlen Stolz in der Körper- und Kopfhaltung, sehr verständig und wohlerzogen), um beim Auspacken zuzusehen. Nach dem köstlichen Essen ging ich bald von den Erwachsnen weg, um mit den Buben auf dem Teppich liegend ein langwährendes, schwieriges Spiel zu spielen. Es hieß El Dorado, und man mußte, mit Würfeln, durch die ganze Welt auf der Suche nach Schätzen laufen. Ich hatte das Gefühl, das Vertrauen der Kinder gleich gewonnen zu haben, denn als ich Andreas bat, mir seine Zeichnungen und Malereien zu zeigen, ging er gleich eilfertig auf die Suche nach der vom Vater gesammelten Mappe: Bilder zur griechischen Mythologie, zur Artussage, Figurinen zu den Entdeckungsreisen, Schiffe etc. in schönen Farben. Zwischenhinein kamen Herr und Frau Kallir (sie ist eine Schwester des Prinzen Hubertus zu Löwenstein). Später im guten Gespräch mit Christiane. Wir besahen zusammen die große Mappe mit indianischen symbolischen Bildern, die Kurt Wolff grade herausgegeben hat: »How they came together.« Über C.G. Jung, von dem Zimmer so beeindruckt worden war. Eine meiner schönsten Weihnachten. Nachts wieder zurückgefahren und noch, morgens um zwei Uhr, dem Andreas einen Brief mit den versprochenen Briefmarken geschickt und Christiane gleich gedankt.
Heute wieder mit Steiner in die Stadt gefahren. Mittagessen bei Mutter, dann mit ihr zu einem Empfang bei Frau Selig. Sie betreut eine Gruppe, die sich Ethical Society nennt und in einer hübschen aufgelassnen Backsteinkirche zusammenkommt. Viele Menschen. Da war die Sängerin Elisabeth Schumann, mit der ich ein freundliches Gespräch führte. Sie sagte, sie hätte es mir gleich angesehn, daß ich Europäer sei. Und Hans Sahl, mit dem ich von Zürich her gemeinsame Bekannte habe. Wir sprachen über Hermann Broch und seine Besessenheit von der Philosophie, die ihn für Dichtung so blind mache. Steiner schenkte mir einen Bremer-Presse-Druck, Borchardts »Gartenphantasie.«

New Brunswick, 27. Dezember

Gestern, am Stefanstag, mit Austin nach New York gefahren, um in der Ignatiuskirche die gregorianische Messe zu hören. Danach zu den Cloisters im Fort Tryon Park, wo auch gregorianische und andre alte Kirchengesänge gespielt wurden. Wir saßen vor der (aus Europa, ich glaube Spanien) herübergeschafften romanischen Kapelle mit dem Blick auf vier romanische Steinfiguren, hörten zu und träumten. Aus den oberen Fenstern schien (durch kunstvollen elektrischen Lichteffekt) die Sonne des Mittelmeers hereinzufluten, während unten die Türöffnung den grauen Regentag durchscheinen ließ.

Heute abend wieder drei einhalb Stunden lang der Sekretärin diktiert und damit das vierte Kapitel beendet. Dreie sind noch ins Reine zu schreiben.

New Brunswick, 28. Dezember

Eben sagt Steiner mir, daß er am 23. mit Billetdoux gesprochen habe, ohne daß ichs wußte. Er teilte ihm also mit, daß ich einen deutschen Paß besitze und hat mir damit einen großen Freundschaftsdienst erwiesen. Ich selber hätte michs nie getraut.

New Brunswick, 29. Dezember

Eben, in einer Fakultätssitzung erfahren, daß das ASTP, in dem Soldaten in Sprachen unterrichtet werden, nach dem nächsten Trimester, also am 1. April, aufhören wird. Zwar werd ich, als zur Fakultät gehörig, mein volles Gehalt bis zum 1. Juli ausgezahlt bekommen. Aber dann heißt es woanders hingehen: Zusammenpacken, Stellensuche, neues Eingewöhnen, neue Unsicherheit werden wieder anfangen.

New Brunswick, 3. Januar

Immer seltsam von Daten geleitet und an sie gebunden (das geht, wie ich jetzt sah, durch all meine Tagebücher hindurch), möcht ich in der ersten Eintragung im neuen Jahr Rechenschaft übers vergangne ablegen: das reiche Fazit dieses reichen Jahrs. Entdeckung des Musikhauses und Freundschaft mit Austin, die immer ihre Heiterkeit bewahrt. Der endliche Abschluß meines Dissertationsmanuskripts, unendlicher Gewinn. Zusammentreffen mit Nathaniel in dauernder schöner Annäherung. Fränze wurde befreit und mir das Leben dadurch leichter gemacht. Mutter fand eine ihr angemeßne Stellung, die sie erfreut. Ich wurde mehr oder minder endgültig vom Militär befreit. Dann das ASTP, der Unterricht der Soldaten. Dies ist sicherlich nicht nur der Höhepunkt meiner akademischen Laufbahn, sondern auch einer der Höhepunkte meines Lebens: nie sind mir in so hohem Maße Freundlichkeit, Anhänglichkeit und menschliches Vertrauen dargebracht worden, dauernde Wärme, Anteilnahme, Bereitschaft. Ich werde es nie vergessen und war und bin es imstande, schon jetzt, da es noch andauert, die einzigartige, für mein Leben gewissermaßen historische Atmosphäre dieser Zeit zu spüren und ihre Besonderheit staunend anzuerkennen. Verbunden hiermit ist der Sommer reicher Gemeinsamkeit mit Steiner. Noch nie in meinem Leben hab ich so lange Zeit (drei Monate) hindurch in einem solch dauernden belebenden Tausch, solch unangestrengter Nähe mit jemandem gelebt. Durch Steiner dann weiterhin die Hapgoods und Christiane Zimmer getroffen, die mir New York dadurch mehr zur Heimat werden lassen. Ferner durch ihn Emo Bardeleben, mit dem mich eine große und besondre Freundschaft verbindet. Durch Emo auch eine weitre Bestätigung meiner Beziehung zu Gide. Schließlich durch das ASTP unendlich viel französisch gelernt, sodaß ichs jetzt, an guten Tagen, mühelos und ausdrucksleicht sprechen kann. Einige gute Gedichte schließlich als sichtbare Ernte.

Ich mag oft bitter gegen Amerika werden, immer noch nicht bereit, den riesigen Preis zu zahlen, der nötig wäre, wollte man sich diesem Lande ganz und rückhaltlos anheimgeben, ohne Träume von Rückkehr nach Europa; mag ich oft trostlos sein, so weiß ich jetzt doch (und dies vor allem, seit ich dieser Tage Steiner meine Tagebücher vorlas), daß durch meine Verpflanzung, trotz dadurch verursachter großer Stockungen und Vereitelungen, eine große Bereicherung für mich geschah. Wenn ich nur an mein vieles Übersetzen vom Englischen und ins Englische denke, das meiner Ausdruckskraft sicher zugute gekommen ist.

Freitag, den 31. Dezember, setzte der alte Dekan Marvin sich zu Emo und mir beim Mittagessen an den Tisch und geriet, wie immer, allsogleich ins Philosophieren, sodaß Emo und ich ganz gefangen wurden von der nicht enden wollenden Mischung von menschlicher Güte, Weisheit und kleinbürgerlicher Banalität.

Da es der letzte Tag war, wollten wir nicht mehr viel mit unsern Klassen vornehmen und führten sie daher nachmittags ins Musikhaus, um französische Platten zu spielen. Jeder tat, was er wollte, Emo und ich amüsiert und auch bewegt von all dem Leben. Am Schluß mußte ich allen Lebewohl sagen, da ich im neuen Trimester eine andre Gruppe haben werde. Ich gab ihnen allen die Hand und war dann etwas traurig und hilflos im Gefühl, sie verloren zu haben. Die neuen Gruppen (man hat jeweils drei) werden mir nicht so nahe stehn können wie diese.

Dann nach New York, wo ich kein Hotelzimmer fand. Ratlos herumgehend und -stehend, vom Sylvestertrubel abgestoßen, traf ich plötzlich durch Zufall George Eels aus meinem ersten Evanstoner Jahr. Er sah noch genau so kindlich und unbekümmert aus wie damals, als er achtzehn war (jetzt ist er einundzwanzig): bleich, überschlank, mit der blonden Haartolle über der Stirn; immer noch eben so freundlich. Aber ihm war in der Zwischenzeit viel geschehn. Er erzählte mir sein abenteuerliches Leben, das, in der besten Art, ganz amerikanisch ist. Er hatte, plötzlich des Studiums überdrüssig, Northwestern vor irgendeinem akademischen Abschluß verlassen und war aufs Gratewohl nach New Orleans gegangen. Dieses elternlose Kind, das einem so schutzlos und rührend vorkommen kann, hat ja immer getan, was es gerne wollte, immer geschützt durch seinen unbekümmerten, amerikanisch gefärbten Idealismus. Dort aber gings nicht weiter, und er fuhr nach Hollywood, um dort Filmmanuskripte zu schreiben. Nach drei Monaten hielt ers, angewidert und ganz ohne Geld, nicht mehr aus, und ging nach San Franzisco. Lieh sich schließlich Geld und fuhr im Autobus, ohne auszuruhn und richtig zu schlafen, sechs Tage lang nach New York, mit einigen Skizzen und Novellen in der Tasche, die er Zeitschriften anbot, ohne daß sie angenommen wurden trotz schriftlicher Bestätigung seines Talents. Daraufhin verdang er sich an ein ordinäres »Picture Magazine«, für das er Interviews schreibt und allerlei andres, voller Verachtung für den ihm aufgedrungnen gemeinen Stil. Er verdient bereits fünfzig Dollar die Woche, also fast so viel wie ich. Für sich selbst arbeitet er weiter, träumt nicht höher, als einmal eine Geschichte im »New Yorker« oder »Esquire« anzubringen, interviewt seltsame Existenzen und macht sich eine eigne Art zurecht, das Leben und seine Möglichkeiten zu betrachten. In seinem Zimmer hängen an der Wand alle »rejection slips« vom »Esquire.«

Außer einem Berg von alten Schweizer Zeitungen brachte Steiner mir auch das Manuskript von Beer-Hofmanns »Herbstmorgen in Österreich« aus seinem Buch »Paula« mit, an dem er gegenwärtig schreibt. Otto Kallir wird diesen Teil gesondert drucken. Hab schon zu lesen angefangen. Dieselbe Technik der immer weiter fortlaufenden eingeschachtelten rückwärtsgehenden Assoziationen, die ich vom »Tod Georgs« kenne. Keine wirkliche Kunstprosa, eher ein Mittelding zwischen Form und formlosem Bericht, der bei Beschreibungen seiner Frau manchmal leicht sentimental wird. Seltsam, wie dieser Mann, den man an seinem herrlichen ungewöhnlichen Gespräch sofort als echten Dichter erkennt, mir in seinen Werken ziemlich fremd bleibt.

New Brunswick, 7. Januar

Gestern abend mit Austin in »Othello.« Die Aufführung gut, nicht hervorragend, mit einer Reihe schattenhafter oder sehr schlechter Schauspieler, einem recht guten Iago (Ferrer, melancholisch, schwerblütig und schnoddrig aufgefaßt), recht guter Desdemona (Uta Hagen). Aber das Unvergleichliche, mir völlig Neue, war Paul Robeson als Othello, mit schwerer reicher Stimme, die, in vielfältiger Modulationskunst, ohne je nur-theatralisch zu sein, jedem Satz ein Gesicht, eine Geste gibt und immer echte Situationen zu schaffen versteht. Wunderbare Haltung und Gebärde. Ich merkte plötzlich, daß Othello für das amerikanische Publikum eigentlich im Innersten unzugänglich bleiben muß, da es hier immer als ein Stück gelten muß, in dem es um Weiße und Neger geht. Im Reichtum Shakespeares ist das auch durchaus möglich, solch einem Gedanken das ganze Stück hindurch zu folgen.

New Brunswick, 12. Januar

Vorgestern fing das letzte Trimester an mit drei neuen Gruppen. Weiß noch garnicht, ob mirs mit ihnen glücken wird.
Letzten Samstag zum Abendessen bei Christiane Zimmer und fast bis Mitternacht geblieben. Ich brachte dem Andreas Briefmarken. Christiane zeigte mir ein Album mit den Bildern vom Hause in Rodaun und erzählte davon. Auch zwei Photographien von Hofmannsthal, eine mit Richard Strauß. Ich fragte sie nach dem Frankfurter Kreis und sie erzählte viel von Kommerell, E. Kantorowicz und anderen. Kommerells Erzählung »Der Lampenschirm aus den drei Taschentüchern«, eine Art Schlüsselroman, in dem Heinrich Zimmer die Hauptfigur ist, nahm ich mit und lese es grade. Dann brachte Christiane das Gespräch auf Steiner. Und noch immer hab ich mich nicht ganz erholt von dem Schreck zu sehen, daß sie ihn nicht wirklich als Freund empfindet. Ohne irgendetwas Häßliches gegen ihn zu sagen, betrachtet sie ihn als kühle Analytikerin, wobei er schlechte Figur machte. Sie nimmt ihn eher komisch, sagt, es habe doch viele wie ihn in Europa gegeben. Ich gebe zu, daß er psychoanalytisch gesehn, vielleicht seltsam, fehlerhaft und unfer-

tig erscheinen kann, sage aber, ich zöge es vor, ihn nur menschlich zu sehn. Da müsse ich denn alle Mängel bewundern, da sie ja durch die Eingleisigkeit seiner Lebenskurve bedingt seien: rechts und links am Wege blieben viele Dinge aufgeopfert liegen um des Einen willen: Dienst an der Dichtung. Da blieb nichts übrig für Musik, eignes Dichten, für Romane und andre Gattungen (außer Essays über Dichtung), für Liebe, tiefe Freundschaften. Freiwillig oder unfreiwillig vollzog sich ein Verzicht nach dem andern, der nicht einfach dadurch wegerklärt werden könne, daß er eben unmusikalisch, zum Dichter nicht begabt genug, zur Liebe nicht fähig sei.

Montag, in New Brunswick, wiederholte sich das Gespräch, teilweise fast wörtlich, mit Emo. Emo gibt einzig zu: »Das ist ein Mensch, der Stil hat, aber es ist nichts darin.« Wie ich protestiere und dann sage: »Steiner ist ein Marcel Proust ohne Werk«, behauptet Emo, das sei dasselbe, was er auch gesagt habe und: »Wenn er keine Essenz mehr für die Finesse hat, fährt er fort, fein zu sein. Ich, wenn mir die Essenz zur Finesse ausgeht, werde gemein (grossier).« Er findet seine Haltung echter, lebensnäher und in besserem Geschmack.

Die erste Nacht in New Brunswick nach den Ferien garnicht geschlafen und die Uhren schlagen hören. Ich dachte mir nämlich, ohne es lassen zu können, aus, was mir schon oft und seit langer Zeit durch den Kopf ging: wie mein ganzes Leben an den sonderbarsten, oft unscheinbarsten Zufällen hängt, die durch Verknüpfungen entscheidendste Lebensbestimmungen zusammenfügen. Es begann damit, ganz deutlich, daß mir auf Sylt einmal eine mir ganz unbekannte Freundin der mir ebenfalls unbekannt gebliebenen Nichte Professor Hausers Grüße an den Schauspieler Hans Conrad Goeseke in Freiburg auftrug. Durch Goeseke lernte ich Walter Riessland kennen, durch ihn Strodel, durch diesen die Familie Winter, zu der ich dann 1933 nach Le Locle als Hauslehrer gehen konnte, dadurch nach Zürich gelangt, dort Hichens getroffen, dadurch Möglichkeit, nach Amerika zu gehn. Damit sind unendliche weitre Verknüpfungen gegeben: durch Strodel lernte ich Stefan Georges Werke kennen, die fortan meinem Leben bestimmte Richtung gaben und mir bestimmte Menschen nah brachte. Oder: als ich in Zürich 1934 einmal aus Versehen einen Stunde zu früh in die Universität zur Vorlesung ging, traf ich Jean im sonst leeren Hörsaal, sprach mit ihr, fand in ihr die beste Freundin meiner Zürcher Jahre, lernte durch sie Jean Strohl kennen, an dessen Adresse mir André Gide den wichtigen Brief schickte und der mitgewirkt hat bei meiner Befreiung aus dem französischen Lager. Durch Strohl lernte ich Steiner kennen. Als Steiner mich einmal als Gast in die Zürcher Museumsgesellschaft mitnahm, flüsterte er mir in der Bibliotheksstille zu, ich säße eben auf dem Platz, auf dem Magnus Hirschfeld immer gesessen sei. Als ich später mehr darüber wissen wollte, erwähnte er, Hirschfeld sei immer von einem

chinesischen Sekretär begleitet gewesen. Daraufhin fragte ich wenige Tage danach, ganz unvernünftig, einen immer einsam im Studentenhaus sitzenden Chinesen, den ich garnicht kannte, ob er zufällig der Sekretär von Magnus Hirschfeld gewesen sei. Er wars wirklich. Durch diesen Li traf ich dann Hichens, durch den mir die Auswanderung nach Amerika möglich wurde.
Aber ich sah in dieser langen schlaflosen Nacht, daß es unmöglich sein würde, all dies übersichtlich aufzuschreiben und entschloß mich, es graphisch, mit Haupt- und Nebenlinien aufzuzeichnen. Wurde ganz besessen von dieser Idee, kaufte heute morgen gleich einen großen steifen Bogen gelben Papiers und habe eben, so vollständig es mir im Augenblick gelingt, das ganze Schema aufgezeichnet. Das ist nun sehr kurios: da die Hauptlinie durchaus nach dem Gesichtspunkt der tatsächlich chronologisch sich fortführenden Ereignislinie gezogen ist, wie eines zum andern führt, so stehen dort also oft nur die ephemersten und bedeutungslosen Ereignisse, da durch diese ja die wirklichen Ereignisse zufällig gefördert wurden, während oft die wichtigen Freundschaften und Begegnungen auf Nebenlinien liegen. Auch freute mich zu sehn, daß fast nichts folgenlos geblieben ist, daß selbst Zeiten, die reine Episoden scheinen, sich auf irgendeine Weise fortgesetzt haben: sowohl Cambridge, wie Cincinnati, wie meine Jahre als Statist am Zürcher Schauspielhaus etc. An die vielen abbrechenden Seitenlinien von Seitenlinien neue Verlängerungen später einmal anzubringen, wird mich mit triumphierender Freude erfüllen. Halb wohl spielt dabei mit mein nicht ganz fehlender Zug von Pedanterie, der reinliche Tabellen und Aufzählungen liebt, halb wohl der mir seit meiner Auswanderung inwohnende Drang nach Rechenschaft und Kontinuität. Meine Religion des Zufalls (Mallarmés »hasard«) und der Möglichkeiten (früher von mir »das geistige Abenteuer« genannt) und ein Hang zur Ordnung, zum Sinnvollen, den ich so stark mit meinem andern Hang, dem zum Abenteuer, zum Spiel, verbinde und amalgamiere.

New Brunswick, 17. Januar

Letzten Samstag nachmittag einen schwedischen Film »Rund um Schweden« angesehn und das starke Verlangen empfunden, nach dem Krieg nach Schweden zu gehn. Abends mit Varian. Es wurde doch wieder eine gute Begegnung.
Sonntags bei Mutter, wo auch ein aus Deutschland ausgewandertes Ehepaar war mit ihrem Sohn. Das war sehr unerquicklich. Der Mann hatte nur ein Thema: sein Haß auf den alten Goethe. Mir schien das teilweise auf Neid zu beruhn, da dieser Mann selber so offensichtlich jenen souveränen Willen zur Harmonie und jene große Form im Umgang mit andern garnicht besitzt. Sein Sohn war klug, hübsch, wohlerzogen und sechsundzwanzig Jahre alt, aber ich kam ihm überhaupt nicht nahe. Er sprach kein Wort deutsch mehr. Er redete

mit mir englisch und ich antwortete auf deutsch. Er gehört einer Welt an, die ich nicht verstehe. Dort führt man Gespräche nur, um mit dem Gespräch auf möglichst gute und höfliche Art so rasch wie möglich zu Ende zu kommen.

New Brunswick, 19. Januar

Habe mir heute morgen auf dem Glatteis ausgleitend mein Handgelenk verstaucht. Einer meiner Schüler hat mich feierlich und sachverständig bandagiert.

Mit einer Gruppe üb ich für den großen Gemeinschaftsabend die neunte Szene der »Pécieuses ridicules« ein, die wir Freitag geben sollen. Wir machen unverschämtes Slapstick daraus, da es mir zu arrogant vorkäme, Molière wirklich echt geben zu wollen.

New Brunswick, 20. Januar

Heute abend gingen Emo und ich hinter dem langen Soldatentrupp drein in die Häuser, wo sie wohnen, eine Art Kaserne (früher die Dormitories der Studenten). Wir wurden mit großer Freundlichkeit begrüßt, Emo ging dann zu seiner, ich zu meiner alten Klasse. Alle kamen. Dann wurde ich mit vielem Aufwand photographiert. Schnell wurde auch auf einem Kocher, der ihnen verboten ist, Kakao gekocht. Es wurde ein Fest. Wärme, Höflichkeit und gute Laune ununterbrochen, sodaß aus diesem Ausflug in die Stadt der Männer ein wahres Abenteuer wurde. Als habe man Freunde, Gedächtnisse, die einen aufbewahren. Eben jene feine, kaum unterscheidbare Mischung von gleichaltrigem Freund, europäischem Fremden und vorgesetztem Lehrer, die mir ja anhaftet, brachte jene große Zartheit männlichster Art zustande, jene freundliche Eilfertigkeit, mich an all dem Ihrigen teilnehmen zu lassen. Emo kam dann auch noch zu uns herein. Wir blieben bis kurz vor elf Uhr, fünf Minuten, bevor die Lichter ausgehen und versprachen wiederzukommen. Aber ich weiß wohl, daß so etwas nicht zu oft geschehen darf. Vielleicht noch einmal vorm 1. April, und dann wird es schon wie ein Abschied sein.

Im Treppenhaus traf ich dann noch Dolan aus meiner ersten Klasse. Er sagte: »Vous nous manquez beaucoup. Quand vous étiez notre professeur, il y avait toujours un esprit dans les discussions qui n'existe plus.« Die andern Professoren, sagte er, füllten sie nur an mit der glorreichen französischen Geschichte, schwärmten von den üblichen clichés wie »esprit gaulois« und der französischen »clarté«. Zum Glück wurden wir da unterbrochen, denn ich wußte nicht, was ich darauf sagen sollte.

Dann Emo und ich, wie verzaubert, durch den nächtlichen Nebel über den parkartigen Campus langsam nach Hause.

New Brunswick, 21. Januar

Das Molière-Stück war sehr lustig und ging sehr gut. Vor meiner Aufführung hielt ich eine kleine Ansprache, in der ich mit toternstem Gesicht sagte: »Mesdames et Messieurs, sans doute vous avez entendu parler d'une nouvelle conception des comédies de Molière. On y a récemment découvert quelque élément tragique. Mon groupe et moi nous nous sommes efforcés de reconstruire cet élément tragique, parce que nous n'aimons pas une interprétation frivole, superficielle et légère.« Bei diesem letzten Wort hüpften die beiden hinter der Wandtafel verborgnen Soldaten, Darsteller von Magdelon und Cathos, mit buntgeblümten Küchenschürzen angetan, hervor. Das ganze war absichtlich in unsäglich schlechtem Geschmack. Meine französischen Kollegen saßen mit steinernen Gesichtern dabei, applaudierten nicht und hätten mich am liebsten gelyncht.

New Brunswick, 24. Januar

Samstag George Eels gesehn, dann Tee bei Hapgoods. Für Muschka (Mrs. Reynolds) brachte ich Veilchen mit. Daraufhin wollte sie mein Gesicht sehn. Ich mußte ganz nah an sie herankommen. Aber sie ist zu blind und sah nur, daß ich sehr starke Augenbrauen habe.
Sonntag bei Hans Sahl, der sich grade mit einem Zeitroman herumplagt, da der Schriftsteller doch »bekennen« müsse und ihm jetzt eben nur die Darstellung des Exils erlaubt sei. Wir sprachen lang über dieses Thema, und ich, der so viel Jüngere, tat so weise, sprach einzig für die große Kunst, in der die biderbe Ehrlichkeit völlig belanglos sei. Ich tat ganz so, als sei ich dieser Fragen, die mich doch genau so verfolgen, ganz sicher und ihnen überlegen. Warum wohl? Ich glaube hauptsächlich deshalb, weil mir ein vierzigjähriger Mann, der ratlos ist, eine peinliche Erscheinung ist.
Hinterher bei Christiane. Den drei Buben brachte ich je einen versteinerten Haifischzahn mit. Sie sprach dann lange über das Kommerell-Buch, ihren Mann und dessen Philosophie des Chaos.
Lese gegenwärtig in Goethes naturwissenschaftlichen Schriften im 39. Band der Jubiläumsausgabe. Bis jetzt gelesen »Fragment über die Natur«, »Kristallisationen und Vegetation«, »Einwirkung der neueren Philosophie«, »Naturwissenschaftlicher Entwicklungsgang« und bin grade dabei, die sehr schöne »Geschichte meines botanischen Studiums« zu lesen. Dieses Sich-selber-Historischsehn, das bei Goethe immer stärker wurde, ist mir ja so gut verständlich. Es hat nichts mit Überheblichkeit zu tun, ist einzig das Ergebnis eines souveränen Ordnungswillens, der eben auch alle Phasen des eignen Lebens geordnet überschauen will.

New Brunswick, 25. Januar

Heute wollte ich eine Stelle aus den »Chants de Maldoror« in einer Klasse behandeln. Aber es glückte kaum. Als ich Emo davon erzählte, hüpfte er vor Freude, da er nicht gewußt hatte, daß ich das Buch besitze. Ich mußte es ihm gleich leihen. Er wirds nun bis in die tiefe Nacht wiederlesen.
Weiter im Goethe: »Verfolg«, »Rückblick« (wunderbarer Anfang), »Nacharbeiten und Sammlungen«, »Bildungstrieb«, »Probleme«, »Vorwort zur Morphologie« und die »Metamorphose« selbst angefangen. War heute auch wieder im Gewächshaus der Universität.

New Brunswick, 26. Januar

Sah gestern in der Zeitung, daß Edvard Munch achtzigjährig gestorben ist, Anscheinend als menschenscheuer Sonderling, immer malend. Möchte gerne Näheres darüber wissen.
Heute mit Longuet in der Stadt gegessen und mich gut mit ihm unterhalten. Er gehört nicht zu den französischen Chauvinisten, hat Humor und Ironie. Er begleitete mich zum Photographen, sodaß ich endlich die Bilder für die Naturalisation machen ließ.

New Brunswick, 31. Januar

Sonntag kam Steiner morgens ins Hotel. Wir hatten nur wenig Zeit, da wir gleich zu Rothmans Hochzeit gingen. Rothman ist ein Schüler von ihm und mir und hatte uns eingeladen. Kleinbürgerlichstes jüdisches Milieu. Die Hochzeit fand nicht zuhause, sondern in einer tanzbodenartigen Fest- und Vergnügungshalle statt, wo ein sehr untheologisch wirkender kleiner Rabbi die jüdischen Feste in dem Stadtteil von Brooklyn betreut. Die Braut saß in einem Aufbau von künstlichem angestaubten Laub, Papierkallas und farbigen Glühbirnen, aus dem sie sich nicht wegbewegen durfte. Eine Jazzkapelle spielte Schlager. Es gab keine Orgel, überhaupt nichts von Feierlichkeit, Würde oder Weihe. Der kleine fette Saxophonspieler animierte uns von Zeit zu Zeit laut, unsre Sorgen zu vergessen. Man tanzte, suchte sich noch vor der Zeremonie zu betrinken. Nach über zwei Stunden die Zeremonie. Steiner und ich (die einzigen Goys) hatten keine Hüte mitgebracht. Wir setzten runde weiße Papiermützen auf und sahen aus wie Schiffsköche. Die schon betrunknen Gäste wurden aufgefordert, während der Zeremonie nicht zu schwatzen oder zu rauchen. Aber es half nichts, alles redete, machte unanständige Witze. Der Rabbi sang dann in lauten Jammertönen zu Adonai und Jeruscholajim, während Braut (aus ihrem Aufbau entlassen) und Bräutigam vor ihm sich manchmal kleine Witzchen zuflüsterten. Der Saxophonist begleitete die ehrwürdigen hebräischen Gesänge mit falschgegriffnen lustigen Klavierhopsern und -rouladen. Schön und rührend aber die militärische

Parade und Ehrung der Kameraden: zur Zeremonie selbst war die ganze Klasse gekommen. Hinterher fing ein wilder Tanz an, die palästinensische Hora, die ich mit vielem Vergnügen mittanzte. Dazu ein riesiger Schmaus.

New Brunswick, 2. Februar

Gestern nachmittag Mutter zuliebe nach New York gefahren, um mir ihre neue Arbeitsstelle anzusehn. Es ist ein angenehmer Büroraum, in dem die für die Soldaten eingekauften Bücher verpackt, sortiert und bestellt werden. Der Vorgesetzte Mr. R. Elliott ist ein angenehmer, gebildeter Mann.
Gesuch um die Zweiten Papiere, die eigentliche Einbürgerung, abgeschickt.

New Brunswick, 7. Februar

Ein etwas tolles Wochenende. Samstag nachmittags und zum Abendessen bei Hapgoods. Spät nachts traf ich dann zufällig im Restaurant meines Hotels zwei meiner Studenten von Rutgers mit einigen andern Soldaten und ihren Mädchen. Alle wohnten sie im selben Hotel und waren schon recht angeheitert, wodurch von Anfang an eine etwas schleierlose Lage hergestellt war, deren Unkorrektheit (da ich doch der Lehrer und Professor bin) mich zugleich bedenklich stimmte und anzog. Ließ mich bereden, nochmals mit ihnen auszugehn. In einer halberleuchteten Bar stehend, wo eine muskelstarke abgebrühte Diseuse namens Spivy obszöne Lieder sang, umgeben von immer betrunkner werdenden Fremden und Halbfremden, selber nüchtern, da ich, wie immer, nach wenigen Getränken keinen Alkohol mehr zu mir nahm, mit dem einen Soldaten mich französisch unterhaltend, verfängliche Dinge hörend und sehend, von denen ich nicht recht weiß, wie ich mich zu ihnen verhalten soll in dieser mir so neuen Lage; Nähe und Ferne sich ihr eignes Gleichgewicht halten lassend. Habe heute glücklicherweise noch keinen der Drei hier getroffen.

New Brunswick, 8. Februar

Angefangen, Stellenbewerbungen auszuschicken. Nach Grinnell, wo ich nicht hin möchte.
Heute mit Emo bei den Bücherregalen der englischen Literatur gewesen und wurde sehr gepackt von der Lust, weitre Gänge in dieser reichsten europäischen Literatur zu tun. De Quincey, Dickens, Smollet, Defoe, Swift, Carlyle zu lesen. Mein Französisch ist dieser Tage sehr schlecht und unbeholfen, meine Klassen langweilig und einfallsarm.

New Brunswick, 18. Februar

Eine ganze Woche nichts eingetragen! Es waren seltsame Tage mit vielen Stimmungen, merklichen und unmerklichen Ereignissen. Oft gewünscht, der

Kurs sei schon vorüber, im Gefühl, einfach nicht mehr vor diese Soldaten hintreten zu können, um sie zu belehren.

Ich trage also nach: Samstag nachmittag mit Steiner in New York. Er las mir vier kleine Beschreibungen vor, die er geschrieben hat, über Stoessel, R. A. Schroeder, Borchardt und Andrian. Abends war Gesellschaft bei Christiane. Professor Riezler,[1] früher Kurator in Frankfurt, und seine Frau, eine Tochter Max Liebermanns. Riezler hat etwas von einem alten Schauspieler. Er sprach sehr interessant von der frühren Münchner Zeit, von der Reventlow, von Schuler, Klages, George. Er sagte von Hitler, daß er ungeschichtlich sei, 1919 gegen den allgemeinen Strom schwamm, deshalb also weder eine folgerichtige historische Notwendigkeit, noch eine Verkörperung des deutschen Volks sei. Ferner waren da: Alewyn und seine Frau, Marianne Schlesinger (Schwägerin der Frau von Hofmannsthal) mit herrlichem roten Haar und interessantem Gesicht, so wie Lenbach sie wohl gerne malte. Dann Dr. Hartmann und Frau, beides Psychoanalytiker der Freudschen Schule. Hartmann charakterisierte C. G. Jung sehr treffend dahin, daß das Denken seine schwächste Seite sei. Der Abend war sehr europäisch, voller Gespräch, das ohne Clichés und mühelos war.

Sonntag bei Mutter. Montag erster Besuch von Nathaniel, der grade seine schweren und gefährlichen Maneuver beendigt hat, seinen ersten Urlaub hat und in einer Woche wohl schon nach Europa geschickt wird, um wahrscheinlich bei der Invasion dabei zu sein. Habe versucht, um seiner schrecklichen Bedrückung und Hoffnungslosigkeit zu begegnen, einen Mittelton zwischen Mittrauern und Fröhlichkeit zu finden. Er ist sehr verändert, hat vierzig Pfund zugenommen und hat kurzes struppiges Haar. Aber dieselben angstvollen Augen, stockende Rede, kindliche Art.

Am Dienstag abend endlich das fünfte Kapitel der Arbeit fertiggemacht. Am Mittwoch abend, auf Claras Einladung, nach New York, um Casadesus zu hören, der etwas kalt spielte und nur im Fauré und Ravel ganz zu Hause zu sein schien.

Donnerstag zweiter und letzter Besuch von Nathaniel. Es fiel uns noch schwerer, einen Ton zu finden. Ich war sehr ohnmächtig, mit dem Gefühl des Versagens ihm gegenüber, der nun, achtzehn Jahre alt und sehr verwundbar, alle Schrecknisse des Kriegs auf sich nehmen soll. Abschied, abends, am Eingang vom Ingenieursgebäude, während, bevor ich ein Wort sagen konnte,

1 Kurt Riezler (1882–1955), 1906 Pressereferent des auswärtigen Amts, 1914–1917 persönlicher Berater Bethmann-Hollwegs bis zu dessen Sturz. 1919–1920 Kabinettschef unter Ebert, dann aus Protest gegen die Unterzeichnung des Versailler Vertrags aus der aktiven Politik ausgeschieden, wird Publizist in der Weimarer Zeit, 1928 Kurator und Professor der Philosophie an der Universität Frankfurt, 1933 von den Nazis zur Aufgabe seiner Lehrtätigkeit gezwungen und vorübergehend inhaftiert, emigrierte er 1938 nach Amerika. Dort Professor an der New School for Social Research. Starb in München.

alle Soldaten an uns vorbeiströmten zum abendlichen Vortrag und ich nur dauernd »Bon soir, monsieur« zu meinen Studenten sagte.
Am Freitag sprach hier der Père Ducatillon, dessen scharfer Geist und seelisches Leben mich sehr beeindruckte.

New Brunswick, 22. Februar

Mit Longuet und Emo am Wochenende nach New York gefahren. Nachmittags in der sehr reichhaltigen Ausstellung »Modern Drawings« im Museum of Modern Arts, die mich sehr fesselte. Vielleicht ist doch die Zeichnung die Aristokratin unter den Künsten: Reinheit der Form, der Linie, Reichtum der Einfälle, Frische. Dem Gedicht vielleicht näher als das Ölbild. Sehr schöne Seurats, Chagalls, Picassos, Redons, Klees etc. Dann den deutschen Stummfilm »Metropolis« dort gesehn, ein fesselnder Kitsch.
Emo gab mir »Les Silences de la Mer« von Vercors zu lesen, Schilderung eines französischen Haushalts, in dem ein deutscher Besatzungsoffizier stationiert ist. Es ist etwas Besondres. Im zweiten Teil, der rein literarisch schwächer ist als der erste, wird es etwas romanhaft. Aber ich bewundre doch, wie hier aus dem unmittelbaren brutalen Zeitgeschehen heraus etwas Gestaltetes hervorgeht. Hier ein Gedicht. Es ist wahrscheinlich zu konventionell:

Krieg 1944

Vom Reigen seiner sieben liebsten Sünden
Stieg er herab, der schnellbereite Schnitter,
Als wir ihn selber riefen, anzuzünden
Was uns erschien als heiliges Gewitter.
Und die verruchten und verlaßnen Sieben
Bewegten ihre lieblichen Gewänder,
Sie sind nicht lange ohne Herrn geblieben,
Die Garben bündelnd in der Mahd der Länder.

New Brunswick, 26. Februar

Heute morgen fand ich einen Zettel unter meine Zimmertür geschoben. Wußte erst kaum, was es sein könnte, da es ein deutschgeschriebner Brief zu sein schien. Er kam von Emo gegenüber, meinem »roommate«. Ich habe Emo nie ein deutsches Wort sagen hören, wußte garnicht, daß ers konnte. Ich nehme an, sein Leib- und Magenbuch »Finnegans Wake« hat ihn dazu angeregt:

Lieber Raumkamaradchen,

Ich bin müde das Ich must gegengangen nach warmer Klimat; das ist: Neues Yorkli. Mein Kopf ist so derangiert, mit viele andere complikationem das Ich denke die selbselfliches sache für bessren konduit ist dieses preziser lose. So, als Ich »connaître« (als wie Französen

sachen – gedekniss, bitte!), du wilst soblichtichkeitig sein, nein? So, verblören sie mich wenig, und, als Ich gebedinkst, nie wie partiert so nehmen preziosum, nie wie mein tranquilität gehört.
Immer der alte selbe Momo.

New Brunswick, 28. Februar

Der Zusammenbruch dieser seltsamen Welt zwischen den Welten, wie Traum und am Rande von Wirklichkeiten, hat heute begonnen: zweiundzwanzig der Französischstudenten sind aus den Klassen verschwunden und werden bald nach Übersee geschickt werden.

New Brunswick, 3. März

Gestern abend sprach Paul Tillich hier, gut, ernst, ehrlich, Er hat die Nazis zum erstenmal philosophischer und mit tieferen Zusammenhängen dargestellt, als das sonst im Schlagzeilenton geschieht.

New Brunswick, 5. März

Samstag abend Max Reinhardts üppigen Film »Midsummer Night's Dream« angesehn. Sonntag Mittagessen bei Mutter. Dann mit ihr ins Konzert. Lotte Lehmann sang die »Winterreise« mit Bruno Walter am Flügel. Es gibt wohl niemanden, der das so kann wie sie. Ohne die Lieder ungebührlich zu dramatisieren, wie ichs von Sigrid Onégin in Erinnerung habe, erhält jedes Wort jeder Einsatz seine rechte Bedeutung. Als Dreingabe das mir neue »Abendrot«, das ich gleich unter die schönsten rechnete, und »An die Kunst«.

New Brunswick, 6. März

Mit Longuet und Emo neue französische Platten gehört, u.a. die Stimmen von Duhamel und Jules Romain. Werde Mittwoch zwei Klassen damit unterhalten. – Vorige Woche fiel mir in New York ein Tonfall ein:

Als sei es schon der letzte,
Aus dem mich Trauer anweht,
Hing ich den Kranz ans Fenster.
Damit er trockne.

New Brunswick, 12. März

Langes durchaus österreichisches Wochenende. Fuhr schon Freitag nach New York, um nachmittags auf Mrs. Hapgoods Gesellschaft zu sein. Sie veranstaltete sie, da am Freitag der Roman von Ernst Lothar erschienen ist, den sie übersetzt hat. Zu viele Menschen. Durch ihre titaniahafte Schönheit und ihre grünen Augen fiel mir Grete Mosheim auf. Sprach nur mit wenigen und wurde wider Willen von dem mir wenig sympathischen Ralph Benatzky in ein nichtssagendes Gespräch gezogen. Sonstige Anwesende: Ernst Lothar als Ehrengast, Raoul Auernheimer, Annette Kolb, Gräfin Auersperg, Frau Schnitzler, Graf Czernin, Schauspieler, Kritiker, Russen, Amerikaner. Auch Beer-Hofmann war da. Er schien sich ebenso fehl am Platz zu fühlen wie ich in dieser mondänen Gesellschaft. Wie in geheimer Verabredung sprachen wir fast nicht zusammen. Einmal aber, als ich ihn auf die Schönheit Grete Mosheims aufmerksam machen wollte, sagte er: »Ja, aber es ist hier auch eine wirklich schöne Frau. Wissen Sie, wer das ist?« Da erriet ich gleich, daß er unsre Gastgeberin Mrs. Hapgood meinte, mit deren Gesicht und seiner Schönheit, Gesittung, Güte und Lebenskenntnis freilich kein andres wetteifern konnte. Er ging bald.

Am folgenden Tag sah ich ihn dann mehrere Stunden bei sich. Es war schön bei ihm wie immer. Diesmal kam es zu besonders assoziativen Gesprächen, von einem ging es, von irgendeinem Zusammenhang, eben Beer-Hofmann selber, zum andern. Über Stifter, Storm (den er kaum kennt, weil er ihn eigentlich verdächtigt, in die »Gartenlaube« zu gehören), Raimund, Goethe, Hofmannsthal, das Lesen von Gedichten, das Wesen der Dichtung, Leopold von Andrian, Maupassant, Dickens und anderes. Von Goethe rühmte er, ein wie großes Vertrauen man doch in seinen Rat haben könnte. Es gäbe eigentlich überhaupt keine Frage, sei es auch die praktischste – etwa die, wie man sein Zimmer am besten tapezieren solle –, bei der er einen nicht zum besten beraten hätte.

Zum Vorlesen von Gedichten: wie einmal ein Schauspieler zu ihm gekommen sei, um ihm vorzusprechen. Beer-Hofmann gab ihm sein Gedicht »Altern«. Als der Schauspieler, einigermaßen theatralisch, geendet habe, habe Beer-Hofmann zu ihm gesagt: »Sie haben ja die Pause nicht gelesen.« »Die Pause? Welche Pause?« »Nun, die Pause am Anfang.« Daraufhin habe der betroffne Schauspieler ausgerufen, man könne doch keine Pause am Anfang lesen. »Doch, das kann man. Geben Sie mir einmal das Buch.« Dann zeigte er, wie er es meine: er atmete tief, aber unhörbar aus, atmete ein und sprach dann, wirklich wie aus einer Pause heraus, unvermittelt, als bräche er ein langes Schweigen – wobei die kaum erhöhte Stimme sehr stark klang –, die erste Strophe des Gedichts:

Graute dir nicht vor dem Baum, der
Immer nur in Blüte stände,
Ungerührt vom Gang der Zeiten,
Ewig starr in ihrer Wende?

Er ließ dann das Schauspielerthema nicht fallen und erzählte viel aus der Zeit, als er zeitweilig Spielleiter am Burgtheater war. Am stolzesten ist er auf seine Aufführung des ganzen »Faust«, des ersten und zweiten Teils an

einem Abend. Kaum je hab ich ihn so schwelgend-vergnügt etwas berichten hören. Auf diese Leistung scheint er stolzer als auf sein ganzes geschriebnes Werk zu sein. Und zwar weniger auf die Aufführung an sich, als auf die geschickten Striche, die er am Text anbrachte. Er habe vieles aufopfern müssen, aber immer so, daß nichts für das Gesamtverständnis weggefallen sei. Lange habe er sich damit beschäftigt und oft Hofmannsthal zu Rate gezogen. Manchmal habe er natürlich, um einen zerrißnen Zusammenhang wiederherzustellen, ein paar Verse selbstdichtend hinzufügen müssen. (Und diese dem »Faust« einverleibten Verse sind es wohl, die ihn am glücklichsten machen.) Die habe er ganz dem Stile der Dichtung angepaßt. Einmal sei er triumphierend zur Hofmannsthal gegangen, habe ihm eine solche »Faust-Stelle«, in die er seinen eignen überbrückenden Vers hineingeschmuggelt hatte, vorgelesen und Hofmannsthal herausgefordert, ob er erraten könne, welcher das wohl sei. Da habe dann Hofmannsthal gleich auf den richtigen getippt und gesagt: »Der da muß es sein. Der ist so infam alter Goethe.«
Wieder sprach er von der ihn beunruhigenden Vorlesung an der Universität Harvard, die er am 20. März halten soll. Er will die vorletzte Strophe von Hofmannsthals »Vorfrühling« auslassen, da sie ihm störend vorkommt, als ob sie nicht dazuzugehören scheine:

Durch die glatten
Kahlen Alleen
Treibt sein Wehn
Blasse Schatten.

Die »Ballade des äußeren Lebens« will er mit trotzigen, ablehnenden Tönen lesen. Teils um der Antithese mit dem folgenden weichen »Und dennoch sagt der viel, der Abend sagt« willen und teils, weil sich, wie er sagt, zu seinem alten Gesicht wohl noch das Prometheische, nicht aber mehr das Jugendlich-Weiche, Traurig-Träumende schickt.
Er sprach dann von Stifters immer auch in den glücklichen Lösungen seiner Erzählungen vorherrschendem Gefühl der Vergänglichkeit und der Furchtbarkeit der Zeit selbst. Wie Stifter das zum Beispiel so klar in einem Nebensatz des »Hagestolz« ausdrückt, der einem sonst ganz harmonischen Hauptsatz noch angefügt wird: es ist die Stelle, wo der Hagestolz dem Schwimmenden zusieht und auf dessen schönen jugendlichen Körper blickt: »Auch die hohe Schönheit des Jünglings war eine sanfte Fürbitte für ihn, wie die Wasser so um die jugendlichen Glieder spielten und um den unschuldsvollen Körper flossen, auf den die Gewalt der Jahre wartete und die unenträtselbare Zukunft des Geschicks.«
Hinterher bei Mutter. Abends im französischen Film »Hotel du Nord«. Sonntags bei Christiane Zimmer zum Essen, wo ich mich wieder sehr wohl fühlte. Sie hat eine seltne Art, Dinge und Menschen etwas komisch zu

nehmen, ohne ihnen dadurch den Nimbus zu rauben. Sie gab mir Zimmers Schrift »The Integration of Evil.«

New Brunswick, 13. März

Der Ton meines Tagebuchs ist mir gradezu ekelhaft in dieser letzten Zeit. Es hat völlig seinen einzig sinnvollen Charakter verloren: den einer sehr geheimen und notwendigen Zuflucht, eines »traulichen Schmollwinkels«, wie Gottfried Keller sein Tagebuch nannte.

New Brunswick, 16. März

Gestern abend kam Steiner. Spaziergang zum Park. Später las er mir seinen neuen Vortrag »Begegnung mit Dichtern« vor, in dem er über Rilke, George, Hofmannsthal, Carossa, Hesse und Beer-Hofmann spricht. Besonders die Sätze über Hofmannsthal scheinen mir sehr gelungen, exakt und Wichtiges aussagend. Heute kam er in eine meiner Klassen. Spaziergang zur Brücke, Gespräch darüber, daß ein Zuviel an gelebtem Leben das Gestaltende, das Werk unmöglich macht.
Abends Vortrag von Frieda Wunderlich und hinterher einer jener beängstigenden, emphatischen Ansprachen Billetdoux', in denen er zur tragischen Figur wird: fast komisch, exaltiert, weitschweifig unvernünftig, mit moralischem Pathos und der Lust am Märtyrertum des Sich-Überarbeitens. Es ist dies sicher auch eine Form seines Triebs zur Selbstvernichtung, gespeist von religiös-puritanischen Elementen. Es ist gewissermaßen die Rache, die seine große Güte von Zeit zu Zeit nehmen muß, weil er fürchtet, ihrethalb schwach zu erscheinen.

New Brunswick, 17. März

Morgen werd ich neunundzwanzig Jahre alt.
Abendessen mit Emo und Bob Ellenstein, der eine zeitlang nicht in die Kaserne zurückmußte, sodaß wir ihn aufforderten, mit uns einen Spaziergang zum Park zu machen. Auf dem Weg gesellte sich Davidson aus Kentucky, mit der schweren Zunge, dem einsamen Blick und dem Interesse an Literatur zu uns. Er erzählte mir auf dem Weg den ganzen Inhalt von R.L. Stevensons »The Wrecker«.
Abends dann noch mit Emo ausgegangen. Im Gespräch komm ich zu dem Schluß, daß Rimbauds pureté (Emo sagte: »Rimbaud hätte irgendetwas tun können, er wäre immer »l'essence de la pureté« gewesen) ganz eng mit seiner Brutalität zusammenhängt. Emo ist ganz einverstanden: »Eine der schmutzigen Einfälle der Natur« sei diese Brutalität als Essenz und Basis der Reinheit.

New Brunswick, 21. März

Gestern abend waren Emo, Steiner und ich allein mit Billetdoux zusammen, im Erdgeschoß von Romance Language House. Er wurde weich und aufgeschlossen und sagte, wir drei seien die, die am stärksten die Herzen der Soldaten besäßen. Hinterher ging ich mit Steiner in die Kaserne, wir blieben bis zum Zapfenstreich. Es war diesmal nicht so außerordentlich wie früher, nicht dieselbe Elektrizität, aber doch sehr freundlich.
Heute müde und etwas tiefgestimmt: die vielen halbgewonnenen Seelen, die noch hier, aber schon bald außer Reichweite sind. Nachmittags übernahm Steiner meine Klasse, weil ichs vor Müdigkeit nicht imstande war.
Nach dem Abendessen langer Spaziergang mit Lane, im schwindenden Licht, auf der irgendwohin führenden Straße am Fluß durch die Landschaft, die so sonderbar zwischen Winter und Frühling ist und zum Gespräch ermunterte. Nur, um die Stimmung des Spaziergangs etwas festzuhalten, diese wortunmächtige Aufzählung:

Am Flusse mit der halbgewonnenen Seele,
Am Abend, der noch weiß von Winter ist
Und sich doch schon der neuen Luft ergibt.
An Frühlingsanfang – und der grade Weg
Hört plötzlich auf im weichgewordnen Schnee.
Wie sollte da Gespräch von frühren Zeiten,
Von jungem Stolz und der geheimen Regung
Von Abenteuer, Zaudern und Verändern
Nicht in die Schatten fallen, in den stillen Fluß
Und mit dem leisen Flug des Wasservogels
Sich nicht zu einer Abendfahrt entschließen?

New Brunswick, 22. März

Gespräch mit Emo über Gauner und Ehrenmänner (filou und honnête homme). Er sagt: »Der einzige Unterschied zwischen dem Gauner und dem Ehrenmann ist, daß der Gauner sehr früh das lernt, was der Ehrenmann erst spät lernt.« Er gibt allerdings zu, daß die Seele ein mögliches Korrektiv sei. Wenn sie stark genug ist, könne sie einen zum Filou Bestimmten von der Filouterie abhalten. Aber was ist die Seele? Emo fügte folgenden seltsamen Aphorismus an: »Das erste Anzeichen des Vorhandenseins der Seele ist die Trägheit.«

New Brunswick, 23. März

Es war heute der vorletzte Tag des Programms. Es wäre unmöglich gewesen, richtige Klassen abzuhalten. Deshalb vereinigten Emo und ich unsre Klassen heute morgen, und wir führten ein improvisiertes Spiel auf: wir, die Professoren, wurden von den Soldaten geprüft und nachgeahmt. In der zweiten Stunde mit Longuet und seiner Klasse in einer Kneipe. Nachmittags gingen Emo, Mademoiselle Le Faivre und ich mit unsern Klassen ins Musikhaus. Mademoiselle L. hatte süßliche französische Platten für diesen Abend vorbereitet. Aber Emo und ich ließen stattdessen unheimliche Platten der afrikanischen Sudanneger spielen. Wir drehten den Ton laut auf, unter den schauerlichen Trommelwirbeln erdröhnte und erzitterte das ganze Musikhaus zum Abschluß dieses gemeinsamen Lebens.[1]

New Brunswick, 26. März

Sinnloses Wochenende. Die Heimreise hierher war wie eine Flucht ins Vertraute, Sichre, ins Wiederfinden. Am Freitag, dem letzten Tag, hielt ich keinen Unterricht mehr, ging stattdessen mit einigen aus der Grupee spazieren, durch die ganze Stadt, zum Campus des New Jersey College for Women.

Samstag morgen sah man alle Soldaten zum letztenmal beisammen während eines Examens. Hinterher mit Einzig und Ellenstein Kaffee getrunken. Dann kam auch Widdicombe dazu, mit dem ein Gespräch über chinesische Gedichte aufkam. Dann nach New York gefahren und den Tag vertan.

New Brunswick, 29. März

Gestern abend in Werfels »Jacobowski and the Colonel«. Es schien mir ein wenig zusammenhängendes, zu farcenhaft gemachtes Stück. Hinterher, auf Ellensteins Anregung, mit ihm in ein Restaurant im Village, wo ein weißhaariger Neger, der sich Leadbelly nennt, Volksballaden aus dem Süden vortrug, sich selber auf der Guitarre begleitend.

Das ASTP hat nun endgültig aufgehört. Daß gleichzeitig dieses Tagebuch vollgeschrieben ist, ist mir lieb. Mit dem neuen Buch wird ein neuer Abschnitt beginnen.

Oberlin, 5. April

Es ist gut, dies neue Tagebuch in Oberlin zu beginnen. Kam hier heute am frühen Nachmittag an. Gestern abend Franklyn in New York gesehn, wo er auf seinem letzten Urlaub, bevor er nach Europa geschickt wird, war. Er ist am Ende seiner Kraft durch das Armeeleben angelangt, brauchte Trost und Zuspruch. Zum Glück konnte ich Gespräch und Situationen gut steuern,

1 Rückblickend wird es deutlich, daß diese Monate in New Brunswick die heiterste und anregendste Episode in Emos spätrem Leben waren. Das von ihm als vermeintliche Heimat so verklärte Amerika war in Wirklichkeit nur ein grausames Exil für ihn, in dem er langsam verfiel und verkam; in dem erbarmungslosen New York immer stumpfer werdend und durch treue Freunde immer wieder vorm Schlimmsten bewahrt.

sodaß es nicht zu wortlosen Traurigkeiten und Verzweiflung kam. Ich war erstaunt, wie er mir immer wieder Dinge, die ich einmal zu ihm gesagt hatte, zitierte; manchmal waren sie das Gegenteil von dem, was ich grade bekannte. Nachts um halb zwölf in den Zug gestiegen und die ganze Nacht und den halben heutigen Tag gefahren. Als Reiselektüre hatte ich mir das mir durch Steiner zugekommne »Inselschiff« zum Winter 1940 mitgenommen.
Während der Fahrt nordwärts fing es zu schneien an. Der Erie-See war mit großen runden aneinandergefrorenen Eisschollen bedeckt. Ein ganz junger Matrose neben mir erzählte mir plötzlich, er komme grade aus Rußland, von Murmansk, zurück. Und sein Gesicht sah aus, als habe er noch nichts erlebt!
Hier gleich zu Karos, die im Umzugstrubel sind. Zwischen uns hat sich nichts verändert. Es ist immer ein Zurückkommen, wunderbares Wiedertun und Nochmalsfinden, wenn ich zu ihnen komme.

Oberlin, 7. April, Karfreitag

Den Tag mit Umziehen ins neue Haus verbracht. Das Verstauen und Zusammensuchen von Haushaltsgegenständen machte mir Vergnügen, da ein Haushalt auch eine Ordnung, eine Welt ist, der zuzusehn und beinahe anzugehören mir angenehm ist. Die Bohème, die mir im Grund so zuwider ist, erschreckt mich und bedroht mich mit Einsamkeit. Das neue (wie immer möbliert gemietete) Haus steht etwas abseits am Rande der Stadt und ist von viel Land umgeben, das dazugehört. Das Seltsamste ist, daß das Gas, das man verbraucht, direkt aus eigner Quelle im Garten ausströmt. Eine heimatlose schwarze Katze sitzt den ganzen Tag am Fenstersims und schaut verlangend herein, läuft aber fort, wenn man sich ihr nähert. Nahebei sind Wildenten, habe sie mit dem ehemaligen Bewohner dieses Hauses gefüttert. Karo war mit Anatole France befreundet, erzählte von ihm.

Oberlin, 9. April

Draußen meist Regen. Dann wieder eine warme Luft, in den Wiesen quaken laut die Frösche. Abends sehr angenehme Gäste: der Volkswirtschaftler Bishop mit seiner Frau. Er ist Engländer, und wir hatten gleich gute Gespräche. Karo erzählte mit seiner großen Pointierkunst und in seinem schönen Englisch seine Erinnerungen an den russischen Sektierer Oberst Paschkoff und dessen Familie, mit denen er in Rom, Paris und Salzburg zusammen war.
Karos sagen beide, daß dieses verfloßne Jahr, in dem sie mich nicht gesehn haben, entscheidend für mich gewesen sein müsse, da ich verändert sei, sichrer und glücklicher scheine als letzten April. Frau Karo sagt, die Sicherheit der Jugend sei der Sicherheit der Reife gewichen, das sei auffallend.

Oberlin, 12. April

Träume jede Nacht. Gestern Nacht zum Beispiel recht kurios über Hofmannsthal. Ich war bei ihm, um ihm zu sagen, daß Christiane, die im Traum aber nicht seine Tochter war, ihn gerne kennenlernen möchte, was ihn freute und ehrte. Er schrieb ihr daraufhin in meiner Gegenwart einen Brief, den ich ihr überbringen sollte. Ich las ihn. Er war ganz genau in der mir bekannten Hofmannsthalschen feinfädigen Handschrift geschrieben und fing mit meinem Vor- und Familiennamen an. Danach erwartete ich ihn und seine Familie, um mit ihnen zu Christiane zu gehn. Wie ich ihn, seine Frau und seine erwachsne Tochter (die keineswegs Christiane war) auf mich zukommen sehe, eine steile Straße herab, seh ich mit Erschrecken, wie ein riesiger Omnibus sich grade in dem Augenblick nähert, wie seine Tochter die Straße überquert. Sie gerät direkt vor das Gefährt, das aber noch rechtzeitig anhält. Danach sitzen wir alle in der Elektrischen. Seine Tochter hat ein schmales, scharfes Gesicht, Christianen ganz unähnlich.

Als ich heute beim Frühstück Karo diesen Traum erzählte, sprach er von der einen Stunde, die er 1920 einmal bei Hofmannsthal im Gespräch verbrachte. Helene von Nostitz hatte ihn hingebracht. Hofmannsthal lebte, im Winterquartier, in Wien am Michaelerplatz. Das Zimmer war, zu Karos Erstaunen, ganz mit grauer Seide bespannt, auch die Türen, was Karo einen beengenden Eindruck machte. An der Wand hing ein Blumenstück von van Gogh, das besonders schön war. Über dieses Bild und über Griechenland sprachen sie.

New Brunswick, 16. April

Gestern morgen nach einer vierzehnstündigen Fahrt die Nacht hindurch, fast ohne Schlaf, hier angekommen. Kurz vor meiner Abreise las ich Karos noch Andreas Zeitlers »Ein Blatt aus dem Kriege« vor, in dem ich doch einen besondren Ton heraushören wollte, trotz des gewollt »schönen« Stils, in dem z.B. »überall» durch »allenthalben«, »sehen« immer durch »wahrnehmen« etc. ersetzt ist, was dem Ganzen etwas unangenehm Geschraubtes, durchaus zweitrangig Stilisiertes gibt. Zeitler drückt darin eine täppische Liebe der Deutschen für Frankreich aus, von dem aber diese sentimentale Werbung zurückgewiesen wird. Aber beide Karos lehnten das rundweg ab und sahen nur Anmaßung und Sentimentalität, darin, wohl zurecht. Karo sagte dazu, er müsse an eine Stelle aus Alfred de Vignys Memoiren denken: (von mir aus dem Gedächtnis zitiert) »Après avoir longuement réfléchi j'ai conclu qu'un homme doit dire ›pardon‹ au lieu de ›bonjour‹ á une femme.« So müßten es auch die Deutschen allen Franzosen gegenüber tun. Natürlich haben sie recht.

Sie hatten mich gebeten, doch noch ein paar Tage länger zu bleiben. Aber ich gab allerlei Gründe dafür an, daß es unmöglich wäre. In Wahrheit wollte ich plötzlich unbedingt fort, hätte es keinen Tag länger ausgehalten dort. Fast panisch, mit der Furcht, nie mehr wegzukönnen. Schon im Autobus nach Elyria atmete ich glücklich-befreit auf. Dabei war dort nichts, was unangenehm gewesen wäre. Es war wohl hauptsächlich die Gespanntheit, in die ich durch die drei schwebenden Fragen gerate, die grade jetzt, ungelöst, an mich herantreten: die Suche nach einer neuen Anstellung, die Staatsbürgerschaft und die Fabrikarbeit (da alle in 4–F Eingestuften, d.h. vom Militärdienst Zurückgewiesnen nun etwas für »national defense« tun sollen). Es ist seltsam, nun hierher zurückzukommen, wo keine Soldaten und Kollegen mehr sind und wo ich nicht mehr Dozent bin. Fast wie ein Geist geh ich, sinnlos, in den alten Straßen.

New Brunswick, 17. April

Heute morgen in meinem frühren Amtszimmer. Billetdoux kam und umarmte mich. Im Musikhaus heftige Debatte mit einem sehr jungen Soldaten, der sich darauf freut, toten Japanern die Köpfe abzuschneiden, als Trophäen. Er betrachtet Japaner nicht als menschliche Wesen.

Habe mir den Briefwechsel zwischen Alexander von Humboldt und Varnhagen geholt und mit großem Interesse zu lesen begonnen. Auch bei Paul Wiegler über beide Humboldts nachgelesen, aber dort nur ein impotentes Gewäsch gefunden.

New Brunswick, 18. April

Hier ist die Landschaft schon viel frühlingshafter als im nördlichen Ohio: Hyazinthen, Narzissen, Traubenhyazinthen, Forsythien, Magnolien blühn. Spaziergang mit Austin am Fluß. Er ist auch stellenlos geworden, wie alle jüngeren Fakultätsmitglieder.

Weitergelesen in Humboldts Briefen, die mich sehr fesseln. Man möchte sich diesen Briefton einprägen, der zugleich zwanglos gesprächig, diplomatisch taktvoll, geistreich und zart ist.

Abends gut an der Dissertation gearbeitet. Hoffe, Ende nächster Woche mit der Übersetzung des sechsten Kapitels zu Ende zu kommen, sodaß nur noch eines, das letzte übrigbleibt.

New Brunswick, 20. April

Da ich hörte, man brauche im Camp Kilmer (großes Soldatenlager nahebei) Leute für ein »rehabilitation program« (aus dem Gleichgewicht geratne zurückgekehrte Soldaten wieder ins Leben zu führen), ging ich heute morgen dorthin, da mich eine solche Tätigkeit mehr als irgendeine andre gelockt hätte. Ich weiß, daß ich eine gewisse Fähigkeit habe, jungen Menschen Vertrauen einzuflößen. Und darum hätte es sich offenbar gehandelt, neben ärztlichen Hilfereichungen. Ich nahm den Omnibus, nicht ohne Scheu vor dem formidablen Camp, füllte Bogen aus, wartete und hörte schließlich, daß Nicht-Amerikaner nicht in Frage kämen. Ich hatte ohnehin schon Furcht gehabt vor jenem »Germany«, das ich als Geburtsland angeben mußte. Die beiden Sekretärinnen schienen mich wegen meiner Arglosigkeit auszulachen. Dann im Omnibus zurück, einziger Zivilist unter Soldaten. Da kam das alte böse Gefühl des Ausgestoßen- und Verfemtseins wieder über mich, das mich sehr bedrückte. Ich ging zu Austin, um mir das Herz auszuschütten, strebte den Universitätsgebäuden wie einer Heimat zu. Als ich langsam die Straße entlangging, kam eine Gruppe mir unbekannter Soldaten vorbei. Einer von ihnen sagte mir artig »Bonjour, monsieur« und wußte nicht, daß er mir damit den Tag rettete, mich mir selber und das Gleichgewicht zurückgab.

New Brunswick, 21. April

Heute morgen mit Austin nach New York zur gemeinsamen Stellensuche gefahren. Zuerst zu einer Versichrungsfirma, wo man uns vielleicht etwas anbieten wird. Dann ging ich allein zu der großen chemischen Fabrik von Squibb, wo ich von einem frühren Professor der Pharmazeutik in Fordham University (der auch ohne Stellung war und dort nun etwas fand) überaus höflich und bereitwillig empfangen wurde. Einige Aussicht, als Übersetzer angestellt zu werden. Dann zu einer andern ähnlichen Firma, ohne Erfolg.

New Brunswick, 23. April

Samstag nach New York. Gleich zum Office of War Information (OWI) zum Interview wegen einer Stelle in London. Danach mußte ich ein vierteiliges Examen machen, das ich wohl nicht allzugut bestanden habe. Die Stelle lockte mich sehr, schon, um mit Fränze zusammen in London zu sein. Es handelt sich dabei um Radio und Nachrichtendienst, mir freilich höchst ungewohnt. Mittwoch muß ich wieder hin zu einer doppelten körperlichen Untersuchung an zwei verschiednen Orten.

New Brunswick, 27. April

Gestern in New York zur Untersuchung. Morgens im Marinehospital, um dort geröntgt zu werden. Dann hatte ich etwas Zeit, ging in den mir so interessanten Teil von New York downtown (Church Street, Chambers Street) und entdeckte eine Buchhandlung, deren deutsche Bücher ich durchsah. Viel Interessantes, u.a. Humboldts »Kosmos«. Hätts fast gekauft, aber ich kann mich doch nicht mehr mit so dicken Bänden beschweren. Kaufte einen kleinen Band mit Goethes Briefen an Frau von Stein, vier Fastnachtsspiele von Hans Sachs und, für einen ASTP-Studenten, einen Almanach Hachette 1925.

Northampton, 2. Mai

Sonntag, dem 30. April, hierhergefahren, wo Steiner an der Smith University (für Mädchen) eine Stelle hat. Er holte mich an der Bahn ab. Abends, bis in die Dunkelheit, langen Spaziergang am Paradise Pond entlang und durch einen waldigen Teil. Völlige Stille, warmer Abend. Es wäre sehr schön gewesen, wenn nicht plötzlich etwas Grausiges geschehen wäre: wir näherten uns einer Gruppe Menschen auf dem Waldweg am Ufer des Teichs, die Laternen trugen. Als wir hinzukamen, sahen wir, daß eine große Männerleiche am Boden lag, mit völlig schwarzem vermoderten Gesicht, offenbar grade aus dem Wasser gezogen, wo sie lange gelegen haben mußte. Steiner war ganz ungerührt davon.

Gestern nachmittag machten wir einen größren Ausflug. Zuerst mit dem Omnibus zur halben Höhe des Mount Tom. Dann zu Fuß eine Höhenstraße entlang mit schönen Ausblicken auf das breite Tal mit den vielen Wasserarmen. Schließlich auf einen Aussichtsturm, von dem wir zu beiden Seiten die Täler überblickten: eine ausladende und dennoch zierliche Landschaft. Wir wollten dann hinunter zum Fluß kommen, fanden aber keinen Weg und mußten durch einen gänzlich verwüsteten Wald, in dem viele Bäume entwurzelt und regellos den Weg sehr versperrten, lange abwärts stolpern, was wohl mühsam, aber doch lustig war, von Entdeckerfreude genährt. Viele Bäume, vor allem die dünnen Birken, sind anscheinend durch Stürme geknickt, verbogen oder entwurzelt. Daher fanden wir viele lose Birkenstücke und große Stücke Birkenrinde, die in ihrer pelzigen Weiße dafür geschaffen schienen, beschrieben zu werden. Ich widerstand auch nicht, hob eine schöne Rinde auf und schrieb folgenden Vers darauf:

WAS HOCH ICH DICH AUF, UM DICH RASCH ZU BESCHREIBEN
BEWAHR NUN AUCH DU MICH UND BESCHREIB MICH NOCH LANG.

Ich legte sie dann irgendwohin am Weg. Aber es wird sie wohl nie jemand finden, da man ja in diesen Wäldern nicht gehn kann.

Heute nachmittag in die Bibliothek, wo ich bald wieder ganz benommen von Büchern wurde, von neuen Möglichkeiten und fordernden Seiten, eine halbunglückliche Trunkenheit, ein atemloses Ertrinken, das mich so oft vor großen Bücheransammlungen ankommt. Zudem fand ich die 9., 10. und letzte Folge der »Blätter für die Kunst«, die mich immer wieder aufregen, so oft ich sie auch in die Hand nehme. Zum erstenmal mir Sorgfalt Morwitz' »Gespräch in Meudon» (zwischen George und Rodin) gelesen. Borchardt angesehn, Ricarda Huchs Gedichte, eine Prosa-Anthologie von Forst-Battaglia und mir daraus folgende Namen notiert: E. R. Curtius, Kassner, Pannwitz, Bertram und Erich Graf Wickenburg (der mir unbekannt ist). Auch andern Namen will ich nachgehn: Robert Walser, Varnhagen, Ernst Penzoldt, Gustav Sack, René Schickele.

Heute morgen von Nathaniels Mutter erfahren, daß er in Italien ist. Ich habe von ihm noch nichts gehört.

Northampton, 3. Mai

Brief von Nathaniel aus Italien.
Las Rilkes Briefe an Claire Goll, die Steiner veröffentlichen will; andre Rilkeana.
Gestern abend, zum erstenmal, wie es scheint, Steiner von meinem Lebensmotiv der Nicht-Zugehörigkeit und des daraus entstehenden Mangels an »Wurzeln der Kraft« gesprochen.
Steiner zeigte mir einen schönen Brief von Heinrich Zimmer, in dem er bedeutend ausspricht, wie sehr der indische Mythos Teil seines eigensten Lebens war.

New Brunswick, 8. Mai

Gestern nachmittag von Northampton abgefahren. Als Reiselektüre hatte ich Ernst Penzoldts »Kleinen Erdenwurm« mitgenommen, von dem ich während der Fahrt gleich mehrere Kapitel mit größtem Vergnügen las. Es waren leichte und schöne Tage mit Steiner. Es gelang uns, unsre Freundschaft wiederum weiter zu »möblieren«, wie er sagen würde.
Spät nachts hier angekommen. Fand einen Packen Post, darunter die Vorladung für die Einbürgerung zum 16. Mai. Hab also gleich mit Luftpost an Fritz Marti nach Chicago geschrieben, da ich mit meinen beiden Zeugen kommen muß. Hab auch gleich auf der Bibliothek verschiedne Handbücher zur amerikanischen Geschichte, Verfassung etc. geholt, da ich ein Examen werde bestehen müssen. Das wird meine Lektüre für die nächsten Tage sein. Man hört da immer so sonderbare Geschichten. Man wird gerne gefragt: »Wer macht in diesem Land die Gesetze?« Dann antworten manche Emigranten mit strahlendem Lächeln und voller Verehrung: »Präsident Roosevelt!«, worauf sie durchfallen, da ja die richtige Antwort ist: »Das amerikanische Volk.«
Heute, nach sechs Monaten, wieder mit James zusammengetroffen, wieder bei den Löwen vor der Public Library in New York. Er sagt, er komme sich vor, wie jene Jahrhundertpflanzen, die nur zweimal in hundert Jahren blühen, so sehr ist ihm New York mit Leben identisch. Ich fand ihn unverändert, mit derselben Fröhlichkeit, dem Staunen vor der Welt, dem Sinn fürs Groteske und der Fähigkeit, überall den Mythos zu entdecken und sich dadurch Situationen umzuschaffen. Seine Gedichtbücher will er anonym herausgeben, nur mit einem Einhorn in Gefangenschaft als Vignette. Nach dem Essen im französischen Restaurant schlug er vor, in ein Konzert mit alten Instrumenten zu gehn. Es war in einer kleinen Galerie, und ich entdeckte mit

Staunen, daß, wieder einer dieser Zufälle, Dr. Erich Katz mitspielte, den ich seit 1933 nicht wiedergesehn hatte. Er und Doflein haben mir in meiner Freiburger Gymnasialzeit durch ihre Konzerte die ersten Einsichten in moderne Musik gegeben. Es war ein sehr schönes Konzert mit Cembalo, Viola da Gamba, Blockflöte und Gesang. Das Merkwürdigste aber war mir, als der Vorhang aufging, ein mir längst bekanntes Gesicht zu sehn. Ich sprach mit Katz, der sich meiner garnicht mehr erinnerte. Er ist erst seit November hier, war vorher in England, nachdem er in Dachau im Konzentrationslager gewesen war. Ich fand ihn fein und zart, wir tauschten Adressen aus.
James geht morgen nach Washington zu einem wichtigen Interview, das ihm vielleicht eine Stelle im amerikanischen Geheimdienst einträgt.

New Brunswick, 9. Mai

Alles blüht, Glyzinien, Dogwood, Kastanien, Flieder, Maiglöckchen. Alles ist voller als je, weil nach vielem Regen die plötzliche Wärme einsetzte. Spielte im Musikhaus Bachs Hochzeitkantate mit dem herrlichen »Im Maien zu freien« und machte abends mit Austin einen Spaziergang in den Park, wo wir bei den blühenden Bäumen lange wie Kinder schaukelten. Seit meiner Vorladung hab ich wieder das Gefühl, preisgegeben und bedroht zu sein, das mich so einsam und rastlos macht. In Austins Gegenwart fühl ich mich sonderbarerweise sehr geschützt.

New Brunswick, 11. Mai

Gestern mit Mutter und James zusammen Cocteaus Film »Le sang d'un poète« gesehn. Abends mit James im Ballett: »Princess Aurora« mit Alicia Markova und Dolin, die Argentinita in »Bolero«, das vielsagende und sehr dichterische »Pillar of Fire« und das neue Ballett »Fancy Free.«
Fritz kann nicht kommen, bat daher Billetdoux und Prof. Predmore meine Zeugen am 16. Mai zu sein. Beide sagten zu, und ich habe nun allerlei Ängste.

New Brunswick, 12. Mai

In New York mit James zusammen, zum letztenmal, bevor er wieder nach Oklahoma zurückfährt. Ich traf ihn enttäuscht darüber, daß er den Posten im Geheimdienst nicht erhalten wird. Wir fuhren in den Fort Tryon-Park, der voller Blumen ist, saßen hoch auf einem Stein mit dem Blick über den Hudson. Zuerst zeigte ich ihm Steiners Aurora-Drucke und wir lasen in Mallarmés »Vers de circonstance«. Dann las er mir aus den Gedichten, die er, seit wir uns nicht gesehen haben, gemacht hat. Ich sah verschiedne Gedichtüberschriften »For W. V.«, wollte ihn aber doch nicht bitten, sie mir zu zeigen. Vielleicht aber wartete er darauf?

Hier war bei meiner Rückkehr inzwischen ein starkes Gewitter niedergegangen und die Luft war nicht mehr so drückend. Ich las etwas in Platens Gedichten, und es gelang mir, meine Ängste wegen des 16. zu besiegen. Ich will mich nun einfach vor dem 16. nicht mehr fürchten.

New Brunswick, 15. Mai

Für die rasche, draufgängerische, abenteuerlustige Art, wie Amerika großgeworden ist, kann ich viel Interesse aufbringen. Bezeichnend ist die Tradition, erfolgreiche Generäle zu Präsidenten zu machen (Washington, Harrison, Jackson und jetzt die Stimmen für MacArthur). Habe auch in Humboldts »Kosmos« weitergelesen. Deutlich ist, daß Humboldt sehr exakte Wissenschaft betrieb, aber mit der Absicht, zu erhöhtem Naturgenuß zu verhelfen, grade so wie die Brüder Grimm ja auch Philologen waren aus Begeisterung und zu größerem Sprachgenuß Anstoß geben wollten. Wie weit haben sich seitdem die meisten Wissenschaften von solchen Antrieben entfernt!

New Brunswick, 16. Mai

Es ist vorbei, und es war natürlich garnicht so schlimm, wie ich befürchtet hatte. Ich glaube, nur Deutschen sitzt diese Angst vor den Behörden so in den Knochen. Wie zitterte Mutter seit 1933 immer vor dem Bezirksamt in Freiburg und ich in Zürich vor der Fremdenpolizei. Amerikanern ist diese Behördenangst ganz fremd.

Kurz vor zwölf Uhr ging ich, sehr nervös, zu den Bibliotheksregalen, um mich zu festigen. Ich wollte eine Art Orakel für die Vorladung finden, nahm Brentanos Gedichte vom Regal, schlug sie an irgendeiner Stelle auf, legte blind meinen Finger auf die Seite und stieß auf

Es ist ein Haus, ein Freudenhaus,
Es hat geschminkte Wangen.

Da mußte ich, in aller Beklemmung, so lachen, daß mir besser wurde. Predmore war verhindert, aber Varian Fry kam kurz nach zwölf, wir aßen und holten Billetdoux ab. Auf dem Weg zum Common Pleas Court und während der ziemlich langen Wartezeit machte Billetdoux es mir dadurch leicht, daß er viele Geschichten aus seiner Vergangenheit erzählte, von denen ich freilich einige schon kannte. Erst wurde ich allein zu einem Beamten hereingerufen und sehr wenig gefragt; dann die beiden Zeugen allein, während ich draußen sehr unruhig auf und abging, dann ich nochmal allein, und schließlich alle zusammen, wo wir, Hand auf der Bibel, einer nach dem andern schwören mußten. Da kam einer der Augenblicke, die ich so gefürchtet hatte, als der sehr gutmütige Beamte fragte: »What country are you a subject of, are you British?« und ich sagen mußte, daß ich Deutscher bin.

Man sagte, es könne sechs Monate dauern, bis ich endgültig Amerikaner würde. Fragen über Amerika wurden mir gar keine gestellt.

Bethlehem, 19. Mai

Gestern nachmittag mit Austin hier angekommen in schönstem Wetter. Sofort froh, Dinge wiederzusehn und wiederzutun. Wir haben dieselben Zimmer wie letztes Jahr. Abends in ein erstes Konzert, in dem Einzelnes aus der h-Moll Messe und einige Kantaten nur mit Klavier aber dem ganzen Chor gespielt wurden.
Heute morgen von der Sängertribüne in der Kirche direkt überm Orchester der Probe zugehört (Teile des 5. Brandenburgischen Konzerts und Kantaten). Es gefällt mir immer so gut, wenn am Unnützlichen, dem nur Schönen, mit Eifer gearbeitet wird. Es ist wie ein Gegengewicht gegen die Wirklichkeit. Dann gingen wir, wie letztes Jahr, in dem lustigen Marktgebäude essen, wo es noch so reichlich und ausgezeichnet ist wie in Friedenszeiten. Dann zu Fuß über die Mautbrücke in den mährischen Teil. Lange ganz allein in der Kirche gesessen.

New Brunswick, 21. Mai

In Bethlehem fand ich keine Zeit mehr, die Aufzeichnungen fortzusetzen. Die paar Tage waren so gedrängt, und nichts ging fehl.
Am 19. nachmittags das erste Festspielkonzert mit den Kantaten »Du Hirte Israel, höre« und »Herr, Deine Augen sehen nach dem Glauben«, den Chorälen »Lord Jesus Christ«, »Jesu, joy of Man's desiring« und »If it be God's will and pleasure«, Orgelvorspielen und Präludium und Fuge in G-Dur von Power Biggs gespielt. Dann gingen wir etwas spazieren, immer von einer Drossel weitergelockt, die wir auch zu Gesicht bekamen.
Eine halbe Stunde vorm Abendkonzert spielte wieder der Posaunenchor vom Turm herab. So gingen wir denn unter »Ein feste Burg ist unser Gott« der Kirche zu. Wir lasen in den Partituren mit, die Austin mich lesen lehrte.
Am nächsten Morgen machten wir einen Morgenspaziergang den Berg hinauf, wo viele Baumarten in größter Fülle grünen und blühen. Die Akazien dufteten. Dann in der mährischen Kirche zum Orgel-Konzert von Power Biggs, aus der »Kunst der Fuge«, Choralvorspiele und anderes. Gleich hinterher zum Klavierkonzert von Friskin, das in dem der Kirche gegenüberliegenden Gebäude des Moravian College for Girls stattfand. Gleich danach, im selben Gebäude, Unterredung mit dem alten Französischprofessor Cooley, der sich als Freund Billetdoux' entpuppte und stolz erwähnte, daß er seit dreißig Jahren im Bachchor mitsingt. Essen im Markt, wo die Kellnerin und die neben mir sitzenden Männer von Bach sprachen wie von etwas ganz

Alltäglichem. »Are you boys from Bach?« redete die Kellnerin uns an. Das genoß ich sehr.
Nachmittags dann in zwei Konzerten die h-moll Messe, aus der man ganz selig benommen herauskam. Hinterher gleich im Auto abgefahren. Man vermied die großen Straßen und fuhr durch das von Reklameschildern unberührte grüne Hügelland von Pennsylvanien, durch die schönen alten Dörfer meist deutschen Ursprungs (Amish-Sekte). Dann über den Delaware nachhause.

New Brunswick, 23. Mai

Fingerabdrücke anfertigen lassen fürs OWI.
Von Nathaniel erhielt ich gestern einen Brief aus Italien, datiert vom 11. Mai, der die große Offensive, die dort am 10. Mai anfing, nicht erwähnt. Hoffentlich ist er nicht beteiligt.
Eben noch, die erste Zeile summte mir in der Badewanne im Ohr, ein Gedicht über Deutschland gemacht. Wird man merken können, daß sich die erste Strophe auf George bezieht? Wohl kaum.

Wildnis

Kelch blüht nicht auf, Stimme tönt nicht. Gesang
Einst noch aus Mündern, aus vielen, bereit,
Dann nur aus einem, zu heimlichem Gang
Lockend, verbirgt sich, versagt sich. Entzweit
  Traum sich mit Traum, Zeichen männlichen Jahrs,
Früher mit Nun, das sich nicht mehr erkennt?
Haus voller Licht, Wiese im Glanze wars,
Licht, das erlischt, ists nun, Docht, der verbrennt.
  Riegel bleibt zu, Angel knarrt nicht. Verstummt
– Wegsuchend kennt sich kein Wandrer mehr aus –
Liegt es, verfällt es, in Kräutern vermummt,
Schwarz, wie ein Block, das verlassene Haus.

New Brunswick, 25. Mai

War heute in New York, fuhr schon früh herein und traf mich mit Katz. Er hat fast kein Geld. Als ich ihn zum Essen einlud, konnte ich ihn nicht davon abbringen, daß er das Billigste auf der Karte wählte.
Nachmittags mit Steiner im Museum of Modern Arts, um den Dusefilm »Cenere«, den ich in Evanston einmal gesehen habe, wiederzusehn. Er brachte Mrs. Herter Norton (die Verlegerin und Rilke-Übersetzerin) mit. Beiden machte der Film den selben tiefen Eindruck. Ganz unvergeßlich die beiden Stellen, wo man die Duse als alte Frau zum erstenmal sieht, auf einer Wiese liegend, um aus dem Bach zu trinken und dann, wo sie ihren erwachsnen Sohn zum erstenmal sieht und sich tief vor ihm verneigt.

Auf dem Weg zum Bahnhof sah ich dann eine mir neue Frucht, Sapadilla, und kaufte sie. Sie ist unansehnlich und grau, etwas runzlig, schmeckt wie eine sehr reife Birne etwa, nur süßer, auch ist sie weicher, und von der sehr dünnen Schale her mischt sich ein erdiger Geschmack mit herein. Die großen flach-ovalen Kerne sind sehr hart, ihr Innres bitter.
Das OWI schrieb, sie wollten versuchen, meine Einbürgerung zu beschleunigen.

New Brunswick, 28. Mai

Gestern den ganzen Tag mit Steiner in New York verbracht. Er ging zu Karl Gustav Vollmöller und nahm mich mit. Vollmöller[1] sieht nicht unangenehm aus, etwas wie ein alternder Rechtsreferendar, der gerne trinkt. Aber die Art, wie er von seinem Roman sprach, an dem er eben arbeitet, war mir sehr komisch. »Grade führ ich die große Lesbierin ein. Sowas ist den Leuten hier noch nie vorgekommen, aber die sollen ruhig mal was lernen. Ich weiß natürlich nicht, was der Verleger dazu sagen wird. Es steht immer auf Messersschneide.« In diesem Ton. Dann entwarf er uns den ganzen Inhalt des Romans, der sein frühres Stück »Das Mirakel« nun in Prosa ausspinnt: eine entwichne Nonne, Bordellszenen, die Oper, Fürstenhöfe, Kardinäle, Liebhaber etc. Mir klang das ganze wie ein ehrgeizig auftretender Schund. Um ihn zu ärgern, sagte ich, dergleichen gebe es doch schon in Heinrich Manns »Herzogin von Assy«. Aber es ärgerte ihn garnicht, er sagte nur: »So? Das wundert mich nicht. Dem ist eben was eingefallen.« Einzig, was er über die Tänzerin Tilly Losch, die jetzt malt, erzählte, interessierte mich. Als ich hinterher Steiner meinen Eindruck mitteilte, daß ich nämlich in Vollmöller das typisch Literatenhafte sehe; einen Menschen, der seine Vergangenheit, in der er einmal durch die Nähe großer Dichter über sich hinausgehoben worden war, nun in kleiner Münze repetiert, variiert und zu Schund verarbeitet und dabei spricht, wie eben Theatermenschen zu sprechen pflegen, war Steiner ganz verblüfft. Er hatte wohl von mir den Eindruck wie nach einer bedeutenden Begegnung erwartet.
Wieder eine mir neue Frucht gekauft, Mango, auf die Chamisso auf seiner Weltreise so begierig war. Sie ist ganz gelb innen, sehr strähnig-fleischig, von wildem angenehmen Geschmack.

1 Karl Gustav Vollmöller (später Karl Vollmoeller, 1878–1948) stand kurze Zeit dem George-Kreis nahe und hatte zum erstenmal im November 1897 einige Gedichte in der vierten Folge der »Blätter für die Kunst». Bekannt wurde er durch »Das Mirakel. Große Pantomime in zwei Akten und einem Zwischenspiel« (Erstausgabe 1912). Uraufführung unter Max Reinhardt 1914 in Berlin im Zirkus Busch als Riesenpantomime. Erschienen sind dann sein Roman »Das Mirakel« und »Gedichte«.

New Brunswick, 30. Mai

Morgens Doktorarbeit zu Hause fertig übersetzt, damit wir abends rascher vorankämen. Mittags dem Universitäts-Gottesdienst für die gefallenen Soldaten beigewohnt. Nachmittags mit der Sekretärin gearbeitet. Wir machten nun glücklich das letzte Kapitel fertig. Einleitung und Schluß werden wohl noch diese Woche gemacht. Die schwierige, endlose Bibliographie will ich in Woodstock machen. Die Arbeit ist in einem gestelzten, hölzernen Stil geschrieben, mit vielen Wortwiederholungen und schablonenhafter »Schönschreiberei«. Ich kanns nicht besser machen. Im Englischen muß ich froh sein, wenns wenigstens korrekt ist.

Lese viel in Annette von Droste-Hülshoffs Gedichten. Es gibt nicht viele, die ganz gelungen sind. Sonst nur Strophen und Zeilen, meist solche mit ihrer hellhörigen Naturbeschreibung. Ich werde sie nun alle zusammenstellen. Sie hat leider keinen Geschmack trotz ihrer starken dichterischen Gaben. Man müßte die Droste so kennenlernen, wie man Sappho kennt: nur Stellen, Zeilen, Bruchstücke. Eine ideale Droste-Ausgabe müßte wie ein antikes Buch sein, aus dem eine versunkne große Dichterin spricht. [Hier folgt auf mehreren Seiten diese Auswahl.]

Dies also wäre die Auswahl: sieben ganze Gedichte, worunter »Im Grase« eines der großen Gedichte deutscher Sprache ist, sonst nur Zeilen und Strophen.

Die arme Annette. In einem Wust von Sammlungen lebt sie, von Levin Schücking erhält sie Versteinerungen statt Küsse, Autographen statt Liebesbriefe. Aus Ehrgeiz und Eitelkeit hält er die Beziehung aufrecht und läßt sich von ihr helfen und beschenken. Dennoch war ihr Leben in seinem gleichmäßigen, leise trauernden Fluß nicht unglücklich. Vielleicht hätte sie wirklichen Ereignissen, Liebesbindungen garnicht standhalten können. Ihr wahres Unglück war, in eine Zeit hineingeboren zu werden, die die ärmste an Dichtung war: Goethe eher hemmend und entmutigend als befeuernd wirkend, bis über seinen Tod hinaus; das Schillersche Pathos, klang noch, losgelöst von seiner großen Form, in den Ohren und galt als Dichtung, Hölderlin war so gut wie unbekannt. Um 1845 waren die Romantiker tot, Mörike irgendwo versteckt, Heine in Frankreich, Keller und Meyer noch nicht erschienen. Der gefeiertste Dichter war Freiligrath. Zehn Jahre später hätte die Droste wohl viele ihrer schreienden Geschmacklosigkeiten nicht mehr begangen, zehn Jahre früher vielleicht noch nicht.

New Brunswick, 1. Juni

Am 10. Juni werd ich wohl abfahren. Meine Bücher werd ich im Musikhaus unterstellen können, denn ich hab mich entschlossen, mein Zimmer aufzugeben. Gleich nach diesem Entschluß merkte ich, daß es also wieder einen

Abschied gilt und daß ich eben nicht mehr in New Brunswick sein werde, wo ich so gerne war. Erleichternder Augenblick, als ich all die Bücher, die ich über ein Jahr für die Dissertation ausgeliehen hatte, zurückbrachte.

New Brunswick, 2. Juni

In der Zeitung gelesen, daß die Kathedrale von Rouen in Flammen steht. Die Droste hat mein Interesse an Westfalen mächtig angeregt. Hab mir in Stielers Atlas zum erstenmal die Landesgrenzen genauer betrachtet.

New Brunswick, 5. Juni

Rom ist von den Alliierten eingenommen.

Am Samstag fuhr ich schon früh nach New York und aß bei Beer-Hofmann, in dessen Wohnung es trotz der furchtbaren Hitze draußen sehr kühl war. Gleich kamen wir wieder ins Gespräch. Hauptsächlich über die Gestalt des Dichters, teilweise Wiederaufgenommnes aus frühren Gesprächen.

Unter anderm sagte er: »Der Dichter geht immer hart am Frevel vorbei. Wer kann ihm denn noch glauben und Vertrauen schenken, ihm, der über erfundne Leiden, erfundne Schicksale Tränen vergießt? Muß man sich nicht fragen: ›Wie kann ich denn wissen, wann es ihm ernst ist mit seinen Tränen?‹ Und je größer ein Dichter ist, um so ergriffner ist er von seiner eignen Erfindung und daher auch umso frevlerischer.«

»Aber bringen Sie damit den Dichter nicht dem Schauspieler zu nahe?«

»Genau das. Eben wollt ichs sagen. Der Dichter ist zum großen Teil Schauspieler.«

»Aber dennoch gibt es einen großen Unterschied zwischen beiden.«

»Welchen?«

»Wenn der Dichter etwas erfindet, dann ist es eben nicht mehr erfunden, sondern es existiert damit und wird wirklich.«

»Ja, während ers erfindet wohl. Aber im Augenblick, wo ers formt, kommt der Frevel hinzu. Da liegts, am Formen. – Aber dann gibt es natürlich auch die andre Seite. Man kann auch sagen: ›Alle weinen nur über sich selber, ihr eignes Leid. Nur der Dichter kann über fremdes Leid weinen. Damit ist aller Frevel aufgehoben.‹ Was ist nun wahr? Das erste oder das zweite? Beides. Ich sage gewöhnlich: am Montag, Mittwoch und Freitag ists das eine und am Dienstag, Donnerstag, Samstag das andre. – Schuldlos ist der Dichter nur durch zwei Dinge: einmal weil er muß und nicht anders kann. Die Biene, die unter Mühen Wachs aus ihren Leibesringen herausschwitzt, hat keine andre Wahl. Hörte sie auf, das zu tun, stürbe sie, irgendwie, wahrscheinlich durch den eignen Stachel. Der Dichter, der ein Müsser und nicht nur ein Könner ist, kann immer sagen: ›Ich muß dichten, sonst sterb ich einfach.‹ Auch er hat keine andre Wahl.«

»Das ist ja auch Tassos eigentliche Rechtfertigung. Erinnern Sie sich an die Stelle, wo er sich dem Seidenwurm vergleicht?«
»Ja, richtig. Wir wollen sie gleich nachsehn.«
Während Beer-Hofmann aufsteht, um den »Tasso« zu holen, denk ich: wie er doch durchdrungen ist von der Goetheschen Welt. Goethesche Gedanken und die Bildersprache, die den Gedanken gegenständlich macht, sind ihm zum eignen Besitz geworden. Er zitiert ihn nicht, denn er atmet in seiner Luft. – Dann liest er die Tasso-Stelle und ist selber erstaunt über die genaue Übereinstimmung:

Ich halte diesen Drang vergebens auf,
Der Tag und Nacht in meinem Busen wechselt.
Wenn ich nicht sinnen oder dichten soll,
So ist das Leben mir kein Leben mehr.
Verbiete du dem Seidenwurm zu spinnen,
Wenn er sich schon dem Tode näher spinnt.
Das köstliche Geweb entwickelt er
Aus seinem Innersten, und läßt nicht ab,
Bis er in seinen Sarg sich eingeschlossen.

»Goethe hat es eben gewußt, wie er alles wußte,« fügte Beer-Hofmann hinzu.
»Aber Sie sagten, der Dichter sei durch zwei Dinge schuldlos.«
»Ja, er ist es auch dadurch, daß er den andern Menschen hilft, da er ihnen Schönes vermittelt. In dem Sinne, wie jemand sagt: ›Ach, wenn ich doch in eine Frühlingslandschaft könnte! Die würde mir gewiß drüber weghelfen.‹ So kann der Dichter gewissermaßen eine solche schöne Landschaft für jemanden schaffen. Aber nur in diesen beiden Fällen ist er schuldlos. In allem andern nicht. Seine Schöpfung ist nicht die Gottes, sondern die andre, die vom Teufel kommt.«
Da erzähl ich ihm von James' letztem Brief mit der Frage, wie Leben und Dichtung sich vereinigen lassen. Wie ich ihm darauf geantwortet habe, daß der Dichter dem Leben gegenüber vielleicht zwischen der Haltung des Abenteurers oder der des Mönchs wählen müsse.
»Das ist dasselbe,« antwortete Beer-Hofmann darauf. »Der Mönch hat seine Abenteuer mit Gott. – Ich habe einmal in meinen Notizen geschrieben, daß jede echte Dichtung ihr Vorspiel im Himmel haben müsse oder dann ein Nachspiel im Himmel. Immer muß sie mit Gott zusammenhängen. Bei gewissen Dichtern besteht die Gefahr, daß sie das nicht tun und nur mit ihrem Können schreiben und dabei schöne Gedichte machen. Rilke ist dafür ein Beispiel.«
Ich sage ihm, daß ich das Rilkes Jargon nenne, wenn er manchmal mit der eignen Sprache einfach weiterwuchert. Er versteht nicht gleich, und ich füge

erklärend hinzu, ich hätte auch Shakespeares Jargon entdeckt. Dagegen wehrt er sich nun und glaubt, ich meinte den Schlegel-Tieckschen Jargon. Darauf ich: »Nein, ich meine nicht den Stil. Vom Stil her ist ein Jargon ja immer offenkundig. Sondern vom Eigensten des Dichters, grade von seinen Seelentönen her, mein ichs. Diese echten Töne, die er, in gestaltender und notwendiger Mühe und Schaffenskraft einmal wirklich gefunden hat und nun immer wieder für ähnliche Situationen anwendet. Bei Shakespeare ist es dies, wenn Othello am Schluß sagt: ›My wife? I have no wife‹, oder Emilia, aufgefordert, nach Hause zu kommen: ›Perhaps I shall never go home again.‹ Der ›Lear‹ ist sicher voll von solchen Stellen, an denen Lear etwa sagt: ›My daughters? I have no daughters.‹« Ich erwähne auch Goethes Egmont-Stelle, wo Klärchen sagt, nachdem Brackenburg sie auffordert, mit nach Hause zu kommen: »Nach Hause? Weißt du, wo meine Heimat ist?«

»Ja, das ist dieses Vermeiden des Pathos,« erwidert Beer-Hofmann. »Man erwartet einen Ausbruch, und dann kommt dieses, was viel stärker ist. Ich habe das auch einmal verwandt, im ›König David‹. Da ist eine Szene, in der eine der Wachen, die ein Dichter ist, David ihm selber schildert.« (Hier zitiert Beer-Hofmann die Stelle, deren Wortlaut mir aber nicht mehr erinnerlich ist.) »David erträgt das nicht, so gekannt zu sein. ›Wer bin ich denn?‹ fragt er und antwortet selbst. Da sagt er eigentlich nur: ›Einer, der viel zu tun hat,‹ ganz unpathetisch. Jeder Geschäftsmann könnte das sagen. Man erwartet, daß er ausruft: ›Ich bin einer, dem Gott Schwerstes zu tragen gegeben hat,‹ stattdessen sagt er aber: ›Ich bin einer, dem große Lasten aufgebürdet sind und der sie sich selber aufbürdet. Mich widert euer Prunk!‹« (So etwa lautete die Stelle).

Dann holte er sein Gedichtbuch. Zuerst nur, da wir von Nachahmung gesprochen hatten, um seine eigne Nachahmung des Schlegel-Tieckschen Tons vorzulesen, die Chorszenen aus »Romeo und Julia«, die der Spielleiter bei ihm bestellt hatte.

Ich sagte dann einmal: »Es ist seltsam, wie die Natur selber manchmal ganz deutliche mythische oder symbolische Situationen liefert. Etwa ein überwachsnes Haus in einem verfallnen, verwilderten Garten oder auch die alten zerfallnen Städte, die man manchmal im südamerikanischen Urwald findet. Oder auch ein Schiffbruch.«

»Das zeigt nur, daß in jedem Ding ein Symbol ruht. Ich hab oft gesagt: in diesem Ding steckt ein vollkommnes Symbol; ich weiß nur noch nicht welches.«

Der Schiffbruch als dicherische Situation brachte mich dann auf Mallarmé, den Beer-Hofmann nicht kennt, und schilderte ihm den »Coup de dés.« Daraufhin liest er mir sein Gedicht »Erahnte Insel«, in dem am Schluß dasselbe Symbol und auch für den Dichter benutzt wird:

Mein Werk! – Erahnte Insel du – an deren Küste
Manchmal – für kurze Frist – gnädig Geschick mich warf –
Strand, dran mein *Wille* – *nie* als Sieger *landen* –
Dran in Ohnmacht nur – ich selig *scheitern* darf!

Er nannte aber »Erahnte Insel« »ein zu schwieriges Gedicht.« Wie wir dann auch vom Zufall sprachen, dem Mallarméschen »hasard«, sagte er: »Vom Zufall kann man garnicht reden. Man weiß nie, wo Zufall und Bestimmung anfangen oder aufhören.«

Als ich ihm von meinem Eindruck von Vollmöller erzählte, stimmte er ganz überein. Wie er hörte, daß der nun sein ehmaliges »Mirakel« zu einem großen Roman ausspinnt, sagt er witzig: »Das ist die Prokrustesbehandlung.«

Er las dann noch manches andre, »Mit einem kleinen silbernen Spiegel« und den »Beschwörer«, in dem so vieles anklingt, was sich durch unser Gespräch gezogen hatte. Es ist ihm, vor allem jetzt, wohl besonders wichtig:

Schatten beschwor ich all mein Leben lang!
Ans Licht rief ich, was längst in dunkles Reich gesunken –
Ich – Herr und Knecht der Schatten, der mit ihnen rang.
Mit seinem Blut sie tränkte, bis sie trunken
Anstimmten dröhnend ihres Lebens einstigen Sang. –
Wie lange währt's – ist dieser auch verhallt – ein Leben
Ward für verhallenden Gesang von Schatten hingegeben!

Danach ging ich zu Christiane (sie bot mir an, uns beim Vornamen zu nennen). Da wartete eine Überraschung auf mich, die mich noch immer halb freut, halb tief beunruhigt. Christiane hatte mittlerweile Emo kennengelernt. Sie sprach mit großem Scharfsinn über ihn. Sie will ihn ändern, ihn zum Schreiben bewegen, seine moralistischen Erwägungen über sich selbst, seine Ablehnung Europas und seine ihn zum Leiden verurteilende Idee, völlig und ausschließlich Amerikaner zu sein, ändern.

Abends ging ich ins Kino und sah dort den ersten amerikanischen Film, der mir zum erstenmal den Glauben an die Möglichkeit echter amerikanischer Kunst gab. Er steht den dichterischsten, menschlich stärksten französischen Filmen nicht nach. Ich kenne nichts Ähnliches, war erschüttert und glücklich. Es ist der Film »Winterset« (nach Maxwell Andersen) von 1936. Es ist reine Dichtung, kein falscher Ton und wunderbar gefilmt. Das ist ganz amerikanisch und doch entfernt von dem »Dead end«-Realismus. Das Menschliche, das Kunst wird. War so beeindruckt, daß ich nicht gleich ins Hotel wollte, sondern die Fifth Avenue herunterging, obwohl es Mitternacht war, und mich an der Rockefellerpromenade auf eine Bank setzte. Es war eine klare, kühle Nacht und dort voller Menschen. Am liebsten hätt ich mit einem Unbekannten ganz einfach, unliterarisch, von menschlichen Verhältnissen und schönen Dingen gesprochen.

Sonntag bei Mutter. Spaziergang mit ihr am Fluß. Ich fand sie sehr munter und höchst angeregt von ihrem Aufenthalt in Nostos. Sie freut sich sehr über das Woodstocker Haus, hat es von oben bis unten geputzt und gewaschen. Ich bin sehr glücklich, daß es ihr das Gefühl eines eignen Heims gibt und sie so vergnügt und fürsorglich macht. Tischdecken, Kissen etc. fertigt sie an. Heute mit dem Einpacken angefangen. Brief von Nathaniel aus Italien vom 23. Mai.

New Brunswick, 6. Juni

Gestern nacht hat die Invasion begonnen, wie ich heute morgen erfuhr. Weiter gepackt.

New Brunswick, 9. Juni

Dies ist mein letzter Tag in New Brunswick. Gestern in New York. Es war ein etwas gedrängter Tag. Mittagessen bei Hans Sahl, der mir wieder gut gefiel. Er ist ein offenherziger Mensch mit Wärme. Seine Gefahren sind die Sentimentalität und das Propagandistisch-Rhetorische als Schriftsteller. Das Gespräch kam auf das OWI. Da teilt mir Sahl zu meinem Schrecken mit, daß weder er noch andre nachdenkliche Menschen durch das OWI nach London geschickt werden wollen, da sie für ihre Integrität befürchten müssen bei der vaguen auswärtigen Politik Amerikas, die vielleicht grade das befürwortet, wofür man als Exildeutscher anständigerweise nicht arbeiten kann, wenn man nach dem Krieg von ehrlichen antinazischen Deutschen mit kulturellen Aufbaubestrebungen nicht verachtet werden will. Ich hatte das bisher nie so gesehn. Ich glaubte, meine Arbeit würde nur den Krieg abkürzen helfen und würde dem Teil Deutschlands zugute kommen, der Hitler und die andern Verbrecher und Usurpatoren bekämpfen will. Bin sehr erschrocken. Sahl zeigte mir ein mir gelungen erscheinendes Gedicht von sich mit dem Titel »Deutschland«, in dem die Zeile vorkommt: »Ich habe mich nicht bereichert an deinen Tränen.« Das möcht ich auch nicht gerne tun. Sahl hat mir einen wirklichen Dienst erwiesen. Gleich hinterher versuchte ich, Varian telephonisch zu erreichen, um ihn über das OWI zu befragen, traf ihn aber nicht. Ich ging zu den neugehängten alten Meistern im Metropolitan Museum, um mich zu beruhigen, und ihre stille vornehme Welt verließ mich den ganzen Tag nicht. Nachher kam zufällig, in einer großen Menschenmenge, Varian auf mich zu, den ich so dringend sprechen wollte. Verabredung mit ihm für später. Wir sahen uns dann eine Stunde lang. Varian bestätigte das, was Sahl gesagt hatte. Er glaubt zwar, daß es ganz davon abhänge, *was* man für das OWI tut. Aber er selber, der auch aufgefordert wurde, will aus denselben Gründen auch nicht nach London gehn. Ich werde nun also alle Beziehungen zum OWI abbrechen. Es war meine einzige Aussicht auf eine Stellung. Was soll nun werden?

Dann sah ich Steiner, der mir einen schönen Brief von Karl Wolfskehl zeigte und sagte, Wolfskehl sei in Neu-Seeland gestorben.[1] Deshalb fühlte er sich nun berechtigt, mir eines der letzten Gedichte von Wolfskehl zu zeigen, in dem er sich unter der Gestalt des Hiob darstellt, und das Wolfskehl selber in dem Brief »programmatisch« nennt.
Ich müßte die ganze OWI-Sache ausführlicher beschreiben, aber es mangelt mir die Kraft. Ich habe heute den ganzen Tag gepackt, Abschied genommen. Billetdoux sagte zum Schluß: »Always remember that here are your friends, and that this is your home port in a sense.«
Abends spielte mir Austin noch lang auf der Orgel in der Universitätskapelle vor: Bachs Trio-Sonate Nr. 5, Brahms' und Bachs Orgelvorspiele, Händels Kuckuck und Nachtigall und die Wassermusik. So hat er mir über diesen letzten Abend hier hinweggeholfen, vor dem ich mich etwas fürchtete.

Woodstock, 10. Juni

Nach den vielen schönen Tagen regnete es heute zum erstenmal. So kam ich in die feuchten und rauchenden Berge. Das überreiche Grün sieht dunkel und satt aus. Einsameres als mein Haus bei solchem Wetter kann es kaum geben. Alles ist blank und wohnlich. Ich habe mich auf lange Zeit eingerichtet, werde auch Montag den elektrischen Strom wieder einschalten lassen, da die Kerzen, die eben, spät in der Nacht, am Davonfließen sind, doch etwas Melancholisches haben. Habe mich zum Spaß entschlossen, einmal jeden Tag, zur Übung, ein Gedicht über die hier vorkommenden Gegenstände zu machen. Hier gleich das erste, reines Spiel und Selbstverspottung meiner literarischen Existenz:

So verbrannte ich mein Leben
Mit dem Wachs von manchem Lichte,
Tropfenweise hingegeben.
»Dichte! dichte!«
Heischt die Nacht, »bis ich mich lichte.«
Und sie gräbt mir, wie zum Zeichen,
In die Stirn ihre Geschichte.
Schläfern soll ich nicht mehr gleichen.
Dichte! dichte!
Wie ich Blatt auf Blätter schichte.

Woodstock, 11. Juni

Gestern nacht noch einmal das »Vorspiel auf dem Theater« zum »Faust« gelesen, das, wie Beer-Hofmann das letzte Mal sagte, eigentlich alles über

1 Das war ein Irrtum.

den Dichter zu Sagende enthält. Er hob eine Stelle hervor. Sie drücke so klar aus, wie der Dichter allem, was er beschreibt, sein eignes Wesen hinzufügt, Gott und alles ihm Notwendige:
»(Wer läßt) Das Abendrot im ernsten Sinne glühn?« Dieses »im ernsten Sinne« sei eben des Dichters Umwandlung eines natürlichen Dings in Dichtung, der eigentliche dichterische Vorgang.

Woodstock, 13. Juni

Als ich gestern nacht immer wieder Stöße mit hartem Anprall an die Fensterscheibe hörte, zwang ich mich, obwohl es mich sehr erschreckte, draußen nachzusehn, was das sei. Da sah ich einen ganz großen langgeschwänzten Nachtfalter, den das Kerzenlicht angelockt hatte. Leider bewegte er sich so stark, daß ich keine Farben erkennen konnte.
War wieder über eine Stunde beim Bauern. Beide sind ganz jung und schön und arbeiten den ganzen Tag. Sie erzählten mir stolz von ihrer Arbeit. Ich sah beim Melken zu und ließ mir auch den bösen Stier zeigen, der für sich allein haust. Ich kaufte Eier und Rahm.

Woodstock, 14. Juni

Morgens beim Bauern. In meiner Küche laufen die Ameisen herum. Darum gestern Ameisengift ausgesetzt, heute um Gift gegen den giftigen Efeu geschrieben, der ringsherum wächst. Gegen Mäuse ist lang schon das Gift bereit, damit sie die Bücher nicht ganz zernagen. So behauptet man sich in der Idylle gegen die Natur, die man aufsucht, nur mit dauernden Gegengiften.
An der Bibliographie gearbeitet. Dann einige Stunden damit zugebracht, zwei zwölfseitige Formulare für das Office of Strategic Services (OSS) auszufüllen. Man kann sich dem nicht entziehn. Ich entdeckte eine katholisch orientierte Gedichtsammlung vom Jahr 1882, die mich sehr freut. Zu meinem Erstaunen ist Hölderlin drin, auch das seltsame, fast unbekannte Gedicht Brentanos »Wenn der lahme Weber träumt, er webe« und eine fesselnde Rückert-Auswahl. Rückert beginnt mich sehr zu interessieren. Ich würde gern einmal eine Rückertauswahl zusammenstellen aus all dem vielen Wust, den er hinterlassen hat. Denn er war mehr als nur ein erstaunlicher Wortkünstler, er war auch ein Dichter. Man müßte einmal all seine Neubildungen aus den Makamen und den Gedichten zusammensuchen; da gibt es so schöne Worte wie »nachtverirrt«. In der Anthologie ist auch ein überraschend schönes Gedicht von einem mir ganz Unbekannten: »Torquato Tasso« von dem Freiherrn von Zedlitz. Mit Auslassung einiger Strophen ist das etwas fast Vollkommnes.

Erfahre, daß man in der Einbürgerungssache schon mit der Vernahme der Zeugen am 26. Juni beginnt. Demnach hat das OWI viel getan, um sie zu beschleunigen.

Woodstock, 19. Juni

Ich bin froh festzustellen, wie gut ich mich selber ertragen kann, da ich fast den ganzen Tag mit mir allein bin. Viel an der Bibliographie getan. Hörte, daß der große hellgrüne, geschwänzte Nachtschmetterling Luna heißt. Er ist seither nicht wiedergekommen, aber viele verschiedne Arten kleinerer: gelbe, weiße, getupfte etc.

Woodstock, 20. Juni

Um sechs Uhr kam Steiner zu mir auf längren Besuch. Es ging grade ein Wolkenbruch nieder, Umso hübscher war es bei mir im Haus. Abends kamen Clara und Felix. Mein Versuch, ein Abendessen herzurichten, obwohl ich doch garnicht kochen kann, glückte.

Woodstock, 21. Juni

Immer noch regnerisch. Morgens mit Steiner beim Bauern. Wir leben wie zwei glückliche Einsiedler. Er brachte mir eine Mangofrucht mit und den ersten Band von Hermann Hesses »Glasperlenspiel«, den Hesse ihm geschickt hat.

Woodstock, 22. Juni

Gestern abend lange aufgeblieben unter vielen Gesprächen. Steiner hob seine Lebensunlust und sein Mißtrauen allem gegenüber wieder stark hervor, setzte aber ausgleichend hinzu, daß er sich voller Glauben in seiner »Corona« für viele Dinge eingesetzt habe. Da warf ich ihm vor, daß er sich doch immer nur für solche Menschen und Werke Zutrauen abringen ließe, die vorm Auge der Ewigkeit ungefährdet sind. Wirklicher Glaube, sagte ich, käme doch erst da, wo man sich fürs Gefährdete und ganz Ungesicherte einsetze, etwa für den Enthusiasmus junger Menschen. Er sagte mir auch, verschiedne Menschen hätten ihm gesagt, nachdem sie mich kurz kannten, ich machte ihnen zwar äußerlich einen höflichen, liebenswürdigen Eindruck, aber innen spüre man eine Kälte und einen Willen, immer nur das zu tun, was ich wolle. Da ich weder ein kalter, noch ein energischer Mensch bin, wundert mich das.

Ich träume sehr viel. Ein Stück aus dem Traum von gesternnacht: Steiner und ich waren in einem Museum. In einem Glaskasten hing eine Geige aus ganz hellem zitronengelben Holz. Die Aufschrift besagte: »Chinese. Modern. XVIII th century.« Darauf nahm Steiner das Instrument heraus, spielte, in den hohen Tönen zupfend, darauf und sagte: »Da behauptet man immer, es lasse sich hierauf nicht spielen.«

Woodstock, 23. Juni

Fand heute eine Schildkröte am Weg und rief die Kinder des Bauern, die sogleich die Art zu erkennen wußten und sahen, daß es keine bissige »snapping turtle« war. Ich nahm sie mit nachhause und habe sie nun an einem langen Klebbandstreifen an einem Busch befestigt.

Woodstock, 24. Juni

Gestern nacht kamen besonders große und schöne Nachtfalter ans Fenster: große holzbraune mit vier transparenten Tupfen, gelb-blauen Augenzeichen, roten Linien und großen ganz regelmäßig gefiederten Fühlern, die wie Federn oder ein Geweih oder irgendein indianischer Kriegsputz starr in die Höhe standen. Diese Art hat vier Flügel. Noch nachts um ein Uhr fingen wir einen, den wir in die Küche hereingelassen hatten. Dann ein pastellfarbner gelber mit großen blauen Tupfen und einem pelzigen roten Streifen, den wir fingen.

Die Einleitung zum »Glasperlenspiel« fast ausgelesen. Eine merkwürdige Prosa, die scheinbar ganz ungekünstelt ist, aber doch zu skurril, zu deutlich im Polemischen, zu undeutlich im Phantastischen; ein kritischer Essay und eben doch kein reiner Essay, fesselnd und wunderlich, aber bis jetzt nicht überzeugend.

Woodstock, 25. Juni

Wie ich weiter im »Glasperlenspiel« lese, wird mir deutlich, warum es mir bis jetzt so blaß erscheint. Der Roman setzt ja, da er in irgendeiner zukünftigen Zeit spielt, eine solche Ordnung aller Werte, eine solch reibungs- und problemlose Welt voraus, daß alles Entgegenstehende von vornherein beseitigt ist, jeder Zwiespalt gelöst. Eine ideale Welt, die sich nicht entwickeln kann. Auch stören mich die vielen Wendungen wie: dies oder das »geschah, wie es ja bei allen bedeutenden Menschen geschieht« oder »wie es ja bei jeder echten Weihe ist« oder ». . . wie es ja jedem, dem es Ernst ist, geht« etc. Das sind abstrakte Formeln, in denen das Polemische nur notdürftig verdeckt ist und die im Grunde nichts besagen. Überhaupt ist mit den Begriffen »Meister«, »Tempel«, »Halbgott« und der lateinischen Nomenklatur viel Formelhaftes, Lebloses eingedrungen.

Woodstock, 26. Juni

Die Bibliographie beendet, muß sie noch auf der Maschine schreiben. Als wir heute morgen, vom Bauer kommend, an dem über und über vollhängenden

Kirschbaum eines andern Bauern vorbeikamen und ich zu ihm hineinging, um ihm welche abzukaufen, lachte er nur und sagte: »Help yourselves«, sodaß wir sie vom Ast weg aßen und das nun wohl jeden Tag tun werden. Mein Eindruck über den Hesse hat sich leider noch nicht geändert, obwohl ich schon weit im 3. Kapitel bin. Ich verstehe gut, wie einer wie Hesse, der so viel lyrische und farbige Prosa sein Leben lang geschrieben hat, einmal garnicht mehr »schön« schreiben will. Aber es muß dann eben eine neue Art von Gestaltung da sein, die ich nicht erkenne. Die ersten vier Seiten von »Waldzell« zählen kindlich fast journalistisch, in längst bekannten Formeln die Mißstände heutiger Studienjahre auf, um dann nur einfach hinzuzufügen: all dies gab es nicht in Kastalien.

Woodstock, 27. Juni

Den Erzbischof fanden wir gestern abend, von der Gartenarbeit kommend, in Hemdsärmeln. Im nur halbhellen Studierzimmer neben der Kirche, mit den rohen Deckenbalken und den Scheunenöffnungen, flogen die Fledermäuse hin und her. Der Erzbischof gab eine große Freundschaft für sie vor, oft spüre er sie nachts an seinem Gesicht hinstreichen, ohne zu erschrecken. Sein Gesicht im Halbdunkel sah wieder halb spöttisch, teuflisch, wie das des Savonarola aus. Er sprach viel und amüsant. Er hatte einen jungen Gast, einen hübschen bescheidnen, jungen Mann bei sich. Später kochte seine Frau uns Tee. Ich halte ihn nach wie vor für einen Abenteurer, der es mit vielem nicht allzu genau nimmt, aber der es verstanden hat, irgendwelche unruhigen oder schöpferischen Antriebe in eine halb frevelhafte, halb entsagende schöne Welt umzusetzen, in der es Riten gibt, die aber zugleich als selbstgeschaffne Riten mit Spott behandelt werden. Daß diese Welt, in der die Anziehung von jungen Menschen sicher eine Rolle spielt, nicht nur seltsam und gefährdet, sondern auch schön ist, macht sie so anziehend. Ich gab ihm, etwas übermütig, zu verstehen, daß mir Lebenskünstler mehr gälten als rechtschaffne Menschen. Darauf ging er sofort ein. Zum Schluß sagte ich, wieder an die Fledermäuse denkend: »Give my love to the bats«, worauf er mit sonderbarem Seufzer sagte: »Oh, and I just tried to forget them«, obwohl er doch vorher von ihnen wie von Freunden gesprochen hatte. Daraus las ich vieles heraus, vielleicht zuviel: als ob er sich doch vor dieser selbstgeschaffnen Welt, in der so vieles nicht mit rechten Dingen zugeht, fürchte.

Woodstock, 28. Juni

Gestern nacht kam nun wirklich ein Lunafalter ans Fenster, den ich Steiner immer zeigen wollte. Wir holten ihn herein und konnten ihn heute morgen betrachten. Ein ganz weißer Leib, wie mit Hermelin besetzt, fahlgrüne Schwingen, oben mit einem Kohlestrich abgesetzt, gelbe Augen. Auch die-

selben gefiederten Fühler wie bei den andern. Aber er ist geisterhafter, vornehmer als die bunten, dramatischen.
Viele reife Maulbeeren von dem Baum gegessen, der am Anfang der Waldstraße steht.

Woodstock, 29. Juni

Abends Gewitterregen. Kurz vor Dunkelwerden war die Luft ganz golden geworden. Im Graben der Waldstraße saß eine Kröte, die dauernd wie ein Banjo schwingende Töne von sich gab. Die Drosseln schlugen besonders angeregt.
Bin im 4. Kapitel des Hesse und finde es noch immer kein gutes Buch. Die mir so tiefverhaßte Wendung »wissen um etwas« und »das Wissen um etwas« kommt immer wieder vor. Alles scheint mir so überdeutlich erklärt und dann diese gestaltlosen Formeln wie »hocharistokratischer Kreis«, Knecht ist ein »Herrenmensch«, sein Weg zeichnet ihm vor, immer in die »Elite« zu gelangen. Zwei sehr schöne Seiten, die mit seiner frühren farbigen Palette gemalt sind, sind der Besuch beim »Älteren Bruder«, der mir ein Selbstbildnis des einsiedlerisch in seinem Tessiner Garten hausenden Hesse zu sein scheint. Ich hätte das Buch so gerne gut gefunden.

Woodstock, 1. Juli

Schon seit mehreren Tagen haben wir keine Nachtfalter mehr, da eine Fledermaus oder ein Nachtvogel sich die Ansammlung von Faltern zugutemacht und sie direkt an der Scheibe mit harten Aufprall vertilgt.
Sprachliche Wendungen aus dem »Glasperlenspiel«: »ein Zwischenfall passierte ihm«, »dies gehört zum Gediegensten über Schuberts Quartette« etc. Sehr schön aber die paar Seiten über Knechts Vision, kurz nachdem er zum Magister ludi ernannt worden ist.

Woodstock, 4. Juli

Habe nun den Ersten Band des »Glasperlenspiels« ausgelesen. Das letzte Kapitel darin ist eins der ärgsten, da darin nochmals, diesmal mit psychologischen Tönen, immer wieder gesagt wird, was auf den übrigen 400 Seiten schon mit so vielen Wiederholungen vorgetragen wurde. Das »Herrentum« kommt wieder vor und Sätze wie »da stand er, ganz Hohepriester« und ähnlich Peinliches. Bis jetzt also ist mein Eindruck der einer in formelhafter Sprache vorgetragnen Schilderung eines vollkommnen Menschen mit vollkommnem Lebenslauf in einer vollkommnen Gesellschaft, langatmig und leblos. Steiner kannte es nur kapitelweise und hatte das Buch für die Krönung von Hesses Lebenswerk gehalten. Aber nach einigen Proben, die ich ihm vorlas, mußte er doch mit mir übereinstimmen und sagte sehr richtig, daß hier wohl das Missionarhafte von Hesse zum Vorschein komme. Als Konzeption ist das Buch großartig gedacht und nobel. Aber ich wäre nur geneigt, Interesse an Knecht zu gewinnen, falls er aus diesem Beamtenklüngel ausbräche, alles im Stich ließe und sich doch noch ein Geschlechtsleben zulegte. Vielleicht tut er das im zweiten Band, den ich nun bald lesen möchte.

Woodstock, 8. Juli

Mit Clara zum Gallery Evening, vor allem, um Hervey White sprechen zu hören. Er erzählte, wie er Eric Linden und Whitehead kennenlernte und die ideale Siedlung bei Woodstock gegründet wurde. Er ist aus dem Holz Emil Götts und Emil Strauss' geschnitzt, dem er auch ähnlich sieht.

Woodstock, 12. Juli

Die wunderbare Nachricht erhalten, daß Fränze lebt und in ihrer alten Wohnung in London ist. Seit länger als einem Jahr haben wir nichts von ihr gehört. Einem meiner Studenten (Soldat des ASTP), der nach London ging, gab ich ihre Adresse. Da sein Brief vom 30. Juni datiert ist, schrieb er ihn also gute zwei Wochen, nachdem die neue schreckliche Bombardierung Londons durch deutsche Robotbomben einsetzte. Nichts könnte mich fröhlicher machen.

New York, 16. Juli

Seit vorgestern hier, in Christianes Wohnung, am Riverside Drive, wo auch Steiner ist (sie selber ist nicht da). Das Büchergestell ist unerschöpflich: die »Blätter für die Kunst« in Einzelheften und mit vielen handschriftlichen Bemerkungen Hofmannsthals zu seinen Beiträgen, Hofmannsthalsche Erstausgaben und Widmungsexemplare, Borchardt, Vergriffnes und Verschollnes, für Freunde Gedrucktes; die Zimmersche Bibliothek. All das nehm ich von den Gestellen und les ein wenig drin.

Woodstock, 18. Juli

Heut abend hierher zurückgekommen. Gestern kam, zufällig grade wie ich dort war, eine Art Regierungsdetektiv zu Steiner, um ihn über mich auszufragen, wahrscheinlich für das OWI. Ich verschwand, als er kam. Er schien sehr wohlinformiert über mich zu sein, wußte eben nur nicht, daß ich grade in derselben Wohnung war. Als Steiner mir hinterher davon berichtete, bedrückte es mich wieder, so genau zu sehn, in welchem Netz von Umstellungen, Kontrollen und Zufällen ich lebe. Nahm den zweiten Band des »Glasperlenspiels« mit herauf.

Woodstock, 19. Juli

Der zweite Hesse-Band scheint mir ganz anders. Weit angenehmer als der erste. Die drei Kapitel, die ich bisher gelesen habe, sind scharfsinnig und zart.

Woodstock, 20. Juli

Habe nun die vier Schlußkapitel und damit den eigentlichen Text des »Glasperlenspiels« (außer den Lebensläufen) zu Ende gelesen. Die sind doch sehr schön. Es kommen plötzlich und zum erstenmal lebendige Menschen und menschliche Beziehungen zum Vorschein. Damit bestätigt sich mein erstes Urteil: erst im Augenblick, da das Vollkommne seine andre Seite zeigt, gelingt die Gestaltung. Ein sehr reiner Nachgeschmack bleibt am Schluß haften. Die nachfolgenden Gedichte sagen mir wenig, sie sind blaß und kaum eigenartig.

Woodstock, 21. Juli

Von Northwestern die Nachricht erhalten, daß ich bis zum 19. August die korrigierte Arbeit, Lebenslauf und außerdem einen eingehenden Inhaltsabriß (für den Druck im Dissertationsjahrbuch) abzuliefern habe, um im Oktober den Doktorgrad zu erhalten.

Woodstock, 25. Juli

Gestern abend zum Essen und Musizieren bei Mrs. Whitehead eingeladen. Sie deutete wieder mit wehendem Flor und Kopfband bessre, präraffaeliti-Zeiten an. Nach dem Essen ging man in ein andres, etwas höher gelegnes Haus mit weiter Aussicht auf die Berge. Clara spielte sehr schön, und eine Griechin sang. Eine geheime Tragikomödie fand statt. Ein älteres, sehr beflißnes und offenbar schon viel herumgestoßnes Ehepaar war auch geladen und als Franzosen vorgestellt worden. Als ich mit ihnen französisch sprach, bemerkte ich gleich, daß sie es fehlerhaft und mit starkem östlichen Akzent sprachen. Sie waren vermutlich Polen. Ich verriet ihr Geheimnis nicht.

Woodstock, 2. August

Merke deutlich, daß es mir doch nicht gelingt, ein Stück Lebensform aus diesem Aufenthalt zu machen. Ich habe mich diesem Haus und Berg, der Stille und Einsamkeit nicht wirklich ergeben. Gestern abend ging ich noch nachts um zehn Uhr ins Dorf herunter, nur um Menschen und Lichter zu sehn und fühlte, daß ich ungeduldig darauf wartete, wieder nach New York zu gehn. Es ist ein Versagen. Ich glaube, nur die ersten zehn Tage, als ich hier allein war, waren geglückt. Dann natürlich die Zeit mit Steiner. Nun fürcht ich die langen Abende, an denen ich nichts tun kann als lesen, lesen, bis mir die Augen wehtun. Gegen ein Uhr geh ich zu Bett, liege zwei Stunden wach und stehe deshalb spät auf, fast immer nach vielen Träumen.

Gestern nacht die verschiedensten Träume gehabt: auf einer Wanderung mit meiner Mutter. Wir stiegen auf einen Aussichtsturm. Dann gelangten wir in die Wüste. Bei einem Engpaß hielt uns ein Türke an. Ich sagte: »Kein Bakschisch.«, worauf er mit einem drohenden Lächeln erwiderte: »Diesmal handelt es sich nicht um Bakschisch.« Ich sah überall lange, mehrrohrige Kanonen aufgestellt, blau und golden bemalt, stumpf zulaufend, wie russische Kirchtürme. Unter jeder Kanone war ein Zettel angebracht, mit der Sprache, in der sie schoß. Einer lautete: »Mit gotischem Akzent.« Ein andrer: »Griechisch.« Offenbar die Idee eines Weltreichs. Die Kanonen waren auf viele Länder gerichtet, weniger als Zerstörungsmittel, denn als Beweis der Oberhoheit. Dann näherte sich ein Zug von Arabern (oder Franzosen?), und im Engpaß kam es zu einem Überfall und zur Gegenwehr. Das Seltsame aber war, das ich merkte, daß dies kein richtiger Krieg war, sondern eine alljährlich, auf denselben Tag wiederkehrende, Tradition, wohl eine Art Turnier. Noch während ich träumte, schien mir der Traum so schön und bedeutungsvoll, daß ich mir sagte: »Mir ist es gelungen, einen Mythos zu träumen.« Ich weiß nicht, ob ich dann wach war oder nicht, weiß nur, daß ich den Traum rekapitulierte und ganz entzückt war.

Woodstock, 5. August

Clara schenkte mir vor einigen Tagen Beer-Hofmanns »Grafen von Charolais«, den sie antiquarisch gefunden hatte. Ich habe bis jetzt drei Akte gelesen und bin, zum erstenmal, völlig für ein Werk von Beer-Hofmann gewonnen. Alles, was ich bisher kannte, schien mir in manchen Teilen schön, war mir aber in andern fremd, obwohl ich immer wußte, daß er ein Dichter ist.
Heute morgen erhielt ich von Nathaniel die Nachricht, daß sein letzter Brief an mich mitten im Geschützfeuer geschrieben war, daß er am nächsten Morgen vielfach verwundet wurde und nun in einem Krankenhaus, wahrscheinlich in Süditalien ist. Er gibt mir einen getreuen Bericht des ganzen Ereignisses. Er kündigt auch ein Gedicht an, das seine Mutter mir schicken wird.

Woodstock, 6. August

Den »Charolais« ausgelesen. Sehr betroffen und von ihm angerührt. Gestern noch fing ich an, ihm einen langen Brief darüber zu schreiben, dann wurde ich aber in der Mitte unterbrochen und mag ihn heute nicht fertig schreiben, da ich ihn zu grob in Lob und Analyse finde und nicht abschicken will. Habe stattdessen nur einen ganz kurzen Brief an ihn gesandt, in dem ich den gestrigen erwähne.

Woodstock, 9. August

Nachmittags Besuch bei der alten Mrs. Whitehead, die mich zum Essen dabehielt. Sie forderte stürmisch, ich solle an Karma und andre mystische Dinge glauben. Sie scheint ganz angefüllt zu sein mit Kundgebungen höherer Welten. Dabei ist sie aber nicht ohne warnende Intelligenz, sodaß sie z. B. von der Christian Science garnichts hält. Sie erzählte von dem Orientalisten Max Müller in Oxford (dem Sohn des Dichters Wilhelm Müller) und zeigte mir die Kopie einer keltischen Truhe, die er ihr geschenkt hat. Als sie um acht Uhr zu Bett ging, schied sie mit den Worten: »Da ist noch so viel, worüber man sprechen müßte. Dies ist eine sehr interessante Zeit. Die Welt ist wunderbar.« Alles was sie tut, ist sichtlich bestimmt durch diese Lust weiterzuleben.

Woodstock, 11. August

Heute den ganzen Morgen bei Mrs. Whitehead, die mich schon auf halb elf Uhr zu sich gebeten hatte, um einen Teil der großen Bibliothek ihres Mannes durchzusehn. Sie ist in einem eignen Haus aufgestellt. Außer den Dichtern hat er viele wichtige gelehrte Werke. Ich sollte mir alles mitnehmen, was ich wollte. So nahm ich Bettinas »Günderode«, Evelyn Waughs Lebensbeschreibung Rossettis und, von Mrs. Whitehead dringend dazu aufgefordert, das mich garnicht interessierende Buch »The Beautiful Necessity« von Claude Bragdon. Sie ist vierundachtzig Jahre alt. Ihr Interesse für alles ist ganz ungeheuchelt. Große Sorge macht ihr ihr leichtlebiger, völlig ungeistiger Sohn, den sie viel mit mir bespricht. Voller Enthusiasmus nahm sie meinen Vorschlag auf, alle präraffaelitischen Bücher und alle Drucke der Kelmscott Press, die überall verstreut zwischen anderem stehn, zu sammeln und zusammenzustellen.

Woodstock, 12. August

Lese mit großer Freude die »Günderode«. Die Bettine ist bewunderswert. Trotz mancher nur gespielter Anmut, ist so viel echte Anmut da, eine Fülle von Einfällen, ein alles verzauberndes Sehen der Dinge, ganz echt und dichterisch.

Woodstock, 13. August

Den ganzen Tag über in einer traumwandlerischen Stimmung, wie mans nach einer durchwachten Nacht ist. Die Bettine hat auch das Ihrige dazu getan. Gestern war die alljährliche »Star party« bei den Kingsburys auf ihrem Berg. Es war wie letztes Jahr; etwa zweihundert Menschen waren da. Clara und ich nahmen uns die Himmelsgegend, wo Perseus, Andromeda und Pegasus sind. Konnten aber nur etwa hundert Sternschnuppen verzeichnen. Als sich gegen

Morgen der Himmel heller färbte, sagte Kingsbury, dies sei noch nicht ein Anzeichen des Sonnenaufgangs, sondern »the Gegenschein«, wie es auch im Englischen heißt. In meinem Leben herrscht immer noch der Gegenschein.
Die Bettine, in der ich noch immer lese, hat mir geholfen, Stimmung und Einheit dieses nun fast vergangnen Sommers zu begreifen, als ginge ich durch einen starkduftenden Garten. Das rechte Buch zur rechten Zeit, wie mirs ja schon manchmal gegangen ist.
Ging heute morgen um acht Uhr zu Bett, konnte aber nur bis zehn schlafen, weil dann die große Hitze einsetzte. Dann verschlief ich den spätren Nachmittag, bis abends um neun auf dem Sofa, von einem Bettina-Traum in den andern geratend. Nicht, daß ich sie vor mir sah, nur erhielt ich viele Briefe von ihr in denen, wie mir in meinen halbwachen Augenblicken schien, viel Schönes stand. Das sind die einsamsten Tage, die nach solchen durchwachten Nächten. Ich fühle mich nur halbbewußt und habe doch einen dumpfen und dennoch gesteigerten, dauernden Umgang mit mir selbst.

New York, 18. August

Heute morgen Nachricht erhalten, daß ich das letzte Doktorexamen (eine Art Disputatio über die Dissertation) in der letzten Augustwoche machen soll. Also muß ich morgen nach Woodstock zurückfahren, um einiges Nötige herunterzuholen, dann am 20. nach Quogue, wohin Christiane mich eingeladen hat und unmittelbar danach, am 26., nach Chicago. Das Überstürzte daran ist mir nicht unlieb, weil dadurch alles vorbei sein wird, bevor mans noch bedacht hat.

Quogue, 20. August

Von New York aus nach zweieinhalbstündiger Fahrt hier angekommen. Quogue liegt gegen das Ende von Long Island zu. Bald roch man das Meer, sah den aschenfarbnen Sand, Föhren und Eichen. Christiane erwartete mich am Bahnhof mit Clemens und Michael. Nach dem Abendessen mit Christiane einen Gang dem Meer zu. Ganz bis zum Meer kann man, militärischer Vorschriften wegen, nach Sonnenuntergang nicht mehr gehn, aber ich hörte es rauschen, wie auf Sylt. Wieviel lieber ich doch das Meer als die Berge habe!

Quogue, 21. August

Im Meer gebadet. Es ist windig, und die Wellen gehen hoch. Ich werde hier noch zum Verächter der Berge. Viel mehr Verzauberung und Entrücktheit am Meer, auf diesem flachen Land mit Strandhafer, dunkelgrünen kleinen Büschen, deren Blätter glänzen und dauerhaft, ledrig sind, den furtartigen Meerarmen, den Binsen, den schmalen sandigen Wegen, dem wilderen Wind. Berge, noch so hoch und schroff, sind lyrische Landschaft. Dies hier ist

pathetische, heroische Landschaft. Auch das Selbstvergessen ist hier anders als in den Bergen. Dort wird das Innre dumpf, dicht, hier ahnungsreicher, weniger formlos.
Die drei Buben greifen alles Amerikanische, vornehmlich das Lauteste und Billigste, unermüdlich und voller Leben auf, aber eher wie im Spiel, nicht als Glaubenssatz. Sie verwandeln alles in Schau- und Sprechlust. Sie sind nie altklug, aber verstehen irgendwie alles, reden in allem munter mit, sprechen über genau dasselbe, worüber man in amerikanischen Häusern spricht, nur wird all dies bei ihnen nicht mit der üblichen Plattheit und Langweiligkeit ausgedrückt.

Quogue, 22. August

Hinter dem gemieteten Haus ist eine Art Weinlaube oder richtiger Weinlaubendach, da es ein offner Platz ist, über den dicht die Blätter und viele Weintrauben am Spalier hängen. Dort hatte ich Christiane gestern vorgelesen nach dem Mittagessen. Das gab ihr den Mut, mir dort heute, um dieselbe Stunde, nicht ohne Scheu und einer gewissen Aufgeregtheit das einzige vorzulesen, was sie je geschrieben hat, erst vor wenigen Tagen. Das erste war eine Geschichte aus ihrer Jugend, in der sie selbst und ihr Vater geschildert sind. Ich hatte mir nicht zuviel erwartet, vor allem deswegen nicht, weil sie es auf englisch geschrieben hat. Dann war ich ganz erstaunt, etwas so Gestaltetes, Reines und Schönes zu hören, in dem nicht ein sentimentales Wort steht, wie ja überhaupt Christianes eine Haupttugend dies völlige Fehlen der Sentimentalität ist. Sie schildert Rodaun, den Garten dort, ihren Vater im Garten, Blumen pflückend und wie sie, kurz vor dem ersehnten Paradies, einer Klosterschule Ste. Chrétienne, von Furcht und Grauen erfaßt, die Schwelle nicht überschreiten will. Durchaus eigentümlich. Es ist, wie im Gespräch, an einen Freund geschrieben. So ist auch die zweite Geschichte, »Assisi«, behandelt; nicht ganz so geglückt wie die erste, aber auch mit manchem Besondren. Falls sie mehr schreibt, alles in diesem briefartigen Rahmen, könnte ihr gelingen, wie ich ihr sagte, was der Bettine gelang, und was vielleicht die eigentliche Rolle der Frau in der Dichtung ist: nach vielen Jahren, wenn eine bestimmte Welt nicht mehr existiert, ihre damaligen Gestalten, die sie schufen, gestorben sind oder sich, verändert, von ihr abgewandt haben, diese ganze Welt noch einmal, und diesmal als Ganzes, bunt wieder erstehen zu lassen, sodaß sich erst nachträglich alles zusammenfügt und als deutliche Lebensatmosphäre lebendig wird. Ich erzählte Christiane von Bettinas Büchern, die sie nicht kennt.
Abends Besuch von Otto Kallir und seiner feinen, sanften, lebhaften und klugen Frau. Er brachte einen Dr. Schur mit, der früher Arzt von Sigmund Freud war und jetzt der von Beer-Hofmann ist.

Evanston, 28. August

Ich falle von einer Verzauberung in die andre, nach Quogue nun Evanston, das mir vom ersten Augenblick an voller Geister war, ohne irgendein Gespenst. Rausch des Wiedersehns, Wiedererkennens und -erinnerns. Zwei Grundgefühle gibt es: das Glück, etwas unverändert zu finden, während man selber verändert ist und dann der Schmerz, eine veränderte Welt wiederzufinden, während man selber der Gleiche geblieben ist.
Seit heute um dreiviertel fünf Uhr bin ich außerdem ein Ph. D. und der Titel ist mir garnichts Leeres und Lächerliches, da ich mit ihm die einzige Leistung aufweisen kann, die sichtbar ist.
Vorgestern nacht New York verlassen, neunzehnstündige Fahrt in einem ganz rußigen Zug. Ein freundlicher Zwischenfall: ein früherer ASTP-Soldat, der in Chicago studiert (und mit großer Bewundrung von Bergstraesser sprach, bei dem er europäische Geschichte lernt), saß mir gegenüber und ein andrer neben mir. Unser französisch geführtes Gespräch lockte einen jungen Matrosen herbei. Dieser, der kein Französisch konnte, sagte zum Abschied zu mir: »Well, good-bye, Frenchie!« In Chicago angekommen bemerkte ich mit Erstaunen, daß ich in diesen zweieinviertel Jahren alles vergessen hatte und mich nicht besinnen konnte, wie ich mit der Hochbahn nach Evanston gelangen mußte. Es regnete stark. In Evanston war es schon dunkel. Ich wollte zu meiner frühren Hauswirtin, stieg aber falsch aus und ging dann in verkehrter Richtung, den sehr schweren Koffer tragend, dabei aber doch belustigt über das Versagen meines Gedächtnisses. Fand, daß kein Hotel, kein Haus ein freies Zimmer hatte wegen des ungeheuren Zustroms von Kriegspersonal. Ich rief bei Schilpp an. Da er grade auf Reisen ist, konnt ich dort eine Nacht, auf einer fast offnen »porch« schlafen. Ging nachts noch aus, ganz berauscht von den Bäumen und dem feuchten schon halbwelken Laub, worin soviel von milder Traurigkeit meiner Evanstoner Zeit, die vielen nächtlichen Einsamkeiten enthalten schien. Nur das Milde ist zurückgeblieben, die Traurigkeit nur als ferne lockende Farbe.
Ich erfuhr, daß das Examen gleich am nächsten Tag stattfinden sollte. Und ich war ganz unvorbereitet.

Evanston, 29. August

Kurz vorm Examen ging ich gestern am See und las den Anfang meiner Dissertation wieder. Das Examen selbst war eine angeregte, oft witzig und weltmännisch geführte Unterhaltung über Dichtung. Alle Antworten schienen mir natürlich und mühelos, da ich ja derlei Unterhaltungen so oft geführt habe. So fing es an.
Place: »Worauf sind Sie in Ihrer Arbeit besonders stolz?«
Ich: »Das ist schwer zu sagen, da ich auf so viele Dinge darin stolz bin.«

Holbrook: »Das freut mich wirklich zu hören. Gewöhnlich desavouieren die Kandidaten ihre Arbeiten vollständig und wünschen, sie hätten sie nie geschrieben. Sie sind der erste, der stolz auf sie ist.«
So ging es hin und her mit Heiterkeit und Interesse auf beiden Seiten. Hinterher sagte Holbrook zu mir, dies sei seit langem die angenehmste Doktorprüfung für ihn gewesen. Sonst sei es immer so »painful«, da die Kandidaten sich nie zu reden getrauten.
Abends bei Fritz Kaufmann, den ich, auch wie vor zweieinhalb Jahren, mit seinem Buch über Thomas Mann beschäftigt fand. Er schenkte mir zum Examen die große Gravure von dem George-Bildnis von Reinhold Lepsius. Er sagte mir, Steiners George-Erinnerungen hätten ihm garnicht gefallen: »Man fühlt, daß er das Erlebnis nicht bewältigen konnte. Er scheint sich nur gefürchtet zu haben. Sein Unbehagen teilt sich dem Leser mit, sodaß man sich sagt, daß die Schilderung einer solchen Begegnung uns nicht interessiert, wenn sie von jemandem kommt, der sie nicht versteht, weil er sich im Innern nicht davon ergriffen fühlt.«
Abends bei Prof. Palfrey, der jetzt ein Lieutenant-Colonel ist und mir bei der Stellensuche helfen will.

Evanston, 30. August

Den ganzen Tag in Chicago. Auf den beiden Lehrer-Agenturen, wo ich registriert bin, Telegramme um Stellungen abgesandt etc. Später zur Newberry Library, um Fritz Caspari aufzusuchen. Er gefiel mir sofort. Er erzählte mit viel Humor von seinen Erlebnissen im kalifornischen Gefängnis, wo er zusammen mit Bergstraesser und Vollmöller war. Caspari ist einer der sympathischsten Deutschen, die ich seit langer Zeit getroffen habe, süddeutsch mit baltischem Einschlag. Seine Frau ist ganz dunkel, Halbspanierin.

Evanston, 31. August

Mittag Jolles gesehn, dessen offne Art mir auch sofort sehr lieb war. Er hat Deutschland gegenüber ein ganz andres Gefühl als Caspari. Er glaubt, sich durch sein Weggehn der Krise entzogen zu haben, das sei eine tragische Schuld, die einen nun vom Leben unwiderruflich trenne und die einem daher verbiete, jemals wieder nach Deutschland zurückzugehn und dort nach dem Krieg helfen zu wollen.[1]
Jolles hat eine interessante Ansicht über George. Durch seine neue große Liebe zu Lessing und Schiller ist er zu der Überzeugung gelangt, daß George Schillern sehr ähnlich konstruiert war, weit ähnlicher als Goethen. Beide

1 Das waren keine bloßen Worte. Jolles hat sich, Jahre später, das Leben genommen. Niemand wußte einen Grund dafür anzugeben. Ich bin überzeugt, daß dieser Zwiespalt bei seiner Tat entscheidend war.

sind, nach Diltheys Begriff »Freiheitsidealisten«, gehen von der Forderung aus. George habe wohl deswegen so stark gegen Schiller Stellung genommen, weil er von diesem Schillerischen in sich wußte und ihm das nicht angenehm war.
Zum Abendessen und bis spät in die Nacht bei Werner Richter. Er schien mir diesmal starrer als früher, einem zunftmäßigen Gelehrtentum allzusehr verschworen. Seine Frau dagegen (Tochter von Erich Schmidt) erschien mir so schön und liebenswert wie eh mit ihrer lauten und kindlichen Energie. Die drei Kinder so fein und freundlich.

Evanston, 1. September

Ein etwas dramatischer Tag. Nach meinem Telegramm und Ferngesprächen kam es heute zu einer Besprechung zwischen Präsident Reuling vom Northland College in Wisconsin und mir. Er war, bis vor zwei Jahren, fünfzehn Jahre lang Missionar in Südafrika gewesen, ist ein Mann von höchster Gradheit und einem pionierhaften, ruhigen Enthusiasmus für sein College, das, im äußersten Norden von Wisconsin, eine Art Vorposten Amerikas in einem sonst noch ganz jungen Landstrich ist. Das College selbst ist auch eine Art Mission, wo ich als Professor der einzige Mann für Französisch, Deutsch und Spanisch wäre, eine Art von Kulturvertreter. Das Gehalt wäre gut, 2500 Dollar im Jahr. Man ist dort oben Tagereisen von New York entfernt, ohne jede Bibliothek, wohl mit keinem andern Umgang als den wenigen Kollegen, dem Arzt, dem Zeitungsherausgeber und dem District Attorney (Staatsanwalt), deren Adressen er mir gleich gab. Es wäre eine mir ganz unbekannte Art von Leben, in einem Amerika, wie es nur noch in den Pionierromanen vorkommt, in denen die frühen Siedler beschrieben werden. Es herrscht ein ewiglanger, eisiger Winter dort. Die Bewohner (die Stadt hat 9000 Einwohner) sind meist Skandinavier erster, zweiter und dritter Generation. Das College (und ich) sollen dort eine Art Stütze des geselligen und geistigen Lebens werden, man müßte Vereine gründen etc.
Das Abenteuer daran lockte mich, so eine Jack-London-Existenz zu führen. Zudem hab ich ja gar keine andre Stellung in Aussicht, diese natürlich nur, weil dort niemand hinwill. Beriet mich mit Palfrey, der mir abrät und an zehn größre Universitäten für mich geschrieben hat. Ich bin verwirrt und unentschlossen. Morgen früh soll ich mich entscheiden, werde es wohl ablehnen und damit eine mir unbekannte Lebensmöglichkeit abweisen, die mir mehr Furcht einflößt als sie mich lockt. Wenn ich innerhalb von drei Wochen nichts andres finde, werd ichs bereuen.

New York, 8. September

Gestern nach Princeton gefahren, um mich dort einigen Professoren vorzustellen. Nachmittags bei Erich Kahler, mit dem ich mich immer spontan zu verstehen scheine. Hermann Broch, hilfloser, freundlicher, zerrupfter Vogel, war auch da. Kahler erzählte mir noch an der Autobus-Haltestelle eine Gundolf-Anekdote. Gundolf kannte die fremden Sprachen nur aus den Dichtern; sein Englisch war shakespearisch, sein Italienisch dantesk. Eines Tages aß er in Italien mit seinem Freund Franco in einem Restaurant. Gesprächig und zerstreut wie er war, steckte er aus Versehen die Serviette in die Tasche. Als er es bemerkte, gab er sie dem Kellner zurück und entschuldigte sich für sein Versehen. Da lachte sein Freund und sagte: »Weißt Du, was Du eben gesagt hast? Auf deutsch hätte das etwa geheißen: ›Vergebung! Ich raffte sie im Wahne.‹«

Vor einigen Tagen hat die Bombardierung Londons mit Robotbomben aufgehört. Sehe zu meinem Ekel, aus den Schweizer Zeitungen, daß sie auf deutsch »Höllenhunde« heißen.

Woodstock, 13. September

Heute nachmittag ist Mutter wieder abgereist. Es war ein durchaus gelungnes Zusammensein. Am 10. abends mit ihr und Clara zu dem Vortrag von Agnes Smedley über das heutige China. Sie erwies sich als sichre und interessante Rednerin. Über die höchst zweideutige Gestalt Chiang-Kai Sheks bekam man deutliche Aufschlüsse.

Gestern zum frühern Ministerpräsidenten von Jugoslavien, Radin, von dem Mutter Auskünfte über jugoslavische Gefangne haben wollte für ihre Arbeit. Er wohnt auf Mt. Overlook in einem kleinen bäurischen Haus. Er hat eine ernste, fast traurige Art zu reden und zu blicken. Eine große Gewissenhaftigkeit spricht aus allem, was er sagte. Sein Schwager, jugoslavischer Gesandter in Ottawa, war auch grade da. Der war ganz anders, ein Mann von Bohème und Abenteuer, mit schwer zu unterdrückendem Temperament, lustigem Gesicht.

Mutter, unternehmungslustig wie immer, hatte im Garten eine Grube ausgehoben, heiße Steine darein gelegt und auf ihnen, nach Art der Südsee-Insulaner einen Braten bereitet, nachdem sie die Grube wieder zugeschüttet hatte. Er war vorzüglich. Sie war all die Zeit hindurch sehr lebhaft, alte Lieder singend und immer beschäftigt.

Woodstock, N.Y., 14. September

Schon den dritten Tag starker anhaltender Regen. Die Luft ist ganz mit Feuchtigkeit vollgesogen. Die noch voll belaubten Bäume werden schwer und dicht, der Apfelbaum schlägt gegen das Dach meines kleinen Hauses.

Kaum zu ertragende Einsamkeit. Ich werde morgen nach New York reisen. Das kommt mir vor wie eine beschämende Flucht aus diesen mich immer enger und sprachloser umstehenden Bergen und Bäumen.

New York, 17. September

Ich sitze in der Public Library an der 42. Straße, meiner alterprobten Zuflucht in der Stadt. Auf dem Weg hierher fielen mir schon die vielen entwurzelten Bäume längs der Straße auf. Als ich dann nach New York kam und die Zeitung sah, die ich zufällig zwei Tage lang nicht gelesen hatte, erfuhr ich erst, daß in der Nacht vom 14. auf den 15. September ein gewaltiger Orkan wütete, der viele Bäume und Häuser die ganze Küste entlang zerstört hat. Das erleichterte mein Gewissen sehr. Denn die Nacht, die mich in Woodstock so erschreckte und vereinsamte, war also eine Orkannacht, wild und ungewöhnlich. Ich habe nicht so sehr versagt, wie ich glaubte.
Gestern nachmittag bei Julie Braun-Vogelstein. Sie wohnt am Hudson bei Grant's Tomb, im obersten Stock. Ich hatte sie mir älter vorgestellt. Sie ist klein, sehr lebhaft, große völlig blaue Augen, mit einer hohen immer der Begeisterung nahen Stimmlage. Kaum saß ich, war man auch schon mitten im Gespräch, ohne persönliche Fragen zur Einleitung, gleich über Dichter, Dichtung, Sprache. Wie sie einmal ganz rasch aufstand, und weghuschte, um eine Tür zu schließen, rief sie: »Ach, bitte, reißen Sie Ihren geistigen Faden nicht ab!« Sie hat wohl eine Richtung zur Schwärmerei, also zum Ungenauen hin. Begeistert geht sie auf alles ein, was der andre sagt, führt es gleich weiter, ohne abzuschweifen und spricht dabei ein so genaues, reiches, gebildetes Deutsch, mit leichtem Berliner Einschlag, als sei sie nie von Deutschland weggewesen. Da sie sich denken konnte, daß mich Otto Brauns Nachlaß, den sie ja herausgab, in erster Linie zu ihr führte, sprach sie gleich von ihm; sie nennt ihn »Ottochen« und erzählt mir zu meiner Freude, daß sie den ganzen Nachlaß gerettet hat und nach diesem Krieg seine Gestalt einer zweiten heimkehrenden deutschen Jugend aufzeigen will in einem zweiten Otto-Braun-Buch.[1] Die große, helle Wohnung ist über und über voll von hohen Bücherregalen. In unserem Gespräch über deutsche und englische Dichtersprache erwähnte ich Goethes Arkadiengedicht aus Faust II und wollte es ihr

1 Jerome, der Bruder Napoleons und König von Westfalen, hatte eine uneheliche Tochter, die unter dem Namen Jenny von Pappenheim am Weimarer Hof in unmittelbarer Goethe-Nähe erzogen wurde. Ihre Enkelin Lily von Kretzschman heiratete den sozialistischen Schriftsteller Heinrich Braun. Sie wurde zu einer bedeutenden Vorkämpferin der Sozialdemokratie nach dem ersten Weltkrieg und schrieb, als Lily Braun, zwei vielgelesene Bücher: »Im Schatten der Titanen« (aus Erzählungen und Erinnerungen ihrer Großmutter Jenny; die Titanen sind Goethe und Napoleon) und »Memoiren einer Sozialistin«. Ihr Sohn Otto fiel 1918 zwanzigjährig. Julie Braun, die zweite Frau Heinrich Brauns, gab dann 1921 das seinerzeit vielgelesne Buch heraus »Otto Braun, Aus den nachgelassenen Schriften eines Frühvollendeten«.

vorlesen. Es stellte sich heraus, daß sie drei große Goethe-Ausgaben hat: die Ausgabe letzter Hand, aus der sie, wie sie sagte, lesen gelernt hat; eine Cotta-Ausgabe, deren jedes Bändchen das Steinsche Wappen eingepreßt enthält, da es die Ausgabe ist, die Frau von Stein auf Kochberg besaß und die ich nun hier in New York, mit dem Blick auf das Ufer von New Jersey, in der Hand halte. Die Jubiläumsausgabe steht im angrenzenden Zimmer. Gleich beim Eintreten sah ich die große gerahmte Photographie Otto Brauns, aufgestellt mit frischen roten Rosen davor. Er hat darauf tiefe leuchtende Augen, langes etwas wirres Haar, einen unbeschreiblichen Ernst im Gesicht. Sie sagte: »Ich habe diese Aufnahme mit Absicht dem Buch nicht beigegeben. Man hätte sie nicht verstanden. Sie ist fast zu überirdisch.« Ich verstand eigentlich nicht, was sie damit meinte, mochte aber in diese Hochgespanntheit nicht mit einer Frage eindringen. Dann also las ich ihr das Arkadiengedicht. Aus einer Vitrine holte sie eine Mappe aus weichem braunen Leder mit »Goethe« in Gold eingeprägt. Otto hat sie noch machen lassen für die schönen Goethe-Autographen der beiden Gedichte für Jenny von Pappenheim, seine Urgroßmutter. Dann ein Exemplar der »Iphigenie« darin, speziell 1825 für eine Festaufführung gedruckt, die Goethe 1830 Jenny schenkte, mit einer Widmung auf sehr mädchenhaftem rosa Papier, das im Relief Rosenguirlanden und klassizistische Motive aufweist. Die beiden Gedichte von 1831 und 1832 sind in ganz klarer, starker Handschrift geschrieben.

Zum Schluß noch ein langes Gespräch über die Auffassung von M. Jolles, daß diejenigen, die die Not und das Entsetzen in Deutschland nicht in innerem Widerstand mitgemacht haben, also die Emigranten, den Deutschen nach diesem Krieg steril und ohnmächtig gegenüberstehen würden. Sie glaubt das nicht, so wenig wie ich. Es liegt, so scheint mir, etwas von gefährlicher deutscher Tiefe und deutscher Leidenswollust in dieser Auffassung. Da erwähnte sie jenen Grafen Adam von Trott zu Solz, der ihr fast so nah stand wie ein Adoptivsohn und von dem ich unlängst in der Zeitung las, daß Hitler ihn mit anderen zusammen habe aufhängen lassen. Er war im Auswärtigen Amt. Frau Braun-Vogelstein hat ihn noch 1939 hier bei sich gesehen und, wie sie sagt, »mit ihm gerungen«, damit er nicht zurückginge, aber er war auch der Ansicht von Jolles und glaubte, er müsse zurückgehen. Er war der Deutsche, auf den Frau Braun-Vogelstein die größten und reinsten Hoffnungen gesetzt hatte, da er, wie sie sagt, einer war, der nie in all der Zeit unter Hitler je im geringsten irre wurde, sich nie ankränkeln oder benebeln ließ und jeden Tag von neuem bereit war, sich zu opfern. Nun scheint sein Opfer ganz umsonst zu sein, untergegangen in der Anonymität des Begriffs »Militärverschwörung«.

Woodstock, 20. September

Sonntag morgen wartete ich vor der Public Library, die noch nicht geöffnet war. Dabei die wunderliche Begegnung mit Saxby Vouler Penfold. Gleichzeitig mit mir wartete nämlich dort ein auffallender großer, sehniger Mann, der zugleich kühn wie ein Seefahrer und grüblerisch wie ein Sektierer aussah. Er trug eine alte braune Manchesterjacke. Wir kamen ins Gespräch. In allem was er in einem ungewöhnlich gepflegten Englisch sagte, kam ein Einsamer, Weltverbesserer, Gelehrter und Träumer zum Vorschein. Er ist Engländer, lebt aber schon seit 37 Jahren hier. Er hat seinem Vater seit 1914 nicht mehr geschrieben und wurde unlängst in der Zeitung gesucht, um das Erbe anzutreten. Er ist voll von ökonomischen Theorien, mit einem gläubigen Optimismus für die Menschheit. Als ich ihn nach einer Stunde nach seinem Namen fragte, zeigte er ihn mir wortlos auf einer kleinen Zeitung, die er mir überließ, um dann sofort, wie um einem Bekanntwerden vorzubeugen, davonzulaufen. Offenbar durfte er seinen Namen nicht aussprechen, um nicht in das Land zurückgehen zu müssen, wo jemand, sein Vater, auch so hieß. Die Zeitung enthält nur historische Artikel über die Grafschaft im Staate New York, in der er lebt. Sie ist von Anfang bis Ende von ihm selbst geschrieben. Auch zwei Spalten »Shopper's Guide«, in denen verschiedene Läden zierlich angepriesen werden mit einer Grazie, die an Mallarmés »Dernière Mode« erinnert, sind von ihm. In der Bibliothek entdeckte ich dann verschiedene Bücher von ihm mit merkwürdigen entlegenen Titeln.

Am Montag zum Mittagessen bei Beer-Hofmann. Er war im weißen Anzug, lebhaft und bei besten Kräften. Er stieß sich, als wir über George sprachen, an dessen Ritual, aber ich entgegnete, das Ritual sei doch seinem Wesen nach die notwendige Fixierung großer Augenblicke; wie der Papst oder der König in ihrem Ritual nur die Größe und Besonderheit ihrer Funktion zum Ausdruck brächten, die sich ja nicht in jedem Augenblick manifestieren könne. Dadurch aber, daß sie so durchs Ritual festgehalten wird, bleibt sie, ohne sich vom Zufall nähren zu müssen. Er gab das zu und sieht auch Georges großes Verdienst darin, die Gestalt des Dichters in Deutschland wieder geheiligt zu haben.

Später: der Dichter müsse immer wieder zum Exculpator Gottes werden. »Der advocatus Dei ist ja ein viel schwereres Amt, als das des advocatus diaboli. Nichts ist schwerer, als den Weltlauf zu entschuldigen und zu rechtfertigen.« Immer wieder klinge dies in seinen Werken auf. Er liest mir daraufhin die Stelle, das Gespräch aus dem »Jungen David«, vor, in dem der Knabe diese Frage stellt.

Dann viel über den »Charolais«. Ich rühme an ihm den tragischen Witz. Er möchte wissen, was ich damit meine, und ich führe die Stelle an, wo der Präsident ungeduldig zum Grafen sagt: »Ihr redet wie ein Kind und –«,

worauf Charolais ihn unterbricht: »Wie ein Kind, das seinen Vater lieb gehabt! Ganz recht! Genau so!« Daß ich solch schauerlich witzige Stellen nur aus Shakespeare kenne: wo an leidenschaftlichen Höhepunkten der kalte Verstand mit der heißen Erregung zusammenstößt, woraus dann etwas entsteht, was weder heiß noch kalt, nur noch furchtbar ist. Hamlets Worte vor und bei der Aufführung der »Mausefalle« seien mir immer so vorgekommen.
»Die Geneviève Bianquis«, sagt er, »hat den ›Charolais‹ ganz richtig erkannt, wenn sie von der ›tragischen Unschuld‹ aller Personen im ›Charolais‹ spricht.« Das sei ganz richtig, und damit habe er in seiner Tragödie die Tragödie zu Ende geschrieben. Und da es ihm Ernst damit gewesen sei, habe er auch nie mehr eine andre Tragödie versucht. Denn da, wo niemand mehr für seine Taten verantwortlich sei, höre eben die Tragödie auf. So habe er im »Tod Georgs« dem Ästheten mit den Mitteln des Ästhetentums ein Ende bereitet. Er erzählte auch, wie eine Frau ihm, nach dem »Charolais«, einmal erbost gesagt habe: »Sie wissen eben garnicht, was eine reine Frau ist!«
Er erinnert sich daran, wie er einmal, Tage hintereinander in Gastein eine Antwort auf eine Rede im »David« nicht habe schreiben können. Denn entweder habe er nicht Wärme und Wahrheit genug dafür aufgebracht oder aber er habe sich so sehr in die notwendige Wärme hineingelebt, daß er in Tränen ausgebrochen sei, die ihm dann jede Niederschrift unmöglich machten. Schließlich habe er, »am Ende des Wegs«, ganz eilig mit letzter Kraft die gefundne Stelle aufgeschrieben.
Wieder betonte er, wie froh und erleichtert er sei, daß seine jetzige Arbeit, die Erinnerungen an seine Frau, kein Dichten und daher kein Frevel mehr sei, sondern etwas, zu dem er selber garnichts hinzutue; daß er nur aufzeichne, was andauernd »wie Luftblasen im Wasser« aus der Erinnerung in ihm aufsteige. Zum Schluß schenkte er mir ein Exemplar des »Jungen David.«

Woodstock, 26. September

Ich ging gestern abend zum Erzbischof. Er war in bester Verfassung, spitzbübisch sprach er in einem fort mit seiner mir schon bekannten Freude am Überraschen. Er zeigte mir alle seine reichen Meßgewänder mit dem Stolz einer eleganten Dame, die ihre Roben vorzeigt; auch seine Gutenberg- und Caxtondrucke und vor allem seine handgemachte Kirche. Das ist eine große Scheune, die man ihm umsonst überlassen hat und die er mit vielen Laubsägearbeiten zierlich ins Gotische verwandelt hat. Hübsche illuminierte Ernennungsurkunden und andre ekklesiastisch wirkende Texte, mit Gold auf Pergament geschrieben, hängen gerahmt an der Wand. Sie wirken etwas hausgemacht, stammen aber angeblich von irgendeiner altkatholischen Mutterkirche im Orient. Es wurde ein gespenstischer Abend. Seine Augen blitzten, er redete in einem fort, zeigte viele Dinge, die er früher gesammelt hatte,

Medaillen, Briefe österreichischer und deutscher Fürsten. Er erläuterte den Unterschied zwischen römisch katholisch und altkatholisch, sprach amüsant von seiner Zeit in Chicago in den Zwanziger Jahren, von seiner Freundschaft mit dem berühmten Rechtsanwalt Darrow, immer witzig und immer, als ob er noch viel mehr erzählen könne, dies aber wohlweislich verschweige, da man denn doch vielleicht mehr den Abenteurer als den Erzbischof in ihm erblicken könne. Fünf Jahre hatte er offenbar einen andern Abenteurer in seinem Hause aufgenommen, einen Vikar (solche Titel verleiht er großzügig an die sonderbaren Gestalten, die ihn umgeben), der ein Deutscher war, sich dann als gefährlicher und intriganter Nationalsozialist entpuppte, er hieß Kreuzer. Er erschien da wie einer jener Renaissancekardinäle, denen Verschwörungen, Fädenspinnen und politisches Spiel Lebenselement war. Allerdings enttäuscht mich immer wieder, daß er glaubt, mich beeindrucken zu müssen, indem er oft Situationen schildert, in denen er witzige Antworten gegeben hat. Man spürt, daß er immer auf irgendeine Rechtfertigung aus ist. Später kam seine geistesgestörte Frau dazu, der man die bittre Armut vielmehr anmerkt als ihm mit seinem Bischofskäppchen und eleganten Gebärden. Sie sprach von einer großen Erfindung, der sie auf der Spur sei und rief dann öfters aus »We'll all be rich, we'll all be rich!« »That's all right, Edna«, sagte der Erzbischof beruhigend. Außerdem war noch der rührende, kindli-Vagabund Glen dabei, ein früherer Matrose. Er ist Halbindianer, und sein Vater ermordete seine Mutter. Letztes Jahr, als sein bester Freund von einem deutschen Flugzeug aus mit Maschinengewehr getroffen in seinen Armen starb, verlor er den Verstand und erholt sich nun beim Erzbischof, bei dem er ein traumhaftes Leben führt, unterwürfig wie ein Hund, kaum fähig sich auszudrücken, aber aus übergroßer Selbstgefangenheit gezwungen, beständig zu reden, wobei er immer entschuldigend lächelt. Er begleitete mich dann später erst ins Dorf, wo ich ihn in einer Bar zum Bier einlud, dann ganz nach Hause durch die kalte Nacht, dabei weite Teile seines Lebens erzählend, dann wieder sich unvermittelt unterbrechend und fragend, was eigentlich »protégé« bedeute, denn so habe ihn der Erzbischof unlängst jemandem vorgestellt. Der Mond war schon untergegangen, es war zwei Uhr, wie wir den Berg zu meinem Haus heraufstiegen. Er wärmte sich kurz bei mir, verlangte meine Adresse, um mir zu schreiben und ging dann allein in die Kälte hinaus und den ganzen langen Weg zurück. Da ging mir die entsetzliche Traurigkeit der Existenz des Erzbischofs so deutlich auf: eine gestrandete Existenz, ohne einen Pfennig, dem Herbst und Winter in seiner zugigen Scheune ausgesetzt, die er zur Kathedrale stilisiert hat, mit einer wahnsinnigen Frau und einem jungen Halbirren aus den amerikanischen Elendsvierteln als einzige Hausgenossen. Vor irgendetwas auf der Flucht ist er bei all dem ein stolzer Abenteurer, der eine Menschenspur erzwingen will, damit sie noch erkennbar bleibt für einige Zeit. Sein Witz, sein Sarkasmus sprechen Illusionen aus, an die er selber nicht glaubt.

New York, 29. September

Abends bei Dr. Erich Berger, der George viele Jahre lang kannte. Er hat viele Bücher mitnehmen können. Seit langer Zeit hielt ich die große Ausgabe des »Siebenten Ring« mit dem Lechterschen Zierat wieder in Händen. Auch kurze Briefe von George sah ich, in der unstilisierten, sehr schönen Handschrift, die der stilisierten doch sehr ähnlich ist. Berger erzählte viel von George, unterstrich seine große Courtoisie und wunderbaren Umgangsformen. Ostern 1915, als alle glaubten, Deutschland werde unfehlbar gewinnen, wußte er, daß es den Krieg verlieren werde. Als 1918 einige seiner Freunde sich so viel von der Republik und der Erneuerung erwarteten, war er ganz pessimistisch und sagte endlich, halb einlenkend: »Die Jungen haben recht, aber die Alten behalten recht.« Berger sprach von der Vielschichtigkeit Georges, wie fast alle ein andres Bild von ihm haben, die ihn gut kannten; wie er, weise, die verschiednen Freunde voneinander getrennt hielt und wie kompliziert seine Stellung zum Nationalsozialismus gewesen sei, wenn man vom »Brand des Tempels« und seinem großen Haß gegen das 19. Jahrhundert ausgehe; von seinem Zynismus, seinem Humor etc. Berger, obwohl offensichtlich stark im Georgeschen Werk lebend, stellte die Frage, ob die Intentionen immer erreicht worden seien. Er zeigte mir deshalb das bekannte Gedicht aus dem »Stern des Bundes«: »Fragbar ward alles . . .«, in dem er die ersten vier Zeilen, die zerstörerischen, sehr groß und gelungen findet, die letzten vier Zeilen, die aufbauenden, hingegen unklar und nicht treffend. Er zeigte mir auch eine große Pergament- und Gold-Ausgabe von Cyril Scotts Übersetzungen Georgescher Gedichte, die mir in manchem besser schienen als die Morwitzschen. Er beschrieb auch, wie völlig natürlich und selbstverständlich es gewesen sei, wenn Georges Freunde ihn »Meister« und »Du« und andre wieder, wie er selbst, ihn als »Meister« in der dritten Person anredeten (»Wenn der Meister es will, . . .«), da man nie »Sie« zu ihm sagte. Dann sprach er auch von drei ursprünglich italienisch geschriebnen Gedichten aus dem »Siebenten Ring« (»Südliche Bucht« und andre), zitierte die einzige ihm bekannte sehr schöne Zeile »So sehr ist qual allein zu gehn« auf italienisch.[1] Als »Gastgeschenk« gab er mir zum Schluß Lorenzo Bianchis »Dante und Stefan George«, das ich noch nicht kannte.

Woodstock, 4. Oktober

Hier, zwischen unbewegten und in den Farben wilder werdenden Bäumen fürcht ich mich vor Einsamkeit und Kälte. Ich werde diese kommenden Tage

1 In Georges »Schlußband«, der seine Gedichte in fremden Sprachen mitteilt, nicht enthalten.

nichts tun können als warten, warten auf den Brief, der mir eine Stellung anbietet. Nun leb ich also wieder in einer verantwortungslosen Wartezeit dahin, wie damals 1938, als ich in Zürich aufs amerikanische Visum wartete und Gides »Falschmünzer« entdeckte. Merkwürdig nur, wie dies enden wird: das tatenlose Abenteuer.

Woodstock, 9. Oktober

Gestern konnte ich lange nicht einschlafen, da ich mir zum erstenmal klarmachte, daß ich nun wohl keine Stelle mehr finde für dieses akademische Jahr, das ja schon angefangen hat; daß ich aber zu nichts anderem tauge. Hier in meinem kleinen Holzhaus kann ich nicht mehr lange bleiben, vor New York fürcht ich mich, und ich kann mir garnicht vorstellen, wie ich dort die Tage hinbringen soll, mit welcher Art von Arbeit, in welcher Stimmung und mit welcher Kraft, um dieser saugenden Stadt zu widerstehen. Tue den ganzen Tag nichts als Holzhacken und »Bleak House« von Dickens lesen, weil es auch so voll von Herbst und Nebel ist.

Woodstock, 16. Oktober

Immer noch stehen die Bäume ganz unbeweglich herum. Gestern um Mitternacht erschien Glen, der es der verrückten Frau wegen beim Erzbischof nicht mehr ausgehalten hat, und ein ebenfalls obdachloser Freund. Sie wissen nicht wohin. Ich brachte sie im Wohnzimmer unter.

Woodstock, 17. Oktober

Eben, spät abends, wird mir per Taxi ein Telegramm gebracht. Ein Stellenangebot. Für Deutsch, Französisch, Spanisch und Lateinisch, das ich kaum noch kann und noch nie unterrichtet habe. Irgendwo im Mittelwesten, wo ich noch nie war. Der Ort heißt Mount Pleasant, in Michigan. Eben suchte ich den Ort auf der Landkarte auf: irgendein Punkt, irgendwo weitweg, von dem ich mir nicht vorstellen kann, daß er meine neue Heimat werden könnte. Ich kann mich nicht entschließen, gleich zu telegraphieren, werde warten bis zur nächsten Morgenpost. Kommt nichts, werd ich zusagen. Hoffentlich muß ich es nicht annehmen. Es kommt mir wie eine Verbannung vor.

Woodstock, 18. Oktober

Heute morgen also zugesagt.

Mt. Pleasant, 27. Oktober

Heute nachmittag nach 25½ stündiger Bahnfahrt hier angekommen. War schon auf dem campus. Er ist häßlich und formlos. Alles scheint noch etwas ärger als ich mirs vorgestellt hatte. In der Bibliothek ist kein einziges deutsches Buch. Alle nichtenglische Sprache und Literatur wird in einer einzigen Abteilung »department of foreign languages« unterrichtet. Eine Kollegin und ich machen diese Abteilung aus. Fast alle männlichen Studenten sind beim Militär. Auch samstags werd ich unterrichten müssen, einen Lateinkurs mit Caesar, Cicero und römischer Geistesgeschichte. Wie ich das auch nur mittelmäßig werde bewältigen können, weiß ich nicht; bezweifle, ob es in der Bibliothek ein Buch gibt, aus dem ich es abschreiben kann.

Mt. Pleasant, 29. Oktober

Es ist Sonntag, kalt aber sonnig. Langen Spaziergang gemacht, um die Umgebung auszukundschaften. Von dem anonym häßlichen Häuserblock, der das Geschäftsviertel ausmacht, weg ging ich an einem Wasserarm entlang und kam in ein Gebiet mit vielen Tümpeln, Wasserzügen, Baumstümpfen, Ried und halbentwurzelten Bäumen. Dahinter die lange irgendwo hinziehende Landstraße, Baumgruppen im ganz flachen Land. Der Name Mount Pleasant im völlig flachen Land scheint eine Erfindung der Handelskammer zu sein. Die Landschaft ist nicht schön, nicht häßlich, sie hat etwas Trauriges, Vorweltliches, Trostloses. Schon war ich bereit, mir dieses verwahrloste Sumpfgebiet, das ich den »toten Grund« getauft hatte, zu einer poetischen Idylle umzudeuten. Die übers träge Wasser geneigten Bäume, moosig und absterbend; die rindenlosen, manchmal pockennarbig aussehenden Stämme, die im Wasser schwimmen, wollte ich träumerisch finden, als ich bemerkte, daß man die breite Autostraße mitten durch diesen Sumpf hindurchgeführt hat, sodaß die Tiere, um von einem Teil zum andern zu gelangen, die Straße überqueren müssen. Ich sah wohl über hundert überfahrene kleine Schildkröten. Da hier nie jemand zu Fuß hingeht, bin ich wohl der einzige, der das bemerkt. Ich stelle mir vor, wie das knirscht. Zu beiden Seiten der Straße kann ich in der Ferne Bohrtürme sehen, Ölquellen, die ich bisher nur aus Filmen kannte.

Mt. Pleasant, 30. Oktober

Ich habe etwas angefangen, mir einen Tagesablauf auszudenken. Da ist die kleine Public Library, wo ich jeden Montag die »Sunday Times« lesen werde, an den andern Tagen literarische Zeitschriften aus New York. Dabei werd ich ein paar Worte wechseln mit dem freundlichen Mädchen, der Bibliothekarin, die in mir den »Easterner« sieht und wohl glaubt, alle New Yorker sprächen so wie ich.

Da ich auf der Herreise mitten in der Nacht in Toledo, Ohio, zwei Stunden lang auf den Anschluß warten mußte, las ich im Telephonbuch von Toledo, sah unter den Buchstaben F und V nach und entdeckte zu meiner Verwunderung einen Harry Vortriede. Dem hab ich heute geschrieben. Er ist sicher ein ebensolcher Spießer wie Charles Fortriede in Cincinnati.

Mt. Pleasant, 31. Oktober

Die Freundlichkeit hier ist wirklich etwas beängstigend, wenn ich bedenke, daß ich mich ihr anpassen muß. Man muß dauernd auf der Hut sein, nur ja die für diesen bestimmten Fall richtige anerkennende Antwort, den rühmenden Widerspruch, die Betonung, wie bescheiden der andre ist, den Dank für die Umsicht des andern, die Anerkennung für die Rücksicht des andern, das Abwehren eines Lobes, das zu den Gunsten des andern gewendet werden muß, nicht im richtigen Augenblick zu verpassen. Und solcher Augenblicke sind viele, da, um dieses gesellige Spiel zu beleben, dauernd Freundlichkeiten wie Angelhaken ausgeworfen werden. An mir kann sich diese in jeder kleinen Stadt ja in Blüte stehende Umgangsart besonders perfektionieren. Ich bin ja ein Neuankömmling, offensichtlicher Außenseiter, nämlich als ein aus New York Kommender, als Europäer, als deutscher Emigrant, bei dem man sich vortasten muß wieweit man Deutschland loben muß und wieweit man es meiner Gesinnung wegen tadeln muß. Dieser Umgangston erleichtert in der Tat vieles, nur werden bei diesem entfesselten Lächeln weder Freundschaften noch, was eben so wichtig ist, Feindschaften entstehen können. Als ich heute morgen beim Präsidenten des Colleges war, sagte er: »Well, I hope you'll like us here. I am sure that we all will like you.« Wieso kann er dessen so sicher sein? Übrigens erfuhr ich, daß vier Meilen von hier ein indianisches Schutzgebiet des Chippewa-Stammes ist, das ich mir bald ansehen werde. Auch kommen jedes Jahr hier viele Mexikaner herauf, um bei der Zuckerrübenernte zu helfen. Diese Industrie ist in den Händen von nur einem Mann, den ich auch schon kennengelernt habe. Er läßt die betrogenen Mexikaner, denen er gute Häuser verspricht, in kleinen ärmlichen Hütten wohnen. Es ist der geheime Skandal der Stadt, aber man spricht davon nur mit fatalistischer Freundlichkeit.

Mt. Pleasant, 1. November

Gestern abend lud meine Kollegin mich mit anderen Kollegen zusammen ein, hauptsächlich, um gleich den auch dazugebetenen Pfarrer kennenzulernen, in dessen Kirche sie alle am Sonntag gehen. Ich weiß nicht, ob er Presbyterianer oder Methodist ist. Er heißt mit Vornamen Wanzer. Auf meine höflich erstaunte Frage erklärte er mir, daß sei der Familienname seiner Mutter. Er hat keine Ahnung, was das Wort bedeutet, und ich klärte ihn auch nicht darüber auf.

Mt. Pleasant, 2. November

Den ganzen Tag Immatrikulation: die Professoren sitzen wie Makler hinter langen Tischen und unterschreiben Klassenkarten. Ich habe begreiflicherweise wenig Kundschaft. In den Literaturkursen werd ich jeweils nur zwei

Mädchen haben, im spanischen Sprachkurs siebzehn. Sehr erschwerend ist, daß man weder in den Universitätsgebäuden, noch draußen auf dem Campus-Gelände rauchen darf. Rauchen gilt als unmoralisch und unchristlich. Ich werde einen guten Teil des Tages in der Toilette verbringen müssen. Abends war ich im Kino. Dort hab ich zum erstenmal viele Indianer gesehen, bin nicht sicher, ob es Chippewas waren oder mexikanische Indios. Es lief ein Wildwestfilm »Stagecoach«. Als die Apachen von den Weißen getötet wurden, haben die indianischen Kinder genauso gejauchzt wie die weißen.

Mt. Pleasant, 8. November

Heute in der »Times« gelesen, daß die Nazis Rudolf Borchardt aus seiner Verborgenheit bei Lucca verschleppt haben.

Bei Seume entdecke ich den Satz: »Alles, was man in dieser Zeit für seinen Charakter tun kann, ist, zu dokumentieren, daß man nicht zur Zeit gehört.

Mt. Pleasant, 15. November

Seltsam, aber nicht unerwartet: der einzige Kurs, der mir schwer fällt, ist der deutsche. Da scheint mir die Sprache nichts hergeben zu wollen, weil ich nämlich nichts hergeben will. Sie scheint mir zu kompliziert, sonderbar, absolut unlehrbar. Ich wehre mich dagegen, sie schülerhaft zu sprechen und sie ins Einfache zu verunstalten. Ich bin geizig mit ihr und will sie selbst behalten. Das geht soweit, daß ich es verschmähe, die leichtverständlichen Fremdwörter zu benutzen. Vor einem Bilde sagte ich heute: »Bemerken Sie den reichen Zierrat«, merkte dabei natürlich, daß ich nur schwierig und geziert redete, wollte aber im Augenblick auf nichts anderes verfallen. Das Wort »Ornament« stellte sich nicht ein. Ich behandle grade Lessing, kann garnichts an Wissen über die Aufklärung voraussetzen. Eine meiner beiden Studentinnen schreibt über Lessing: »Sein Vater begleitete nicht seine Emsigkeit«, was, glaube ich, heißen soll, »war mit seiner Tätigkeit nicht einverstanden«. Einfache Worte wie »Rockaufschlag« oder »er veranstaltete« bekomm ich aus Scham kaum über die Lippen, weil es mir so absurd vorkommt, daß diese Studentinnen so etwas jemals lernen sollten oder könnten. Im Französischen hab ich keinerlei derartige Zweifel. »Le revers« oder »il organisait« erscheinen mir nicht als unanständige Wörter.

Ich habe nun doch etwas Deutsches hier vorgefunden, nämlich sämtliche Jahrgänge seit 1933 der perfiden Zeitschrift »Hochschule und Ausland«. Sie lagen in meinem Sprechzimmer und wurden wohl von meinem Vorgänger zu Lehrzwecken beschafft. Ich habe sämtliche Hefte durchgesehen und heimlich weggeworfen. Je weniger davon auf der Welt bleibt, desto besser.

Meine einzige Tätigkeit: ich lese nur Goethe und übersetze Baudelaire ins Englische:

Oh Death, old captain, it is time let us draw anchor!
This land is gloom, oh Death, let us set sail, away!
The sky, the sea, though they be black as ink, the blanker
Our hearts which you know well, and they are full of rays!
  Pour out your poison for us which revives us, spare not!
We will, such is the fire that burns within our bones,
Plunge deep to the abyss – Heaven or Hell, we care not –
To the depth of the Unknown to find the To-be-known.

Mt. Pleasant, 17. November

Nun war ich auch bei den Chippewa-Indianern. Formlos geworden, von teigiger Gestalt, leben sie ohne Gedächtnis am Rande der Stadt in lieblos-häßlichen, von der Regierung serienweise hergestellten kleinen Proletarierhäusern, mit niedrigen Arbeiten beschäftigt. Jeder natürliche Ehrgeiz ist in ihnen erloschen, weil die Regierung sie nur erhält, solange sie die Siedlung nicht verlassen. Der hiesige Anthropologe Professor Horwitz nimmt sich ihrer an. Er hat ihnen wieder beigebracht, wie die Chippewas früher ihre indianischen Körbe flochten, was sie längst vergessen hatten. Nun flechten sie sie wieder mühsam, nicht für sich, sondern zum Verkauf. Horwitz nahm mich zu einem festlichen Pow-Wow mit, das in dem rohgebauten Versammlungshaus des Reservats, einem klobigen Zementkasten, stattfand. Aber das ganze Fest bestand darin, daß ein Indianer Coca-Cola-Flaschen versteigerte, stundenlang, wozu alle Anwesenden, scheu auf harten Bänken sitzend, verlegen kicherten und sich, wenn wieder ein höherer Preis ausgerufen wurde, voll Lust, in beklommener Anfeuerung in die Seiten stießen, bis schließlich eine Gruppe von unansehnlichen Indianermädchen das Programm übernahm. Sie hatten sich aus Filz, welcher Wildleder vortäuschen sollte, eine Art befranster Indianerkleidung zurechtgeschneidert und begannen ihre Darbietung mit der Absingung eines Methodistenchorals. Danach sangen sie den neusten Schlager: »I'm always feeling better all the time«. Das war das indianische Programm.

Mt. Pleasant, 19. November

Gestern meinen immer wieder geträumten Traum gehabt, den ich seit 1938 immer wiederträume und der immer andere Stimmungen aufruft: ich war wieder in Freiburg, bewußt als ein Zurückgekommener. Wieder, wie in den vorhergegangenen Träumen wurden die seit Jahren geplanten Wiedererkennungsgänge in gewissen Straßen, meistens ist dies die Herrenstraße, merkwürdig vereitelt. Ich weiß genau, wo der Münsterplatz sein muß, find ihn aber nicht, suche immer leidenschaftlicher, das Münster zu entdecken. Diesmal bestand aber die dauernde Gefahr, der ich mir bewußt bin, nicht darin, daß ich wie sonst, ohne Paß oder mit einem mich gefährdenden Paß wieder über die Grenze zurückmuß. Diesmal schien ich endgültig zurückgekommen zu sein. Aber die Gefahr bestand darin, daß man erführe, daß ich in Amerika gewesen war. Ich wurde von einer Familie sehr freundlich aufgenommen, zuerst von der Frau allein, als ich plötzlich mit großem Schrecken merkte, daß der Mann und die Kinder heimlich mein Gepäck durchsuchten. Mein Gepäckstück lag als langer halb gebogener Strumpf da, er sah so aus wie der amerikanische Christmas stocking, den man den Kindern voller Süßigkeiten stopft, nur eben sehr groß. Als der Mann und die Kinder sich dann mir zudrehen, werd ich beschimpft, beleidigt und rausgeworfen.

Mt. Pleasant, 25. November

Lähmung, Stockung aller innren Bewegung.

Mt. Pleasant, 29. November

Auf meinen wohlgemeinten Glückwunschbrief zu seinem Geburtstag (von Mutter vorher auf das Datum hingewiesen), erhielt ich gestern eine Antwort von E. voll von ungeheuerlichen Beleidigungen und Bosheiten, nur deshalb, weil ich ihm auf deutsch geschrieben hatte. Wie ich es wagen könne, ihm in der Sprache Hitlers zu schreiben etc. etc. Obwohl entschlossen, das nur komisch zu nehmen, bin ich nun doch die halbe Nacht wachgelegen, in dauernden Reden und Auseinandersetzungen befangen, die ich mir immer weiterausdenken mußte.

Mt. Pleasant, 30. November

Seit über zwei Jahren den ersten Brief aus der Schweiz erhalten, von Hichens, datiert vom 4. September.

Mt. Pleasant, 4. Dezember,
Georges Todestag

Nathaniel ist tot. Eben sind meine Briefe an ihn zurückgekommen.

Mt. Pleasant, 4. Dezember

Das Vorige schrieb ich am 3. Irrte mich im Datum. Den ganzen Tag verstört, nur mit dem Willen, daß der Schmerz noch größer wäre und mich zerstören könnte. Keiner hat mich so von meiner besten Seite gesehn wie Nathaniel. Im Geheimen hatten meine weitren Lebenspläne viel mit seiner Heimkehr zu tun. Auf den Briefumschlägen, die meine eignen Briefe enthielten, steht »Deceased«.

Schrieb einen Brief an seine Mutter, der sicher unmöglich ist, und hab ihn unseligerweise schon eingesteckt. Sehe aus meinen frühren Tagebüchern, die ich ängstlich wiederdurchlas, daß ich Nathaniel kaum erwähne und kann mirs nicht verzeihn. In seinem letzten Brief vom 10. September schrieb er: »I like to treat you as my intellectual confessor.« Ich habe nie ein größeres Geschenk erhalten.

Drückende soldatische Träume die ganze Nacht. Wenig Wille zum Weiterleben.

Mt. Pleasant, 5. Dezember

Kirchen schlug man ein, von ihren Steinen
Nahm man, um die Straße auszubessern,
Daß sie den Maschinen angenehm sei.
Nicht genug! Noch war, was reiner lebte,
Mit mehr Hauch als Buch, mehr Glut als Kirchen,
Er. Um toller zu verschwenden, braucht es
Ihn noch.
  Es ist Winter. Das ist hier
Die Jahreszeit des Granatapfels.
Lern ihn beizeiten essen. Er ist
Persephoneias einzige Gabe, die süß schmeckt.
  War das Gespräch mir einst leicht? Das war,
Weil die Antwort so schön war.
Nun sprech ich mit Totem, allein.
Das ist mir ein schweres Gespräch.

Mt. Pleasant, 6. Dezember

Der du dein Blut ausleertest, ist es recht,
Daß ich dich nun in lieblichem Geflecht
Von Vers und Strophe nutze, schön verwebe,
Dich, der doch tot ist, ich, der ich noch lebe?
  Lebtest du, es wären Taten, Taten
Uns aus Worten tatenlos erstanden.
Was sich andre durch Gebet erbaten,
War uns vorerhört und unabhanden.
  Oh kluge Welt! Dies Auge war zu rein.
Es mußte brechen, um nicht da zu sein,
Wenn du dich frech, das reiche Kleid beschmutzt,
Mit deinem Sieg und deinen Opfern putzt.
  Dich, mein Nathaniel, macht es nicht schöner,
Wenn ich mit Namen dich nenne,
Doch mich macht es besser,
Gewähr mirs.

Mt. Pleasant, 11. Dezember

Sehr freundlichen Brief von Nathaniels Mutter erhalten, aus dem ich erfahre, daß er am 24. September, also vierzehn Tage nach seinem letzten Brief an mich, gefallen ist. Sonst weiß sie bis jetzt nichts.

Mt. Pleasant, 18. Dezember

Gestern abend aus Detroit zurückgekommen. Ein freundliches Wochenende. Ich rief Dr. Vortriede dort an, der mich gleich ins Osteopathische Krankenhaus kommen ließ, wo ich auch wohnen und essen konnte. Er ist achtundzwanzig Jahre alt, hat ein ganz kindliches Gesicht. Für seinen Beruf hat er den größten Enthusiasmus, kam mir ohne Hinterhalt und Mißtrauen entgegen, darin typisch amerikanisch. Da lebte ich also mit den fünf jungen osteopathischen Ärzten, in einer angenehmen geschloßnen beruflichen Welt, an der ich zuschauend teilnehmen konnte. Ich soll Weihnachten bei seinen Eltern verbringen.

In der Buchhandlung sah ich, daß Hichens' Roman »Young Mrs. Brand« die Widmung »To my friend Werner Vordtriede« trägt. Es gelang mir hier, Mark Longakers neue Dowson-Biographie aufzutreiben als Weihnachtsgeschenk für James. Schon in Detroit fing ich an sie zu lesen. Obwohl das Buch nicht besonders gut geschrieben ist, garnicht glänzend, wohl aber solide und lebendig, hat es mich ganz in die Neunzigerjahre zurückversetzt. Das war doch eine sehr dichte Epoche, in der ständig die neue Sprache und neue Formen für eine moderne Dichtung ausprobiert wurden. Welch großes Glück, seine Abende mit so vielen Gleichstrebenden verbringen zu können. Das war schon das halbe Werk, die Hälfte der notwendigen Gunst. Zartheit und Ernst in den gemeinsamen Absichten, ein Wille zur Gruppierung und zu gegenseitiger Förderung. In Amerika scheint es das garnicht zu geben und ist wohl kaum möglich.

In der New York Times vom 15. Dezember steht Nathaniel auf der Liste der Gefallenen.

Mt. Pleasant, 20. Dezember

Ein freundlicher Abend bei Miss Ryan. Sie ist Professorin für Leibesübungen am College und lebt zusammen mit ihrer Freundin, die auch am College lehrt und die Tocher von Missionaren ist. Miss Ryan ist überall dafür bekannt, daß sie ein Pferd hat und jeden Tag ausreitet. Das gibt ihr eine große Ruhe, eine Ausgewogenheit und milde Resignation. Sie scheint nur für dies Pferd zu leben. Wir sprachen über die Chippewas. Beide Frauen stimmten mit mir überein, daß die Indianer in ihrem Reservat einem sinnlosen Leben verfallen sind. Aber sie sehen keinen Ausweg. Ich sagte: »Öffnet doch die Reservate, laßt die Indianer heraus!« Nein, das ginge nicht, dann fänden sie sich nicht zurecht und gingen unter. »Ja, laßt sie untergehn und sich mit den Amerikanern vermischen«, plädierte ich. Nein, nein, sagte Miss Ryan mild und bekümmert, das sei doch nicht die richtige Lösung. Da rief ich: »Doch, laßt sie endlich sterben!« Das erschreckte die beiden Frauen so, als ob ich vorgeschlagen hätte, die Indianer einzeln mit Beilen umzubringen, und ich merkte wohl, wie sie mich für einen frivolen Europäer hielten, der die amerikanischen Probleme nicht verstehen kann.

Mt. Pleasant, 21. Dezember

Also die berühmte »Atlantic Charter«, das Dokument mit den erhabnen Grundsätzen, gibt es garnicht, wie Roosevelt nun erklärt. Das seien nur ein paar Gedanken gewesen, die er einmal auf einer Fahrt auf seinem Boot flüchtig aufs Papier geworfen hätte. Man hat immerhin einige Jahre lang damit die besten Gewinne erzielt. Es überrascht mich nicht.
Bin in schlechter Verfassung. Pläne, Weihnachten irgendwoanders zu verbringen, haben nichts Verlockendes. Werde auch nicht zu den Vortriedes nach Toledo gehn. Werde wohl hier bleiben, lesen und schlafen. Das Dowson-Buch, das ich nun fast ausgelesen habe kann mich nicht heitrer stimmen. Aber ich erscheine wohl heiter, obwohl mir mein Gesicht verändert vorkommt.

Mt. Pleasant, 22. Dezember

Den Dowson ausgelesen, beeindruckt und beeinflußt von diesem Buch, diesem im Nichts endenden Lebenslauf. Habe eben Dowsons »Dregs« übersetzt:

Neige

Das Feuer ist aus, die Wärme ist vertan,
(So endet jedes Lied, das einer singt)
Nur Neige bleibt, verschlürft der goldne Wein,
Wie Wermut bitter, salzig wie die Pein.
Der Kraft und Hoffnung wies die Liebe Bahn
Hin, wo Verlornes ins Vergeßne sinkt.
Geister gehn mit so lang die Straße reicht,
Dies warn Geliebte, dies ein Freund vielleicht.
Wir warten bleichen Blicks, den nichts verdrießt,
Daß dieser Vorhang fällt, das Tor sich schließt:
So endet jedes Lied, das einer singt.

Die wenigen Ferientage, bis zum 28. haben jetzt angefangen. Wenn meine Einsamkeit und Niedergeschlagenheit so groß werden, daß ich ein Weihnachten allein im möblierten Zimmer dieser altjüngferlichen Stadt nicht auszuhalten glaube, werd ich wohl doch einfach nach Detroit fahren. Wahr-

scheinlich nur, um mir in der kalten und menschenvollen Häßlichkeit noch ausgestoßner vorzukommen.
Lese Dowsons Erzählungen.

Mt. Preasant, 23. Dezember

Im Blättern in frühern Tagebüchern seh ich, welche schreckliche Anzahl von Büchern ich gelesen habe. Sie sind mein Laster und Betäubungsmittel, mein Absinth. Der Leserausch ist weniger vollständig als der Absinthrausch, aber dem Organismus weniger schädlich. Nur die Augen werden schwächer: doppeltes Sich-Entfernen von der Welt.

Mt. Pleasant, 24. Dezember

Zu Weihnachten hab ich einen Band Stifter geschenkt bekommen (Band vier bis sechs einer alten Ausgabe, herausgegeben von Karl Pröll.) Angefangen, die »Nachkommenschaften« zu lesen. Da winkt mir wieder Zuflucht und freundliche Ruhe. Nun könnt ich mir denken, den ganzen Winter nur mit Stifter zu verbringen. Er kommt mir wie Arznei vor und kommt im rechten Augenblick. Ich bin an Dowson krank geworden, wohl weil es mich so nach Krankheit gelüstete.

Mt. Pleasant, 27. Dezember

Gestern abend zu einem sehr umsichtig bereiteten Essen eingeladen. Die vier Kolleginnen, alles unverheiratete Frauen, taten alles, um dem Abend Wärme zu geben. Die Gastgeberin, Miss L., trägt immer einen großen Lebensenthusiasmus zur Schau. Ich schlug vor, das Spiel »Gefüllte Kalbsbrust« zu spielen: alle schreiben auf einen Zettel ein Wort von oben nach unten und dahinter das gleiche Wort von unten nach oben. Die so entstehenden Lücken müssen nun mit neuen Worten ausgefüllt werden, die von der Runde erraten werden müssen. Es wurde sehr lustig, bis ich arglos eine sehr unangenehme Stimmung hervorrief. Ich definierte ein Wort zum Erraten, das mit L anfing und mit N aufhörte. Ich sagte, es beziehe sich auf eine große und berühmte Dichterin. Da man es nicht erriet, machte ich es immer deutlicher: eine Dichterin der Antike, auf einer Insel, junge Mädchen etc. Man wurde immer stiller und gab vor, es nicht erraten zu können. Ich mußte die Auflösung »Lesbian« selber geben, und alle vier, Professorinnen verschiedner Fächer, behaupteten, das Wort nie gehört zu haben. Ich hatte da, ohne es zu wollen, an ein geheimes Lebensproblem gerührt, von dem man nicht sprechen darf.

Mt. Pleasant, 28. Dezember

Ich halte einen Brief von Fränze in Händen, vom 11. Dezember. Sie gab ihn jemandem persönlich mit. Er enthält die Andeutung, daß sie nach den USA kommen will. Wie ich da gleich an ein Planen und Ausspinnen ging, damit ihr armes, mir so verfehlt erscheinendes Leben doch noch Sinn und Heiterkeit erhält.

Stifters »Zwei Schwestern« ausgelesen. Es scheint mir eine seltsame Umwendung in der Novelle vorzugehn. Ich weiß nichts darüber und kann hier in der Bibliothek nichts erfahren. Aber offensichtlich war sie ganz anders, düster, dämonisch, angelegt, als sie nun endet. Die rätselhafte, einsame Gestalt des Freundes zu Anfang paßt garnicht zu dem später Wiedergefundnen. Die Episode mit den geigenden Schwestern ist viel zu breit und mit zu gewichtigen Untertönen behandelt, um dann nur in Vergessenheit zu geraten. Der ganze erste Teil ist wie ein Nachtstück und sicherlich nicht darauf angelegt, in einer Idylle zu enden, auf die das Geigenspiel nur sehr künstlich und unorganisch aufgesetzt wird.

Diese letzten Tage dauernd damit beschäftigt, im Geiste Bücher zusammenzustellen aus all den Sachen, die sich sinnlos um mich anhäufen. Ich hätte genug Geschriebnes, um sieben nicht zu dicke Bücher damit zu füllen, wenn ich nur das nehme, was mir lieb ist. Wär ich also jetzt in normaleren Zuständen mit Möglichkeiten zur Veröffentlichung, hätt ich schon so etwas wie ein Werk beisammen.

Mt. Pleasant, 4. Januar

Auf das Jahr zurückblickend mag ich diesmal nicht das Gewonnene verzeichnen, wie ichs letztes Jahr tat.

Stifters »Der fromme Spruch« und »Der Kuß von Sentze« gelesen. Das erste scheint mir komisch. Ich könnte mir denken, daß der gespreizte, ungelenke Dialog damit zusammenhängt, daß Stifter als Österreicher doch einige Schwierigkeiten mit dem gesprochnen Schriftdeutsch hatte. Die Symmetrie der Novelle hat etwas Groteskes, das übrigens auch im »Kuß von Sentze« spürbar ist, z.B. in solch symmetrisch-ungelenken Sätzen wie: »Es waren schöne Mädchen da, es waren sehr schöne Mädchen da, es waren außerordentlich schöne Mädchen da. Als aber Hiltiburg in den Saal trat, sah man, daß von dem schönsten Mädchen zu ihr noch ein hoher Abstand emporging.« Dies und vieles andre ist kaum noch deutsch. Die ins Einzelne gehenden Beschreibungen laß ich mir bei Stifter sonst gerne gefallen, aber die Genauigkeit im schlechthin Unwichtigen hat etwas Grämliches und grenzt an Manie, wenn z.B. nach ungemein genauer Wiedergabe einiger Reden, des längeren gesagt wird, daß danach noch einige Zeit mit unbedeutenden Gesprächen verstrich und vieles dieser Art, was nichts zur näheren Kenntnis der Personen oder der Situation beiträgt und fast wie ein Polizeibericht klingt. Das gehört sicher nicht zur Kunst Stifters, sondern zu seinem Erlahmen. Auffallend ist, wie oft er zeitlich wiederkehrende Tätigkeiten als Mittel zu fortlaufender Handlung verwertet: im »Nachsommer« die Besuche im Rosenhaus, im »Waldbrunnen« die Sommeraufenthalte im Schreinerhaus, im »Frommen Spruch« die immer wiederkehrenden Geburtstage. Ich bin überzeugt, daß er es nicht nur aus Kunstverstand tut, nämlich, um so durch das Wiederkehrende das sich allmählich Verändernde darzustellen (mit Meisterschaft im »Nachsommer«), sondern auch aus einem Unvermögen heraus, Bewegung und Veränderung mit raschem Wurf darzustellen. Denn in den genannten Novellen erlaubt diese Art ihm, kurzweg zu sagen: Dann wurde es wieder Sommer, und wieder begab sich dies und jenes, und den Sommer darauf ebenso und so noch manchen Sommer. Nur so kann er es sich mit seiner genauen Kleinmalerei gestatten, lange Zeitabschnitte zu benutzen. Es ist auffallend. Interessant auch, wie allmächtig Goethes Mignon im 19. Jahrhundert wurde. Selbst beim unabenteuerlichen Stifter tritt sie schließlich auf, im »Waldbrunnen«, endet allerdings bezeichnenderweise ganz bürgerlich als feine Dame und glückliche Ehefrau. Das Größte an Stifter ist sicherlich seine Vornehmheit, sein Takt, seine Haltung, deutlich daran, wie in seinem Werken Menschen mit einander umgehn, immer mit Behutsamkeit, Sorgfalt, ganz stiller Höflichkeit und ganz ohne zudringliche Neugier. Alle warten sie immer auf die Lösungen, fragen nie, auch wenn sie sich noch so nahe stehn. Im »Frommen Spruch« ist dies fast zur Karikatur gediehen, sodaß es manchmal scheint, als bewegten sich durch diese Geschichte nur gespreizte, eingebildete, hohle Menschen, erfüllt von nichts als preziösem Familiendünkel.

Mt. Pleasant, 8. Januar

»Katzensilber« ist sehr schön. Hier macht Stifter auch Gebrauch von der immer wiederkehrenden Tätigkeit, um durch sie Veränderungen und Zeitablauf darzustellen. Zwiefach sogar: die winterlichen Fahrten nach Wien und die Gänge auf dem Nußberg. Mignon erscheint hier noch einmal in andrer Abwandlung.

Habe nun auch noch eine Spanischklasse samstags. Mach es recht und schlecht, mehr mit Unverschämtheit als Können. Die kluge und lebendige Tochter von hier seßhaft gewordnen Mexikanern sitzt in der Klasse, um die Grammatik ihrer Muttersprache zu erlernen. Sie hilft mir immer rasch und taktvoll, wenn ich nicht weiterweiß.

Mt. Pleasant, 11. Januar

Eben, abends, wieder einen Vortrag über Europa vor einer College-Gruppe gehalten. Man staunt und nimmts so hin wie Märchen und freut sich auch, daß es alles so weit weg ist.

Unlängst rein im Scherz, gleichsam als Pastiche, die erste Strophe eines Gedichts gemacht, das sich mir heute unversehens ins Ernsthafte verlängerte, wodurch es nicht besser wurde, eine Selbstdarstellung meines Versagens:

Lied für Euphorion

Wenn sich im neuen Ton
Manche erdreisten,
Will ich im neusten schon
Neueres leisten.

Goethe erzeugte mich
Spartischem Schoß,
Doppelt ist sicherlich
Erbe mir groß

Nördlich und südenhin
Geistets fortan,
Bringt mir nun Westgewinn
Der Ozean?

Waren schon hell von Licht
Wiege und Wiegenband,
Fänd ich es hüben nicht
Im neuen Land?
Der ich zum Lied bedarf,
Kammer, ist leer.
All ihre Schätze warf
Ich ja ins Meer.
Dreifaches Erbe wahrt
Mir nun kein Ziel,
Da bei der Überfahrt
Es mir strahlend entfiel.
Rollt nun im Meere hin,
Leuchtendes Seegetier,
Seele, oh Fischerin,
Tauch und errett es dir.
Doch in der kühlen Welt
Ward es schon wunderlich,
Schaurigem beigesellt,
Starrt es auf mich.

Nun noch übersetzt. William Corys »Heraclitus«, das er dem Kallimachos von Kyrene nachbildete und das mich schon so oft rührte:

Heraklit

Sie sagten, Heraklite, sie sagten, du seist tot,
Sie brachten bittre Zeitung mir und bittre Tränennot.
Mit Weinen mirs gedachte, wie oftmals ich und du
Die Sonne müdgeredet und heimgeschickt zur Ruh.
Nun da du liegst, mein lieber halikarnassischer Gast,
Eine Handvoll grauer Aschen, seit langem schon zur Rast,
Sind freundlich deine Stimmen wach, die Nachtigallen dein.
Der Tod, wohl nimmt er alles mit, doch diese läßt er sein.

Mt. Pleasant, 25. Januar

War dieser Tage völlig apathisch. Bin nun seit gestern weniger lethargisch (vielleicht weil nach vielen ganz grauen Tagen zum erstenmal die Sonne auf den Schnee schien), dafür aber mißgestimmter. Habe G.K. Chestertons »Autobiography« angefangen. Zum erstenmal, seit ich in Amerika bin, bin ich, da es hier keine deutschen Bücher gibt, gezwungen nur englisch zu lesen. Meinem geschriebnen Englisch wird das sicher zugute kommen.

Mt. Pleasant, 29. Januar

Chesterton ist ein großartiger Querulant, ein genialer Journalist, direkt am Rande der Dichtung. Jede Feststellung wird ihm zur Kontroverse, ganz unnötig. Ich war nicht die Spur geneigt, seinen Katholizismus sonderbar, unecht oder anstößig zu finden zu Anfang des Buchs. Nachdem mir aber auf jeder Seite angeordnet wird, ihn weder sonderbar, noch unecht, noch anstößig zu finden, kommt er mir am Schluß des Buchs beinah etwas sonderbar, unecht und anstößig vor. Mit der Bravura einer löwenartigen Argumentierlust wird einem vergewissert, daß Chesterton als Katholik glücklich ist, und der Aufwand, immer geistvoll und ersprießlich (nur einmal sentimental, wie in der Polenreise), scheint mir ganz unnötig. Es wird ja klar, wie viel mehr, wieviel beziehungsreicher jemand die Welt sieht, Bücher liest, Landschaften betrachtet, Gespräche hört, der es von einem parti pris aus tut. Er amalgamiert sich alles und gibt allem ein Gesicht. Wie gleichgültig, ob es das »richtige« Gesicht ist, da ja das Formlose auf diese Weise Form erhält, die immer »richtig« ist.

Mt. Pleasant, 30. Januar

Lese die Stücke von Yeats. Er hat das Größte erreicht: traditionell und gleichzeitig neu zu sein; und mythenschaffend. Sein Irland ist sicher ein von ihm geschaffnes, ein nur ihm angehörendes, nicht das wirkliche oder geschichtliche oder sogar legendäre.

Mt. Pleasant, 7. Februar

Ein verdrießliches Wochenende in Houghton Lake verbracht, als Gast im dortigen Pfarrhaus, da ich am Sonntag in der Kirche über Europa sprechen sollte.

Der dortige Pfarrer ist einer meiner Studenten. Als er mich bat, an seiner Statt die Predigt zu übernehmen, fragte ich ratlos, worüber ich denn von der Kanzel sprechen könnte. Er antwortete: »Sagen Sie doch der Gemeinde, wie wichtig es ist, fremde Sprachen zu erlernen, damit die Menschen sich besser verstehn und damit es keine Kriege mehr gibt.« Ich sagte: »Aber das stimmt doch garnicht. Kriege haben mit der Kenntnis oder Unkenntnis von Fremdsprachen absolut nichts zu tun.« Daraufhin sagte er nur freundlich: »Dann reden Sie eben darüber.« Natürlich wollte ich nicht, aber Miss Loughridge meinte, es gehöre hier eben doch zu den Pflichten der College-Lehrer, solche Einladungen anzunehmen, das werde von einem erwartet.

Am Samstag abend fuhren wir in seinem Auto durch die sehr kalte Winternacht recht lange, es müssen mehr als 70 km sein. Da zwei alte Damen mitfuhren, wagte ich während der ganzen Fahrt nicht zu rauchen. Am Ortseingang von Houghton Lake (das, an einem See gelegen, eine Art Sommerfrische ist) steht ein riesiges Schild mit der Aufschrift »This town is restricted«, das heißt: hier dürfen Juden keinen Grundbewitz erwerben und demzufolge auch nicht wohnen. Ich nahm mir gleich vor, in meiner Predigt über dieses Schild zu sprechen. Als wir endlich in dem großen düstren Pfarrhaus ankamen, wollte ich mir die langentbehrte Zigarette anzünden, aber der Pfarrer erschrak und bat mich, nicht zu rauchen. Ich schlug vor, das in einem dunklen Zimmer zu tun, sodaß niemand es von außen sieht. Aber auch das durfte ich nicht. Dann müßte ich eben vors Haus gehn, sagte ich. Ja, aber nicht vor das Haus, hinten vorm Kücheneingang könne es niemand sehn. Also stand ich im tiefen Schnee, frierend, und rauchte lustlos meine Zigarette. Als ich ganz durchgefroren hereinkam, war es dem Pfarrer peinlich, und er erklärte mir, daß rauchen, trinken und ins Kino gehn in der Gemeinde für unsittlich und unchristlich gelte. Ich fragte den Pfarrer, ob er denn wirklich glaube, daß seinem Gott ein Antisemit wohlgefälliger sei als einer, der eine Zigarette raucht und sprach von dem unchristlichen Schild am Ortseingang und daß ich darüber morgen predigen würde. Da wurde er ganz kleinlaut, gab mir völlig recht, bat mich aber inständig, vor der Gemeinde nichts über das Schild zu sagen. Die Handelskammer habe es aufgestellt, er fände es ja auch nicht richtig, aber müsse sehr vorsichtig sein mit dem was er sage, um nicht das Mißfallen dieser Rechtschaffnen zu erregen. Da Staat und Kirche getrennt sind, haben es die Gläubigen in ihrer Macht, einen ihnen mißliebigen Pfarrer davon zu jagen. Er sagte wörtlich: »Sie müssen wissen, daß es in diesem Lande für einen Pfarrer in kleinen Gemeinden schwer ist, das zu sagen, was er wirklich denkt.« Darum also hat man die Demokratie, damit der Seelsorger nicht mehr sagen darf, was er will und was er muß.

Am Sonntagmorgen begann ich meine Predigt, von der Kanzel herab, passend genug mit einem Paradox über den Turmbau zu Babel. Dort seien die fremden Sprachen als Strafe Gottes verhängt worden, damit die Menschen keine zu starken Machtverbände errichten könnten. Allerdings, das gab ich zu, sei dann im Pfingswunder durch die Ausgießung des Heiligen Geistes einigen Menschen die Fähigkeit erteilt worden, in Zungen zu sprechen, um Gottes Wort überall verkünden zu können. Ich bemerkte, wie man mir mit Wohlgefallen zuhörte. Dann aber sagte ich, daß Kriege garnichts mit der Kenntnis der Fremdsprachen zu tun hätten, das sei ein populäres Mißverständnis; Kaiser Wilhelm und Eduard VII. hätten beide sehr gut deutsch gesprochen, Slaven und Lateinamerikaner verstünden sich sehr wohl untereinander und gerieten sich doch immer wieder in die Haare. Viel wichtiger als Fremdsprachen zu erlernen sei es, daß man die Ursachen von Kriegen, die Macht- und Besitzgier, erkenne etc. etc. Hinterher kamen vor allem die Frauen der andächtig lauschenden Gemeinde zu mir, dankten mir und sagten, wie wichtig es doch sei, daß ich den Menschen mitteile, daß man fremde

Sprachen lernen müsse, damit es keine Kriege mehr gäbe. Sie hatten alle nur das gehört, was sie schon wußten und was der Pfarrer ihnen als Thema meiner Predigt angegeben hatte.

Mt. Pleasant, 8. Februar

Seit vielen Tagen sitz ich umgeben von vielen Bänden Yeats, allen, die ich hier erhalten kann. Welch ein Glücksfall für Irland und England. Gehörte ich zum angelsächsischen Sprachgebiet, würd ich nicht zögern, mich diesem großen, glühenden und dabei hochintelligenten Dichter ganz zu widmen. Wenn auch manche seiner Gedichte mir fremd sind, seine Stücke sind alle Wunder. Ich habe sie nun alle gelesen, mit den Kommentaren, auch »The King of the Great Clocktower«, das als später Druck gesondert erschien. Die liebsten sind mir »Countess Cathleen«, »The Land of Heart's Desire«, »Cathleen ni Houlihan«, »The King's Threshold«, »The Hawk's Well«, »The Green Helmet«, »On Baile's Strand (dies mir vielleicht am liebsten von allen), »The Only Jealousy of Emer«, »The Hour Glass«, »The Player Queen« und »The Dreaming of the Bones«. Da hab ich nun fast alle aufgezählt. »The Unicorn from the Stars« scheint mir weniger gut, etwas schülerhaft, und »The Shadowy Waters« zu lyrisch und unklar. »Calvary« bleibt mir unverständlich; hier scheint mir der Intellekt zu stark beteiligt zu sein, sodaß der Zwitter eines symbolischen Stücks entstanden ist, statt daß sich, wie sonst, Mythologie und Wirklichkeit ganz durchdringen. Yeats ist dichterisch wie Hofmannsthal, stark wie Shakespeare, ahnungsreich wie die Griechen und dabei ganz modern und scharfsinnig. Wie wunderbar es ist, so ganz national und ganz unchauvinistisch zu sein, für sein Volk sein zu können, ohne vulgär und phrasenhaft zu werden, Kämpfer für die Gegenwart zu sein mit keiner Waffe als wirklicher Dichtung, in welcher Mythologie und Tendenz, Zeitferne und Zeitnähe dasselbe, d.h. in sich aufgehoben sind.
Ich kenne nur Bilder und Freundesberichte des jungen Yeats. Unmöglich, mir ihn siebzigjährig vorstellen zu können. Seine Weisheit ist immer so närrisch, so kryptisch, so tänzerisch und mondsüchtig wie die seiner wunderbaren Narren.

Mt. Pleasant, 9. Februar

Yeats' Essays angefangen zu lesen. »Popular Poetry« ist mir eine große Erleuchtung. Daraus wird mir auch klar, warum Amerika nie eine wirkliche Dichtung haben wird. Das hat garnichts mit der »Jugend« dieses Landes zu tun, sondern damit, daß es eben nicht mit den Gesten des eingeseßnen Pflügers, Landfahrers und Handwerkers angefangen hat und daher vom ersten Tag an Literatur und nicht Dichtung hervorbringen mußte und nichts

Vergeßnes, Regenerierendes zurückfallen kann. Nur die Indianer könntens, wenn sie es nicht hätten vergessen müssen.[1]

A German's Homage to Yeats

I'd follow him, lone heron and fierce hawk,
With gift of Spenser and of wild-eyed Blake,
With kingly song and with the ploughman's talk,
Whose one-time gods pray loud at this time's Wake.
He more than they, because our time and need
Mark his myth's end, but our myth's strict begin
In the long journey of his ancient creed. –
I'd follow him, but for my own and kin.

Mt. Pleasant, 10. Februar

Ich kannte seit einigen Jahren eigentlich nur zwei oder drei Gedichte von Yeats, eben die, die jeder kennt, weil sie so sangbar sind und so schwermütig, was ja einem flüchtigen Leser von Gedichten immer zuerst bemerkbar wird. Beim Blättern durch seine Gedichte find ich diesen Ton kaum wieder, war zunächst nur verwirrt. Nun aber, nach der langen Vorbereitung durch die Stücke, einige Essays und Prosakommentare, las ich »The Wild Swans at Coole« Zeile für Zeile durch und fand zu meinem Erstaunen, wie mir alles sehr verständlich wurde. Die Un-Willkürlichkeit seiner Bilder und Symbole wird mir deutlich und auch wie er seine Welt aus Menschen und Gestalten schafft (kaum je aus Landschaften oder einfach Träumen), der besondre Rhythmus, der Sprechrhythmus seiner nur scheinbar formloseren Gedichte. Habe übersetzt: »Er denkt seiner vergangnen Größe . . .«

Mt. Pleasant, 11. Februar

Übersetzt »Lebendige Schönheit«. Hab gesternnacht lange nicht einschlafen können, so viele abenteuerliche Gedichte, Symbole und Gedanken (nun alle vergessen) belagerten mich. Einer dieser Gedanken war der:
Hölderlins fromme Patmos-Zeilen: »Wo aber Gefahr ist, wächst das Rettende auch« haben auch ihr grausames Gegenspiel. Ich bin überzeugt, daß da wo Rettung ist, auch die Gefahr wächst. Daß die mögliche Rettung die Gefahr begünstigt und herausfordert, sie reizt und bedingt. Wenn es Amerika nicht gäbe, die Rettung, müßte Europa mit einem viel geringeren Maß an Gefahren auszukommen suchen. Wenn es die göttliche Rettung nicht gäbe, hätte das menschliche Herz längst gelernt, mit weniger Gefahr auszukommen. Die Rettung ist also ebenso gefährlich wie die Gefahr.

1 Das sind mir sonderbare und peinliche Ansichten! Man muß dem Tagebuchschreiber hier seine besondre Lage zugute halten.

Mt. Pleasant, 20. Februar

Erfahre zu meiner großen Freude, daß Heinz Zimmermann, den ich im Lager von Lisieux traf, lebt und daß es ihm gut geht. Er lag mir auf dem Gewissen. Christiane schrieb es mir, die es von Salin aus Basel hörte.

All diese Tage viele Gedichte von Yeats übersetzt. Seit zwei Tagen wilde Tauwinde, Regen, der aufs Eis fällt und zu Glasur wird. Wetter zum Träumen, hochgeladne Verlassenheiten.

Ich möchte ein Buch schreiben: »Das letzte Jahr«, eine Elegie in Prosa, die fast nur aus Gespräch und wechselnden Stimmungen bestünde und das letzte Lebensjahr eines großen Dichters beschriebe, in einer südlichen Landschaft.

Mt. Pleasant, 22. Februar

Gestern abend im hiesigen Lion's Club einen Vortrag über das europäische Erziehungswesen gehalten. Die Lions sind (wie Elks und Moose) eine Vereinigung von Geschäftsleuten. Ich hatte gar keine Lust dazu, aber eingedenk des Ratschlags von Miss Loughridge glaubte ich zusagen zu müssen. Die Lions haben ein großes Clubhaus in der Stadt. Offenbar hatten sie eine Art Stiftungsfest und waren auf mich als »after dinner speaker« verfallen. Es wurde ein langer unersprießlicher Abend. Zuerst wurden Protokolle und Berichte vom Vorsitzenden verlesen. Nach jedem Punkt wurde abgestimmt, ob man einverstanden sei. Dazu hob man nicht die Hand, sondern sämtliche Lions (etwa vierzig) erhoben ein lautes Gebrüll. Sie brüllten wie Löwen, erklärte mir mein Nachbar. Jedesmal wenn sie wieder brüllten, wanden sie sich vor Lachen, als ob sie diesen Scherz soeben zum erstenmal ausprobierten. Dann kam das große Essen. Es gab sehr große köstliche Steaks, die es seit langem in diesen Kriegszeiten kaum noch gibt. Der Vorsitzende berichtete, daß man seit Monaten diese Steaks für diesen Anlaß gesammelt und im Eisschrank aufbewahrt habe. Man ermunterte mich mit großem Wohlwollen, doch zuzugreifen und sah, wie mir schien, in mir den armen ausgehungerten Europäer, den es galt an die amerikanischen Fleischtöpfe heranzuführen. Nach dem Bankett hielt ich dann meinen Vortrag, in dem ich über Vor- und Nachteile der europäischen und amerikanischen Erziehungssysteme sprach. Es interessierte niemanden. Aus den behäbig gestellten Fragen wurde klar, daß sie eigentlich nur hören wollten, um wie vieles doch das amerikanische System besser sei.

Ich will nun diese albernen Vorträge nicht mehr halten. Mehr und mehr komm ich mir hier vor wie eine Schaumünze, die man wegen ihrer singulären Prägung zwar schätzt, die aber keinen Kurswert hat.

New York, 27. Februar

Seit dem 25. bin ich hier. Gestern abend bei Emo. Ich fand ihn darin verändert, daß er nun nicht mehr bücherlos lebt, sondern sich allerlei gekauft

hat. Er hat Yeats zweimal getroffen. Einmal bei Lady Gregory, für die er voller Bewundrung ist. Aber er konnte mir nur wenig über Yeats erzählen, schilderte ihn als »pompier«, pontifikal. Einer seiner Aussprüche war diesmal: »Wenn man bemerkt, daß man in der Vergangenheit Fehler begangen hat, ist das just der Augenblick, wo man Fehler in der Gegenwart begeht.«
Heute nachmittag in schönem langen Gespräch mit Alewyn verbracht. Er rät mir an, mithilfe von Teilen aus meiner Doktorarbeit einen Aufsatz über den »Künstlichen Garten« zu schreiben. Er erwähnt eine Barockschilderung, die dazu gehört und will sie mir schicken. Wir sprachen dann über den künstlichen Garten in Tausendundeine Nacht, bei Baudelaire, Mallarmé, George, Hofmannsthal (da wäre es das Gartengedicht, Psyche, Märchen der 672. Nacht), den Garten als durch Gitter abgetrennter hortus conclusus. Auch Yeats (Sailing to Byzantium) würd ich hinzuziehn. Ich würde darstellen, daß das Problem des Künstlichen eben das moderne Problem des Künstlerischen ist.

Mt. Pleasant, 5. März

Gestern hierher zurückgekommen, wo Eis und Schnee in der Zwischenzeit verschwunden sind. Fand in New York keine Zeit, etwas Weitres einzutragen, Wie vieles gelang in den kurzen sechs Tagen! Eines der schönsten Ergebnisse der Fahrt ist, daß sich etwas hier Begonnenes, die dauernde Beschäftigung mit Yeats, dort fortgesetzt und erweitert hat, und zwar auf vielerlei Art, in vier Menschen. Emo, der Yeats kannte und mir von den Aran-Inseln erzählte; Christiane, die unter ihren Büchern den Privatdruck mit Henry von Heiselers Yeats-Übersetzungen, die »Irische Schaubühne«, hat und ihn mir leihweise mitgab; Alewyn, der sich an meiner Übersetzung der »Meerfahrt nach Byzanz« freute und mir weitre Hinweise zum künstlichen Garten gab und schließlich Beer-Hofmann, der nun meine Yeats-Übertragungen sehen wird.
Mittwoch, den 28. Februar, nachmittags bei Beer-Hofmann. Allein mit ihm. Ich erzählte ihm diesmal viel. Er hatte grade, zum erstenmal, Stifters »Witiko« mit großer Anstrengung gelesen und unter Langeweile beendet: »Ich bin fast darunter zusammengebrochen.« Ich versuchte, ihn damit zu trösten, daß es Stifter selber manchmal nicht anders ergangen sei, und erinnre an Stifters Brief an Heckenast, in dem er sagt, daß er sich bei der Korrektur zur »Studien«-Fassung der »Mappe meines Urgroßvaters« oft »schrecklich gelangweilt« habe. Beer-Hofmann ist mit meiner Kritik einiger Stifter-Novellen wie etwa des »Kusses von Sentze« und des »Frommen Spruchs« ganz einverstanden. Wie da manchmal die Sprache zu einer eintönigen Symmetrie gedeihe und dann auch wie in hilflosen Verrenkungen auftrete. Dazu bemerkt er, wie es in den spätren Erzählungen manchmal gradezu rührend und

schrecklich zu sehen ist, wie Stifter »plötzlich das einfachste, alltäglichste Wort nicht mehr einfällt«, wenn er zum Beispiel eine halboffne Tür beschreiben will und dafür zu seltsamen Umschreibungen greifen muß. »Man möchte ihm das rechte Wort am liebsten zurufen, wenn man sieht, wie er sich quält.«

Er freute sich über meinen Ausdruck »nutzlos« und der Begründung, als ich, von den Chippewa-Indianern erzählend, sagte: »Sie leben ein ganz nutzloses Leben, weil sie sich nicht mehr erinnern.« »Es gibt aber auch eine andre Seite,« sagte Beer-Hofmann darauf. »Die Juden erinnern sich zu viel.«

Dann viel über »Tausendundeine Nacht«, die auch er besonders liebt. Da rühmt er die natürliche Art, in der sich da der Bettler mit dem Kalifen unterhält: »Der Bettler kann so mit dem Kalifen sprechen, denn die ungeheure Kluft, die beide trennt, ist ausgefüllt mit Gott.« Und dann: »Das Wunderbare an ›Tausendundeiner Nacht‹ ist die vielfältige Verknüpfung von Schicksalen darin.« Eben diese habe er in seinem eignen Leben immer so stark gespürt. Er führt einige Beispiele dafür an. Wie seine Frau zu ihm sagte (»dann wurde sie ganz rot und sagte«): »Vielleicht mußte die Mama sterben, damit wir uns finden konnten«, da sie erst nach dem Tode ihrer Mutter in dem Geschäft arbeitete, wo Beer-Hofmann, beim Einkaufen von Süßigkeiten, sie zum erstenmal sah. In diesem Zusammenhang sagte er auch: »Die Leute nennen mich wohl einen Dramatiker. Ich bin gar keiner. Ich bin nur ein verschlagener Symphoniker. Das Zusammenspielen eines Schicksals mit dem andern interessiert mich.« Über die Unanständigkeit in »Tausendundeiner Nacht«: »Übrigens, wissen Sie, wo die meisten Unanständigkeiten stehn? In den Fußnoten der Humanisten, in ihren Erklärungen zu klassischen Schriftstellern. Da hatten sie das Gefühl: ›Da darf ich nun‹, und da sprangen sie auf das Trampolin der Unanständigkeit.«

Später gebraucht er noch einmal ein ähnliches Bild. Er sprach von der leichten, immer bereiten Phantasie des älteren Dumas. Von dieser Phantasie sagt er: »Sie springt aus dem Stand« (das heißt, sie bedarf keines Anlaufs, kann immer zur Stelle sein, wenn sie grade muß).

Er erzählte auch einige Moissi-Anekdoten. Moissi sagte einmal mit klagender Stimme zu ihm: »Beer-Hofmann, warum ist nur im Deutschen das Wort Virtuose ein Schimpfwort?« Und ein andermal: »Beer-Hofmann, warum bellen alle deutschen Schauspieler?«

Zwei andre Anekdoten, die er irgendwann während dieses Gesprächs (ich weiß nicht mehr, in welchem Zusammenhang) erzählte, scheinen mir sehr bezeichnend für seine Art Witz. Er berichtet sie ohne Schärfe. Die eine ist eine Entgegnung im Gespräch mit Jakob Wassermann: »Wassermann sagte einmal zu mir, ›Wissen Sie, Beer-Hofmann, für einen Dichter sind Sie eigentlich merkwürdig gescheit.‹ Worauf ich ihm antwortete: ›Sie irren sich, ich bin nämlich doch ein Dichter.‹« – Die andre Anekdote ist auch eine Entgegnung und Rechtfertigung. Jemand nahm Anstoß daran, daß er seiner Tochter den Namen Mirjam geben wollte. »Wie soll ich sie denn sonst nennen?« – »Warum nicht Marianne zum Beispiel?« – »Ach nein,« antwortete Beer-Hofmann, »das ist mir zu jüdisch.«

Da ich von der Feinheit und Frische der »Minna von Barnhelm« sprach, die ich grade in einem Kurse behandle, war Beer-Hofmann ganz einverstanden, sprach von dem vollkommnen Parlando des Stücks. Die Stelle, wo Franziska sich nach den frühren Bedienten Tellheims erkundigt, sei wie ein Couplet. Als ob da die Franziska und der Just auf die anmutigste Art miteinander sängen:

FRANZISKA: Hör Er doch! noch ein Wort. – Wo sind denn die andern Bedienten des Majors?

JUST: Die andern? Dahin, dorthin, überallhin.

F.: Wo ist Wilhelm?

J.: Der Kammerdiener? den läßt der Major reisen.

F.: So? Und der Philipp, wo ist der?

F.: Der Jäger? den hat der Herr aufzuheben gegeben …

Bis zum Schluß der Szene, wenn Just sagt: »Es waren wohl alles Ihre guten Freunde, Jungfer? Der Wilhelm und der Philipp, der Martin und der Fritz? – Nun, Just empfiehlt sich!«

Ein ganz ähnliches Parlando findet er bei dem als pathetisch verschrienen Schiller, im »Don Carlos«. Er spricht den ganzen Anfang in diesem höflich-nachlässigen Gesprächston, so als sei die Rede aus Vornehmheit und guter Lebensart heraus improvisiert; er weiß sie auswendig.

Dann erzähl ich ihm viel von Yeats und seinen »Plays for Dancers« und den japanischen No-Spielen, die ihm ganz unbekannt waren. Da sagt er halbtraurig: »Ja, es gibt so viele schöne Dinge, die ich nie mehr sehen werde.«

Während unsrer ganzen Bekanntschaft hab ich nie etwas von eignen Sachen verlauten lassen oder vorgezeigt. Jetzt aber sagte ich ihm zum ersten Male etwas davon, daß ich einige Gedichte des alten Yeats übersetzt habe, die »Meerfahrt nach Byzanz« und andre, in denen er so unmittelbar und zornig über das Altern spricht. Ich schildre ihm diese Gedichte in ihrem Gegensatz zu seinem eignen Gedicht »Altern«. Da sprach er den Wunsch aus, diese Yeats-Übertragungen zu sehen. Ich werde sie ihm bald schicken.

Am Donnerstag, dem 1. März, fuhr ich morgens nach New Brunswick heraus. Einwanderungsbehörde. Beruhigt über die Einbürgerung, die wohl bald erfolgen wird. Langes französisch geführtes Gespräch mit Billetdoux. Er gab eine lange Charakterisierung Emos, der ihn an J.J. Rousseau erinnre, was sicher nicht ahnungslos ist und bei Billetdoux' Unwissenheit des wirklichen Sachverhalts, erstaunlich nahe trifft.

Dann, wovor ich mich so sehr gefürchtet hatte: nach East Orange, zu Nathaniels Mutter gefahren, die mir ein Telegramm gesandt hatte. Ich kam absichtlich nicht am verabredeten Tag, sondern überraschte sie, sodaß sie keine peinigenden Dinge vorbereiten konnte. Das waren zwei schwere Stunden. Sie weinte von Zeit zu Zeit und ist nur noch am Rande der Vernunft. Ich erhielt eine Photographie von Nathaniel. Seine Sachen sind noch nicht zurückgekommen. Es sollen Gedichte und Essays dabei sein. Einmal sagte sie in schrecklicher Zusammenhangslosigkeit: »Sometimes, even tragedies do not happen at the right time«, ein Satz ohne Boden.

Mt. Pleasant, 6. März

Heute, den ersten Tag hier, sehr schlecht unterrichtet, war langweilig und hilflos.
Lese weiter im Yeats. Er irrt sich nie in der Geste. In der Kunst ist die Geste so viel wichtiger als das Problem. Durch das Problem hat Hebbel den Deutschen ihre Mythologie verdorben in seinen »Nibelungen«.
In den »Gesta Romanorum« find ich wieder die Geschichte von dem sprechenden Vogel und der treulosen Frau, die künstlich regnen läßt, um den Vogel unglaubwürdig erscheinen zu lassen. Im »Papageienbuch« und in »Tausendundeine Nacht« kommt sie auch vor. Hier aber ist es eine Elster.

Mt. Pleasant, 18. März

Der bisher schönste aller Frühlingstage. Langen Spaziergang durch die ebene Landschaft, am Fluß, durch den Wald, wo überall Behälter an den Ahornbäumen hängen, die den tröpfelnden Baumsaft auffangen, aus dem man Sirup macht. Ich kostete ihn, er hat fast keinen Geschmack, der kommt wohl erst beim Einkochen. Ich ging mit Wolters' George-Auswahl. Bin heute dreißig geworden, und sah doch keinen Unterschied zwischen diesem Märzausflug mit einem Georgeband unterm Arm und allen vorigen von vor fünf, zehn oder noch mehr Jahren. Es freut mich, daß es mir immer noch so mühelos gelingt, mich richtig zu stimmen. Habe wohl keine Bitterkeit gelernt.

Mt. Pleasant, 6. April

Diese letzten Tage (ohne Energie genug zu finden, um allerlei darüber aufzuzeichnen) nur de Quincey gelesen. Zuerst die »Confessions of an Opium-Eater« in ihrer ersten Form. War er wirklich weltfremd genug, glauben zu können, daß durch dieses Werk irgendwer vom Opium abgeschreckt werden könnte? Es ist ein Hohelied aufs Opium. Wer im Jahre 1821 schreibt, daß er von 1804–1817 in einem dauernden Zustand glücklicher Euphorie gelebt habe, darf nicht erwarten, daß man die nur angedeuteten

schweren Leiden der letzten vier Jahre allzu schwer werte. Zweimal kam ein wirklicher Schauer über mich, beidemale durch einfache Sätze, die nur durch die Stelle, an der sie stehn und durch den besondren Ton, den sie dadurch erhalten, hervortreten. Das Schaurige des Satzes: »One day a Malay knocked at my door« und der andre Satz, der der einzige in dem ganzen Bericht ist, in dem das Lasterhafte des Opiumessens ausgedrückt wird, wenn, nach einer idyllischen Beschreibung der Berge, de Quincey plötzlich fragt und antwortet: »And what did I there? I ate opium.« Dann seine »Suspiria de profundis« gelesen und nun die spätren Anfügungen (mit der ausgezeichneten Schilderung von Mr. Lawson, dem head master). Selbst wenn die Leiden schlimmer werden, kann man nur sagen, daß es sich für de Qincey lohnte, dieses lockende Experiment zu machen und die lange Leidenszeit auszustehn. Denn nur dadurch (das scheint mir gewiß) ist er in die große Literatur eingegangen. Nicht so, als hätte er alles, was er schrieb, nur der Anregung durch Opium zu verdanken, nein, aber seine »Confessions« machen ihn eigentümlich. Der Preis war nicht zu hoch. Der Zug von Pedanterie und Gelehrsamkeit erhöht den Reiz beträchtlich, da man dadurch das seltne Schauspiel erlebt, das uns die Träume eines eigentlich kühlen Verstandes sichtbar werden.
Nun auch die zum Teil sehr langweiligen Anfügungen zu den »Confessions« gelesen. In den »Notes about the use of opium« tritt ganz deutlich etwas wie Manie zutage. De Quincey behandelt Opium, als ob er von einer ganz gewöhnlichen Medizin spräche, Aspirin etwa: »Meine Versuche mit verschiednen Dosen Aspirin«. Er geht so weit, den täglichen Genuß von Opium allen Engländern als nationales Heilmittel anzuempfehlen. Seine früher angedeuteten übermenschlichen Leiden will er nun keinesfalls mehr auf Kosten des Opiums buchen. – Man müßte einmal den Versuch machen, in den »Confessions« das Wort Opium immer durch Aspirin zu ersetzen. Dann könnte man viel besser beurteilen, ob das wirklich große Literatur ist, auch dann noch, wenn alle Assoziationen von Laster und vom Unerhörten wegfielen. Vieles, glaub ich, würde dann blaß werden. Der Opiumtraum »The Daughters of Lebanon« scheint mir nichtssagend, wie de Quincey überhaupt leicht insipid wird, sowie er poetisch sein will.

Mt. Pleasant, 12. April

Die letzten Tage sehr bedrückt durch die völlige Ohnmacht, in die ich durch all die Fragebögen für Fränze und ihre Einwandrung nach Amerika versetzt werde. Wahre Vergiftungsprozesse, ein Tintensack, der mein ganzes Wasser trübt. Unvernünftig, schwach. Ich lebe in einer Atmosphäre größter Pflichtenlosigkeit, Pflichten brechen zerstörerisch herein. Meine Unbetriebsamkeit.

Las de Quinceys »Coleridge and Opium-Eating« und seinen genialen Essay über »The English Mail-Coach«, auch einige der autobiographischen Skizzen. Eigentlich gehört er ganz dem 18. Jahrhundert an, nur seine Träume gehören ins 19. Jahrhundert. Es gibt wohl nichts Ähnliches sonst. Lese nun die Autobiographie von Ernest Rhys, die mir die Dowson- und Yeats-Bücher ergänzen hilft.

Mt. Pleasant, 13. April

Neue Verwicklung: die hysterische Liebeserklärung von Mrs. B. Bin eigentlich mit ihrem Mann befreundet. Sie schlug eine Autofahrt vor, fuhr übers einsame Land. Dann hielt sie plötzlich an einem Waldstück, fiel mir um den Hals und sagte, jetzt könnten wir uns ja endlich unsre große Liebe zueinander gestehn. Ich war ganz verdutzt, konnte sie aber nicht davon abbringen, daß ich mich seit Wochen in Liebe nach ihr verzehrte. Sie hält sich für einen Tugendspiegel: »Nie zuvor in meinem Leben . . .«

Mt. Pleasant, 17. April

War auf dem Campus von East Lansing. Ging dort zu den Regalen der College-Bibliothek. Merkwürdig war, in der fremden, zufälligen und beziehungslosen Umgebung, daß ich ein alt aussehendes Büchlein herausgriff, Düntzers »Johannes Faust«, in dem in alter Handschrift stand: »Mir geschenkt von Jacob Grimm 1847, R. v. Richthofen.«

Der dortige Psychologieprofessor führt in seinen Vorlesungen sehr erfolgreich, wie es hieß, Hypnose vor. Ich sprach mit ihm. Er wollte, auf meinen Vorschlag hin, versuchen, mich zu hypnotisieren, da ich wissen wollte, ob ich mich in Trance an das einst (als ich Oberprimaner war) gelernte und völlig vergeßne Arabisch erinnern kann. Das Experiment konnte aber nicht ausgeführt werden, da ich, trotz guten Willens, nicht in Hypnose zu versetzen war.

Mt. Pleasant, 18. April

Halb im Scherz im Versmaß des Erzpoeten:

Mir wird, kaum gesteh ichs ein,
Kummer zum Geheiß:
Fort und fort vertrieben sein,
Wasser ohne Gleis.
Zephyr, sanft, euch zu befrein,
Wird mir kalter Ost,
Eingekeltert einst als Wein,
Werd ich langsam Most.

Mt. Pleasant, 20. April

Das ausgezeichnete autobiographische Buch »Father and Son« von Edmund Gosse gelesen. Er gab es ursprünglich anonym heraus. Es ist angefüllt mit der Düsterkeit des Fundamentalismus, den Leiden, denen der Sohn durch den freudlosen, wortgläubigen Protestantismus seines Vaters ausgesetzt ist. Die unglaubliche Geschichte, wie sein Vater, ein bedeutender Zoologe, seinen Ruf als Wissenschaftler völlig zerstörte, weil er, in Gewissensnot als Antwort auf Darwins Forschungsberichte, behauptete, Gott habe eben die Welt so erschaffen, wie sie heute ist, mit allen Versteinerungen und Fossilien.

Amerikas Vision der dichterischen Gestalt und ihrer Möglichkeit scheint ausweglos bestimmt und verengt zu sein durch die ersten beiden bedeutenden Dichter, die es hervorgebracht hat. Immer sieht es nur die Alternative zwischen E. A. Poe (wirklichkeitsfremd, romantisch, Rauschbeneblung, unzuverlässig) und Walt Whitman (wirklichkeitsnah, zeitnah, unkünstlich etc.) Andre Spielarten scheinen nicht im Bewußtsein zu bestehn. Da zufällig Poe wahrscheinlich der schwächre Dichter der beiden war, ist das Urteil eindeutig zugunsten des Whitmantyps gefällt worden.

Morgen die gefürchtete Fahrt nach Toledo zu Vortriedes, die ich dazu bringen muß, eine Affidavit für Fränze auszustellen. Sie müssen ja denken, ich hätte die ganze Verbindung nur angefangen, um dies von ihnen zu erreichen. Aber ich dachte damals ja noch nicht daran.

Mt. Pleasant, 23. April

Da ich den Zug versäumte, hab ich zum erstenmal Autos auf der Straße angehalten. Es ging sehr gut. Auch der Besuch bei den Vortriedes verlief angenehm. Vortriede ist Druckereibesitzer, es sind Menschen, mit denen man gut auskommt. Er wird die Bürgschaft für Fränze leisten. Sie sprechen kein Wort deutsch, haben aber eine Familienschatulle mit vielen deutschen Briefen und Dokumenten, die sie nicht lesen können. Der Großvater des alten Vortriede, Julius Vordtriede (noch mit d geschrieben), ein ehemaliger Student der Theologie, kam 1846 nach Amerika. Er ist vermutlich ein jüngerer Bruder meines Urgroßvaters. Rührend ein Heft, in kleiner Frauenhandschrift vollgeschrieben, mit Auszügen aus Bettinas »Briefwechsel mit einem Kinde«, Gedichten von Platen, Herwegh, Anastasias Grün und anderen, offenbar von Julius' Frau Helene, geb. Schulz aus Mecklenburg angefertigt.

Mt. Pleasant, 25. April

In seinem Brief, der heute ankam, spricht Beer-Hofmann von den Yeats-Übertragungen:

»um Sie nicht über Gebühr warten zu lassen, nur ein paar Worte, Ihnen für die Yeats-Verse zu danken, obgleich ich fühle, daß Nachwehen einer Grippe

mir nicht jene völlige Empfangsbereitschaft lassen, die solche Verse gebietend verlangen. – Sie sind sehr schön, aber von solchem erbarmungslosen Vordrängen gegen die letzten, nur selten sich willig öffnenden Kammern des Gefühls, daß man – wie aus einem strengen herrischen Traum – wieder dem Leben gegeben, die Schönheit des Traumes fast wie eine Wunde fühlt, die man empfangen – aber doch nicht mehr missen möchte.«
Nun mach ich mir Vorwürfe, roh und gedankenlos gewesen zu sein. Ich habe ihm ja Dinge geschickt, die ihn an den Verlust seiner Frau erinnern mußten. Es macht mich traurig und bestürzt. Zwar hatte ich ihm die Gedichte beschrieben, aber wie ich sie nun wieder lese, vor allem »Lebendige Schönheit« und »Nach langem Schweigen«, wird es mir klar, daß sie ihm die Wunde, von der er schreibt, beigebracht haben müssen:

Lebendige Schönheit

Ich heischte, da sich Docht und Öl verbrennt,
Mein Blut durch die vereisten Rinnen fließt,
Daß, ungenügsam, Herz Genüge kenn
An Schönheit, die man sich aus Formen gießt
In Erz; oder in blankem Marmor scheint,
Scheint, aber wieder hingeht, wenn wir gehn,
Für unsre Einsamkeit achtloser, kalt
Wie ein Gespenst. Oh Herz, wir sind alt.
Lebendige Schönheit ist nur Jungen schön:
Der wilden Tränen Kaufgeld ist verweint.

Nach langem Schweigen

Nach langem Schweigen Reden. Es ist gut,
Da unsre Liebsten tot sind und getrennt,
Mißgünstiges Lampenlicht verschattet brennt,
Mißgünstige Nacht fern hinterm Vorhang ruht,
Daß wir so wortreich sind und wieder sind
Mit höchstem Inhalt: Lied und Kunstübung:
Der alterslahme Leib ist Weisheit – jung
War Liebe unser und wir waren blind.

Mt. Pleasant, 3. Mai

Seit dem 30. April beschäftigt mit der Besprechung von der Zeitschrift »Fontaine«. Habe mir eine Liste von zuerst neun, nun schon elf Themen für Buchbesprechungen und wissenschaftliche Aufsätze gemacht. Wie ein Fieber hat mich die Lust ergriffen, Aufsätze zu schreiben. Nur weil mein »Fontaine«-Artikel schon im Voraus von »Books abroad« angenommen wurde. So wenig brauch ich zur Ermutigung.

Mt. Pleasant, 4. Mai

Fontaine-Artikel fertig und abgesandt, Besprechung von Hesses »Glasperlenspiel« angefangen, auch einen Aufsatz auf französisch »Réflexions sur le roman d'aujourd'hui«. Habe auch das letzte Kapitel der Doktorarbeit (»Direct Echoes of French Poetry in Stefan George's Works«) für »Modern Language Notes« etwas hergerichtet, habe auch die alte Novalis-Notiz wieder hervorgeholt. Plane Übersetzungen der »Kulturperle« und des »Zeitalters der Enthüllungen« und will auch meine Rilke- und George-Übersetzungen versenden.

Mt. Pleasant, 5. Mai

Der europäische Krieg scheint vorbei zu sein. Er hört genau da auf, wo es am sinnlosesten ist: die schönsten Städte Deutschlands sind zerstört, aber der wahnsinnige Untergangswille der deutschen Fanatiker ist nicht befriedigt. Nürnberg wird spätren Generationen wohl nicht anders als Detroit erscheinen.

Mt. Pleasant, 6. Mai

Ich habe, seit ich in Mt. Pleasant bin, hier noch kein richtiges Gespräch geführt. Es tönt nichts zu mir zurück. Völlige Stumpfheit. Es ist auch schwer, nie deutsch reden zu können. Weiter an der Hesse-Besprechung, eine Besprechung über André Gides Hamlet-Übersetzung angefangen, weiter an der »Kulturperle« übersetzt, die aber, glaub ich, hier nicht wirken kann.

Mt. Pleasant, 7. Mai

Das Radio berichtet von einer bedingungslosen Übergabe der Deutschen. Noch ist es nicht offiziell. Die ungeheure Erleichterung, die ich für solch einen Tag immer voraussah, stellt sich nun doch nicht ein. Man hat sich mattgefühlt.

Mt. Pleasant, 8. Mai

Heute wurde offiziell der europäische Waffenstillstand verkündet. Abends veranstaltete das College eine Siegesfeier, die mir langweilig schien, mit nichtssagenden Reden. Erst im Augenblick, da sie zu Ende war, wurde mir klar, wie gutmütig das alles gesagt wurde, mit welch nüchternem Anstand, in dem keine Trunkenheit war und nichts von Révanche oder Haß verlautete. Da merkte ich erst, mit welcher Erregung und Angst ich in die Feier gegangen war, gefaßt auf Jubel gegen die Hunnen. In einem raschgebietenden Impuls ging ich daher hinterher zum Präsidenten Anspach (dem ich eigentlich seine leere, mit business-Rhetorik angefüllte Rede übelnehmen wollte) und bekannte ihm, unselig stammelnd und den Tränen nahe, meine Dankbarkeit. Er sah mich aus seinen kleinen Augen an, verstand nichts und sagte nur: »Well, that's the way we do things over here.« Er gab mir also eine (wohlverdiente) Lektion. Ich muß ihm wie ein aus dem Gleichgewicht geratner Schwärmer vorgekommen sein. Ich muß lernen, fremden Menschen nicht mein Herz anzutragen.

Mt. Pleasant, 12. Mai

Den Hesse fertiggemacht und dem »German Quarterly« geschickt, die ihn drucken werden. George Moores »Ave« und »Vale« mit großem Interesse gelesen, »Salve« ist leider nicht erreichbar. Was ich selber herausgefunden habe, drückt Moore aus: »One can think in a foreign language (d.i. wenn man in einer fremden Sprache schreibt), but one cannot think profoundly.«

Mt. Pleasant, 15. Mai

Die Novalis-Baudelaire-Untersuchung ist vom »Modern Language Forum« angenommen worden. Das gibt mir Lust zum Weiterschreiben, obwohl die Hesse-Besprechung recht kläglich geworden ist. Auf deutsch wäre sie mir sicher gut gelungen. Habe den Aufsatz über Georges Prophetie im »Brand des Tempels« angefangen und nun doch auf deutsch. Lieber nehm ich doch die Mühen der idiomatischen Umformung und Übersetzung auf mich, als ein kindliches Gestottre von mir zu geben.

Mt. Pleasant, 19. Mai

»Evelyn Innes« von George Moore ausgelesen. Moore ist der englische (eigentlich irische) Hermann Bahr, bis in Einzelheiten hinein. Dieselbe Qualität im Essayistischen, diese witternde Nase für neue französische Regungen, das zeitbewußte Aufzeichnen und dieselbe intellektuelle Hintertreppe im Roman. Zu der albernen Romanfigur Ulick Dean scheint Yeats unverzeihlich benutzt worden zu sein, muß irgendein Racheakt sein. Kultivierter Kitsch voll endloser Redseligkeit.

Mt. Pleasant, 26. Mai

Die letzten Tage voll bleierner Müdigkeit und dumpfer Mißstimmung. Möchte allerlei eintragen und kanns nicht. Dauernd gegenwärtig: ein scheinbar unvernünftiger Drang, nach Europa zu gehn, nach Deutschland wohl. Santayanas Autobiographie, erster Band angefangen.

Mt. Pleasant, 27. Mai

Santayanas heitrer Pessimismus ist umso überzeugender, als er ihn selber durch die Art wie er lebt, rechtfertigt. Ein wunderbares Heilmittel und Gegengift gegen die tägliche Zeitung. Auf jeder Seite hör ich mir Verwandtes.

Mt. Pleasant, 28. Mai

Santayana ausgelesen. – Abends wieder im Reservat bei den Indianern, weil ein indianischer Abend angekündigt wurde. Moderne Schlager, langweilige Choräle und Negro Spirituals, gesungen von dicken häßlichen Mädchen. Das Indianische waren einige grob nachgemachte Masken, die allen Indianern sehr komisch vorkamen. Sie hielten sie sich vors Gesicht und kicherten.
Habe angefangen, den alten viel zu langen Aufsatz über den »Acte gratuit« umzuschreiben.

Mt. Pleasant, 31. Mai

Lese Edith Whartons Lebenserinnerungen: sehr kultiviert, die Abendröte der amerikanischen guten Gesellschaft. Das Kapitel über Henry James, ihren Lehrmeister, ist ein kleines Meisterwerk.

New York, 25. Juni

Seit gestern hier, nur auf kurze Zeit, da ich in Mt. Pleasant Sommerschule unterrichten werde.
Beer-Hofmann ist nicht wohl, sodaß ich ihn nicht sehen kann.

New York, 27. Juni

Christiane zeigte mir Briefe von Auden. Er ist in Deutschland und kommt mit vielen Menschen zusammen. Ich will mehr als je dorthin.

Mt. Pleasant, 3. Juli

Mit den vielen dichten Bäumen ist es hier nicht mehr so häßlich. Wär ich meiner nur etwas sichrer, etwas mehr geneigt, in allem Gedankennahrung zu finden, wie ein Zuschauer, der sich ganz bewahren kann, könnt ich zufrieden sein. Aber ich bins nicht. Meine Undine-Situation.
Werde wohl zum erstenmal viel spanisch sprechen diesen Sommer, da ein Student, Gonzalo, aus Guatemala hier ist.
Lese den zweiten Band von Santayanas Autobiographie, »The Middle Span«, der, mir kaum erklärlich, eine gewisse Melancholie für mich ausatmet. Wohl durch den Gegensatz seines erfüllten, dauernd sich selbst formenden, stolzen Lebens mit meinem, das ich stückweise und ohne Stolz preisgebe.

Mt. Pleasant, 9. Juli

Santayana ist wie eines jener prächtigen Insekten, denen alles zum Schutz und Fortgedeihen dient, denn in allem hat er den rettenden Vorbehalt, immer ist er in der Lage, auf eigne Entscheidung hin, entweder teilzunehmen oder unbeteiligt zu bleiben. Er hat zwei Vaterländer, Spanien und Amerika, mit denen beiden er sich identifizieren kann, er lebt, älter und schon Professor, mit jungen Menschen, er ist unverheiratet, ein undogmatischer Katholik, er ist zugleich Dichter und Philosoph. Um das Vergnügen an seinem Buch zu verlängern, les ich andres zwischendurch.

Mt. Pleasant, 16. Juli

Den Santayana ausgelesen. Er hat mir über vieles die Gedanken geklärt, sodaß ich hoffe, daß es auch meiner Haltung zu dem, was vor mir liegt, zugute kommt. Es gibt kaum etwas in den beiden Bänden, was nicht meine volle Sympathie hätte. Ich muß Santayana zu den Namen setzen, die meine Stellung zum Leben ganz allgemein beeinflußt oder geklärt haben. Diese Namen sind wohl (wenn ich nur von diesem Einfluß rede, und nicht von all den Dingen, die mir Genuß verschafft haben): Goethe, Nietzsche, George, Mallarmé, Gide, Santayana. Yeats kann ich hier kaum nennen. Aber vielleicht vergeß ich einen oder sogar mehrere Namen. Es beunruhigt mich, daß sie alle der literarischen Sphäre angehören. Diese ist allerdings bei allen ins besonders Weite und Nicht-nur-Literarische gediehen.

Mt. Pleasant, 17. Juli

Habe Santayanas »Character and Opinion in the United States« angefangen, worin ich denselben Scharfsinn und Mut finde, wie in der Autobiographie. In »The Middle Span« spricht er übrigens auch von seinen Versen und sagt sehr klug, daß sie nicht anders als konventionell sein könnten, da er, nicht ursprünglich englischer Sprache (obwohl in viel stärkerm Grad als ich) nicht, wie ein echter Dichter mit seiner eignen Sprache, die Sprache auflösen und wieder zusammensetzen könne. Hätt ich genug Fleiß oder Glauben an das Sinnvolle des Unternehmens, könnt ich einen Essay schreiben »Über das Dichten in einer fremden Sprache«, da ich wirklich viel darüber weiß.
Bedrückt, daß ich den Aufsatz über den »Artifical Garden«, den ich für das Modern Language Meeting versprochen habe, nicht fleißig weiterführe.

Mt. Pleasant, 24. Juli

Spreche mit Gonzalo täglich, nur spanisch, Vorgestern nacht folgenden Traum: ich saß mit Miss Liddell auf einer Bank im Wald. Hinter der Bank war ein hoher Ameisenhaufen, der zu rauchen und zu brennen anfing. Das erschreckte uns. Miss Liddell ging offenbar weg, und ich ging zu einem nahen Waldbrunnen, dessen Strahl ich mit der Hand auf den brennenden Ameisenhaufen richtete. Nach einer Weile war der Hintergrund der umgitterte Eingang zu einem Friedhof. Ein Auto mit Trauergästen fuhr heraus, und ohne es verhindern zu können, traf mein Wasserstrahl die Insassen, die ärgerlich wurden.

Mt. Pleasant, 26. Juli

Durch die vielen langen Gespräche mit Gonzalo bemerk ich, daß Guatemala Europa um vieles ähnlicher ist als Nordamerika. Wie das Verwechseln von Worten manchmal aus einer ganz banalen Feststellung einen Fund von tiefer Bedeutung macht: Gonzalo fragte mich, welcher der beiden Dumas der beßre Schriftsteller sei und ich sagte: »Dumas padre, perque las obras de imaginación son más puras que tales dramas sociales que se embellecen con el tiempo.« Eigentlich hatte ich »envejecen« sagen wollen.

Mt. Pleasant, 6. August

Das Lernen und Erklären spanischer Worte begleitet mich bis in meine Träume, aber nicht unangenehm. Exemplarische Situationen: im großen Wohnzimmer meiner Hauswirte, die eine Woche verreist waren, sitzt Gonzalo unter einer Lampe und liest Santayanas »Character and Opinion in the United States«, das ich ausgelesen und ihm gegeben habe, und ich, unter einer andern Lampe, lese Santayanas »Dialogues in Limbo.« Oder: an einem andern Abend liest Gonzalo mir ein Kapitel, das zwanzigste, aus »Don Quijote« vor, um danach lange in quixotischer Sprache mit mir zu fabulieren. Wir erfinden viele gemeinsame Geschichten, wie etwa den Mythos von der sternförmig gebauten heiligen Stadt Solaria, die sich, wenn Gefahr droht, wie eine Rose zusammenschließt.
Dies ist die letzte Woche der Sommerschule. Freitag nach Woodstock.

Mt. Pleasant, 10. August

Der Sommerkurs ist aus. Mit Gonzalo den Plan gefaßt, daß er mit nach Woodstock kommt und zwei Wochen dort bleibt.
Von Fränze geträumt. Ich war mit ihr in Herford, das zu meiner Verwunderung garnicht von Bomben beschädigt war. Es war eine ziemlich große altertümliche Stadt.
Der Krieg mit Japan scheint stündlich zu Ende zu gehn.

Woodstock 13. August

Gestern abend zu Kingsburys Star party. Kingsbury, immer enthusiastisch, erhielt ein Telegramm mit der Meldung, die Japaner hätten kapituliert. Man ließ Sternschnuppen Sternschnuppen sein, und alles sang patriotische Lieder. Später wurde die Nachricht widerrufen.
Gonzalo hat die Pumpe repariert, die nicht mehr ging. Als wir Papier verbrannten, zwischen den flachen Steinen der Feuerstelle, glitt nach einiger Zeit eine Schlange heraus, die offenbar dort wohnte. Das schien mir ein freundliches und vertrauensvolles Zeichen.

Woodstock, 15. August
Gestern, auf Claras Geburtstagsgesellschaft, kam beim Essen die Nachricht, daß die Japaner sich ergeben haben und der Krieg zu Ende ist.

Woodstock, 21. August
Gestern mit Gonzalo beim Erzbischof, zweieinhalb Stunden lebhaften Gesprächs. Ich rechne ihn unter meine Freunde.
Viel gearbeitet. Beide Aufsätze (Kondensierung des Spiegelkapitels und Künstlicher Garten) sind fertig.

Woodstock, 24. August
Habe mich wieder in die vergangne Zeit führen lassen, da hier ein Leitzordner mit alten Briefen an mich ist, den Mutter mitgebracht hatte. Vor allem das Jahr 1933, mein erstes Jahr weg von zuhause, die Zeit in Le Locle. Ganz benommen. Verstehe nicht recht, wie aus dem allen, fast ohne mein Zutun, doch noch ein so vernünftig verlaufendes Leben geworden ist.
Lese Dickens, »The Mytery of Edwin Drood«, wieder Dickens, wie letztes Jahr.
Erhielt das Angebot, das Haus zu kaufen, das ich bisher nur gemietet hatte. Aber ich kann mich nicht entschließen. Besitz schreckt mich.

Quogue, 1. September
Gestern hier angekommen. Christiane und Michael am Bahnhof. Christiane und Otto Kallir (der mit seiner Frau vorbeikam) sagen mir, daß Beer-Hofmann krank und zusammengefallen ist und wohl sterben wird. Und ich hatte nicht einmal geahnt, daß er ernstlich krank war. Träumte daher lange von ihm, der im Traum ein Lehrer war.
Außer mir ist Marguerite Block Hausgast. Sie bereitet eine Biographie Swedenborgs vor und erzählte mir viel von ihm und von Schweden.
Lese Hermann Brochs »Tod des Vergil«, der, rein als Unternehmen, als Plan, den Eindruck von Wert und Gültigkeit macht. Es scheint von großer Fülle zu sein, sehr wortreich. Leider auch viel »wissen um« und »ahnen um«. Aber angenehm überrascht, daß das Buch doch mit den Sinnen geschrieben ist nicht nur mit Gedanken. »Das weiche Dröhnen« in den Segeln, »Schwirren« der Grillen, Beschreibung der Ufergewächse, das ist alles gesehen, gehört und mit der Genauigkeit, die nur dem Dichter zu Gebote steht, ins treffende Wort übertragen.
Lange Gespräche mit Christiane, am Strand, in der Landschaft, im Hause. Die Buben sind wenig verändert. Andreas übereifrig im Abgeben von Meinungen; Clemens völlig ehrfurchtslos vor allem, was keinen Platz in seinem von Zeitungsnachrichten übervollen Kopf Raum finden kann, Michael erst

halbwach mit einer feinen Höflichkeit und einem kindlichen Ernst, der ihn von den andern beiden unterscheidet. Alle drei gutartig und lebendig, voller kleiner Pläne und Beschäftigungen und ganz selbständig. Ihre leidenschaftliche, interessierte und nie uninteressante Teilnahme an jeglichem Gespräch hat allerdings auch zur Folge, daß sich das anders begonnene Gespräch sogleich auf ein etwas kindlicheres Niveau begibt. Halb aus Heiterkeit, halb aus Wehrlosigkeit läßt mans dann geschehn, daß all die gängigen (oft sehr intelligenten) Assoziationen der Kinder das Gespräch aus der Richtung bringen, wo es dann oft im reinen »gesunden Menschenverstand« strandet. Es ist etwas die Gefahr des »aufgeweckten Kindes«, das beim Aufwachen mit dem Schlaf auch den Traum hinter sich läßt.

Quogue, 2. September

Der Broch scheint oft am Rande des Schwulstes. Die lange Stelle über Vergils Hände etwa find ich schwer erträglich. Aber das Wortgewoge ist auch wort- und rhythmuszündend. Nachdem man das Buch weglegt, klingt vieles, zusammenhanglos, wie Halbzeilen in einem auf. Vielleicht tut man dem Buch unrecht, es in längeren Abschnitten wie einen Roman zu lesen und dann ungeduldig zu werden, da es vielleicht nur eine lange Reihe von Prosagedichten ist, von denen man nicht mehr als eines oder zwei auf einmal lesen sollte. Sollte das Thema am Ende der Zwiespalt des Dichters sein, der preist und die Erscheinungen verherrlicht in einer preisunwürdigen und häßlichen Welt, die ganz andre Ansprüche an ihn stellt und beschrieben, nicht übergangen, sein will? Noch ist mir nichts klar.

Quogue, 3. September

Komme im Broch nur langsam vorwärts.
Habe gestern nacht kaum geschlafen. Gegen Morgen deutliche Träume, unter anderm auf einem Berghang eine Kolonie offner Häuser, deren eines ich bewohne. Es soll wohl Woodstock sein. Plötzlich, nach oben sehend, bemerk ich, wie eine riesige Meereswoge schon den Berggipfel überspült und auf uns herunterkommt, um uns alle zu verschlingen. Aber kein Furchtgefühl.
Mrs. Block will meinen »Artificial Garden« in ihrer religionsgeschichtlichen Zeitschrift abdrucken.

Quogue, 4. September

Das Thema im »Vergil« wird klarer: wie ich gleich vermutete, ist es die Schein-Zeitlosigkeit des Dichters, an dem sich die Zeit, das Übergangne und Verleugnete, das Gemeine, von dem er selber ein Teil ist, rächt. Ein dringliches, wichtiges, mir immer nahes Thema. Ob sich im Weitren der versteckte

Widerspruch lösen wird, der dadurch entsteht, daß das Buch, wie ein Testament, eine Absage ans Dichten, also wie ein allerletztes Wort ist, um der Zeit Rechnung zu tragen und anderseits dennoch die Zeit nur vom Dichter aus sieht, auf den Dichter bezieht, wodurch das Buch ein Dichterbuch wird und wider Willen, mit dem Dichter als Medium der Erscheinungen, die Apologie des Dichters enthält? Ich glaube nicht.

Quogue, 5. September

Brochs Buch spielt sich auf der seelischen Netzhaut Vergils ab. Die Überfülle, dies Sich-Nicht-Genugtun-Können im Sprachlichen bringt eine orientalische Note ins Römische. Es ist unstreng und dennoch durchgeformt.

Quogue, 6. September

Wieder ein vollkommner Tag und wieder eine neue Landschaft. Am morgen fuhren wir zur Peconic Bay, einer weiten milden Bucht. Es ist ein einsamer Strand mit dichtbewachsnem Kliff, ferne Landstreifen mit bloßen Sandstellen. Heiterer als das Meer selber. Lange geschwommen, Gang am Strand mit Christiane. Viele Gespräche, die ich jahrelang, wie etwas fast Unlautres, als Unterhaltungen mit nicht ganz stimmenden Untertönen, nur mit mir selbst geführt habe, werden jetzt, dadurch, daß ich sie Christiane mitteile, gewissermaßen legitim gemacht und von mir selber als etwas zu mir Gehöriges anerkannt.

Wir sprachen über unsre merkwürdige Doppellebigkeit in Amerika, in dem das zweite, simultan sich abspielende fremde Leben nur mit allerlei Listen und Schlichen zu einem wirklichen Leben wird. Ich habe darüber ein paar Verse geschrieben:

Peconic Bay
für Christiane

So lagern wir, doch zeltlos, wie kein Heer,
Am fremden Meer,
Und bauen uns, so fest ist uns der Sand,
Im fremden Land,
Ein neues Glück, damit, was doppelt rinnt,
Sich doch besinnt,
Was hier gehandelt wird und dort beweint,
Sich noch vereint.
So wird, was sich schon lang verzwiefacht schied,
Ein mildes Lied
Und Sänftigung der oft erneuten Flucht
In heitrer Bucht.

Den ersten Abschnitt im Broch ausgelesen. Das Gespräch zwischen Vergil und dem Knaben hat einen Ton, der mir gespreizt vorkommt und nicht gerechtfertigt erscheint durch den Versuch, lateinische Rede wiederzugeben. Auch die Bedeutung des Knaben, über das »es ist zu spät« hinaus, ist mir nicht klar. Offensichtlich ist dieses Buch ein Lebenswerk, die Summe und das Fazit der Erfahrungen, etwas wie T.E. Lawrences »Seven Pillars of Wisdom«. Wie sich ein Dichter wohl fühlt nach dem letzten Federstrich? Überkommt ihn vielleicht die wunderbare Erleichtrung des Getanen, mit dem befreienden Gefühl, nun nie mehr etwas schreiben zu müssen oder herrscht die Erschlaffung vor, der traurige Abschied und das Gefühl, daß ein großes Lebensabenteuer nun zu Ende ist? Eine vielgebrauchte, daher mißbrauchte Sprachfigur Brochs ist: »Es war nicht Furcht, sondern Furcht vor der Furcht, . . . Flucht vor der Flucht, . . . Sehnsucht nach der Sehnsucht« etc.

Quogue, 7. September

Dichtung als das »Zwischenreich« des Abschiednehmens und als dauernde Todesvorbereitung? Kann Vergil etwas so Modernes empfunden haben? Aber es ist nicht wichtig. »Vergil« heißt hier ja nur soviel wie »der große Dichter im Zeitalter des Untergangs«. Und das genügt. Nimmermehr kann all das komplizierte, seelenerforschende Wortgewebe Vergil vertraut gewesen sein. Das wird so deutlich im Unterschied zwischen den Aeneis-Zitaten und Brochs eignen krankheits- und sehnsuchtsbeschwörenden Worten, die neben Vergil fast körperlos wirken.

New York, 10. September

Ereignisvoller Tag. Ich fuhr heute nach Princeton und erfuhr dort, daß ein vor vier Wochen abgesandter Brief des Dekans mit einem Stellenangebot für den Herbst und ein Luftpostbrief Ulmers mich nie erreichten. Welch gute Eingebung, nach Princeton zu fahren! Habe das Gefühl, daß es etwas wird. Das würde mein Leben weitgehend verändern. Wie ich mit Mt. Pleasant darüber ins Reine kommen kann, ist mir noch unklar.
Bei Kahler. Gleich im lebhaftesten Gespräch. Broch war nicht da. Viel über den »Vergil« gesprochen. Hauptinhalt: der Dichter an der Zeitenwende. Das Zentralproblem ist der Zwiespalt zwischen Schönheit (Zeitlosigkeit) und Ethos (dem Wirken auf Menschen). Kahler sagte, die Sprachbehandlung sei gradezu revolutionär, da u.a. der absolute Nominativ zum erstenmal ins Deutsche eingeführt werde, der, wie er glaubt, eigentlich gefehlt hat und eine neue Geschmeidigkeit bietet. Ein Endwerk (wie alle großen Werke heute) und Absage ans Dichten. Kahler sind auch jene Stellen am liebsten, denen die genauen Sinne das genau richtige Wort leihen; wie man, bei Vergils Heimfahrt, die Nähe des Landes zu spüren beginnt, die Hafengerüche etc.

Das ganz Neue ist unter anderm das Beschreiben des Körperlichen als Landschaft, die allmähliche Auflösung, die inverse Schöpfungsgeschichte, also die Aufhebung des Geschaffnen, die Beziehung der Gliedmaßen untereinander etc. Im Philosophischen hat Kahler (von George kommend) einen andern Begriff der Schönheit als Broch. Er erklärte, daß die eingestreuten Versteile gemeint sind als halbgeformte Eklogen, die wie ein Vorrat in Vergil liegen und unter andern Umständen zu Gedichten geworden wären. Kahler gibt mir das oft Barocke und Zuviel der Sprache zu. Vergil einfach als die repräsentative Gestalt, die er all diese Jahrhunderte hindurch war.
Durch Morwitz und Golo Mann hat Kahler gehört, daß Ernst Gundolf und Max Kommerell gestorben sind und Percy Gothein in einem Lager erschossen wurde. Frommel ist gerettet, andre ungewiß.
Kahler riet mir, für die »Neue Rundschau« eine Besprechung vom »Tod des Vergil« zu machen, da ich ihn so genau gelesen hätte und bei Joachim Maaß deshalb anzufragen, und meine Yeats-Übertragungen den »Deutschen Blättern« in Chile anzubieten. Werd ich tun, zusammen mit dem Aufsatz über die Prophetie in Georges »Brand des Tempels«.

New York, 12. September

Schon beginnt alles anders auszusehn. Als ich gestern um Mitternacht (nach einem Tag matter Ziellosigkeit) nach Hause kam, fand ich ein Telegramm von Princeton vor mit einem Angebot. Ich telegraphierte sofort meine Zusage und schrieb bis in den Morgen an Miss Loughridge und den College-Präsidenten von Mt. Pleasant. Es ist ein wirkliches Abenteuer, an einen Ort zu gehn, wo Thomas Mann unterrichtete, Kahler, Broch, Einstein, Casadesus, Panofsky, de Tolnay leben und wo das Institute of Advanced Studies und der von Genf herübergekommne Völkerbund sind. Schon Goethe wußte von Princeton durch persönliche Berichte von Reisenden, und die schöne berühmte Kreidezeichnung von Sebbers, Goethe im Alter, hängt dort. Ich gehe dort beinah nach Europa. Natürlich fürcht ich mich sehr davor; aber das gehört zu meinen Abenteuern.
Abends in »Oklahoma.«

New York, 14. September

Immer noch sehr glücklich über Princeton. Mehr als je zuvor bei meinen Stellenwechseln hab ich nun das Gefühl, daß ein ganz neuer Lebensabschnitt beginnt, das Erhoffte, Sinnvollere, Gemäßere.
Gestern in der einzigartigen Frick Gallery, wo mich freilich der Rembrandt, Bronzino, Piero, Vermeer, Whistler nach wie vor weit mehr anzogen als Fragonard und Boucher. Hinterher zu Frau Kallir, die mich allein empfing. Langes Gespräch mit ihr über Beer-Hofmann als Mensch und Dichter. Ihre

lebendige, kluge, warme und genau urteilende Art des Gesprächs ist mir sehr wohltuend.

New York, 15. September

Ich halte Flitterwochen mit meinem Schicksal. In der Public Library lange in und über Thomas L. Beddoes gelesen, der mich von jeher so interessiert. Er scheint zur Familie Gérard de Nerval und Rimbaud zu gehören. Abends bei Mutter.

Woodstock, 16. September

Gestern mit Franz heraufgefahren, der mich damit unterhielt, mir seinen Aufenthalt beim Erzbischof zu beschreiben. Nach seiner Schilderung ist es eine Art Tollhaus, das aber doch neben dem nur Merkwürdigen, Unvorhersehbaren, Lustigen und Beinah-Tragischen auch eine fast vulgäre Note hat, die ich selber nie so bemerkte, obwohl ich immer wußte, daß der Erzbischof ein Gestrandeter ist.
Maaß hat zugesagt, werde also die Vergilbesprechung jetzt schreiben, sowie ich einiges andre aus dem Weg habe.

Woodstock, 17. September

Eine von Christianes lieben Gesten: sie unterstreicht das Festlich-Freudige durch ein Gratulationstelegramm zu Princeton. Diese Tage der Erwartung sind der beste Teil. Ich weiß es wohl. Die positive Entsprechung der Tantalusqualen. Die reife Frucht, die wartet ohne zu faulen, bis man sie pflückt, geschenkte Zeit.

Woodstock, 18. September

Gestern mit Clara und Franz einen merkwürdig chaotischen Abend verbracht. Wir gingen zur Vorlesung eines jungen Dichters, Robert Duncan.[1] Wir waren, außer einem andern, der sich sofort auf einen Divan warf, die einzigen Zuhörer, während der junge Dichter, der ein scharfgezognes Profil und schönes Gesicht hat, aber durch ein starres, mir fast furchteinjagendes Schielen entstellt ist, vier Stunden lang in wohlgeübter Stimme und gescheitem Englisch ununterbrochen einen Urwald von teilweise echtscheinender Dichtung und krassem Literaturchaos vor uns ausbreitete, aus Joyces »Finnegans Wake« vorlas, erklärend, eigne Gedichte lesend, von einer amüsant-verrückten Dichterin Laura Riding, die sich Robert Graves zuliebe von einem Turm stürzte, lesend und erzählend. Merkwürdiges Besessensein vom Obszönen, von dunklen Klängen, Weltklagen und geistreichen oder billigem

1 Robert Duncan, Verfasser vieler Gedichtbücher, ist heute ein bekannter amerikanischer Dichter, das Haupt der San Franzisko-Gruppe.

Witz. Joyces Vision der beiden Waschfrauen, die mit dem Geheimnis vertraut sind, da sie das Privateste, die Wäsche der Menschen, kennen und die sich, von gegenüberliegenden Ufern des irischen Flusses Liffey, mit dem sich verbreiternden Fluß meerwärts ziehend und durch ihn immer weiter von einander getrennt, die Geheimnisse zurufen, bis sie sich garnicht mehr verstehn und zu Stücken der Natur werden, hat mich sehr beeindruckt.

Woodstock, 21. September

Duncan hat mich schon zweimal besucht, blieb das erste Mal fünf Stunden. Er findet Chaos und Schönheit identisch und sieht Literatur mit den Begriffen Freuds. Wie verstaubt das heute schon ist, wie auch sein Anarchistentum. Aber er ist voller Ideen und Leben.

Woodstock, 22. September

Duncan brachte mir ein seltsames Buch, Mary Butts' »In Bayswater«, das mich ins Unbekannte vertrieb und etwas krank machte. Duncan und ich spannen zusammen ein langes Märchen aus, aber es wurde zum Schluß zu kompliziert.

Woodstock, 24. September

Um mich von der dauernden Beschäftigung mit Broch zu erholen, denn der Vergil ist ja ein Buch der Krankheit, des Sterbens, der Resignation, les ich in Hebels alemannischen Gedichten.

Lange Gespräche mit Duncan über Swift und elisabethanische Dichter. Er kennt das genau. Er kennt sich auch mit Pilzen aus, bringt sie armvollweise. Wir kochen sie dann.

Woodstock, 28. September

Vorgestern kam Christiane zu Besuch, heute ist sie wieder abgereist. Durch sie ist Nostos erst völlig mein Haus geworden. Gleich am ersten Abend kam Duncan und sprach in einem dreistündigen feurigen Monolog, der Christiane denken ließ, Heinrich Zimmer sei vielleicht so gewesen in diesem Alter (wo sie ihn noch nicht kannte). Gestern kam Duncan zum Frühstück zu uns. Danach stiegen wir zu dritt auf den Overlook, unter fortwährendem Gespräch, in dem zum Vorschein kam, daß Duncan außer elisabethanischen Dichtern, Swift, Pope, Lady Montague, Stravinsky, Henry James, Proust, Pound, Joyce, Gide, Pilzen etc. auch die Geschichte Japans aufs genauste kennt.

Der Erzbischof, den ich Christiane vorstellen wollte, war nicht da.

Christiane brachte die Nachricht, daß Beer-Hofmann gestorben sei. Daher der merkwürdige, sehr klare Traum von gestern nacht (einer von sehr vielen): ich wohne in einem Haus in einem mir fremden Ort. Die Straße scheint

etwas von einer Hafenstadt zu verraten. Gegenüber, inmitten einer langen Häuserzeile, steht ein andres Haus, in das ich hinübergehe, mit der Absicht (die dem Hausverwalter unten bekannt ist), den ganz hoch oben krank liegenden Emo zu besuchen, der aber sofort eins wird mit Beer-Hofmann. Aber im obersten Stock angekommen, besuch ich den Kranken garnicht, sondern trete zur Linken in eine lange Flucht ganz weißer, leerer Mansarden ein. In der vordersten Mansarde steht ein hohes Büchergestell, ganz vollgestopft mit alten Zeitschriften. Diese ordne ich so an, daß sie sich durch ihren eignen Druck in Bewegung gesetzt, mit gewaltiger Kraft herauswälzen und treppab durchs ganze Treppenhaus fallen werden. Ich selber aber gehe grade noch rechtzeitig herunter, treffe unten im Flur den Hauswirt, einen sehr freundlichen, mir gewogenen polnischen Juden, der mir bestens dafür dankt, den Kranken besucht zu haben. Ich überquere die Straße und sehe, kaum im eignen Flur angekommen, wie sich die von mir so arglistig angeordneten Zeitschriftenmassen zerstörerisch durch das gegenüberliegende Haus herunterwälzen, sodaß das ganze Treppenhaus unbegehbar und unbenutzbar wird. Dabei entdecke ich zu meiner Beschämung, daß jener freundliche Hauswirt, der mir aber wenig sympathisch ist, wohl weil ich ihm sein Hauswirtsamt mißgönne, mir als Geschenk mehrere Körbe voll alter Bücher hingestellt hat. Aber es sind muffige Bände ohne jedes Interesse.
Etwas an diesem sonderbaren Traum versteh ich wohl. In den wenigen Veröffentlichungen, die es hier über Beer-Hofmann gibt, wird er immer als der jüdische Dichter par excellence dargestellt. Dagegen hab ich mich immer gewehrt, da eine solche Klassifizierung ihn allzu einseitig einengt.
Heute morgen lange gefrühstückt mit Christiane. Es machte mir so großes Vergnügen, einmal für sie Hausherr und Gastgeber sein zu können. Nachmittags kam Duncan. Seine Urteile werden mir gefährlich, da sie zu unwiderlegbar sind. Sie zwingen mich zu der Erkenntnis, wie sehr ich bisher Literatur artistisch-ästhetisch gesehen habe, zu wenig existentiell, als Ausdruck wirklichen menschlichen Lebens, (was mir schon klar wurde, als Frau Kallir von der Abwesenheit der Liebe und Menschlichkeit im »Charolais« sprach, den sie darum nicht gern hat.)

Woodstock, 30. September

Verschiedne Bände über Japan gelesen. Hier eine scherzhafte Tanka:

Morgen leb ich,
Übermorgen werd ich tot sein,
Überübermorgen begraben.
Überüberübermorgen geht schlecht über die Zunge,
Dennoch muß es,
Wenn man von mir noch reden soll.

Woodstock, 2. Oktober

Gestern früh kam Duncan und las mir sein grade geschriebnes Traumspiel vor. Dann gemeinsam mit ihm zu der armen Friedel, einer irgendwie nach Amerika verschlagenen Deutschen, deren Abgötter Peter Dörfler und Wilhelm Reich sind. Sie ist dabei, Reichs Buch über den Orgasmus zu übersetzen.

Woodstock, 11. Oktober

Wieder eine dieser amerikanischen Vermischungen, die mich immer so verstören. Ich machte Abschiedsbesuche bei Mrs. Whitehead. Da sprach sie von der großen »Weltkrise«, und ich dachte, wir verstünden uns, aber sie beschrieb nur, daß sich im September irgendein Planet der Sonne zuzudrehen anfange.

Woodstock, 14. Oktober

In der Nacht vom 12. auf den 13. träumte ich, ich sei mit Christiane in Italien, einer mir ganz fremden Welt. Nur *sie* konnte italienisch.

Dann am Morgen, gestern, während ich eben draußen Holz hackte, hielt ein Autor vorm Haus, und die drei Buben, mit Hund, sprangen heraus, gefolgt von Christiane zu meiner großen Freude. Die Kinder brachten wir bei Friedel unter, Christiane wohnt bei mir. Eben sind sie wieder abgereist.

Indianapolis, 20. Oktober

In dieser völlig formlosen Stadt, um James kurz zu sehn. In der Mitte der Stadt steht wie ein Untier eine riesige Siegessäule, ein grobes Monument, von dem in ekelhafter Vergrößerung steinerne Schuhe, Füße, Hände herunterbammeln. Es scheint die ungeordneten Straßen aufzufressen. James ist in guter Stimmung. Wir gingen immer wieder um das Monument herum mit Erzählungen. Ich feire, wie ich glaube, meinen endgültigen Abschied vom Mittelwesten, diesen braunen Ebenen der Einsamkeit. Fahre morgen noch kurz nach Michigan. Wohne hier in einem merkwürdigen Hotel, das etwas von einem »flop house«, einer Herberge zur Heimat hat.

Mt. Pleasant, 24. Oktober

Am 21. fuhr ich sehr früh von der lächerlich-häßlichen Stadt Indianapolis ab, war den ganzen Tag unterwegs in Zügen und Omnibus, kam nachts hier an. Anfangs, während die Landschaft bekannter wurde, noch genießerisch durchkostet, daß ich all dies nie wiedersehen werde, dann nur noch erschöpft. Hier nur rückhaltlose Freundlichkeit erlebt, als verließe ich eine Gemeinde. Habe alles gepackt. Mt. Pleasant wiederzusehn, nur um es auf immer zu verlassen, nachdem ich grade angekommen bin, ist ein herrlicher Spaß.

Princeton, 27. Oktober

Lange Fahrt von Saginaw hierher. Genoß den Einzug sehr. Vor meinem Fenster steht ein noch dichter Ahornbaum, angenehmes Zimmer. Gestern Princeton durchstreift wie eine verzauberte Stadt, nehme langsam Besitz von den stillen Straßen, den Bäumen, merke mir, wo die einladend aussehenden Geschäfte sind, stelle mir Vorübergehende als Bekannte und Freunde vor, versuche, mein Staunen über die Gepflegtheit, den Reichtum, die anmutigen Formen schon etwas in den gleichmütigen Hochmut dessen zu verwandeln, dem das alles mitangehört.

Princeton, 1. November

Princeton, die Geisterinsel.

Ganz warmer Tag. Sonne wie im Mai. Zum Tee bei dem Spanier Sifre, der von der kostbarsten Affektiertheit ist, voller Anekdoten und Aperçus, Explosionen in unglaublichem Oxford-Englisch. Ein Uruguayaner war auch da, durch den es mir möglich sein wird, jeden Tag, wenn ich will, den Proben des Westminster Choir zuzuhören. Dieser Chor soll der beste in Amerika sein und wird hier in einer besondren Schule ausgebildet. Lese Brentanos »Godwi.« Habe die scheußlichen Bilder der Hauswirtin abgehängt und schöne Blätter aufgesteckt: drei Ansichten des Regensburger Doms, Schnorr von Carolsfelds Porträt der Bianca von Quandt, die Hl. Andreas und Columba vom Meister des Bartholomäus-Altars und den frühen Christus aus dem Braunschweiger Dom.

Princeton, 2. November

Sah mir im Treasure Room die Sebbersche Zeichnung von Goethe an, von der bei Fritz Stahl noch steht: »In Amerika verschollen.« Ich war erstaunt, sie so groß zu finden. Der Reproduktion im Stahl gleicht sie nur in der Form, aber garnicht in der Wirkung, in der Technik. Es ist alles nur angedeutet, mit wenigen hellenden Kreidestrichen, das Porträt ganz dunkel, fast von derselben Farbe wie das dunkle Papier. Ich werde noch oft hingehn. Welche Einsamkeit im Blick!

Princeton, 7. November

Meine Verpflanzung hierher erfolgte so rasch, daß mir nie Zeit zum Bedenken und Begreifen blieb. Darum geh ich noch immer, vor allem wenn es dunkel ist, wie ein Fremder, aufs glücklichste hierher Verschlagener durch die ruhigen Straßen; wie einer, der es alles nicht glaubt und immer fürchtet, wieder abreisen zu müssen. Ich habe außer den paar Sprachkursen, noch nichts mit der Universität zu tun. Es ist zuweilen etwas beängstigend, so als stünde man nur dabei und müßte morgen wieder nachhause. Wie mein richtiges Verhältnis zur Universität ist, kann ich absolut nicht ergründen. Noch scheint es, als spielten wir alle, in unendlicher Verwirrung, ein bißchen »Erziehen«, da noch immer kein Stundenplan ausgearbeitet wurde und ich kaum einige der nächsten Kollegen kenne. Ich weiß auch garnicht, wer die sind, da mir dauernd welche durch mir völlig unverständliche Scherz-Andeutungen vorgestellt werden. Noch ist nichts entsiegelt. Es ist kein unangenehmer Zustand, obwohl, tief am Grunde, sich etwas fast Drohendes regt. Alle scheinen wie toll zu arbeiten und sich den Kopf zu zerbrechen, während ich garnichts tue, nur nachmittagelang in meinem wohnlichen Zimmer lese, spazierengehe oder in den Bibliotheksbeständen, tiefen dunklen Katakomben, mich stundenlang sichtend vergnüge. Seltsam.

Princeton, 12. November

Amerigo Castro bat mich in sein Zimmer, um zu entscheiden, ob er mich für Kurse im Spanischen will. Äußerst freundliche Unterhaltung auf deutsch, englisch, spanisch, französisch. Ich machte im Spanischen einige Fehler, die er mir verbesserte. Er schien aber doch zufrieden zu sein, strahlte, als ich Mallarmé erwähnte.

Dann im ehrwürdigen Saal zur Fakultätssitzung. Ich verstand nichts, kam mir vor wie der Eindringling in ein sonderbares rituelles Spiel, das fast etwas feindlich war.

Princeton, 15. November

Vorgestern nacht versucht, ein paar Verse auf Princeton zu machen. Merkwürdigerweise sagen sie nur das Fragwürdige, Bedrückende und Unzulängliche dieser schönen friedlichen Insel aus, sicher ein Echo auf die Fakultätssitzung, in der so klar wurde, wie praktisch, opportunistisch und unbekümmert um echte Werte man auch hier ist. In diesen sich klassisch, mittelalterlich, ehrwürdig darstellenden Gebäuden ist man kalt-berechnend bemüht, sich vor allen neuen Zeitgöttern zu prostrieren.

Princeton

Aufgestaute Wasser ohne Bergen,
Vieles strömt hier ein und kann nicht münden,
Mühn sich ab bedrängte Fergen,
Mundlos, schöne Abkunft anzukünden.
  Mauern aufgestützt, die schon zerfallen,
Da sich schon die Zeit an ihnen scheuert,
Unbeseelte hohe Hallen,
Heute, das sein Ehdem laut beteuert.
  So daß die immer wieder ausgesetzte
Seele irrt, der vorgeschriebnen Schiene

Zu entgehn: ob das besetzte
Haus doch noch zur Wohnung diene.

Gestern zum Tee bei Madame Oppenheim. Sie ist Belgierin, ihr Mann ein privatisierender Philosoph. Sie ist, wie es scheint, ein wenig die Rahel von Princeton, die regelmäßig bei sich empfängt. Sie hat viel Geschick dabei. Kahler war auch da. Es war sehr unterhaltend. Ich komme mir immer noch vor wie der verwunderte Teilnehmer an einem teuren Maskenzug.

Princeton, 21. November

Am vergangnen Wochendende stellte mich Kahler auf der Fahrt nach New York Bonfante vor, worauf wir uns ununterbrochen unterhielten. Bonfante sprühend, witzig, spöttisch. Er hat eine linguistische Zeitschrift gegründet und will vielleicht meinen Aufsatz über Hölderlins Simultanadjektive drucken. Ich müßte ihn aber erst aus meiner Master's Thesis übersetzen.

Dann zu Christiane zum Abendessen. Hinterher war Gesellschaft, die Adalbert Stifter zuliebe zusammengestellt worden war: die Stifter-Übersetzerin Elisabeth Meyer und ihr Mann. Sie, die eine vertraute Freundin von Auden ist, hat »Bergkristall« ins Englische übersetzt. Johannes Urzidil mit böhmischem Deutsch und gewaltiger Sprechlust mit seiner Frau, Ivan und Claire Goll. Diese sieht aus wie ein verblühter Backfisch. Ivan ganz bescheiden und anspruchslos, höchst sympathisch. Wir gerieten gleich in ein lebhaftes Gespräch, das sich an unsrer gemeinsamen Abneigung gegen Hunde entzündete. (Frau Kallir litt gradezu unter unsrer sich immer weiterversteigenden Rohheit). Wir entdeckten ebenfalls eine grade bei uns einsetzende Thomas Mann-Phobie als etwas Gemeinsames. Dann viel über Broch.

Heute endlich meine Besprechung des Vergil beendet und, leicht verändert, gleich zweimal ausgesandt, an die »Neue Rundschau« und an die »Neue Zürcher Zeitung«.

Princeton, 25. November

Gleich nach der Morgenstunde gestern in das nahe New Brunswick gefahren, als führe ich heim. Wegen Thanksgiving war die ganze Universität geschlossen, was ich nicht bedacht hatte. Aber Billetdoux, immer seiner Arbeit treu, fand ich ganz allein im Romance Language House. Traf ihn im untern Stock und er führte mich an der Hand herauf und sprach gleich französisch. Das tut er, glaub ich, aus Höflichkeit, da er annimmt, ich spräche französisch mit größrer Leichtigkeit als englisch. Das ist leider nicht der Fall. Er sprach viel von seinem Kampf gegen die blinde Universitätsverwaltung, »la loyauté, fidélité, les valeurs humaines«. Nach einer Stunde gingen wir mittagessen, nachdem er erst lange nach seinen verlegten Schlüsseln suchen mußte. Er führte mich in ein neues kleines chinesisches Restaurant. Ich lud ihn zum erstenmal in meinem Leben ein. Er war viel zu weise, es nicht anzunehmen. Dort ein sehr langes, immer seltsamer werdendes Gespräch über die Indiskretion, Bitterkeit und Kritiksucht von Mlle. F., nach der ich ihn fragte. Ich merkte schon bald, daß ihm Mlle. F. nur der Vorwand war, eigentlich über seine zänkische Frau zu sprechen, da er immer mehr vom »typisch Französischen« sprach. Mit einem gewissen traurigen Spott sagte er von seiner ihn quälenden Frau: »non pas qu'elle n'ait pas des principes très hauts: elle est plus puritaine que les puritains.« Dabei ließ er ein großes Lob für Deutsche miteinfließen. Hinterher gingen wir in die Stadt. Er hat jeden Samstag, wie er sagte, von seiner Frau den Auftrag, eine ganz bestimmte Art von Süßigkeiten aufzutreiben (»je suis coureur des boutiques« sagte er scheinbar scherzhaft). So gingen wir in fünf Geschäfte, bis ers fand, ein paar Tafeln Fudge und Kekse, die er dann in seinen bekannten grünen Sack tat. Es war so schön, mit ihm einkaufen zu gehn, wobei er dauernd seine kindlichen und etwas traurigen Scherze machte. Es war sehr kalt, Weihnachten deutlich in der Luft. Am Schluß bat er, ich solle bald wiederkommen: »La prochaine fois je parlerai un peu moins de moi-même«, worauf ich (ohne Heuchelei) erwiderte: »Mais, monsieur, quand vous parlez de vous-même, vous parlez du monde.«

Princeton, 30. November

Wieder vom Artikelfieber gepackt. Habe eine ganze Reihe Buchbesprechungen übernommen, über Steiners »Mesa«, über den Rilkeschen »Ewald Tragy«, den Kallir herausgebracht hat; den Harry Slochower.
Gestern nacht von George geträumt. Ich trat zu ihm in einen Fahrstuhl.

Princeton, 1. Dezember

Matt, etwas bedrückt, unfähig zum Artikelschreiben. Vermutlich deshalb, weil ich gestern abend in der Fakultätssitzung mich zum Wort gemeldet habe und dafür plädierte, die mir so provinziell und altmodisch, teilweise deutschtümelnden Textbücher für den Deutschunterricht abzuschaffen, wodurch ich die deutsche Abteilung sehr verärgerte. Ich hatte eben wieder einmal geglaubt, daß eine solche Sitzung dazu da sei, seine Meinung sagen zu dürfen. Stattdessen darf nur eine lächelnde behutsame Selbstbefeierung stattfinden. Aus den Reaktionen hinterher bemerkte ich, daß ich in den Geruch eines etwas anrüchigen, wenn nicht gefährlichen Deutschenhassers geraten bin. Man darf hier keine schlafenden Hunde wecken, und Hitler hat es so gut wie nicht gegeben.

Princeton, 3. Dezember

Nun bin ich sicher, daß man mir meine garnicht feindselig gemeinten Bemerkungen in der Fakultätssitzung übel genommen hat. Das macht mich niedergeschlagen und unfähig zum Arbeiten. Ich fürchte, man hält mich für taktlos und ehrgeizig. Bin ich denn ehrgeizig? Die Artikel und Aufsätze schreib ich doch, glaub ich, nur, um meiner Neigung zum Schöpferischen einen kleinen Ersatz zu bieten. X. Y. machte mir, ganz ohne Lächeln, Vorwürfe darüber, daß ich gewissermaßen das Deutschtum angegriffen hätte und gebrauchte den Ausdruck: »Sie haben sich das hoffentlich hinter die Ohren geschrieben.« Nur weil ich weiß, daß deutsch eben doch nicht seine Muttersprache ist und er daher vielleicht nicht weiß, daß das Deutsche diesen Satz unter erwachsenen Menschen nicht zuläßt (amerikanische Deutschlehrer schwelgen gerne in »idiomatischen Ausdrücken«), hab ichs eingesteckt und mich nur entschuldigt.

Princeton, 4. Dezember

Oft daran gedacht, daß dies Georges Todestag ist. Aus Neugierde und Zürcher Erinnerungen heraus Oskar Panizzas »Liebeskonzil« gelesen. Hat viel Kindliches. Panizza muß es mit dem Katholizismus sehr ernst gemeint haben. Außerdem angefangen, Harry Slochowers »No Voice is wholly lost« zu lesen, da ich es besprechen muß: eines jener gescheiten journalistischen Zauberkunststückchen, alle Literatur soziologisch einzuzwängen und dabei eine Versöhnung von Marx und Freud herbeizuzwingen.

Princeton, 21. Dezember

Bin nun doch in Arbeitsstimmung geraten. Habe mir eine Art Prosa-Elegie auf Princeton ausgedacht. Bevor ich es nun auf einer ersten Reise verlasse, will ich sie hier eintragen.

Princeton

Die geisterhafte Insel. Nicht weil hier Gestalten im weißen Laken und mit leeren Augenhöhlen durch die Straßen flögen. Aber dem Ort scheint ein Traum einverwoben zu sein von etwas, was es gab und nicht mehr ist. Man findet sie halbverborgen, im Halbschlaf, sie geht ein ins Halbherz, wenn der halben versprengten Seele halbe Ruhe zuwächst.

Das nahm mich auf, nicht mit ausgestreckter Hand und freundlich winkendem Finger. Es nahm mich auf wie die Tafel, die, für viele gedeckt, im Gewirr der Bestecke Platz für noch einen hat, wo noch mancher mitißt. Aber es war festlich und neu.

Als käm ein teurer Maskenzug, dem es auf Treue ankam, Längstverjährtes mit gutem Aufwand darzustellen, um einen reichen Herrn, der auch gelehrt ist, zu erfreun. Man springt mit ein, da man eben nur zusah. Keiner merkts. Doch weiß man nicht, wohin der Zug nun geht und nicht zu wessen Ehre oder prächtiger Zerstreuung. Das ist nicht mehr das Widerspiegeln der eignen

frühern Buntheit, als man sich in der erbarmungslosen Streckung mittwestlicher verwechselbarer Ebenen am Wegrand auf einem Baumstumpf setzte, der einzig noch von den großen Wäldern übrigblieb.
Die Bäume, durch Gärtnerlist zu Natur geworden, stehn da und verdecken das Bloße. Was noch hervorlugt, ist wohlgesittete, gelehrige Pracht in weltlich-klösterlichen Höfen..
Im feierlich dreiseitig eingeschloßnen Hof fehlt auch die Sonnenuhr nicht. Doch trifft die Sonne sie so, daß das Spiel nicht stimmt. Sie kam vom Mittelmeer, wo sich die Stunden heiter und von selber richtig anzeigten.
Viel Efeu, der starre Vetter des wilden Weins. Ungefährlicher als dieser, der die Erinnerung an manches »Evoë« hervorrufen könnte.
Doch die vielen Vielgereisten, die hier zusammenkommen, sind Geister, die sich zu höflichem Gespräch auf eine Stunde einladen, um, hier wie dort, die Dichter und die Zeit zu begreifen. Aber wenn man vom Haus hinaus auf das reiche Grün, die gotischen Türme, Hallen, Torbögen blickt, denkt man sich doch: welchem gleicht dies noch, diese Geisterinsel, die einmal wichtig war, als das weite Land ringsum zu rascher und roher Bebauung gezwungen war? Da war das eine echte Spieglung und gab dem eine edle Ruhe, der längst den Wald urbar gemacht hatte und anfing, sich seine Städte zu schmücken. Aber wo ist das nun, dem dies einmal glich? Insel noch immer, aber nicht mehr Abbild, denn was hier nachgebildet wurde, ist längst Rauch.
Angelehnt an die Tore der Zeit, späht man nach dem, was abläuft. Nur angelehnt an die halbgeöffneten Flügeltüren. Da wird das Schöne gefährlich, weil einer dann so ins Haus strebt, den Hund, der ihm vertraulich sich anschmiegt, wegstößt, weil er dem Einhorn anhängt, fast schon glaubt, es erwarte ihn zu Hause.

Princeton, 22. Dezember

Habe heute die Studenten nach einer viertel Stunde gehn lassen. Ich konnte mich nicht dazu bringen, deutsche Weihnachtslieder mit ihnen zu singen, wie gewünscht wurde. Es wäre nur lächerlich geraten.

Brinklow, 27. Dezember

Bin zu Besuch bei Martis. Erfahre eben, daß Robert Randow wahnsinnig geworden ist, anscheinend kurz, nachdem er im pazifischen Ozean war, und nun in einer Anstalt St. Elizabeth in Washington ist. Als ich ihn direkt vor seinem Abtransport in den Pazifik zum letzten Mal in New York sah, dachte ich mir, daß das geschehen würde. Aber nun, da ichs höre, machts mich fast krank. Jenes letzte Zusammentreffen! Nathaniel, der dabei war, ist tot, Bob wahnsinnig.

Princeton, 6. Januar

Die Gesellschaft bei Oppenheims gestern war die beste bisher. Unterhielt mich gut mit dem Kunsthistoriker Charles de Tolnay, dann lange mit Denis de Rougemont. Er sagte, er ginge Ende März auf einige Monate nach Europa zurück und beklagte sich darüber, wie provinziell und ohne Blick für die Gesamtwelt die Europäer heute alles beurteilen (dabei wurde ziemlich deutlich, daß er eigentlich die Urteile über sein letztes Buch meinte). Ich fragte ihn, ob er auch glaube, daß man, um jetzt Europäer sein zu wollen, vor allem europäischer Schriftsteller, der sich von der Wirklichkeit nährt, nicht auch die europäischen Leiden mitgemacht haben müsse, d. h. an der europäischen Krankheit erkrankt sein müsse. Darauf er: der Arzt braucht doch nicht selber krank zu sein. Das klang mir doch zu selbstsicher, und ich deutete ihm an, daß seine Gesundheit vielleicht doch allzu wohlfeil erworben sei. Eine andre Gesundheit, die europäische, werde das Ergebnis einer Genesung sein. Mit Mme de Rougemont geriet ich gleich, vor allem auch, weil sie dann abends im Konzert neben mir saß, in eine wunderbare Vertraulichkeit obwohl sie ganz ohne Koketterie ist. Sie ist wie ein belustigtes, aber garnicht lustiges Mädchen.

Princeton, 7. Januar

Trotz Wilhelm von Humboldts Befremden, find ich Goethes Bemerkung, als man ihn darüber zur Rede stellte, warum er noch immer Napoleons Orden im Jahre 1813 tragen könne: »Ja, soll man denn, nur weil einer eine Schlacht verloren hat, seine Orden nicht mehr tragen?« (mit zweifellos gespielter Kindlichkeit) sehr köstlich und schön. Bedenklich aber scheint mir, daß Goethe Humboldt gegenüber mündlich und dann noch in einem vierseitigen Brief, seine Ausfälle gegen Maria als »die göttliche Amme« zurücknimmt, um dann um einen österreichischen Orden zu ersuchen. Ich fand das im vierten Band des Humboldt-Caroline-Briefwechsels, suchte den Brief dann vergeblich in der Sophienausgabe. Also gibt es ihn wohl nicht mehr.

Princeton, 9. Januar

Ich lese Ernst Jüngers »Gärten und Straßen« (Tagebücher 1939–1940). Das Buch ist mir tief zuwider, aber es fällt mir schwer, einen Grund dafür anzugeben, da die Seiten ja eine hohe Qualität haben. Mein instinktiver Einwand, daß er sich zu wichtig nimmt, ist ganz töricht, denn schließlich ist das Tagebuch ja die legitime Gelegenheit, sich wichtig zu nehmen. Sein

Symbolsuchen im Alltäglichen ist mir peinlich (aber tu ich das selber nicht auch zuweilen?) Eine Abgeklärtheit, die sich nach der Vorlage des siebzigjährigen Goethe auszurichten scheint, durchzieht alles (aber wäre das etwas Unrechtes?) All dies trifft nicht auf den Kern meiner Abneigung. Vielleicht ist es dies, daß die Werte mir so grundfalsch scheinen, die mit Weisheit und in gepflegtestem Stil vorgebracht werden, so z.B. als die schon ganz müden Fußsoldaten dem Befehl zum Aufbruch, ohne ausgeruht zu haben, wortlos folgen, sagt Jünger: »Ihre Tugend liegt im vollkommenen Begreifen des Notwendigen,« wo es doch in Wahrheit heißen müßte: »Ihr Laster, durch sieben Jahre Unterdrückung und Animalisierung hervorgerufen, liegt im gedankenlosen Hinnehmen von allem, was Befehl ist.« Unfromme Weisheit eines Eremiten hat mir etwas Widerliches, ebenso wie die fromme Weisheit eines skrupellosen Geschäftemachers. Jünger ist nur scheinbar ein immer genau Beobachtender, denn all seine Beobachtungen sind ihm diktiert von der »Persönlichkeit«. Jünger sieht sich als Nihilist, besitzt aber dauernd anwachsende Sammlungen. Ein sammelnder Nihilist? Stifter, dem er vieles abguckt, gibt wirkliches Leben; aber dieser Beschauliche, der sich während des Krieges nur danach sehnt, »ins Feuer« zu kommen (also aus einer barbarischen Wirklichkeit macht er durch diese sprachliche Wendung etwas Hohes, Mythologisches, ins Feuer kommt man, wenn Demeter einen zum Gotte machen will), baut edel bemalte Wände. Der Dunst einer schrecklichen Vergiftung, die wahre Dekadenz.

Clara schickt mir Zeitungsausschnitte mit der Nachricht, daß die Kirche des Erzbischofs mit seiner gesamten Habe, den Stolen, der Orgel, den alten Bibeldrucken, den Gemälden völlig abgebrannt ist. Das Gräßliche daran ist nicht einmal der Verlust an sich, aber der Gedanke, wie sinnlos das nun alles war. Ein Abenteurer darf sich eben nicht so völlig an eine einzige Situation hingeben, wie der Erzbischof es mit seiner unermüdlichen Schnitzarbeit getan hat, und eigentlich dürfen einen Abenteurer nicht vernichtende Schläge treffen, sonst wird er plötzlich nur eine traurige existence ratée, wie etwa ein alter gehörnter Casanova.

Princeton, 11. Januar

Eine bezeichnende Begleiterscheinung des Krieges ist, daß alle Tiere unter ihm leiden und zugrundegehn, außer dem Ungeziefer und den Ratten, die sich ungeheuer vermehren. Wenn einmal alle Tiere ausgestorben sein werden, wird die Unschuld in der Welt verschwinden.

Princeton, 15. Januar

Ich fahre jetzt immer ohne Gepäck zum Wochenende nach York, da ein Pyjama und eine Zahnbürste bei Christiane bereitliegen. Am Samstag war

ich mit James verabredet, der aus Indianapolis hergekommen war. Aber wegen einer Militärparade konnte ich die Fifth Avenue nicht überqueren. Ganz ratlos traf ich dann, unter den hunderten von Menschen, James im Untergrundbahnhof. Er erzählte mir von einer Bemerkung seines Vaters, die ihn ganz bestürzt. Der hatte nämlich dieser Tage zu ihm gesagt: »I don't know where you come from. I have never known anyone like you in my family. Now I feel it is my mission that you get everything you need.« Er sagte wirklich »mission«. James bemerkte dazu: »It wounded me to the quick.« Sein Vater ist Kaufmann.
Wir fanden heraus, daß man in einem Theater, das halb ein alter Ballsaal war, ganz unzünftig, abends Ibsens Klein-Eyolf geben würde. Wir gingen hin und sahen, daß fast keine Karten verkauft waren und riefen daher Christiane an. Sie lud uns zum Abendessen ein und ging dann mit. Es waren weniger als zwanzig Zuschauer da. Aber unter ihnen traf ich, wieder zufällig, George Eells wieder. Das Stück, vermutlich schlecht übersetzt, erheiterte uns durch seine grobe Naivität, dies Ineinandergewebe von Trieben. Das Ganze roch wie ein toter Fisch. James, der an diesem Abend Christiane kennenlernte, war von ihrer Klugheit und Menschlichkeit beeindruckt. So tragen wir mehr und mehr gemeinsames Leben zusammen. In James hab ich einen Menschen, auf den ich rechnen kann.

Princeton, 17. Januar

Mrs. Bonfante, die für ein neues spanisches Wörterbuch arbeitet, fragte mich, ob ich daran mitarbeiten wollte. Es ist eine schwierige, höchst exakte Arbeit zu leisten, bei der ich viel lernen und recht gut bezahlt würde. Bin unentschlossen. Immer wieder richtet man sich, ohne Not, neue Barrieren in seinem Leben auf, die einen dann elend machen, bis sie Monat für Monat, überwunden sind. Warum brauchte ich mich eigentlich mit der Slochower-Kritik so zu quälen? Oder ist es ein Zeichen des Erwachsenseins, sich das Leben schwer zu machen? Ich sehe schon, daß ich die Wörterbucharbeit annehmen werde.
Lese Ludwig Renns »Adel im Untergang«. Das ist ein merkwürdig naives Buch, das eines Abtrünnigen, der ohne Bitterkeit zurückblickt, kindlich staunend, daß er einmal so fein gewesen ist. Der Stil, erzählfreudig, offen, ganz ohne Dichte, ist der eines sehr guten Kinderbuches.

Princeton, 19. Januar

Bei Bonfantes, um die Arbeit am spanischen Wörterbuch zu besprechen. Bin nun aber doch entschlossen abzusagen. Es würde mich zu sehr binden, obwohl ich gerne auch einmal Lexikograph geworden wäre.
Bonfante ist bei sich zuhause noch sprühender als sonst. Alles was er sagte,

war schlagfertig. Zu mir sehr freundlich. Er erzählte, daß er unlängst in einer Fakultätssitzung, in der die Jüngeren besprochen wurden, sehr zu meinen Gunsten geredet habe, worauf ich ihn fragte: »Mais, sur quoi basez-vous votre opinion?«. Ohne zu zögern rief er: »Croyez-vous que j'aie lu Croce en vain? Sur l'intuition, monsieur!«
Es war auch ein merkwürdig bittrer kleiner Mann da, der wie gehetzt wirkte, französisch sprach und lispelte: M. Suvarin, früher einmal Sekretär der Internationale, heute leidenschaftlicher Hasser Stalins, dessen Leben er beschrieben hat. Er will nicht einmal wahrhaben, daß Stalin zumindest planmäßige Realpolitik betreibt und bei allem doch die Vision einer beßren Welt hat. Er sagt, Stalin handle nur ganz primitiv, ohne jeden Plan, von Fall zu Fall, jeweils nur bewogen, alles was er nur kriegen kann zu kriegen. Diese Entlarvung Stalins scheint sein ganzer bittrer Lebensinhalt zu sein.
Habe angefangen, Varnhagens »Denkwürdigkeiten des eignen Lebens« zu lesen.

Princeton, 23. Januar

Erhielt gestern eine Vorladung für Montag bei der Einbürgerungsstelle. Wurde gleich sehr beklommen und dachte an alle möglichen quälenden Verdächtigungen und Peinlichkeiten, das deutsche Erbübel des Mangels an Stolz den Behörden gegenüber. Wenn ich einmal Amerikaner bin, werd ich den Tag als den Abschluß meiner Lehrjahre der Wehrlosigkeit ansehn.

Princeton, 24. Januar

Gestern sprach hier Jean-Paul Sartre, in einem uneleganten und häßlichen Französisch. Er sieht aus wie der Conférencier im Vorstadtkabarett. Scheint durch die Philosophie verdorben zu sein, da er alle Gedanken und alle Literatur nur nach ihrem Bezug zur »Wirklichkeit« einordnet. Aber sehr geschmackvoll darin, daß er keine Spur chauvinistisch ist. Am interessantesten war seine Beschreibung eines neuen Roman-Typs, des »roman pur« eines Maurice Blanchot; außerdem gescheit über Camus und Bataille.

Princeton, 28. Januar

Komme vom Interview in Newark zurück, das eine volle Stunde dauerte. Der Beamte war allerdings sehr freundlich und gab mir immer Zeit genug nachzudenken, wenn ich eine besonders wichtige Antwort zu geben hatte. Da ich unter Eid aussagte und alles mitstenographiert wurde, erwog ich jedes Wort genau. Das Peinlichste waren die Fragen darüber, daß ich mich manchmal als Schweizer deklariert hatte. Ich konnte ihm ja nicht erklären, daß ich dadurch den sich immer wiederholenden zermürbenden Gesprächen ausweichen wollte, die immer sofort politische Glaubensbekenntnisse und Analysen von mir verlangen, sowie ich sage, ich sei Deutscher. Aber ich habe das Gefühl, daß ich in allen Antworten meinen Stolz bewahrt habe und nichts gesagt habe, was irgendwelchen niedrigen Schlichen, mich beliebt zu machen, gleichkommt. Will nun alles vergessen.

Princeton, 1. Februar

Die geschichtliche Bewegung im 19. Jahrhundert wird bei Varnhagen doch sehr deutlich. Man lernt viel, vor allem da er mir die der selben Zeit angehörigen Briefe Humboldts ergänzt. Varnhagen ist ein Beispiel dafür, wie das eigentlich Mittelmäßige durch gut gezielte Neugier, Anteilnahme und Geschäftigkeit zum Spiegel des Außerordentlichen und daher selber, im Ganzen gesehen, außerordentlich wird.
Mrs. Bonfante sagte ich ab wegen des Wörterbuchs. Ruhe ist doch besser als Geld, da ja Geld nur dazu dienen sollte, einem Ruhe zu verschaffen.

Princeton, 8. Februar

Alewyn, auf der Durchreise nach Philadelphia, besuchte mich heute. Es war mir, als redete ich seit langem zum erstenmal wieder mit einem Menschen, der meiner Welt angehört. Die kaum zwei Stunden in meinem Zimmer waren mir sehr belebend.

Princeton, 10. Februar

Heute zu einer Vorführung und Interpretation von Hindemiths »Ludus Tonalis«, das ich sehr schön fand. Da ich zufällig grade wieder einmal Goethes »Pandora« lese, fand ich die beiden Werke sehr verwandt: das Kunstwerk durch Rhythmus, Berechnung, Verbindung, Abwandlung, Zusammenklang etc. herzustellen.

Princeton, 11. Februar

Erfrischt durch die zwei Stunden, die ich mit Hoffman bei Frau Bonfante verbrachte. Das französisch geführte Gespräch kam gleich bei der Ankunft im Korridor in Gang mit einer Lobpreisung des 18. Jahrhunderts und brach dann im feurigsten Hin und Her nicht mehr ab. Es gefiel ihr, daß ich ihre Versuche, das Gute im jetzigen Chaos zu entdecken, einen »optimisme dialectique« nannte, der eigentlich dem schwärzesten Pessimismus gleichkomme. Garnicht verstehen konnte sie (als Gattin und Mutter, die sie ist), daß ich mich als vollkommen »déraciné« bezeichnete.

Princeton, 20. Februar

Semesterferien! Am 16. nach New York zu Christiane, wo der soeben aus Basel angekommne Sohn Salins grade war. Von der ältren Generation und

den ästhetischen Ansprüchen seines Vaters scheint er sich ganz emanzipiert zu haben, wirkt sehr anständig. Begierig wollte ich ihn sprechen hören, hing an jedem seiner Worte, nur um zu hören, wie jemand deutsch spricht, der grade noch im deutschen Sprachgebiet gelebt hat. So als brächte er, als Kurier, eine Geheimwissenschaft mit für uns Abgetrennte. Aber ich lernte nichts. Interessant und furchtbar bedrückend aber war, was er von dem besetzten Deutschland erzählte, von der Korruption der Besatzer, deren Ausplünderung der schon Geplünderten. Am besten seien die Engländer. Ich hatte ja grade eben erst Stephen Spenders sonderbar hüllenlosen Bericht über Bonn und sein Zusammentreffen mit Ernst Robert Curtius gelesen und dem Maschinengewehrfeuer der Amerikaner auf Frauen und Kinder im Park von Dresden.
Heute bei Kahler, der von der »Krankheit« der Existentialphilosophie sprach, worüber ich eben in der »Partisan Review« etwas gelesen hatte.

Princeton, 22. Februar

Heute war, zur Feier von Washingtons Geburtstag, akademischer Umzug im Talar und eine Feierlichkeit. Bezeichnend war, daß unter den dabei ernannten Ehrendoktoren Admiral King immer wieder spontanen Zwischenapplaus in seiner Ansprache erntete, Foster Dulles aber (der puritanisch-gewissenhaft wirkte) keinen. Am Schluß von Dulles' Ansprache applaudierte man, als er gesagt hatte, Amerika versage bei der UNO, weil es von keinem Glauben mehr getragen sei. Dann aber applaudierte man ebenso stark, als der Bankettredner D'Olier sagte, Amerika könne die UNO nur dadurch wirksam machen, daß es stark und gefürchtet sei. Niemand schien zu bemerken, daß man zwei entgegengesetzten Ansichten applaudierte. Welche Komödie!

Princeton, 27. Februar

Erfahre, daß ich im neuen Semester eine Literatur-Vorlesung haben werde, das 19. Jahrhundert seit Goethes Tod. Jantz fragte mich dabei, wie ich mir das Ganze dächte, worauf er mir ankündigte, er werde den Kurs überwachen und wolle vorher meine Notizen sehn!
Gestern kam die Nachricht, daß ich am 7. März Amerikaner werde.
Heute nachmittag, allein, bei Mme Oppenheim. Sie war aufrichtiger als in großer Gesellschaft und machte zum erstenmal kein Hehl daraus, daß sie geläufig deutsch spricht, indem sie absichtlich immer wieder deutsche Worte ins französische Gespräch einfließen ließ. Sie war sehr angenehm.

Princeton, 1. März

Die Vorlesung, die ich schon sehr genau als Plan ausgearbeitet hatte, ist mir nun wieder genommen worden. Von wem all diese Intriguen ausgehn, weiß ich wohl. Schlief fast die ganze Nacht nicht und hörte schließlich die Hähne krähen. Merkwürdige Pläne, aus all meinen hiesigen verfahrenen Verhältnissen heraus nach Liberia zu gehn und dergl.

Princeton, 2. März

Nun hab ich doch die Vorlesung. Wade sagte heute morgen zu mir, daß er den Eindruck empfangen habe, »that you were not getting a square deal«. Er scheint der Intrigue entgegengewirkt zu haben.

Princeton, 7. März

Dieser große Strich ist ein Strich unter manche Ängste. Komme eben von New Brunswick zurück, wo ich Amerikaner wurde.

Princeton, 8. März

Nun hab ich den gestrigen Tag schon fast vergessen und weiß garnicht, daß ich Amerikaner bin. Billetdoux und Varian hatten kommen müssen.
Nach Gubitz' Lebenserinnerungen nun Grillparzers Tagebücher. Von Jahr zu Jahr übrigens verschiebt sich der Schwerpunkt meines Interesses beim Lesen von Briefen und Tagebüchern: immer ist mir *das* Lebensjahr des Dichters, das gegenwärtig auch meines ist, am wichtigsten. Daher wird denn auch diese Art Lektüre von Jahr zu Jahr beschämender, da ich im 20. Lebensjahr mich noch recht gut erkennen zu glauben meinte, im 30. aber werd ich, durch die Leistungen des andern, nur beschämt.
Etwas andres, was mir auffällt: daß es mir an etwas ganz Entscheidendem fehlt, wodurch alles Denken, Urteilen, Aufzeichnen erst die richtigen Gewichte finden kann; daran nämlich, im eignen Lande die Verhältnisse untersuchen zu können, sich am Verwandten zu reiben, die Möglichkeiten zu einem eignen Beßren zu verspüren. Hier reib ich mich nur am Fremden, und das ist natürlich unfruchtbar, da mir dadurch mein eignes Größen- und Gewichtsverhältnis verrückt wird.
Ich glaube beobachten zu können, daß ich mich im Laufe der letzten Jahre immer mehr der Welt entfremdet habe. Woran aber schließ ich mich stattdessen an? Es gäbe doch wohl nur zwei Möglichkeiten (die im Grunde wohl nur Eine sind): die Welt der Religion und die des eignen Innern, was bei mir identisch wäre mit meinem Traum, ein deutscher Dichter und Schriftsteller zu werden. Beides aber kann ich nicht. Und dennoch würd ich völlig verzweifeln, wenn ich mir ernsthaft vorstellen müßte, mit vierzig Jahren noch immer an einer amerikanischen Universität als beßrer Einpauker zu sitzen. Dieses ganze Berufsspiel kann mir nichts andres als ein begrenztes Zwischenspiel, ein vorläufiger nicht oft lustiger Spaß erscheinen, der keineswegs mit meinem

Leben identisch sein darf. Eine quälende Frage ist mir, ob meine Unlust oder Unfähigkeit, irgendein großes Buch wirklich zu erarbeiten Unbegabtheit, unüberwindliche Faulheit oder Folge zermürbender Zustände ist. Mit jedem andern freilich, der sich auf widrige Umstände herausreden wollte, hätt ich garkeine Geduld. Halbtröstlich ist, daß drei Dinge mir einstmals gleich unerreichbar schienen: den Dr. phil zu erhalten, Amerikaner zu werden, ein Buch von mir in Händen zu halten. Die ersten beiden sind geworden.

Princeton, 9. März

Erhielt Nachricht aus Chile, daß die »Deutschen Blätter« meinen George-Aufsatz und einige Yeats-Übertragungen drucken werden. Dadurch werd ich fast so etwas wie ein deutscher Autor werden.[1]

Princeton, 9. März

Skizziere die Mörike- und Grillparzer-Vorlesungen. Nach dem Briefwechsel Mörike-Kurz nun auch den zwischen Mörike und Storm. Was für eine gespenstische Veröffentlichung das ist: wie zuerst Storm nach Mörikes Tod mit Frau Mörike beruhigt-bürgerlich weiterkorrespondiert, dann nach Storms Tod Frau Do Storm mit Frau Mörike.

Princeton, 15. März

Die Mörike-Vorlesung vorgestern war mir sehr angenehm, die heutige über Grillparzer ging auch sehr gut: ich näherte Sappho, Libussa und Melusine einander an, zog Baudelaire hinzu und sprach über die Rolle des Dichters im 19. Jahrhundert.

Princeton, 17. März

Fuhr mit Eristoff, dem hiesigen Lektor für Russisch in die Stadt. Als ich ihn, einem Gerücht folgend, das ich wohl gehört, aber nicht geglaubt hatte, wie im Scherz fragte, ob er wirklich ein Fürst sei, gab ers gleichgültig zu. Er sprach dann viel von Kerensky, der sein Freund war und den er als vollkommnen Gentleman kennzeichnete.

1 Die »Deutschen Blätter« waren eine der bestredigierten deutschsprachigen Exilzeitschriften. Seit 1943 erschienen sie in Santiago de Chile, herausgegeben von Udo Rukser und Albert Theile. Die beiden programmatischen Motti, die auf jedem Umschlag erschienen, waren: »Für ein europäisches Deutschland, gegen ein deutsches Europa« und das Pestalozziwort: »Wir wollen keine Verstaatlichung des Menschen, sondern eine Vermenschlichung des Staates«. Außer vielen lateinamerikanischen Autoren führt die Liste der Beiträger u.a. folgende Namen Auf: Stefan Andres, Julius Bab, Kurt Badt, Arnold Brecht, Herman Broch, Fritz Busch, Wolfgang Cordan, Albert Ehrenstein, S. Friedländer (Mynona). Paul Frölich, Hermann Hesse, Hans Heymann, Kurt Hiller, Julian Hirsch, Max Illch, Karl Jaspers, Erich Koch-Weser, Anna Landmann-Steuerwald, Erich Kahler, Alfred Kantorowicz, Josef Kaskel, Julius Lips, Hubertus Prinz Löwenstein, Thomas Mann, Max Osborn, Gustav Regler, Franz Silberstein, Wolfgang Stresemann, F.C. Weisskopf, Karl Wolfskehl, Carl Zuckmayer.

Die Witzigkeit und gründliche Erfindung von Träumen ist wirklich erstaunlich. Ich träumte vor zwei Nächten, ich sei in einem Hause zu Gast, wo irgendein größres Familienereignis, eine Hochzeit etwa, gefeiert wurde, wozu viele Gäste gekommen waren. Vorm Schlafengehn schrieb ich etwas in mein Tagebuch, nur, um am nächsten Morgen mit peinlichem Schrecken zu bemerken, daß ich mich im Buch versehen hatte und statt meines Tagebuchs die ersten Seiten des offiziellen Gästebuchs des Hauses benutzt hatte. Wurde nun von dem quälenden Gedanken verfolgt, an irgendeiner Stelle in einer angefügten Klammer zu ruhmredig oder selbstlobend von mir geschrieben zu haben und daß alle das nun läsen.

Princeton, 22. März

Vier Stormsche Briefbände gelesen. Seine Briefe an seine Braut hätten ihn mir fast auf immer verleidet: die grimmige Pedanterie und ungraziöse Humorlosigkeit. Wie in allem, so auch hier, das Gegenteil von Mörike. Brautbriefe scheinen eine sehr genaue Goldwaage zu sein, auf der man mit seinem Gewicht genau bestehen muß. Aber in den Briefen an die Kinder zeigt er dann doch eine große Noblesse, einen solch feinen, auf Achtung gegründeten Umgangston, daß ich ihm wieder verzieh.

Princeton, 28. März

Kuriose Roheit meiner sicherlich sonst gutmütigen Hauswirtin: sie hat von einem Arzt erfahren, daß ihre liebe feine Mutter unmittelbar vorm Sterben ist. Sie teilte mir das heute mit und schloß das Gespräch mit dem Seufzer: »if it's not one thing, it's another!«, was etwa auf deutsch heißen müßte: »Man hat doch nichts als Ärger!«

Princeton, 29. März

Bin nun doch entschlossen, zur Entscheidung gezwungen, das Haus in Woodstock zu kaufen. Mir ist nicht ganz wohl dabei. Da ein Teil der bezahlten Miete angerechnet wird, kann ichs für 2300 Dollar kaufen. Bin garnicht erbaut von meinem Entschluß, der übrigens gar kein Entschluß ist, sondern das Ausweichen eines Entschlusses, weil ich nämlich garnicht wüßte, wohin mit den in Nostos aufgestapelten Sachen. Eigentlich wäre mir ein kleines Haus am Meer lieber. Und Nostos birgt ja schon jetzt allerlei Gespenster.

Princeton, 8. April

Seit ein paar Tagen kann man wieder nach Deutschland schreiben. So schrieb ich als ersten Brief dorthin meinen in all diesen Jahren oft erwognen Brief an Curt Winterhalter. Wenn er noch lebt und mir antwortet, wird mir die Welt anders vorkommen, fortsetzbar.

Am Samstag waren bei Madame Oppenheim wieder sehr viele Menschen, auch Casadesus, mit dem ich aber nicht sprach, da ich bald in ein ernsthaftes Gespräch mit Jorge Guillén über Santayana geriet. Guillén, der hymnisch gestimmte, dabei leise und zurückhaltend auftretende Dichter, beklagte Santayanas »détachement« (wir sprachen französisch), sieht darin einen Mangel an Liebe. Aber er mußte doch gelten lassen, daß dieser Mangel nicht gewollt, kein Entschluß ist, sondern eher, wie ich sagte, eine »fatalité«, womit der Entwurzelte Form in sein Leben zu bringen versuchen muß. Guillén spricht fein, leidenschaftlich, aber ganz ohne die Kindlichkeiten Castros. Dieser, wie liebenswert!, erklärte neben mir einer lebhaften Pariserin mit stotternder französischer Beredsamkeit und völlig unklaren Beispielen, was Existenzphilosophie sei. Simone de Rougemont erzählte mir, daß Sartre einmal selber zugegeben habe, seine ganze Literatur sei einzig aus dem Gefühl seiner Häßlichkeit heraus entstanden.

Princeton, 12. April

Heute Examina gegeben und korrigiert. Ich finde es immer so gutartig von den Studenten, sich meinen Rebussen so zu widmen.

Princeton, 18. April

Die Atmosphäre dauernder geistiger Konzentration und Hervorbringung, die bei und um den Nationalökonomen Morgenstern herrscht, mit dem ich jetzt öfter zusammenbin, ist mir ein rechter Vorwurf. Ich entwinde mich ihm nur durch den lahmen Trost, daß ich mich noch nicht entschlossen habe, mich unter die Gelehrten zu rechnen. Aber unter was sonst? Das andre ist das verbotne Wort.

Princeton, 19. April

Versucht, ein Buch »Nacht und Tag« eines Erich von Mendelssohn (mit dem üblichen lobpreisenden Vorwort von Thomas Mann) zu lesen, konnte es aber nicht. Wieviel Geschwollnes, Langweiliges, Gemachtes doch die deutsche Literatur enthält! Versuchte auch, Gutzkows »Aus der Knabenzeit« zu lesen, fand es auch ganz unmöglich. Werde wieder ins Englische gehn müssen, da ich mir kein deutsches Buch mehr denken kann, das mich reizt.

Princeton, 25. April

Im Lesesaal fand ich kurz vor Ostern einen Zettel in einer Zeitschrift, Anfrage und Antwort zweier Studenten, rasch hingekritzelt, woraus mir die heiterste Stimmung erwuchs:

Edovardo: My last class is Eco. from 10:45 to 11:45 – if you plan to eat lunch here, wait unitl I return from class, Henry R.

»Come to the church in the wildwood . . .« oh, those faint strains – Yes, I'm in my room – preparing for departure.

Princeton, 2. Mai

Am 28. in Christianes Auto nach Douglastown, Long Island, zu Alewyns. Sie leben ganz ländlich, vom Sund umgeben, mit Gartenarbeit beschäftigt. Wir machten einen Spaziergang an den Sund. Es machte mir dabei großes Vergnügen, daß man, als müsse es so sein, sich gleich so gruppierte, wie es zwischen deutschen Professorenehepaaren üblich ist: voran gingen die Frauen mit ihren Gesprächen, Alewyn und ich folgten, sofort in einem fachlichen Gespräch (für mich voller Anregung) befangen.
Am 25. hielt ich im hiesigen Philologenklub einen Vortrag über Probleme und Wege der vergleichenden Literaturgeschichte, sprach dabei von gewissen dichterischen Grundsituationen. In der folgenden Diskussion kam das einzige Echo von den Hispanisten, von Marichal und dem lieben Stephen Gilman, der mir Verständnisvolles sagte. Ihn und seine kluge, lebendige Frau Teresa, Tochter von Jorge Guillén, rechne ich immer mehr unter meine Freunde.

Princeton, 6. Mai

Simone de Rougemont erzählte mir heute auf unserm Spaziergang am alten Kanal entlang (der früher einmal eine Verkehrsstraße für von Pferden gezogne Schiffe war) von jenem von den Surrealisten entdeckten kanadischen Ort Percé Ste. Agathe, der wild und einsam, wie ein normannisches Dorf auf Felsen überm Meer liegt. Sie hatte an den Bürgermeister geschrieben, der ihr einen langen Brief in etwas falschem Französisch geschrieben hat, in dem er die Schönheit des Orts rühmt, nennt ihn »le joujou« (d.i. Kinderspielzeug) der ganzen Küste, womit er (ganz surrealistisch) die Worte »joyau« und »bijou« zusammenfügt: das Juwel der ganzen Küste. Am Strand findet man viele Achate.

Princeton, 14. Mai

Schon seit vielen Wochen dem Tagebuch ganz fremd geworden, das heißt wohl mir selber. Zu jedem der nichtssagenden Einträge muß ich mich zwingen.

Princeton, 20. Mai

Angeregt durch den Humboldtbriefwechsel und den Briefen der Hedwig von Olfers, hab ich mir heute einen längeren Aufsatz skizziert, den ich schreiben will, vielleicht sogar ein kleines Buch: der Wiener Kongreß als literarisch-kultursoziologisches Phänomen, als Sammelpunkt vieler Menschen und daher Anregungen, die ohne den Kongreß nie zusammengekommen wären. Also die direkte literarisch-gesellschaftliche Auswirkung des Kongresses. Ich will den Kongreß nicht als historisches Ereignis darstellen (das ist ja oft geschehn), sondern einen neuartigen Versuch unternehmen, ein historisches Ereignis nur von den beteiligten und betroffnen Menschen her aufzuschreiben. Es wird eine Mischung zwischen Geschichte, Literaturgeschichte, Kulturgeschichte, Anekdotensammlung, Themengeschichte und Gesellschaftsgeschichte werden. Goethes Gedicht auf den Geburtstag jenes Weimarer Beamten kommt mit in Betracht. Menschen, die sonst nie ein Wiener Vorstadttheater gesehen hätten, bringen eine neue Kenntnis in die Heimat. Zacharias Werners Bedeutung für Grillparzer vielleicht durch den Kongreß befördert. Stägemanns judenfreundliche Gesetzesvorlagen sicherlich durch die Salons von Eskeles und Arnstein mitbedingt. Was waren deren Folgen in Hamburg? Friedrich Schlegel, Cotta, die preußische Fouqué-Liebhaberei dringt nach Wien. Die Wirkungen der patriotischen Gefühle von Varnhagen, Stägemann, Olfers etc.

Am 16. hielt Roman Jacobsohn einen Vortrag über »La métrique et la philologie«, voller Kraft, enormer Verve, Sicherheit und Echtheit. Das war rein als Schauspiel etwas Außerordentliches, wie er mit lauter Stimme, ohne Manuskript, auf französisch ein überaus schwieriges technisches Gebiet meisterte, strotzend und auf serbisch, ukrainisch, russisch zitierend, psalmodierend. Er wies anhand der epischen Versmaße den Zusammenhang zwischen serbischen, russischen und griechischen Versformen nach. Plötzlich erwähnte er zu meiner Überraschung meinen Namen und sprach über meinen Hölderlin-Artikel (der garnicht publiziert ist). Bonfante hatte Anfang März meinen Aufsatz über Hölderlins Simultan-Adjektive mit einer Empfehlung an die Redaktion der Zeitschrift »The Word« geschickt, der er ebenso wie Jacobsohn angehört. Der Aufsatz, das erzählte mir Bonfante, habe dann eine große Debatte hervorgerufen, weil er nicht rein-linguistisch ist, sondern sich auch mit der Dichtersprache befaßt. Bonfante hatte mir den Tumult sehr komisch beschrieben. Man hatte eigens ein Unterkomitee gegründet, das nun meinen Aufsatz untersuchen sollte. Bonfante und Jacobsohn waren meine Befürworter vor allem. In der Art, wie Jacobsohn nun von meinem Aufsatz sprach, zeigte mir, daß ich ahnungslos zum Vertreter einer gewissen linguistischen Richtung geworden bin, allerdings einer sehr schönen, der Wilhelm von Humboldts und der Brüder Grimm. Allerdings nur dadurch, daß ich die Frechheit hatte, meinen Aufsatz linguistisch zu nennen, d. h. einer linguistischen Zeitschrift einzureichen.

Princeton, 24. Mai

Lese mit großem Interesse eine neue Veröffentlichung, die Bände »Memoiren um die Titanen«, in denen die Tagebücher der Diana und Jenny von Pappenheim mitgeteilt werden, voll von Begegnungen mit Goethe. Diana ist allerdings in der Wiedergabe von Goethes Redeweise wenig glaubwürdig. Ich verstehe garnicht, wie Julie Braun-Vogelstein nie von diesen Tagebüchern sprach und sie nicht besitzt, wenn es sie gibt. Ob es eine Fälschung ist? Aber interessant ist doch, daß aus Jenny von Pappenheims Aufzeichnungen hervorgeht, daß Wilhelm II. einen strengen Reitlehrer namens Hinzpeter in seiner Jugend hatte, der ihn zwang so zu reiten, als habe er keinen verkrüppelten Arm, wodurch eine gewisse seelische Krankheit in Wilhelm ausbrach: Furcht vor den Prügeln, mangelndes Selbstvertrauen. Im ersten Band der »Lebenserinnerungen« von Hermann von Eckardstein, dem deutschen Botschaftsattaché in London, worin ich eben lese, kommt Wilhelm II. auch viel vor, wird scharf getadelt, aber ohne Klatsch. Das ganze Verhältnis zwischen Deutschland und England wird von Eckardstein rein vom realpolitischen Standpunkt aus gesehn. Er, wie auch Fürst Münster und Bismarck, war für ein englisches Bündnis, das durch Wilhelms viele Taktloigkeiten und parvenuhaftes Wesen gestört wurde.

Princeton, 7. Juni

Am 2. Juni Herman Field[1] angerufen. Ich erfuhr, daß auch Jean, die ebenso wie Herman, zwei Kinder hat, mit ihrem neuen Mann in USA ist. Schrieb

1 Herman und Jean Field, beide aus amerikanischen Quäkerkreisen und damals noch zusammen verheiratet, waren während meiner Zürcher Studienzeit meine besten Freunde und täglicher Umgang. Die Familie Field hat ihren idealistischen Kommunismus furchtbar büßen müssen. Im Frühjahr 1949 reiste der älteste Bruder Noel Field, früher im State Department Berater und Redeschreiber für Präsident Roosevelt, nach Prag. Dort stieg er ab im Palace Hotel und verschwand ohne eine Spur. Auf Nachforschungen seiner Frau Herta erfolgte aus Prag nur die Auskunft, Noel sei dort nie angekommen. Herta fuhr daraufhin nach Warschau, um ihren Mann zu suchen. Mein Freund Herman flog auch dorthin, um ihr zu helfen. Als das Flugzeug ankam, war Herman nicht drin. Vier Tage später verschwand Herta. Ein Jahr später, nachdem immer nur geleugnet worden war, daß sich irgendein Field hinterm eisernen Vorhang befinde, fuhr die Adoptivtochter Noels nach West-Berlin, nahm ein Hotelzimmer, bestieg die U-Bahn und verschwand. Diese Ereignisse erzeugten dann eine große Aufregung in Amerika. Das State Department konnte von den Regierungen der Tschechoslovakei, Polens und Ost-Deutschlands keinerlei Auskünfte bekommen. Immer hieß es, all diese Personen seien ihnen völlig unbekannt. Man begann in Amerika zu glauben, daß Noel Field ein Überläufer sei oder ein amerikanischer Spion oder ein Doppelagent. Dann erschienen, sechs Jahre später, alle Fields aus den verschiedenen kommunistischen Gefängnissen, wo man sie festgehalten hatte. Der Grund war ein Versehen der Russen. Sie hatten in den Säuberungsprozessen, die seit den frühen Fünfzigerjahren stattfinden, Noel Fields Namen und ihn als Zeugen benutzt, um kommunistische Führer des Verrats zu überführen. Es gab ihn also. Herman konnte dann ausreisen, dann auch die Tochter Noels. Von Noel und Herta aber hieß es, daß sie freiwillig in Ungarn bleiben wollten, wo sie heute wohl noch sind, wenn man sie

beiden. War aber durch Lethargie und Mißstimmung nicht in der Lage, Herman gleich zu besuchen. Diese Bedrückung verschwand, nachdem ich die beiden bevorstehenden Kraftproben glücklich abgelegt hatte. Erstens die Vorlesung über den zeitgenössischen Bildungsroman. Sie gelang gut. Ich sprach über Rilkes »Malte Laurids Brigge«, Ricarda Huchs »Michael Unger«, Schaeffers »Helianth« und den »Zauberberg« als Ende der Möglichkeit. Der einzige Kommentar von Jantz, der mich wieder durch seine Anwesenheit kontrollierte, war, ich hätte Sudermanns »Frau Sorge« und Erwin Guido Kolbenheyer ausgelassen. Es hat mich nicht überrascht. Dann mußte ich am 5. Juni nach New York fahren, um Mutter bei ihrer Zahnbehandlung beizustehn. Sie war recht tapfer und sichtlich erfreut, daß ich ihr Blumen brachte.

Princeton, 10. Juni

Sah Herman in New York, den ich nach zehn Jahren unverändert fand. Er erzählte mir von seinen Abenteuern in Polen, wo er tschechische Flüchtlinge betreute und dadurch in die Kriegswirren geriet. Er ist noch immer großherziger Kommunist und ich fühlte mich mit meinem argumentlosen Détachement ganz dumm und ohnmächtig ihm gegenüber. Er ist ganz dagegen, daß man den Deutschen jetzt gestattet, sich eine Regierung zu wählen. Dazu seien sie noch unfähig, müßten erst erzogen werden.
Dann bei Claude Fredericks, der ein Zimmer an der Third Avenue direkt unter der Hochbahn bewohnt. Auf seinem Kaminsims entdeckte ich eine ganz schwarzverfaulte Mangofrucht, die Claude sich nicht entschließen konnte zu essen und die er jetzt nicht die Kraft hat wegzuwerfen. Das kam mir recht bekannt vor. Ich nahm sie mit und warf sie in einen öffentlichen Müllbehälter. Wir gingen in die chinesische Oper, die wieder sehr rätselhaft und unterhaltend war.
Gestern abend bei de Tolnay, der mir viel von Karl Kerényi erzählte, der offenbar ein genialer Mensch ist.

Mt. Pleasant, 1. Juli

Nun bin ich doch wieder hier; um Sommerschule zu unterrichten. Die alte Bibliothekarin in der Public Library zog wortlos und schmunzelnd meine alte Karteikarte hervor, und ich hatte ein schlechtes Gewissen, ihren Namen nie gekannt zu haben.
Am letzten Tag in Princeton erhielt ich einen Brief von Albrecht Schaeffer,

nicht umgebracht hat. Herman, den ich nach seiner Rückkehr nach Amerika wiedersah, erklärte die Sache so: man hatte diese Idealisten zwingen wollen, gegen Amerika Spionage zu betreiben. Als Noel sich weigerte, das zu tun, galt er als Verräter. Herman schrieb in seiner jahrelangen Einzelhaft einen Roman, um am Leben zu bleiben. Siehe dazu »Über die Hintergründe der Affäre Noel Field« in »Einheit, Sonderausgabe« (Ost-Büro, SPD Bonn) und das sehr genaue Buch von Flora Lewis »Red Pawn. The Story of Noel Field.«, New York, Doubleday, 1965.

plötzlich nach sechs Jahren mit einer merkwürdigen Erklärung und Entschuldigung:

»Sie hatten mich recht enttäuscht. Nachdem ich Ihnen in Croton den Untergang Europas vorausgesagt hatte, schrieben Sie mir aus Basel, diese prächtigen Bürgerbauten stünden für ewig da; aber als Sie vom Konzentrationslager persönlich getroffen waren, hieß es: nun ist die Kultur Europas dahin. Und dann schrieben Sie mir aus diesem Land, was mich tief verletzte: in diesem Krieg sei auf keiner Seite das Recht (was sich inzwischen auch bewahrheitete) . . .

Ich schloß daraus – möglicherweise mit Unrecht –, daß Ihnen die Vernichtung des deutschen Nihilismus und Sadismus gleichgültig sei; daß Sie auch für den grenzenlosen Jammer kein Herz haben wollten. Um Ihnen zu zeigen, in welchem äußersten Maß ich dagegen an dem Leiden teilnehmen wollte, schrieb ich Ihnen: ich hätte das Bild eines in Frankreich getöteten (also französischen) Kindes vor mir stehen; und dies Kind sei (so gut wie) mein eigenes Kind.

Da kam nun das wirklich tragische Mißverstehen, daß Sie mir Ihre Teilnahme an dem Verlust meines Kindes aussprachen.« usw.

Also die Nachricht mit der getöteten Tochter war eine Art pädagogischer Finte gewesen, er hatte mir einen symbolischen Vaterschmerz als Zurechtweisung vorgehalten. Jetzt erst merk ich, daß ich ihn insgeheim wohl gereizt hatte, weil ich kein wahrer Jünger des Untergangs werden wollte. Nun scheint er eine Art politisch-ethischer Rechenschaft von mir zu verlangen. Aber es ist doch ein schöner Brief und traurig durch die Einsamkeit, aus der heraus er geschrieben ist. Nun darf ich natürlich die Frist nicht verstreichen lassen, fürchte mich aber etwas vor der Antwort, da ich Schaeffer heute zu fern stehe, um eine nach so vielen Jahren dargebotne Freundschaft, menschlich und unbefangen, befriedigen zu können.

Mt. Pleasant, 2. Juli

Es scheint, daß mein Nachfolger hier und jetziger Zimmernachbar, Alfred Adler, ein angenehmer Gesprächspartner ist. Er lebt hier ganz eingezogen, da er sich österreichisch-grillparzerisch schmollend vorgenommen hat, sich für nichts hier zu interessieren.

Mt. Pleasant, 3. Juli

Endlich also an Schaeffer geschrieben. Nun ist der Brief viel unpersönlicher, ja beinahe abweisend, geworden als ich ihn beabsichtigt hatte. –

Mir war doch nicht ganz wohl bei meinem Brief an Schaeffer. So hab ich ihn nun, abends, nachdem ich Adler alles erklärt und ihn ihm vorgelesen habe, ganz umgeschrieben. Er ist weniger kühl geworden, hat eine gewisse rechthaberische Schärfe verloren. Das alte Konzept heft ich hier bei:

»Wie froh war ich, daß sich ein Rätsel und Mißverständnis löste. Ich habe Ihrer in der Zwischenzeit nie anders als mit Dankbarkeit gedacht. Hatten Sie mich doch damals sehr freigebig beschenkt. Es ist traurig, wie es nun offenbar geworden ist, wie wenig dieser Krieg ein ›heiliger Krieg‹ war, wie er es doch hätte werden müssen. Aber Ihre Schlußfolgerung von damals auf meine Einstellung bleibt mir unverständlich, so sehr, daß ich nicht einmal unternehmen kann, mich zu erklären.
Sechs Jahre sind eine lange Zeit. Ehe man da wieder die rechten Worte fände, müßte man sich eigentlich erst wiedergesehen haben. Falls Sie einmal nach New York kämen ...
Ich kann mir wohl denken, daß der Roman, den Sie eben geschrieben haben, besonders schön und wichtig ist, da er ja Seite für Seite einer bedrückenden Ungunst abgetrotzt wurde, gespeist von den wirklichen und geheimen Vorräten.«
Der letzte Satz ist der schwierigste, denn es darf ja nicht zu deutlich durchklingen, daß Schaeffer einerseits von mir das Bekenntnis zum völligen Aufhören der Kultur (und damit auch der Literatur) verlangte, während er selber seinen nächsten Roman schrieb.

Mt. Pleasant, 7. Juli

Ein amerikanisches Wochenende: mit Zahnbürste, Badehose, Sonnenbrille und Virginia Woolfs »Orlando« als einzigem Gepäck stellte ich mich Freitag um halb zwei Uhr auf die Landstraße, um, Autos anhaltend, in den Norden zu fahren. Nun hab ich wirklich die ganze Michigan-Halbinsel von hier und wieder zurück in anderthalb Tagen durchfahren. Das rasche Fahren, der dauernde Wechsel, das Fremdsein im Fremden führt zu einem völligen Selbstverlust, der mir dadurch vergnüglich war, weil ich mir doch mit einem Teil meiner Bewußtheit vorstellte, wie angenehm das Sich-Wieder-Finden sein würde. Amerikaner, immer auf ihren Autostraßen unterwegs, leben vermutlich in einem Zustand dauernden Selbstverlusts.
Am Freitag kam ich bis Cheboygan, wo ich übernachtete. Durch viele bedrückend trostlose kleine Orte, die einseitig und verwahrlost an der Fahrstraße aufgereiht sind. Cheboygan selbst auch völlig formlos, zufällig, liederlich. Aber nach Gaylord wird die Landschaft schön, gegliedert, waldig, fast gebirgig, mit vielen Seen. Samstag zurück, aber in Topinthebee etwas geblieben und im Lake Mullet geschwommen.

Mt. Pleasant, 9. Juli

Heute von Hermann Broch einen Brief erhalten, der mich sehr freut. Er sagt, meine Besprechung des Vergil zeige ihm, daß ich das ihm Wesentliche herausgehört hätte. Da erwartet mich also eine gute neue Beziehung in Princeton im Herbst.[1]

Mt. Pleasant, 11. Juli

Es macht mich doch sehr unbehaglich, daß mein einer Koffer, den ich aufgegeben hatte, nicht angekommen und anscheinend verloren gegangen ist. Dadurch wird alles so vorläufig und die Stimmung zu eigner Arbeit kommt mir abhanden.

Lese Goethes Gedichte, ganz systematisch, alle von Anfang bis Schluß, eben die »Zahmen Xenien«. Da find ich wieder ganz Neues, so z.B. den Vierzeiler, der mir so schön und tröstlich vorkommt:

Komm her! wir setzen uns zu Tisch;
Wen möchte solche Narrheit rühren!
Die Welt geht auseinander wie ein fauler Fisch,
Wir wollen sie nicht balsamieren.

Ganze Strophen, die ungeschrieben davor stehn, werden deutlich in dieser ersten Zeile. Man sieht eine Situation, ein bergendes Zimmer und das Licht, das darüber liegt, ein langes Gespräch, das galant, scherzhaft-traurig, mit liebevoller Gebärde damit endet, daß Goethe einer schönen Frau den Arm reicht, wodurch die Welt versinkt und ihre eigne alles andre ersetzt.

Mt. Pleasant, 14. Juli

Gestern schon den Antwortbrief von Schaeffer erhalten, der meinen Brief »erfreulich« nennt und ein Zusammentreffen vorschlägt.

Mt. Pleasant, 18. Juli

Dieser Sommer scheint im Zeichen des Wiederanknüpfens alter Verbindungen zu stehn. Gestern kam Gonzalo von Ann Arbor auf einen Tag. Er geht am 20. August nach Guatemala zurück. Das Wichtigste aber, daß gestern der Antwortbrief von Curt Winterhalter aus Freiburg kam, nachdem ich kaum noch damit rechnen mochte. Er lebt und ist unverwundet, ja spricht mit einer gewissen Hoffnung, einer Zuversicht auf Besseres. In diesem »Ist gerettet!«, das ich nun auf uns beide beziehe (und auf Deutschland), klingt mir vieles mit, so als hätt ich meinen Brief an ihn wie in Erwartung eines Gottesurteils geschrieben, das nun für mich entschieden hat, d.h. mir eine europäische Zukunft möglich erscheinen läßt.

Gestern abend langes Gespräch mit Adler über die »Zahmen Xenien«: wie hier die Themen, die früher einmal ernst gemeint gewesen waren, alle aufgelockert, spaßhaft, nachlässig und nur zur eignen Freude und Belustigung

1 Die hat sich leider doch nicht ergeben, da Broch das Kahlersche Haus verließ. Im Jahre 1947 mußte er dann viele Monate mit einem komplizierten Bruch im Krankenhaus liegen.

wieder auftauchen, alle mit dem eignen Jargon geschrieben, d.h. mit Selbstzitaten, Wortfügungen, die einmal durch Erlebnis geprägt worden waren und kristallisiert erscheinen. Dabei konnten wir jedem Xenion, auch dem unbedeutendsten, etwas abgewinnen und vieles Umgebende erraten.

Mt. Pleasant, 19. Juli

Lähmende Hitze und Luftfeuchtigkeit.
In Goethes Elegie »An Werther« gibt es nur ganz wenige Verse, die nicht schon Längstgeformtes noch einmal sagen. Diese aber sind, für sich selbst genommen, vollkommen. So könnte man mit diesen wenigen Versen das Gedicht zusammenziehn:

Noch einmal wagst du, vielbeweinter Schatten –
Zum Bleiben ich, zum Scheiden zu erkoren –
Der Tag war lieblich, so die Nacht wie groß! –
Da kämpft sogleich verworrene Bestrebung –
Von außen düsterts, wenn es innen glänzt –
Da steht es nah – und man verkennt das Glück –
Er schaut umher, die Welt gehört ihm an –
So schwebt auch er, der um die Liebe schweift –
Dann zog uns wieder ungewisse Bahn
Der Leidenschaften labyrinthisch an
bis zum Schluß.

Alles andre sind gewohnte Reime, gängige Bilder. Dennoch, was bei der Droste möglich ist: Zeilen für ein ungleiches Gedicht sprechen lassen, ist hier ganz unmöglich. Man errät nicht, warum das ganze Gedicht schön, ja großartig ist. Zunächst dieses Atemholen, wodurch jede Strophe neu, mit hohem Auftakt anfängt und sich in sich selber endet, jede eine Atemeinheit. Der elegische Ton beruht hier darauf. Sodann der bei Goethe so seltne ganz persönliche tiefernste Ton, ohne die distanzierende Heiterkeit; das Bekenntnishafte, das dennoch ganz verhüllt ist. Schließlich die gänzliche Abwesenheit einer bittren Anklage, eines sentimentalen Mitleids mit sich selbst, obwohl doch ein fast lebenvernichtendes Ereignis Gegenstand des Gedichts ist. Und zum Schluß: der ganz andre Ton in der letzten Strophe, wo das wirkliche Erlebnis geformt wird, ganz unpathetisch und ganz nur ihm eigen. All dies macht das Gedicht.

Mt. Pleasant, 21. Juli

Goethes Xenion »Ins Weite«:

Das geht so fröhlich
Ins Allgemeine!
Ist leicht und selig,

Als wärs auch reine,
Sie wissen gar nichts
Von stillen Riffen;
Und wie sie schiffen,
Die lieben Heitern,
Sie werden wie gar nichts
Zusammen scheitern.

beschreibt so haargenau Mt. Pleasant und die »Inter-racial conference«, die hier stattfand, und andre humanitäre Veranstaltungen hier. Dies »das geht so fröhlich ins Allgemeine!« »Die lieben Heitern« ist ein endgültiger Ausdruck (könnte von Thomas Mann sein). Adler und ich nennen nun all diese muntren, optimistischen Lehrerinnen hier nicht mehr anders als die lieben Heitern.

Aber Miss Ryan gehört nicht zu den lieben Heitern. Ich sah sie wieder, und sie trägt eine schwarze Kappe über dem einen Auge. Sie erzählte mir in ihrer ruhigen, feinen und milden Art, wie sie in einer Winternacht ihr Pferd hatte anpflocken wollen, dabei aber aus eigner Schuld ungeschickt vorging und ausglitt, wobei sie sich ein Auge ausschlug. Mit einer gewissen ängstlichen Eindringlichkeit sprach sie von ihrer eignen Ungeschicklichkeit. Aber alle in Mt. Pleasant glauben, daß das Pferd ihr mit seinem Huf das Auge ausgeschlagen hat.

Mt. Pleasant, 22. Juli

Höre hier so viel von einer, von Chicago ausgehenden, neuen Sprachbetrachtung »Semantics« (von Korzibsky), anscheinend eine Sprachuntersuchung, die viel Sprache verbraucht, um von der Sprache loszukommen; Sprache als Krankheit. Die Dichter wissen viel mehr darüber.

Mt. Pleasant, 23. Juli

Bei allem Nichtstun, etwas ist Adler und mir doch gelungen: wir haben es verstanden, Mt. Pleasant, diese langweilige, bedrückende, scheinheilige Stadt, zu mythologisieren.

Erinnern werden mich an hier immer diese »mourning doves«, Trauertauben, deren vier Klagetöne ich hier jeden Tag, besonders morgens, höre. Ich fand, daß es ein in Amerika einheimischer Vogel ist, aus Carolina.

Mt. Pleasant, 25. Juli

Langen Brief von Julie Braun-Vogelstein, in dem sie andeutet, daß die vor einigen Jahren erschienenen Aufzeichnungen der Jenny von Gustedt-Pappenheim eine unverschämte Fälschung seien. Sie nennt sie (in Anlehnung an Lily Brauns »Im Schatten der Titanen«) den »falschen Schatten«.

Mt. Pleasant, 27. Juli

Gestern abend ein besonders schönes Nordlicht gesehn: aus einem Kern, einer fast runden, anfänglich leeren Mitte, wie ein magnetisches Feld, gingen nach allen Seiten tiefviolette, rote, indigoblaue und grüne Strahlen nieder, die, ohne daß man merkte, wie es geschah, sich dauernd veränderten, aufhörten, wie eine streifige Wand wurden, sich neu entzündeten, tiefer in die untre Wolkenwand eindrangen, sodaß im bisher schwarzen Himmel kleine schwebende Wolken als Silhouetten erschienen. Zum erstenmal konnte man den Himmelsraum auch wirklich als Raum erfassen, da man wie unter einer ungeheuren Strahlenglocke stand. Zu Hause lasen wir dann gleich jene Stelle bei Eckermann nach, wo Goethe, vierunddreißigjährig, ein Nordlicht beobachtet und seinen Bedienten sich neben ihn setzen läßt.

Die Belege meines Aufsatzes über Georges »Brand des Tempels« erhalten. Adler macht mich darauf aufmerksam, daß die Bemerkung darin, daß das Niedrige, Wirkliche, der Logos, nicht in die Sphäre der prophetisch erhöhten Stunde, der Schau, des Mythos hereinragen kann, ein platonischer Gedanke ist, der vor allem im »Phaidros« zur Sprache kommt. Diesen Gedanken von der »Fallhöhe« zwischen der nur grundsätzlich wahren Prophetie und dem gemeinen, eben doch ganz andern spätren Ereignis, müßte man ausbauen.

Mt. Pleasant, 31. Juli

Sehr erstaunt, im Eckermann jene Stellen zu finden, die darauf schließen lassen, daß Faust II als Oper gedacht war. Goethe selber spricht von Sängern, Komponisten. Dem möcht ich gerne nachgehn. Es kommt mir zu unwahrscheinlich vor, nicht nur wegen gesungener antiker Versmaße. Der ahnungslose Eckermann wird plötzlich selber als Person interessant, ja beeindrukkend, mit seinem langen Brief aus Genf, in dem er sich von Weimar losmachen möchte. Von da an wirkt er ganz anders.

Gestern fanden Adler und ich Geschenke in unsern Zimmern, die uns der rührende, ungeschickte, und uns immer so verlassen vorkommende Philosophieprofessor Marshall dagelassen hatte. Marshall fühlt sich fremd im eignen Land, dessen Werte ihm aber, ohne daß er es ahnt, so völlig eigen sind. Er hatte uns vor einiger Zeit eingeladen und uns Wein vorgesetzt. Aber nach jedem Einschenken brachte er die Flasche weit weg vom vorderen Wohnzimmer (in das man von der Straße hineinschauen kann) in die hinten gelegne Küche zurück. Er ist auf eine neugriechische Philosophiezeitschrift abonniert, die er anscheinend für seine Vorlesungen plündert. Mir gibt er nun Bücher über Basel, eine »Anthologia Helvetica«, eine Meriankarte von Basel, von der merkwürdigen Annahme geleitet, daß einer, der aus der Schweiz kommt, sich nur für Schweizerisches interessiert. Es schiene ihm sicher merkwürdig, daß ich auch Goethe miteinbeziehe.

In diesem für eigne Arbeiten ganz vergeudeten Sommer bin ich mir doch in vielem näher gekommen, habe manches befestigt und erkannt. Daran sind vor allem die vielen Gespräche mit Adler schuld. In Vielem spielt man sich selber so lange, bis man bemerkt, daß man sein wirkliches Wesen gespielt hat.

Woodstock, 12. August

Nach einer besonders ermüdenden Fahrt, über dreißig Stunden unterwegs, gestern hier angekommen. Nostos empfing mich gleich, als gehörte es mir an. Noch dichter ist alles zugewachsen, aber noch wirkt die Natur nicht feindlich, sie respektiert das Haus.

Woodstock, 16. August

Wie steht dein Garten wild in dem Geviert:
Hier kriecht die Quecke ein, die Staude zackt
So freiheitslüstern, und das Farnkraut giert
Um Blumen, deren Kelche abgehackt
  Zur Seite hängen, tot vom wilden Wein.
Die Eckern, Eicheln, Ahornsegelblatt
Sind aufgekeimt, hier strebt ein Schößling ein
Vom Apfelbaum, und Laus und Wurm wird satt. –
  Ein Jahr, seit ich ihn hegend angelegt,
Nun leugnet man die Lilie, nennt Natur
Den dreisten Irrwuchs. Was ich ihm entregt,
Liegt nun erdrosselt da und ohne Spur.

Woodstock, 22. August

War in Kingston, zum erstenmal in einem Grundbuchamt, sah die langen Reihen der Grundbücher im Hinterraum.

Woodstock, 27. August

Merkwürdige Träume: ich war z.B. mit Christiane in Albanien, wieder in einem mir ganz fremden Land, mit vielen Erlebnissen in einem großen Haus, dessen geheimnisvolle Türen ich vermeide zu öffnen.

Woodstock, 29. August

Morgen wird John Kingsbury siebzig. Da so etwas in Woodstock von mir erwartet wird, hab ich eben für die Geburtstagsfeier recht und schlecht zwei kleine Verschen gemacht, eines ernster, eines lustig:

For him who watched the stars with you
Words need be few.
A meteor fell on this hill

And made a world of starry will,
And grew and grew, and grew not old:
At seventy, so I am told,
Both leaves and lives are gold.

Und dann:

Dawn follows dawn. Oft we thought, John,
't was you who rose above the hill.
But now the grandchild is the dawn.
Still, surely, »Sunset« never will
We call you, but you must confine
Yourself to be her Gegenschein.

Woodstock, 31. August

Gestern ein echter Woodstock-Tag. Am frühen Nachmittag kam der Erzbischof mich besuchen. Bewundernswürdig, wie ganz ungebrochen er durch den Brand war, der all seine Habe zerstört hat. Er war witzig und gesprächig wie je, will sich eben bald wieder irgendeine Kirche zurechtschnitzen. Abends zur Geburtstagsfeier von Kingsbury. Die übliche »surprise party«, die nie jemanden überrascht. Die Gäste hatten sich, als Überraschung, alle vorm Haus versammelt, als er von einer Reise zurückkam. Gleich fing er in seiner gemütvoll-weitschweifigen Art an, früherer Jahre zu gedenken, während wir im Halbkreis um ihn herumstanden. Natürlich ging es nicht ohne Schluchzen, plötzliche Tränen ab, die ihm, seit er seinen Sohn im ersten Weltkrieg verlor, so locker sitzen. Dann im Haus reichlichstes gutes Essen, musikalisches Programm, Verse (ich mußte auch meine lesen), dann Scharaden. Shotwell hielt eine lustige Rede mit mehr Geist, als ich ihm zugetraut hatte. Die Menschlichkeit der beiden Kingsburys ist so groß, so reich, daß sie damit sofort den ganzen Raum füllen. Das Schauspiel einer über vierzigjährigen guten Ehe. Nachts auf dem Heimweg mit Clara wieder ein riesiges Nordlicht beobachtet.

Woodstock, 2. September

Sehr gefesselt durch ein Buch, das ich heute antiquarisch kaufte: AE's Briefe an Kingsley Porter. Es täte mir gut, viele Briefe von Menschen zu lesen, die ein immer ergiebiges, deutliches Gespräch führen konnten. Ich merke immer mehr, wie mir, selbst hier, im Tagebuch, die Sprache nicht mehr gehorcht, wie nur noch das Nackte, Erzwungene, Unbildliche übrigbleibt und sich eckig aneinanderfügt. Meine Briefe sind fast alle ganz hilflos und müssen unecht und gequält klingen, mein Gespräch wird geizig, unwillig, unklar, müde und unwichtig.

Jetzt, da ich von hier weggehe, fühl ich, daß ich mich vielleicht zum Schreiben

erwecken könnte, wenn ich länger so leben könnte. Anderseits aber bin ich sehr froh, wieder wegzugehn, bevor eine Bedrückung durch Einsamkeit fühlbar wird. Meine Furcht vor Princeton ist doch sehr groß.
Ein Gewinn dieser Woodstocker Wochen: die Romane von Virginia Woolf, die ich las. Das sind seismographische Bücher, in denen ein schon verlöschender Lebenswille mit großer Intensität eine Welt aushaucht.
Übermorgen kommt Christiane im Auto hierher, um mich zu unsrer Reise nach Virginia und den Blue Mountains abzuholen.

Port Jervis, 4. September

Schöner warmer Tag. Heute morgen kam Christiane mit den drei Buben, wir fuhren durch bergige Gegenden bis hierher. Abends durch die uns fremde Stadt geschlendert. Es ist mir eine neue, lustige Art des Reisens.

Front Royal, 5. September

Den ganzen Tag gefahren. Zuerst sehr schön durch das Delawaretal, dann durch eintönige Gegenden, flach, mit Maisfeldern, Buchweizenfeldern und, gegen Süden dann von Zeit zu Zeit, Sonnenblumenfeldern. Nun in dieser recht trostlosen früheren Pionierstadt am Fuß der Blue Ridge Mountains, in die wir morgen fahren. Auf unserm abendlichen Erkundungsgang sahen wir lange Züge von Zugvögeln.

Blue Ridge Mountains, 7. September

Gestern auf dem Höhenweg durch diesen Nationalpark in die immer höher ansteigenden Berge gefahren. Wenige Menschen. Dann hier, auf halbem Weg etwa, eine Waldhütte gemietet mit einer Terrasse, großem Kamin und ländlichem Behagen. So viel große, leere Landschaft gibt es in Amerika. Gestern nachmittag mit Christiane allein einen längeren Ausflug auf dem Appalachian Trail gemacht, der hier durchgeht. Die Berge sind aus fast fugenlosem, dichtkörnigen, blaugrünen Urgestein. Ungewöhnlich ist, daß man sieben, fast gleichlaufende sehr hohe Bergketten vor Augen hat, eine breite Ebene zwischen ihnen. An einer freistehenden Felsgruppe saßen wir dann inmitten von vor Baumwuchs grünwollig anmutenden Bergrücken und -abhängen. Bergrippen traten, durch die dichten Baumwipfel angezeigt, wellig hervor. Abends mit den Kindern zusammen auf der mondbeschienenen Waldstraße, anfangs noch im fliegenden Nebel, dann etwas höher oben über Nebel und Wolken mit ganz klarem Mond am Himmel.
Abends machten wir ein großes Feuer am Kamin, drehten das Licht aus, saßen drum herum und erfanden gemeinsam eine Geschichte.
Heute wieder ganz reiner Himmel, Höhenluft, Sonne auf dem vielen Grün. Nach dem Frühstück alle auf den höchsten Berg dieser Gegend, den Stony Man, gegangen.

Unglücklicherweise hatte ich meine Immunität gegen das Giftefeu in Woodstock überschätzt, als ich es mit bloßen Armen büschelweise ausriß, bin seit zwei Tagen an beiden Händen und den ganzen Armen mit dem Ausschlag bedeckt, der mich nachts vor peinvollem Jucken kaum schlafen läßt.

Blue Ridge Mountains, 8. September

Gestern noch in der ganz klaren Mondnacht mit Christiane auf dem Weg vor unsrer Hütte gegangen. Später ihr am Kaminfeuer Curts Brief vorgelesen und mit einiger Beschämung gespürt, wie karg ich ihm geantwortet habe. Werde ihm in Princeton noch einmal schreiben.

Heute wieder ein strahlender Tag. Wir gingen nach dem Frühstück auf den höchsten Berg dieser Kette, den Hawksbill, 4050 Fuß hoch, von wo man eine weite Aussicht hatte, auf der einen Seite das Shenandoahtal und die ganze grade laufende Bergkette dahinter, auf der andern Seite in viele Berge hinein. Leide immer noch sehr unter dem Giftefeu, aber will es so wenig wie möglich beachten. Morgen vormittag fahren wir weiter, durch Virginia auf einer andern Strecke zurück.

Die drei Wochen in Woodstock und diese Tage haben mich wie ein vorher leergelaufnes Gefäß wieder angefüllt. Solch ein leeres Gefäß zu sein ist doppelt schlimm, da man nicht einmal die Genugtuung dabei hat, sich selber auf den Grund zu sehn. Man sieht nur Wände.

Fredericksburg, 9. September

Es ist unerwartet heiß im Tal. Wir erfahren jetzt erst, daß seit zwei Tagen eine ungewöhnliche Hitzewelle eingebrochen ist, die uns die Höhen so angenehm machte. Die weitre Fahrt auf der Höhenstraße des Shenandoahparks bot viele freie Ausblicke nach beiden Seiten und führte an wechselnden Landschaften, kahlen Höhenwiesen vorbei, die mich in ihrer Einsamkeit, ihrem Duft, ihren wenigen Büschen, silbrigen Zäunen und nackten Felsteilen an hohe Schwarzwaldwiesen erinnerten. Nach Charlottesville durch eine üppige Landschaft mit roter Erde gefahren. Monticello, Jeffersons schönes klassizistisches Haus angesehn, in dessen Park dickgebündelt Herbstzeitlosen angepflanzt sind, die es sonst nirgendwo in Amerika gibt. Das Haus ist sehr anmutig, einfach, schöngeformt. Der Campus der Universität Virginia ist ein großes Rechteck, das mit Gebäuden im Kolonialstil bestanden ist, an beiden Enden elegant abgeschlossen und von langen niedrigen Kolonnaden seitlich umsäumt, in denen Tür nach Tür Studenten wohnen. Das Ganze wie ein graziöses Kloster.

Dann hierher. Abends durch die Stadt einen Gang gemacht und alte Häuser bei Mondschein angesehn, z.B. das Kenmore House aus der Mitte des 18. Jahrhunderts mit schönem Park. Eine hohe enge beschnittne Buchsbaumal-

lee auf das Säulenportal zugehend hatte bei der Beleuchtung allerlei Hofmannsthalsches.
Mit Christiane plötzlich abends auf der Porch des Hotels in einer ganz fremdem Stadt zu sitzen, aber unter vertrauten Gesprächen, ist für uns beide sehr anziehend und belustigend.

Bradshaw, 10. September

Wieder ungewöhnlich heißer Tag, anstrengende Fahrt durch häßliche, ganz entstellte Gegenden. In Washington in der National Gallery die herrlichen alten Italiener und modernen Franzosen angesehn. Dann in College Park Dieter Cunz besucht. Oskar Seidlin war bei ihm. Er ist erst vor kurzem aus dem zerstörten Deutschland zurückgekommen. Er erzählte von der plündernden amerikanischen »befreienden« Infanterie, die z.B. das Innre des Beethovenhauses in Bonn aus Spaß zerschlagen, die wertvollen Ausgaben zerrissen, das Klavier demoliert und bepißt hätten. Das deprimierte mich so, daß ich den Rest des Tages bedrückt war. Ich erfuhr auch von Seidlin mit Schrecken, daß man als naturalisierter Amerikaner nicht längre Zeit in seinem Ursprungsland leben und dort auch keine Stellung annehmen darf. Damit werden ganz geheime Vorbehalte für meine geplante Europareise nächsten Sommer zunichte.

New York, 12. September

Gestern die Reise nach Virginia beendet. Auf dem Rückweg kurz in Princeton gehalten. Es schien mir so unmöglich, dort wieder leben und unterrichten zu sollen. Hätte am liebsten nichts wiedererkannt. Dann aber fand ich nur gute Post vor: ein Telegramm, daß der verlorne Koffer wieder da ist; Belege von erschienenen Sachen; das letzte Heft der »Deutschen Blätter«, in denen ich überrascht zwei meiner Yeats-Übertragungen fand; zwei lange schöne Briefe von Robert Duncan und James. Das nahm manches von der Fremdheit. Um die Fäden nicht gewaltsam abzubrechen, fuhr ich mit Christiane nach New York, konnte aber nur gestern bei ihr übernachten, da Keiler noch dort war (ein etwas dunkler Ehrenmann, Jugendfreund Albrecht Schaeffers und Vorbild zum Jason im »Helianth«).
Heute in Claras grade leerstehende Wohnung in Sutton Place, am East River, gezogen. Die Menschenmassen, Häßlichkeit, der Schmutz und das Elend um den Times Square herum, waren wieder wild und erschreckend, fühlte mich wie ausgesetzt.

New York, 15. September

Man muß dieser Stadt doch immer wieder vieles nachsehn. Stand eben noch am East River, grade neben der riesigen dreigipfligen und -torigen Brücke

mit ihren Lichtern und zweistöckigen Verkehrswegen. Der große gelbe abnehmende Mond färbte die vielen Wirbel matt und glänzend. Barken, Schlepper, Fähren fuhren vorbei. Die Ufer waren ganz dunkel. Man könnte dort eine ganze Nacht stehn und hinsehn.
Diese paar Tage, als Herr einer Stadtwohnung in einem der schönsten Viertel, ohne Pflichten, genieß ich sehr. Wieder eine neue Situation.

New York, 18. September

Nachmittags bei Fanny Kallir. Wieder dieselbe Wärme, Menschlichkeit und Klugheit. Irgendwie kam zur Sprache, daß ich gerne ein Buch in Europa erscheinen ließe, am liebsten in Deutschland. Da erbot sie sich, an Hans Urs von Balthasar vom Benno Schwabe-Verlag meinethalb zu schreiben. Dies ist also der erste Schritt in meinem Leben in dieser Richtung. Habe aber schon jetzt fast allen Glauben an dieses Buch verloren, das ich die »Erste Sammlung« nennen wollte. Enthält es denn wirklich etwas Neues?

Princeton, 19. September

Nun war dieser erste Tag hier doch sehr schön. Das Zimmer, das auf mich gewartet hatte, die vielen Bäumen, das Gefühl, in all dem Gewimmel neuer eben ankommender Studenten eine Stellung einzunehmen, die vielen Möglichkeiten neuer menschlicher Nähe. Borgerhoff kam auf dem Campus zu mir, um mich zu fragen, ob ich eines der vier Seminare über Weltliteratur, die hier ausgearbeitet wurden, übernehmen möchte, was fast einer Verschwörung meiner Freunde hier für mich gleichkommt. Natürlich sagte ich mit Freuden zu. Wir sprachen dann über Weltliteratur und was wohl dazuzurechnen sei. Ich plädierte für Strindberg und den »Wilhelm Meister«, was beides nicht vorgesehen war.

Princeton, 20. September

Ich scheine doch endgültig das Seminar behalten zu können. Werde nun viel Homer (Ilias) und Dante für die ersten beiden Sitzungen lesen.
Ließ heute ein Care-Paket an Curt senden und bemerkte auch, daß man jetzt mit Flugpost nach Deutschland schreiben kann.
Ich bin gezwungen, hier eine Lebensversicherung wie auch eine Altersrente einzugehn. Beides kommt mir so absurd vor, da ich mir nicht vorstellen kann, daß ich in fünfunddreißig Jahren wirklich ganz brav-ordentlich jenes Geld werde ausbezahlt bekommen. Wer weiß, wo ich dann bin, ob ich noch lebe. Die Anangke des Berufslebens zwingt einen, eine immer straffere, schwierigere Ordnung in sein Leben zu bringen. Als ob man sich wirklich versichern könnte! Merkwürdig auch, wie aus diesem Land der Pioniere ein Land von Menschen (auch ganz jungen) geworden ist, deren magische Lebensformel »Security« heißt.

Princeton, 22. September

Feierliche Eröffnung der Zweihundertjahrfeier der Universität. Ging im Talar mit dem Umzug in die Chapel, wo der Erzbischof von Canterbury eine vornehme und durchdachte Predigt hielt.

Angefangen, den Homer in Voss' Übersetzung wiederzulesen, versuche dabei, mir endlich einmal wieder die Verwandtschaften und Abstammungen aller klarzumachen. Morgen fangen die Vorlesungen an.

Princeton, 2. Oktober

Zum Homer hatte ich noch gelesen R. Boehringers »Antlitz des Genius«, Thassilo von Scheffers »Die Schönheit Homers« und Herders »Homer, ein Günstling der Zeit«. Viel gelernt dabei. Das Seminar heute war gut. Ein besonders gescheiter Student, drei vollkommene Dummköpfe und ein paar mittlere sind drin. Ich sprach selber zu viel. Will versuchen, mich morgen zurückzuhalten.

Princeton, 5. Oktober

Zur Vorbereitung gelesen: Zoozmanns lange Dante-Einleitung, Friedrich Schneiders »Dante«, Sulger-Gebing »Goeth4 und Dante«, Santayanas Essay über Dante in »Three philosophical Poets« und nun im zweiten Band von Vosslers Dante. Santayanas fünfzig Seiten sind musterhaft und enthalten das Wesentliche mit wichtigen Assoziationen, u.a. die Erkenntnis: »symbolism and literalness in Dante's time are simultaneous;« daß das göttliche Gericht die Liebenden einfach beim Wort nimmt, wenn es sie mit dem Wirbelstrom der Liebenden bestraft; daß schon angedeutet ist, daß die Höllenstrafen die Qualen der Seele sind, die gefehlt hat, sodaß die furchtbarste Geschichte nicht eine der Hölle angehörende ist, sondern die im Leben in Pisa spielende des Ugolino; daß die drei grundlegenden, sich ablösenden Mythologien die von Homer, Sokrates und Dante ausgehenden sind. Vossler gibt zugleich eine gründliche Geschichte des Mittelalters, wobei er aber auf den fast 900 Seiten über Dante selbst wenig mehr hinzufügen kann, als was so knapp bei Santayana steht.

Princeton, 9. Oktober

Die beiden Dante-Seminare, gestern und heute, machten mir große Freude. Über Homer und Dante reden zu dürfen und dafür bezahlt zu werden, scheint mir eine erfreuliche und überraschende Art zu leben.

Schaeffer schickt mir heute seinen neuen Roman »Rudolf Erzerum« Angefangen, darin zu lesen. Er spielt zu Anfang des 19. Jahrhunderts. In eine Gruppe von Menschen, deren Schicksale wie durch einen Schleier sichtbar werden, tritt dann plötzlich Heinrich von Kleist, von dem ich aber noch nicht recht weiß, ob er nur ein Namensvetter des Dichters ist. Schaeffer hat seine

Bildungsatmosphäre bewahrt. Es ist kein Zeitroman, von keinem Amerika durchdrungen.

Princeton, 19. Oktober

Am 10. nach New York, wo ich die eben aus England angekommne Frau von Hofmannsthal kennenlernte. Abends gemeinsam in die »Ariadne«, hoch oben, versteckt und anonym, was mir Frau von Hofmannsthal in rührendem Licht erscheinen ließ, wie sie so ganz ohne Aufhebens als Zuschauerin dabei war, nur dankbar, daß man das Werk aufführte. In der Pause gab es ein amüsantes Zwischenspiel: lebhaft und ehrerbietig näherte sich ein Mann der Frau von Hofmannsthal. Es war Klaus Mann. Und bald bildete sich in der Mitte des Foyers eine sehr angeregte Gruppe: Christiane, Frau v. H., ich, die enthusiastische Elisabeth Meyer, W.H. Auden, Klaus Mann, Christopher Lazare. Hinter Auden stand wie eine ergänzende Phalanx aufgebaut eine Reihe junger Männer, deren Mittelpunkt Chester Kallman war. Audens Gesicht ist weit besser als es die Photographien zeigen, wirklich vom Erlebnis des Lebens geformt, ohne leere Stellen.

Abends dann noch im Russischen Ballett: Markova und Dolin in »Giselle«, »Mute Wife« und »Prince Igor«.

Im Zug hierher zurück dann Platon gelesen fürs Seminar: »Gastmahl« von Hildebrandt mit der schönen Einleitung, »Phaidon« und »Apologie« von Apelt. Seither auch einiges in Friedemanns Platon-Buch.

Der Roman von Schaeffer ist so lüstern, sentimental, unwichtig, voll von einer tief sein wollenden Schönschreiberei, daß ich mich in der peinlichsten Lage mit meinem noch ungeschriebnen Dankbrief finde.

Da ich Bonfante über die Auslegung eines Dante-Verses befragen wollte, lud er mich ein zu einem sehr anregenden Abend, voller Herzlichkeit. Meine Frage war: Dantes Zögern, als der alte Cavalcante ihn nach seinem Sohn befragt. Die Erklärungen, daß Dante betroffen ist, über Cavalcantes Unwissenheit und Vosslers Erklärung, daß es Dantes »Zerstreutheit« sei, überzeugen mich nicht. Könnte es nicht sein, daß er aus schuldigem Gewissen heraus zögert? Er hatte Guido ja in die Verbannung geschickt, seinen besten Freund und Anhänger seiner Partei; ja, er hatte ihn eigentlich getötet, da Guido später an Malaria stirbt, die er im Exil bekam. Demnach wären die Worte »mia colpa« doppeldeutig, was ja nicht undantesk wäre. Bonfante, ein großer Dantekenner und -exeget, hatte diese Deutung nie gehört, hielt sie aber nicht für ganz unwahrscheinlich, obwohl es nicht in Dantes Charakter läge, zu bereuen.

Die Platon-Seminare am 15. und 16. gingen leidlich. Es wurde eine deutliche Befangenheit wegen der Knabenliebe spürbar, die ich unbeachtet ließ.

Schon am 16. fing hier, im Rahmen der Zweihundertjahrfeier, der große

Humanistenkongreß an, aber ich hatte erst vorgestern abend und gestern Gelegenheit hinzugehn. Man traf sich in der gotischen Halle mit den tiefen Teppichen, wo alles zugleich bequem und stimmungsvoll ist (die Stimmung kümmert sich eben einfach nicht darum, ob etwas echt ist oder nachgeahmt). Unbedeutende Rede von Ralph Barton Perry, aber eine ernsthafte und sehr kluge von W.H. Auden. Lovejoy, alt und freundlich, sprach gescheit in der Diskussion über das einzig wirklich wichtige Thema, das auftaucht, wenn man heute von Humanismus versus Naturwissenschaft, Technik, Faschismus, Nationalismus etc. sprechen will, nämlich über das Vacuum, das durch die neue Art der Freiheit entstanden ist, und in dem keine allgemein verpflichtende Übereinstimmung der Werte möglich ist. Ein altes Thema von mir. Immer wieder sprach man bei dieser Veranstaltung von Freiheit, Geist, Demokratie etc., ganz abwegig, und nur von Zeit zu Zeit, eben bei Lovejoy und Auden und bei Maritain tauchte das wirkliche Problem auf. Ich sprach dann lange mit Auden über diese Frage, diese Glaubenslosigkeit, die am Grunde von allem liegt, sodaß alles, was wie Glaubensmöglichkeit und Religion aussieht und daherkommt und sich so deutlich von der braven Sonntagsreligionspille unterscheidet, heute so großen Erfolg hat: Hitler, Christian Science, Theosophie, Okkultismus, Psychoanalyse, Kommunismus. Auden stimmte mir völlig bei.
Gestern begab ich mich den ganzen Tag ins humanistische Meer, ging zu allen Sitzungen. Wolfgang Köhler scharfsinnig, beeindruckend. Dann Maritain, der eigentlich Ähnliches wie Auden sagte, nur eben Thomistisches einsetzend. Sprach auch mit ihm, wobei das Auden-Gespräch fortgesetzt wurde, nur mit anderen Untertönen. Er bezeichnete den Kommunismus als eine Art Religion. Leo Spitzer wirkte mit seinen langen Mommsen-Locken wie ein Abbé, aber ein etwas böser. Zu mir aber war er sehr freundlich und väterlich, gab mir Ratschläge fürs Leben. Er sprach anerkennend über meinen »Künstlichen Garten« und vor allem über die Fassung meines Aufsatzes über den »Acte gratuit«, die ich ihm geschickt hatte.[1] Er sagte, trotz der Gefahr, mich zwischen die Stühle zu setzen, die er so genau kenne, solle ich meinem »Talent« zur vergleichenden Literaturgeschichte folgen. In den Diskussio-

1 Man verarge mir nicht, wenn ich unbescheiden Leo Spitzer hier zitiere. Sein letzter Aufsatz »Rabelais et les 'rabelaisants'« erschien nach seinem Tod (er war am 16. September 1960 gestorben) in der September-Dezember-Nummer 1960 von *Studi Francesi;* in diesem Aufsatz rechnet er mit den französischen Rabelais-Forschern ab und schreibt: »Mais qui est Panurge, tel qu'il nous est apparu jusqu'au moment où il prononce son discours. Ici je me rapporte à un article excellent d'un savant, M. Werner Vordtriede, probablement inaccessible aux savants européens, qui a paru en 1948 dans la »University of Kansas City Review« sous le titre *Gratuitous action in Rabelais, Stendhal and Gide.* Le rapprochement suggéré par le titre nous plonge immédiatement dans une grande clarté: souvent en effet des analogies modernes (comme dans le cas qui sera cité plus tard du ›clerc‹ ›au-dessus de la mêlée‹) servent à éclaircir des phénomènes littéraires plus anciens. Pour M

nen sprachen Salvador de Madariaga mit schauspielerischer Verve, Jacques Barzun und andre.
Dann aber, als der nächste Themenkomplex »Humanism in One World« hieß, wirkte das politisch längst breitgetretne Schlagwort von der »One World«, das Wendell Wilkie seinerzeit geprägt hatte, um Präsident der Vereinigten Staaten zu werden, sofort auf das Niveau. Mit zauberhafter Gründlichkeit verschwand das Niveau sofort. Dean Gauss, ein Dr. Simmons von Columbia Russian Institute und ein nichtsahnender Chinese Chi-Chen Wang ergingen sich mit Lust in den leichtverfügbaren Schlagworten der Tageszeitungen und Radioredner. Der liebe, freundliche alte Arthur Schnabel, mit dem ich darüber sprach, war genau so entsetzt wie ich über diesen Abstieg.
Im Ganzen aber war es bezaubernd, Kongreßstimmung, Gespräche, Stöße bedruckten Papiers, schöne Umgebung, Spaziergänge in der Sonne zwischen den Sitzungen und auch das Gefühl, daß schon manches damit getan ist, daß so viele Menschen, die alle irgendetwas geleistet haben, zusammenkommen, um Werte zu besprechen.
Heute morgen in Princetons Gemäldesammlung. Zuerst zu Prof. Rowley, der mir gestern versprochen hatte, mir einige besondre Schätze zu zeigen, die nicht allgemein sichtbar sind. Das waren zwei große, aber ganz feine ahnungsvolle Landschaften und eine sehr lange Rolle: Drachen in einer großen wilden Gebirgslandschaft, die in immer anderen thematischen Gruppierungen Felsen, Wasserfälle und Drachen zeigte. Eine gewaltige Einfachheit und Schönheit in der Beziehung der Elemente untereinander. Beides aus dem alten China.
Als Seminarvorbereitung: die beiden Ödipusdramen von Sophokles in der Übersetzung von Solger, Hölderlin und Hofmannsthal, dazu Solgers Vorwort, Hölderlins Anmerkungen und die Bücher von Carl Steinweg und Karl Reinhardt darüber.

Princeton, 22. Oktober

Heute im Sophokles-Seminar zum erstenmal gespürt, daß mir ein gewisses Zutrauen geschenkt wurde.
Schrieb Duncan meinen langen heitern Traum über ihn: Duncan erschien in Mme Oppenheims Kutsche in einer kleinen amerikanischen Stadt, in derem einzigen Hotel ich wohnte. Wir fuhren zu dritt auf eine Wiese, wo er, Mme O. und ich im Grase liegend, uns eines seiner Gedichte vorlas, es war eine

Vordtriede Panurge est l'ancêtre *littéraire* de Fabrice et de Lafcadio et ›l'acte gratuit‹ est en effet un des traits principaux de son caractère composite (aspect auquel n'a pas pensé M. Mario Roques dans son article *Aspects de Panurge*). Donnons quelques exemples à la suite de M. Vordtriede . . .« Natürlich hat mein Aufsatz dem streitbaren Spitzer hier nur als Zuchtrute gedient.

Übersetzung des Homer in zwei gereimten Strophen. Der vierte Vers war sehr merkwürdig und schien mir zuerst dichterisch bedenklich. Dann aber fand ich ihn doch gut. Er enthielt die Worte: »Fifty per cent of my love«. Dann fuhr er wieder mit Mme O. ab, und ich erwartete ihn mit großer Vorfreude inmitten des ganz festlich gewordenen Hotels, wo wir alle als Griechen kostümiert waren.
Sophokles' »König Ödipus« kann mit der Frage nach der Willensfreiheit nicht einmal gestreift werden. Das ist ja ein christlicher Begriff, der sowohl Homer wie auch Sophokles ganz unverständlich gewesen wäre. Bei ihnen kommen die Götter einfach den von ihnen Geliebten zuhilfe, vergöttlichen sie etc. Hier ist das wirklich tragische Problem die Suche nach der eignen Identität. Wer bin ich eigentlich? Die Tempelinschrift »Erkenne dich selbst« darf nicht modern gedeutet werden als »wisse, was in deinem Innern vorgeht« (»I am trying to find myself« sagen so viele junge Amerikaner). Nein, es soll heißen, »wisse, wer du bist, im Gegensatz zu dem, was du scheinst. Erkenne deine Stelle in der Weltordnung.« Die vieldeutige Weisheit des Mythos: Ödipus weiß im wörtlichen Sinne nicht, wer er ist, kennt seine Eltern nicht. Ist daher deformiert (sein Schwellfuß). Auch seine Blendung hat dieselbe Bedeutung. Dauerndes Wechselspiel in den Worten zwischen Licht und Nacht oder Dunkel. Das morgenliche Sonnenlicht Griechenlands gehört daher mit zur griechischen Tragödie, da die Tragödien morgens, nicht nachmittags, wie Shakespeare, aufgeführt wurden. Das Dunkelwerden als Zeichen von Gefühl, Bedrohung oder Problem ist christlich, nicht antik. So wird eigentlich das Licht (nicht das Dunkel) das eigentlich Schreckliche, Zersetzende (Sonnenlicht erzeugt Fäulnis), da man ihm schmerzlich zustreben muß, um Klarheit über sich selbst zu gewinnen; man verliert es im Augenblick, da man die Klarheit hat, wird blind. So als sähe man direkt in die Sonne, wodurch man blind wird. Kein Wunder daher, daß Apollo im Grunde ein schrecklicher Gott ist, der mit niefehlendem Pfeil die Pest schickt und die schrecklichsten delphischen Orakelsprüche kundtut. »Erkenne dich selbst« stand ja auch an *seinem* Tempel. Demnach enthält schon das Apollinische selbst das Furchtbare, ja, ist eng mit dem Dionysischen verschwistert, nicht dessen Gegenteil. Apollo ist nur eine andre Bezeichnung für denselben Gott, der auch Dionysos heißt.

Princeton, 1. November

Ein Brief aus Chile, von den »Deutschen Blättern«, teilt mir mit, daß Kurt Hiller[1] aus London über meinen Aufsatz »Prophetie in Georges ›Brand des

1 Kurt Hiller, Philosoph und Theoretiker des Expressionismus. Sein »Aufruf an junge europäische Genies« erschien 1919 bei Erich Reiß; in der Reihe der »Silbergäule« veröffentlichte er »Gustav Wynekens Erziehungslehre und Aktivismus« (1919). Er war auf der Seite der linken Aktivisten,

Tempels‹« schreibt: »Sehr interessant die Glosse von W. V.; ich teile nicht ganz seine Meinung, finde aber vorzüglich, daß statt des (üblichen) Allgemeingequassels ein Einzelgedicht vorgenommen wird. Und zwar dieses repräsentative und wichtige. Mir erscheint W. V.'s *Methode*, über Dichter zu schreiben, vorbildlich.« Da das das erste Echo ist, das ich bisher hervorgerufen habe, hats mich den ganzen Tag gefreut. Lustig daran ist, daß es von Kurt Hiller kommt, dessen Name mir einmal, als ich als Sechzehnjähriger so viel Expressionismus las, wichtig war. Wußte garnicht, daß er noch lebte. Sein Lob hab ich nur halb verdient, da ich mir keiner Methode bewußt war.
Bin abends öffentlich mit John Berryman aneinandergeraten. In der Parnassus-Buchhandlung war ein öffentlicher Leseabend, Bell las G.M. Hopkins. Als ich in der Diskussion sagte, Hopkins habe das Dichten nur mit schlechtem Gewissen betrieben, gewissermaßen als Sünde, muß sich Berryman als Dichter so herausgefordert gefühlt haben, daß er grob und pontifikal sagte: »The gentleman seems very well to know what went on in Hopkins' head.«

Princeton, 3. November

Den Ödipus-Aufsatz heute im wesentlichen fertiggeschrieben. Merke aber beim Überlesen und Verbessern, daß ich noch mehr über die griechischen Kulte wissen müßte. Das hat mich nun in weitre Untersuchungen geführt, in die ich mich zu verlieren drohe.

Princeton, 5. November

Da Tolnay mir sagte, Kerényi habe sich mit ähnlichen Dingen befaßt, jetzt von ihm gelesen »Dionysos und das Tragische in der Antigone«; außerdem Konrad Sehrwald »Der Apollonmythos und seine Deutung«, Georg Karos Beschreibung des delphischen Heiligtums, Teile eines französischen Buchs über die Pythiaden und habe Mary Hamilton Swindlers »Cretan elements in the Cults und Ritual of Apollo« angefangen. Habe schon mit Staunen gelernt, daß das Grab des Dionysos im Apollotempel zu Delphi war. Fürchte überhaupt, daß meine fast übermütig bewiesne Fast-Gleichheit zwischen Apollo und Dionysos von andrer Seite her längst bewiesen ist. Ein Blick in Walther F. Ottos Buch über »Dionysos« läßt mich das annehmen. Allerdings ist diese Beweisführung noch nie einfach von der Tragödie und dem Licht in

Mitarbeiter an aktivistischen Zeitschriften wie Pfemferts »Aktion« »Das Tribunal. Hessische radikale Blätter« (1919). Im Jahre 1920 erschien »Geist werde Herr. Kundgebungen eines Aktivisten vor, in und nach dem Kriege.« Im Februar 1932 schlug er in der »Weltbühne« vor, Heinrich Mann als Kandidat der Linken für das Amt des Reichspräsidenten aufzustellen. In der letzten noch erscheinenden Nummer der »Weltbühne« (7. März 1933) stand sein Aufsatz »Heroismus und Pazifismus«. Er wurde gleich von den Nazis mehrfach verhaftet und wieder freigelassen. Sein Hauptwerk ist wohl »Die Weisheit der Langeweile«. 1969 erschienen seine Erinnerungen »Leben gegendie Zeit« Bd. I »Logos«, Bd. II »Eros« (Hamburg, Rowohlt-Verlag).

der Tragödie abgeleitet worden. Ich gäbe dann eben nur eine neue, von einer andern Seite her kommende, Beweisführung für eine archäologisch und religionsgeschichtlich schon bekannte Tatsache. Darin liegt für mich eine Ermuntrung, meiner ahnenden Spekulation zu vertrauen, die hier aus völliger Ungelehrtheit heraus etwas Richtiges erkannt hat. Das ist übrigens auch der Fall bei meiner Deutung des Hyakinthos-Mythos, in dem ich sofort das Dionysische erkannte, obwohl doch Apollo ihn tötet.
Bell sagte mir, John Berryman betrage sich immer so.
Am Dienstag gutes Seminar über Racines »Phèdre«. Lese schon seit langem nebenher in den Briefen im »Literatur-Archiv.« War sehr gefesselt durch Dorothea Schlegels Berichte an Schleiermacher, in denen selbst der Klatsch etwas Vergeistigtes bekommt, da die Luft so geistgesättigt war. Las auch Immermanns für die Gräfin Ahlefeld geschriebnes Tagebuch aus Weimar vom Jahre 1838 mit wirklichem Schauder. Ganz meisterhaft schildert er das Gespenstische jener immer noch um Goethe kreisenden Menschen: Eckermann, Riemer, die Großherzogin, Minister von Fritsch und anderen. Als hielte sie ein Verhängnis zusammen. Hat wohl je ein Mensch, ohne so im mindesten darauf aus zu sein, etwas so Religionsähnliches gestiftet? So wie Goethe es in den »Wahlverwandtschaften« von Ottilies Leiche beschreibt, so wurde sein eigner toter Körper gewissermaßen ein kraftspendender (und wohl oft auch kraftverzehrender) Talisman. Thomas Mann muß dies Tagebuch für seine »Lotte in Weimar« benutzt haben. Eigentlich ist der tatsächliche Bericht von Immermann viel unmittelbarer und erregender als Thomas Manns Roman.
Meine beiden Klassen habe ich ganz schlecht werden lassen. Ich weiß überhaupt nicht mehr, wie man unterrichtet (die Seminare sind kein Unterricht in dem Sinne), bin langweilig, ungeduldig und hilflos bei dieser Spracheneinpaukerei.

Princeton, 6. November

Müde, fast verdrossen. Im Klub mußte ich mir nach dem Mittagessen eine Rede von Dekan Gauss anhören, die ein Musterbeispiel der drei vulgären Elemente des amerikanischen »after dinner speech« war:
1. the funny story (that reminds me of that little girl who . . .)
2. the success story (Gauss ist ja als »Midwesterner« und aus ärmlichen Verhältnissen heraus Dekan geworden) und
3. the pep talk (and let us hope that this splendid spirit of Princeton will live on etc.). Mein Nachbar gab denn auch den unvermeidlichen, vom Redner einkalkulierten, Kommentar: »Pleasantly informal«. Als ob ihnen jemals etwas andres gelänge!
Ging zu Simone de Rougemont, wo ich plötzlich traurig und all dieses

überdrüssig wurde. Ich besprach mit ihr die Auswahl, die ich für meinen Leseabend in der Buchhandlung Parnassus treffen will. Die eigentlichen baudelaireschen Themen, die Stimmungen des »Bösen«, der romantische Apparat, rücken mir immer ferner. Die ganz einfachen wie das kostbare »La servante au grand coeur« scheinen mir jetzt viel schöner.

Princeton, 8. November

Hier die vorläufige Auswahl für meine Baudelaire-Lesung:
L'Albatros (ganz ruhig, aber mit Trotz zu lesen)
Le Balcon (hinhauchend, einwiegend, rhythmisch)
Tout entière (dramatische Spannung andeutend)
Que diras-tu ce soir? (ruhig-traurig)
Madrigal triste (rhythmisch markiert, fast als freches Couplet zu lesen, ironisch)
Le Rebelle (als Handlung, Spannung)
Recueillement (ganz zart, ruhig, gleichmäßiger, unmarkierter Ton)
La servante au grand coeur (vertraulich, lächelnd-trauriger Unterhaltungston, oder wie in einem Brief an einen Freund)
Mort des amants (ganz ruhig, aber mit heimlichem mystischen Pathos)
O, Mort, vieux capitaine (pathetisch, trotzig).
Aber alle Untertöne dürfen beim Vorlesen nicht zum schauspielerisch-deklamatorischen Vortragsstückchen werden. Hoffentlich gelingts. Simone hat die Surrealisten Baudelaire lesen hören und sagt mir, daß die es ganz anders taten: immer mit ganz lauter Stimme, immer voll Pathos.
Der Ödipus-Aufsatz fängt an, mir dadurch unheimlich und schwer zu bewältigen vorzukommen, daß ich all das religionswissenschaftliche, philologische, archäologische, kurz das gelehrte Beweismaterial kaum in den raschen, intuitiven essayistischen Teil einbauen kann, ohne das ganze Schema des Verfahrens, nämlich aus der reinen, naiven, ungelehrten Anschauung des Tragödientexts heraus alles abzuleiten, zu zerstören.

Princeton, 13. November

Sonntag besuchte James mich hier. Zum ersten Mal, seit ich ihn kenne, hat er jene völlige Verschlossenheit über seine persönlichen Erlebnisse abgelegt. Das hat mich erstaunt und erschreckt.
Dann abends machte er mir plötzlich die mir so unglaubliche Eröffnung, er habe diesen Herbst ernstlich befürchtet, verrückt zu werden. Das scheint über den von allen jungen Amerikanern so oft beschrienen »nervous breakdown« noch hinauszugehn. Seit einem Monat sei er in psychoanalytischer Behandlung, sei eine zeitlang in keine Vorlesungen gegangen, weil er nicht mehr habe sprechen können, er ginge jetzt nur darum hin, weil er, auf Geheiß

der Psychoanalytikerin, an die Professoren geschrieben habe, er sei »mentally ill« und man möchte ihn bitte nicht aufrufen. Daß er mir nie darüber sprach, obwohl wir uns doch in all dieser Zeit öfter gesehen haben, verletzte mich. James spricht mit kindlicher Zuversicht vom psychoanalytischen Heilprozeß. Es ist mir unverständlich, daß jemand nicht die Beweggründe seiner Handlungen kennt. James wollte sie offenbar nicht kennen. So hat er sich denn »der Magie ergeben«.

Princeton, 20. November

Die Baudelaire-Vorlesung glückte durchaus. Es glich fast einer Veranstaltung für Freunde, da Simone, Bonfante mit Frau, Frau de Tolnay, Bill Hoffmann, Bell, Claude Chevalley dort waren und etwa fünfzehn Studenten. Lebhafte Diskussion, u. a. über das Motiv des »Tods der Liebenden«, der auch bei Baudelaire, wie in gewissen Barockgedichten, den »Tod« beim Orgasmus bedeute.
Eine Reihe von Care-Paketen. Vor allem nach Freiburg: Curt, Brie.

Princeton, 1. Dezember

Zum Thanksgiving bei Christiane. Sie kochte und briet gewaltig. Emo und Jimmy Stern mit Frau und Marianne Schlesinger waren auch da. Frau von Hofmannsthal erwartet offenbar von mir, daß ich die drei Buben nicht zu sehr sich amerikanisieren lasse. Meiner Existenz in Christianes Haushalt scheint sie mit zurückhaltendem Verwundern zuzusehn.
Hölderlins Gedicht »Kolomb« erregte meine Lust zu einem Essay über den Dichter als Seefahrer, wozu mir gleich sehr viel einfiel: Baudelaire (Voyage, Moesta et Errabunda), Mallarmé (Vasco), Platen (Kolumbus), Nietzsche (Dorthin will ich), Homer, Dante (Odysseus' Fahrt), Schaeffer (Heroische Fahrt), Rabelais (Panurges Seefahrt im dritten Buch), Goethe (Söhne des Megazapron), Claudel (Chrisophe Colon), Byron, Moby Dick, Heine, Brownings »Childe Harold«. Wie etwa im »Künstlichen Garten« könnte man die Genesis eines dichterischen Motivs, in dem sich der Dichter selbst darstellt, geben. Am 30. mit Christiane in Sartres »Huis clos« (mit Annabella und Ruth Ford, mit der ich damals, als sie mit Peter van Eyck dort war, in den Adirondacks täglich zusammen war). Das Stück erinnerte mich an Strindberg, Situation des Leuchtturms. Abends nach Princeton zurück, ins Konzert des Budapester Streichquartetts.
Fürs nächste Seminar Montaigne gelesen und Gides Einleitung zu Montaigne.
Pläne geschmiedet, nach Deutschland zu gehn.

Princeton, 6. Dezember

Eben geschrieben, es ist schon nach ein Uhr:

Beschreibung eines Zimmers

Drei Spiegel waren im Zimmer. Im einen, ganz hohen, der in die Tür des Wandschranks eingelassen war, sah er sich morgens, ungekämmt mit noch inwendigen Augen, vom Traum der Nacht her seinem Äußern fremd. Das Gesicht jünger als das tagsüber, das für Freunde und Geliebte da war und immer wieder entdeckt wurde. Dann der zweite, ovale, der über der Kommode hing. Dort sah das tägliche Gesicht heraus, das allen andern so ähnlich schien und immer wieder durch seine Gewöhnlichkeit überraschte und verdroß. Das war kein Spiegel, der befragt wurde. Von ihm, in den man am oftesten hineinsah, wurde am wenigsten erwartet. Er verschwieg auch alles und war doch kein Freund. Der dritte war ein gutgeschliffner, in Leder gefaßter Handspiegel, der Berater ganz später Stunden, in dem die Augen vom Lesen ermüdet erschienen, die Wangenhaut schlaff und fein gefältelt, die dunklere, bläuliche Augenhöhlung überzart und gefährdet, ein Gesicht, mit dem man reden mußte, weil es alles preisgab. Einmal dachte er, daß die Spiegel ihn doch nun kennen müßten und hielt es für möglich, daß sie ihm nur das ihnen so lange vertraute Gesicht zeigen würden, sollte er einmal den Handspiegel morgens, den Ovalspiegel nachts und den großen tagsüber ansehn, sodaß ihm morgens sein Spätgesicht, mit dem er Gedichte schrieb, nachts das Taggesicht, mit dem er sich nicht gut verstand und tagsüber sein Morgengesicht, das seine Kindheit enthielt, entgegensähen. Dann wüßte er nie mehr, wie sein wahres Gesicht wäre.

Die billige Weckuhr tickte viel zu laut. Nur alle Stunden einmal, jeweils zwei Minuten nach halb, wurde sie ganz leise, als wolle sie stehenbleiben und hätte keine Kraft mehr, den großen Zeiger wieder in die Höhe zu treiben. Jedesmal hörte er es wieder und glaubte bestimmt, daß sie nun nicht weiter gehen werde. Dadurch ergab sich ein Gespräch zwischen ihnen. Aber er hätte nie zugegeben, daß dies ein Gespräch über den Tod wäre, denn er war viel zu spöttisch und unabergläubisch, um dem unvernünftigen Uhrwerk, das ja nur deshalb, weil er es jeden Abend aufzog, ging, eine sinnbegabte Sprache zuzutrauen.

Auf einem der Bücherfächer lagen auf braunem Packpapier viele Äpfel, die aber langsam, von Woche zu Woche, weniger wurden. Nicht weil er sie aß, sondern weil er, wenn wieder einer faul geworden war, einen in den Papierkorb unterm Schreibtisch warf. Er hatte sie einmal auf einem Herbstspaziergang unter einem ganz vollbeladnen Baum aufgesammelt und mühsam nach Hause gebracht, weil sie ihm, süß, hart und saftig, so gut geschmeckt hatten. Dann aber, sowie er sie besaß, mochte er nie mehr einen essen, ja es beschlich ihn eine Unlust zum Apfelessen, wenn er sie nur ansah, obwohl er außerhalb, bei Freunden, oft und gerne einen aß. So warf er sie denn von Zeit zu Zeit weg. Aber selbst Ende Dezember hatte er noch viele. Geht es andern wohl auch so, dachte er, daß, sowie ihnen etwas ganz gehört, es ihnen verächtlich und nicht mehr begehrenswert erscheint? Oder ist es nur darum, weil man ja auch sein eignes Fleisch nicht essen würde, so, als hätten sich die Äpfel in uns selber verwandelt?

Princeton, 7. Dezember

Den ganzen Nachmittag das Manuskript für die »Erste Sammlung« weiterabgeschrieben. Mit großer Mühe, weil ich bei vielen Gedichten garnicht mehr sicher bin, ob sie nicht unausstehlich schlecht sind. Aber ich bemerke doch, daß das Buch Züge einer wirklichen und fortschreitenden Autobiographie trägt. Bald soll das an H.U. von Balthasar abgehn.

Princeton, 9. Dezember

Sehr überraschend kam mir, daß Simone auf unsrem gestrigen Spaziergang allen Ernstes (d.h. natürlich französisch-mokant) behauptete, ich schriebe zuviel, da ich ihr von meinen geplanten sieben Bänden und meinem Tagebuch erzählte. Da ich doch in Wirklichkeit fast garnichts hervorbringe, besonders seit ich in Princeton bin, war mir der Vorwurf unendlich angenehm und lustig.
Hinterher zusammen bei Gilmans, wo Steve und ich uns gegenseitig für die kommenden Seminare belehrten: er erklärte mir die Marcela-Episode im Quijote und ich ihm das »Traumspiel«. Steve ist für mich eine Schule des Anstands und der Bescheidenheit.
Abends zu Bill Hoffmann, mit dem ich seine geplante Doktorarbeit über Senancourt besprach. Es scheint mir ein solch freundliches Thema.
Heute gegen vier Uhr vor plötzlicher Müdigkeit ganz lahm geworden, konnte mich wirklich nicht mehr rühren, auch nicht lesen. Ging um sechs Uhr zu Bett und schlief tief bis halb neun. Eben aufgestanden, ganz frisch. In meinem Erschöpfungszustand versuchte ich, halb in Gedanken lallend, einen Rhythmus zu finden (wie es mir früher schon manchmal gelungen war, freilich ungewollt). Aber umsonst, nur eine Reihe von Verben in der dritten Person Singular wiederholten sich, etwa: »Sinkt, fällt, rauscht auf und begleitet . . .« ganz sinnlos.

Princeton, 11. Dezember

Schrieb also nun an die Quäker, ob sie mich nach Deutschland schicken wollen. Eine der Fragen an das Schicksal, denen selbst so rohe Vehikel wie die moderne Post gefügig sind.

Princeton, 15. Dezember

Der Ozean und die Bibliothek sind die beiden Pole meines Daseins: die notwendige Gefahr und die notwendige Heilung. Mein Mythos und mein Logos.

Princeton, 18. Dezember

War mit Christiane, Andreas und der Tante Marianne in O'Neills »The Iceman cometh«. Es schien mir irritierend, langweilig, bedrückend, pseudopoetisch, voll von einer naiven Philosophie, nicht neuartig (Gorkis »Nachtasyl«, Ibsens Lebenslüge). Zwischendurch war eine lange Pause, in der man essen konnte, dann ging es unerbittlich weiter. Aber am Schluß, nachdem man geärgert, erschöpft und etwas angefressen ist, bleibt dann doch der Eindruck von etwas Besondrem zurück. Allein schon das doppelt auftretende Thema eines Menschen, der sich wie ein Parasit an andre heftet, um von ihnen gerichtet und freigesprochen zu werden.

Am 13. mit plötzlichem Mut und neuer Lust, mein Leben selbst zu steuern und umzuformen, allerlei Schritte für die Europareise unternommen: Schiffslinien, dann zum Roten Kreuz, um anzufragen, ob sie mich nach Deutschland senden wollen (aber sie hatten mir nichts anzubieten), Paßamt, Photograph.

Mit Frau von Hofmannsthal geriet ich an diesem Wochenende in eine neue merkwürdige Vertrautheit in einem Gespräch über ihre Enkelkinder. Sie zeigte mir einige Familienbilder, darunter Hofmannsthal als kleinen Knaben in phantastisch-zierlicher Photographenkleidung und als Jüngling, noch ohne Schnurrbart.

Ging am 15. zu Bett mit halluzinatorischen Ängsten vor all dem, was ich noch zu erledigen habe: Paß bekommen (mit Zeugen), drei Visa, Buchmanuskript für Balthasar, europäische Weihnachtspost, eine Stellung für Fränze suchen, die herkommt etc. etc.

Gestern abend bei Mommsen in seiner behaglichen Gelehrtenwohnung. Er fühlt sich schwer mit Deutschland zerfallen, will nie mehr dorthin fahren.[1]

Heute abend zu einem Vortrag von Panofsky, in dem er auf seine erstaunliche bilderlesende Weise darlegte, was Ikonologie ist. Er hatte als Beispiele eine Dürer-Zeichnung (Arm, dessen Hand einen Apfel hält), Tizians Allego-

1 Theodor Mommsen trug nicht nur vom Großvater her an der Last dieses verpflichtenden Namens, war auch, doppelte Verpflichtung, mittelalterlicher Historiker. Von Princeton ging er bald nach Cornell, wo er aber seinem Leben freiwillig ein Ende setzte. Auch hier wußte niemand einen Grund zu nennen. Vermutlich sind aber all diese, oft so unerklärlich scheinenden Exilselbstmorde, die von Jolles, Mommsen, Tucholsky, Stefan Zweig, Toller und so vielen andern, aus derselben seelischen Not entstanden. Sie verboten sich eine Liebe, ohne die sie nicht leben konnten. Heimat, Vaterland, diese schwertönenden, mißbrauchten, schließlich falschtönenden Worte, verhüllen etwas, das eben doch nicht Schall und Rauch ist.

rie der Lebensalter mit drei Menschen- und Tierköpfen, Jan van Eycks Maria als Kirche und Dürers Ritter, Tod und Teufel gewählt. Geistreich und gelehrt deckte er die Geheimsprache dieser Bilder auf.
Lese viel in Goethes Gesprächen, auch den »Triumph der Empfindsamkeit«, in dessen fünftem Akt deutliche quixotische Untertöne sind, worüber ich bald einmal etwas schreiben will.

Princeton, 20. Dezember

Vorgestern nacht fürchtete ich fast zu sterben: ich glaube, es war ein Anfall von Blinddarmreizung, schmerzhafter und länger anhaltend als je zuvor. Ich sollte wohl einmal zum Arzt gehn. Gestern fingen die Ferien an.
Abendessen mit Castro, den seine Schüler nur Don Amerigo nennen, im Hotel. Gespräch, als sei es erste Bekanntschaft, Kennenlernen. Zuerst über Don Quijote, über den er gegenwärtig schreibt. Viele schöne Dinge sagte er: »La poésie est la recherche du paradis perdu« und als ich daraufhin vom künstlichen Garten sprach, erklärte er, warum es dieses Motiv als dichterisches Problem in Spanien nicht geben könne. Spanien stamme nicht vom hellenistischen Grunde, wo die Welt des Intellekts eben diese Scheidung herbeigeführt habe. Spanien fuße, wie Rußland, auf dem Orient und »le poisson ne prend pas un bain« (wie Castro es ausdrückte), also der Fisch müsse ja nicht erst schwimmen lernen, da er schon im richtigen Element sei. Es gebe darum auch kaum Geister, Gespenster und Feen in Spanien.

Princeton, 22. Dezember

Das MS der »Ersten Sammlung« fertiggemacht und kuvertiert.
Simone erzählte mir, sie habe von mir geträumt und zwar sei ich zu ihrem Unbehagen verrückt gewesen. Sie wachte dann auf, aber als sie wieder einschlief, setzte sich der Traum genau so fort. Dabei kann ich mir nicht leicht jemand Unverrückteren als mich vorstellen.

Princeton, 26. Dezember

Heiligabend bei Christiane. Emo war auch da. Um Frau v. Hofmannsthal gegenüber das Versprechen einzulösen, das ich ihr so halb gegeben hatte, las ich den Kindern aus dem Lukasevangelium vor, was ihnen eine ganz fremde, und wohl auch befremdliche Welt ist. Aber sie hörten höflich zu, ohne wohl recht einzusehn warum. Zum Singen von Weihnachtsliedern aber waren sie garnicht zu bewegen. Das schien ihnen nur komisch. Als ich, pflichtbewußt, einige Lieder auf dem Klavier spielte, lief Andreas ans Fenster und machte es rasch zu, weil er sich zu sehr vor den Nachbarn genierte. Das fand ich dann doch lustig. Kallirs kamen kurz vorbei. Frau Kallir sah schön aus, sie trug die Löwensteinschen Perlen, die ganz zu ihrem Haar stimmten.

Am 25. ruhiger Tag. Las in dem eben angekommnen neuen Buch von Kassner, »Die zweite Reise«, seine Autobiographie voll von präzisen Schilderungen und wichtigen Gedanken über Ordnung, System und Einbildungskraft u.a.
Abends kamen Max Fischer, der in deutsch aggressiver Art Thema nach Thema aufgriff und mit geistigen Tiefen ausstattete, und der junge angenehme Ulrich Sonnemann.
Morgen früh im Auto nach Washington zum unvermeidlichen Philologenkongreß.
So hab ich Weihnachten mit einigem Anstand hinter mich gebracht, selbst allerdings wenig dazu getan.

Washington, 29. Dezember

Erschöpfende Tage. Dieses ruchlose Herumsuchen und Scheinenwollen des Philologenkongresses macht mich ganz niedergeschlagen. Im Augenblick, wo ich mich von den Hotelhallen, in denen man sich nachjagt, entferne, komm ich mir ganz verlassen vor.
Auf der Fahrt hierher fiel mir wieder die unbeschreibliche Häßlichkeit Amerikas auf. Baltimore! Man kann diese Schamlosigkeit der Snack Bars, Schilder, Müllhaufen, Tankstellen, diese nur vom Kommerziellen diktierte Auflösung aller menschlichen Maße mit Worten nicht glaubhaft machen. Der Verlust jeglichen Gefühls für Schönheit, die Welt als Comic Strip. Dann gleich zu einer Sitzung und in die zehrende Spannung hinein, wichtige Menschen sehn zu müssen, Vorteilhaftes anzubahnen. Alles erniedrigend. Gestern dasselbe. Heute wieder. Angenehm nur das Mittagessen mit Alewyn, Jolles und Lange. Heute nachmittag in die National Gallery gegangen, um nur wieder alles verscheuchen zu können. Morgen noch ein solcher Tag!

Lower Salem, 1. Januar

Der 30. in Washington war weniger deprimierend, das heißt ich war mir selber weniger deprimierend. Man leidet in solchen Zuständen ja nur durch die Art, wie man sich ihnen anpassen will, Ich sah nur noch zu.

Mitten in der Nacht, sehr erschöpft im fahrenden Zug ohne Licht fielen mir zu einem schönen Thema, meinem wichtigsten Lebensthema, das mir als großes umfassendes Prosabuch vorschwebt, eine schlechte Versabbreviatur ein:

Im Schnellzug

Fahren, fahren, immer weiterfahren,
So fuhr Telemachos, als er erfuhr,
Vor Kalypsos angegrauten Haaren,
Wie Gefahr sich auflöst ohne Spur.
Ruht kein Segen auf den alten Sagen
Und kein Siegen saugt sich aus dem Wind
In des Vaters Segeln: Wiederwagen
Bringt Versiegen für Odysseus' Kind.

Ich weiß das schon lang. Mein Leben hat nichts zu tun mit dem kostbaren Anspruch auf eine Odyssee. Es ist das Gegenteil, eine Telemachie, der Drang, das schon Vorgelebte noch einmal zu leben. Darum wohl wandte ich mich an Schaeffer, an Karo, an Beer-Hofmann, lauter Odysseuse, um zu hören, wie das Abenteuer war, das mir selber nicht mehr gelingen kann. Ich werde das zu einem Lebensbuch machen und erzählen, wie der altgewordne Telemach, geistesverwirrt, ruhmredig erzählt von seinen dem Vater nachgetanen Reisen, wobei er garnicht bemerkt, daß er nichts mehr vom ursprünglichen Wunder erlebt hat, sondern nur noch das Gewöhnliche.

Die ganze Nacht durchgefahren. Morgens um halb fünf in Parkersburg, West Virginia, angekommen, wo Fritz mich leider nicht abholen kam, sodaß ich bis sieben Uhr auf einen Autobus warten mußte. Um acht dann hier angekommen. Das Haus der Martis liegt recht einsam auf einem Hügel und hat viele Nebengebäude. Ein sehr steiler andrer Hügel, fast ein Berg, und eine Schlucht gehören mit zu dem alten Farmhaus. Im ganzen sind es 135 acres. Außer seinen eignen sechs Kindern ist noch ein siebtes dabei, ein Waisenknabe, der dem fünfjährigen Felix Gesellschaft leisten soll. Sie haben dreizehn Geißen, deren Milch sie trinken, drei Katzen, zwei Hunde und viele Hühner. Fritz scheint sich zu einem Ulrich Bräker entwickeln zu wollen. Gleich nach meiner Ankunft gingen wir den steilen Hügel hinauf, um das

Land zu rekognoszieren, was sie selber bisher noch garnicht getan haben. In der Schlucht sind drei Höhlen, tiefe Eingänge zu Kohlenminen, die seit vielen Jahren nicht mehr bearbeitet werden. Die Kohle liegt plattenförmig im Gestein, wurde anscheinend teilweise im Tagbau gefördert.
Es gibt doch allerlei Spannungen in diesem Gemeinwesen, das sich so fröhlich gibt. Ich muß mich künstlich ganz harmlos machen, um mich überhaupt mitteilen zu können. Tagsüber geht das beim Getrampel der sieben Kinder nicht. Aber ich konnte Fritz doch von meinem Ödipus-Aufsatz erzählen, den er sofort erkannte und verstand. Er gab mir einige Anregungen dazu, die ich einarbeiten will, z.B. der Anklang von Loxías an Loki, der ja auch dem Dunklen angehört. Die Zweideutigkeit von Feuer, Flamme. Die Marsyas-Maske (Maske Apollos) von Sokrates. Der im Griechischen so auffallende Vorgang, eine Gestalt plötzlich ganz anders sein zu lassen, wie es ja auch mit dem Gott Eros im »Gastmahl« geschieht, und manches andre.
Zu Gast ist auch der liebenswürdige und amerikanisch-idealistische MacLemore. Er war Bombardier in der Armee und zeigte mir ein Erinnerungsbuch. Darin hatte er über jeden Soldaten, der umgekommen ist, auf den Photographien einen Heiligenschein mit Strahlen gemalt. Es war mir so peinlich, daß ich garnicht hinsehen konnte.
Bob Randow ist immer kataleptisch und völlig lethargisch, wohl unheilbar.

Princeton, 16. Januar

Am 3. Januar Abfahrt von Parkersburg. Nach zwanzigstündiger Fahrt, mit vielen Aufenthalten in Washington, Trenton, Princeton Junction am 4. morgens angekommen. Ich wollte nur Ruhe und erfuhr, daß man mich seit zwei Tagen zu erreichen suche, da Mutter auf dem Glatteis ausgerutscht ist und sich zwei Rippen gebrochen hat. Rief an, schlief, tat das Notwendigste für den 6. und fuhr dann also am 5. nach New York. Dort fand ich Mutter eigentlich ganz wohlauf. Sie sagte, man hätte nur deshalb angerufen, damit die Polizei es nicht täte.
Am 4. abends war ich bei Mommsen gewesen, der meine Lebensgeister dadurch aufrichtete, daß er von einer möglichen Stelle für den Sommer sprach: man ginge auf zwei Jahre nach Deutschland, um dort im Erziehungswesen zu arbeiten. Ich warte nun ab.
Seit dem 7. nehm ich abends an einer Reihe von Seminaren teil, in denen Blackmur über Joyces »Ulysses« spricht, d.h. nur halbverständlich schwierige Geistesfäden aus seinen Hirn wie im Traum herauszieht. Am 8. hielt Roger Caillois hier einen witzigen Vortrag »Les rapports entre la morale et la littérature.«

Princeton, 23. Januar

Steve Gilman will mich dem Komitee für die Vorlesung über die Entwicklung der europäischen Lyrik vorschlagen. Ich mache das bei mir nun zu einem geheimen Entscheidungspunkt, ob ich in Amerika bleiben werde oder auf zwei Jahre nach Deutschland gehe, was mich mächtig lockt und verwirrt.
Am 20. zu Julie Braun-Vogelstein, die mir manches von Borchardt erzählte. Aber sie wurde ganz betroffen, fast insgeheim ärgerlich, so als gönne sie es mir nicht, als ich ihr mitteilte, ich könnte vielleicht die nächsten zwei Jahre in Deutschland im Erziehungswesen mitarbeiten. Sie sagte, das sei nichts für mich, ich eignete mich besser für ein bewahrendes Weiterführen als für ein Roden im Urwald. Im Grunde aber meinte sie wohl etwas andres.

Princeton, 31. Januar

Als ich zu Simone sagte: »Les devoirs compliquent la vie« (mehr aus Sympathie für ihre schwierige Lage als für mich selbst), sagte sie ganz stark: »Non, ils l'ordonnent«. Das hat mir imponiert.
Sehr bedrückt dieser Tage, mit bittren Gedanken aller Art, weil meine Pläne, nach Deutschland zu gehn, alle gescheitert sind und weil Balthasar mein Buch nicht verlegen will. Es wende sich »an einen kleinen erlesenen Kreis«. Grade das wollte ich nicht. Das Buch soll doch gradezu in die Zeit, zu den Deutschen reden.

Princeton, 8. Februar

Nach einem Abend bei de Tolnay kam ich ganz angeregt nachhause und hatte mit einemmal den Gedanken, den »Künstlichen Garten« als kleines Buch zu behandeln, in dem ich das dichterische Symbol in direkten Zusammenhang mit dem Persephone-Mythos bringe, angeregt auch von Kerényi, dessen Buch »Geburt der Helena« Tolnay mir schenkte. So lag ich viele Stunden lang wach, immer an diesem Buch formend, bis ich schließlich aufstehen mußte und das Schema mit mehreren Einfällen niederschrieb. Der Titel wird sein »Der Garten der Persephone« und ich habe schon seit dem 1. Februar in vielen Büchern Material über Persephone gesammelt. Möchte dieses Buch (das erstemal, das ich etwas als Buch zu schreiben anfange) vor meiner Europareise fertigmachen.
Am 2. Februar nach New York, von Christiane und auch von ihrer Mutter sehr lieb empfangen. Abends gingen wir zu den Beer-Hofmannschen Töchtern, Mirjam und Naëmah. Da war ich nun zum erstenmal seit Beer-Hofmanns Tod wieder in dem schönen Zimmer, wo noch die beiden Schalen mit seinen Versteinerungen und viele andre persönliche Dinge waren und wo er mich immer allein empfangen hatte. Jetzt war dort eine größere fröhliche Gesellschaft, der Naëmah sehr witzig und plastisch von den alten Zeiten

erzählte, lauter komisch originelle Dinge über den Vater und die Mutter und sich selbst. Der ganze Abend war wie gewisse Erinnerungsbücher, in denen viel Wissenswertes, von der Magie des Toten Getragnes, mitgeteilt wird, das aber unversehends etwas Geisterhaftes bekommt. Frau von Hofmannsthal amüsierte sich sehr und sagte mir später, sie finde es so schön, wie die Beer-Hofmannschen Töchter die Erinnerung an die Vergangenheit pflegen, was sie deutlich bei Christiane so vermißt. Ich bemerke, wie Christiane, in einer verständlichen Auflehnung, im Beisein der Mutter viel weniger darin tut, als sie sonst wohl täte. Sie hat ja noch so viel Gegenwart und Zukunft und darf sich doch nicht durch zwei Nachlässe, den ihres Vaters und den ihres Mannes, zu sehr an die Vergangenheit heften lassen.

Den 3. nur auf Konsulaten, American Express, Telephonverhandlungen wegen der Europareise.

Das Tagebuch wird mir seit einiger Zeit eine wirkliche Anstrengung. Fürchte, ich werde es ganz gehen lassen.

Princeton, 16. Februar

Angebot, diesen Sommer in Middlebury zu unterrichten, der angenehmsten und begehrtesten Sommerschule. Sehr unentschlossen. Nun aber, nach Mommsens Rat, fast geneigt anzunehmen und erst hinterher mit dem Flugzeug, statt mit dem Schiff, nach Europa zu fahren.

Princeton, 19. Februar

Zu allem unlustig, zur Arbeit, zur Gesellschaft. Lese aus Mangel an Phantasie ganz wahllos lauter Autoren, die mit Sch anfangen: Scheerbarts »Graues Tuch und 10% Weiß« (Scheerbart ist ein Spießer des Originellen), Scheffels Briefe (ich interessiere mich für ihn nur, weil ich glaube, daß das mir so schön vorkommende »Nordmännerlied« von ihm ist, obgleich ichs nicht in seinen Büchern finden kann) und Schaeffers »Joseph Montfort.«

Princeton, 20. Februar

Nach einem Gespräch mit Wade hab ich nun Feise zugesagt für Middlebury. Bei diesem Gespräch kam notgedrungen, fast wider meinen Willen »Der Garten der Persephone« zur Sprache. Wade interessierte sich und will, daß ichs bei Princeton Press veröffentliche.

Erst später, heute abend, wurde mir klar, wie rasch ich mich habe umstimmen lassen, indem ich das Persephone-Buch in die amerikanischen Berufsgleise aufgenommen habe. Der Plan war ja ganz anders gewesen: eben aus diesen Gleisen zu entweichen, mich in Europa zu beheimaten und vor allem, dort als Schriftsteller aufzutreten, nicht als Gelehrter. So verkauf ich immer wieder mein Erstgeburtsrecht stückweise und komme von einer Verwirrung in die andre. Auch durch den Entschluß, rein beruflicher Bedenken wegen, Middlebury anzunehmen, hab ich mich der amerikanischen Karriere fester angeschmiedet. Im Grunde ist es wohl der Zweifel an meiner Berufung als Schriftsteller.

Princeton, 27. Februar

Mich endlich, nach wochenlanger Planlosigkeit und Untätigkeit wieder erholt. Einfach durch den Entschluß, dem Akademischen unerschrocken zu begegnen, es auf mich zu nehmen, sei es auch nur für ein paar Jahre. Suchte mir Rat und Trost bei Mommsen und entschloß mich daraufhin, statt des Persephonebuchs das Novaliskapitel meiner Dissertation zu einem schwerkalibrigen Aufsatz umzuarbeiten. Dieser Entschluß machte mich dann merkwürdigerweise froh. Grade fing ich heute an, mir Bücherlisten für den Aufsatz zusammenzustellen, als, wie zur Belohnung meiner Vernunft, Feise mich brieflich einlädt, an der Johns Hopkins University einen Vortrag bei der dortigen Goethe-Gesellschaft zu halten. Werde nun das Goethe-Kapitel aus dem Persephone-Buch dafür ausarbeiten. Dem Vortrag geb ich den Titel »Das Problem des Dichters in Goethes ›Triumph der Empfindsamkeit‹«, da ich ja in der Proserpina das ernsthafte Symbol des Dichters und im Prinzen Oronaro seine tragische Parodie sehe.
Erst in dieser letzten Zeit begegnet mir, was sicher allen Menschen begegnet: daß der Lebenslauf für einen von außen her bestimmt wird. Das ist sicher nicht nur schlecht. Man muß nur dabei die Bestimmung auch wieder mitbestimmen, in einer Art von aktivem Erleiden.
Am 25. abends bei der letzten Joyce-Besprechung von Blackmur. Das war die interessanteste. Er sprach dabei den wichtigen Gedanken aus, Joyce habe im »Ulysses« (wie es jeder großen Kunst zukomme) sein Thema so sehr von allen Seiten behandelt, es variiert, umgestellt etc., daß dieses am Schluß nicht etwa erschöpft sei, sondern den Eindruck des Unerschöpflichen gebe. Blackmur meinte, gewisse Stilleben täten in der Malerei das Gleiche, worauf aus der Musik Beethovens Variationen über einen Walzer von Diabelli angeführt wurden, während Mommsen (für mein Gefühl ganz treffend) Stifters »Nachsommer« erwähnte und die chinesische Malerei. Hierbei dachte ich an jene unvergleichliche Bildrolle, die Prof. Rowley mir zeigte und auf der die immer wieder anders angeordneten drei Elemente von Drachen, Wasserfall und Felsen wirklich den Eindruck der Unerschöpflichkeit erwecken.

Princeton, 3. März

Am 1. März nach New York. Mutter hat nun wirklich die Stelle an der alten deutschsprachigen »Staatszeitung« als Journalistin bekommen. Abends bei Christiane. Frau von Hofmannsthal, die am 7. abfährt, ernannte mich, mit einer recht ernsthaften Spaßigkeit, zu ihrem Stellvertreter bei den Kindern. Ich hätte ihr so gerne irgendetwas Freundliches erwiesen, wußte aber nicht wie. Aber ich merkte, wie dankbar sie war, daß ich mit Andreas ein belehrendes Gespräch über Hamlet und Goethe führte.

Princeton, 6. März

Abends Niemöller predigen hören. Er konnte mich nicht bewegen. Er schien so nach Außen gewendet, so laut.

Princeton, 15. März

Glücklich und überrascht, denn gestern hab ich ein Flugbillet nach Genf bestellt! Abflug am 18. August, Rückflug von Genf am 19. September. Werd ich je zu Bett gehn wollen? Immer nur sehen! Hab eben das Tagebuch meiner Europareise von 1939 angesehn und bin erstaunt und beruhigt zu sehen, daß ich damals auch nur einen Monat dort war: Zürich, Greifensee, Kreuzlingen, Tessin, Basel. Das werden ja auch diesmal die Hauptpunkte sein. Nach Deutschland nur als Reisender, werd ich wohl noch nicht gehn wollen. In welch langer Vorfreude kann ich leben. Gestern zuerst auf dem französischen Konsulat. Mit dem Visum erhielt ich auch gleich Rationierungsbuch mit Marken für Mahlzeiten, Tabak und Benzin.
Abends dann mit Christiane in einem besonders anmutigen französischen Film »Les enfants du paradis«, in dem zarte Pierrot-Pantomimen die Stimmung schaffen.

Princeton, 16. März

Mit der Morgenpost einen befremdlichen Brief von James erhalten, einen scheinbar freundlichen Abschiedsbrief. Offenbar hat seine Psychoanalytikerin herausgefunden, daß ich an seiner schlimmen seelischen Störung schuld bin, da James mich eigentlich schon seit Jahren haßt. Ich habe ihn durch meinen Einfluß »verkrüppelt«, in eine falsche, nach Europa hin blickende, Richtung gedrängt und daher von seinem eigentlichen Wesen abgelenkt. Wenn er auf die mehr als sieben Jahre unsrer Freundschaft zurückblickt, so erscheinen sie ihm jetzt »unpleasant«. »You contributed what are now my most valuable possessions, half my life insofar as these books, these tastes, ambitions, memories, appreciations surround me – but the other half shrivelled up, unknown to you.« Er spricht von »intense hatred« und dem Bedürfnis, mich schlecht zu machen, obwohl er auch sagt: »Disclaiming you I try to disclaim part of myself.« Was soll ich dazu sagen? Ich habe keinem Menschen gegenüber ein reineres Gewissen, habe nie etwas von ihm verlangt. Aber dennoch könnte es schon sein, daß ich ihm einen europäischen Traum aufgezwungen habe, wodurch er mit seiner amerikanischen Existenz

in großen Konflikt geriet. Aus seinem Brief geht hervor, daß ich ihm wie ein Bote aus einer schönen fordernden Welt erschienen bin, der er auch angehören wollte, und daß die Anstrengung, dahin zu gelangen, ihn langsam zerstört hat.
Nun seh ich diese schuldlose Schuld als ein wirkliches Verhängnis für mich an. Wenn ich, ich habe das schon öfter bemerkt, hier wirklich ein guter Universitätslehrer bin, kann der Erfolg nur der sein, daß ich junge Amerikaner sich selbst entfremde, unglückliche, sich nicht mehr zurechtfindende Menschen hervorbringe, die zwischen Drugstore und Comic Strip versuchen müssen, ein Traumleben zu leben. Und wenn sie dann nach Europa kommen, ihre vermeintliche geistige Heimat, werden sie nur feststellen müssen, daß man sie dort als Amerikaner empfindet. Um dieser schrecklichen Rolle zu entgehn, gäbe es wohl nur den Ausweg für mich, ein langweiliger, pedantischer und routinierter Lehrer zu werden.

Princeton, 20. März

Verwirrt und unglücklich über den »Glücksfall«, das mir heute eine Professur an der Universität Wisconsin angeboten wurde, am 18. März abgesandt, ein zwiespältiges Geburtstagsgeschenk. Ich hatte mir geschworen, nicht mehr in den Mittelwesten zurückzugehn. Fortschreiten der Anangke, die unser Leben bezwingt. Wenn Princeton mir nun nicht dasselbe Angebot macht, muß ich annehmen. Sprach mit Wade, der inzwischen die Möglichkeiten sondieren will. Werd ihn morgen abend sehn und die Entscheidung hören. Bin aber schon fast sicher, daß es Wisconsin sein wird. Aber ich will nicht.
Beriet mich mit Bonfante und eben, spät noch, mit Mommsen. Beide raten unbedingt zu.
Angenommen, am 26. März hier im wissenschaftlichen Klub einen Vortrag über den Künstlichen Garten zu halten. Werde also gleich nach Baltimore wieder sehr arbeiten müssen.

Princeton, 24. März

Krise vorüber. Nach völliger Verzweiflung gestern abend. Einfach durch Entschluß. Nun solls mir nur ein weitres Abenteuer sein. Wade hatte mir die Möglichkeiten einer Professur hier sehr offen dargelegt, drängte mich im übrigen nicht. Aber der Fall lag klar. Danach Entschluß anzunehmen.
Am 22. nach Baltimore gefahren. Feise war allein zuhaus, kochte mir Mahlzeiten und Kaffee, ist von derb-gutartiger Freundlichkeit, immer Pfeife rauchend. Der Vortrag abends wurde mit Beifall aufgenommen, vor allem, da ich Leo Spitzer ganz durch meinen Hinweis auf Cervantes gewann und in Seidlin einen feurigen Befürworter meiner These hatte. Hinterher mit Feise

und Schirokauer zu einem Glühwein, auf Wisconsin trinkend, das ich im Lauf des Tages telegraphisch angenommen hatte. Keiner betrachtete es anders als einen begehrenswerten und wohlverdienten Glücksfall. Sie sprachen von der ausgezeichneten Bibliothek dort.
Sonntag höchst erleichtert, wieder von Baltimore wegzukommen. Kam dann ganz verstimmt und hofnungslos hier an, suchte Mommsen auf und gab ihm das Schauspiel eines rechten Zusammenbruchs. Ich war selber erschrocken, wie versponnen und verwundbar ich geworden bin, wie mich das stete Zusammensein mit freundlich-lauten Menschen ganz ermüdet, wie mich die Aussicht nichts als akademische Dinge bedenken zu müssen, ängstet. Also statt froh über Professur und erfolgreichen Vortrag zu sein, war ich nur ganz müde, hoffnungslos und überanstrengt und menschenscheu. Zuhause in George zur Beruhigung gelesen. Heute morgen mit dem Willen zum Leichtnehmen aufgewacht. Nun ruhig.
Bin fest entschlossen, mir in Arcegna überm Lago Maggiore eines jener granitnen Häuser zu kaufen. Denke schon lange daran: seit ich im früheren Tagebuch las, daß man sie damals für 200 schweizer Franken kaufen konnte. Vielleicht ist eine fast anonyme bäurische Existenz in Arcegnos überhaupt die Antwort auf alles.

Princeton, 3. April, Gründonnerstag

Die letzten drei Tage einigen Sitzungen des chinesischen Kongresses beigewohnt. Am 1. April sprach Rowley über die Entwicklung des Raumgefühls in der chinesischen Landschaftsmalerei; abends sprach Fung Yu-Lan (mit langem dünnsträhnigen Bart) über chinesische Philosophie. Am 2. Osvald Sirén über chinesische Gärten und Ludwig Bachhofer über das Paradies von Maitreya. Heute (besonders interessant) Liang Ssu-ch'êng über architektonische Entdeckungen der letzten Jahre. Der Hof im Museum und der ganze Hörsaal sind bedeckt mit großen Schwarz-Weiß-Rollen, Steinabreibungen. Ausstellung der Morrisschen Sammlung chinesischer Malereien, fast alle von großer Schönheit, nicht die schnörkelig-barocken Sachen, die man sonst so oft sieht. Glücklichmachendes Gefühl, daß es etwas so völlig andres gibt, eine wirklichgewordne Märchenwelt feiner Striche und Formen. Und wieviel Neuland für die Wissenschaft. Ich hatte garnicht gewußt, daß es fast alles noch zu bestimmen, zu deuten, zu entdecken gilt. Anschließend an die Vorträge wurde jeweils chinesischer Tee serviert. Habe manches gelernt, so ohne Zwang mich einfach entführend lassend.
Witziges Wort von Castro über den unmenschlichen linguistischen Vortrag von Twaddell. Ich sagte: »C'était le vide«, darauf er: »Ah non, monsieur, ce n'était pas le vide; c'était l'abstraction du vide.«

Princeton, 12. April

Am 7. kam Fränze an. Viele Stunden am Pier, aber schon vorher Gespräche, vom Pier zum Schiff heraufgerufen. Sie ist kaum verändert. Am 8. mit ihr viel durch New York gegangen. Am Abend plötzlich völlig erschöpft, mit keinem andern Gedanken als sofort zurückzugehn zur Geisterinsel, zum Refugium Princeton. Erst im Zug wurde mir klar, was mich so erschöpft hatte: nicht das Warten, nicht die Erregung über das Wiedersehn nach neun Jahren, da ich Dinge ja ruhig nehme, sondern eine plötzliche schreckliche Traurigkeit darüber, daß Fränze nun, mit fünfunddreißig Jahren, wieder von vorne anfangen muß, über die ganze Unseligkeit solcher Anfänge in Amerika, mit denen wir andern hier seit langem irgendwie fertiggeworden sind. Aber eine Erkältung, die ich mir am zugigen Pier zuzog, hat wohl auch mitgespielt.
Gestern abend, nach zwei Tagen im Bett, ganz benommen in den heißen Abend herausgegangen (es ist ohne Übergang Sommer geworden, wie so oft hier) und fand alles verzaubert, lockend und unverständlich.
»Die letzte Reckenburgerin« ausgelesen. Ein großartiges Buch, ohne Weichheit und ohne Härte, voller Notwendigkeit und Leben.

Princeton, 14. April

Herrliches Konzert vorgestern abend: Cembalo und Geige (Ralph Kirkpatrick und Schneider). Sonaten von Bach und Mozart. Durchsichtige Fülle. Die rechte Musik für die Geisterinsel. Gestern Spaziergang mit Morgenstern und Mommsen an langen dichtblühenden Forsythienhecken, Magnolien und ganz frühen, noch blattlosen blaßlila Azaleen vorbei zum See.
Lese Carossas »Jahr der schönen Täuschungen« (mit halbem Mißbehagen) und den Briefwechsel der François mit C. F. Meyer.

Princeton, 16. April

Curt fragte nach meinen Prosasachen (böses Zeichen für das Buchmanuskript, das er in Händen hat) wodurch es mir plötzlich vorkommt, als hätt ich garnichts, das sich veröffentlichen ließe, trotz meiner früheren stolzen Listen. Sollte am Ende alles nichts sein und ich mich darein fügen müssen, bücherlos das Leben zu bestehn? Irgendeine Antwort erwart ich mir darauf von meiner Europareise. Weiß selbst nicht, wie sie erfolgen könnte.
Den François-Briefwechsel les ich mit höchster Anteilnahme. Der Carossa, der daneben allzusehr als Schönschreiber und anspruchsvoller Wortklauber erscheint, stockt indessen.
Übermorgen kommt Fränze hierher. Ein heutiger Brief von ihr zeigt, wie alle meine pessimistischen Vorhersagen über ihr Zusammenleben mit Mutter schon eingetroffen sind. Dennoch hatte sie meine verhütensollende Sorgfalt abgelehnt.

Princeton, 17. April

Gestern abend bei Simone. Ich habe mich ihr in plötzlicher Vertraulichkeit dargestellt: der Krieg als meine éducation sentimentale im Flaubertschen Sinn. Mein Abrücken von der Zeit, um leben zu können. Mein Sparsamwerden im Gefühl, wie ich lieblos, schließlich gedichtlos wurde. Das zunehmende innre Austrocknen, Vernunft statt Überschwang. Am Schlusse dieser Selbstdarstellung schienen wir uns sehr zu gleichen. Aber daß ich die François dem Carossa vorziehe (ich hatte ihr beide Bücher genau beschrieben), scheint ihr doch ein bedrohliches Anzeichen eines gefährlichen »jansénisme« bei mir.

Heute mit Mommsen wieder in der chinesischen Ausstellung. Diesmal die Bronzen noch genauer angesehn mit ihren tiefblauen und rosa Farben, die nur Folge der Oxydierung sind. Das merkwürdige Gefühl, daß die ältesten noch aus vorhomerischer Zeit stammen.

Der François-Briefwechsel ist eine Art Lebensbuch. *Sie* immer ganz echt, ganz uneitel, unsentimental, klarsichtig, innerlich reich. Bei Meyer doch manche Eitelkeit, eine gönnerhafte Geste.

Princeton, 23. April

Tage der Müdigkeit, dauernden Lesens, Zeitvergeudung. Raffe mich zu diesem Eintrag auf, um das angenehme, wenn auch prekäre Wochenende mit Fränze nicht zu vergessen. Sie kam am 18. April. Schönstes Wetter. Magnolienmassen, hunderte von Forsythiabränden, hängende japanische Pflaumenblüten. Spaziergänge. Gespräche, in denen ich vielleicht mit allzu viel Härte zur innern Selbständigwerdung riet und dadurch, daß ich mich als Lebenskünstler gerierte, doch wohl bewies, daß ich keiner bin. Aber garkein Mißton. Am 19. mit ihr in die chinesische Ausstellung, hinterher zu Gilmans, die sie herzlich empfingen. Am 20. zu einem Klavierkonzert. Dabei spürte ich immer eine traurige Ratlosigkeit, wie ich Fränze ihre Zweifel an ihrem Wissen, ihrer geistigen Entwicklung benehmen, ihrem Mangel an Selbstvertrauen entgegnen könnte. Habe, ohne es hindern zu können, durch allzu vieles Erzählen und Ausschütten wohl nur gesündigt statt geheilt.

Heute nachmittag in einem Vortrag der Existentialistin Simone de Beauvoir. Sie trug ein sehr unelegantes, handgearbeitetes Kleid mit großer runenartiger, runder Silberbrosche, wie ein versprengter Wandervogel, deutsch-leidenschaftlich anmutend. Was sie vortrug, war enttäuschend: daß nämlich der Schriftsteller dem Leben und der Wirklichkeit gegenüber verantwortungsbewußt, »Engagé«, sein müsse. Wahrlich keine große Entdeckung. Dabei schien sie Wirklichkeit mit den Geschehnissen unsrer Zeit zu verwechseln.

Princeton, 25. April

Gestern abend mit Mommsen zu einem Madrigalkonzert in der gotischen Halle des Graduate College. Schräg vor uns saß Einstein wie ein verwunderter alter Biber mit langhängendem Haar. Das Konzert war feierlich, heiter und lieblich in einem. Neben mir saß ein Student und sprach über Hopkins. Nach dem Konzert ging ich noch bis lange nach Mitternacht mit ihm spazieren und sprach über Dichtung. Er schreibt Verse, hat unendlich viel gelesen (ich warnte ihn vor den vielen Büchern), ist neunzehn Jahre alt und schon verheiratet. Er heißt Merwin. Ich selber kam mir dabei zuwartend, karg, unenthusiastisch vor, nicht reich, nicht schwelgend. Habe das deutliche Gefühl, einem Übergang des eignen Lebens zuzusehn.

Princeton, 3. Mai

Heute abend hab ich mir das Ärgste leise ins Ohr gesagt: ich bin der vielversprechende Jüngling, der nichts gehalten hat. Noch wehr ich mich dagegen, aber schon schwächer. Wenn ich früher in Autobiographien von Seelen- und Lebenskrisen las, begriff ich sie eigentlich nie, nahm sie nur als verwunderter Zuschauer zur Kenntnis, Nun erleb ichs. Curts deutliche Zurückweisung meiner Gedichte (er gibt mir den Rat, nur in Prosa zu schreiben, vermißt das »Strömende« an den Gedichten) hat mich doch tiefer betroffen, als ich erst glaubte.

Princeton, 4. Mai

Schöner Tag. Mittags kam Christiane mich besuchen. Ich holte sie am Bahnhof ab. Anfänglich starker Regen. Die Feuchtigkeit stieg von Rasen und Hecken in einem dichten bewegten Dunst auf, wie ichs noch nie gesehn habe. Ganz starke Farben hinterher. Um zwei gingen wir zu Gielgud, der aus Shakespeare vorlas, meisterhaft, präzis, unkomödiantisch. Spaziergang zum Graduate College. Um vier in die Chapel zum Konzert. Man spielte Lullys Miserere mei Deus und Haydns Messe in d-Moll. Die ist voller Klang, Heiterkeit und, fast übergangslos (wie bei Shakespeare) Todesnähe. Abends war ich bei Merwin und seiner Frau. Wir verstanden uns so spontan, daß wir den Plan faßten, daß auch er nach Wisconsin als graduate student kommen solle, damit man zusammenbleiben kann; nachdem ich ihn zum zweiten und seine Frau zum ersten Mal sah. Das hatte nun doch etwas von schönem Überschwang.[1]

1 W.S. Merwin gesellte sich später zu den jungen Dichtern, die Ezra Pound im St. Elizabeth's Hospital besuchten. Er ist heute ein bekannter amerikanischer Dichter und Übersetzer (Osip Mandelstam, »Selected Poems«, Atheneum 1973).

Princeton, 6. Mai

Gerhart Hauptmanns Lebenserinnerungen »Das Abenteuer meiner Jugend« machen es ganz klar, daß der Naturalismus die literarische Revolution des deutschen Spießers ist. Von der Jägerwäsche, dem Kommersbuch, Makartbuketts, Germanenstatuen, Nietzsche-Ablehnung, kurz, vom Plüsch direkt zu den Henckellschen Tiraden und den »Webern«. Das gänzliche Fehlen jeder Avantgarde ist verblüffend. Dazu passen dann solche Sätze wie: »Damals wußte ich noch nicht, daß ich ein versprengter Grieche bin.« Stellenweise muten diese Blätter an, als läse man »Bouvard et Pécuchet« (magré lui), nur unangenehmer durch die dauernden Hinweise auf das Werden des eignen »Wesens«, den philiströsen Dünkel.[2]

Woodstock, 16. Mai

Robert Duncan schickte mir sein erstes Gedichtbuch und schöne Photographien.

Die armen Deutschen! Las Gottfried Kinkels »Selbstbiographie«. Das war ein edler, wenn auch nicht großer Mann. Aber auch er, wie Karl Follen, mit Seiten, die ihn in die gemütvollen Sphären herunterdrücken, ins Vereinswesen mit Gelegenheitspoeterei.

Die Drossel fängt um sechs Uhr morgens laut an zu singen, wird um acht Uhr still, kommt nachmittags wieder, moduliert vier Figuren immer anders. Ich bin mit Fränze hier, die alles wieder hübsch und wohnlich macht.

Princeton, 21. Mai

Am 18. von Woodstock wieder abgefahren, über die Maßen erschöpft, entwurzelt, verwirrt. Langsame Heilung in Princeton. Dabei war es angenehm in Woodstock gewesen, obwohl ich, beschämt, merkte, daß Fränze und ich zu keinem wirklichen Gespräch kamen.

Am 19. und 20. abends eine zwei-abendige Vorlesung von T.S. Eliot über Dr. Johnsons »Lives of the Poets«. Sie machte mir durch die große Präzision, Gedrängtheit, Ehrlichkeit, den Mangel an jedem falschen Lyrismus und Effekt großen Eindruck. Fühle immer mehr, daß ich in die angelsächsische Schule gehe (und daher immer empfindlicher gegen »das Deutsche« werde). Eliot wirkt ganz uneitel, ganz unvulgär, überfein, doch nicht blutlos.

Ein witziges Wort Thomas Manns erzählte mir Christiane unlängst. Frau Katja Mann sah ihre vier anwesenden Kinder an und sagte: »Da ich sechs

2 Daß die Liebe zu Deutschland zu einer übergroßen Empfindlichkeit allen deutschen Phänomenen gegenüber im Exil führen mußte, bedarf keiner Erklärung. Daß der Exilierte sich trotzdem, fast zwangshaft immer wieder dem Deutschen stellen mußte und seine Reizbarkeit der deutschen Geste gegenüber auf diese Weise beständig zunahm, erklärt viele dieser Urteile, die natürlich nicht literar-historisch, sondern einzig aus der Lage heraus, verstanden werden müssen.

Kinder geboren habe, hätt ich eigentlich Anrecht auf sechsunddreißig Enkelkinder und habe nur vier.« Darauf Thomas Mann: »Wir sind eine breite Sackgasse.«
Am Leben der Alice Astor (der früheren Schwägerin Christianes), die sich immer wieder scheiden läßt und immer wieder heiratet, wird mir die Schicksallosigkeit der Amerikaner so klar. Man kauft sich immer wieder los, statt das Schicksal auf sich zu nehmen. Dauernder Berufswechsel, Wohnungswechsel, Ehescheidung etc., alles Versuche, sich immer wieder schicksallos zu machen.

Princeton, 23. Mai

Gut und ganz heiter gestimmt heute: schönes Wetter, ganz ausgeschlafen und vor allem ein schöner Brief von Peter Sträuli, der mit mir wandern will und mich nach Kreuzlingen einlädt. Er hat schon zwei Kinder, und ich empfind es als Zeichen echter, unverbrüchlicher Freundschaft, daß er trotz eigner Familie dem Wiedertun und Wiedererleben seiner studentischen Freundschaftstage nicht aus dem Wege geht. – Abendessen mit Merwin und seiner Frau.

Princeton, 25. Mai

Das Semester ist aus, gestern meine letzte Klasse gegeben. Gestern nacht beständig Verse vor mich hingesagt. Oft kam, wie ein Kehrreim: »La mer m'a raconté sa belle histoire« und, zu einem Gedicht auf Princeton, diese Versfetzen: »Die Neue Welt will sich veralten in heilen Trümmern . . .« Gestern den Goethe-Aufsatz (Triumph der Empfindsamkeit) als Artikel fertiggemacht.

Princeton, 2. Juni

Am 30. Mai mit Mommsen nach Baltimore gefahren, um dort die große Ausstellung byzantinischer und frühchristlicher Kunst, durchwegs aus amerikanischem Besitz mit ganz wenigen Ausnahmen, anzusehn. Das war mir eine ganz unbekannte Welt. Eine Art Märchenwelt mit Kaisern, Usurpatoren, großartigen Vermischungen, Völkerverschmelzungen, Legenden und Mythen die alle Hand in Hand gehn. Einzig die »Gesta Romanorum« ließen mich das bisher etwas erkennen. Aber nun vor diesen wunderbaren Elfenbeinschnitzereien, Goldarbeiten und Silbergefäßen wurde alles lebendig, wenn auch noch immer halbversteckt hinter ungeheuren orientalischen Weiten und bunten Zusammenhängen. Da sind ungeschickte Bronzen, wie z. B. diese merkwürdige kokett-lüsterne, zierliche, aber dennoch göttliche Astarte, die sich in einem Spiegel besieht, die verschiedenartigen Münzen, Bilder, Illuminationen, Mosaike und Statuen. Abends mit Mommsen bei Edelsteins. Lese nun Charles Diehls Buch über das Byzanzinische Reich. Habe schon angefangen, meine Bücher einzupacken.

Princeton, 6. Juni

Das letzte Examen korrigiert. Damit den letzten offiziellen Tag in Princeton verbracht. Bücher und Koffer gepackt, Pakete mit Nahrungsmitteln und Schuhen nach Deutschland geschickt. Beim Verabschiedungsgespräch sagte Wade, daß er mich zurückrufen wolle, wenn es mir in Madison nicht gefalle. Das klingt mir doch angenehm in den Ohren. Wenn ich hierher zurückkäme, dann würde ich einmal einen Lebensabschnitt weiterführen können und nicht, wie bisher, immer wieder abbrechen müssen.

Wie klug sagte Frau Bonfante heute, als ich ihr Princeton als eine Zuflucht rühmte: »Ja, das ist wahr, das ist eine Zuflucht. Wo aber kann man vor der Zuflucht eine Zuflucht finden? Das kann man nur in der Wirklichkeit.«

Übermorgen fahr ich nach Madison, um mir dort ein Zimmer für den Herbst zu suchen.

Madison, 9. Juni

Nach der üblichen endlosen Fahrt in den Mittelwesten, die ich mir gelobt hatte, nie mehr zu machen, recht müde hier angekommen, und bin nun nach einem Tag voller neuer Menschen, Eindrücke, Zimmersuche, Verstauen von Gepäck, heftigem Kopfweh, vielem Gespräch und mit der Furcht, hier im Ganzfremden vielleicht Jahre verbringen zu müssen, ganz erschöpft. Fahre dennoch morgen wieder zurück in die vornehme Melancholie, den angelsächsischen Schlendrian, die Behütetheit von Princeton. Hier, mit 13000 Studenten und Studentinnen ist alles laut von Leben, glänzend organisiert, lustig und schulterklopfend. Princeton »liegt nur noch im Land der Träume.«

Werde eine Vorlesung über das 19. Jahrhundert bekommen und, wie vorauszusehn, der jüngste der Professoren sein. Nehme Madison hin als unabänderlich, ohne Freude, ohne große Traurigkeit. Mit gewissen Ängsten. Aber vielleicht war Princeton nur eine feine langsame Art von Tötlichkeit. Hier nun der Sprung ins Robuste, Provinzielle. Princeton: das Exil des Außenstehenden, Madison: das Exil des Beteiligten.

Princeton, 23. Juni

Immer noch im Packen. Das zu Verlassende, fast schon Verlaßne. Finde beim Packen einen (auf einer Manuskript-Rückseite) zufällig erhaltnen Scherzvers, den ich wohl, wie so oft, für einen Brief an Steiner machte; dieser offensichtlich nach der Lektüre von Rudolf Borchardts Dante-Übertragung. Nun reuts mich, ihn und damit die lustige Stimmung jenes Tags in Woodstock zu vernichten. Steh er hier:

Denn schon dem bann Borchardtens ganz erlegen,
Will mit der zung ich zierlichst rede schnalzen,

Da kunstvolls tütsch mir will die sinne regen.
Und dichters seelen wie aurhähne balzen,
Entzunden und entbronnen gleich dem jachen
Gaum, so zu feurig speis die fibern salzen.
  Urtümlich sprunc vom houbet mir die sprachen.

Princeton, 25. Juni

Noch einmal die Sebberssche Goethezeichnung angesehn.
Weitre Einfälle für das Telemachbuch. Es soll den Titel »Wiederwagen« haben. In Anlehnung an die Stufenfolge der Initiation, wie sie sich (nach Heinrich Zimmers unveröffentlichten Notizen) in den Tarockkarten ausdrückt, soll die Kapitelfolge so sein, um das Leben des Telemach darzustellen:
Narr, Sophia (Päpstin), Zauberer, Kaiser, Papst, Teufel, Sterne, Mond, Sonne, Hermaphrodit im Kreise tanzend, Narr.
Telemach auf der Suche nach dem Vater. Er wird am Schluß seiner Erzählungen Vater, Mutter und Sohn in Einem, zieht sich die Kleider aus, tanzt. Vorher ist er nur der Enkel des Weiblichen, da das Weibliche (Heimat, Weisheit) nur Söhne und keine Enkel haben kann, er aber heimatlos und unweise ist. Circe erklärt ihm das.
Für Telemach öffnen sich Scylla und Charybdis ganz ungefährlich, wie eine Schiffbrücke, um ihn durchzulassen. Die Sirenen leben in Käfigen, singen zweimal täglich für zahlende Besucher, die von der Verwaltung vor den Lockungen geschützt werden. Sie können aber mit ihren Vogelfüßen noch zwischen den Gitterstäben nach den Besuchern hacken. Das ist ihre »Gefahr«.
Der alte halb-irre Telemach zieht, als höchsten Triumph und Beweis seiner Besonderheit, eine Flasche aus seinen kalkig blauweißen Gewändern: »Wenn ihr wüßtet, was in dieser Flasche ist!« Wie die andern bemerken, daß die Flasche leer ist, sagen sie gelangweilt und nur, um ihn nicht zu betrüben: »Ja, ja.« Da flüstert Telemach ganz laut: »Wind aus meines Vaters Segeln!«

Bristol, 1. Juli

Am 29. früh hierhergefahren. Anfangs immer am Hudson entlang. Dann beginnen bald die Green Mountains. Lange siebenstündige Fahrt. Noch am selben Abend die dreizehn Meilen im Auto nach Middlebury gefahren. Dann hierher. Die einzelnen Sprachschulen finden in den kleinen Orten um Middlebury herum statt. Man spricht nur die betreffende Fremdsprache, so, als ob die Studenten jeweils in dem europäischen Lande wären. Bristol ist ein ganz kleines Dorf. Es gibt hier keine Neger. Weiße selbstzufriedne Häuser mit, nach dem meinigen zu urteilen, lauter anständigen, bequemen und überaus scheußlichen Möbeln angefüllt, deren Besitzer offenbar auf sich halten. Gestern abend »Eröffnungsfeier«. Biedere Töne. Heute meine erste Stunde über »Moderne Prosa« ganz gut gegeben. Ich wohne im selben Haus wie Bernhard Blume, ehemaliger Wandervogel, Dramatiker, freundlich und still.

Bristol, 2. Juli

Lese neue Briefe von Clemens Brentano (an Sophie und Savignys): »Das unsterbliche Leben«, herausg. von Wilhelm Schellberg und Fr. Fuchs; Diederichs 1939. Eine schöne Einleitung darin, in der die Brentanos ein »stolzer dunkler Baumgarten« genannt werden. – Im Übrigen etwas bewußtlos, aufgesogen von der Gruppenfreundlichkeit und Traumfeindlichkeit des durchorganisierten Tages.

Bristol, 6. Juli

Man ist immer lehrend beschäftigt: Volkstanzen, Singen, Gemütvollsein. Das wird von Frau Feise mit Geschmack betrieben. Ihn kann ich nur als Spezies anstaunen. Das Ganze ist ein Gemisch aus »deutscher Tiefe«, Biergarten, Menschlichkeit, Kleinbürgerei, Optimismus und echter Wärme.
Gestern gingen alle Studenten und Professoren auf den nächsten Berg. Herrliche, ganz weite Aussicht auf die schöne Landschaft. Feise sang zur Laute auf der freien Berghalde. Berge und Jugend, es müßte doch schön sein und froh machen. Oder äfft es meine eigne Jugend nach und drängt mich daher weg?

Bristol, 8. Juli

In beßrer Stimmung. Besonders gute Stunde über Ricarda Huch gegeben. Mit Blume entsteht eine Freundschaft, er ist mir in vielem sehr nah. Lese weiter im Brentano. Erst jetzt lern ich den Clemens recht verstehn. Interessante Zusammenhänge zwischen Brentano und Richard Wagner: Johann Jakob Bussmann und Maria Elisabeth Bethmann hatten eine Tochter Auguste, die Clemens in zweiter Ehe heiratete. Dieselbe Maria Elisabeth Bethmann heiratete in zweiter Ehe den Vicomte Alexander de Flavigny, wurde mit ihm Mutter der Marie de Flavigny, die den Grafen d'Agoult heiratete. Aus dieser Ehe stammt Cosima.

Bristol, 14. Juli

Großartige Rede von Blume über Albert Schweitzer und Goethe gestern. Durch meine heutige Kafka-Vorlesung hab ich einige Gemüter aufgeregt, wirkliches Echo. Lese viel Barocklyrik, Cysarz und Strich darüber, um mich auf meine Barockvorlesung vorzubereiten.

Bristol, 19. Juli

Gestern in Middlebury zu einem großen Fakultätstee. Dort Juan Marichal und Salinas wiedergetroffen. Da war auch José Feo, Cubaner, Herausgeber von der Zeitschrift »Orígines«, ein etwas verspielter, angenehmer Mensch. Wir gerieten gleich in eine überschwängliche Konversation, wir priesen und planten gemeinsam. Für die Dezembernummer will er einen Aufsatz von mir über »La visión del poeta en las obras de George y Mallarmé.«

Bristol, 29. Juli

Gestern mit Blume schwimmen gegangen, abends mit ihm über einem Glas Bier gutes, nahes Gespräch über Dichtung, dichterische Motive. Lese viele frühe Sachen von Hesse. Das ist doch viel anständiger und echter, als ich immer glaubte. Eine gewisse Beunruhigung rettet vieles davor, nur niedliche Idylle zu werden.

Denke viel über meine am 9. August fällige Rede für die »Morgenandacht« nach. Wollte erst über Karl Follen sprechen, habe nun aber als Thema »Das Nietzsche-Erlebnis« gewählt. Ich werde damit anfangen, wie Nietzsche uns nicht wie Sokrates, sondern wie der trunkne Störenfried Alkibiades erschien, der das Fest verwirrt und ihm dennoch erst den eigentlichen Sinn gibt. Ich will Nietzsche durchaus von seiner Wirkung darstellen, nicht als historische Figur.

Bristol, 11. August

Der Nietzsche-Vortrag gelang gut und wurde verstanden. Schirokauer bemerkte dazu: »Aus vornehmem Herzen heraus.« Die Vorlesungen sind zu Ende. Heute abend war Magisterfeier, Fackeln, Lieder auf dem Rasen, alles getragen von Feises Warmherzigkeit.

Heute in einer Woche flieg ich überm Ozean.

New York, 18. August

Schon die erste Schwierigkeit und Ungeduld: das Flugzeug geht statt heute morgen erst nach Mitternacht ab. Ein ausgelöschter Tag. Lese wieder die »Wahlverwandtschaften«, bin schon durch 13 Kapitel.

Gander, Neufundland, 19. August

morgens

Morgenfremde, verschloßne Tannenwälder, einsame Flächen. Gestern in New York wurde der Flug nochmal verschoben. Ich las den ersten Teil der »Wahlverwandtschaften« aus, wurde ganz müde vom Warten. Mutter und Fränze kamen zum Flugzeug. Ich konnte mich über nichts freuen, hab auch jetzt die Reise noch nicht begriffen. Wir flogen um drei Uhr vierzig morgens

ab. Es kam mir kaum wie etwas Ungewohntes vor. Schlief bald ein. Ankunft in Gander um viertel nach acht Uhr morgens, d.h. auf meiner noch nicht umgestellten Uhr.
Eben, nach dem Frühstück, wieder aufgestiegen. Über den Wolken, in der Sonne. Ganz menschenleer schien das Land unten zu liegen, nur Wälder und Wasser.

nachmittags

Sehe wenig. Immer in der Sonne, unter uns meist Wolken. Selten ganz tief unten das Meer, das man nur an den weißen Wellenkämmen erkennt.
Das Vorgefühl des Unbekannten vernichtigt mir das Unbekannte. Erst das Hinzunehmen des Bekannten rückt das Unbekannte wieder ins richtige Licht. Die Stimmungen und kleinen Zwischenfälle, die mit der Reise selbst zusammenhängen, verdunkeln, verwirren das Reiseziel. Erst, wenn ich plötzlich eine Melodie, eine Stimmung des davorliegenden, noch von der Reise unberührten Lebens aufsteigen lasse, wird die Reise als Gegensatz mit einem Mal lockend und verständlich. Nichts von fieberhafter Erwartung, sondern ein ständiger Versuch, sie aus der Dumpfheit zu lösen und sie zu erkennen.

gegen Abend

Dadurch, daß ich einen Innensitz hatte, garnichts gesehn. Erst später entdeckte ich, daß man vom vorderen und hinteren Fenstersitz einen herrlichen Ausblick hat. Das ganze Wolkenmeer, in immer neuen Formen und Abteilungen, schneeweiß, durch Spalten getrennt, durch die der fast unbewegte Ozean sichtbar wird. Lange hinausgesehn. Vor uns, dem Osten zu, werden die Wolken nun blauer, während sie hinter uns immer goldner werden. Auch erhebt sich ein Dunst, der zu einer zweiten, dünneren, höheren Wolkenschicht wird. Durch sie hindurch sieht man die untre, die sich, massiv, mit uns zu bewegen scheint, während die höhere unter uns in entgegengesetzter Richtung wegzufliehen scheint. Wir sind jetzt zwölfeinhalb Stunden geflogen. Sollten in etwa einer Stunde in Irland sein.

nachts

Wir hätten schon in Shannon, Irland, landen sollen, aber eben erfahren wir, daß man nicht landen kann, weil das Wetter hier so schlecht ist. Der Plan ist, stattdessen nach Schottland (nach Prestwick) zu fliegen. Sind jetzt etwa fünfzehn Stunden unterwegs.

Im Flugzeug, 20. August

Das schottische Zwischenspiel ist schon aus. Zehn Stunden Aufenthalt in Prestwick. Man schlief in einem »Hotel«, das offenbar eine Offizierskaserne vom Krieg her war. Prestwick wurde während des letzten Kriegs einer der Hauptstützpunkte. Große Fluganlagen, freundlich mit großen Blumenbeeten überall. Den Ort selbst nicht gesehn. Das Hotel am Flugplatz ist neu an ein ältres Haus gebaut, das der Besitz eines Schiffbauers war. Der Rest des Parks mit Rasen, Bäumen, Blumen ist noch deutlich. Herrliche Sonne. Halbbewaldete Hügel in der Nähe. Dreißig Meilen von Glasgow. Nun wieder nach Shannon, weil dort eine neue Mannschaft wartet.

Zürich, 21. August

Ganz verzaubert. Es gibt also noch ein Glück, das ohne Liebe auskommt, ohne Wollust. Gestern nachmittag in Genf angekommen. Sofort setzte die Verzauberung ein. Alles wurde mir wichtig. Sehgier. Im Omnibus vom Flughafen nach Genf. Immer im Traum. Bahnhof Genf. Telegramm an Hichens. Im Zug Gespräch mit einem jungen französischen Reisenden. Überhaupt Gespräch mit jedem, der will. Muß gegen das kindische Gefühl ankämpfen, in jedem hier ein höheres Wesen, einen Begnadeten zu sehn. Im Speisewagen derb-schweizerische Gespräche geführt, auf Schwyzertütsch, das mir geglaubt wird. Zum erstenmal in neun Jahren kein Ausländer mehr. Rede nie deutsch. Nachts um elf Uhr fünfzehn in Zürich an, halb taumelig vor Erwartung. Hichens im runden braunen Hut, Spazierstock, unverändert. Er ist gleich voll von amüsanten Geschichten in herrlichem englisch, ist nur schwerfällig und greisenhaft beim Einsteigen ins Taxi. Rasch einen Champagner-Cocktail im Huguenin. Dann im Taxi weiter nach Herberts Wohnung. Alleingelassen kann ich aber nicht einfach einschlafen. Noch spät an den See. Herumgelaufen. Verzückt. Heute zu lange geschlafen. Frühstück auf der Terrasse am Alpenquai, immer weiter staunend, glücklich. Zu Hichens. Lunch mit ihm. In allen Restaurants kennt man ihn und seine freundliche Art. Bei ihm Briefe geschrieben und Stellen über mich in seinen Memoiren »Yesterday« gelesen. Tee bei Huguenin. Zum Dolder gefahren. Dinner mit Champagner. Hierher zurück. Aber später wieder ausgegangen. Durch die Zürcher Altstadt. Schleier fallen, wie ich Straßen, Häuser wiedererkenne. Richtige Stadt, Häuser aus Stein, Winkel, Erker, Weinstuben. Im »Hotel Rose« (wo ich einmal mit Frau Landmann aß) einen Zweier Johannisberger. Rechtes Bumslokal. Lindenhof, Gassen, Stiegen. Unersättlich. Bin wieder jung geworden.

Register